莲青漪 —— 著

狼毫小楷

之云汀舞雪

壹

中国社会科学出版社

图书在版编目（CIP）数据

狼毫小笔之云门香雪：全 2 册 / 莲青漪著 . —北京：中国
社会科学出版社，2018.8
ISBN 978 - 7 - 5203 - 2865 - 4

Ⅰ.①狼…　Ⅱ.①莲…　Ⅲ.①长篇小说—中国—当代
Ⅳ.①I247.5

中国版本图书馆 CIP 数据核字（2018）第 168642 号

出　版　人　赵剑英
责任编辑　王　茵　张　潜
责任校对　崔芝妹
责任印制　王　超

出　　　版　中国社会科学出版社
社　　　址　北京鼓楼西大街甲 158 号
邮　　　编　100720
网　　　址　http://www.csspw.cn
发 行 部　010 - 84083685
门 市 部　010 - 84029450
经　　　销　新华书店及其他书店

印刷装订　北京君升印刷有限公司
版　　　次　2018 年 8 月第 1 版
印　　　次　2018 年 8 月第 1 次印刷

开　　　本　710×1000　1/16
印　　　张　73
字　　　数　916 千字
定　　　价　99.00 元（全二册）

凡购买中国社会科学出版社图书，如有质量问题请与本社营销中心联系调换
电话：010 - 84083683

康
桥

序

　　莲青漪的小说《狼毫小笔》是清新奇特的"山水玄幻小说"，在形式上融合了网络玄幻小说与穿越小说的类型元素。主角因祖先传下的狼毫小笔具有特异能力，而穿越时空，以实际存在的绍兴山水、文化遗迹为入口，与伙伴一起到达唐、宋、明等历史时空，到达历史文化事件的现场，结识仙妖，与历史文化名人如南宋的陆游、元末明初的刘伯温等，相遇相知，一起演绎亦真亦幻的故事。作品弥漫着一种浓郁的文化乡愁，文思雅丽，是中国的雅文传统在网络时代的变身，呈现着地方性知识之湖在内部与中国传统文化的大海相通的形态，是知识考古，更是华夏文明之神韵的鲜活展示，这种创作是难能可贵的。

　　穿越类小说通常主角到达历史时空，会以建功立业，改变历史发展走向，实现政治社会抱负为主旨，玄幻类小说以主角修炼战斗成神为主旨，《狼毫小笔》则以呈现华夏大地山水之美、历史文化名人才情之美、种种神人之艳美、英雄豪杰之壮美为写作主旨，扩展了华夏神话的想象空间，为我们体验华夏文明提供了一种风花雪月式的途径。

　　这些年，表现中国传统文化的作品多了起来，成为时尚潮流，但也常见拿糟粕当特色进行炫耀式展示的写作。而《狼毫小笔》这类雅文，是接续了《诗经》、楚辞、魏晋诗赋、唐诗、宋词与《红楼梦》的血脉的，呈现了华夏文明中高贵、自由的精神传统，追求风雅、灵秀与和谐的审美倾向。这正是整个人类文明的精髓，是人类全体之所欲所爱。承载这种文明风范的作品，会在世界范围到处流布，不会因为时代地域因素而被长久阻隔，《狼毫小笔》也将出海，在世界各地赢得读者喜爱与尊重。

两年前初识《狼毫小笔》，对作者及作品的创作背景并不了解，但是作品的独特性给我留下了深刻影响，所以就向有关人士、有关媒体进行了推荐，后来与作者莲青漪相识，她认为我懂这本书，坚持要我为之写序，我确定我的名头与文字并无商业价值——我从不为人写序，但因为一直在赞扬《狼毫小笔》，似乎也就应该继续张扬其事，所以也就打破惯例而为之。希望读者诸君因为这本书的文采风流、委婉曲折的情思、凄迷唯美的意味而喜欢它。是为序。

康　桥

2018 年 6 月 18 日端午节于北京

（康桥，原名王祥，毕业于南京大学中文系，鲁迅文学院研究员、中国作家协会网络文学委员会委员，著有《网络文学创作原理》。曾先后发表和出版文学作品及论文计百万余字，是我国著名网络文学研究专家。）

自序

卷帘见月清兴来，疑是山阴夜中雪。

对山阴的情感，不是一字两字可以简言概之的。也许是这片土地太过沧桑，随意之处，就可以掐出点历史的厚重感来。只是在我们失去了很多、只有用回忆去缅怀的时候，还有那么一片净土，保留着苍葱的颜色，着实让我动容。

对山阴的情感，自然是生在骨子里面的，是从小耳濡目染的那份情怀，是在青山绿水间的那一份怀念。小时候的点滴，总是让我感怀，而当岁月渐去，我们已经无法抓住所有，于是我执笔，想要为家乡写下一点什么。

一草一木，一树一花，想起那一句"钱塘艳如花，山阴芊如草"，就不得不感叹于兼得两种美的契机。只是那芊芊如草，长在山间，也铺在心田。我总觉得，我欠着点什么，不得不写下漫漫长卷，才可以聊以慰藉。

《狼毫小笔之云门香雪》有情，有义，有仙，有灵，有无奈，有终结。世事沧桑，不再往返，但为我们铺开的篇章，却是那么精彩的，可以劲笔挥毫，斥遒洒脱。因为有狼毫小笔的存在，一切都是那么有可能。点笔在葱翠的山间，画笔一连，勾成了一道道线索，就算朝代不同，不知何时还能相见，他们所造成的回响，却清澈在耳，久久不能释怀。

其实我想说的是，这一个故事，只是一个开始，虽然没有什么标新立异，但却合情合理，思源会带着他的狼毫小笔，继续走下去，去书写一部全新的《水经注》。

莲青漪

2018 年清和月于绍兴·青漪阁

目 录

（壹）

楔

子

野态芳姿，枝头占得春长久。

怕钩衣袖。不放攀花手。

试问东山，花似当时否。

还依旧。谪仙去后。风月今谁有。

——宋·王十朋《点绛唇·酴醾》

　　多少的流年婉转，青山旧，人子早已不知更迭了几千几万。在这块土地上，有着许多值得被吾等惦念、歌颂、铭记之人事。

　　拂过石刻、雕栏，踏过古道、石桥。吾常常唏嘘，也许它们才是真正见证着历史的功臣。不过，现在，越来越多的古迹和岁月留痕，埋没在荒野，遗失在城市。每每这个时候，吾都不免感伤。

　　时代在更替，也许吾也终究会有消散的一天。

　　人们，常常询问，什么是永恒。

　　这对于吾来说，也很难去回答。由远古至今，得印方守，沧海桑田，几经更迭。岁月对于吾来说，早已不再重要。

　　神隐的时代从那时起一直延续至今，虽有人偶得机缘相近，但终归被人们归入了玄妙之说。

其实，神，究竟为何？

吾看了看腰间的结绳，心中依然不改欣慰。於越之境，吾依然守护的如是，虽然难免有着诸多遗憾，但那重要的回响与灵脉，未绝，依旧是衣钵相传。

星星之火，赤子之心，也尚能系于千千万万的人之心结中。

吾终不负帝之所托，守住了这一方水土人灵。

不知道，下一个找到吾的又会是何人，也不知道，会不会有继承吾之所在。天地终会孕育出更多的因缘来。吾也将陷入无尽的沉睡中，不知何日会再醒来。

忠帝所愿，以吾之灵息润养於越，起情扬州，印辉斗牛，终不是什么坏事。吾尽于此，愿这片土地上的一切生灵都能安好。

今分二印于座，自当天成，愿若耶长青，先帝遗祚永佑。

若耶 青鸢

第一卷
梅花吹雪上戎衣

采石矶大战，文臣带兵典范，以少胜多，且看玄黄为谁引路。

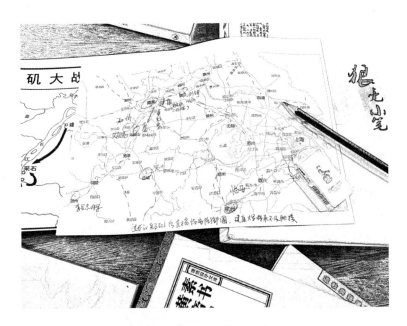

图一　采石矶大战路线图

公元1161年（绍兴三十一年），金主完颜亮率军攻宋，其主力三十二总管兵横渡淮河，直逼长江要冲采石矶。

（图片来源：莲青漪拍摄、制作）

第一章

不枉簪花美少年

梦回吹角连营，催发万里加急，军情堪忧，不敌四路分军。十月秋风甚急，烽火眼看入冬。

传令官得令，快速将那加急军书塞入御筒中。"驾——"青青少年快马加鞭，心中只想着快点抵达下一个驿站。这八百里加急，不知道又要累死多少匹好马。

只是战事如箭在弦上，一触即发。由西至东，从陆至海，敌军兵分四路，号曰百万。如今已经横越淮河，直逼长江。

"众六十万，号百万，毡帐相望，钲鼓之声不绝，远近大震。哼！"

前方驿站的檐廊下，此时正倚立着另一位戎装少年。

本正欲下马，却闻军情入耳，这位传令小将心中不由得一紧。

"谁！"小将单手迅速抵刀欲拔。

一阵爽朗笑声传来，"杭孙！你这佩刀，还是我送你的那把么?"俊朗少年此时抬帽相视,露出一双凤眼。

"你是?"传令官一惊。

不错,只见马上的这位小将,白玉镶金入刀柄,红缨刀穗仍殷殷。

廊下少年粲然一笑。手指向了身后的马槽。"好马早就为你备上了。只是你这是要去建康还是临安?"

虞杭孙眼中闪过欢喜,快速翻身下马,跪地回道:"两淮告急,采石矶首当其冲。下官携阵前将士之愿,拟送军急直抵御前。"

"快快起来,既然是去临安,那么就是顺路了。怎么?你不打算先报江淮浙西制置使刘锜大人?"那戎装少年上前扶起虞杭孙。

虞杭孙抬头相望,只见他的领口依然绣着那朵熟悉的梅花,心中忽的闪过一念,采石矶有救。

"下官得父辈所托,有御筒在手,可直送军情入临安。"说完,虞杭孙双手奉上御筒。

那梅花戎装少年,接过这加急军报,嘴边浮现出了一如既往的微笑,"果然是虞家双璧,办事滴水不漏。那么我也助你们一臂之力吧。"

虞杭孙心头一热,再次抱拳一拜:"多谢御史大人,两淮有救!"

而此时那梅花少年已经牵来了两匹骏马,"何需如此多礼。你我年纪相仿,叫我宋源即可。至于军情如何,现在还言之过早。"

两人快速翻身上马,此时虞杭孙心中只想着快点赶去江城。

梅花御史对他嫣然一笑,"我们不走大驿,直取小路。"他执鞭快马先行。

虞杭孙脸上掠过一丝诧异，但很快便被了然于胸的笑容所覆盖。

"驾——"传令官抓紧缰绳，曲背前倾，策马直追梅花御史。他的心中已经安定不少，是的，大宋之运此时不再是他一人背负，那御筒如今已然是在这位执笔御史腰间摇佩。

雕鞍驰射，快马驿道奔波。御笺金书，人臣俊杰，不枉簪花美少年。两淮军急，共催千古美名，君不换，采石矶头箭弩，飞羽双护，梅花吹雪上戎衣。

临安大内丽正门外

虞杭孙紧张地看向那巍峨的大内御门，细细算来，由采石矶一路赶至临安皇城门前，竟然只花了不到原本预算的一半时间。他侧身看了看那位一路相随的梅花御史，心中思忖，万万没想到行走小路，可有如此神速。

而此时梅花御史亦是神色凝重，他面对宫门侍卫，竟未下马，而是直取胸中的牙牌示下。

那守城官员看后，赶忙行礼。

适逢朝会时辰，宋源嘴角微微上扬，取下腰间的御筒对着侍卫说道："两淮八百里加急军报。望速呈文德殿朝会。"

文德殿内

"报——"一声传报，使得原本已经人心惶惶的文德殿内局势更为紧张起来。

御座之上，黄袍之帝的心中也是为之一紧。

"何处来报！"御前直问到。

"启禀陛下，是侍御史携两淮传令官送上的前线加急军报。"

"两淮?!"殿内百官开始议论纷纷。

"侍御史?"殿中右相此时却是听出了个中玄机。

"速速呈上!"陈右相大声说道。

"是——"

急步如催，步步逼心。待到呈上，宋高宗急忙取出御筒之军报速读。

陈康伯自是从陛下的眉宇中读出了大概。

宋高宗闭目蹙眉，将军报递给了御前内殿直，"速呈丞相阅之。"

"是!"

陈康伯摊开一看，快速阅之：

绍兴三十一年，金完颜亮兵分四路，众六十万，号百万，对我军发动全面进攻。一路自海道进攻临安；一路自蔡州发，进攻荆州；一路由凤翔起，进攻大散关，待命入川。中军为其亲自率领三十二总管兵，进军寿春。

汉南道宋归化军、蒋州、信阳军皆败。另徒单贞领兵二万人，打败我军建康都统王权于盱眙，进取扬州。

后完颜亮率兵从寿春一带渡过淮河，再攻庐州。淮西防务建康都统制王权罔顾江淮浙西制置使刘锜之军令，未加抵抗，退至和州，后又渡江败退采石矶。以致踞守扬州之守将刘锜也被迫退至镇江设防。

由此，完颜亮挥军南下。直逼长江北岸。

金兵前锋军连败宋军，攻占和州后，我军旋即组织和州反击战，但金将耶律元宜击退我军反攻，斩首数万，统制官姚兴力战身亡。无奈之下，我军只得退保江南。

而今，完颜亮大军直赴长江，预计其不日即会于采石矶渡江。军情紧急，望朝廷可直拨军队增援采石矶，以守长江天险。

"长卿，如何？"宋高宗此时心中甚为担忧，"昨日所议之事，看来并非无用之功。"

陈康伯听闻圣意，昨日所议，难道是要再次入明州坐船逃难于海上。心想万万不可如此，于是速速问道："前来送信之人何处？"

"哦！正在殿前候着呢。"

正欲去请，却已经听闻一声："不错，丞相，送信之人正是宋姓也！"

陈康伯一听，喜上眉梢，果然不出所料。

宋高宗也看出端倪，举手让其二人直入殿中。

百官回身，只见两位戎装之子，英姿勃发，俊眉秀颜，快步行至御前跪地听令。

"梅花御史！"御前直和宋高宗俱是一惊，另一御前直收到皇上眼神指示，速速隐入偏殿去寻另外两位圣上授意之人。

"宋御史。"赵构抬眼相望。

"正是下官。"梅花御史再次行礼。

第二章

梅花御史已归来

赵构颔首示意起身，又转向陈康伯。

"丞相之见如何？上月，守军已按丞相及众卿之意积极迎战部署，并采分兵迎战策略：遣成闵守鄂洲以守备襄汉中路；吴璘守川陕之地以备西路之敌；李宝率兵海上迎战；刘锜为江淮浙西制置使，守两淮之地。如今，除李宝一路尚未有败绩，其他几路均败退。事到如今，丞相可有后策？"宋高宗此时已是一脸无奈。

"皇上，此次金兵攻意决绝，大宋有进无退，只能迎战。臣奏请坚持抵抗。"陈康伯依旧力主继续迎战。

"朕也深知主战之利，但如今若是淮南失守，又该如何进退？"

"皇上！如今我军尚能战斗，水师依旧完好，而建康、扬州也有我军二十万兵力。为今之计，不是退却，而是应该直接接管前线的作战大权，换将稳定军心为其一。另也需预防前线将领再次溃逃，臣请奏速派朝廷亲任之人监督犒师。"

而此时，御前直已领着身着戎装的两位老将直入殿中。

众官一望，是前任御前弓箭直及御前弩直。

一时之间群议四起，是战是退，众人心中不明圣意。这两位御前直可说是当今圣上最倚靠之心腹。相传当年第一次退避明州海上之时，这两位一路誓死相随，与皇上出生入死，更以性命相守。如今圣上再次召唤二人，难道是圣意已定，要再次逃难于海上？

"臣虞允灵叩见皇上。"

"臣钟玉诚叩见皇上。"

"快快请起。"

两位大人列于丞相身侧，虞允灵此时与下跪二子交换了一个眼色，大出一口气。心中念道：杭孙，看来我和你父亲没有选错人，关键时刻你还是顶住了压力。

这位御前弩直又对陈康伯点头示意。

"军情紧急，梅花御史得归，又送来了御筒军报。两位爱卿可有妙计。"宋高宗脸上仍然是犹豫不决的神色。

"臣愿追随皇上，抗战到底。"钟玉诚回道。

"皇上，梅花御史已归，还请屏退百官，内殿详议。"虞允灵深知皇上脾性，况且他也有太多的话要好好问问二子。

"好！朕也有许多话要问梅花御史。退朝。"

只是这退朝，因为溃败之报、退兵镇江、淮南沦陷，已经引得朝中人心溃散，消息马上传遍了临安，一时间人人自危，更有甚者，已经开始打点行囊，朝中也有遣家欲避者。

内殿之中

"皇上！不能退，这次，金兵倾巢而出，大宋已经别无选择。

我军主力尚存，大可再战。"陈康伯依然坚持全力迎战。

但底下也有别的一些大臣小声议论着明州之事。

"梅花御史，这次去金国可有探得敌报。"御座之上的赵构愁眉不展。

宋源的脸上依旧挂着自信的笑容，这不由得让虞允灵松了一口气。

"完颜亮调集大军前夕，徒单太后竭力反对，不想被完颜亮杀于宁德宫中，并投其骨于水。"宋源一字一句地诉说着。

殿内顿时肃然无声，宋源一笑，他自然明了，众人心中定是被惊得不轻，这完颜亮竟然连金国太后都是这般任意弑杀，虽说不是生母，但未免也太……

"此人几近疯狂，攻打我军，势要一统天下。试问一个连自己的嫡母都不放过的人，又怎会放过我大宋百姓、军队、大臣，乃至皇族。"宋源继续蹙眉说道。

宋高宗此时已经脸色煞白。的确，完颜亮的凶残已经远远超出了殿内所有人的意料。

"完颜亮攻打大宋的意志尤其坚定，为了伐宋，他迁都燕京，并改名为中都大兴府；同时改汴京为南京，改中京大定府为北京；并于朝中称他梦到'钧天之宫'，接受上苍指令'天策上将，令征宋国'，以此定下南侵之策；后又加紧造战船于通州，征集各路女真、契丹、奚人、中都、南都、中原、渤海丁壮几十万人；建南京汴京宫殿，修中都燕京城防，并督造兵器；后又迁都于南京汴京；以户为单位征调骣马，富室征发有多至六十匹者，全国共计五十六万匹，也仍令本家饲养，随时应付军用；之后即分诸道兵为三十二军，共六十万人，号称百万。挥军直下，直逼临安。"宋源虽然语调平稳，但言辞却是句句直戳人心。

殿中之人听之可谓句句惊心。更有甚者，已经冷汗直下。

"历时七年，励精图治，只为攻打我大宋。试问诸位大人，此等君王御驾亲征，何以让其甘心返还？"

"不杀的大宋片甲不留，必誓不罢休。皇上，正如臣先前所言，朝廷只能誓死迎战。"陈康伯闻之更加坚定了抗战之决心，大声陈议，跪地恳求到。

众人一惊，似是还没有从宋源陈述的恐惧中完全醒来，赶忙也跪地磕头道："皇上啊，救救大宋吧。非战即死啊！"

"休得胡说，这样会乱军心的。"钟玉诚马上阻止到。

宋高宗闭目扶额，梅花御史的一席话他当然也是听得心中惶恐。但要下定决心抗金，哪里是如此简单。

"绍兴三十年，完颜亮烹杀将南侵意图暗示我朝的金朝使节施宜生，施是福建人，为臣等耳目，将南侵计划暗示给微臣后即遭杀害。绍兴三十一年，金尚书令张浩和左丞相萧玉再次谏止伐宋，被当场杖责；在此期间，征集马匹过程中造成马匹死亡的多名官员皆惧罪自杀；同年，完颜亮命李通造船时，督责甚急，将士日夜不得休息。皇上，其一心只为伐宋，举国之力，阻其者、拖延者一律皆死。为保社稷，臣马不停蹄赶往各守军之地暗自联络守军将士，偷金兵军机，以告我军，并帮各路部署战略。我军定能厚积薄发，在各路相继打开局面，尤其水路，我军势盛，不日即可传出捷报。"宋源再次力陈利害，并拿出了各路部署之密函，呈上让皇上亲阅。

宋高宗阅之心中总算稳定些许，但却未见两淮在其密函上，心中不由一紧："如今两淮战事最为吃紧，已经送上告急军报，众卿可有良策对之。"

"臣以为正如军报所言，采石矶为当今要害，朝廷应速派将领抗敌、文臣犒师。"陈康伯回道。

"不错，丞相所言极是。"虞杭孙抱拳请令。

"文臣犒师?"宋高宗有些不明其中之意。

"我军大营即在建康,离采石矶六十里。从建康到镇江我军总计有二十余万。委任文臣为督视参谋军事,可有稳定军心之奇效,即是向驻军将士表明大宋最高军事指挥已直接主持江淮作战。"虞杭孙那一双英气逼人的眼睛此时直视着赵构。

宋高宗似是从他眼里看到了前线求战之心切,也许,真可一战。

"好吧,容朕再三思。入夜,丞相、御史、传令官及两位爱卿,再入殿内一议。"

丞相功名采石矶

入夜时分，众人再次齐聚殿内。均各自请战，望皇上下令。

宋高宗长叹一声，从内袖中取出一锦囊，示意御前直递给陈丞相。

陈康伯打开锦囊却见"如敌未退，散百官"七字，心中满是不解，异常气愤，当即将这一纸诏书置于长明宫灯之前烧毁。

众人一惊！也不好阻拦。

宋高宗也知其忠义，心中唏嘘。

"皇上，完颜亮立志七年，准备七年，以示坚决攻打我大宋之心。我等愿誓死追随皇上，追随大宋，心比金坚，不会输于他完颜亮。一旦百官散去，皇上势单力孤，更加无法守护大宋，所以臣请愿，圣上御驾亲征，带领我军奋力出击。"

"朕何尝不想迎敌，如今采石矶为重中之重，各位可有推荐人选。"宋高宗一下就点出了心中所忧。

笑容再次挂上了宋源静敛如水的脸庞。梅花御史转头看向虞允灵和虞杭孙。

"家父已经在建康待命!"虞杭孙跪地应到,"臣也会加急赶赴前线。"

赵构心中一惊,不由得看向虞允灵。

虞允灵微笑抱拳下跪回应:"臣相信家兄一定会不辱使命。"

"虞允文!好!臣附议,任命虞允文为参谋军事,赴采石矶犒师。"陈康伯也请令到。

"臣附议!"宋源的脸上再次扬起了自信的微笑。

"臣也附议。"钟玉诚看虞允灵如此坚持便也跪地附议。

"儿臣也附议——"只听得一声附和由殿外直传殿中。

急步如催,雷厉风行,朝服加身,直抵殿堂。

"建王殿下——"御前直赶忙迎了上去。

宋源并没有回头,嘴边的笑意更加深了一分。

建王赵昚此时已经行至御前,在宋源身边下跪,递上了绢纸上书。

"父皇,儿臣上书,恳请父皇御驾亲征,儿臣愿意领兵抗敌,并随驾保护父皇。"

虞允灵看向建王,已过而立之年的他,此时是一脸的坚定。而在建王身后跟随的即是建王的老师史浩,想来这份上书定是受到了他的指点。

宋源等人听闻建王的话后,都纷纷再次附议跪请出征。宋源心中深知,大局已定,建王殿下即是内定的太子人选,他的上书,定将成为这最后的催兵之符。

宋高宗看向众人,摊开文书,闭目深呼吸,终是下定了决心。

"下诏御驾亲征,派知枢密院事叶义问到建康督视江淮军马,中书舍人虞允文为参谋军事,赴采石犒师,另命李显忠接替王权之职位，接管两淮军事，全军戒备，一致抗敌。"

"皇上圣明！"众人跪拜接旨。

"皇上，臣也奏请同虞大人一同赶赴采石矶。"宋源此时突然请旨到。

宋高宗意味深长地点了点头。

"但臣还想问皇上借用两人。"宋源此时已将目光投向了两位前御林军统领。

"臣自然是要去的，养兵千日，用兵一时，大宋危难之际，我等定当赴汤蹈火。"虞允灵微笑予以回应。

"臣也愿意相随。"钟玉诚也微笑应道。

"可是，两位爱卿的身体……"宋高宗对这两位曾经同生共死的臣子还是颇为在意的，如今他们年事已高，不忍再让他们赶赴前线。

"刘锜大人尚在病中，也愿接令保卫大宋江山，更何况我等。"虞允灵再次跪拜叩首，"臣谢皇上体恤，臣还有一个不情之请，臣欲求带领御林军之御前弩箭队一同前往采石。"

"廉颇老矣，尚能饭否。臣也愿带领御林军弓箭部精锐助守军一臂之力。"钟玉诚也请令到。

宋高宗见两位老将一心求战，心中百感交集，似是又想起了那越州古道上的生死与共。心中一念，想到了那过往种种。是啊，也许上天真的还能再佑大宋一次吧。

"准奏——"

此时，梅花御史心中的巨石总算落定，如此一来，所有的棋子终是具备，算是凑齐了这一仗必备的条件，接下去，只待顺应天时，奋力一战了。

十一月初 建康

孤夜一灯点驿馆，雨打窗急。两鬓斑白，奋笔疾书。

稿纸上尽是陈列军情，也有地图布阵。两淮军情加急，虞允文已经移至驿馆起居，以备随时应战。

他有些焦急地看向窗外，大雨已至，怕是今年的第一场雪就快落下了。

终是听到了窗外的暗动。驿馆中的驿员步履颇急，纷纷出门相迎。

是信使！虞允文心中一紧，赶忙放下手中笔墨。

"中书舍人虞允文接旨——"

驿站门口传来了临安信使的传报。

虞允文快速起身，行步至驿站长廊，只见一身戎装的临安御信使已经手举黄锦圣旨。便迅速跪地听旨。

"任命中书舍人虞允文为江淮军马府参谋军事，即刻启程，赴采石督视犒师。"

"臣虞允文接旨。"拿过圣旨的那一刻，虞允文心中坦然。

一朝功名，几十年文官生涯，也终是要走上战场。

"虞大人。"那红衣信使此时又将另一封密信递到了虞允文的手中。"这是令郎让下官转交给大人的。"

虞允文的唇边露出了欣慰的微笑。杭孙和允灵终是不负所托。

上阵父子兵，而今是虞家三人同上战场。

人生也无憾了——

"多谢信使大人，彬甫这就快马赶赴采石。"

虞允文疾步入室，拿过挂在床头的包裹和佩剑旋即直奔驿站马槽，是的，这一战，他早已有所准备，行李也早就备好，也许从去年出使金国回来开始，他就已经明白，这一战，不可避免。

而另一面，由宣州入采石的古道上，由虞允灵和钟玉诚带领的御林军精锐弓弩部队也正在快速行军中。

钟玉诚骑马追上在前先行的虞允灵，这日夜兼程的行军，已经让部队颇为疲惫，眼看天色有变，恐是要落雨。

"玉诚，你不用劝我，我们只能加快行军，此战不能拖，贵在行兵速度，如今采石阵前无帅，这场决战怕就是这几日的事了。"虞允灵对传令官再次下令，全部将士要加快行军速度。

"这我自然是知晓的。只是天色恐变，我们不如在加速行军的同时，派出侦察兵先行，探明采石矶现今境况。"

虞允灵不禁一笑，"侦察兵——甚是怀念啊！放心吧，你想到的，梅花御史也早就想到了。他和杭孙已经于今晨快马先行，会尽快去和彬甫汇合。"

"看来我是多虑了，真是久违的一战了，不禁有些怀念。"钟玉诚看向虞允灵，想到了那个当年在越州古道上屡立奇功的侦察兵，"如今，你我都不再年轻了。"

"是啊，国难当前，也只能再披挂上阵。这一战，事关大宋国运。胜，得以延绵；败，你我也定当死守。"虞允灵看向了身边这位生死之交，眼神深邃却又纯粹。

"哈哈！岂曰无衣？与子同袍。王于兴师，修我戈矛。就算战死，也死而无憾了。"伴随着爽朗的笑声，"传令下去，加速行军！"钟玉诚再次策马赶向队尾。

第四章 玉帐分兵赋采薇

时值十一月初六，虞允文经过连夜的赶路，终是到达了那绝壁之下。采石矶位于长江东岸。北通建康，南达江城。虞允文远望其势，只见三面环水，而独西南麓突入江中，颇为险峻。虞允文心中已然明了，此地占据长江之险，锁钥东南，的确是绝佳的天然屏障，所以自古就为兵家必争之地。

"江南有事，从采石渡者十之九。"想来完颜亮不会不明白这个道理，此地上可直攻建康，震慑大宋主力；下可奇袭江城，直捣临安防御圈。

"此地生，则大宋生。"虞允文勒紧了马绳，快速奔向了江边的牛渚山。

一路骑马行来，军备及士兵零落沿途，终在西北临江低凹之处找到了宋军的主力。只是兴许是因为军中无主帅，将士们三五星散，只得解鞍束甲坐道旁。

这些解甲的将士此时正看向江北，脸上多是愁眉不展，竟未有人发现虞允文的到来。虞允文索眉也望向那一江之隔的和州。

旌麾初举，正骎骎力健。嘶风江渚。射虎将军，落雕都尉，绣帽锦袍连横。虞允文终是明白了将士愁容点点之所终。此时看着对面那毡帐连营，旌旗连杆，自己也是非常忧虑。

忽听一声隼鸣，众人不由得回头望向天际。而当看到那只矛隼飞向牛渚山之时，众将士也看到了马背上风尘仆仆的虞允文。

将士们心中百感交集，有一些人又回头望了望对岸的金营，只是他们再次回头之时，看到的是虞允文眼中的安慰与肯定。

"大人——"众将士终于盼来了心中所想之人，虽然他只是一身文官打扮，但他此刻正一一对众人点头。

"各统制出列！"虞允文一声令下，慷慨激昂。

江前军士不由得一惊，这一句振聋发聩之语，似是投入水中的巨石，激起了万层涟漪。

"淮西统制张振在列。"

"统制王琪在列。"

"统制时俊在列。"

"统制戴皋在列。"

"统制盛新在列。"

军中齐刷刷地步出了五位将领，纷纷跪地听令。

虞允文俯视五人，只见鬓角微乱，却戎装依旧。虞大人的心中不由地掠过一丝欣慰。

"众将入帐速报布防及军情。"

话音刚落，只见那矛隼又再次出现，俯冲而下，直入军中。

"虞大人果然是文武双全。这么快就要玉帐分兵了！"一阵悠扬的声音传来。

众将一惊，正要接令，却又听得这不速之客的来音，不由好奇地抬头相望。只见二骑，缓缓行来，座上两人白披戎装，正是那骏马踏涂。

时俊眯眼看去，心中大喜。这不是前些日子去临安请令的传令官么。而另一位则是玉带挽发，充耳琇莹。看来传令官真的从临安搬来了救兵。

虞允文笑而回头并抱拳施礼。

眼中青青二子，脸上由衷之笑。

"杭孙，没想到你搬来了我最想要之人。"

得到父亲的嘉许，虞杭孙自然是心中畅快，"叔父和钟将军也已带御林军精锐赶来。"虞杭孙下马跪地相报。

此语惹得军中一片议论，宋源一眼望去，只见喜色爬上了众将士的眉梢。心中不由地叹道，鼓舞士气，当在此一举。

果不其然，军中已陆陆续续传来了欢呼声。

"那么，虞大人，事不宜迟，我们这就去帐中运筹帷幄。就算举国之力，也要和这对岸的毡帐连营一决胜负！"

这一席话，使得士气顿时大振，军中将士开始互相环视。最后都化成了在各统制带领下的振臂高挥。

"誓死抗金！保家卫国！"

"各统制及副官均入帐，共商大计！"虞允文一声令下。

军中的呼声更是高涨起来，许多兵士开始疾步奔向不远处的兵器营地，更有甚者纷纷向正要入帐的各统制请示列阵出船。

宋源不由得凌然一笑，"都让他们备战入队吧，这仗可是说来就来的。现在披甲，其实也只是刚刚来得及而已。"

"传令下去——全军披甲备战，水师、船队全体就位，进入高级戒备状态。"时俊下令。

"是！"

待众将领步近玉帐，周边已经是吹角声起。虞允文与宋源相视一眼，他们知道，这一战，已然迫在眉睫。

"御林军的弓弩精锐何时能到？"虞允文对着杭孙问道。

这话虽然说得轻，但还是进了梅花御史的耳中。

宋源的嘴角再次浮现出了那了然于胸的微笑。

"大人，有的时候晚一点到，说不定更顺应天时。所谓出奇制胜，奇兵出现的时间点反而更为重要。"梅花御史凤眼流转，灵气秀动。

虞允文会心一笑，掀开帐幕，回头若有所思地看向这位年轻的暗行御史。

"自己人不知，敌军更不知。所有的棋子已经备就。"宋源此时做出了请的手势，"接下来只待大人和天时了。"

听到这一句，虞允文心中一紧，欲问其详，但众统制的脚步声已至，只能率先入帐。

待诸人坐定，玉帐之中已是满满一堂。

听完诸将领的布防，虞允文不由得皱眉。由于前主帅的弃甲曳兵而逃，全军大半将士尽数淹死在和州争渡中。如今，在采石矶的兵将甚至不到两万。

"侦察兵可有来报对岸敌军的情况。"虞杭孙自然是知道父亲的担忧，赶忙在军机图上的牛渚山下放上了扎营的标记。

时俊上前细看军图，执旗将敌军之阵置于采石矶之西的杨林渡口。

"根据侦察兵回报，以及下官这几日的观察和分析。金兵由此渡江十之九八。"

"杨林渡……"虞允文细细地观看着地形图。

"大人，如今军中无主帅，备战命令也是刚刚下发，对岸敌军将近二十万，为我军十倍之多。后续敌方援军也会陆续到达，不知道建康和临安，可会再派增援。"统制王琪上前请令到。

众统制此时心中也是各有评判，虽说传令官带来了御史，朝廷也派来了参谋军事，但仅仅抵达了三人，面对江北那排山倒海的毡帐，还是太没有胜算了。

"大人，虽然下官此说会多有不敬，但大人只是朝廷派来犒师的文官，而今，采石最缺的恰恰是武将，盛新孤弱寡闻，至今为止还没听到传令官传来的御旨军令。如今究竟会是哪一位将领带我等应战这江北的二十万金兵？"统制中一虎背熊腰的壮实将领起身走到虞允文座前询问。

宋源见此情景不由得一笑，虞杭孙看向梅花御史，见他依然是波澜不惊，那自信的微笑也没有褪去。

虞杭孙本来紧绷的心弦稍稍缓和，抱拳回道："是杭孙疏忽了，急急赶来竟然还没有宣读御旨。"他正欲拿出御筒中的圣旨，却不想被宋源直抓手腕制止了。

虞杭孙不由得一惊，"御史大人？"

宋源意味深长地环视帐中诸将，气定神闲地说道："诸位大人难道觉得李显忠将军还能赶到采石矶，来统军带兵么？"

此话一出，四座皆惊。

"李显忠将军？"时俊听闻此名心中一惊。

"大人，可是说那位二百骑兵杀退五千金军的南归李将军？"王琪也疾步上前问道。

宋源微微颔首，凤眼下敛，侧头叹气道："不错，正是那位两年前大败金兵的李大人。不过，这次天时不再，李大人远在池州，怕是赶不到采石矶了。"

此语一出，原本满心期盼的各位将领再次陷入了沉默。

"但——天机仍在我侧！如今所有棋子已经就其位。那么就算没有李大人亲自领兵，我们也可以放手一搏！"宋源突然举起自己的佩剑，重重地放在了虞允文的案上。

"七星龙渊在侧，在星，在辰，在彼，在我。我今窥得天机，将此剑赠予我军参谋，愿虞大人统领采石之军奋勇杀敌，博千古美名。"

"七星龙渊宝剑？"盛新有些不敢相信。

虞允文双手拿起宝剑，拔剑出鞘，寒光直逼双眼，众人眯眼，只见一道紫青色的剑气出鞘而来。

"良工咨嗟叹奇绝，铸得宝剑名龙泉。此剑是下官去年深入龙泉完成御令之时所得，圣上念及吾常年在外，需要此等灵器防身，故特赐予我。想来今日它终是找到了自己的主人了。"宋源一手轻托剑鞘，一手拂过那千锤百炼而得的剑上锻纹。

"梅花御史，这……彬甫怎么受得起。"虞允文欲收剑回鞘。

"大人，已经出鞘的剑，哪有再收回的道理。此战不出两日即会打响。唯有同仇敌忾，誓师会战。"梅花御史握住了虞允文欲要推剑入鞘的手。

此句话中含话，在座的各位将领心中霎时明了了。时俊眼中一酸，快步冲到虞允文案前。双手抱拳，骤然跪地。

"大人，尔等愚昧，战事一触即发，竟还在此互相猜忌。大人身为文官，都不曾退却逃避，加急赶赴前线为的只是与我等同战。不弃将士而走、临危同在的主帅，我——时俊，认！愿，誓死相随。"

时俊的一番话，说得众将领醍醐灌顶。当务之急，是速速制定对敌之策才是。

宋源回头，凝视众将一番，用力地抓住了时俊的肩膀，并将他扶起。而此时众将纷纷抱拳请命。

"愿誓死相随——"

虞杭孙见到此情此景，心中不免感动，他抽出御筒中的圣旨，双手奉给了自己的父亲。

"参谋大人。采石之战，长江天险，全权托付于您。末将也定会誓死追随。"虞杭孙此时也跪地请令。

虞允文看到众将领个个俯首抱拳，感念危难之时，面对强敌，还有如此的赤子之心。心中念道：天不亡我大宋。

虞允文缓缓闭上双眼；像是看到了那盘踞在心间已久的期冀，是的，几十年强身练武，钻研兵书，给自己定下文臣也不能落于人后的准则。兴许这几十年的坚持，就只是为了这一场战役。

虞允文终是睁开了双眼，迎来的是满帐赤诚的眼神。

他清楚地明白，这一战，意味着什么。

他的手再次握住了剑柄，宝剑出鞘，七星赫然在剑身。

虞允文用龙泉宝剑直指地图。

"诸君，观此图即知，我等所肩负之使命为何，又何其沉重。能不能保住江左与临安，胜败的关键皆在我等手中。既然要战，那么就在此誓死决战。胜！保我大宋千万子民。败！也要拖延敌人战机，为其他各路打开战局争取更多的时间。"

"不错！"梅花御史奉上剑鞘，"如若采石矶得以死守，金兵就不能打开行进直入江左的缺口。但如若采石矶失守，那么位于建康的我军主力，以及镇守镇江的刘锜将军的兵力，约合二十万众，皆形同虚设。长江天险沿途布防的所有兵力根本无法快速回援临安。金兵由此渡过天险，可以直捣皇城。"

宋源的一席话，再次点明了要害，盛新此时握紧双拳，热血沸腾起来。想来跟着王权统制，一路奔逃过江，一直打着窝囊仗，如今这一战的确是退无可退了。

"那么，金兵会在哪里登陆呢？"王琪指着地图，眼中有着另一番深意地看向虞允文。

虞允文一笑，知他是在试探自己。于是推剑入鞘，再剑指那宋军兵营驻扎之地。

"就是这里！"

王琪见状和诸将互相使了眼色，脸上露出了些许赞许的神色。

"骑马赶来之时，彬甫已经观察了周边的地势。金兵人多势众，而采石矶附近唯有西北临江低凹之处才适合大型部队渡江登陆。"虞允文说话间已经将此处标注，然后回头以凌厉的眼神看向诸将，"如此一来，我倒是心生一计。"

"大人但说无妨。"时俊见虞允文分析得很是在理，心中的希望又多了一层。

虞允文微微一笑，执笔添墨，在案上的纸宣上写下了四个字。

众将上前一看，纷纷一惊。

倒是虞杭孙和宋源看后，交相点头称是。

"此计绝妙。兵贵神速，也在出其不意攻其不备，不过切不可忘了要声势俱佳。大人此一计，倒是让下官有了新的后招。"梅花御史此时用手拨弄着耳边的琇石，心中似有妙计。

"御史请讲。"虞允文看着长江的沿线图，心中也有了新的盘算。

"完颜亮在金准备伐宋多年，已令金民、金兵心存惧意，怨恨积累已久。"宋源笑而指点图中对岸的和州之地。

"而今，我们要做的就是点燃怒火。"

"怒火？"王琪有些不解。

"不错，此战在拖，拖即得救。"

"拖？"众将面面相觑。

"古语云：一鼓作气，再而衰，三而竭。完颜亮为人慓急，不能速胜，即会行极端之举。适时，宋军便胜局在握。"宋源再次观看全局地图，"所以，这第一仗，至关重要的，即是击退他们的首次登陆，这第一次交锋即决定了大局。"

王琪点头，但又皱眉而叹："只是这十几万的强敌，一波接一波，要完全压制他们的气焰，谈何容易。"

"统制说得极是，所以我军摆阵进攻之时也定不能输了气势，而关于这点，我已有了对策。"

王琪正欲细问，忽闻一声隼鸣，刚才在滩涂之上见到的矛隼俯冲直入帐中。众将领一惊，却见那海东青缓缓停立在宋源的臂上。

宋源取出矛隼脚上的信笺，嘴角又勾起了惯有的弧度。

"按信中所述，金军用于渡江的船只，是临时拆用和州民房的木材建造的，很不牢固。"宋源将信纸递给了虞允文。

"水师和蒙冲准备得怎么样？"虞允文问道。

"禀参谋，已经下令水师全体下水备战，另外下官也吩咐下属开始向周边的船坞和百姓人家调用船只。"时俊回道。

"做得好。"虞允文再次转身看向全域地图。

"金寒霜气山无虎，剑动星光水有龙。采石在，大宋固，采石若失，大宋危矣。诸位身经百战，今李显忠将军未能赶到，彬甫暂领军权。国家危难之际，时势推我等身居前线，首当其冲，不可退缩。惊涛骇浪中，彬甫愿身先士卒，与诸君同战，与采石共存亡。"

虞允文一番誓师后，听闻帐外士兵一阵应和，心中不解，于是快步出帐相看。只见帐外已经是人头攒动。

原来是时俊统制传话，让各兵营士兵前来听犒师之词。而时俊的副官也派人出帐将虞允文的誓师之语句句相传。一时间，已经是群情激奋。

"昔我往矣，杨柳依依。今我来思，雨雪霏霏。采石矶的第一场雪兴许就要落下，而此战关乎大宋国运。我与诸将士共赋采薇，以解思乡之苦。歌完，共赴战场，以行臣子之义。保家卫国，誓死抗敌！"

虞允文再次拔出龙泉宝剑，剑锋直指江北的毡帐连营。

"管他天丁震怒，掀翻银海，散乱珠箔。且看玄黄到底为谁引路。"

第五章

将军意气中江楫

六出奇花飞滚滚，平填多少浩劫。

那冬雪自从昨日就一直未曾停过，长江依旧天际流，划分江左。金兵营帐中，号角连连。时晴戴好绒帽，掀开营帐，往外观望。只见人潮如流，速跑集合。

心中想道：不好，怕是快要渡江攻打采石矶了。于是速速抽出袖中的卷纸，草草用小笔沾墨写上：

"恐要渡江，直攻采石。快雪时晴，佳。力不次，君正面迎敌，吾定当拖延后军。顿首。"正要收笔，金兵营长开始轮番毡帐相敲探望。

时晴俊美的脸上划过一丝紧张，马上跃步由窗口翻出营帐。落地警觉地观望四周，依旧都是快步向奔的兵士，便快速闪入旁边的侧帐，兵器行囊间只见一只矛隼。时晴快速地将那信纸系于矛隼腿上。

"乖，一会等没人时，你自行飞走，记住，要快点送达。"时晴对着矛隼亲昵一语，温柔地捋顺它的羽毛。便拿起短小的双佩刀挂在腰间。

"我走了。"一抹自信的微笑挂在时晴的嘴角，转而露出了坚定刚毅的眼神。一个翻身，跳出小帐，混入了这五角连营的洪流中。

时晴见人流都是往江边汇合，心中不免焦急。但也只能见机行事，进入自己的阵列，尽量往前靠去。

十万军列，旌旗已起，统帅在旗下高台威坐。

想来是这雪来得急，又不见停歇，惹得金兵不得不加快速度。

时晴踮脚看去，看到了那在点将台上批裘戴绒、金刀在侧的统帅。

完颜亮！

时晴皱紧眉头，袖中小镖已然待命。但转而一想，宋源说过，此战必须两军交接，让宋军得以大胜，如若靠暗杀，反而不能了结这场危机。便收起架势静待金兵的军命。

雪子飞得煞急，完颜亮这几日一直在督促着部将加紧造船，本想借着尉子桥一战之捷趁势直取采石矶，可昨日开始这飞雪就不曾间断，自然是心急如焚。

号角声过，战鼓停歇。完颜亮此刻却在点将台上挥笔疾书。

只见一披甲整装的金兵统领上台对众金兵宣言：

"尉子桥一战，我军斩首宋军数万，本想借势直取采石矶，无奈兵多船少，只能扎营和州，整顿造船。如今六角雪势已起，断不可再让宋军苟延残喘，于是借机调兵。此战在速，速战速决才为上策。如若再让雪势加大，恐会更加不利于我军渡江。"

话到此时完颜亮重掌拍在刚写就的宣纸之上。

"七年筹备，只在朝夕，此战关系整个战局，渡江而过，江左即在我大金的手中。尔等即可随我将这旌旗直插在西湖之滨、凤凰山上。"

"好！好！好！"时晴身边的金兵个个振臂高呼，时晴的眼中倒是闪出一丝寒光，但也不得不跟随着振臂。

"六角奇花已飞，天时已到，不得不攻！"完颜亮眼中尽是杀气，他一把拿过桌上的纸宣，顺势在手上挥了挥，"宋人不是喜欢以文治国么？我今日就送他们一诗一词。让他们看看我军将士并不是什么只识打仗的所谓蛮夷。如今他们溃不成军，军中早无主帅，尔等兵精体壮，马上如风，渡江登陆后即是尔等的天下了。"

说完，完颜亮当即对手下使了一个眼色，眼中的杀意丝毫未减，让人不寒而栗。时晴此时不由得握紧了拳头。

只见一匹白马被牵到人前，时晴顿时有了不好的预感。

在群情激奋中，白马被赶到了旌旗下。

手起刀落——

时晴闭眼扭过头去不想再看。

杀白马祭天——

时晴此时可以彻底确定了，今日金兵即会渡江。

当时晴把视线再次移到旌旗下。白马分尸，马头断裂，血色涂地。时晴轻轻叹了口气，想到如若让这些金兵渡过江去，到时候江左兴许就如这血泊中尸首分离的白马一般，死分竟地。

我定当守我世代之江南福地。

时晴望向江南，雪花打在脸上，看来这次答应来帮小源，是正确的选择。

完颜亮叫人押来一个平民，便将刚才的那张纸宣装入信封，扔给了那和州的平民。

"送过江去，看看你们宋国的将领能不能和我比一比这文采。"完颜亮的脸上显出一阵不屑，转而又是一副志在必得之势。

白雾弥漫在江上，那迅捷的矛隼直越过长江，俯冲向牛渚山，停靠在了那白衣御史的臂上。

"快雪时晴？时晴？"一如既往的微笑在梅花御史的唇边弥漫开来。

"好名字。"

梅花御史轻轻抚摸矛隼。

"既然要战，那么就痛痛快快地来一场吧。"

而此时，他身后行将过来的小将也已经整装待发。

"大人，我部已经将散处沿江各地无所统辖的军队、船只迅速统合起来，沿江布阵已经初步完备。"来者正是那青青少年虞杭孙。

"嗯，还好是赶上了。战斗即刻就会打响，通知沿江各统制，依计行事。进入最高备战状态！"宋源眼中露出一股鲜有的肃杀之气。

虞杭孙心中一惊，那么快?！但看到宋源紧皱的双眉，心中不敢有所怀疑。赶忙应道："是！下官这就去通报！"

宋源听到身后急速离去的脚步声。对着那漫天飞雪和波涛依旧的长江，一声轻叹。他将那矛隼再次放飞。

右手伸向了怀中。手出笔显，碧灵韵点。执袖挥洒，灵息直冲天际。

身边，碧衣、白衣一一隐现。

"要战便战！哥哥，今日，终要一战了。"宋源的眼中饱含依恋，"我定会用性命保我大宋河山，稳固江左福地。"

"小源。"碧灵环身的仙灵将一条隐现着青蓝波纹的披纱披在了宋源的肩头。

"诸夏。"宋源回身，对着这笔中所出的仙灵微微颔首，而后视线即转向了诸夏身后身着白色水波纹衣的另一位仙人。

"这位就是……"

诸夏微微一笑，不置可否。

宋源恭敬一拜，旋即再次将手伸入怀中，举袖挥洒，白宣凌厉铺陈于身前。

执笔点灵簿，七十二点将谱，三十六振魂幡，划笔间布灵为阵。

"今日一战，执笔之子定当竭尽所有，倾其全力，祈三十六部神王护法于吾侧，与吾共进退，以佑大宋。"

诸夏与白衣仙人颔首相拜，纷纷引灵入那图腾隐现的灵簿。

"二仙订立契约，誓助执笔之子采石矶一战。"

宋源回头看向二仙，眼中满是肯定。

二仙笑而再次诉说："千年尧舜心，心成身已殁。始随苍梧云，不返苍龙阙。"

"天无涯兮地无边，我心愁兮亦复然。人生倏忽兮如白驹之过隙，然不得欢乐兮当我之盛年。"宋源仰天一笑。

"六合俱在，如风随行！"

宋源将手重重地印在了那仙气缭绕的灵簿之上，青碧色的灵息如电光石火骤然相遇，缠绕交持直冲江面。

宋源闭上双眼，似在倾听那天地之音，听风实行，辨音得势。

纵是紧闭双目，心中却是一目了然。

"金兵果然已经下水而渡。"宋源闭眼说道。

"静听差遣，当如何应战？"诸夏远望向那江北。

宋源闭眼锁眉深思。

风雪划过耳畔，拍打在他秀丽的脸上。

二仙伫立在风雪中，听到了他一字一句的回应。

"夏火土御，河伯浪雾起，飞羽箭秀在前在后。"

"是！"二仙鞠躬领命。

白雾过江，雪子纷飞。

时晴用木板简陋搭起的木船随着那浩浩荡荡的金兵大军一起渡江。似是听到了风中的回响，眼眸中多了一份锐利。

"哼！谁说女子不如男。"

第六章

神臂弩箭初峥嵘

倚天绝壁。直下江千尺。天际两蛾凝黛，愁与恨、几时极。
怒潮风正急。酒醒闻塞笛。试问谪仙何处，青山外、远烟碧。

十一月初八　采石值雪

浩浩渺渺烟波江上，时雪更添朦胧。

匀飞密舞，都是散天花，山不见，水如山，浑在冰壶里。

江上一片混沌之时，利于奇袭。完颜亮心中畅快，心中自是
念叨如有天助。一路渡船行来，毫无阻击抵抗。看来这快雪江雾
让大军如入无人之境，成了最好的掩护。

"宋军果然如鸟兽散，采石怕是已经无人把守。"金兵一统领
笑着说道。

完颜亮嘴角一勾，问身边的副官："已经行船颇久，是否很
快及岸。"

"统帅，算时间应该是差不多了。雾气太重，我方也不是看得很分明。不过刚才侦察兵已经来报，采石矶没有一兵一卒。"

完颜亮听闻此语，心中已然有些不悦，对这大雾也是多了一份忌惮。

"传令下去，准备登陆。"完颜亮一声令下。

却听闻耳边一支利箭呼啸而过。

插以青竹竿，羽之赤雁翎。

身周之人看到后都不由得一惊，"这是越州的竹箭。"

还未等众人反应过来，那凌厉的箭雨已经朝着金兵的船只急速袭来。

"挡箭！"

统领慌乱指挥，但无奈这一波箭雨早已射向了金兵，一时之间落水、人仰船翻比比皆是。

"是宋军！是宋军！"这些士兵根本无处可躲，由于乘坐的是粗粗造好的船只，简陋无比，而手中的盾牌也根本抵御不了宋军的神臂弩。

"全速前进，冲过去！"完颜亮见兵士们乱了手脚，赶忙发号施令。

"怕什么！区区一万多人，强弩之末。加速登陆！"

"是！"

传令官挥动令旗，加击军鼓。但还未持续，即刻被一支利箭射中，翻下令台，落入长江之中。

完颜亮一惊，转身欲叫他人。

却突然见那江上的迷雾，瞬间散开。

眼前的一切霎时清晰起来。

起初以为采石矶已经基本无兵了，可怎奈眼前之景。

不只是完颜亮惊出一身冷汗，所有的金兵也终是看清了南岸的情势。

雪花擦鬓，利箭上弦。战舰布列，阵法规整。军士严阵以待，令旗直指金兵。

"起！"

只见那领头的弓箭手眼神犀利，英气逼人。

满弓拉弦，直逼准心。

"射！"

还没等完颜亮看清楚宋军的排兵布阵，那箭雨再次袭来。

"统领，怎么回事！速去探明军情！"

完颜亮此时定睛一看，方才明白，宋军早已在江岸列阵相待，而且周边观战助威者竟然十数里不绝，此时正给宋军主力加油助威。

"可恶，宋军哪来的那么多后备？"

但是现在金兵已经退无可退，只能继续前进，完颜亮再次定了定神。

"弓箭队回击！"完颜亮大声吼道。

"是！"

而此时侦察兵方来再报。

"统帅，想来……刚才宋军的步兵和骑兵隐蔽在江岸高地之后。另宋军将水军作为主力，部署在江中，有蒙冲、海鳅、车船等多种战船上百艘。宋军将水军分为五部分：其中两部分分别防守江岸的东段和西段，为左右两翼；一部分居中，作为主要突击兵力；另两部分隐蔽在港汊中，充当预备队。"

"废话！你们侦察兵是干什么吃的！现在说这些还有什么用！"金统领愤而踢翻了还在禀报的侦察兵。

"统帅，当务之急是决定进退，如今先锋部队才刚遇上宋军，后续我军还会有大波援军赶到。"

"只能前进，宋军不可能那么快调动建康的军队。这些只能是和州逃窜过来的败兵而已。我们定可以多取胜。"完颜亮赌在了宋军不会有援兵之上，力主继续登陆。

"是！"

而此时，在宋军牛渚山前的陆军阵地上，虞允文也欲要搭船直上前线。

"大人？"统制王琪欲要阻止。

虞允文微微一笑，握住了王琪前来阻止的手。

"王统制，你看我的幼子都可以带领先锋弓弩部队直面敌军，我就不行了么？身先士卒，是最好的激励将士的方法。"

而在牛渚山顶，那白衣戎装的梅花御史正在统观全局。

"诸夏！金兵要以弓箭还击了。"宋源此时正单膝及地，不敢有丝毫的松懈，在灵簿上仔细地观望着整个战局，不放过金兵的一丝举动。

"是！"诸夏上前俯身在其身侧，直观灵簿。

只见宋源快速执笔，一点灵图一侧的战事备注。

仔细定睛一看，不是别的，正是刚才他听风辨音时对两位神仙所诉说的排兵布阵之词。

"夏火土御，河伯浪雾起，飞羽箭秀在前在后。"而此时他的笔尖指向了那夏火土御之处。诸夏的脸上露出了然的笑意。

这位执笔之子起笔在灵簿上又写下两个字："浪——风——"

"河伯——拜托了！"梅花御史的口中郑重地说出心中所托。

那身着白衣水纹之仙人，见他行笔于那浪字之上，便心领神会。

远观那江面上的短兵交接，金兵已经渐渐稳住了阵脚。"弓箭部！全速前进！"那金兵的统领对着指令官吼道。

金兵的弓兵已然行船到了金兵布阵的最前沿。

搭箭上弓，满弦欲射。

金军如此快速的反应，将弓兵放于先锋之位，就是为了将大宋的弓弩部队揽入射程范围之内。

"休想得逞！"宋源执笔一划，重掌击于灵簿之上。

河伯执水波玉袖，振臂挥洒，那长江之中就掀起了滚滚巨浪。

金兵的船只哪里抵挡得了这波涛的侵袭，一下子都失去了重心，船上的弓箭手尽数倒覆在甲板上，更有甚者，翻入了长江之中。

那一支支箭羽，霎时失去了准心。

"快！就是现在，上神臂弩！全体船只全速后撤！"虞杭孙见状赶忙命令道。

宋军的战舰立马起桨往后，嚓嚓嚓——且退且战，一来一去之间，宋军的神臂弩均是三箭连发，箭雨再次朝着金兵的船只攻去。

金兵统领欲行令旗让弓兵再射，但当弓箭队再度引弓而射之时，却发现宋军的战船早已行出了他们的射程范围。

"可恶！宋军竟然拿出了神臂弩来应战，没想到他们还有这样的战斗力。"金兵统领自然是心有不甘。

"哼！就算他们有再多的神臂弩，总有箭尽之时。宋军根本射不尽我们的将士，传令下去，全速前进，大宋布军的灵魂就在这弓弩部队，要趁着他们退无可退之时，直接登船与其短兵相接！如若弓弩部队被灭，宋军就已去一半。"完颜亮一把执起自己的弯弓，催促着金兵的船队加速追赶宋军。

"是！"

第七章

盈盈紫薇满天星

　　长江之上，自江北而来的战船越聚越多，很快对采石矶前的宋军形成了合围之势。

　　"果不出统帅所料，我军人多，那宋军就算有神臂弩也是射杀不尽的。先锋部队先行，马上准备登船，会全力攻击宋军的弓弩兵。下官另派弓箭部在后，以掩护先锋部队。"那统领此时已经亲执令旗，打旗号令众军。

　　"冲！缴获神臂弩者，加官三级！"金兵的小舰已经冲向了宋军的舰船，其速极快，举脚抬步之间已经开始攀登缆绳。

　　"弓弩部队听令，全部换上随身轻弓箭羽，短刀佩剑。神臂弩部队保护神臂弩全速后撤！"带领先锋弓弩部队的首领不是别人，正是虞杭孙，只见他执过肩后的随身轻弓，满弦而射，一个不远处正要踏上甲板的金兵便应声翻入长江之中。

　　"禀告先锋，我军已经退无可退，再下去就要……抵达采石浅滩！"

虞杭孙回头一望，心中一想不好，要是再退，我军的所有计策就会功亏一篑了。

"全军听令！沿滩布阵，准备正面迎敌，全面封锁金兵的登岸路线。"

"是！"

此语一出，全军将士自是知道意味着什么。

"神臂弩弓箭队全体后撤，重斧兵换至先锋位。记住！短兵相接之时，绝对不能让金兵抢到一架神臂弩。战死之前都必须将神臂弩拆卸开来！"

原来这神臂弩的神奇之处在于一旦拆开，没有专业受训过的弩箭人员是无法组合的，和最为简单的弓箭有着很大的不同。

虞杭孙带领着弓弩部队迅速后撤，但金兵行进船上的弓箭手也尽数满弦放箭。密密麻麻的箭雨已经向宋军船舰袭来。

"保护弓弩手！护盾！"重斧步兵架起了护盾铁阵，以掩护弓弩部队撤退至后方。

"登船！"完颜亮一声令下，那密密麻麻的金兵迅速架起支架以登甲板。

梅花御史此时正于山巅单膝跪地，紧盯灵簿上的战局，不敢有一丝松懈。

眼看战事越来越胶着，宋源心中一紧。

杭孙——

"诸夏！就是现在！夏火土御！"宋源迅速执笔在灵簿上洋洋洒洒一阵急点。

"盈盈紫薇——夏火漫天星辰。"起笔之间，绿色的灵息由笔尖溢出。

诸夏微微一笑，聚灵在指尖，碧灵弥华，散蔓开来。

点点凝聚，苍火如星，刹那回旋，密布满牛渚山头，很快便蔓延到了那长江之上。

金兵此时都涌向了宋军先锋部队的船舰之上，重器刀剑碰撞之声顿时入耳而来。虞杭孙明白，金兵已经登船了。

"快，让神臂弩部队上小型海鳅船，快速撤到采石浅滩。这一战能不能赢，保下神臂弩是关键！"虞杭孙背上轻弓，欲向前冲出去迎敌，却被副官拦住了。

"大人！你没有重型武器，还是跟末将一起后撤吧，一会大人还要继续指挥弓弩队啊！"

"强敌在前，当身先士卒！怎可抛下重斧部队。你带着神臂弩部队先行后撤，且退且射，神臂弩是我大宋军队的最高机密，定要好好守护住。只要不让金兵近身，还是有极大优势的。快点退兵去和时俊统制汇合。"

"大人！你这样我如何向虞大人交代啊！"副官依然死拽着虞杭孙的右臂不肯放手。

"即为先锋，自是要破军阵前，无所畏惧。这是军令！快走！"虞杭孙一个箭步跃出了弓弩队阵。

"大人——"

虞杭孙直冲重斧队之阵前，连发三箭，都直中金兵。

"先锋官来了！"重斧队首领眼中不由得生出敬佩之情。

虞杭孙快速定睛一看，即发现那金兵还在不停从船舷处涌来。

"开船，全速前进！"虞杭孙当即下令。

"这？"重斧队头领不解。

"必须阻止金兵继续登船，用我们的舰船去冲撞他们的登船小艇。"

令旗发出！所有宋军的先锋船舰又再次全力冲向了那浩浩汤汤欲要登船登陆的金军船队中。

那些临时拼造出来的船只哪里受得了这样的冲击。金兵瞬间又被宋军打乱了布局。

"给我上！就那么点宋军！全部都给我压上去！"完颜亮此时眼中已经满是杀气，他奋力吼道，但还未等他说完，又是一阵大浪袭来。

金兵人多势众，合力向重斧队涌去。盾牌交相用力，不停被金兵冲撞。宋军快要护不住盾阵了。

"诸君，当在此时一战了！"虞杭孙拔出佩刀，"吾定当身先士卒，与诸位并肩作战，吾将第一个出阵！"

重斧部队也都纷纷拿起双斧，架起姿势。

盾阵忽然松力，此时金兵正在用力推挤，宋军一方突然松开力道，大批金兵都因惯性往前扑倒在地。而此时阵中冲出一手执红缨宝刀的少年将领，挥刀直劈金兵。

还没等金兵反应过来，宋军的重斧部队也已经攻至眼前。

"是宋军的重斧队！"

瞬间人人自危，往后退去，一时间跌倒、跳江之金兵比比皆是。

昔兀术将军即言明："宋用军器，大妙者为神臂弓，次者重斧。"

宋军的重斧兵一斧劈去，那金兵就即刻倒下一片，被劈伤撞晕者甚众。

完颜亮脸上露出轻蔑的笑容，"负隅顽抗而已！继续增兵，踏平这些宋军船舰。"

"是！"

虞杭孙此时已经战得筋疲力尽，但金兵还是源源不断地朝船上涌来。一支金兵暗箭袭来，本欲直中这位先锋官之肩。却不想被一阵雪影迅速在眼前划过而挡。

玉手执箭羽，指尖轻捻，利箭当即破碎。

虞杭孙侧身相顾，只见毡帽戎装，英姿飒爽。

这明明是敌兵的戎装。

转眸回顾，朝华之颜，而此时漫天六角再次齐飞，如玉立冰琼。

"快雪时晴——王谢之子。先锋官好身手！不过如果先锋受伤，想来小源也会难以释怀的。"

只见他迅速点地而起，越过诸金兵之肩头，直奔船舷之处，旋身拔出身侧的双佩刀，空中凌厉的风姿，可谓潇洒俊朗，飘飘如仙。

他挥刀当即斩断了船舷上金兵攀爬的缆绳。

"哼！"自信的微笑浮现在了远在牛渚山顶的那位执笔之子的唇角，"终于来了，三仙终是齐备。"

"大军也已是箭在弦上！"诸夏望着那中天盈盈不断的夏火，碧纱挥袖，口中默念，"华夏之彰，玄黄引路！"

那天际的点点碧灵夏火瞬时直扑战场。

第八章

执笔一点，江涛又起

雪花漫天，愈下愈急。姑射冰晶，仁臣俊杰。

虞允文终是等来了时俊等人的背甲负重而至。

"参谋！"时俊抱拳听令。

"终是赶上了！"虞允文接过时俊递过来的瓦罐。

"连夜赶制，望不负所托！"

"还等什么，真正的大战才刚刚开始！"虞允文的脸上终是露出了笑意。

"全军听令！弓箭部守险要于牛渚山，左右翼、居中翼全体出动！"

时俊一声令下，全军鼓动，船舰起锚。

宋金两军江上激战正酣，却因时晴之倒戈引起金兵的不小恐慌。

鬼魅如风，疾风如行，身着金兵戎装，临阵倒戈，更在数招之内救下宋军先锋，斩断缆绳，断金兵之前路。

那金兵统领见状，赶忙执弓欲射。

箭出擦雪，千钧一发，眼看就要射中。

却见另一枚引火之箭，断金将领箭羽之箭道。

完颜亮一惊，那燃火之箭羽已经飞上金兵主船，惊魂未定之间，只见天中火光更甚。

带火的箭羽漫天密布，已经袭来。

"火箭！快躲避！"金兵纷纷大叫起来。

那些小船上的金兵根本无处可躲，只能跳入水中，但又多不熟水性，结局可想而知。

"竟然还有援军！"金兵统领有些不敢相信。

正在茫然间，阵中忽放一声巨响，自空而下，其声如雷，直冲金兵舰队而来，金兵统领根本还没看清楚其究竟为何物，只见纸裂而石灰散为烟雾，四周顿时白烟四起，竟不可再见人事。

"这是什么？"金兵统领一惊。

"快快隐匿，小心暗箭！"完颜亮大声喊到，却再也看不清周遭之人。

"这是……宋军的霹雳炮！"军中突然有人大喊起来。

宋源在山巅轻轻一笑，观及灵簿，对诸夏微微点头。

"夏火土御，火上浇油，沙飞石走，就是现在，请助我军一臂之力！"

诸夏轻挥衣袖，指尖牵引的漫天夏火如急雪般落下。

只听巨响再次一声声袭来，白烟更浓，而那霹雳炮也由纸篓改成了瓦罐，一经爆炸，砂石瓦片横飞，炸得金兵已然不知道东南西北。

许多金兵瞬间拔出兵器，一听有动静，即挥刀相向。白烟不散，看不清时势，也尽是怕身边早已是宋军，竟然自相残杀起来。

一时之间人人自危，金兵大多抱头鼠窜，匍匐在甲板上。踩踏之声，呻吟之声不绝。

兵不厌诈，迷烟之中，金兵已经方寸大乱。

梅花御史的嘴角终是露出了释然的笑意。

"三仙听令！雾隐已成，浪起易战。夏火迷离，只差风行！"

时晴在船舷之上听得执笔之子的号令，英气一笑，疾步如风，脚点白烟，跃然而上，翻身挥臂。

风，如影随行，划过耳际的清响，直到吹落他头上的绒帽。

雪色的发带在空中飞舞，风行水上——则涣。

浓烟在大风中渐渐散去。

呈现在金兵眼前的，已然是另一番战局。

完颜亮揉眼一看，本来短兵相接的宋军战舰已然后退，金兵的战船此时已经被宋军的霹雳炮炸得狼狈不堪。

极目所到之处，只见东西两翼已经被宋军新来的战舰包围，而中路，则是宋军踩踏而来的海鳅船，上载霹雳火炮，弓兵箭弩，此时都正投石准备，弓弩上弦，直指金军。

战鼓已隆，完颜亮这才发现，跟随着战鼓之令的还有隐匿在牛渚山后，而今倾巢而出，终于隐现，正严阵以待的宋军陆战之步兵。

"隐匿山后！"

这四个字不停在完颜亮脑中徘徊。

宋军并不是弃甲而逃，而是隐匿于山后，用先锋部队的神臂弩及霹雳炮拖战，待到我军精疲力竭、士气低落之时，再布阵奇袭。

可恶！怎可就这样放弃！

完颜亮正欲下令，却听闻岸上宋军齐声大吼，而此时，突见岸上观战百姓连绵不绝，参差十里。听闻宋军大吼，也都纷纷大吼，鼓舞助威，一时之间吼声震天，激荡港湾。

金兵将士见得此景，纷纷望而退步，被其声势震慑住了。

虞杭孙回头看着此情此景，笑道，原来这就是梅花御史所说的，不能输在声势上。不管怎么说，大军还好是赶上了，先锋部队和神臂弩部队也算是完成了任务。

完颜亮深知，金兵已经退无可退，若退，也将成为天下人的笑柄。

大宋主舰船上，虞允文手执七星龙泉宝剑，行至最前端。

完颜亮脸上再次浮现出轻蔑之色。

"不过一个区区文臣！螳臂当车，自不量力！"完颜亮仰天大笑起来。

"笑谈顷，指长江齐楚，六师飞渡。问江左，想云霓望切，玄黄迎路。统帅好词！但统帅不可辱姚统制之为国捐躯，英勇牺牲。"

话语间，虞允文将完颜亮战前让和州百姓送来的诗词尽数丢入了滚滚长江之中。

"彬甫虽然一介文臣，但深知众将士一心为国的赤子之心，故愿与诸将士一起奋战，守护江左。我定不会再让尉子桥一役重演！"

说完，虞允文接过弯弓，拉弦满月，直射金船杆桅。

箭出令下，霎时万箭齐发，霹雳炮裹夹夏火，宋军舰船直冲金兵船阵，时俊手持双刀奋勇向前，将士们则是誓死相随。

攻势凌厉而来，箭弩呈排山倒海之势，战火四起，白烟滚滚。

金兵根本无法招架，沉船落水，伤亡惨重。

完颜亮还欲再战，但被金兵统领劝退，便欲退往杨林河口与后续赶来的大军会合。

"截!"虞允文和梅花御史口中同时说出了这一个字。

令旗挥动，三仙施法。

那早已隐匿在牛渚山之上的弓弩部队开始对着往杨林河口后撤的金兵不停射击。而左翼舰队也开始行船截金兵于河口。

金兵不得不再次与宋军的左翼船队近兵交战。

天时地利俱在宋军之侧，金兵节节败退，见箭雨难挡，金兵船只只能下令后撤，以求退到牛渚山上宋军弓弩部队的射程之外。

而此时由光州退至采石的三百多兵士，突然从山后转出，手持令旗声势浩大。

"统帅，不好了，看似好像是宋军的援军到了。"金兵统领迅速上报。

"不可能! 宋廷不能如此快速的调兵。定是疑兵而已。"完颜亮还是对自己的推测深信不疑。

还没等二人讨论完，一只箭羽直插两人之间，两人迅速躲开，只见一支铁翎穿甲箭赫然插于甲板之上。

"哼! 终于是赶上了，在最应该出现的时间点上出现!"梅花御史执笔相笑，此刻已是潇洒起身，从容步向悬崖之边，自信地俯视着山下的战局。

"这是?! 大宋御林军的三弓床弩炮!"金兵统领看着这支印有御林军钢印的穿甲箭，赶忙谏言道："大王! 退兵吧! 宋军的援军真的到了!"

"御前弩直，御前弓箭直，赵构这皇帝，看来这次真是倾了血本了！"完颜亮还是不敢相信。但那铁翎箭雨还是一阵阵袭来。

这三弓床弩炮单是射程就可达1600多米，箭头也多为钢制，穿甲射船，金兵临时所造之船根本承受不了三下，很快就被射得进水沉船了。

"大王，这射程，只能退兵了。"金兵统领再次谏言道。

完颜亮望向那飞羽不断的牛渚山，心中感叹，这场大战，似乎很难再赢得过了。虽然明明有着压倒性的兵力优势，但宋军一切的布局，出神入化，简直可以说是神机妙算。

完颜亮此刻还是不服的，但宋军之令旗再次一挥，江上的宋军中军也已经追赶上来。

再不退，兴许就会……

"退兵……"完颜亮咬唇终是吐出了这两个字。抬头向那牛渚山上的祭坛、将台望去，终不知所以然。

白衣梅花御史，执笔于空中一点，江涛又起。

戎装时晴此时已经闪现在他身侧。"快雪时晴，恭喜小源，赢得这艰难一战。"风中飘舞的发带此时已经有些松散开来。秀美的容颜，玉洁冰清。

"雪秀。谢谢你。救了杭孙。"梅花御史欣然回头看向这位女扮男装的仙人。

"我也只是顺应天时而已。"

宋源再次回头望向那滚滚长江东逝水，"此战未完，金兵定会再来偷袭。"

"那么，你打算如何？"雪秀清秀绝伦的脸上露出了不置可否的神色。

"呵，自然是与虞大人连夜部署，再击其锋芒。"白衣御史执笔挥洒，绿灵再次晕染天际。

只见他突然投笔入江，小笔遇水，浓墨释出，滚滚长江将那墨色和碧灵悉数都冲流开来，晕染了采石矶前的天堑长江。

笔尖涟漪，回旋渊源，水波依旧，又似那刹那芳华，终是要牵引入历史的长河之中。

第二卷
家在山野青葱处

　　夏日，宋思源变卖上海家产，来到了老家平水镇生活。山间古庙，《永远扫雪》碑文中读出了一番仙幻的邂逅。

图二 古代山阴县境图

遥念王谢庭前路，踏雪叩门埋锦靴。

第九章　夏
瑟

豁然间，只要有你，一切的色彩都如落入碧渊的我，刹那，不过染碧，青纱，是你为我披上的尘缘和宿命。

执笔之子，冥冥之中，早已注定。

九百年后——

"又是夏天了。"思源自言自语着，独自一人坐在厅堂的地板上发呆，连日的整理已经让他精疲力尽，到了今天半夜，方才基本完毕。他仰倒在木质的地板上，想就这样睡去，但夏天的闷热却让身子十分黏腻。思源打开了久违的空调，像是要好好慰劳自己。顺便又从空空的冰箱里拿出了仅剩的一瓶汽水。

一口下去，"啊——"舒服不少。看着散乱的打包纸盒，思源有了一种患得患失的感觉。用冰冷的瓶子贴着脸，降下些许的温度，身上的黏腻也慢慢被蒸发了，他提醒自己，该继续的还是得继续，明天就要离开了。思源再次检查起了储物盒。

第二天下午，搬家公司的预约时间快到了，思源再次点了点行李，确认了没有遗留下什么。他轻轻踱步到客厅，环顾四周，一切如旧。此时，他发现冰箱上还贴着一张日历表，便拿出随身包里的钢笔，把 6 月 28 号这一天打了个圈圈，又在旁边写上了"离家"。但他并没有就此停笔，而是慢慢地画上了一只小猫，并给小猫配上了标语：再见。这样他才可以停笔。"是的，再见了。"他把笔再次放进了斜挎包里，正了正包包，穿过客厅，在门口的玄关处坐下。

夏日的阳光从客厅的窗户透射了进来。不知道为什么，思源这个时候却觉得这个光色分外的好看，五彩斑斓的光晕，随着夏日午后的蝉鸣晃动着。这样静静地等待，很符合思源现在的心情，他慢慢地聆听着自己手表的滴答声。

陪着搬家公司装车、点货，很快物资就被清空了。思源只需要把钥匙留给稍后抵达的中介，便不再有别的什么事情了。他最后又检查了一遍屋子，走过冰箱的时候，有些犹豫，看了看刚才画上去的小猫，有点想把它带走，但终究没有伸出手。转身，径直离开了屋子。思源在离别的时候，从来不会回头，这一次也是一样。

他伸手摸到了门把，一看手表，时间刚好，下楼和中介碰个正着，寒暄了几句，便把钥匙交付了。

坐上搬家公司的车子，思源有点如释重负的感觉，虽然也不免有一些惆怅。

"对不起，再次确认下，是这个地址么？"一个搬家公司的小伙子打开车门，他从耳朵后面拿下一小截铅笔，和资料单一起递给思源确认。

思源拿出手机，把地址又仔细核对了一番。"对，就是这里。"思源用小铅笔在单子上打钩签名。

"不好意思，想问下，这里你去过么？识路么？因为我们的司机说到了平水镇后路会有些难认。"这个一头榛子色头发的小伙子明显有点无奈起来。

"这……"这还真是难倒思源了，想来纸上这个地址，自己也不甚了解，最多只是小时候大概去过几次。"这个我也不太清楚，真不好意思，要不我给亲戚打个电话。"思源有些尴尬，不知如何是好。

"如果是这样，那也没有关系，我们到时候问下当地人，让他们给我们指路就好了。"这个搬家公司的年轻人笑着回答，爽朗的笑容化解了思源的局促，只见他接过思源手上的纸笔马上刷刷刷地在纸上写了些什么，又快速跑向了车尾。

"呼——"感觉真有精神呢！思源长吁一口气，等着出发，手里还拽着电话，他本来就不太想麻烦亲戚，所以这样的处理自然是再好不过了。

车子出发了，从这个城市出发去平水镇有半天的车程，所以思源打算在车上小睡一会。这几日的疲惫袭来，思源再也支撑不住了，很快便靠着包裹睡去了。一旁的搬家员工看着思源的睡相，微微一笑，也开始靠着窗打起了瞌睡。

一觉醒来，已近黄昏，车子已入城乡交界，路边都是些小店、小铺子。摩托车、电瓶车伶俐地在车缝间穿梭。"果然到了乡镇了！"思源心想着，伴随着驰骋而过的车辆，是路上扬起的尘土。行至一个小岔路口，司机停了车，那个元气的搬家工赶忙跑下车。

"去问下路。"司机边喝水边和思源解释。

思源还是很困，睡眼惺忪，迷迷糊糊中想到，你们只要能把我拉到那里就好了，别把我丢在半路就可以了。

夜色越来越下沉，直到夕阳洒落在两边的丘陵上，思源这才发现，此时周围已是郁郁葱葱的山色。

一路下来，已不见什么车流和人群，只有些零星的小村落，附近也不见什么人影，思源一看表，心想大概是因为这个点正好是饭点吧。每个村道上，会有一些小公交车站。思源定睛看着这些车站牌，上面写着古朴的村落名，车的路数也不多，也就一二路车子路过。心想：的确是很乡里的感觉呢。不过，这山间的景色倒是有些让人迷醉，环翠碧娆，灵溪凤竹，这倒让思源心中生出了对目的地的一丝向往。

自从父亲离村后，一直在城市忙碌，因为工作繁忙和路途遥远，也不太回乡里。虽然现在看起来也不算特别远，不过据说那时还没修柏油路，也没有落成方便的隧道。后来通车了，但也不知道为什么，每逢过年过节，父亲也不怎么提起回乡里。但这次，父亲在去世前却把自己叫到病榻前，说："如果累了，可以回到那里。"父亲还说，他去世后，代他去村里看看。想到这里，父亲最后的侧影依旧历历在目，思源闭上眼睛，不愿再去回想。

"马上就到了！"那个元气搬家工转头对思源说道，"这个地方真美啊！是你的老家？"

"嗯，是的。"思源轻轻地答道。从城市逃到乡村，不免有些遁世的味道，不过对于现在的自己，也只能如此了。

"真好呢！我也想来，在这里生活一定会很有趣！"不过，这个开朗的小伙子，这会儿却是一脸羡慕的表情。"对了，你叫什么名字？下次我想来这边玩的时候，就有个向导了。留个号码吧！"小伙子给出一个灿烂的笑脸并做了个鬼脸，还顺手拿出了手机。

"哦，宋思源，139xxxx7409。"思源有些措手不及，用手比划着自己的名字。

"我叫许诚，许诺的许，诚心的诚。"许诚一按键，思源的手机就响了起来。

"很高兴认识你！"许诚的双眼似新月般的好看，他伸出了右手。

思源似是被感染了一般，嘴角微扬，把手伸向了他。他猛然回想起来，这该是爸爸去世后，自己第一次笑。

思源为了掩饰自己有些湿润的眼眶，低头在手机上记下了他的名字和联络方式。这个有着爽朗笑容的男孩，多少让思源原本有些焦虑局促的心安定了下来。正想间，车子驶入了一个小山谷，南有溪流映带，溪流的背面则是白墙黑瓦的村落。只见一条小路蜿蜒地通向村庄，而小路边有一个公交车站，上面写着"宋家店"。

"啊，到了！"就是这里。许诚似乎比思源还兴奋。

思源看见了自己的目的地，眼角也泛起了些许湿润的笑意。而此时车子已经颠簸地开进了那一条入村的小路。只见路口的小桥上站着一位拄着拐杖的老人，于是缓缓行进的车子顺便也停了下来问路。

"老人家，您好，这个地址您知道么？"许诚探出头去把地址递给老人看。

"嗯，等很久了。"老人轻轻地说，挥挥手，示意跟着他走。

"老人家，您还是坐上来吧。"许诚对着老人的背影说道。

老人还是挥挥手，拄着拐杖自顾自走了，于是车子缓缓地跟在老人身后，继续在小路上颠簸。

思源看着老人的背影，心中不免有点疑惑，这位老人难道是来接我的亲戚么？

日色已幕，老人长长的影子斜拉在茜色的小路上，那丝丝牵绊对着斜阳，日晚终归。

第十章 江南古宅

老人在一间江南式的老屋前停了下来。

"哇，老台门啊！"许诚的眼睛开始发亮，像一个狂热游客一样马上拿出手机拍照。

见老人在门口站定，思源便下车去和他问好。

"是思源吧。"

思源刚要询问，却被老人开了话头。

"老爷爷，我是宋思源，请问您是？"

"嗯嗯，来了就好，快进去吧，大家等你很久了。"

"哦，好，可是这些行李……"

"没事，家里的小辈会帮忙的。"老人说完便用乡音对着前面的天井喊了一句："人来哉，快来帮忙。"

"来哉，来哉——"只听见一阵急促的脚步声，一群讲着乡音的人笑嘻嘻地涌了出来，都是年轻的面孔，其中小的看起来也就十来岁，年纪大点的则直接奔行李去了。大家都一一过来和思源点头问好。

"快点帮思源搬行李，力气小点，别弄坏了。"

"哦——"众人应话后便开始帮搬家公司的人解绳、卸货。

许诚下车，拍了拍思源的肩，"哇哦，好厉害哦！感觉都没我什么事了。你先进去好了，放心交给我吧。"说着眨了眨眼，便把车前座的随身书包递给了思源。"清单，在我这里，东西我会帮你点好的，一会再拿来让你签字。"

"哦，真不好意思，谢谢……"看着这场面，思源一时也不知道该如何是好。

老人对思源微微颔首，示意他进屋。思源便背上斜挎包，跟了进去。

屋院古朴大方，白墙黑瓦间一看便知岁月斑驳、年代久远。思源心中不免吃惊，小时候只是听父亲说过"应该为自己的姓氏感到骄傲"，今日到了老家，方知道父亲话语中的那一点点骄傲和眷恋是什么意思。

天井十分宽敞，回头看看门楣，依稀古字斑驳，让人不觉地产生了一种敬畏感。大厅也秉承了古雅的构架，石板铺陈的围廊在思源的脚下延伸，木质的梁柱错落有致地定落两边，横阔的门面也保留了原木的古朴感，散发着一种富甲乡绅的门第之风。

思源跟在老者的身后，跨过高高的门坎，进入了堂前。

此时，一行人已经在堂前等候了，老者对他们点点头，他们便都站了起来，围在了思源周围。思源有些受宠若惊。

"这位是你二爹，这是三爹，这是大姑、小姑……"思源一一对应问好，有些记不过来，于是想起一句俗话"乡下亲戚就是多"。看来光记住都要花上不少功夫了。

"我是你二爷爷，平时叫我二爷爷就好。"那位老人最后补充道。

"哦，二爷爷好。"思源这才向老人问好，微微鞠躬。

"知道你要来，大家便都过来看你了，房间已经收拾好了，一会让小辈帮你一起整理行李。"

"哦，不用了，我自己来就好，二爷爷太客气了。"思源有些感动地说道。

"哎，都是自家人，应该的。"身边的亲戚也都点头道。

"思源，那么多年不见已经长那么大了，这是我们的一点心意，另外有什么事情尽管来找我们就好了。"刚才称呼为二爹的那位递给思源一个红包。

思源一惊，哪里敢收，正要推诿，却被二爷爷挡住："收下吧，这是大家的一点心意，乡下人的见面礼就不要推托了。"

"这……"思源听到这些话，有些语塞，感动地说不出话来。

"好了，一会晚饭再聊吧。思源也累了，要休息下。"

"是啊，今天的晚饭直接当夜宵吃了。"二爹打趣道。

众人似乎领会了老人的意思，便一一和思源道别，慢慢散去了。

"思源，你跟我来吧。"老人家拄着拐杖又往前面走去，思源于是继续跨步跟上。

"其实，还得让你见一个人。"

"嗯，是爷爷么？"

老人转身看向思源，心里思忖着，这孩子看似少言，实则心灵。

"对，进去后少说话就是。"

"嗯，好。"

思源随老人穿过内堂，进入了里阁。走过石廊，抵达正房。这宅子看来的确有些年份了，在里屋，脚步踏得木地板吱吱呀呀地响，两人最后穿过一个细细的木廊，在一间屋子的门口停了下来。

二爷爷敲门，里面的人咳了一声。二爷爷便示意思源进去，思源推开门，看到古色古香的书屋里独坐着一位老人，老人戴着老花镜，正在研读着什么。

思源进去后便默默站着。老人并没有理会他，径自继续仔细研读着书籍。

二爷爷见此状，便又进入房间。

"思源已经到了。"

只见那老人停顿了一会，慢慢放下书，但眼睛还是定格在书上。

"刚来的？人都见过了吧。"

"嗯。"思源答道。

"那就去房间吧。"

"晚上准备了晚饭，大家都会过来吃。"二爷爷补充说。

"嗯，是该如此，但不要搞得太晚，早点休息。"

"好。"思源和二爷爷一起答道。

"今天辛苦你了。"

"应该的。"二爷爷笑着回道。

两位老人用乡音说着。思源其实听得懂，因为父母在家中也会用这些方言交流。看着爷爷，虽然表面生疏冷淡，但却让自己觉得很亲切，笑想，也许是因为自己也是这种类型的人吧。

正在想间，二爷爷顶了顶思源的胳膊，示意自己可以先出屋了。

思源便先一个人出了屋子，轻掩木门。

走在古朴的走廊上，思源觉得有些恍如隔世，耳边似风清吟入耳。

踩在青石砖上，却在一刹那间，觉得是踩在积雪掩石上。

"嗯？"思源有些震惊，赶忙闭上眼睛摇了摇头。

如今明明是夏天，怎会有积雪。定是自己这几日搬家收拾太劳累了。但睁开眼睛后那白雪确是依旧霏霏，而自己踏雪也是有痕的。

"不要太介意，其实他今天很开心了。"二爷爷的话语打断了思源的思绪。想来他是怕思源误会，便帮着爷爷解释。

"嗯，我知道。"思源轻轻地笑了笑。转头再次看向那木廊的青石板，已经没有了雪痕。

不知道为什么，自己竟然有些惆怅若失。

思源被领到了自己的房间，行李已经整齐地摆放好了。四下环顾，布置得很温馨。素色的被褥，古朴的装饰，思源摸了摸身边的家具，似乎并不是什么廉价货品。

躺在床上，感觉自己的跨度有点大，刚才还在上海，这会已然来到了这里。但不知道为什么，自己却挺喜欢这里的，床单的味道也挺让人心安的。总觉得自己已经漂泊了不少时间，现在终于有个地方可以停顿下来了。

思源打开行囊，还是不敢拿出太多行李，因为不知道自己能否在这里长留，虽然现在这里是自己唯一能待的处所了。

晚饭，人声嘈杂，爷爷并没有来，饭局是二爷爷张罗的，亲戚们做的就是不停地给思源夹菜，也给思源倒上了米酒。

"这是新酒，尝尝。"二爷爷介绍道。

一口下去，纯朴的味道，米香浓郁，让思源想起了小时候常吃的甜酒酿，只是比那个再烈点。思源有点想把自己灌醉，是因为高兴，还是惆怅？其实连自己都不太清楚。

睡前，思源拿出了久违的画纸，不知道为什么，他很想把今天的一切都画下来。其实自从爸爸去世以后，他已经很少动笔了。他想把村口的石桥画下来，想把自己回到老宅的场景画下来，石廊、木几、水井、横梁，思源仔细地构图着。

石桥古树边的老人，古朴书房中的爷爷，天井中的笑脸，堂前木凳上的围坐。画着画着，思源的手有些颤抖起来，自己已经很久没有这样的感觉了，有些让人动容。思源把这些感觉都融入了笔尖，一气呵成的草图，有些停不下笔来。

第十一章

狼毫小笔

碧莹亭下

芙蓉未尽轻点萍，雨打樵檐落花亭。

有绿衣葱茏，浮光掠影般轻划过水面。

"领主！"飒爽武靴轻点上亭阶，绿衣抚联楹，抱拳相跪在那软泥青苔之上。

"你也感觉到了么？弥生？"碧灵韵点在弥生膝下的青苹上。

"领主……此番山间突生震动……"弥生俊俏脸上的担忧还未完全散去，却听得眼前这位碧衣仙人的一声轻叹，只见他侧颜如华，嘴角眼眸，泛起一丝涟漪。

"也许待到这一株槭树尽染秋红，一切也就尘埃落定了。"碧衣仙灵此刻闭眼轻声叹道。

弥生看向那碧莹如玉、叶茂低压的槭树，眉心微皱。旁人兴许听不出领主的弦外之音，但她却明白，此刻领主的碧灵，也如这山岭，微微颤栗着。

究竟为何会如此，会让领主有所心颤的人事，这几百年来，自己也未曾见过。

正在想间，却见碧衣仙灵摘下槭上的一叶，投入碧波之中。

"浮游绿绒新渌，垂丝红花故台。波心漾，终是敌不过这执棋者投入的新人。"

"新人？"弥生一惊！

"嗯，新人来解旧事，垂丝解语花一般。"话毕，他执袖转身，惊世容颜初显，千百年来，依旧是朱颜绿鬓。

但他的眉间却是慢慢舒展开来。兴许时间真的是太久了，这一片槭叶激起的微波，也让他如此敏感起来。还是因为……想到此处，他已经掩饰不了眼中的欣喜和感动。

"领主？"弥生不解到，"明有危机，可领主却为何……"

诸夏再次转身，碧莹亭外的渊源泉一派夏意花影，他再次闭眼倾听。嗯——如此相似的灵息，已入我界。

"没什么，只是念起了这九百年前的兰因，倒是故人再次临台了。弥生！"

"是！"

"时刻注意结界稳固，另派三十六兰草分守诸岭要道。"

"领主放心，这些弥生已经分派下去了。"

"我倒是也想看一看，在这契约最后的十几年间，上天究竟会给予我这段尘缘和执守，怎样一个结果。"

碧灵飞擦过山间青叶，点笔清风如梦，转眼已近千年，醉攀花窈，几近祠檐。

宋家店

这些天，思源跟着小一辈，慢慢熟悉着村子的周边环境。根据多日的观察，老家的确是一个有点闭塞的小山村，交通有些不便。

"若是以前，要到城里去，先得翻越日铸岭，然后步行二十里，到'上灶'的河埠头，坐埠船行三十里水路才能到市里。"这个小堂弟才十四岁，叫宋思珂，说起来可是头头是道，不过思珂说这些也只是听大人们说的，因为如今通了公车，造了隧道，已经比以前方便不少了。

"大哥哥，你要登日铸岭么？"

"日铸岭？"

"嗯，就是这边的这个山，这儿上去是上青古道，以前可有名了。"

"上青古道？"

"嗯！据说是那个什么……茶马古道。"

思源听到古道，不由的来了兴致，自己最近在给乡里画插画，正好可以取景，古道一定更有韵味。

"好啊，怎么去，你带我去？"思源俯身摸了摸这个可爱小堂弟的头。

"这……"奇怪的是，刚才还兴致勃勃的小堂弟，这会却有点迟疑起来。

"怎么了，不认路么？"

"不是，我可是从小就爬日铸岭的。只是……"

"怎么了？"

小堂弟眼珠子一转，秀气的脸上露出了一点怯意，"因为以前都是和爸爸一起去的，另外……"

"你认路么？"思源有些无奈地抿嘴问道。

"认识的。"

"那你带路和我一起上去就好了，这次我陪你一起去。"思源报以一个安慰的微笑。

"可是……"思珂虽然还有些犹豫，但最后还是答应了。

思源翻了翻包，"不过我得回家拿下素描本和手机。"

"嗯，我们一会儿往祝家村那边上去。那边有小路。"思珂眨眼一笑，并和思源约定，这个两人之间的秘密，不要和大人说。

取完东西，两人便出发了。思珂小跑着在前面带路，思源则跟在后面仔细地用手机拍着古道附近的场景，心想一会儿回家构图可以用得上，已经好几个月没有投稿和交稿了，也要开始自给自足、自力更生起来。

两人小走了约五分钟，就看见一块石碑，是政府立的文保定点碑，上面写着"日铸岭古道"。老旧的石碑看起来也有一些年份了，一看的确是七八十年代立的。拍完场景照片后，两人就开始拾阶而上。古道都是用青石铺就的，由于年代久远，坑坑洼洼，有些打磨，而这时又飘起了小雨。于是思源让思珂不要走得太快，以免滑倒。

"没事，思源哥哥，其实我们还不如走得快一点，再上去就有一座古庙，可以躲躲雨。"思珂做了个鬼脸，又自顾自地继续往上跑。

思源想想也对，不然一会打湿素描本可就不好了。于是也加快脚步想追上思珂。但这小家伙实在走得太快，翻过一个岭头就不见了踪影，还好古道两边竹林夹道，一条路直通到底，没有岔路，于是思源便沿着古道翻过了小山岭。雨越下越大，滴水声沙沙，水汽穿过在风中摇曳的淡竹叶，一股属于山林泥土特有的清香扑面而来。

思源刚过小山岭，就在左侧看到了一座古旧的小破庙。红色的柱子虽然已经斑驳脱漆，但在绿色的山野中，还是格外显眼。应该就是这里吧，思源赶忙跑进小庙避雨，抖落了身上的雨水，也抹干了素描本上的些许雨点。

小庙为三开间平屋，看设计和装饰应该是明清时候的建筑，墙壁上还嵌有一些石刻文字。思源一时来了兴致，想不到在这山间还有如此古风的庙宇。只是，走进一看才发现，这庙中似乎并没有供奉什么神像，几个神坛上皆是空空如也。此刻，屋外的雨声传来，顺着屋檐应声落地，思源无奈地叹了一口气，看来这一场雨是愈下愈大了。

环顾四周，却不见小堂弟。奇怪，他去哪里了？这时一个人在这山野的古庙，竟然也有些害怕起来。空站着，不如找点事做做。对了！石碑！思源走近右墙，开始对着一块块石碑拍照。

只是本来还在认真拍照的他，突然放下了手机。

这是?!

依稀模糊的几个字，像是被指引一般，思源轻轻用手覆了上去。

还有些湿漉漉的手，摩挲着早就被岁月侵蚀得快要消失殆尽的石碑刻字，几近发白的石碑晕水变深。

思源慢慢靠近石碑，从刻纹中想要辨出那模糊不清的题记。

"永……远……扫……雪……"

"扫雪?"思源自言自语起来，看似应该是一篇古文，身在夏季，却咏扫雪。"那么古老的碑文，被岁月侵蚀，不拓下来真是可惜了。"思源有些唏嘘地叹道。"扫雪……永远扫雪，为什么要永远扫雪?"

叮——清风入耳，抚摸着石碑的左手，突然一阵蕴热。

"嘶!"思源拿开触及的左手，掌心微微发烫。

一阵风起，檐外的雨水溅到了脸庞。

"承前德佑，为吾所愿。不计华岁，共赴华章……"

"这是……"那清音篇章在脑中回响开来。

思源回眸看向庙外，雨音愈催急。

"落灯花，棋未收。"一声女子的清吟就在耳侧。

"是谁？"思源再次回头，看向碑侧。

清羽蛾眉，略施粉黛，玉脂冰清，脚缠银铃，眉心白蕊。

思源怔怔地后退了几步，手已触到了门扉，但那磅礴的雨帘让自己心生了一刻犹豫。

"小源，别怕……"白衣清羽的她细细打量了思源一番，脸上露出了欣慰的笑意。

小源？她怎么会知道我的名字？思源虽也害怕，却见她笑靥绽放，温柔地看向自己。也说不上来为什么，若有似无的忧思泛上心头。她脸上的感动和欣喜，思源感觉得到，像是……一种久别重逢般的情思。

"宋源？"女子有些踌躇地问道。

宋源？"我不是……"正欲说间，"嘶——"手心又传来一阵灼热。

女子一惊，也执袖看向自己的手心。

"你的灵息……"

思源用右手摩挲着左掌心。

可是，就在这一刻。自己霎时落入了一片星渊之中。

浮名浮利何济，堪留恋处，轮回仓猝。幸有明空妙觉，可弹指超出。缘底事、抛了全潮，认一浮沤作瀛渤。本源自性天真佛。只些些、妄想中埋没。

"一旦茫然。便纵有、千种机筹，怎免伊唐突。"那女子的声音再次传来。

思源一惊，却见她也与自己一起浮于这星海之中。

"真的是你么？"那女子轻步走来，裙袂仙琚，轻灵曼舞一般。

思源微微蹙眉，对她的接近有些害怕，纵使是明眸善睐，那步步相近的铃声还是让思源心鼓如催。

灿若星河，低入尘埃。思源低头看到围绕着自己的星尘，触手轻抓，飘浮不定。

"此若时间，难以触手，难以凝留。"那女子轻笑慢吟，转眼已来到了身侧。

"但你……不同……"女子俏皮而又深情地打量着思源，"真像……"

"你是？"

"嗯？你不记得我了么？"

"其实我不是……"

"雪秀——"

"嗯？"还没等思源反应过来，雪秀已经轻执起自己的左手。

"把你的手给我，小源。"天真的笑颜晕染在她的眉间，思源似是看清楚了她眉心的那朵花。

"山茶花？"

宋家祠堂

碧衣仙灵席地而坐，手执一朵夏花，却拈花不语。

绿影袭来，夹杂着些许微乱的灵息。

"领主，不好了，宋家子孙有难。"

"有难？"在他身侧的另一位地仙微蹙眉，"这方圆百里都在我的法力范围之内，怎么可能有人敢逾越界线。"

"是真的，弥生仙人。是在日铸岭的庙中，受袭的子孙名为宋思源。"绿衣女子跪地答道。

"思源？"碧衣仙灵拈花微笑，"化而为源，缘起缘灭，究竟又是为何？"

"弥生，那边可有你麾下的三十六兰草在侧？"碧衣仙灵突然起身。

"离得最近的该是宋梅。"

"速让她去一探虚实。"绿衣男子闭眼轻叹道，"我还不能离开祠堂，弥生，你去帮我把长明叫来吧，你知道该怎么做。"

"是。"

山间小庙

雪秀认真地看着思源掌心微微发红的印记。

"很像，但，似乎还有更多……"雪秀闭眼聆听着从思源掌心传来的灵息。

她沉静的脸上突然蹙眉一惊，执手滑落。后退几步，眼中盈盈泛起泪光。有些不敢相信地轻轻摇头："不可能，不可能！明明那么相像，连灵息都是一样的能力，为什么你的身上却没有宋源的一点……"

"雪秀……我……不是你说的那位宋源，我叫宋思源……"思源看到她伤心的样子，心有不忍。

"不会的！你怎么可能不是宋源，我等了九百年，直到最近夜观天象，斗牛间星浮，灵息涌动。而且我的灵契之印，明明和你的掌中灵印也有所感应……难道是时机，还未成熟？还未入魂？"

雪秀的一席话，听得思源有些不明所以。

而此时，四周星辰突然开始寥落，星河星尘也慢慢退散隐去。

雪秀突然警觉地看向那微光显露的一点，"谁！"

只见那微光越行越亮，像刺破黎明的启明星一般，撕开了夜幕下的星河世界。

不止如此，那光源之处，有枝枝叶叶，藤蔓绿萝散漫攀延开来。绿荫所到之处，慢慢恢复了山间古庙的布局。

思源不解。方穿藤蔓寻源去，忽见烟霏趁步生。

只见有绿绫拂面，将自己拉出了星河之界。

"少主，你没事吧。"

"少主？"思源有些摸不着头脑。那绿衣女子轻挥衣袖，用藤蔓隔出了一道碧绿的屏障。

"少主，我的法力不及她，只能拖延些时间，少主你怎么会不带护符就到山中来了呢？"

"护符？"

而这时只见那个白衣女子轻挥手中的清羽，一道耀目的白光袭来，屏障似乎有些支撑不住。绿衣女子俏丽娇小的脸上显然露出了有些吃力的神色。

"少主，可有其他的宋家子弟在附近？"

"宋家子弟，对了，宋思珂。"思源想起来思珂也在附近，这会儿要是不逃走一定会很危险。

"万幸，我这就把他找来。"绿衣女子将手掌撑在地面上，地上瞬间有了绿色的荧光闪烁，只见藤蔓向四周蔓延，在东西南北的方向中不停定位。"找到了！"绿衣女子微微一笑，对着藤蔓说，"万幸就在仙泉处，快，速去把他找来。"

思源此时已经是完全不知道如何是好了，只是奇怪，她为什么要把思珂找来。

"思源哥哥！"看来那藤蔓是真的把小堂弟找来了。只是思珂这时已经吓得脸色惨白。"都是我不好，大哥哥你没事么。"思珂走进小庙的瞬间，绿色藤蔓结界的颜色瞬间加深了不少。

"小少主，可有带护符。"

"当然了。"

"给我。"绿衣女子急切地说道。

只见小堂弟拿出了挂在胸前的一块小木牌。绿衣女子连忙对其念咒，木牌四周开始有莹莹绿光围绕，只听她大喊一声"破！"那木牌之中瞬间蔓草弥生，将三人牢牢地笼罩在其中。

"这样就安全了，至少她暂时冲破不了这个结界。"绿衣女子长舒一口气。

宋家祠堂

宋长明急匆匆地赶到了祠堂，他没有想到这样的事情让自己这一代给碰上了。想来又要遭受一番责怪了，当然自己也做好了准备。祠堂正中，绿衣男子依然是一如既往地席地而坐。

宋长明气喘吁吁地在他身前坐下。弥生通知他的时候说是十万火急，但这会却见仙灵并不惊慌。

"东西带来了么？"

"带来了。"

绿衣男子不急不慢地接过樟木盒子。乌黑的长发如丝，嘴角有些微微地触动，长明有些不解，仔细一看，像是在叹息，似哭似笑。

"诸夏，还有什么我可以帮忙的么？"长明问道。

"有很多话，现在也来不及问了，只是看到它真的甚是怀念。这次个中的利害想来你是知晓的，只是我没有想到你会如此大意。"

"这个稍后我再和您解释，诸夏，拜托一定要把思源救出来。"

诸夏痴痴一笑。千百年来，历尽沧桑，自己似乎并没有什么留恋和后悔。本以为会这样平淡地度过余下的日子，但既生涟漪，必催波而动。

"我感应到他们已经张开了结界，这次突发事件的原因我也不甚明了，先要做一下准备。"

说话间，诸夏已经轻轻打开了木盒，这一刻周围的一切都显得那么静谧，在他触碰到里面的时候，有如一阵清风，不是火石电光，不是风雨雷鸣，而只是一阵清风拂面而过。像是穿越了千年的一种等待，在此刻被静静地解封，而他们彼此依然是那么的心有灵犀。碧灵点点，萦绕笔杆。诸夏抿嘴轻笑，千百年来依然如故，如我这般一成不变，就算时移世易，日月星辰却钦点在侧，封印了仙灵誓约的狼毫小笔。

永远扫雪

落玉跳珠，雨还是那么无情地坠下。雪秀看着藤蔓围成的结界，脸上更添一层哀伤，泪水慢慢充盈在眼眶。她双脚轻轻点地，脚上的银铃叮叮作响，一步，两步，三步。她像是终于下定了决心，拿出了袖中一把洁白的匕首。

"小源，你不记得我了么？我不会伤害你的。"她的眉间拂过哀伤。浮萍点点终不可归踪，她望向那茂密的藤蔓，只能举起匕首，划破了自己的中指。

"糟糕，是灵血。她想用自己的精元强行冲破三十六兰草的结界。"绿衣女子有些紧张地护住思源和思珂。

"姐姐，如果被她冲破了，我们该怎么办？"思珂显然有些害怕起来。

"小少主，叫我宋梅即可。我并不知其法力究竟有多深厚，不过你不用担心，你接受过领主的赐福，就算结界被破，她暂时也近不了你的身。只是这位少主，并没有受过领主的分灵，怕是挡不住她一击，到时候还请小少主见谅，宋梅会优先保护这位宋家子孙，好么？"

"嗯嗯，姐姐你是该保护好思源哥哥，今天都是我不对，没有听大人的话，擅自带哥哥上山。"思珂带着哭腔，但是眼神却满是坚定。思源看到他小小年纪就能如此，不由得有些感动。虽然思源还不甚明白他们所说的一些事情，但他知道自己明显是所谓的重点保护对象了。

"宋梅，我没事的，我看她要找的人是我，应该不会伤害你们，如果结界真的被冲破，我来和她周旋就好了。"思源似乎并不是特别害怕，因为他觉得这位白衣女子似乎并没有太大的恶意，应该只是把自己错认成别人了。

"不可以，少主你不能轻信于她，她会魅惑之术。"宋梅有些担心，坚持要护在思源身前。

"魅惑?"白衣女子微微皱眉，"说我魅惑，那你又如何? 大家同在这里修行。不论千年、百年，我们都是得缘修道于这片福地，怎可因为我族的遭遇，即得鄙夷。"她轻轻挥动匕首，将灵血洒向了蔓草围绕的结界。

血光迸射开来，雪秀的脸上也露出了颇为痛苦的表情。"就算如此，我还是不负此约。宋源，你说过会把那些都带还给我的。"她的眼中充盈的分明是深深的怀念和眷念，血色在她的刀尖慢慢凝聚，像是一种执念挥散不去。

而这份执着在双方的僵持中终是慢慢驱散开了藤蔓。

"怎么可能，她竟然真的用修行强行冲破了领主的结界。"宋梅颤抖的双手紧紧地拽着思珂的小木牌。

"啊!"宋梅突然放手，木牌摔落在地。

"怎么了，姐姐?"思珂赶忙上前想捡起木牌，但手刚触碰到就被吓了回来。

"怎么了?"思源问。

"好烫，根本拿不起来了。"

木牌此时已经变得炽红，有些碎裂开来。

"到此为止了。"白衣女子慢慢上前，她赤脚一步步地迈进，只是当双足触碰到结界，她不由地面露痛苦，脚踝上的银铃叮铃作响，"诸夏，尔实乃吾之对手，我用我五百年的法力来抵御竟也只能如此。"她虽然举步维艰，但还是咬牙一步步地迈向思源。

"此事与你们无关，我不会伤及无辜。"雪秀轻轻挥动清羽，思珂和宋梅被甩到了一边，由于冲击力太大，思珂晕了过去。

"住手，不要伤害少主。"宋梅再次召唤出了藤蔓。

"我念你是一株灵草，不忍伤你，你不要自寻死路。"清羽再次挥动，转眼间万支剑羽向宋梅射去。

"不要!"思源心急如焚，大步上前想要阻挡，但是为时已晚，只听一声惨叫。思源不忍再直视，此时泪已经落下，他只想让泪水遮住双眼。碧裙下的血色，终是弥漫开来。

碧衣染尽，丝纱拂面，突然一阵鼓声入耳。

"小源，别怕。"一个温柔的声音传来，思源的眼前再次被碧绿遮盖，屏退了凄惨的一切。思源感觉自己像被围抱住一般，一股暖流在心间蔓延开来，悲悯与爱怜流涌充盈着全身，这股温暖似是安慰着还在瑟瑟发抖的自己，缓缓移目，只见碧衣长发，优雅的侧脸。

此间花开，碧灵相合。

"你是?"思源虽是如此问出口的，却在此心间觉得像是早已相识一般。

"吾名诸夏，别怕，宋梅无事，思珂也安全。"诸夏轻轻执袖，须臾之间，他的掌中已是银丝盘华，白虹升起。

"我会汲取附近草木的灵力为她重塑精元。"诸夏轻轻抬手，银色的光晕逐渐增大，直到扩展至整个庙宇。

千万条银丝充盈在身周，思源感触到的，还是那温暖的灵息。

"领主！"此时又一个绿衣女子骤然闪现。

"弥生，快用萝蔓网通知各方春兰灵草，让她们分出灵力给宋梅。"

"是！"

而此时，雪秀有些恼怒地看向诸夏。

"又是你，为什么？你已经统领这一方天地，难道还不够么？我只是想要回属于我们族人的东西而已。"

"雪秀，小源早已逝去，他……并不是宋源，你……何苦执着于此，还伤害了宋梅。"诸夏的眼中闪过隐隐的忧伤。

雪秀闭眼蹙眉，不忍再续听。

"不会的……不会的，你骗我，他和我有约定，他会帮我找回属于我的东西，都是你，是你把他从我的身边带走的。"雪秀动人的灵眸转述着无尽的哀伤。

诸夏闭眼，微微蹙眉，一丝哀伤划过他俊美的脸庞。

"雪秀，你应该明了，我并没有骗你，我也不忍其离世。小源虽没有完成与你的约定，但念其赤诚，九百年来，你理应放下和释怀了。他在逝世之前也未曾忘却过你，宋家子孙也都承其所愿，敬奉于你，这间山野的小庙不就是他们为你出资建造的么？"诸夏娓娓道来，话毕，他手中的银光渐渐散去，一株枯萎的兰草渐渐呈现在诸人的眼前。

"还好，我来得及时。雪秀，如果今天你错手诛杀宋梅，这几百年来宋家子孙为你建庙积累的功德可就都烟消云散了。"诸夏轻轻一点，兰草在碧灵缭绕中又恢复了生机。

"宋梅她没事吧？"思源焦急地问道。

"没事，只是需要时间调理灵息，方可以恢复人形。"诸夏转头看向思源，是的，此刻他才真真正正地看清楚这位新来之子——宋思源。一种莫名的悲伤拂过这个美丽仙灵的眼睛，虽然只是那么短短的一瞬。

"小……源，你保护好宋梅。"诸夏将兰草轻轻送到了思源的手中。

白衣女子看着兰草，眼中露出一丝哀伤。"我是让她别来阻拦我的。"她悲伤地看了看自己的双手。"但我不会看错的，他就是宋源。你难道感觉不出来么？诸夏，他的灵息……因为他读了《永远扫雪》，所以我可以确定，他有着和宋源一样的灵息。德诚所佑，灵契再次缔结，所以，今天，我必须试上一试，哪怕是要与你一战。"

雪秀缓缓地扇动手中的清羽，赤足再次点地，银铃作响，优雅的动作犹如舞蹈一般，而她的身后犹如孔雀开屏，雪白的羽翼慢慢开启、展现，只是随着她的进攻架势全开，那白色羽翼的末梢慢慢绽放出了赤红色的荧光。

第十二章　百铃结

　　"好美——"思源不知道为什么，这个时候自己脑中想到的竟然是这个词。

　　美若星辰，羽翼翻飞。雪秀凝神敛气，缓缓地睁开双眼，此刻她的双眼映带着一丝嫣红，像是用朱砂在眼睑上描摹了一片绯红。

　　"飞来——"雪秀御气相指，银铃作响，身后的羽翼片片飞起，似带着残红的飞雪那般，渐渐在她手上聚合，转瞬间幻化为一条红白相间的绸带，绸带的顶端系着雕花玲珑的银铃。她扯动绸带将银铃对准了诸夏。

　　"不愧是越中最美的舞姬，这百铃结也是几百年未曾相见了。"诸夏微微一笑，带着些许怀念的口气。

　　"雪秀，我不会和你动手，我答应过宋源，不会伤害你一分一毫。至于你说的他……"诸夏转身看向思源，眼神中交杂着百种万千，"我也是第一次相见，个中缘由不甚明了。但他的确是宋家的后嗣，看在宋源的份上你也应该手下留情。"

　　宋源？此人究竟是谁，思源心里有着颇多疑问，该是哪位了不起的祖先吧，能和这些神仙扯上关系，定不是什么凡夫俗子。如今看到双方要兵戎相见，总觉得自己这个当事人应该从中劝阻才是。于是鼓起胆子对着雪秀说道：

"雪秀姑娘，我虽然不知道你和先祖有什么渊源，但我的确不是宋源，我是刚搬到这里的宋家子孙——宋思源。今天只是想在古道写生，路过此地而已，如果姑娘有什么误会还请见谅。"

雪秀的眼光猛地移到了思源的身上，刹那间绸带向思源飞来，银铃旋转就快触碰到思源的胸口。

思源一惊，正欲躲避，却已被诸夏揽入怀中。

"领主，你对先祖承诺过不会伤害于她，但弥生并没有。那么这一战，就由我代领主出阵吧！"这时一直在一旁的弥生已经按耐不住，拔出短小的佩刀往雪秀掷去。

这把银质的弯弯佩刀回旋镖一般疾风如星，鬼魅如影，不停地变换着轨道朝雪秀攻去。雪秀撤回银铃阻挡，不停跳跃躲避着攻击，只是她优雅的步调依然如凌波微步，秀美自如，最后起身空翻，将弥生的佩刀又挡了回来。

弥生飞身接过佩刀，而此时她的另一只手已经将藤蔓罗织，甩手间，一张蔓网迅速地向雪秀飞去。

"宋梅多年来一直在寺庙周围与你一同清修，就算再没有感情都不会下此重手吧。雪秀，我不是领主，不会像他那样一而再再而三地宽容于你。我不会对此袖手旁观，今日春兰姊妹受到你屠害，我自是要为她讨回公道！替领主清理门户！"弥生俏丽的脸上此刻没有一丝仁慈。

"呵呵，陪我清修？"雪秀的眼中再次晕染上了鲜红。

"应该说是监视我才对吧。清理门户？我什么时候变成诸夏手下的小仙了，我告诉你，我在这里的年份可比你的主人还要久远，他还没来到这若耶洞天的时候，我早已经随着娘亲在这里静修了。倒是他！无故闯入了若耶，试问这被清理的人，到底应该是谁呢？"雪秀抵住蔓网，再次结印念咒，靡靡之音，清澈悦耳。此时她眼睑上的朱红更是加深了不少。

"哼，这是要变妖姬了么？"弥生双手扣印，也默念咒语。"我今天倒想看看，你究竟有多大能耐。"弥生妩媚的双眼此刻露出一股肃杀之气，她手上的佩刀，瞬间变成了一条银鞭。"你不是喜欢舞绸缎么，我今天就陪你玩玩。"

铃音再次响起，震得思源的耳朵有些发麻。而刚才的藤蔓已经被雪秀冲破。银铃和银鞭激烈地碰撞在一起，红白之光霎时激荡开来。

"弥生，小心！"诸夏突然点步在弥生身侧。

只见雪秀的周身瞬间多出了千百条绸带，上百个银铃同时向弥生攻去。

"雪袖无垠边，落舞还青松。"思源脑中突然蹦出这一句诗来。这是？思源摇了摇有些昏沉沉的头。

"这是《永远扫雪》里面的诗句。"诸夏看向思源说到，"这百铃结有千万种变化和路径，不是一般的兵器可以抵挡的，弥生。"

"领主应该对我有信心。"弥生微微一笑。从袖子中拿出一张青色的灵符。口中默念："春分，秋意，夏瑟，冬藏，万物弥生。"只见庙宇的地面上隐现出了青色的符文，将所有人都圈画在其中。

而此时庙宇的四面八方似有一股暖意袭来，绿色的荧光由四方汇聚直入弥生手上的青引符中。

"她在这山中，是无法胜我的。"弥生将灵符扔向雪秀，百铃结和灵符刹那间碰撞在一起，但这次带来的却是地动山摇，灵息的激荡震彻了整个山岭。

"山中的灵草和地脉都是我的护盾，雪秀，你在此处是没有胜算的，还是趁早放弃吧。"

"千百年来，于我，这又算得了什么呢？我今天倒是想试上一试。看看这方土地，究竟会站在谁这边。"雪秀并没有要收住的架势，而是再次聚气凝神，她身后的清羽慢慢地幻化为一枚枚箭羽。

"小心，这招很厉害。"思源看到雪秀又要故技重施，赶忙提醒弥生。

战事一触即发，箭雨飞来，弥生的藤蔓再次聚拢挡击，看似是难分伯仲。

就在这千钧一发的时刻，诸夏轻轻对身边的藤蔓说到，"速去让长明过来。"

爷爷？诸夏为什么要叫爷爷过来。思源听到后，脑中又是一连串的问号。只是他没想到的是，诸夏这边话音刚落。爷爷就已经到达了小庙门口。

"雪秀，今天就到此为止吧，我自知无法阻止你，只能请来宋家的族长来平息此事。"诸夏伸手，一道碧灵弥散开来，化解了弥生和雪秀之间的斗法。

"仙人，这是我的孙儿，刚从城里搬过来，我们还没来得及给他赐福。他身上也许是有一些先祖的味道，那只是血脉传承的缘故。这几天只是把你的神像拿去修缮，并没有别的意图。希望你可以继续遵守和先祖的约定，护佑我们的族人。"长明诉说着，沧桑的脸上露出焦急的神色。

雪秀缓缓转身，惨白的脸上并没有过多的表情。"你就是现任的族长？约定！"只见她冷笑一声，"你们的先祖并没有遵守他给我的约定，也没有找回我需要的东西。那么多年了，我一直等待着，繁花已经落尽，誓约也总有终结之时。不是么？诸夏，这一点你应该比我更明了吧!"

绿衣仙灵微微叹气,"世间之道,自有它的运转,冥冥之中一切都会有安排,我不会去过多的感时伤怀。既为天定,便只能应星而行。"

"可是我不甘心……对我来说,追回属于我的东西才是我这千百年来支撑下去的理由吧。在誓约将尽之时,我不愿放过一丝机会。"

"那么,只能得罪了。"诸夏无奈地摇摇头,转而对长明点了点头。

只见长明扯过身边的藤蔓,用荆棘在手上一刺,鲜血滴落在弥生的青色符文上。

雪秀此时只能无奈地叹息,"既是执笔之人之请,我自是不得不从。但是诸夏,灵契已然再成,宋源得归,我终会拿回属于我的东西。"灵动的身影收回百铃结,渐渐消散而去。

思源还是觉得有些后怕,脑海中一连串的疑问蜂拥而至,他已经不能用常人的思维去思考了,双腿有些支撑不住,只能倚靠在门口。

"爷爷,对不起。"虽然思源有许多想说的话,但最后只化作了这一句。

"思珂没事吧?"长明问道。

"嗯,没有大碍。"弥生答道。

"我们还是先回去吧,一切回去再说。"长明还是一脸严肃的神情,带头走出了小庙。

第十四章

前往祠堂

月明花满地，君自忆山阴。

"雪秀，你为什么总站在这个山头？"一个青衣少年和一位白衣女子站在苍翠连绵的山岭上。

"因为这里可以望到一点点。"白衣女子望着连绵的山岭说。

"你到底在望什么呢？"少年踮起脚尖想看个究竟。

"一个我再也到不了的地方。"雪秀的脸上笼罩着一份淡淡的哀愁。

"既然看得到为什么到不了呢？"少年不解。

"小源，你不懂，不过也许有一天你能……"

清音划过耳际，似断弦，迷离中思源睁开双眼。"小源？难道是宋源么？"思源迷迷糊糊地想着，而此时窗外的鸟叫已经很欢了，虽然还想抱着被子睡一会，但在这里自己还是得早起。思源慢慢起身，努力回想着刚才睡梦中的场景。记得小时候听父亲说过，把梦境记录下来有助于找寻自己的心理线索。不过这显然不是自己的心理拼图，那个白衣女子好像是雪秀，不管怎么样还是记录下来的好。

思源走到书桌前，自己不同于别人，比起写他更喜欢画出来。苍翠的山岭上一前一后的两人，想着昨天发生的种种，思源觉得已经不能以常态来评价这里的事情了，所以这个梦应该也有着一定的意义。从梦中看来，雪秀和宋源应该是旧识，而且是关系很不错的朋友。思源在纸上写下了自己的想法。

"对了！"思源想起来昨天在寺庙拍下的那个石刻，赶忙拿出了相机翻找。

"记得应该是永远扫雪。"读到这几个字的时候思源还是有一些害怕的，话说昨天就是读了这几个字后才见到雪秀的。

哎，管不了那么多了。思源认真地开始记录石刻上的文字。由于年代久远，并不是十分清楚，于是只能把看得清的先记录在案。

"谁□□□起，纷□□□心。"思源默默读着，一一记录。

"雪□□□□，落舞□□□。"这一句？思源突然想起来雪秀舞百铃结的时候自己脑中蹦出的那句话，"雪袖无垠边，落舞还青松。"

难道就是这句？奇怪，我怎么会知道！思源甩了甩头，有点不知所以。倒是下面会是什么？"关山□月夜，相思□□□。"看着像是情诗，有相思，有月夜的。雪袖应该就是指代雪秀吧，思源想起雪秀甩白色绸带的样子，的确如诗里面一样。只是这个青松是什么呢？思源还是不太想的明白，难道附近有松树。嗯，一会还是问问宋家的人吧。

不过想起爷爷昨天的样子，思源还是有点内疚的，今天还是得去好好道歉下。也得去看看思珂，二爹不要怪我就好了。还有那个诸夏，看来也不是什么泛泛之辈，宋梅她们都叫他领主，该是法力很强的神仙。这些怎么搞得和漫画里一样，该不会是我插画画多了的错觉吧。

"哎……"思源有些无力地瘫倒在桌面上。此时手机响了起来。一看，信息？嗯？是许诚！

"Hi，亲爱的，一切可好？那天急着回上海了，走的时候也没和你打个招呼。我这周末有空，闲着无聊打算来你这里玩玩。OK 不？"

呼——看到这条信息许诚那个笑容满面的样子瞬间就出现在了脑海里。思源顿时觉得有那么一点点小温暖，是啊，在搬来这里之前，自己生活里的一切是那么的平常，但现在真不知道该和许诚怎么说。只能回上一句："你还是别来了，这里比较灵异。"

滴滴滴，手机马上又响了？

"什么什么？灵异？啥灵异？女鬼还是妖怪?!"手机那头的许诚看来是兴致勃勃。

"……"思源也不知道回什么好，只能打个省略号。

这下可好，手机响了。

"喂喂！宋思源？什么灵异呀？你在那边没事吧！"虽然许诚有着几分好奇，但他一开口就是担心的话，还是让思源觉得很窝心。

"嗯，没事。"

"那你别吓唬我呀，我还想着周末来呢，汽车票都订好了。"

"额……"

"不管了，反正我要来。"

"可是，你……"

"你帮我准备好客房就好咯，哈哈。拜拜啦，对了，那边蚊子多不多，看来我得买瓶防蚊液。哈哈哈！"电话那头许诚自顾自地说着。最后还吩咐思源到公交站接他。

嘟嘟嘟……思源真不知道说点什么好，这种时候再给家里添个事情虽然是不太对，但其实自己心里倒是希望许诚来陪他的。不管怎么说这里发生的一切太突然了，自己还没想好怎么去接受和应对。如果不行，自己还想着打包回去算了。

"思源哥哥。"门吱呀一声，进来的是小堂弟思珂。

思源正想着要去看他，没想到被他捷足先登了。

"思珂，怎么了？"思源对小堂弟报以一个微笑。

"我只是想看看你有没有事，昨天……昨天都是我的错，爸爸让我来认个错。"

"怎么会呢，其实是我不对，明知道你有难处还硬要去。"

"不是的，错就错在我自顾自走得太快，而且没和你说就去了泉水那边。"思珂的两只小手不停搓着衣角。

"泉水？"

"嗯，离那个庙不远处有个仙人泉，大人们说了，每次上去都要喝一喝，我就想带一点回来给你喝。"

"嗯，小思珂最好了，哥哥知道的。"

"嗯，我只是没想到那个庙里会出事。想着你在庙里躲雨就好，我带泉水回来给你惊喜。"

"好的，哥哥知道了。这事不怪你。"

"嗯……谢谢哥哥。"思珂秀气的脸上如释重负，看来昨天二爹没有少训他。"对了，哥哥，二爷爷说，今天让你去祠堂。"

"祠堂？就是你那天指给我看的那个老屋子么？"

"对但也不对。"思珂一本正经地说。

"嗯？"

"我们宋家有两个祠堂，不过其实也一样了。到时候你就明白了。"思珂报以一个灿烂的笑容。

"好。"思源知道老家一定还有很多不为人知的秘密，接下来要由自己一一去了解。本来他还有些害怕和踌躇，但是看到思珂纯真的笑脸和真挚的眼神，他觉得自己刚才所担心的一切都不足为道。不管他要面对的是什么，他没有什么好惧怕的，思珂这样的年纪都已经承受那么多了，自己就更不能逃避了。老家的人们虽然有着特殊的命运和苦衷，却依然活得那么纯真朴实，相比之下，以前的自己甚至是刚才的自己，都显得是那么窝囊。想到这里思源起身欲要离开。

"思源哥哥，你去哪里？"

"去祠堂啊？"

"哈哈哈！"

"笑什么，我是认真的。"

"不是啦！大哥哥，祠堂得晚上去才行，诸夏白天一般是不见人的，除了家主。"

"哦，呵呵！"思源摸摸头，傻笑了一会，然后再次蹲下摸了摸思珂的头。"好的，哥哥还有很多不懂呢，以后你慢慢地教我好不好，来，再给我讲讲你知道的关于这里的故事。"

"嗯。"

看着思珂的笑脸，思源感到有一种久违的温暖袭上心头。

爸爸，你小的时候是不是也和我现在一样呢，有一些温暖，有一些迷茫，却也感受到了一丝责任和命运的必然。只是你说过，不论你在哪里都会保佑我的，当你要求我回来的时候，是不是也想让我自己来决定如何面对呢？嗯，我想我不会让你失望的。

直到深夜，二爹才敲响思源的房门。思源其实一直都没有躺下，只是静静地在素描本上绘画。他想把遇到的和看到的都画下来，雪秀、宋梅、弥生，还有那个有着不一样感觉的诸夏。想必如今也只有自己能把他们用绘画的形式记录在案吧，其实思源也是想提醒自己，不要逃避，不要忘却，他们是真实存在的，活生生的，也有着喜怒哀乐。也许神仙的世界远比人们想的纯粹，但对现在的自己来说却又是那么深不可测。

夜行往祠堂的路上，思源所到之处，一盏盏绿灯亮起，像是在迎接自己，直到通往那朱红色的大门。

第十五章　引路人

　　虽然那天只是远望过祠堂，但是思源记得白天看到的分明只是破破旧旧很一般的平房。这会儿展现在自己眼前的却是一座朱门黑瓦、古风犹存的大宅邸。思源跟着二爹缓缓步入祠堂，映入眼帘的是一整排朱红色的古风木灯，左右对称，夹道而立。

　　思源心里不禁赞叹起来，这样的中国风，在画插画的时候倒是描摹过，现在身临其境真的有些不可思议，灯道的尽头只见弥生身着华服端立，和那天见到的身穿武服的她相比，自是另有一番感觉。不过让思源没有想到的是，弥生旁边站立着的另一位身着华服之人，竟然是思珂。

　　思珂对思源微微一笑，此时的他也身着古服，要说是什么朝代的服饰，思源一下也判别不出来，反正不是清朝的，思源揣摩着，应该是唐宋吧。

　　"思源，今天思珂是你的引路人。"

　　"哦。"思源也不懂什么是引路人，猜想着应该是领进门的意思吧。

　　而此时弥生双手奉上一件绣工精细的古服，"少主，这是你的祭祀服。"

"快穿上吧。"思珂帮思源撑开衣服。

思源只能照做了，这里的一切对他来说都太陌生了，他根本没有想到自己会是这样的家族中的一员。

穿毕古服，思珂在前引领着思源入祠堂内室，看似不大的门楣，进入后却发现里面堂室纵深，穿过一扇扇门扉，似乎还没有到尽头。这时的思珂步履优雅轻扬，看来他是熟谙穿古服之道了。思源拽了拽拖地的裙摆，小心翼翼地跨着步子。

"思源，我们到了，从这里开始我不能再陪你了。"此时的思珂一本正经，而且这会儿也是直呼思源的名字。

"好的，谢谢你，思珂。"

只见思珂微笑着转身退去。

"好吧。"思源深吸一口气，缓缓拉开祠堂的大门。幽暗的绿光下，一位绿衣仙灵席地而坐。

"诸夏？"思源轻轻地叫了一声。

绿衣仙灵缓缓抬头，微微对思源领首。衣袖挥洒，一层绿色的荧光覆盖在思源身上，像夏夜的萤火虫那般。

"这样你就有我的赐福了。"诸夏斜坐着轻轻摆弄着一盆兰花。

思源往身上摸了摸，看了看，觉得除了荧光也没有什么不同。"就这样么？"

"对，就这样而已。"诸夏依然是悠然自若。

"哦。"不知道为什么，思源并不惧怕诸夏，反而觉得很亲切，他这时并没有走的意思。而是环顾了下四周，也就地坐了下来。祠堂里面四下无人，绿色的荧光恰到好处地点亮了每一个角落，但奇怪的是，这里并没有像电视剧里面那样的牌位林立，要是有的话倒是会让思源觉得有点心慌了，虽说都是先祖，但总是让人感觉有点……

思源再次仔细打量了一番四周的环境，看起来这里更像是诸夏的居所，偌大的房间除了一些花卉和丝锦，基本是空着的。

诸夏看思源正好奇地打量着四周，觉得这孩子倒也有趣。此子不似宋家其他的子孙那般对自己是又敬又怕。

"这是宋梅么？"思源轻抚放在两人中间的那盆兰花。

"为什么这么认为？"

"感觉。她好像和宋梅有着同样的气息。"思源轻轻一笑。

"你很像一个人。"诸夏也轻抚着这盆兰花。白皙的手指带着绿色的荧光，像是在给这盆兰花注入灵力。

"是宋源么？"思源淡淡地问。

看着思源的诸夏有一点吃惊，点了点头，但随后又摇了摇头。

"应该是像两个人，其中一个是百年前发现宋梅的人。他也能感受到草木的灵力，所以不惜掉下山谷，找到了宋梅。还有一个人则是和你一样，面对我的时候也不会有半点的不自在的那个人，是的，就是宋源。"诸夏说完，把这盆兰花推向了思源。"你来之前我还在想着，把宋梅放在哪里比较合适，现在看来，让你来照顾她吧。"

"我？我可以么？"思源抬头望向诸夏，眼神清澈，又低头看看兰花，轻捧花盆。

"嗯，既然你和她契合，那么就好好照顾她，也许明年春天她就可以再化成人形了。记住，她喜阴。"

"嗯，这次轮到我保护她了，放心好了。"思源很是开心。

"还有一样东西。"诸夏轻触荧光，马上幻化出了一个木盒。"我本来也不想给你的，可是雪秀说的话不得不让我在意。所以我必须要试上一试，用以来确认一些事情。"诸夏的脸上露出一些哀伤，但又蕴含着一点期许。"雪秀现在对你虎视眈眈，这个暂时放在你的身上也可以护你周全。不管怎么样她至少还不敢对持笔之人有所进犯。另外长明看来也是十分担心你，主动提出来了。所以我便决定于今日就把它给你。"

"关于雪秀的事情你可以多告诉我一些么？"思源有些急切地问。

诸夏低头轻笑："这点倒也是和宋源一样呢。就喜欢关心别人的事情，也不先关心下自己。"

"我自己？我有什么好担心的呀？倒是雪秀她好像有些很深的执念，但我觉得她并不是什么坏的……"思源有些无奈，因为不知道该如何形容她。

"她也是仙灵，已经精修了千年，但是最近她有点把持不住，再这样下去，也许千年的功力都会消失殆尽。"诸夏有些遗憾地叹气，转手间变出了茶水，递给了思源。

"谢谢，她和宋源到底是什么关系？我昨晚做了一个奇怪的梦，像是看到了他们在一起。"

"哦？"诸夏有些吃惊，心想，这个后裔在寺庙中也莫名地读出了那句古诗，如今还会有梦示，看来雪秀那天把他错认成宋源也不是没有根据的，难道这个孩子和宋源真有什么内在的联系？

"他们之间的事情，其实我也是不甚了解，尤其是小时候的那段，宋源也很少提起。但是他们之间有一个很重要的约定，宋源就算在临死之前也没有忘记，还殚精竭虑地要帮她去实现。所以在我看来，他们之间的关系和感情不是几句话就可以简单说清楚的。如今，这些真相也只有雪秀才明了。而且，按照雪秀那天所说的，他们似乎订立了一种特殊的灵契，一种只有一方死去，才可以解除的契约。"

"原来如此。"思源心中的疑惑解开了大半，只是那天雪秀硬是要把自己说成是宋源，还说契约再次生效，着实让自己是吓了一跳，难道自己真的是宋源，还是只是雪秀搞错了？她说的和宋源一样的灵息，到底是真是假？

　　"不错，现在我也不确定她说的是真是假，因为我并不了解他们的契约和故事。只能凭一些宋源后来透露出来的东西有所猜测。"

第十六章

诸夏之笔

"你？会读心术？"思源觉得奇怪，怎么诸夏解答了自己正在想的问题。

诸夏了然于心地一笑，像是在说我能读出你在想什么。

"我可以感知宋家子孙心里的一些想法。"

"啊？那不是什么秘密都没有了。"思源有些吃惊。

"也不会是全部，必须得两个人心意相通和互相信赖的情况下。我才可以顺利地读出想法。"诸夏说。

"哦，那所有宋家的人的想法你都能读出来咯！我爸爸的呢？你以前感知过他的想法么？"

"其实并不能。"诸夏又给思源倒上了一杯茶，"日铸茶。"

"哦，多谢。"

"我是得益于这片土地的仙灵，所以很多时候一些能力只会在这一方洞天福地才有所灵验。就像这杯茶，产于这里，才有这样的味道，你爸爸很早就离家了，我对他的认知也只是在十八岁前。"

"哦。"思源明显有一些失望，只能默默地喝着茶。

是的，诸夏读出了他想要知道爸爸为什么要让他回来。但这个问题诸夏并不能回答他。

"还是把它先给你吧。"诸夏轻轻地把木盒递到了思源的手上。

"这是?"思源示意能不能打开木盒,诸夏点了点头。

打开木盒,看到一支狼毫小笔,棕褐色的笔杆上镶嵌着一圈白玉,灰褐色的笔毛依旧泛着光泽,不过笔杆上并没有刻字。不知道为什么思源有一种不想触碰它,但又不得不触碰的心情。抬头看看诸夏,这位绿衣仙灵则是一副不置可否的表情。

指尖轻触,并没有什么异常,思源算是安心了一点,把盒子轻轻盖好。而此时诸夏倒是叹了口气,眼神中夹杂着那么一点点失望。

"此笔封存了我的部分灵力,是我和先祖的契约之印,你要好好保管。由于契约我不能随便离开祠堂,必须在解封后用此笔作为媒介才可以自由地行走于他地。正因为如此,所以此笔一般都交由宋家的族长管理,但这次情况比较特殊,长明怕雪秀再对你出手,主动要求将狼毫小笔暂时转赠予你。所以从今天开始,你务必要将此笔贴身携带,这样万一出了事,我也可以在第一时间赶到。要记住,并不是每次都会像上次那样好运的。"诸夏平和地说着,眼神沉静内敛,听后使人觉得很在理,自然会安然接受。

而此时思源心里的迷雾又解开了一大块,怪不得那天诸夏没有第一时间赶到庙宇,而且他会赐福给宋家的所有子孙,这些应该都是和他不能随意离开祠堂有关吧。现在看来是先祖的契约约束了他。但根据那天雪秀所说,待到繁花落尽,契约也总会有完结的一天,看来这个契约也是有时间限制的。先不说诸夏是不是自愿的,但用契约把他限制在这里,不能自由走动,感觉先祖还是有那么一点点小残忍的。不过这次让自己特别感动的倒是知道了是爷爷让诸夏来保护自己的。

诸夏又读到了思源的心声，不由得一笑，想来这个孩子还是很聪颖的，而且很懂得感恩，长明也真是的，平日里一副严肃的样子，其实内心不知道有多疼这个孙子。

思源再次打开盒子，仔细观察起这支笔来。"这笔可以画画么？"思源轻轻摩挲笔毛，感觉并不像一般的羊毫那样柔软，也不像别的狼毫那样坚硬，由于是学美术的，他对国画也是略懂一二。

诸夏微微一笑，想到，这孩子看来的确是酷爱画画。"自然是可以的，只是这笔毛用的不是一般之物，不是一般人可以驾驭的。那么多年来敢用这笔写字画画的宋家子弟，可以说是寥寥无几。"

"宋源画过么？"思源这一问一下就问出个惊来之笔。

诸夏皱了皱眉，但很快又恢复了水平如镜的表情，"这个我不能告诉你，得你自己去发现。"

"发现？"思源有些不明白，我怎么去发现呢？现在自己连宋源是什么朝代的、干过哪些事都不知道，当然应该有很多惊天地泣鬼神的大事，不然也不会有这么多神仙对他念念不忘，还要订立契约。

"狼毫小笔是灵物，会感应主人的天赋和灵气，许多执笔的族长都因为狼毫小笔而拥有了特殊的灵力，如果你确有慧根，它自然会引领你去找到自己想要的答案。"诸夏和蔼地看着思源，耐心地解释着。

"哦，但它不是诸夏的契约之物么，诸夏你跟随了那么多代族长，一定知道不少关于他们的事情吧。"

"就如刚才我所说的，我也不会了解全部，我只是分配了一部分灵力在其中，而它和每个族长怎么契合就是他们之间的事了。而且每位族长和我的关系好坏、亲远生疏，不尽相同。就像这读心一样，我并不是每一次都能读懂全部。"

"哦。那宋源应该是第一个执笔者吧。"思源根据那天雪秀所说的已经猜到了七八分。"那天雪秀说我有和他的一样的灵息，也把我错认成他了，所以我对他还是十分好奇的，他究竟是一个怎么样的人？"思源还是步步紧逼。

诸夏叹了一口气，思绪飞回了那不知几许的年代，眼神中满是怀念和赞许，他又轻轻地给思源倒上了一杯清茶。

"这是他最爱的茶。"诸夏缓缓地吐字。"也许你和他是有那么一点相像吧。"他静静地看着思源，是那种没有一点杂质的眼神，"所以我要试一试，看看雪秀说的是不是真的。"

诸夏起身，走向了房间的深处，而荧光也随着他的步履慢慢地在脚边点亮。这时思源才看清楚原来这屋子的深处有着一大排木质的大柜，就像以前在上海的某某堂中药店看到的一样，一格格小抽屉错落有致地纵深排列。诸夏轻轻用手一指，一簇绿色的荧光往一格抽屉飞去，抽屉自行打开，一本文簿飞落了下来，落在了诸夏的手上。诸夏开始翻阅，并对思源解释着：

"这是我记录的关于宋源最后的日常起居和要事。他和雪秀的事情，其实就如我刚才所说的，我也并不全然了解，只是后来听宋源有所提及，但他没有把全部的信息都透露给我，所以如果要解决雪秀的问题，我们现在只能根据种种线索去推理和拼凑。"诸夏翻到了其中的一页停了下来，"就是这里。"只见他衣袖一挥，绿光往思源飞去。思源的手上瞬间幻化出一张文稿，上面写着当时的日常记录。

第十七章

宋源，若耶

"XXX 年，源从金回来不过数月，灵契和结界才刚刚在这片山岭设立并稳固，源就开始查找各种资料，并着手准备亲身前往相关地调查，此事为诸夏所不解。朔日他问及诸夏关于结界大小和灵力覆盖范围之事，并想方设法想将诸夏的灵力统治范围扩展至若耶全境。"若耶？思源看了半天，倒是对这个地名有点印象，好像是中学课本里面的古诗提到过，那首什么"蝉噪林逾静，鸟鸣山更幽"的古诗好像就叫《入若耶溪》。

"这个若耶就是古诗里面的若耶溪么？"思源问道。

"正是。"诸夏点头。

"那他最后成功了么？"思源急切地问道。

诸夏没有回答，脸上突然显出了哀伤的神色，这倒是有点吓到了思源。

"诸夏，没事吧。"

诸夏摇摇头，碧袖一挥，思源的手上又幻化出了一页稿纸。

"冬月，宋源研究了诸多经书典籍，欲一探若耶洞天，并打算让诸夏成为该洞天的守护之主仙，从而巩固并扩大宋家的结界范围，然若耶溪早已有千年驻守的仙灵，不可轻易改之，诸夏规劝，源并未采纳。期间源提起过雪秀一事，诸夏未在意。但其后发现，宋源执意要扩大结界至若耶全境，似乎和雪秀有关。询问宋源，宋源回答曰：'是为了了却一桩唐朝的旧事。'"

"唐朝？"思源看到这里有一些按耐不住，"宋源是什么朝代的人？"

诸夏有一些犹豫，但最后还是吐露出来："他是宋朝人。"

"宋代？"思源突然想到，的确，听思珂说过，祖先是宋朝开始在这里定居的。而宋家店这个名字似乎也和这段过去有着千丝万缕的关系。"可是一个宋人，怎么会和唐朝有瓜葛呢？"思源有些想不通。

诸夏微微一笑，第三张稿纸已经出现在了思源的怀中，思源忙摊开来细看。

"浴兰前后，宋源开始动手试探若耶之守护仙灵，终未果，劳其心力，与仙灵一搏中损伤了自身的灵脉。万幸在诸夏的守护下，并未送命。然宋源并未放弃，并说若耶仙灵已经动摇，恐会改变心意。时至夏至，源开始寻找另外一条线索，并有所斩获。"

"线索？"思源揣摩着诸夏应该知道这条线索，便开口问道："是什么线索？"

诸夏无话，只是默默地把最后一页纸送到了思源手中。

"然天命不可违，宋源终因心脉破碎而日不久也。宋源最后嘱咐诸夏尽力帮自己完成誓约，并要求诸夏不得为难雪秀，日后有机会还要为她立庙颂德。"

思源看完默默不语，一股悲伤在自己的心间蔓延开来。对于诸夏来说，让他回忆起那么久远的伤心之事，想必也是非常心痛的。毕竟宋源是第一个和他订立契约的先祖，诸夏对他的感情一定非同寻常，而自己这样一再追问，实在是有点不合时宜。

"孩子，你没有必要为我担心，对于我来说这几百年来的经历已经足以弥补这一份伤感了。"诸夏温柔地看着思源，又挥袖扯出了一个抽屉。"关于建庙，那是明朝时候的事情了，那时候的家主也和我十分投缘，他经商有所成就，就出资建立了庙宇，供行人休息和参拜。雪秀的修为自那以后有了很大的长进。所以现在她的法力已经不是我初识她的时候那般了。"

说话间，诸夏就已经把庙宇的筹备、建立以及有哪些人捐款的具体记录送到了思源手上。

"嗯嗯。"思源翻看着，眼眶有一些湿润起来，诸夏并没有责怪和报复雪秀，而是按照宋源的遗愿去包容和帮助她。"如果宋源泉下有知，一定会很感动的。"宋思源对诸夏说道。

"希望如此吧。"

"宋源和雪秀的契约到底是什么呢，宋源有没有再透露出更多的线索?"思源仔细看着手上的几页纸，但并没有别的什么蛛丝马迹。

"人与仙之间的契约，很多时候只能当事人双方知晓，不可以过多外传，否则契约就会失效乃至反噬。就如我和宋氏的契约一样，我也不会和外人提及。"诸夏慢慢地解释到。

"原来如此，那么如果去问雪秀，她也不能告诉我们咯?"

"应该是如此，不过昨天我倒是从她口中听出了一点线索。"诸夏微微一笑，又为思源满上了茶水，青丝长发，在肩上微微滑落。

思源努力回忆着昨天发生的种种，企图找出点什么。"按她昨天所说，似乎认为契约还没有结束，而且觉得宋源没有帮她完成心愿。虽然我觉得宋源真的是尽力了，但雪秀似乎并不甘心就这样作罢。"

"是的，她似乎认为你就是宋源，所以契约可以重新执行下去。"

"契约在一方死去后是会自动停止的，还是会继续延续？"思源说出了自己一直疑惑的一点，按理说宋源已经去世，那么契约就不能再生效了，但昨天雪秀却信誓旦旦地说契约重新开始了，那么这究竟是怎么一回事呢？难道说一方死去以后，契约还是继续着的，还会重新开始？这些已经搞得思源的脑子都快炸了，所以不如问个清楚。思源看了看自己的手心，虽然昨日在庙里有些发烫，但今天却是一如往常。

"灵契？灵契……"思源慢慢回忆着雪秀在自己手心的一触。

"其实关于他们的契约，我也不是很清楚。我想这得看契约的具体内容吧。就如我和宋源的契约，虽然宋源已经去世，但由于我们契约的内容，导致我必须在宋源死后也继续守护着宋氏子孙。宋源和雪秀的契约我就不甚明了了，不知道他们当时订立的具体内容，也就很难去界定到底如何算是生效了。"诸夏无奈地摇了摇头，"早知道如此，我当年就会在宋源那里问出更多线索来。"

"感觉他们的契约和你的并不相同，宋源死后，那么多年来雪秀并没有找过宋家的麻烦，一直都是相安无事的，所以就此来看，他们的契约应该在宋源死去后就暂时停止了。"

"不错，孺子可教。"诸夏摸了摸思源的头，这让思源有些不好意思起来，只是诸夏的触碰非常温暖，就像那天在庙宇中他救宋梅时一样，有一股暖意。

"一切就如你说的那样，直到昨天为止，契约都是停止的状态。但昨天你在古庙里出现后，她似乎并不那么认为了。这也是让我疑惑的地方。据她所说，似乎认为你就是宋源，而且有着和宋源一样的灵息。至于究竟是什么原因导致契约又重新开始了，我们还得细查。而现在我要做的就是马上试上一试，看看到底是不是真如雪秀所说的那样，你和宋源有着一样的灵息。"诸夏将那几页稿纸收好，再次放进了柜子中。

"那么现在你需要我做些什么呢？怎么做才能试出雪秀说的到底是真是假？"思源直接问出了诸夏最想听到的话。

诸夏转身，长袍拖地，缓缓踱步。

"试验其实已经开始了。而接下来我需要你陪我去一个地方。这个地方就是宋源离世前提到的最后的线索之一。"

第十八章　妙笔生花

诸夏意味深长地看向思源面前的狼毫小笔，"这个地方是宋源死前一直在调查的中心地，也是最后委托我要继续调查下去的重要处所。只是这几百年下来还是没有什么实质性的进展。但是如果你真的有和宋源一样的灵息的话，倒是可以一试。"诸夏在手中幻化出一盏提灯，递给了思源，"夜路难走，这次你得一个人回去，没有引路人了。"

思源觉得有些奇怪，心想，刚才就对引路人这点不甚明了，这会还要我自己提灯回家。看了看空荡荡的祠堂，的确只有自己和诸夏两人，而刚才过来的路，自己也不太记得了，因为只是乖乖地跟在思珂的后面而已。但是没有办法，只能接过提灯，准备走出这间内室。但又想起了要带上宋梅和狼毫小笔，于是只能右手提灯，左手捧兰花，木盒塞进裤袋里，不过不管怎么样总算是都带上了。

思源向诸夏鞠了一躬，便转身一人走出了内室。门自动开了，又自动关上，此时只有思源一人在这空旷的祠堂中，四周荧光弥漫，倒不是伸手不见五指，思源慢慢地踱步，不管怎么样只能先往前走走试试。自己所到之处都有荧光环绕，这些荧光似乎是从自己的衣衫上和提灯中分离出来的，一定是诸夏对我的赐福吧，思源倒也不感到害怕，看看手中的兰草，想着，现在不是还有宋梅陪着我么。

只是这个祠堂真是太大了，横走竖走，东走西走，都没有看到墙壁，虽然抬头就可以看到天花，但还是看不到边际。看来这个引路人是很有讲究的。思源深吸一口气，不行，得动动脑子，想想办法。他放下提灯，对着兰花说："宋梅，你知道路么？"寂静的夜里，兰花没半点响动。思源举起提灯看了看，绿色的荧光如萤火虫那般飞动。

嗯——那么剩下的就只有这支狼毫小笔了。思源打开木盒，拿出狼毫小笔，想着该怎么用，于是在空中挥了几下，这一下可好，"唰"的一下，笔尖迸出花火来，像冷烟花那样倾泄而出。

"哇！"思源吓得不轻，差点把笔掉在地上。不过这花火落地后却慢慢凝结成一条线，往前延伸开去。这是在指路么，思源心想，现在反正走不出去，就姑且先试一试吧。

思源挥动着小笔，像是小时候放烟花那般，烟花的光点聚集后慢慢指向了一边，好吧，那就走这边，思源拿起兰花，再用右手同时拿上提灯和狼毫小笔，就这样慢慢地根据光线行进。

彼时的花火，五彩迷离，跳跃流落，在这昏暗的屋内显得异常美丽。思源在这一路行走中，倒是内心平静，他想起了小时候父亲为他点亮的那支花火，也想起了母亲拖住自己的手走在漆黑的小路。是的，周围的一切似乎对自己并没有恶意，而自己又有着一方指引，是的，没有什么好担忧的。

思源那么想着，胆子大了起来，步履也开始轻松多了，而这时砰的一下，"哎哟"，这是撞到头了。眼前依然漆黑的样子，思源用手上的提灯轻轻一撞，的确有东西，是墙壁还是门？试试看吧，用力一推。哐当一声，整个人栽了跟头。

"哎哟！"思源摸摸额头，今天连撞两下，真是不容易啊，得好好安抚下这个首当其冲的额头君。"糟糕。"思源马上检查了下兰花和狼毫小笔，呼——，还好，都完好无损。

而此时，思珂已经迫不及待地扑了上来。"大哥哥，我就知道你一定能顺利走出来的。"

弥生和二爹也走了过来，弥生递上一杯清水，用一绿枝蘸水，往思源身上洒了几下。

"嗯，这样就神清气爽了。"二爹爽朗地笑着。

思源只能陪笑，不过暗地里马上拉过思珂："这到底是怎么回事？"

"嘿嘿！"思珂做了一个嘘的手势。

这时候涌进来的人越来越多了，思源被大家熙熙攘攘地围着，东说一句，西说一句。但看得出来，大家都在为他高兴。

而这时，爷爷走了过来，众人看到后都让开了，的确是颇有族长的风范。思源走上前去，想要感谢，但长明却先开了口。

"我并不想把它给你的。"依然是一脸的严肃，"但是，既然它自己选择了你，我也不会阻拦。从今天开始，你也算是担负半个宋家的人了。不要让大家失望。"说完，长明便走了。

思源这会儿还是有些摸不着头脑了，怎么好像说的自己是半个族长的样子。不行，一会儿一定得找思珂问清楚。

"呵呵，这个长明，还是那么嘴硬，其实还不是他自己主动提出来要把笔给你的。"熟悉的声音传来。诸夏？思源一愣，忙四顾看了看，却不见绿衣仙灵。

"我在你手上啊。"

"哦？"思源看向自己手上的狼毫小笔，此时正发着荧光。

"诸夏?"思源赶紧转身，怕被别人看见，"你怎么在这里?"

"此地不是还属于祠堂的范围么?"只闻其声，不见其人。

"哦，也对，别的人听得到么。"

"听不到。"

"不过我也已经好久没有这样自行出来了，想想上一次该是一百多年前了吧。"诸夏快快地说道。

"哦。爷爷带着的时候你没通过笔出来逛逛?"思源觉得有点奇怪，按说爷爷是他的前任主人，他应该也是可以借笔传音的。

"哎，看来他们真的什么都没和你说过。也罢，其实这个笔已经封印了有一段日子了，那天你出事的时候才得以解封的。"

"解封?"

"是的，真是久违了。有的时候几百年也遇不到一个好的主人。很多家主最多只能在祠堂见到我，因为用笔做媒介，还是要耗费不少灵力的，所以不是紧急时刻，都会把它封印。"

"原来如此。"

"不过现在好了，以后我就可以随着笔自由地行走于天地了。"

"诶?!"思源听了一惊，"你可以走出祠堂了?"

"当然。"

正说间，只见二爹走了过来，满脸兴奋的神情，"思源，我听弥生说，你已经妙笔生花了!太好了，我们宋家又出了一位人才了。"

"诶?!"这下思源更加云里雾里了，妙笔生花?什么生花?

"呵呵呵。"诸夏又笑了起来，"你不是用狼毫小笔放烟花了么?"

"啊?烟花?"

"是啊，这姑且也算花的一种了。"诸夏慢悠悠地解释到。

"思源啊，我们宋家这几百年以来，可是没有几个人可以做到妙笔生花的，要说最近的那位，也是清朝时候的事情了。"二爹开心地握住思源的手，"这下我们宋家又要发达了，每次妙笔生花，都会出人才的。"

"对对对!"小思珂也过来凑热闹了，"像上次那位是让笔尖长出了兰草，后来就培育了许多稀有的兰花品种，成了天下有名的养兰圣手。还得到过皇帝的嘉奖呢!"

"再追溯上去就是明朝了，那一位让笔尖流出了金沙，落沙成花，后来成了一方富甲。"二爹补充到。

"哦，这个我倒是知道。山间的小庙就是他修的，对吧。"思源想起了刚才诸夏给他看的明朝时候筹建庙宇的卷宗。

"对对对，没想到大哥哥还挺机灵的嘛。"思珂这时候正两眼发光地看着思源手里的狼毫小笔。

不过思源这会可开心不起来，因为自己放出的是烟花，难不成去做烟花爆竹生意么?

"汝不用着急，妙笔生花自会有它的意义，当时那些家主看到生花后，也都非常不解，都是根据后来的发展才明白其中的含义的。"诸夏安慰着思源。

哎，希望如此吧。人群依然热闹，很多人还在祠堂门口的小路上摆出了百家宴的架势，而且许多人都已经入座吃小菜、饮小酒了。思源也被二爷爷和二爹拉入一张桌席，开始吃起了夜宵。这热闹的场面，延绵的灯火，真让人觉得像是在过节开庙会一般。

"呵呵，快吃吧!"狼毫小笔又开始发话了。

这诸夏，倒是开心，也对，他现在可是有了自由身了。"可是，我还是有很多事情想不通啊!"思源对着笔嘀咕着。

"今朝有酒今朝醉，你又何苦在乎那么多呢，至少这些人是真心在为你高兴的。"

　　也对，看这长街的宴席，满街的灯笼，看来大家都是早有准备的，不管怎么说，不能浪费了大家的美意，有什么疑问，以后再慢慢问诸夏吧，反正他现在就在这狼毫小笔之中。思源接过二爹敬他的酒，愣是喝了下去，在这样的氛围下，就一醉方休吧。

第三卷
烛迎千骑满山红

马踏飞红，漫山悬灯，思源、许诚和诸夏
穿越到了盛唐之时的云门寺。

图三　古代云门寺图

　　两人往着灯光处走去。只是身后忽闻马蹄声正急，思源心想不好，刚才的千骑之兵，这会要赶上来了。于是赶忙拉着许诚偏离主道，躲在了枫树林里。（取自此卷第二十一章　同敲月下门，创作过程中作者查见此图，故设计枫林躲匿之情节）

　　【图片来源：清康熙二十二年（1683）《会稽县志》刻本，见《绍兴历史地图考释》，屠剑虹编著，中华书局 2013 年版】

第十九章

诸多猜测

"哈哈哈哈！看来你以后一定会成为中国第一烟花大王。"许诚揉着肚子笑了起来，但他显然笑得太过火了，这时整个人倒在走廊上左右翻滚起来。

思源有点困惑地看着他，真有那么好笑么？哎，不过他倒是和我一开始的想法差不多。都想到卖烟花上去了。

"不过话说回来，那个雪秀倒是疑点重重啊。她最近没来找过你麻烦？"许诚这时候已经从地上爬了起来，拿起盘子里的西瓜啃着。"嗯，真甜。乡下的水果就是好吃。"

"没有，虽然她说过不会善罢甘休的。话说你什么时候回去啊，车票买了么？"思源看着这个悠闲的外来客。

"哈——不急不急，我这不是还要帮你一起解谜么。那天诸夏不是说要带你去一个地方么，究竟是哪里啊，我也打算和你一起去！"许诚这会儿正翻看着手机，像是在上网。

"不知道，他什么都没有透露，只是说先休息几天，到了适当的时间自然会带我去。至于你能不能去……还得问过诸夏。"

思源细细打量着许诚，这会儿许诚已经进房间把笔记本电脑拿了出来。思源心想，这个许诚对这里的事情似乎比自己还上心，周六一大早就把我从睡梦中吵醒，拖着半梦半醒的身子去车站接了他后，马上又缠着自己问这问那的。听了前因后果，还吵着一定要去那个小庙看看。后来在诸夏的默许下，总算是完成了他的神秘古庙探险之旅。但此刻看来，他似乎还不够满足，不停地上网查着资料。

"嗯，这地方虽然偏僻，但是网络什么的倒是一应俱全啊。手机信号也不错，宅子里还有 WiFi。"许诚看来是对这里非常满意，这时正趴在木制的走廊上看电脑。在他身边散落着稿纸、各种颜色的水笔、照相机、便签纸、铅笔、橡皮……总之他这次是什么办公用品都带来了，就差搬个打印机过来了。

"老是在电脑上看也怪累的，要是能打印出来就好了，我可以做不少笔记上去。"思源翻着自己的素描本，细看起自己画的插图和笔记。

"哈！我就说我准备充分吧！"许诚变戏法一样地从书包里变出一个白色的像照相机一样的东西。"这是照片打印机。正好可以把一些有用的照片和资料打印出来，这样到时候我们去实地的时候，也就不用带着电脑什么的了。而且我们去的地方说不定有什么磁场啊，那时候电脑手机都不能用了，自然还是纸来得靠谱点。"许诚说得是有模有样。

思源虽然觉得他是想太多了，但也找不出什么理由去反驳他，姑且也算是有点道理吧。

"我感觉那个若耶仙灵挺厉害的样子，宋源都抵御不了，我去了肯定更糟糕。"思源有些无奈地摸了摸头。

"哈哈哈，不是糟糕，而是会直接悲剧了。"许诚做了一个抹脖子的动作，笑出了声。

思源明显有点不高兴，自己真的有那么不济么，好歹也给点面子么。于是清了清嗓子，"那么你这几个画在图上的点又是什么地方呢?"

"嗯,你看,这从东到西,依次排列的就是日铸岭小庙、青山村、若耶村和云门古寺。"许诚沾沾自喜地做着介绍。

"我来看看。"思源并不想许诚马上把为什么选择这几个点的原因告诉他,于是拿过本子想自己先思考一下。

"怎么样,有头绪么?"许诚得意地笑着。

"啊!"思源一副恍然大悟的样子。

"嗯?"

"小庙自然不用说了,是那天雪秀出现的地方,这个青山村和若耶村么,看地图它们都在若耶溪的边上,也就是现在的平水江水库的湖口地。"思源若有所思地说道。

"冰果,猜对了一半。若耶溪就是以前的樵岘麻潭,溪有七十二支流,自平水而北,会三十六溪之水,流经龙舌,汇于禹陵。"许诚有模有样地读着另外一本笔记。

"大禹陵?"

"对的,按风水学来说此地可是灵脉福地啊,看——"许诚把自己昨晚的笔记递给了思源,其中用彩笔做了各种备注。

"相传若耶溪的源头在若耶山,山下有一深潭,即为郦道元《水经注》所载的'樵岘麻潭',若耶溪又称五云溪,今名平水江,是会稽山北麓最大的河流,也是道家七十二福地之一。"思源慢慢读着。

"嗯嗯,其实若耶这边还是有很多和神仙有关的古迹的。你看,昨天我搜索出来的,禹穴、炼丹井、樵风泾……这些地方都有和神仙相关的传说。"思源仔细看着笔记本,许诚把这些相关的材料和故事已经一一记录在案,查阅起来十分方便。

"若耶山、樵岘麻潭……"思源默默地念叨起来,"如果神仙要选择栖息地,溪水的源头想必是非常重要的一个点了。"

"哈，英雄所见略同。我也对这个源头非常感兴趣，所以也做了非常详尽的搜索，只是无奈我不是本地人，找起来还是有些难度的。古代的名字和今天自然是有所不同的，网上的资料毕竟不是图书馆找来的，也不可全信，你看看这里有两种说法。"许诚把本子翻到了他折角的一页。

"一说发源于绍兴平水镇的潭头村，一说发源于峨眉山茅秧岭。"思源一看，"峨眉山？"

"哈哈，昨天我也吓了一大跳。不过不是那个有名的武侠小说里面的峨眉。这个峨眉山也叫作鹅鼻山，位置就在这里！"许诚将地图下移，点了点靠南面的一个五角星标示处。

那么远？思源一看，离着宋家店以及许诚标记出的另外几个位置相隔的可不是一点点啊。

"是啊，而且另外一个村子我在网上怎么也查不到，估计是搬迁或是改名了。所以我就暂时放弃这地方了。因为看了你的素描本，而且你和我说，做梦的时候雪秀说了一句，'这里可以望到一点点'。所以我觉得她望的那个地方不至于会那么远，而应该是沿着古道就近就可以抵达或望到的山脉。"

"嗯嗯。"思源不住地点头，没想到许诚那么用心，而且花了一个晚上做了那么详细的笔记和材料，不得不说，是个人才。

"你这样子，都能做学霸了。"思源逗趣道。

"诶？"许诚一惊，眼神里满是懊恼，"我说宋思源，你该不会真以为我只是个普通搬家工吧。我可是……"许诚正欲说出口，停在半空中的手还没有挥下，倒是自己收住了："哎哎，也罢也罢，保留点神秘感还是好的。反正到时候你就知道我的实力了。"许诚又洋洋自得地拿起一块西瓜，继续啃了起来。可爱的样子逗得思源有些想笑。

"青山村、若耶村、云门寺。嗯，这几个地方光是名字就很诗意呢!"思源说。

"对,青山和若耶是现在湖口的村子,而且按山脉来看,离宋家店也比较近,就是我现在还不知道古道的具体走向和位置,不然一定能找出更多线索来。你到时问一下村里的老人,他们应该知道古道的线路,然后把它画在这地图上,这样就能一目了然了。"

"云门寺又是怎么回事?"思源看着许诚的笔记,发现上面有两个点都是和云门寺相关的,一个是云门寺景区,还有一个是募修云门寺疏碑。

"嗯,宋源不是说是为了了却一桩唐朝的旧事么,我查了很多资料,结果发现,要是和唐朝有关联的话,云门寺这个地方是最有可能的。"

思源看着许诚的笔记,也有了一些自己的想法和初步的猜测。而此时,狼毫小笔发出了荧光,看来诸夏有话要说。

第二十章

三
人
行

　　"诸夏?"思源对着小笔说着。许诚一看小笔发光了,自然是按耐不住性子,想过来看个究竟。

　　"思源,此人是你的朋友?"

　　"嗯,就是他这次帮我搬家到这里的。"思源做着介绍,许诚则上前对着小笔点头哈腰。

　　"Hi,你好,我是许诚,这次特地从上海赶过来帮思源的,以后如果有什么用得到我的地方,仙灵尽管吩咐。"许诚还是一脸的阳光和自信。

　　"嗯,我刚才在笔中听到你的分析,颇有几分道理。在一日之间已经拼凑出那么多线索,实属难得。"

　　"多谢仙灵夸奖,我也就脑子好使点,所以这次我打算待在这里不走了,帮思源出出主意和分析分析线索。"许诚微笑着摸了摸鼻子,然后目光坚定地看着思源,像是接受了一个至高的特殊任务那样认真。

　　"诶?"思源又被他搞得一头乱,说好不是来过一个周末的么,怎么就待在这里不走了?"你……不用上班么?搬家公司?"

"哈，我刚才就说了，你还真以为我是一个搬家工啊。现在正好暑假，我可以放心地在这边待上两个月了。"许诚悠哉悠哉的样子，似乎早就打好了如意算盘。

"那你的父母呢，他们都同意你在这里待两个月？"思源觉得有点不可思议。

"当然咯！"

"啊？"

而此时绿色的荧光开始聚拢，更让思源觉得不可思议的事情发生了，诸夏竟然站在了两人的面前。

"诸夏……你不是很少现身的么，况且还在外人面前。"思源有点无法理解诸夏的举动。

"难得遇到思源的朋友，还是如此的知音，自然得以真面目示人。"诸夏此时已经坐在了木廊上，悠闲地看着庭院。

至于许诚自然已经是一副目瞪口呆的样子了。

"如此甚好，我正担心需要另寻他人，既然许公子来了，我们就可以三人成行了。"诸夏转头看向两人，"思源的灵力果然非同一般，现在我的幻影移形已经非常顺手了。真是百年没有活动过筋骨的感觉了，这次去调查想来一定会有所收获。"

"三个人一起去？"思源不解，不知道诸夏在打什么算盘。

"嗯，这次探访有些特殊。此外，我不久后也要去做另外一件重要的事情。到时候需要许诚的帮忙。今日你们好好休息吧，唯恐生变，事不宜迟，我们明早就动身。"

诸夏说完，便幻化成荧光消散了。明天动身？可是到底是去哪里呢？思源还是一脑子的疑惑。倒是许诚信心满满的，"嘿嘿，我今天晚上又得挑灯夜读多做点功课了，你也一起吧。反正不打无准备的仗，神仙不是夸我了么，那么看来我是猜对了几分。"

"希望如此吧，我们不用准备点什么么？"思源思忖着。

"有我的百宝箱就够了，不管怎么说既然是白天去应该没什么好担心的，以防万一还是得带点电筒什么的。"许诚又捣鼓起自己的书包，准备起明天的旅行必备品。

呼——思源无奈地看了看天，心想着明天只要不下雨就好了。低头又看了看狼毫小笔，想着这所谓的试验不知道到底是什么，到时候只希望能帮得上诸夏就好。另外自己也得向许诚学习下，好好查阅下相关的资料。

不过第二天让思源和许诚比较吃惊的是，诸夏竟然说坐车去。许诚心里嘀咕着，想来诸夏是有法力的仙灵，想必都该有什么法力能像乾坤大挪移那样直接把我们送到才是，不过他那么做一定有他的理由，于是也就没有什么异议了。

"我们要去哪里？"思源问到，其实这才是他们目前最关心的。

"云门寺。"小笔答到。

"冰果！我果然猜对了。"许诚高兴地跳了起来，看来他今天肯定是干劲满满了。

"村外有直达那边的公交车，我们坐那个就好。"思源看着自己的笔记本，看来昨天晚上也做了功课了。

"不错，那么就出发吧，哈哈，我打头阵。"许诚依然是元气地跑在了前面。

"诸夏，还有什么要注意的么？"思源不免有些紧张。

"不用担心，你们就像游客一样就可以了。到时候自然会知晓该怎么做。"诸夏依然是平静如水的口气。

由于坐了公交车，所以并不需要很久，半个小时左右，思源和许诚就到了云门寺的景区口。云门寺并不大，可以用小来形容了，听寺里的人说，似乎前几年基本都荒芜了。后来还好有人慷慨捐助，再加上有远游的和尚来到这里，组织重新修缮了寺庙，所以，现在勉强算是又续上了香火。而且最近镇里面说要开发旅游，云门寺也被规划进去了，想来以后的日子会好过不少。

许诚倒是一点都不含糊，上下左右，里里外外地都拍了照片，还笑着说回去后可以仔细再分析分析。思源笑他这样子倒像是来寻宝的。

思源仔细地看了周边的建筑，发现只有寺边的一小排厢房，像是有些年代的建筑，其余的应该都是后人出钱重建的，便往那边走去。

原来此处就是募修云门寺疏碑，默默地躲在东侧的厢房中，木栅栏围住了石碑，而旁边也立碑写着此为县重点保护文物。思源拿出手机拍照记录起来。碑上行文、书写及跋的多为明代名人，记述了云门寺的地理位置、秀丽风光及募修经过。

"当时辉煌，今非昔比。"

"诸夏？"思源听到了熟悉的声音，马上拿出了狼毫小笔。

"想当初是多么的繁华兴旺，时移世易，只不过是转瞬。"

"嗯，的确。"思源翻开了昨天查找的资料，云门寺当时可谓盛极一时，唐太宗得兰亭序就是在此。后来又成了唐朝诗人争相到访之地，为唐诗之路的必到之点。

"缭山并溪，楼塔重覆，依岩跨壑，金碧飞涌，居之者忘老，寓之者忘归，游观者累日乃遍，往往迷不得出，虽寺中人或旬月不得觑也。"诸夏默默念着。

"这是……"

"宋朝放翁的句子罢了。"诸夏轻轻叹气，此时已经幻化在思源身后。

　　"诶？你就这样显形了！"思源又是一惊，赶忙看看四周有没有人。

　　"无妨，除了你和许诚，别人看不到我。"

　　"哦，那就好。"

　　"不是这里，你随我来。"诸夏前行，出庙而去。

第二十一章

同敲月下门

思源忙跟了上去，许诚见两人匆匆穿过寺庙，像是有事，于是也背好相机，追了上去。三人一前一后，各自追逐着。

而此时思源已经有些跟不上了，心里不由嘀咕，这个诸夏，走得那么快，我们可没他那么仙风道骨的。这才发现此时已经走出了寺庙，行进在青葱的山路上，思源见前面有一个山坡，想着诸夏一定会在那里等吧，便一股劲地跑了上去。

可不曾想过，在此站立，风景独好。一望平川，山色青翠，溪流环绕，古木森森，整个平江水库可说是尽在眼底，远山如黛，一派中国水墨之色，正想赞叹，许诚就赶了上来，一把抓住思源的肩膀。

"你怎么跑得这么快啊，也不看看我背了那么大个背包，还加个相机。"此时的许诚已经是气喘吁吁。

"哈哈，谁让你要带那么多东西的，好像要去掘宝一样。"思源看着他不由得一笑，"快看，这里可以拍到整个水库，我正想着你来了帮我拍几张，我可以拿回去构图。"正说间，思源一个回头，被惊呆了。

"好的，我看看。"许诚凑了过来，但此时两人都静默了。

刚才一望平川的水田都不见了，取而代之的是参天的古木，溪水环绕依稀能听见流水的回响。山间插着红黄蓝绿不同颜色的大旆旗，此时正在风中飘扬。往上看去皆是木栏花台，此时正点灯，瞬间，满山灯火漫漫，红色的灯笼下似是有宴席，能听到花音袅袅。

"思源。"许诚有点不敢相信地拉了拉思源的袖子，"怎么一下子就到晚上了啊！我有点害怕。"

思源正思忖着是怎么回事，许诚这句话倒是把自己的胆怯都一扫而光了。

"你不是说了，都由你打头阵，这会儿该是你出场的时候了。"

许诚明显一脸的不情愿，"哼，落井下石。"

"不过话说你拿了电筒了吧。"

"嗯，拿了！"许诚这时候恍然大悟，马上恢复了灿烂的笑容，"果然，我就是有先见之明啊，这下百宝箱可派上用场了。"于是马上从背包里捞出两支手电筒，和思源一人一支。

思源照了照四周，似乎并没有什么异常。此时，他想到了诸夏，便对着狼毫小笔喊了起来。可是半天也不见反应。心想着，难道这就是测试。看着许诚一副无辜的样子，也只能心里默默道歉，哎，实在不好意思，让你卷入了我这个玄乎的测试里面。不过不管怎么样，现在两个人在一起，定是好过一个人了。

说真的还是要好好谢谢许诚，要是他不追过来的话，估计自己现在只能一个人摸黑探路了。

"诸夏不在?"许诚问到。

"不知道，我喊他并没有反应，不过刚才我是追着他才来这里的。想必也会在附近吧。"

"嗯，仙人自然不用我们担心了，我们只要努力不给他拖后腿就好了。"许诚这时候的心态倒是挺正面的，这也让思源松了一口气，还好他没大跳起来怪我，说是我害他进入了这奇怪的黑夜。

此时，忽闻号角，两人一惊，只见山下一群士兵手执灯笼在唯一的出入径上左右对齐站好，灯光照亮了整条山道。而此时似有千骑奔来，策马戎装，号角峥嵘，与此同时山间的那些雕栏宴席也是人声鼎沸，烛光熠熠，许多人都秉烛点灯探身出来对着骑兵喝彩。

正所谓是，烛迎千骑满山红。

思源不禁有些看呆了，而许诚也是忙拿出相机要拍。当然，就如他昨天所说的，相机失灵了，怎么也拍不出来。

"该死，我又乌鸦嘴了。哎，太可惜了。话说，宋思源，我们这是在哪个朝代啊？"

"不知道。"思源突然想起了诸夏在云门寺碑文前说的那句话。

"缭山并溪，楼塔重覆，依岩跨壑，金碧飞涌……对，你说得对，这应该就是古代的云门寺了。"

"你说的这句，等等，这好像是……"许诚拿出包里面的笔记本，"呼，还好我认真地做了笔记。"只见他用手电照着快速地翻页，"对，这是陆游的《云门寿圣院记》里的句子，我昨天看的时候还觉得写得真美呢。不过这一句写的是唐朝云门寺兴旺时候的盛景。"

"那么我们现在应该就是在唐朝了。"

"诶?!"许诚惊讶地定睛看着思源，"你确定？"

"多方综合应该是如此了吧，再加上宋源所说的唐朝旧事，诸夏不会无缘无故带我们过来的，一定是有什么重要的线索在这里。"

"线索!"许诚听到这个词瞬间像触电一样,"嘿嘿,果然还是得让本学霸来拨云见日。追查线索什么的我最喜欢了,还等什么,我们快上去吧。"

思源抬头望去,确是满山灯景、槛花乐浓,想来自己能来这盛唐之时的云门寺,也算是不枉此行了吧。

两人往着灯光处走去。只是身后忽闻马蹄声正急,思源心想不好,刚才的千骑之兵,这会要赶上来了。于是赶忙拉着许诚偏离主道,躲在了枫树林里。

马声嘶过,寺门开启。似有人通报之音,但相隔有些距离,不是听得很分明。许诚看着这些骑兵,自然又很是好奇,还是不停地试着手里的相机。

待到骑兵入院,两人方才出来。"看来这寺庙还不是随便能进出的啊。这样还不如现代的风景区了呢,至少花钱还能进。"许诚怏怏地说。

思源看到紧闭的寺门,突然想到了那天在祠堂的遭遇,于是拉着许诚到了东墙下。

"嗯?你干什么?"许诚不解地问。

"现在也只能死马当活马医了。"思源拿出狼毫小笔,像那天一样在空中挥了几下,但并没有迸出什么花火来。奇怪,那天是怎么出来的。

"既然是笔,不如写写看?"许诚看着思源束手无策的样子,提议到。

"嗯,的确没试过,可是没墨水啊。"思源又晃了几下,但还是没有反应。

而此时,却见一行三人也赶到了寺门口。许诚见状偷偷靠近了过去。只见一僧侣、一书童、一文人正在这烛光映衬的山色中敲门。

"诶诶诶，思源，你看。"

思源收起狼毫小笔，也跟了过来。看着此情此景，心里不禁想到，这也真是僧敲月下门了。

"许诚，说不定是机会。"

"诶？"

思源不知道哪来的勇气，就这样大步向三人走去。

悬灯千嶂夕

　　许诚见思源这样直接过去了，也不好阻拦，只能跟在后面一并前往。而此时，三人正和开门的僧人交谈，思源一个大步上去，走到了三人身边。

　　"师傅，不好意思，我们远道而来，迷路在山野，眼见已经天黑，没有个着处，这会听到人声就赶了过来，还请师傅通融，让我们在寺内暂住一宿。"思源双手合十，对四个人解释到。

　　许诚一听，心想：哈，他还真是老实，不过说不定这样直接还真能成。

　　"施主，寺内今晚有贵客，着实不方便迎接外客，还请见谅。"那个开门的和尚委婉地拒绝。

　　"可是，这瞎灯黑火的，师傅，你让我们去哪里投宿啊。"许诚补充到，一脸无辜的样子。

　　四人一看许诚身上的奇怪装备，更为吃惊了。

　　许诚灵机一动，"哦，我们是外邦人，特地从上海市赶到大唐来探访，听说云门寺是大唐必到之地，群贤聚集，所以千里迢迢赶来参拜和一睹胜迹，还望各位通融，让我们住上一夜，不枉我们此番长途跋涉。"

"上海市?"四人互相看了看,虽然没听说过这个地方,但看他们奇装异服,觉得也颇为在理,没有多怀疑什么。这时那个颇为官样的人说道:"大师,既然他们是远道而来,来者皆是客,不如就让他们入寺吧。"

开门的僧人似乎还是有些犹豫,但那位年长的僧侣对他点了点头,于是便不再多话。

"谢谢大师。"思源和许诚这会连忙鞠躬道谢。随后就跟着四人一起入了云门寺。

"宋思源,你好厉害啊,还真的进来了。"许诚拍了拍思源的肩膀。

"嗯,我也只是试试看,感觉应该能成。倒是你还想出个外邦人的段子。"思源其实只是觉得唐朝人应该比较有礼仪,而且云门寺怎么说也是寺庙,不至于不收留迷路的想要留宿的香客。

"大唐人真友善,但我说的也是真话啊,千里迢迢穿越千年而来。"许诚拍手称赞到。

而此时,两人已经穿过寺门,行进到了寺中。

"两位是否需要先用斋饭再去厢房?"年轻的僧人问到。

"好啊,好啊。"还没等思源反应过来,许诚已经大声应下了。

"你?"

"嘿嘿,我正好肚子饿了,刚才就看到花灯隐隐,想必是有宴席,你难道对大唐的美食不好奇么?而且今天不是说有什么大人物么,说不定能遇到什么唐朝的名人呢,我们也去凑凑热闹。"许诚说着又从包里拿出笔记本,翻出了一张地图。

思源反正也正想多打探点消息,所以也并没有反对的意思,但看到他拿出地图便问道:"这是云门寺的地图?你怎么会有的。"

"万能的网络呗，据说是县志里面的，不过这也是后人经过考证和想象画的，怕还是有出入的。我们现在入了寺门，往东走了，嗯，看来是要到很有名的香阁去了。"

思源和许诚随着四人登上了东边的木廊，此木廊依山而建，走势慢慢升高，每隔一段阶梯都有厢房雅座。走到中段，倚栏望去，云门寺已是尽收眼底，寺院隐匿在狭长的山谷中，棋盘罗列，格局规整，而东廊则是依山而建，循势攀附，犹如悬空的宝殿。

"这感觉，和恒山的悬空寺有的一比了。"许诚又开始大发评论。

"施主请。"在僧人的带领下，众人此时已经来到了刚才在寺外就看到的红灯满廊的宴席。笙声鼓乐、花月宴欢，木廊上摆放着连绵的席坐，上有僧家小菜，而文人雅客此时多在赏景吟诗。这宴席似有百余桌，在这相对平坦的木廊上罗列摆设。而木廊这一段则是如天桥一般，连接着两座山峰，平穿在峡谷之中。寺景、山景、镇景融为一体，全然列于眼前，美不胜收。

思源觉得有些不可思议，这木廊高悬空中，就似一列空中火车。看来陆游和那些古代的诗人没有骗人，这景色哪怕在现代都是难觅了。放眼望去的都是青山绿水，雕栏红烛，不得不说是"悬灯千嶂夕，共与天际游"。

此时，又听一声号角，正在吃饭的众人都往栏边赶去，思源和许诚也一起往下望去。只见又是一群骑兵和马车赶来，和两人刚才在山下看到的颇为相似，只是这会是在空中观看了，别有一番味道。众人又开始喝彩。

"这是观察使大人的车队吧。"

"嗯。"

席间有人私语着。思源心想看来今天到场的许多人都很有身份，可说是贵客颇多，难道今天有什么重要事情？

"施主，请。"僧人将思源两人引到了一处座位。木几蒲团，两人席地而坐。刚一坐下，就有两个小和尚端上了斋菜，精致素雅的小碟上放着豆腐、山菜、米饭，还有类似茶粉一样的东西。

许诚双手合十，谢过小和尚，仔细地端详着眼前的菜。"真是精致，感觉很像现在的日本菜呢。"

"怀石料理本来就是学自中国的寺院。"思源拿起茶碗，倒入一点点热水，在碗中将茶粉调膏。少顷，又从随身的背包里拿出茶筅贴着碗底前后刷搅，泡沫渐渐饱满乳白，直至覆盖整个茶碗。

许诚看到思源的点茶动作大为吃惊！一脸的"你会点茶？怎么不告诉我！"的神情。

思源则是一脸"你又没问我"的表情。

"算了，大师。你还随身带着家伙，你也帮我搞一碗吧。"许诚把茶碗双手奉上。

而此时刚才那位一起过来的大师也瞥向了思源这边，待思源点好许诚的茶，便过来和思源闲谈，似乎是对思源点茶的门道颇为好奇，并说思源的手法着实让人耳目一新。许诚听到这里不免心中暗暗吐槽，大师，他可是21世纪的呀，不知道比你先进多少年了，自然是取长补短，集各朝所长了。

"敢问公子师承何处？"刚才那位文人也凑了上来。

关于这个问题许诚倒是给思源捏了把冷汗。

"赵氏。"

"赵氏？"文人询问到，奉上了一碗新的茶粉。

"嗯。"思源不急不慢地说："妙于此者，量茶受汤，调如融胶。环注盏畔，勿使侵茶。势不欲猛，先需搅动茶膏，渐加击拂。手轻筅重，指绕腕旋，上下透彻，如酵蘖之起面。疏星皎月，灿然而生，则茶面根本立矣。"思源妙语连珠，而话毕，又是一碗茶已经点好，但这次思源拿起了筷子，轻轻地在刚起的洁白泡沫上写上繁体的"云门"二字。

结印宿斗牛

"好。"这一系列的表演赢来了一阵称赞声。而此时，越来越多的人围拢过来了。

"请。"思源示意让许诚和那位文人饮茶。

许诚忙双手捧起饮了一口，旁边那位则是按照礼仪慢慢饮来。

"好好喝。"许诚本以为会如传说那样有些苦涩，没想到是一阵清香，如兰在口。

"在下刘文房，敢问公子尊姓大名。"那位官人喝罢说到。

"小人不才，宋思源。"思源回礼。

这时候最抓狂的人想必是许诚吧，不知道你们这是唱的哪一出了。而此时自己还是背着大包和相机，不敢放下。

"原来你们在这里啊。"这时熟悉的声音飘来，许诚回头一看，竟然是诸夏。此时的他穿着唐朝的服饰，正在两人背后观望。

"诸夏？"思源会心一笑，忙起身相迎，不过心里此时可是想着，你总算来了。

诸夏与两人相视一笑。

"刘大人，皎然大师，这是鄙人在他国的文友，的确是千里而来。他们都喜爱大唐文化，所以也略有心得。"诸夏入席开始解释着，看来他都知道了刚才思源和许诚是怎么扯谎的，这会正帮着把谎圆得更完美点。

"原来如此，怪不得见此二人奇装异服，甚是可疑。"旁边有人附和。

此时，有人高声喊道："盛王殿下到。"众人跪地，思源和许诚连忙也跟着跪地。没想到这千骑入寺果然是有来头，原来有郡王驾到。

只见一队人在中间开道，众人跪着退开，士兵夹道围出一路，有一华服翩翩的公子欣然而至，穿过人群，直上东阁，待到众士兵退去，大家才慢慢站起。

"呼！这是唐朝哪个王爷啊？"许诚还踮起脚尖看着。

"自己去查阅史料吧。"诸夏微微一笑。

"今日一来，没想到能遇到盛王殿下。"此时，刚才那位刘大人说到。那位僧人也觉得很巧，说自己已经云游在外颇久，不过赶得及不如赶得巧，一切都可算是缘分。两人正聊得热闹，忽见另外两位官员也过来打招呼。蓝衣的姓秦，赤衣的姓皇甫，看来几人颇熟，据说也是约好在此相聚。刘文房提起了思源的点茶之术，于是两人也过来和思源寒暄，并约定改日向思源讨教。

而此时已是满月当空，诸夏轻轻地对思源耳语，思源听后旋即对许诚使了一个眼色。许诚赶忙喝完了最后一口茶，整了整身上的配件。先是诸夏起身离席，而后是思源，最后是许诚，就像他们来到唐朝时一样，三人互相跟随着穿过了天廊，又直下东廊，回到了平地。

许诚又是跑得气喘吁吁的，这一路下来，也算是走了不少阶梯，负重而下，不是特别轻松。

"仙人，可算是等到你了，刚才是怎么回事，怎么抛下我们不管了。"许诚这会终于找到了和诸夏对话的机会，自然是不会放过。

"一切的因缘际会，想必自有它的道理。"诸夏平静地看向许诚。

"诸夏，既然带我们来这里，一定是有原因的吧。"思源问到。

"也不尽然，不过既然我们可以进入寺中，那么想必是在那一事件以前。所以正好给我机会来做点什么。"诸夏目光坚定，回首看向思源，"这是你的灵力，是你把我们带到这里来的，凡事必有因果，我们不如顺水而行，只是我也没有如此尝试过，不知道对后续能有多大的影响。"

思源和许诚自然是不太听得懂诸夏这一席话，但是时间紧急，于是二人便随诸夏一路穿过寺庙。随后诸夏在东厢的一处停了下来。

"就是这里了，只能姑且一试。"诸夏看了看天上的星宿，吩咐思源和许诚站在指定的位置。

"斗牛之间，起承转折，宇宙洪荒，星宿不变，印刻其间。"诸夏默默念到，白皙的手指在空中有力地比划，荧光随着指尖流动，画出一道灵符，印记渐渐扩大，瞬间风起，诸夏的眼神突然犀利异常，右手直指天际，汇聚灵力于指尖，而此时灵符的印记开始加深，灵力弥漫在四周。

又是这股温暖的感觉，思源不禁想到。

"思源，帮我。"诸夏喊道。

"嗯。"思源举起狼毫小笔，瞬间，绿色的荧光迸射，汇入诸夏的灵符中，此刻诸夏指尖的灵力直冲天际，在斗宿和牛宿之间徘徊。

"哇！"许诚不禁赞叹到。

"结、印、成、封，与星宿同在。"诸夏一字一句地念着。顷刻间绿色的灵气激荡，全部压向地面，风势很大，许诚和思源两人双双掩面挡风。直至所有的灵息都封于地面，风才彻底停息。

"呼——"思源松了一口气，看向诸夏。此时绿色的荧光将他围绕，他的额头多出了一个绿色印记，似花般绽放。

"因果已经种下，我们不能耽搁太久，也不能扰乱历史太久。趁着我打开了灵息，是时候上路了。"诸夏温柔地对思源和许诚点了点头，并对二人招手，示意二人走进自己的荧光。

绿光飞散，与东廊的红灯交相辉映，刘文房此时正和其他三人在天廊上吟诗作对，看到夜色中的荧光流离，众人不禁奇怪，但也不禁迷醉。飞火流萤的夜晚，在天中，在地端，在唐朝的这一刻，映衬在这七人心中。

而下一刻，思源和许诚已经回到了云门寺的山坡上。两人放眼望去，又见那水田青山，是现代的平水镇。

"其实，这样看看，现代也别有一番味道啊。"许诚感叹到，马上开始翻看自己的相机，不过令他失望的是，果然一张照片都没有拍到。"算了，我帮你在这里拍一张吧，你不是说要么。"许诚对准镜头，咔嚓拍下了现在的景色，咔嚓又是一张，只是这张有思源的背影。许诚看了看思源，若有所思地放下了相机。

"对了，你说你的点茶师承赵氏，是真的么，谁教你的，我也想学。"许诚故意找话想活跃下气氛。

"呵呵。"思源回头，轻轻一笑，"说了你也不信的。"

"谁说的，我现在还有什么不敢信的。"

"好吧，源于大宋，师承宋徽宗。"思源说完就走开了。

"诶!?"许诚懵了，"喂喂喂，宋思源，你别骗我啊。你给我说清楚。"

夕阳下，两个少年的身影隐隐在这青山绿水间。

第四卷
黄金错刀白玉装

雪中云门，巧遇宋代诗人陆游。五云桥密室飞索，桃林浦作诗邀渡，二子寻得关键线索——丽句亭。

图四 古代云门寺图

  赶到广孝寺门口，只见大匾金字"传忠广孝之寺"，而落款是赵构。宋高宗？两人不由一惊，没想到这广孝寺，还有宋高宗的亲题匾额。（取自此卷第三十三章 绮罗终须裁丝）

【图片来源：明万历十五年（1587）《绍兴府志》刻本，见《绍兴历史地图考释》，屠剑虹编著，中华书局 2013 年版】

第二十四章

凌霄花下共留连

思源行进在老宅的木廊上，蝉鸣阵阵，在夏日的山村，闷热是比城里少了那么几分。庭院中夏花正艳，隔着窗户也能感受到这旺盛的生命力。思源看着庭院中盛开的凌霄花，橘色的鲜丽包裹在一片翠绿中，娇艳欲滴。不过此时有人挡了他的道。

"嗯、嗯、嗯……"挡道的这人正不住地点头。还是老样子趴在木廊上，只是这次电脑变成了一本大书。

思源皱了皱眉头，刚才诸夏说想到院子里来赏夏花。这下可好，最好的位置被这家伙给占住了。思源真想这会伸脚过去踩一踩这赖在地上的把这里完全当作自己家的外来客。不过看他好像真的看得挺认真，也就作罢了。

"我说宋思源，原来宋徽宗真是多才多艺啊，不但字写得好，还那么会点茶。"外来客倒是早就发现思源站在身侧了，一个侧身仰头对着思源感叹起来。

"呼——"思源叹了一口气，"才知道啊！你能不能躺好看点，别占着道，别人都走不过了。"

许诚这会从侧躺变成了仰躺，呆呆地望着天花板，嘴里嘀咕着："哎，可惜了，他是亡国皇帝，可惜了那么多才华，最后还受尽屈辱，客死他乡，这世界，文明为什么总是斗不过野蛮。"哀伤的眼神真让人怀疑起这到底还是不是许诚。

"……许诚，你可以让一让么？"思源继续试探着。

"啊——真是越想历史越伤心啊！"许诚对思源的请求看来是置之不理了，自顾自地开始在地板上打滚，这伤心的样子真是没有半点做作。

"宋思源，你快说，你是不是真的见过宋徽宗，要是我见到他肯定哭死。"

"……那天不是和你说了么，没有啦！我只是学习了他留下来的典籍罢了。"思源蹲下，摇了摇这个伤心人。

"嗯，好吧，我信你，不过如果下次穿越，记得也得带上我哦，说不定以后几次就能见到了。"许诚瞬间恢复了元气，坐了起来。终于让出了半条道来。

"诸夏说想赏花。"思源对着刚刚恢复正常的许诚说。

"哦?! 仙人要赏花，哦哦哦。"许诚忙收拾好自己看的书，思源一看，是《中国历代茶书汇编》。想来这书应该是许诚问爷爷借的吧，那天嚷着问为什么是宋徽宗，于是思源便告诉他，所有的点茶方法都是学自宋徽宗的《大观茶论》。没想到他还真认真去看了。

思源和许诚打开木廊的门，院中的景色瞬间在这廊中也可以享用了，思源沿着阶梯入庭院，走到了凌霄花下。诸夏这时在他一侧显现了出来。

"仙人好。"许诚一鞠躬，对诸夏他倒是毕恭毕敬的。

诸夏抬头看了看橘黄色的凌霄花，如今此花已经缠绕在头顶的木架上。

"凌霄花下共留连。"诸夏轻轻吟道，"不管怎么样这花倒是从古至今，依然如此鲜艳。"

思源看着这攀附而上的凌霄花，花如小钟，甚是可爱，不由地想起了上海自己家门口的那一簇凌霄花。只是现在已经不是自己的家了，从小到大都住在那里，难免会有一些感情。

"思源，那天你点茶，的确不错，是你爸爸教你的么?"诸夏瞬间变化出一套茶具，"点茶的味道会和我们泡茶的味道大有不同，你不如点一点这里的茶。"

思源拿起茶具开始点茶。一碗茶毕，递给了许诚。

"我?"许诚自然是有些受宠若惊，没想到会先让自己尝，一口下去，清香扑鼻。

"两浙之品，日铸第一。"诸夏接过思源点的第二杯茶，轻轻一嗅，"浙江的茶多为兰花香，茶为兰根。西湖龙井也是如此。"

许诚一听，前几日也喝过这个日铸茶，虽说也是清香淡雅，但是的确没有今天这味道，这幽兰般的清香是平时喝茶绝对尝不到的。"下次也让你点点西湖龙井试试。"许诚来了兴致，仔细观察这茶的汤色。

"如果说西湖龙井是雅兰，那日铸茶就是山间的幽兰了，更有苍劲的山野味道。这茶也似兰花，各有各的花色和品种，只是今人很难再感受到了。如果用点茶法，口有余香数时，气若吐兰不是什么困难的事情。"思源解释到。

"啊! 古人的生活真是精致，本来以为这些古文都是描述至美，却不可全信，现在我是信了，就如那云门寺，的确是千古之景，只是现在再也看不到了。不过宋思源，你一定得好好教教我这个点茶，想着多喝喝，一定口气清新，唇齿生香，比那些个什么牙膏广告可是靠谱多了。"

许诚这番话又逗得众人一笑。只是思源这会心里想着，诸夏不会无缘无故地把我们集合起来赏花，定是又埋着什么伏笔吧。上次云门寺之行，也算是有所收获，也不知道他到底测没测出来我到底是不是和宋源拥有一样的灵息。

"此次云门之行，我也看出了个大概，虽然还是有所不同，但思源你的灵息的确和宋源有异曲同工之妙。不管怎么样，说不定我们可以利用你的灵息做更多的事情。"

思源正想着，诸夏就回答了，哎，思源叹了一口气，看来是又被他读出了心思。"到底有什么不同呢？其实我也没搞明白我的能力是什么。"

"你似乎可以通过狼毫小笔，与一些事物产生共鸣，而读出这些东西的回忆和往事，但又不仅仅在于此，因为我们上次回到了唐朝，而且是真真正正地在那个时间点上有所印记，只是我不知道这能对这历史产生多大的影响。"诸夏细细地思索。

砰，许诚放下杯子，一惊，"什么？那么说来，我们穿越过去还能改变历史不成。"

"关于这一点，并不确定。"诸夏摇了摇头。

"为什么？"许诚急切地问到。

"历史已经是这么一副样子。也许我们只是过去完成本该就存在的一些事情。如果历史可以随意篡改，那么这个宇宙就会发生混乱。"诸夏饮着茶，解释着。

第二十五章

雪堆遍满四山中

"还是不太明白，感觉很深奥。"许诚摸了摸脑袋，示意这脑洞有点大。思源也点了点头。

"那么说吧。任何事物都需要一定的平衡，也就是我们中国人所说的阴阳，如果阴盛阳衰，那么必然会引起不平衡，于是宇宙就会再生出许多阳来保持平衡，或者是经过翻天覆地的变故去推倒重来，重新回到阴阳平衡的状态。寻找万事万物的那一个平衡点，可以说是我们中国人一直致力于的事情，物极必反，否极泰来，就是那么一个道理。"诸夏继续解释着。

许诚和思源这会像是听懂了那么一点点，但是都沉默着没有说话。

诸夏用眼角看了看两人，继续说道："人的寿命短暂，也许许多平衡的调整不能完全看透，但纵观历史，一切的此消彼长都是有其原因和规律的。就如现在我们在这凌霄花下，而这凌霄花是谁人所栽呢？如果我说，是思源你亲手栽下的，你信么？"

"我？"

"嗯，也许是有一天你回到较早的时间点，种下了这一株凌霄花。虽然这穿越是发生在以后的日子里，但是你穿越回去所做的事情，并没有影响我们现在在这里赏花，只是我们现在并不知道这花是你穿越回去所种。这种情况下，现在存在的事物并没有被改变，但是现在这一刻，我们并不知道事情的真相。"诸夏看着凌霄花，说出了这样一个比方。

"嗯，明白了，如此说来，我们不小心穿越回去都是有原因和理由的，而我们所做的事情也许早已是既定的事实。"思源思考着说出了自己的想法。

"那不是很无趣么，不能去改变什么。"许诚嘟嘴说。

"也不尽然，虽然平衡不能被打破，但是宇宙是怎么去补漏圆缺的，我们并不知晓，也许我们的穿越是为了平衡另外一件事情带来的巨大影响也说不定，那么我们的所作所为也许就会对现在乃至未来产生一定的影响了。就如我那天对雪秀所说的，命运自有安排，我们所要做的是顺水而行，见机行事，只是她似乎总要逆天而行，通过她自己的所作所为去强制改变一些东西。"诸夏微微叹息道。

"这就是所谓的尽人事，听天命吧。"思源若有所思地看了看诸夏和许诚。

"是的，所以我们不用太悲观，你的灵息带我们去的地方，一定有它的道理。而对于我们来说，只要随机应变就可以了。不管怎么说，每一次的穿越都会有一定的线索，而我们要做的就是拾起这些碎片去拼凑真相。只有这样才能弄明白宋源和雪秀之间究竟发生了什么。"

"不管怎么说还有我这个学霸在，拼碎片这种事情我最在行了。"许诚自信地看了看宋思源和诸夏，拍了拍胸脯。三人不禁莞尔一笑。

"可是还有一点我不得不担忧。"诸夏微微皱眉，看了看凌霄花的藤蔓，"留给我们的时间已经不多了，我隐隐约约感觉到雪秀正秘密地筹划着什么事情，所以我们必须尽快找到更多的线索。"诸夏说完伸手幻化出藤蔓采下了一朵。

"思源，你可愿再前往一次。"诸夏将花轻轻地递给了思源。

"当然。"没想到这个平日里安静的孩子口中，跳出了这么一句理所当然的话来，而且是那么笃定。许诚自是不用说了，跃跃欲试地说着那个百宝箱他可是一直没收拾过，蹦蹦跳跳地说回房再去加几件应急之物。好吧，那么就如此约定，今夜戌时，再往云门寺。

待到月上枝头，三人已经到达了云门寺。不过这次不是坐车来的，还真是诸夏一下子幻化过来的。许诚有些不解，仙人上次怎么不带我们直接这样过来呢。

诸夏拂袖，周身散发出绿色的荧光，聚拢后又变成了一个蓝色的法阵，许诚和思源往法阵望去，此地正是募修云门寺疏碑。二人面面相觑，随着诸夏走近了石碑。

诸夏隐隐一笑，对着许诚做了一个请看的手势，许诚见状忙附身去看，这阵法的印记甚是熟悉，此刻阵法的四周已经是灵息四散，萤火萦绕而生，直冲天际。

"此处就是我所说的凌霄花了。"诸夏伸手，绿色的灵力渗透出来，缓缓地流向了法阵。"谁忍窥河汉，迢迢问斗牛，结印千年，没想到还是留在这星辰之上。"

思源像是有点听明白了诸夏所言何意，正想说话，突然狼毫小笔飞到了耳侧，弥光流彩从笔尖渗出，流过思源的眼前，指向了一方。

"时间已经来不及了，不应该在此耽搁太久，来日方长。"诸夏蹙眉，手指一划，二人飞身起来，许诚不由地叫了起来，不过看他那样子应该不是害怕倒像是觉得刺激，两人随着狼毫小笔的光源前进，延绵数百米，双脚离地，枝擦衣角，尤其是许诚，他还带着他那个百宝箱大书包，老是被树林里的枝条勾到。而此时速度越来越快，枝叶擦在脸上嗖嗖作响，还有一些疼痛，于是两人不由得都用手抱住头，免得脸被枝条擦伤。

但出乎意料的是两人飞过树丛，突然就到了悬崖边，而此时双脚不着地，身子也不听使唤，不由得一惊，身体悬空，像是要掉下万丈深渊。

见大事不妙，思源马上伸手拉住旁边这个大书包，使劲一拽，真沉，你到底带来多少东西啊。思源一个跃身，像是要跳过这个悬崖，只是许诚真是有点太拖后腿，正活生生地把两人往下拉坠。

"许诚，你倒是使把劲啊！"思源对着身后那个手脚有点发软的家伙说到。

"哈哈哈！"没想到爆发出来的却是一阵笑声，看来这家伙还没从兴奋劲里面醒来呢。

于是思源用两只手使劲拽住他，又踢了一下他的书包，这一踢可好，两个人在空中翻起了筋斗。

"啊——啊——"这下许诚可知道害怕了，两个人在空中连续翻了五六个前空翻，同时大叫起来。不过这几个跟斗翻得也算是好，总算翻过了悬崖，往对面的山谷坠去。

砰！噗！——急降落，硬着陆，自然不会怎么优雅从容，两人又连续在陆地上翻了几个跟斗。思源觉得全身的筋骨都快散架了，好在最后倒下的位置是头朝天的，此时还可以喘口大气。诶？思源一惊，自己呼出的气体变得白茫茫的遮住了自己的视线，像是雾气一样。轻轻地尝试着动了动身子，呼，还好，骨头身子都在，看来是没缺胳膊少腿的，只是这躺着的感觉，软绵绵的，又有那么点冷飕飕的。思源抬手扯住眼前的枝叶，使劲一拉，刚刚被甩脱的腰骨咔嚓一声响，愣是坐了起来。

第二十六章　溪柴火软蛮毡暖

只见四周漆黑，唯有月光倾洒，山谷中白茫茫的一片，在月光的反射下，思源看到了身边十米开外的许诚，不过他可没那么好运，是头朝地面四肢趴开地躺那里。思源有点不忍看地闭上了眼睛，要是他这样砸下来的话，那可真是凶多吉少啊。思源费尽力气想站起来。

双手撑地的时候发现这吱呀的触感。雪！思源轻轻抓起一把在眼前一看，果真是雪，怪不得半个人都陷进了雪里，那么难站起来。如果是雪的话那还好，许诚还不至于摔伤，思源两手撑地，终于站了起来。雪淹过了膝盖，思源一步一步地往许诚走去。

"不好！"思源突然大叫，在雪地里狂奔起来。看到许诚这样脸朝下一动不动已经很久了，雪缓冲了许诚的坠地这是好事，但是他这样趴着，雪也会捂住他的鼻子。思源三步并作两步地跑到了许诚身边，跪在许诚身边，使尽全身的力气把他翻了过来。

许诚果然昏了过去。糟糕，思源使劲摇了摇他，"许诚许诚!"思源焦急地喊着，用力拍了拍许诚的脸。许诚还是昏死的样子。思源着急地连忙附耳去听他的心跳。

"扑通扑通。"思源长吁一口气。看来许诚还是活着的，应该只是刚才掉下来冲击力太大昏了过去。

只是此时，茫茫四野，皆不见人影，思源和许诚来时都是穿着夏季的衣服，这会茫茫白雪，已经冻得打哆嗦。而许诚又是怎么都叫不醒，思源着急地摸了摸胸前，查看狼毫小笔在不在。

拿出笔来呼叫诸夏，依然如上次在唐朝时一样没有任何反应。思源取下许诚的背包，心想这个厚重的百宝箱里面不知道会不会有衣服。翻找一遍，锅碗瓢盆，指南笔记，果不其然，拿出了两条毯子，看来这家伙真是算好了，想必是为了野外露宿做准备的，而且还特意带了两条。思源马上用毯子裹住了许诚。自己则是披着另外一条站起来不停跺脚哈气。

此时远处传来了犬吠声，思源听后大喜，刚还想着该如何是好，看来有人在附近，只是许诚那么大一个人只靠自己是搬不动的。于是一人披着毯子先朝着犬吠声走去。茫茫的雪地上，有着一个个雪堆，思源上前摸了摸雪堆，里面似乎有东西，拍开积雪，看到了草堆，看来不远处应该是有人家的。

转过这个草堆，思源看到了一束微弱的灯光，是提灯，太好了，有人。思源又连爬带跑地上了积雪的小坡，此时微弱的灯光越来越近了，一只小狗随着灯光奔了过来，率先扑到了思源的怀里，这大寒天的，小狗的体温显得分外温暖。而此时提灯的主人也出现在眼前。蓑衣斗笠，提灯老翁。看到思源后，抬了抬斗笠，看着在雪中瑟瑟发抖的思源，便递上了他手中的貂裘。

思源此时说不出的感动，赶忙披上貂裘，对着老者说："老人家，我和我朋友迷失在这深山里，他还在前面，已经冻僵了，昏睡过去，还请你帮我把他扶到暖和的地方。"

"好，别急，我的草堂离这里不远，我这就帮你把他扶过去。"

两人赶到许诚处，老人熟练地将他从雪地里扶起，一把背起了他。小狗则在雪地里嗅嗅，刨雪翻出了许诚的相机。思源赶忙左手拿起相机和书包，右手帮老人扶住许诚。然后随着老人穿过了草堆错落的山谷，来到一处溪流流经的平地。

老人打开木栅栏，将许诚背到了院内，此时小狗往房门冲了过去，一撞门就开了。两人赶忙护着许诚进了屋去。老人关好木门，屋内应该刚刚生过火，暖意袭来，思源此时，心才算是安定了下来。老人示意将许诚先放在床铺上，并打来了热水让思源喝了几口。

"快按摩他的四肢。"老人掀开毯子，忙从屋外捧了一捧雪，按摩起许诚的手腿。"快，一起来帮忙。"老人焦急地说到。

思源自然是不敢马虎，赶忙上前帮着用雪搓揉。搓了有个十分钟，老人才缓下了动作。

"可以生火了。"

柴火？柴火在哪里呢，此时小狗衔来几枝细柴，思源往它来的地方望去，忙在墙角抱了一垛柴过来放在床边，老人拿起床头的油灯点燃了柴火，并继续摩挲着许诚的四肢。

"要是再晚一点，他的腿可就废了。"

"什么？"思源一惊，此时真是悔恨交加，想来是因为一直身在南方的关系，对这雪地里的自保知识真的基本是一片空白。这次带着许诚过来要是他出了什么事情，可怎么向他家人交代啊。自己昨天还在心里笑许诚喜欢捣鼓什么百宝箱，其实今天要不是许诚带的两床毯子，估计两个人根本不能在雪地里坚持那么久。不行，下次绝对不能这样鲁莽了，要做好充分的准备才可以。

看着思源满怀歉意的眼神，老人起身，递给思源一床被褥。"今天他睡床上，我们打地铺。"说完便从墙角的柴堆里面取出一些木屑，满满地平铺在地上，再从柜子里取出了厚厚的毛毡，铺在了木屑上，然后就是放上被褥和枕头。

"来，你睡这里，这里离火近，你刚才也冻坏了，得暖暖身子。"老人又聚了聚火，在旁边多添了点柴薪。

"一会狸儿会守在这个门口，今晚可能还会下雪，所以我让它也睡里面。你的朋友应该已经没事了，我会注意照看他的，你喝口热汤，安心睡，不会有事的。"老人说着，递上了一碗热汤。

"谢谢，太谢谢了，老人家。"思源此时已经不知道该说什么，身子还是有些哆嗦，接过热汤，喝了起来。汤里面似乎有生姜和肉末，一碗下去，身子暖和了不少。搓了搓手，掀开被子，又摸了摸狼毫小笔，确定还在后，便躺下，蜷缩在被子里取暖。毛毡软软的感觉加上附近火堆的暖意，让思源瞬间又安心了不少。而此时思源已经满是睡意，眼皮有点撑不住了。朦胧中，看到老者扶起许诚在给他灌热汤。

这一夜，太不寻常，诸夏啊诸夏，你怎么又失踪了？每次在我们最需要你的时候都找不到你。不过现在算是暂时安全了，有着柴火软毡取暖，也总算有一个地方可以安心地避避风雪。倒是诸夏，刚才送走我们的时候他好似非常紧张着急，希望他不要遇到什么麻烦就好。嗯，一定没事的，诸夏一定会像上次那样再来找我们的。思源带着沉沉的睡意，想着诸多种种，而他此时也只能祈求着，只要大家都安好，往后的事情都无所谓，可以慢慢再议。

思绪渐渐模糊，终于沉沉地睡去。

第二十七章　尘暗旧貂裘

"思源！快起来！"思源朦胧中听到有人在呼叫，啪啪，脸上被拍打，瞬间打了个哆嗦，醒了过来。这会看到的是许诚的一张大脸就在自己的眼前。忙起身，两个人差点撞到一起。

"什么事，那么着急，思源揉了揉被拍打的脸蛋。这家伙还真使劲啊，看来是全然恢复了。只见许诚这时是一身的猎户装扮，兽皮围肩，兽帽在头，十足的古人装。思源不由得一笑。

可没想到许诚突然一把掀开思源的被子，伸手摸进思源的胸口。"喂喂喂！你干什么？"思源大叫起来，引得狸儿小狗也过来围观。

"你的狼毫小笔在么？"

"在啊！"

许诚长长吁了一口气，但是还是一脸的焦急，然后火急火燎的翻出书包里面的一只电子表。递给思源看。这上面分明的写着2023年7月15号。思源一惊，怎么回事！2023年，这比自己穿越过来的时间更未来呢。但转身一看四周，土墙木床，这怎么看都是古代的场景。怎么可能会是2023年。定是这表出了问题。

于是把表抛给许诚。说道："不可能，我们现在一定是在古代。"

"这点我不怀疑，但是我想到另外一个可能。"许诚不改焦急的神色。

"什么可能？"

许诚忙拿出自己的笔记本。"你知道到乡翻似烂柯人么。"

思源一惊，也想到了许诚担心的事情。马上起身看向狸儿，问："你主人呢？"

狸儿"汪"了两声，跑出门去，思源见状忙穿好昨天的貂裘，和许诚一起跟了出去。出门只见外面还是漫无边际的茫茫白雪，思源心想21世纪的江南地区是甚少有那么大的雪了，看来古时候的气候还是与现代有所不同。不对，我还不知道自己穿越到了哪里，这里不一定是云门寺附近。思源和许诚一起踏进了茫茫的白雪之中。

狸儿往溪流边的后山跑去，于是两人也走上了阶梯，青青的石板在雪天更加打滑。思源看着这石板，倒是觉得和那天日铸岭的石板有点相似，这应该也是古道吧。不对，在这里应该叫官道。只见狸儿奔跑到了道上，又转而跑向了一条小径。

"你知道么，上次我们是和诸夏一起穿越的，而且并没有在唐朝的云门寺待上很久，回去后时间和空间上也并没有什么异样。但这次有所不同了，我们来的时候就发生了意外，还差点挂了，不得不在这里住上了一宿。而且你看看现在这里是寒冬腊月，完全不是夏季，所以看到手表的时候我可是吓得不轻，这次诸夏也不知道去了哪里，想来一定是发生什么变故了。"许诚火急火燎地说着，健步如飞地登上小径，思源看着白雪皑皑的山林小径中许诚的身影，也只能摇摇头。

的确也不曾问过诸夏这样古今穿越的危险，也许是自己还不能很好地控制灵力，导致和诸夏之间有了时间的偏差。总之先得搞清楚这是哪朝哪代，何处何地。于是一步步踩雪而上，山间的枝叶茂密，枝条不时地擦过身侧，落在了棕色的貂裘上。而拨开雪枝看到的是许诚与狸儿站在了坪石岗上，而在二人之前的，就是昨晚那位老翁，此时他依然是披蓑戴笠，傲然地立于一株梅花树下。

"汪汪！"狸儿叫了两声。老人转身用手抬了抬斗笠，看向思源和许诚，不知道为什么眼神中有着一股特别的情感。

"当年万里觅封侯，看到两位身着貂裘的样子，老夫倒是忆起了随军从行的日子。"老人走到思源的身边，拍了拍他貂裘上的白雪。又意味深长地看了看思源的眉目。"你们随我来。"

三人又按径而下，路旁有开得正盛的粉红色的山茶花，老人拈花而过，径直入了院子。两人赶忙追了上去，想不到这个老翁年岁颇大，走起路来却比他们两人都利索。

只见老人开门入屋，抖了抖身上的蓑衣，摘下斗笠，将刚才山中摘来的两朵山茶花，轻轻放入水缸中。边缘有着积雪的水缸中飘落两朵粉色的茶花，这景致分外好看，只是这随意一放却像是精心拼放的盆景一般。老人摘下了斗笠，双鬓银丝，却有着仙风道骨的感觉，一种不落于尘世的清高之风印染在眉宇间。

但此时，老人并没有停下脚步，而是径自走向了书房。说是书房，却也颇为简单，梨木书桌，再加上满屋的书柜，仅此而已。老人磨墨铺纸，挥洒遒豪。笔力苍劲，行草兼备。思源不禁走近一看。

"当年万里觅封侯。匹马戍梁州。关河梦断何处，尘暗旧貂裘。

胡未灭，鬓先秋。泪空流。此生谁料，心在天山，身老沧洲。"

两人不由得一惊，此人是？

而此时老人已经落款收笔，真的是，陆放翁！

不过说实话这时候两人倒是舒了一口气，如果是放翁的话，那么现在自己八成是在会稽境内了，而且很有可能是云门寺附近。因为陆游曾在云门寺附近居住。

"是陆放翁么？真的是放翁么。"还没等思源开口，许诚早就迎了上去。一副星星眼，追星的样子。

老人轻轻颔首，转向思源，问道："敢问后生是不是有一支狼毫小笔。"放翁问出的话，倒是着实把两人吓得目瞪口呆。

思源有些激动地问道："放翁怎么知道我有狼毫小笔。"

陆游继续磨着墨，又摊开一张新的宣纸，"说来也是缘分，我在从军的时候，遇到小笔的先代主人。当时他就和我说，如若他日再遇到他本人或是他的后人，定要好生相待和帮助。我当时应允了，只是没想到在我的有生之年，真的还能再次遇到小笔的主人。"陆游抬眼望向思源，眼神中交织着各种复杂的情感，但多半是深深的怀念。"你和他的眼角眉梢颇为相像，虽然发冠着装不同，但我猜也是十之八九了。"

放翁用纸枕压好宣纸，做了一个请的手势，思源缓缓地走向书桌，似是有些明白了陆游的意思。从怀中掏出了狼毫小笔。

"他曾把小笔的使用方法交代于我，说日后如果子孙不解，定要指点迷津。你只需将笔放入墨中，像一般的笔那样使用即可。"放翁慈祥地笑着，对思源点了点头。

思源和许诚对视了一下，许诚也对他点了点头，于是思源深吸一口气，将笔放入了墨中。

第二十八章

铁骑国破梦无归

墨入笔肚，思源行笔于纸宣。刚一落笔，浓墨就从笔中游出，围绕左右，思源瞬间被包裹直至吸入笔中，许诚一惊，忙上前，但余下的只有小笔而已。转而看向陆游。

陆游点头，表示这是正常的现象，"他现在实际上还没有和小笔完全契合，而要熟练掌握此笔，必须要有一个历练的过程，我们现在所能做的只有等待了。"陆游将小笔再次放在了砚盘之上。

"快逃，快逃！"思源一下被惊醒，想来刚才用笔写字，默默地被黑墨吸入笔中，一直不敢睁开双眼，而此时似是人声鼎沸，微微睁开双眼，却见周边硝烟弥漫，兵荒马乱之景入眼而来。思源一惊，差点跌倒在地，手撑地面，却见脚下是……是人，死人？思源赶忙缩手吓得脸色惨白。环顾四周，人仰马翻，尸横遍地，可以说是一副世界末日的样子。但看周围人的衣着，是古代？怎么回事，难道我又穿越了，而且还是一个人！

思源有点心慌起来。而此时身边的一个白衣男子正在捡拾地上的书卷。大难之时，还忙着捡书的，定是个读书人，而且是爱书如痴的。思源想要帮他去捡书，毕竟是离自己最近的人，也好问出个什么，一起逃难。

"兄台，我来帮你。"没等思源说完，不远处就传来了一阵哭声。白衣男子听到后立刻放弃捡书，朝哭声奔去。而此时只见一妇人怀抱一年轻男子大声啜泣。

"娘！"白衣男子跪地扑向了妇人怀中的年轻男子。

"师禹。你快看看，你弟弟这是怎么了。"白衣男子马上握住怀中男子的手腕，像是把脉。少顷，长吁一口气，安慰他的娘亲，说弟弟只是受惊过度，没有性命之忧。而此刻只见人群从百米开外直奔而来，像是四处哄散逃避的难民，许多人携带家眷，负荷挎包，一并快跑过来。思源见状本能地往后退去。

"娘，爹和哥哥呢！"白衣男子焦急地询问。

"不知道，他们说不能弃君于不顾，今天早上还是赶着上朝去了，至今都没有消息。如今也不知道是战是和，但听闻金兵入城，所以大家都开始四处逃散。府里也只有家仆区区那么几人，看到附近的人都要逃难，所以大家匆匆收拾行李赶了出来，但是没想到已经是这般光景了。"妇人说着看了看周围的死尸，想必多数是踩踏而死的，这会也有许多家眷在尸体旁边抚尸痛哭。白衣男子看了看周围，咬牙看向奔来的人群，忙指挥家人快点逃散，以免再被踩踏。

"永旺，你带弟弟和母亲先出城，此处已经离东城门不远，再走上一段就可以出城了，切记，不要慌张，在东边的驿站亭等我。"白衣男子说着把几本刚捡起的书塞到仆人永旺手中，"这是家父的毕生心血，你把它们放在贴身包裹里，一起带出城。夫人和炫纹就交给你了。国难当前，活下来才是最重要的。"说完，已经是眼含泪水。

"禹儿，你是从学馆过来的么，皇城那边可还都好。"妇人焦急地问道，"我怕你哥哥和爹爹会被金人围困啊。"

白衣男子闭眼皱眉，泪水划过脸颊，似有万般苦楚不忍诉说，"娘，我刚才赶过来的时候，一切都还好，我只是担心你们独自在家，所以过来看看，既然已经收拾好行李准备出城那是再好不过了。"

"是啊，还好几个月前已经让媛儿带着孙儿赶去会稽了，不然的话真不知道该怎么办了。"妇人同永旺一起将炫纹扶起，准备往前赶路，"禹儿，听娘一句，和娘一起出城吧，我刚才在赶来的路上都听说……听说……皇上都已经被绑了。"妇人此时已经是泪语盈盈，用衣袖不停拭泪。

"娘亲！"此时白衣男子突然跪下，"父亲和哥哥都是为人臣子，不得不忠君报国。禹儿不才，虽不能和父兄同朝为官，但也不忍看国破家亡，事到如今也不能只顾自己逃命。此去一别，孩儿会尽力找到父兄，大嫂和漪思还请你老人家多多照拂了，如果日后孩儿还能在膝前伺候母亲，定不会再离母亲而去。"此时的他已经是泪流满面。

妇人伫立在风中，看着这风雨飘摇的王朝终究在野蛮的撕扯前变得粉碎，而今，也许还要再搭上自己最爱儿子的性命。她不忍，不舍，也不愿。但她知道，自己已经不能再阻拦他了。于是拔下头上的发簪，递给师禹。

"这发簪也算是家传之物，你此去也没有什么防身的，记住，能活下来一定要苟活，我不管你们什么士大夫理论，这些个理论已经把国家害成了这个样子。凡事不要再迂腐守旧，要跌打滚爬，只为活下来，你此去能找到你父兄那是最好，但是如果找不到了，就直奔会稽吧，我不会在驿站等你，我只会守住宋家最后还能守住的血脉。这发簪不是让你自刎的，而是要你记住，你家里还有老小，还有国仇家恨，所以要用也得是用它去刺敌人的咽喉。"

妇人理了理微乱的双鬓："我是当朝的淑人，就算死也会死的有尊严，人人都说女人的发簪是备着自刎的，但此去我不会刻意求死，就算为了炫纹我也不会去死。所以我也要你活着回来，如果要报仇，你也要回来，带着炫纹和漩思一起报仇。"妇人此时目光如注，死死地盯着师禹。

这千斤的命令压在师禹的身上，自是不能再推脱，于是含泪叩首，喊着："娘亲，孩儿领命。"

妇人头也不回的扶着炫纹离开了。而此时北面已经是战鼓隆隆了。师禹望着皇城，又一次坚定了信念，这万般的苦楚虽然不能与母亲诉说，但自己是不会逃避的。的确，如母亲所说，此时的皇宫想来已经是一片凄惨的景象。

而此时，思源见状是进也不是，退也不是。他看看已然远去的夫人和正欲赶赴皇城的师禹，不知该如何是好。金人？宋家？自己不会无缘无故穿越过来，难道这就是宋家祖先？看这烽火迷离的皇城，红墙黄瓦，亭台楼阁，这宽敞齐整的街道规划，也是猜到了十之八九，是的，自己应该是在靖康之难的汴京。而这山河破碎风飘絮的都城此时已经是一片疮痍。思源定了定神，他虽然害怕，但直觉告诉他，他必须跟着师禹继续走下去，去经历这万般残忍屈辱的靖康之耻。

思源摸了摸身上，似乎并没有带什么东西，此时也只有放翁递给他的貂裘作伴了，而狼毫小笔也不在自己手中。白衣男子已经渐行渐远，思源也不能再多有犹豫，于是疾步追了上去。

第二十九章 相期共生死

宋师禹逆着人潮而行，思源也紧随其后，深怕追丢了。难民是一股接着一股，许多人已经放弃了行囊，只求可以快点行进。而此时人群中竟有人言，不要出城了，金兵这次不同上次，而是将开封城围得水泄不通，出城也是一死。思源听到后不由得焦急地看向师禹，师禹为此紧锁双眉，想必也是听到了这些闲言碎语，只见他微微叹气，紧握双拳，像是再次下定决心一般，直接往皇城奔去。

到了皇城附近已经是人烟稀少，师禹看来是很熟悉地形，摸进了皇城的东偏门。此时早就没有什么守军驻守，也没有半丝人气。师禹偷窥了一下门内，见四下无人，便侧身进入内围。思源跟在后面，想着不能被他发现，保持了一定的距离。而此时也只能硬着头皮跟了进去。

内院这会也是四下无人，想必也多半是逃散了。师禹自然是有些紧张，如果市井的传说有一半是真，不能排除现在会有金兵在内苑。不行，还是不能贸然行进，师禹想着自己势单力薄，要是被发现了，也是难逃抓捕，此时已经来到了会宁殿以北，师禹想到了此处有一座假山，为观看敌情，不如先登高确定下四周的形势。于是健步往假山上的云归亭奔去。

思源现在也是有苦难言，说实话他这会满脑子想到的是——要是金兵窜出来该如何是好？另一方面自己又要和师禹保持距离。真是不由得想到前几天看许诚在老家玩的那个什么生存游戏《古墓丽影9》，自己现在的感觉，应该也和那孤岛上的劳拉差不多吧。只是区别在于劳拉至少是有一身锻炼过的本领，而自己，真的不是什么极限高手。看看师禹也像是个读书之人，两人都手无寸铁，要是遇到金兵，真的是必死无疑。但是现在自己已经是骑虎难下，也只能以身试险才可以找到诸夏上次所说的——所谓的线索。

师禹站在云归亭上观望，只见此时东西两地的宫殿，似乎都是较为平静，而正宫那边似乎是有人头攒动，也算是稍稍缓了一口气。思源也将宫殿的情形看在了眼里，看来要知后事，只能直捣正宫了么？只是他想到了史书所说的接下去会发生的种种，想到汴京被破虽非一日之事。但是此时也不能让师禹孤身一个人前去，于是决定索性上前通名报姓，说出来由，问下今日的具体日期，根据史书好做以后的打算。

思源快步走向了师禹，拍了拍师禹的肩膀，而此时师禹可谓是惊弓之鸟，像是被惊到，一个回头想使出拳头。思源忙后退了两步，喊道："别别别。我不是坏人，我是来帮你的。"正在说间，却见师禹松了一口气，又转身回去观望。

咦？思源不太明白怎么回事，于是又拍了拍师禹的后背，但这次师禹只是摸了摸后背，没有再回头。这是怎么回事，难道？这？思源这次索性绕到了师禹的前面，而且用手在师禹眼前挥了挥。但这个白衣男子还是没有任何反应。

他看不到我？这倒是大出思源的所料，因为上两次穿越的时候，唐宋的人都是可以看到自己的，也都能和自己说话交流。怎么这次就变成这样了？思源赶忙看了看四周，定睛看到地上的一粒小石子，于是蹲下去捡，也是可以捡到的。那么说来自己可以看到这里的人和事物，也可以触碰他们，但是这里的人却看不到自己。

这下可好，看来事到如今只能继续跟踪师禹，看看接下来会发生什么事情。只见师禹又快步下山，往西边的宫殿奔去。思源继续尾随其后，却见他在绿绮殿停留了下来，宋师禹四下张望了一下，见无人，开门进去殿中。思源觉得奇怪，心想师禹怎么会在这里停留。

入门后，只见殿内有一盛装的黄衣女子，此时正掩面啜泣。"珠珠？"师禹喜极而泣，没想到真的还能在此见到她，女子见师禹后也疾步奔了过来。

"你真的在这里。我完全没有想到，本来不抱有什么希望了。上次已经和你说了，让你找内侍李铭逃出宫去，你怎么还没动身？"

赵珠珠含泪哽咽，"已经来不及了，师禹。我马上就会被送去金营了。"

"什么！"宋师禹此时只觉得脑中翁声一响，如雷轰顶。兵败投降，围城已久，而今降书已递，虽然自己不愿承认，但的确已是近似亡国，后续会如何也只有四个字，如刀在喉。

"你是大宋国的帝姬，怎么可以让你去金营，不行，你现在就和我走，你不明白吗？你去了以后会遭受什么？"宋师禹说完拉起赵珠珠的手就走。

"师禹，我们逃不出去的，如今整个开封城都被围住了，我今天被盛装打扮，其实多半就是要被送过去了，所以我逃了出来，到这已经不太有人的偏殿。这几天我天天在这里等你，因为我没有忘记我们的约定。自从递了投降书后，金兵就入宫清点，我的名字早就在册了。昨天已经有宫中的宫女嫔妃和帝姬被送了过去。"说到这里赵珠珠一个趔趄，差点晕倒在地。"师禹，师禹，你知道么，他们连已经出嫁的和怀有身孕的姐姐都不放过，而且而且……"赵珠珠已经泣不成声，不能再吐字，不停把头撞到师禹的怀中。

"其实我真的想死，以死守节，但是我死之前还想再见你一面，所以今天又来到了绿绮宫，因为你说过万一有什么不测，在这里等你。"赵珠珠此时拔下头上的金簪，死死拽在手里，"我不会让自己受辱的，师禹你快走，能见到你我已经满足了，此生无憾了。那些懦弱的朝廷百官，也许还想着把我们献出去可以换来所谓的安宁，这开封城几万万的百姓怕是也走到了尽头。师禹，你不知道，那些金人有多残忍，他们不是人，不是人，你快点带着自己的家眷逃走吧，尤其是女子，如果不走，只会被那软弱的开封府征收过去当军妓。"

赵珠珠说到这里突然举起金簪，刺向自己的右手，顿时鲜血淋漓，此时她的眼神突然变得异常凌厉，"他们不是人，不是人，简直是禽兽，我恨啊，我恨啊！师禹，我是逃不掉了，这也是我作为大宋国公主最后能为自己做的一点事了，让我死吧，这几天宫里的人不停监视着我。这次逃出来也改变不了我的末路。你快走吧，这也是我能最后能告诉你的了，不要再抱有一点希望，现在也不用想着什么忠君报国，现在说这些已经都没有用了。你要活下去，活下去，卧薪尝胆，就算苟且而活也要活下去，这样才有机会为我们报仇。"

"珠珠，珠珠！"赵珠珠此时已经昏死在师禹怀中。师禹忙撕下衣角包裹住她还在不停流血的手掌，这几天发生的一切的确已经超出许多人的认知底线，一直重文轻武的大宋，现在在横蛮的金人面前已经完全没有招架之力，彻彻底底成了放在砧板上任人宰割的鱼肉。"珠珠，我不会离开你的，要死也要死在一起。"师禹紧紧地抱住了怀中的公主。曾几何时，青青少年金鞍马，佳人回眸暗香吟。如果没有这金戈铁马，他应该就是日后的驸马，两人可以琴瑟相谐，白头到老。

但这太平盛世已然不能重现，他们现在要做的是面对生死的抉择，如果她要殉国，我也绝不苟活。虽然刚才答应了母亲无论如何都要活下去，但其实在自己踏入这皇宫的那一刻，他就知道已经不能再回头了。

第三十章

残碎支离泪飘零

思源此时已经被他们两人的悲戚深深震慑住了，也有些想哭。而这悲伤的重逢并没有持续多久，忽闻屋外一阵脚步声，一群士兵突门而入。见宋师禹这样抱着帝姬，急红了眼，看他们的打扮，不像是宋人。

不好，思源退后几步，但此时刀枪已经袭来。"住手！"后排突然有人大叫，上来一个内侍打扮的老人，忙对着金兵作揖，"大人息怒，这是我派来寻找帝姬的，看来帝姬是想轻生，然后他已经阻止了。"转身不停给师禹使眼色。只是这时候宋师禹哪里肯忍辱乖乖交出帝姬，还是死命地抱着珠珠。

思源眼看不好，双方一触即发。金兵头领气急败坏地用手一扯，想把帝姬从师禹的怀中拉扯出来，此时珠珠已经有些苏醒过来，顿时大声啼哭起来，死命的拽着师禹，不肯离开。"师禹，师禹，我不去，我不去，杀了我，杀了我。"赵珠珠的金簪此时已经在师禹的手里，师禹紧咬的嘴唇渗出了鲜血。金兵人多还是

把帝姬扯了过去

"大人，别这样，要是伤着了帝姬，一会就不能送去金营了。"内侍忙着求情。而此时宋师禹已经不能再忍耐了，是的，要死也要死在一起。他愤然起身，冲向了赵珠珠，一把抱住珠珠，想把她从金兵手里夺回来。那金兵哪肯就范，起手就是举刀。不好！思源这时已经是热锅上的蚂蚁，拿起桌上的一个大花瓶朝金兵头上砸去。

那金兵根本看不到思源，自然是头破血流，众人一慌，觉得有鬼，各个朝着思源的方向举刀紧逼。虽然他们看不到思源，但思源并不清楚他们如果砍到自己，会不会真的受伤，于是也步步后退。此时那个金兵头目又站了起来，对着空中一阵乱挥刀。虽然是乱打一气，但着实让思源吓出了一身冷汗。

金兵举刀对着空气许久，见不再有事，又将目光投到了师禹和珠珠的身上，而此时内侍已经扯开了两人，师禹泪流满面，口中还是不停叫着珠珠。那金兵怒气又上来了，挥刀要斩了师禹。手起刀落！

"不要！"思源大叫，而此时身边涌出了一阵阵黑墨，就像在陆游的草堂使用狼毫小笔一样，一个熟悉的身影从浓墨中一跃而出。

"诸夏！"思源破涕为笑。诸夏猛地一挥衣袖，只见那些金兵都飞出数丈，砸在了门框上，掉在地上爬不起来。师禹和珠珠一看也颇为不解，但当务之急是快逃。于是紧握住对方的手往门外跑去。

"诸夏！"没等思源说完，诸夏已经到了他身侧，长袖一挥，两人隐在了墨中。思源睁眼，发现两人似在穿越时光隧道一般，在黑墨色的洞窟中飞行。

"这是哪里？"思源大声问到。

"狼毫小笔中。"诸夏回答到，此时他正用力拽着思源往前飞行。

"诸夏！我们得回去，去帮师禹！"思源苦苦哀求着。

"我们已经做了该做的，不能再回去。"

"可是，再这样下去，他会……他会死的。"思源的泪水已经滑落在脸庞，随风飘落到了耳边。"

"思源，这不是穿越。"诸夏看了看思源，无奈地摇了摇头。

"可是……我不是也能砸花瓶么。"

此时两人已经到了出口，只是出去后依然是混沌不明的黑色天地，墨气在四周暗涌。

"你只是因为进入狼毫小笔的结界，不小心看到了前任主人的记忆片段。"诸夏轻轻点地而立，放下思源。

"什么，记忆的碎片，不可能，我用花瓶砸伤了那个金兵。"

"的确，以前没有出现过这样的事情。也是你用灵息把我召唤到了那里。我不知道为什么会这样，也不知道为什么我们可以对那里产生相应的影响。"

说到这里，思源倒是想起了许诚还在放翁的家里。"我把你召唤出来的？可是我在雪地里死命喊你你都不来。"

"是的，我去不了那里，因为那里已经被下了结界。"诸夏露出非常痛苦的表情，这是思源第一次看到诸夏这个样子，有点被吓着。

"结界，你说那边有结界。"

"嗯，不过这结界不是现在设下的，而是几百年前就设下的。"

"几百年前？"思源不解。"那怎么办，也就是说你不能再去我们现在所在的那个宋朝的时间点了。"思源非常不解，这结界到底是怎么回事。

"是的，我不可以，但是你和许诚可以，我也并不知道这次穿越会到达有结界的地方，虽然昨夜在点斗牛宿的时候感觉有些气息不稳。但是我更没有想到的是你竟然进了狼毫小笔的结界，看来那边有人在指点你。"诸夏此时眼中有那么一丝期待，思源似乎明白了他的想法。

"不是宋源。"思源摇了摇头，听到这句，诸夏的眼神果然黯淡了下去，看来他和宋源的感情真的很深。不对，如果宋源是他的第一任主人，那么刚才那个又是谁呢，按时间来看刚才那位也是在宋朝，而且是在北宋末年，对了，他们刚才也提到了会稽，现在的平水镇不正也是属于古时候的会稽么？

"刚才那个宋师禹是谁？"思源问出了心中的疑问。

诸夏站在那里，紧锁着双眉，似有苦衷，微微闭眼，长叹一口气。

"我现在不能告诉你。"

"为什么？"思源不解地看着诸夏，一直以来诸夏似乎总是对自己隐瞒着什么，而这次穿越，自己和许诚差点连命都搭进去了，为什么诸夏还是这样，不肯把所有的真相告诉我们，"我已经看到了这段记忆，那一定是有理由的，而且我们不是也改变了一点历史么？虽然我不知道原先历史是不是这样的，但是事实证明我就是需要出现在北宋末年宋师禹身边那个时间点上的，如果你和我不出现的话，宋师禹就死了。"

"现在还不是时候，思源，对于这次你和许诚穿越的遭遇我是真的不知情，你们遇到危险了么？因为那个结界，我无法洞察出你们在那边所有的讯息。好在那里有人帮助并指点了你，你我才可以在这狼毫小笔中相见。"诸夏读到了思源的心声，走过去摸了摸思源的头。

此时，温暖的感觉再次袭来，思源不禁有些啜泣起来，昨日的委屈和难过涌上了心头。

"对不起，我不知道这些，下次我会帮你做足充分的准备，至少为你们准备好四季的衣物。"诸夏微微一笑，其实在轻触思源头发的时候已经看到了他这几天的记忆。"原来你们遇到了放翁，那我就放心了。看来这次没有我的陪伴你们也可以完成任务了。"诸夏轻轻幻化出一卷文书递给了思源，"你把这个交给放翁，他就知道该怎么办了。"

"你和放翁是怎么认识的？"思源抹了抹眼泪，接过纸卷。

"这也是一个很长的故事呢。"

"也不肯和我说么？"

诸夏温柔地笑了一笑，轻轻又拂过他的头顶，而这次为他披上了一层荧光隐现的披纱。

"不是我不想说，而是现在你有更重要的事情要去做。就如我那天所说的，我们的时间已经不多了。"诸夏轻轻地把一朵凌霄花插在了思源的衬衣口袋中，"这件貂裘，真的好怀念，也许也是命运的安排吧，让我还能再次看到它，带好这件披纱，如果再遇到危险就披上它。"

"那许诚怎么办？"

"放心，它足够大到可以保护到你想保护的所有人。你该回去了，快点去找到这次的碎片吧。"

第三十一章

清词丽句前朝曲

诸夏说完就将思源送回了草堂的书屋中，不过这次倒是没有人迎接他。书房里空空无人，思源拿着卷轴和披纱往外屋走去，可也没见人影。心想，这个许诚，见到大诗人，就不管我死活了。但闻窗外劈啪的砍柴声，便行了出去。

只见许诚一身皮草绒帽，这会正挥斧头砍柴呢，而放翁则在一边指点着。许诚大概是因为活动开了，这会脸蛋红彤彤的，这放翁也真是厉害，用这种办法让许诚活动筋骨，抵御严寒。

许诚见思源出门，赶忙挥手，"Hi，我们在砍柴呢，你旅游回来了！"宋思源径直把卷轴递给了放翁，对两人微微一笑。

"思源，一切可好？因为以前狼毫的主人进笔总是会有几个时辰的，所以我便先带许诚出来做点家务。"陆游接过一看，并没有急着拆开。

"呵呵，你不知道这砍柴也是有窍门的，我可是学了好久才摸着点门道呢！对了，诸夏呢？"许诚正洋洋得意地要展示下自己的战斗成果。

"放翁，这是诸夏给你的，他说此处有结界，他不能前来，所以要我把这卷轴转交给你。"

"是么？诸夏。"陆游捋须点了点头，将卷轴上的金丝带解开，慢慢地展了开来。

"请放翁携带二子速往云门丽句查看。"思源看着卷中的文字，才想到，"对了，放翁，我都不知道此地究竟是何处。"

"这儿是放翁的草堂，就在云门禅寺附近，往上走的话，不远就可以抵达寺庙。"

"丽句是什么地方？"思源不解。

放翁一笑，捋着胡子慢慢吟来："云门晋书，集叙《兰亭》；若耶唐诗，丽句文亭，化鹿山下，至今悬迷。"

"若耶唐诗，丽句文亭？"思源听到这两句似乎瞬间豁然开朗了，转头又看了看许诚，许诚也使了一个肯定的眼色。的确，这一句把所有的线索都连上了，若耶洞天的仙灵，唐诗和宋源所说的唐朝旧事又颇有关联，丽句是诸夏下一个要我们去的地方，不过丽句文亭到底是什么呢？

没等思源问出来，许诚就抢先了，"放翁，丽句文亭是什么？是一个地名还是典故？"

陆游意味深长地笑了一笑，"唐朝的时候，由于诗人对稽山鉴水的向往，所以很多文人都以来会稽游览作诗为荣。而慢慢地形成了一种风尚，也形成了一条游览路线。"

"唐诗之路！"许诚突然说到，双眼炯炯有神。

"嗯，可以那么说。举个例子来说，就如李白当时对越中也是心神向往的，他曾作《梦游天姥吟留别》，在梦中游览天姥山。"陆游示意两人跟自己一起进屋。

"这个我们倒是知道，中学的课本里面学过。"思源补充到。

三人再次来到了书房，放翁铺纸，在上面写上了刚才那整句话。思源则指了指若耶丽句这一段。

"刚才我所说的天姥山是当时唐诗之路的一个必经点，而云门寺，则是这些诗人在这一条路上的重中之重。"陆游在纸上点出了云门。

"不瞒放翁，我们此次来是要调查线索的，目前也就知道此事和云门寺有关，然后就是宋代狼毫小笔的主人似乎拼命地在完成一件事情，这件事情关乎于他和一个仙灵的契约，另外这位先祖说过他那么做都只是为了了却一桩唐朝的旧事。"思源说着说着，也觉得好绕，但是他已经竭尽所能地尽量将这件事情说得简洁一点。

"宋朝的主人。"听到这里陆游突然眼神中有了一些期待，转身怔怔地看着思源，"你说的是宋汝为？"

"宋汝为？"思源完全没有反应过来，因为他的确不认识宋汝为，这兴许还真得问诸夏才是，"不是的，他叫宋源。"

"哦，原来如此。"陆游眉头微蹙，也许是有一些失望吧，他看向纸上的诗句。又在"丽句"旁边写上了唐诗之路，许诚这会自然是很开心，因为自己说的被大诗人采纳了。思源也拿起了狼毫小笔，想在旁边写上若耶仙灵。但此时笔却没有受自己的控制，径自写出了丽句亭石碑五个字。

"诸夏!?"思源惊叫，面对陆游和许诚疑问的眼神，忙解释道："这不是我想写的。是笔自动写出来的，应该是诸夏的意思。"陆游一看忙让他继续用狼毫小笔在纸上写字。而此时写出了，"我是诸夏。"

三人大喜，虽说此处有结界，诸夏不能前来，但没想到原来还可以用这样的方式来沟通。

"诸夏，你是让我们去找丽句亭的石碑么。"思源问到。

小笔温婉地写出："不错。宋源曾经也找过丽句亭的石碑，但那个时候由于年代久远和结界的关系，并没有找到太多的线索。我想这次你们穿越到了宋朝，应该是思源的灵力洞察到了什么，让我们在这个时间点调查到更多的相关线索。我可以感应到，这应该就是这次穿越要寻找的碎片了。"

"这点倒是绝妙！可以自由地穿梭于各个朝代。"放翁笑到。

"放翁，现在丽句亭可还有石碑？"思源问，他听闻陆游刚才所说，想着也许还真有希望。

"其实丽句亭在靖康之前还是保存良好的，因为有诗人游览后的相关诗作，但国难后的确是萧落了，我也时常去云门寺拜访，但并未见到过丽句亭的遗址。不过根据记载，大致的位置应该是在这里。"陆游突然在纸上写下了一个名字。

"广孝寺！"思源不解？这丽句亭不是应该在云门寺的么？

"云门寺其实只是一个统称，与前朝不同，如今的云门寺可以说是一分为六，其中有六家寺院，而丽句亭的遗址据说是在广孝寺附近。"放翁解释到。

"那么，我们首先得找到所谓的丽句亭究竟在何处，这样才可以有后续的线索。"思源手抵着下巴思索起来。

"不错，明日我就可带两位去寺中询问相关的事宜，想来寺内的僧侣会比我们了解得更多。"陆游此时在纸上又写了一首诗，两人上前一看：

> 玉谢风流盟未寒，枝藤杯酒翠微间。
> 松花半落春山暮，云满一溪春水闲。

"这是？"
"这是大宋的一位诗人写的《题丽句亭》，这应该是离我们最近的，关于丽句亭的诗了。"

"是么？那么这么说来……我们可以通过这首诗，来找一找线索。"

"此诗有情有景，所以可以作为一定的参照。只能说，一切皆有因缘。"陆游说着这话的时候，眼中有些闪烁。

"太好了，那么我今天又得好好收拾收拾，以防万一。"许诚抿嘴，一脸认真的样子。

"我来帮你。"思源也跟了过来。

"诶？你不是老嫌弃百宝箱太重么？"

"那是我以前有眼不识泰山，还请大人恕罪啊。"思源作了一个揖，微微鞠躬。

许诚倒是有些不习惯了，"好了好了，我准你帮我就是了，不过这是宋代，很多东西也准备不全，也只能尽力尝试了。"

"哦？如果有什么是老夫可以帮忙的，请尽管通知便是。"

"大诗人，这怎么敢当啊。"许诚连忙摆摆手。

三人就这样愉快地谈着。在这漫天冰雪的南宋，丽句轻珠玉，清谈胜管弦。

第三十二章

松间荷笠一僧归

林深藏却云门寺，细雪路中浴声笛。

是日，天朗气清，云开雪霁。思源、许诚、陆游三人，穿过白雪茫茫的山谷，转而到了小径上，而放翁又去看了看那株梅花，思源心想看来放翁是颇爱这株梅花呢，不知道有没有什么特别的意义。三人沿着官道拾阶而上，白雪覆盖的山林间慢慢露出了那尖尖的瓦角，黄墙黑瓦，佛门禅寺。看到这宋朝的云门寺，思源和许诚竟然有一种说不出的亲切，也许是因为唐朝那一场美不胜收的邂逅吧。

不过这宋朝雪中的云门寺却也是美得让人屏息驻足。雪印苍苔，云靴踏痕，山间的石径蜿蜒至那松柏交立的山门。此时又有小雪飘起，林间的落雪也轻轻掉落肩头。今日，放翁给大家一人一件披风。于是大家风衣罩头，积雪点缀在帽间，三人亦步亦趋，也融入了这白雪霏霏的山景之中。而此时山间的寺中似是有传来的笛音，三人对视一笑，加快了脚步。

三人行至寺内，便由陆游带去拜见寺中的方丈，也顺道问起了关于丽句亭的石碑，僧人倒是热情，请三位入禅室饮茶赏雪。陆游看来是轻车熟路，径自上楼拐进了禅房，思源和许诚紧随其后。不一会，小僧侣便端茶入室，三人各分得一茶碗，青瓷莲花，禅意颇足。而后又递上三种茶粉。许诚一看，这是要点茶了，自然是欣喜若狂，已经尝过了唐朝的茗茶，不知道宋朝的怎么样。

"请。"小僧侣轻轻抬手，做出一个请茶的手势。

"谢谢怀远。"陆游回道，看来两人早已熟识。

陆游选了第一个茶粉，注水溶胶，茶筅搅动，手势纯熟。许诚又是一副星星眼的样子，大诗人就是不一样啊！脸上是写得分明的崇拜之情。不久，陆游手中的茶汤已经是汤色微白，茶泡融融。想来也是，能喝上陆先生点的茶，也算是此生一大幸事了。一点完成，陆游将茶碗放置在许诚的面前。

"见许君似乎颇感兴趣，所以聊以一谈。"

"哈哈，放翁，不瞒你说，我们那个朝代啊，都把这些给丢了，基本普通人都不懂什么点茶了，所以自然会特别好奇。"许诚有点遗憾地摇了摇头。看向了陆游递过来的茶碗，不禁一惊，这茶水翻涌后，汤色不是一色，细看纹理分明，似水墨丹青。山水花鸟也尽含于碗内。而此时茶泡渐变，却又似流水潺潺，高山风鸣，动态感缓缓呈现。这茶汤让许诚拍案叫绝起来。

"放翁，思源也会点茶，他那个时候还在唐朝露了一手呢，然后对着唐朝人说是师承大宋。"

"哦！真是后生可畏啊！"陆游用赞许的眼光看着思源。

思源连忙摆摆手，"哪里哪里，我比起放翁真是低如尘埃了，此次倒是想多请教一番。"

而此时，怀远又端盘入屋，并在桌旁架起一个小鼎来。端盘上桌，可见散茶及茶饼，分放在盘中。又做了一个请的手势，尔后，小步行至三人对着的卷帘，怀远轻掸拂尘，执线卷帘。

帘子层层而上，雪景映入眼帘。思源和许诚惊叹！原来此禅室，位居阁楼，处于寺中最好的观景之位。此处的雪景，不仅是庭院瓦檐，更有着松磐阴石，山木森森，来时的风光可说是尽在窗前，这白雪皑皑的林海，让思源都觉得自己这会不是在东之会稽，而是在北之国疆。

"你们真是好运，这样的景致，我也是没有见到过几次，今年的雪特别大，真是一夜之间，雪色染尽林间树。"陆游此时已经点火，在小鼎中加入了清水。而后，又将茶饼取出，持以逼火，来回翻动，放翁解释到，这是为了"屡其正"，否则会"炎凉不均"。饼茶慢慢呈"虾蟆背"状，陆游见状赶紧趁热包好，以免香气散失。

"这是唐朝流行的制茶法，煎茶而沸。陆羽《茶经》中所说的名泉，这里自然是没有，不过今天天公作巧，所以有了排名第二十的雪泉水，而且这泉水出自若耶溪水脉，自然不会差去哪里。"陆游慢慢解释到，而此时他已经碾茶成细末，然后放了少许雪白的盐花入釜中。

"待到煎到微有声，有鱼目气泡，即为一沸。"陆游揭开釜盖，将飘在水上的黑色泡沫用竹勺捞去，"必须把这些黑沫除去，否则会其味不正。"

思源细心地观看，并拿出笔记一一记录，而此时又闻噗噗，只见气泡"如涌泉连珠"。"茶煎小鼎初翻浪，此为二沸。"陆游在釜中舀出一瓢水，再用竹箂在沸水中边搅边投入碾好的茶末。

"烧到釜中的茶汤气泡如'腾波鼓浪'，即'三沸'。"陆游看到水沸差不多了，便加进了"二沸"时舀出的那瓢水，使沸腾暂时停止，"加入二沸的水以育茶之华。如此便煮茶成汤了。"舀茶入碗，茶色初开，鲜黄嫩绿。众人一尝，茶鲜微甜，和现代的泡茶的确不可同语。

"点茶已经是空谷幽兰，没想到这煎茶都是那么鲜美。哎，我真是为现代人感到可惜，都尝不到这样的人间极品之味。"许诚又开始发表大论。

"放翁，可否对我的点茶指点一二，另外我对这茶百戏和分茶比较感兴趣，也还未全然学会，希望能帮我指点一下。"思源看着笔记对陆游请教着。并开始拿起新的茶粉，点茶给陆游看。陆游也很乐意对他进行指点和教学。

"点茶的精髓不仅在于乳花，更在乳花泛盏之久，此即谓之'咬盏'。"陆游对着思源示范着，手击茶筅，循环搅动。

"乳雾汹涌，溢盏而起，周回凝而不动，谓之咬盏。是这句么?"思源想到了大观茶论的这句，以前只得其意，不知实践。今天看到陆游的点茶才有了那么一点点感觉。

只是陆游听到此句，微微一颤，停下了手中的茶筅，扶头低吟，似在碎碎念些什么，思源一惊，忙凑过去询问，以为放翁有什么不适。不曾想，竟看到陆游泪眼婆娑。

"放翁，这是怎么了?"思源一惊，不知道自己到底说错了什么。

"千年史册耻无名，一片丹心报天子。"陆游抹去了眼角的泪，静静地吟诗。而这雪景似是融化在了这杯未点完的茶中，热气慢慢萦绕在这微微寒凉的禅房。

幸好，此时怀远又入屋，只见他双手托盘，端进了三盘小巧的茶点。看到陆游暗自神伤，马上跪下递过了茶点。

"先生，又在感念国事了啊。先生勿忘，还有我等小辈会承先生的志愿。"说完，怀远深深地对陆游一个跪拜，"这是先生最爱的胡麻豆腐。"并将茶点递到了陆游的面前。

只见一青白色的瓷碟中，放着两块一黑一白精致的小糕点，状似豆腐，而旁边还放着一小碟酱料。

　　"两位也可以尝尝，这是陆先生最爱的糕点。"怀远将小碟子中的酱料倒在两块糕点之上，"此乃胡麻酱汁，由胡麻油配上盐、糖、酱油和大豆酱制成，黑色糕点为芝麻豆腐所制，白色为原味豆腐。"

　　思源一直听说点茶必有茶点，这一点从大宋学去的日式茶道也保留了下来。不过今天要吃宋朝的茶点，自然还是有些小兴奋的，也得记录一番。于是用勺子轻轻一尝。糕点软软的，类似现代的果冻，但又比果冻黏糊一些。黑色的入口，芝麻香气四溢；白色的则是酱料的味道更浓郁些。用嘴巴抿一口，又有点似是现代的慕斯蛋糕，有着软绵绵的黏度。但却因为酱汁中有酱油和食盐的缘故，所以不像真的蛋糕那么过甜。

　　而对于许诚来说，则就是两个字——好吃。一口又一口地吃着，真是有些迷恋上了。而此时陆游也终于动勺子尝了起来。看来放翁的确是很喜欢这茶果子，也托怀远劝得得体，这会悲伤的氛围在屋内算是减轻了不少。

　　而此时，怀远走到窗前，扫了扫飘进来的积雪，忽然转头对着陆游说："先生，灵一法师回来了。"

　　三人探身过去，只见一僧人，荷笠僧衣，手执木杖，穿梭在松间的山径，往云门方向走来。原来这就是广孝寺的方丈，如今外出归来。

　　广孝寺其实为云门寺最南面的寺宇，并不是他们当下所在之处。许诚不解："那么我们现在所在的寺庙又是什么名字呢。"放翁笑曰："最后上方亦别曰寿圣，寿圣为六寺庙中最小，然山尤胜绝。"

　　原来如此，怪不得这山景雪景堪为绝胜。思源想起了韩愈的那一句"绝胜烟柳满皇都"。现如今应该是"最是一年雪景好处，绝胜在寿圣之顶端"。

既然方丈回来了，茶事也已毕，于是三人便下阁往广孝寺而去。

在这严冬飞雪的云门寺，众人由北到南，直到看到那雪色依依中的僧衣荷笠。

绮罗终须裁丝

赶到广孝寺门口，只见大匾金字"传忠广孝之寺"，而落款是赵构。宋高宗？两人不由一惊，没想到这广孝寺，还有宋高宗的亲题匾额。寒冬雪地，三人在门口恭候，而那位僧人此时也抵达了山寺的门口，看到门口的三位，他双手合十，以致礼。

僧人引三人进入广孝寺，穿过木制廊檐的大雄宝殿，最终来到了清幽的内室禅房。让人惊艳的是此禅房的中庭有着一片梅花小林。

"久闻放翁酷爱梅花，诗名满天下，今日自然不可错过这雪中红梅。"陆游的脸上虽然已经愁云散淡，但还是不免有一些余伤，想是这位大师看出了一点端倪，便领着众人到了这间梅花禅室，让放翁可以赏梅舒心。

陆游自然是感受到了这待客之心，悠然地走向了庭院，在细雪中，傲然对着那嫣红色的梅花，站立许久。

但他也不忘来意，和灵一法师说出了此次要寻找丽句亭遗址的缘由。

灵一微微颔首，但并没有直接回答。而是看着中庭的梅花，久久不语。

许诚有些心急，便告知此次来到宋朝的不易，另外还没搞清楚到底会不会有烂柯人之忧，望请大师可以指点迷津。思源倒是没有那么急躁，想来诸夏和他所说所讲的，他还没有全然告诉许诚，也难免许诚会焦急。

思源慢慢行进过去，对大师作揖。

"灵一法师，我和友人前来，的确不易，我也明白大师会有别的事由需要顾虑，但此事也是关系到我们那个时代若耶洞天之安危。凡事必有因果，我们不会无缘无故地穿越而来，定是此时此地有所因缘线索，如果错过了此次，也许我们就不会再有第二次机会了。还请大师感念我们千里迢迢，能为我们指点一二，这样我们也可以有所应对。"娓娓一席话，说得进退有据，字字在理，连陆游也赞许地点头。

灵一此时轻捻一花，蕊心指眉，似是观察入微。然不料，他却轻轻将花投掷在雪上，掩雪轻埋。

许诚见状不解，但也不敢再多催促。思源见状突然立起，行步至掩花之处，观视数秒。似是拨云见月，朗月清风拂面。赶忙再次双手合十，对灵一法师行礼。

法师一笑，起身行进于梅中。"也罢，这漫山白雪已经把这最后的条件拼足，我也应该顺应天意，只是此去定会困难重重。你们要去还得再过我一关。"只见他在内室拿出一只茶碗，轻扫梅花上的积雪，掸入碗中。然后转向思源和许诚，口出上联：

"饮食欠泉，白水岂能度日。"

许诚和思源对看了几眼，有些茫然，倒是陆游解释道："大师是在出对子考你们。"

两人恍然大悟，但是说实话这古人的对对子，知道那么一点原理，却没有实践过。于是两人把求救的目光再次投向了陆游。放翁一笑，得到了灵一眼神的默许后，便引两人入屋，将刚才那句上联写在了纸上。

"这是拆字诗，你们看，这饮字拆开，变成的欠字。"陆游在纸上圈出了联中的玄机。

原来如此，许诚想了想，觉得实在很难，摸不着头脑。倒是思源细细地想着，在自己的笔记本上写了点什么。其实思源刚才听到后，就想到了一个妙对，但是，被陆游那么一解说，他发现自己没有看出拆字一说，也没有应对着去对上。

"宋君不如一试。"陆游倒是看出来他有所想法，于是，思源拿起毛笔，写出了一句：

"赏花缺裳，绮罗终须裁丝。"

许诚一看，倒是拍手叫好，没想到这宋思源文采还不错。陆游也称赞是好对子，不过虽然对是对得工整了，但是没有体现出拆字来。

"那么就这样。"思源挥笔，将"缺"字改成了"尚"字，"绮罗"改成了"尚衣"。于是这句变成了："赏花尚裳，尚衣终须裁丝。"

"呵呵，运气不错，还真的刚刚能凑成。"许诚用手拍了拍胸口，暗示好险。

只是思源并没有重写一张，而是把修修改改后的纸张直接递了上去。

灵一一看，觉得此句虽然是一波三折，却也各有韵味，不住地点头。"绮罗拆分成丝，对应白水去掉一撇变日，倒也算是一种拆分。最后改成尚衣，也算是对出了泉字的上下拆分。有点意思，宋君不但对出了一对，还创出了两种拆字之法。"

灵一转念想到，如此一来这两种对法就是：

上联：饮食欠泉，白水岂能度日。下联：赏花尚裳，绮罗终须裁丝。（此句所对应的拆字法为饮拆为欠，赏拆为尚；白拆为日，绮拆为丝。）虽然也许这并不是自己的本意，但却被这宋思源看了出来，妙拆做对。

上联：饮食欠泉，白水岂能度日。下联：赏花尚裳，尚衣终须裁丝。（此句对应的拆字法为饮拆为欠，赏拆为尚；泉拆为白水，裳拆为尚衣。）此句对得非常工整，可说是满分。

此两对说实话是各有千秋，换掉两字，意境已是全然不同了。而且这后生也分明是借诗来旁敲侧击我，这绮罗终须裁丝，就明明地指着他们总得去面对，也算是表明了他个人的决心。

灵一转而一笑："只是这对联，可以说是由你们三人合力而成。思源为主对，但却受益于放翁的指导和许诚的鼓励。所以我还要考一考你们各自为战的能力。放翁自是不用说了，诗名已经很盛，相信可以直接过关了。二位还请再对上一对，我这一联已经出来了。"

灵一此刻也走进了内室，在纸上写下一句："若风闲得雨。"

许诚和思源思索片刻，都取纸写下了自己的答案。

灵一收过两人的纸张一看。

宋思源对曰："逐日先得月。"

许诚对曰："似月静候云。"

灵一一笑，此二人外表看出的性格实则与内心恰好完全相反，真是读诗而知人也。他将两张纸调换分派给二人。两人一看，皆赞对方为妙句。

"好吧，宋思源，你打败我了，我怎么觉得我的对子没有你的大气呢。"许诚用手摸了摸下巴，深思的样子。

"没有，你的比我更工整，有意境，不过我倒是觉得这月云两字调换过来反而更好，'似云静候月'，这样更诗意。"

"哦？为什么？不是月亮等着云彩么，月亮是静的，云是动的。"许诚惊讶地问到。

　　"月亮总是在那里的，只此一月，而云彩却不是每日相同的，今日的这一朵云彩也许明日就不能在这个位置之上，也不能再离月亮如此之近了，所以应该是云候月更加有感觉一些。"思源看着诗句，眼神微微放光，似是意犹未尽。

　　"好吧，宋思源，你又一次打败了我，那就'似云静候月'吧。"许诚无奈地摊了摊手。

　　灵一和陆游见两人咬文嚼字，切磋珠玉，也觉得是其乐融融，两人不由地一起说道："真是后生可畏了。"

　　"好吧，你们的对子都让我有所感触。丽句亭的秘密我可以倾囊告知。这似巧非巧，你们到达的日子，恰逢这几年才一遇的大雪。看来我是不得不帮尔等了。你们派一个代表吧，我会详细地把秘密都与他诉说。"灵一看了看三人，让他们自行决断。

　　"放翁本就为辅，我看还是由狼毫小笔的主人去聆听吧。"陆游对着思源说。

　　"嗯，我相信你的决断，宋思源大人。"许诚眨了眨眼睛代表着信赖，然后故意作了一个揖。

　　思源也觉得自己最为适合，所以就跟着灵一法师入了旁边的一间小禅室中。

第三十四章

朦胧月夜五云溪

　　许诚在门外焦急地等待，待思源出来，便开始问这问那，但思源只是回复他要夜里才去找丽句亭。于是他就把自己关在厢房里继续捣鼓起他的百宝箱来。

　　思源和陆游倒是耳语了不少，两人看似达成了共识，然后在晚膳的时候把许诚从厢房拉了出来一并去寺里的厨房用膳。这宋朝云门寺的斋菜和唐朝相比还是有所不同的，少了些唐朝的华贵感，宋朝的菜色更加清心古朴，简约爽口。听陆游说，这些大多是寺里的僧人自己播种收割的蔬菜和山中采来的野果。三人用毕晚膳后，便各自回房做了最后的准备。

　　夜路难走，山路更难，三人提着灵一给予的提灯，往门口进发。出了山门，许诚马上从背包里捣鼓出一个小型的探照灯，然后又把一个头灯套在了思源的头上。"怎么能不使用下这21世纪的高科技产品呢，话说这里连路灯都没有，真是麻烦。"

　　有了许诚的探照灯带路，前面的路况也就更清晰了，还真是帮了大忙。思源开始对许诚的百宝箱越来越有所期待了，感觉现在这里面变出一台电视机来都不是不可能的。月色朦胧，许诚哼起了小曲，思源一听，竟然也是古风之曲，这家伙还真是应景。

朦胧的月与你翻起这宋时明月夜

瞒有难伤空落泪

掩声清唱

我颂七言你数六弦

离别不堪回首

回首灯火不见阑珊

落雁孤声寒

陆游听得倒是饶有兴致，还夸赞这词曲好听。许诚心里就想，现代那位作词作曲的知道后估计是要兴奋死了。三人按着灵一的叙述往南走了五百米左右，因为根据广孝寺的口传记载，应该是要先找到一座五云桥为依据，然后再往西去几十米，就可以找到古代丽句亭的位置。

玉谢风流盟未寒，枝藤杯酒翠微间。

松花半落春山暮，云满一溪春水闲。

思源拿出了笔记本，想从这诗词里面找到点线索，只是无奈此时是黑夜，观察起来还是有点麻烦的。这五云桥其实还没有荒废，只是灵一法师说，此桥是在南宋初重修过一次，桥位置和桥身怕是有所改变。思源看了看现在的桥面，并不宽敞，而是只有一米左右，桥下就是诗中盛传的若耶溪。

据说当时建造云门就是看中此地前有若耶溪，背靠秦望山，得五彩祥云于山谷，故而晋安帝才下旨建寺。而五云桥也是东晋以来就有的。思源先走到了桥上，虽然下雪，但若耶溪水依然潺潺，趴在带雪的桥沿往下看去，只见若耶溪顺流而下，像是也没有什么异常。"此溪水北通鉴湖，不过其实这一段也叫五云溪。"陆游解释到，许诚看了看桥柱，发现上面的确写着此桥是宋朝修建的。

"不知道前代的桥还在不在。"许诚自言自语起来。三人根据"松花半落春山暮"这一句，觉得丽句亭的遗址附近应该有松林，于是三人在附近搜寻起来。"松花半落？松花半落？"思源有点不太明白，说实话他搞不懂松花是什么。

"松花是春天松树雄枝抽新芽时的花骨朵，此诗写的是春景自然会写到松花，现在是冬季，是看不到松花的。"许诚边找松树边解释着。

"你知道的还不少。"思源夸到。

"哈，让你不要小瞧我的嘛！"许诚报以一个自信的微笑。"有松花的话，然后又是长江中下游地区，那基本可以确定是马尾松啦！"

"陆某人倒是有一办法。"

"先生请讲。"思源赶忙走到了陆游身边。

"现在夜黑，而且树高，遮住了月光，寻找不似白日里那么方便。本来可以依地下的落针来判断，可偏偏又逢大雪；不过根据老夫多年在山间采药的经验，我倒是可以用一物来判断此乃松树与否？"

"敢问先生是何物？"

"云茯苓。"

"那还请先生帮忙了，思源不太懂怎么找药物。"

"这个我倒是略懂一二。"许诚也凑过来想要帮忙。

陆游仔细观察着树根附近的泥土，看树桩周围地面是否有裂隙，并敲之是否发出空响。听到可能之处，则再俯身扒开积雪去看地面是否有白色菌丝。许诚则打着探照灯帮陆游查找着，思源紧随其后。

三人大概东西南北各行了五十米来勘探，最后在西边发现了有树桩头烂了，并伴有黑红色的横线裂口。

"就是这里了，这应该就是松树。"许诚把灯一照，由于树高，还是看得不太清楚。"思源，你把头灯给我。"只见他带上头灯，利索地攀上了树干，三四下，就跃上了很高的树枝。

"是松树！"许诚对着下面喊到。

思源和陆游对视点了点头。

"慢着！"许诚在树干上似是看到了什么，这会月出光照，在树上登高远望四周的景致都很是清晰，他定睛看向了那个有点奇怪的地方。

月色下白雪似银装素裹在山林之上，原来此处不远处即是悬崖，而对过的山岭也是悬崖峭壁，但此时月色下，却见一丝白线连接着两边的悬崖。这是？说实话，如果没有这大雪覆盖了这连接物，平日的夜晚定是看不出来的。许诚看到后一阵兴奋，怪不得刚才灵一大师说，这大雪是必要的条件之一，难道就是指这个？要下雪的夜间才能看到？不过既然这夜间和下雪都是不可缺一的条件，那么肯定是有其道理的。

"有情况！"许诚开心地冲着树下的二人叫到。然后又麻利地顺杆而下，告知两人前面的情况。

"原来如此！"陆游想了想，便提议一起往悬崖边去看看。

三人行至悬崖，只见崖下是深涧，而索道其实并不在崖边。而是在悬崖顶几十米以下的位置，硬生生地连接了山川两壁。但是要爬下去触及基本是不可能的，崖顶附近也没有什么树桩石头。

"这可怎么办呀？"许诚有点小失望。

"别急，定有别的机关巧妙之处。"陆游带头勘察起四周来。

"快看！这有印记。"思源叫到，此时这崖顶都被白雪覆盖了，除了几人的脚印基本没有什么别的痕迹。但在思源脚下那块，却有着一个奇怪的花纹印记。像是在白雪上刻意镂空出来的一个手掌般大小的纹章。

"奇怪，为什么雪没有覆盖在这上面。"许诚一看，这花纹还错落有致，似书法用的印章那样，纹路清晰。此时与周围的白雪可说是黑白分明。

陆游抱了一捧雪过来，洒在纹章上，白雪覆盖，盖住了花纹，但是不一会纹路上的雪就融化了，刚才那个纹章又显露了出来。

第三十五章

石床积雪梅花案

　　"这一定是什么标记。"许诚思索起来，"看样子像是什么花的纹章。"

　　"五瓣为花，蕊心在中，的确是花的纹章。"陆游仔细端详着纹章。

　　"应该是梅花。"听到此话两人看向思源，似乎等着后续，"刚才灵一法师在广孝寺的禅房中就已经给我们提示了，他轻捻梅花，然后埋梅入雪，那一系列的动作其实就是对应了这梅花纹章在雪地。"

　　"不错，被宋君那么一说，倒是极有可能。"陆游点头，一说是梅花，倒是越看越像了。

　　"这应该是一种特殊的石材，不会被冰雪覆盖，建造之人用此种石材雕刻出纹章安于此悬崖之上，平日里就和其他的山石无异，只有下雪天才会显露出来！"思源明白过来为什么下雪会被说成是必要的条件了。只是就算找到了这个纹章，三人却还是不知道该如何开启这个开关。

"看电视剧里面不是应该都是按按敲敲的么！"许诚话还没说完就把手放在了纹章上，思源和陆游都来不及阻止他。

"啊——"只见他大叫起来，翻起了白眼。

"怎么了？"思源担心地问。

"这石头，好像有点……有点热诶。"许诚恢复了一脸的笑容，看来他刚才是装出来的。

"真是的，都什么时候了，没正经。"不过这一叫倒是把思源吓得不轻，难免埋怨。

思源和陆游看许诚把手放在上面无事，于是也小心地用手触摸起纹章来。许诚说的有点道理，这石头是有点温热之感，怪不得雪洒在上面会融化。三人对了对眼色，意欲按下去试试看。

"我来吧。"陆游说。

"不不不，放翁，还是我来。"许诚自动请缨到。

定了定气，用力按了下去。只见这纹章霎时映出了火花，原本黑色的纹路变成了火红色，此时纹路四周火花涌动，而荧光慢慢跃出了石面。三人一惊，忙退开，但为时已晚，只觉脚下一空，登时跌入了石道中。石道蜿蜒曲折，三人前后相抵，顺道而下。只是这石道并不短，来回盘旋，像是一部有十几道弯头的滑梯一般。许诚在最前面，这会已经是眼冒金星，他脑子里这会想着的就是，妈呀，我这会是不是在某某乐园的滑水梯上啊，只是这地方没水帮着飘浮，石壁磨得身子骨噌噌作响，不过还好自己身上背了一个大包，这摩擦力倒是够足，让滑下来的速度缓了许多。

"啊——"伴随着许诚的一声大叫，三人总算是滑到了底部，掉在了坚硬的石板上，而许诚是在最下面，硬生生的接了上面两个人的重量，不过还好有百宝箱助阵，书包算是力托背上的两人，光荣完成了使命。可是这还是苦了许诚，一口气差点喘不过来。思源和陆游见状，感忙从他身上跃下，免得他再受力。

"没事吧。"思源扶起已经七荤八素的许诚。

陆游则在许诚的胸口抚了几下，帮他顺了顺气，过了几分钟许诚才稍稍缓和了点颜色。

"为什么受伤的总是我。"许诚迷迷糊糊地埋怨到。

"有水么？给他喝口水。"陆游问思源。

思源忙从许诚的百宝箱一侧抽出了水壶，慢慢给许诚灌水喝。陆游则开始勘察这石室，他拿起了许诚的探照灯，慢慢往深处走去。思源的目光也循着他而去，原来这石室是打通的两间，各十平方有余，里面那间稍大一点。许诚慢慢缓过劲来，思源扶起他一并走入了里面那间石室。说来也巧，这石室中正好有一张石床，于是思源把许诚扶到了床上。陆游也走了过来，灯光照向了石床附近的两人。

而这灯光恰恰让思源看到了石床边似乎有刻字，于是端了端头灯，凑了过去。原来此处刻有一首诗！

谁能愁此别，到越会相逢。长忆云门寺，门前千万峰。
石床埋积雪，山路倒枯松。莫学白居士，无人知去踪。

看这内容，倒像是有离别之感。云门、石床、积雪、枯松，这些景象倒是都全了，写诗之人看来也来过这里，熟知这里的周边环境，不过这诗的主要含义应该是想和朋友约定再次见面。思源想了想，无奈地叹了口气，难道这里以前真还有人居住不成？

还是马上拿出笔记本抄写下来吧，不管怎么说都是线索。

"思源快过来看。"陆游像是发现了什么。只见他伸手摸着一个在石屋正中间的石灯。说来也怪，此灯是从天花直接垂吊下来的，很是显眼。

"老夫刚才观察了四周，这石室是六角形的布局，而每个角都有一个石灯，怕是不会那么简单。"陆游用探照灯照了照四周，思源的确看到了分布均衡的六盏石灯。

"这里已经是死路了，所以肯定要触动什么机关才可以出去。"思源拍了拍四周的石墙，想看看是不是有什么机关或按钮。

"老夫认为，这机关应该就在这灯中。"陆游照了照中间这个石灯的底部，像是找到了什么线索。思源快步走了过去，这是?!

"梅花!"是的，不大不小，一个和刚才雪地里一样的梅花纹章镌刻在灯底。

"把灯点燃看看吧!"许诚坐在床上说到，然后伸手在百宝箱里翻找，"我带了打火机!"他调皮地眨了眨眼，看来已经大好了。

"呼——"思源真是不知道说点什么好了，也许对这位童鞋已经到了有点想要跪拜的程度了吧，"你的百宝箱都和机器猫有得一比了。"

"哈哈哈，多谢多谢!"

思源接过许诚的打火机，扑哧，火苗窜起，着实吓了陆游一跳，"这就是你们那个时代的火石?"

"可以那么说吧。"思源用火机点灯，不可思议的是，一下子就点燃了。说实话思源是不太抱什么希望的，照理来说这灯芯该是一件在这里沉睡多年的旧物了，而且也没有灯油，但就愣是点着了。

火光照耀，三人这才发现，这石灯上镂空着几个石洞，错落有致地排列着，灯光随着孔洞射出，竟然正好对应着那分置在六角的六盏石灯。而且更奇妙的是，石灯上面的灯罩上也有着许多孔洞，而此时光线也从这些洞中射出，在天花上映射出了一幅星星点点的图画。

"这是!?"思源虽然不全然明白,但也看出了大概,其中一个光点组成的标记像是北斗七星。

"这是斗牛。"陆游解释到。

"斗牛!"许诚听到这个名字刚喝下去的一口水差点喷了出来。

第
二
十
六
章

良弓之子尽在辰

"斗牛为二十八星宿中的两个，斗即为南斗。"陆游看了看天花上的图案，继续解释到。

"原来如此！我还以为是北斗呢！这个应该是如何打开石室的提示吧？"思源一看，的确只有六颗星，所以正如陆游所说的，这是南斗。

"想来是如此了。"陆游点头，"对了，灵一还给了你什么提示？"

"哦！对了。"思源赶忙拿出笔记本，"良弓之子，必学为箕。这是灵一法师给的提示。"

"这是克绍箕裘的故事。良冶之子，必学为裘；良弓之子，必学为箕。此句出自《礼记》。"陆游若有所思。不过思源和许诚这会倒是真的不懂了，也怪自己学识没有大诗人渊博，竟然不明白放翁说的这句话究竟为何意。

放翁自然是看出了他们的不解，"此句是在说明一个家庭中，如果父兄是铸冶金属的，子弟们因为看惯了家人冶合各种金属，也就是把残破的东西修补完善，所以子弟们就会先学会把一片片的兽皮缝合成一件裘袍。这是学习冶金的基础，原理是相通的。同样的，如果父兄是造弓的能手，子弟就会先用竹、柳等柔软的东西编织成箕，作为学习造弓的第一步。"陆游转身又往石壁走去，"以上这都是循序渐进的方法，因为先学习做裘袍，然后学冶金会相对容易许多；先学制箕，再学制弓也是一个道理。'克绍箕裘'就是出于《礼记》这几句话，用来表示子孙继承先人的事业。"

思源听是听明白了，但是实在想不通这成语和机关能有什么关系。

"斗牛，斗宿，牛宿，箕、斗、牛？"陆游喃喃自语起来。

许诚差点又是一口水要喷出来，"箕、斗、牛？"然后猛一拍腿，"哈，我知道了。"

"不妨一说。"陆游问到。

"先生，这箕、斗、牛如先生所说是天上的星宿吧？"

"确实如此。"

"别的我不太清楚，也不知道这和机关有什么关系，但是我倒是知道，箕宿属于弓宫四足，也就是属于我们现代的射手座。"

"哦！射手座？"陆游似乎悟出了点道理。

思源此时倒是也有些茅塞顿开，良弓之子、箕宿、射手座、弓宫四足，当这几个词语凑在一起，线索似乎慢慢清晰起来了。

"放翁，可不可以，帮我画出这箕宿的星图给我看看。"陆游接过思源递过去的圆珠笔，不甚了解，但也照着思源那样依样画葫芦地在笔记本上画了起来。一、二、三、四，四颗星子的星图画了出来。

"维南有箕，不可以簸扬，其名为箕宿就是因为状如簸箕。"

陆游画完解释到，看到这四个星辰的图案，思源似是有所顿悟。

"先生你看，这四颗星星不是正好组成一个四边形么，而这个形状，和这石室的六角形，"只见思源画出了六边形，然后再在中间用一直线划开，"看，这星座的图案和这六角形的一半颇为相像。"

"的确如此！"许诚望向了石室四周的石壁。

"而此四点，不是正好如这石壁上的四个石灯吗？"思源看向石灯。

"不错。"陆游再次看向了天花，这火光印出的牛宿、斗宿，如果按照二十八星宿的排列，斗宿过去即为箕宿。"原来如此！"陆游按星宿图中的排位，牛宿、斗宿、然后就为箕宿，由天上的排位算出这斗宿南面的四盏石灯即为机关眼。只是要如何触发呢？

"不如再点燃试试。"许诚说到。

思源心想许诚的直觉还是蛮准的，那就点灯试试看，于是一次点燃了四个石灯，其状正如维南之箕宿。火光燃起，只见这四盏灯的光线透过灯上的小孔，竟然都射向了许诚坐着的石床。

许诚一惊，赶忙从床上跳了起来，生怕自己遮住了什么。

"看来这机关定是在石床上。"思源说到，三人开始仔细摸索起这石床，但并没发现什么暗门。思源这时又想起了刚才那首古诗，于是叫来两人一起来看这诗，看看是否有什么玄机。

"这首诗倒是像不在此地之人所写。"放翁说出了自己的看法。

"是么？"思源被陆游那么一说，才算是有点明白过来。"既然如此，那这首诗怎么会在这里？"

"应该是友人互寄的怀念之诗。你看这个'越中会相逢'，就是说写诗的人会和收信的人在越中相逢，这个'忆'字也很好地体现了写诗的人虽不在云门附近，但是怀念云门寺的景色。不过这诗里面有一句话印证了此间石室。"

陆游看了看眼前的石床，"'石床埋积雪'这一句，似乎和这里还算扯得上关系。只是这雪怎么会埋石床呢？"

"对呀，此处都是密闭的石室，雪怎么可能落的下来呢？"等思源说完这句，三人都不约而同地看向了石室的天花板。

"原来如此！怪不得刚才敲四周石墙，都没感觉到有空洞的声音。我还纳闷呢，要是真有暗门，至少那声音应该有所不同。"

许诚听见思源此番言论，握拳拍了拍自己的手掌，站了起来，把探照灯对准了天花板。

一照才发现，这天花上竟有着一幅星宿全图，斗宿和牛宿的光点正好对应着这星宿图中的雕刻之点。三人惊叹，不得不佩服这石室的精妙设计。

思源爬上了石床，站在了那四灯光线的汇聚之处。然后抬头往上看去。许诚给的头灯正好照射在头顶的天花板区域。不偏不倚，原来这上面也有着一个梅花纹章。

"对了，就是它了！"思源高兴地喊道。这纹章应该就是要触动的机关了，三人这会都明白了，如果有石门，那么不会是在四墙之内，十有九八是在这天花板上。

"怎么办？是和刚才一样按下去么？"思源看向其他两人。

"切勿鲁莽！容我们再想想。"陆游低头沉思着。

"灵一大师还有别的提示么？"许诚提醒到。

"没有了，他还说了一句，就是……接下来的就要看你们自己的造化了。"

"晕！"许诚听见这句，不知道为什么，感觉脊背骨有点发凉，"这话说的感觉真是凶多吉少啊，不对！"许诚忙捂住自己的嘴巴，"不行不行，说好不能说丧气话的。要不这样吧，思源，你用棒子什么的先试试看，看看能不能按下去。"

"哪里去找什么棒子啊？"宋思源无奈地耸了耸肩。

"嘻嘻，其实我带了自拍神器……"

"啊！"

许诚笑嘻嘻地从百宝箱里面拿出了自拍神器，将它拉至最长，递给了思源。

第三十七章

缥缈飞索跨半空

思源接过自拍神器，无奈，此时也只能如此了吧，于是身子稍稍离梅花纹章远一点，使劲用自拍神器去按纹章。咔嚓一声，纹章果然凹陷进去。而此时天花板上箕宿的位置果真出现了一个状如簸箕的洞口，一道石梯子顺洞落下，离地一尺左右，正好可以让人提足攀爬。

"呼——"思源长吁一口气，看来并没有什么危险机关。想来也是，此处像是有人居住过的，而墙上的诗又是那么感情真挚，这石室的主人也不会是什么心地奸恶之人。不过这机关设计，猜谜解密倒真是环环相套，妙不可言。

看来这石屋的主人隐居在此不说，还设计了这些个机关谜题，多半也应该是个世外高人吧。怪不得他的朋友会说他"莫学白居士，无人知去踪"。思源越想越有趣，开始对这设计石屋之人充满了好奇，想一探究竟。

"喂喂，宋思源，我们上去吧！"许诚拍了拍还在独自发呆的思源，自己则一个踏步上了石梯子，"我先去探探，OK 的话会给你暗号，你们随后跟上。"咚咚咚，清爽的踏步声，看着许诚的某名牌登山鞋慢慢消失在视野，思源也只能祈求一切顺利了。

"OK！安全！"上面传来了许诚爽朗的叫喊声，然后是一束光线从洞口照了下来，陆游和思源也陆续爬了上去。

步上石梯，来到了一个平台，顿觉寒风瑟瑟。定睛一看，才知，原来这平台就是和那索链联通之地。月出风晓，夜色冥冥，山间的岚风夹杂着雪花飘打在脸上，有那么一丝丝生冷。此时一看，这铁索只是那么一根，横跨在两山之间，目测看来，另一端并不是很远。

古人选在此处设置索链也是有其道理的，粗粗看来，此地和对面山崖的直线距离应该是最短的，比崖顶可要近上不少，而且这天然的平台也是十分有利的搭建索链的环境条件。

思源又看了看四周，左侧的石壁上刻着"五云桥"三个字，难道这就是最初的五云桥？可是这……怎么可能？怎么可能只有一条铁索。

"这桥定是损坏了。"陆游猜测到，"桥板和其他的索链已经被破坏了。"

"大概是吧，可是现在的问题就是，我们该怎么过去。"思源看着这索链，一筹莫展。怪不得灵一法师说得看我们的造化，这天线一桥，没有特殊的工具，怕是怎么都过不去的。

"其实我倒是不懂为什么一定要夜晚前来，这必须'下雪'倒是搞明白了，可这夜晚前来就……"许诚开始叽叽咕咕。

"不过要过去倒也不是不可能！"只见许诚在附近不停地摸索着，突然抛出了那么一句话来。

"真的？除非你会飞檐走壁吧。"思源有点不敢相信。

"呵呵，也算差不多吧。"许诚又露出了招牌式的笑容，然后取下肩上的'百宝箱'，从里面拿出一捆绳索，一包登山扣和一个滑轮来。"要过去的确只能横爬过去，沿着索链。啪!"许诚做了一个对着对面崖壁打枪的动作。

"这……说实话，许诚，我可不太会攀登。"思源心里有点没底，虽说自己并不害怕，但的确从来没有尝试过。

"这个你放心，我会帮你们再做一根绳索，然后你们沿着那根绳索滑过来就可以了。"许诚点了点登山扣的数量，"呼——还好，我没嫌重，都带来了，正好够用! 对了，还有这个。"只见他又从包里面拿出了两个锁扣一样的东西和一副半指手套。"以防万一，我还是得做上两根救命的绳索。那样的话就得用上这些上升器了。今天下雪，还遇上这冰冷的覆雪铁索，带上手套自然也是必须的了。"总之许诚是一副胸有成竹的样子。

思源心里想到，你该不会真是个盗墓的吧。"你怎么会这么专业，这些装备又是什么时候买的。"思源真心挺好奇的。

"哈，其实通关《古墓丽影9》以后，我就跃跃欲试了，对这个什么绳索啊，滑轮啊，挺感兴趣的，于是就在某购物网站上买了一套正式装备想玩玩。正巧你三爹是采兰花的，于是我就跟着他一起在你们那个什么日铸岭上小试牛刀了下，你三爹说我也算是出师了。没想到今天竟然真用上了。"正说着，许诚已经熟练地在这边的石柱上绑好了绳索，然后用绳索套好滑轮，再用三个登山扣固定牢。这复杂的穿接和绑法，连放翁都是啧啧称奇。不过思源心里倒是吐槽着，这也太巧了吧，虽说《古墓丽影》里面的确有那么回事，但看许诚这熟练度，都可以去做登山导师了。

"老夫上山采药的时候倒也是经常用到绳索，只是没有如此复杂和精良的装备，不过要用绳过崖，老夫倒是没有问题的，因为采药已经习惯看高，倒是宋君是否可以……"

陆游的意思自然是害怕思源恐高，不过现在还能怎么办呢，总不能打退堂鼓吧，反正小时候最喜欢坐过山车什么的，应该也没有什么问题吧。思源也没时间多想了，"应该没问题，只要许诚的绳子够结实就好。"

"呵呵，放心吧，这些可都是专业的登山装备，像这些绳索和主锁，可都能承受两千六百公斤的拉力呢，这个滑轮就算承受滚动拉力也达到一千四百公斤呢，静态的话也是两千五百公斤。总之牢固度是不用担心的了，放一百个心吧。我一会会用这主锁扣住这钢索，先一个人攀爬过去，不过会带着两根绳索。一根带过去在对面像这样固定在石柱上；另外一根则是我的保命绳，绳子的一头我已经固定在这里了，并和这个滑轮相通，我会把这根保命绳扣在胸口。万一出事也可以快速地通过这个胸上升器脱险升上来。到了那边我也一样会做一个保命绳，然后再回来接你们过去。"说完许诚已经扣好了保命绳上的主锁，然后把另一个主锁挂在了铁索上。

思源听他说了那么多，多少也是懂了一些。

"不过说实话，还好这崖壁不是很远，不然要是绳索不够，那就麻烦了，看来以后我还得买个大点的专业背包做我的'百宝箱'，这样才能多带点绳子什么的，准备充分总是不会吃亏的。"许诚再次确认了肩带、护腰带以及绳索结的牢固度，然后走到了平台边缘，回头对着思源和陆游说道，"我上了，一会见了！"便"嗖"地一下，拿着绳索滑下了索链。

第三十八章

梅花渡口邀笛步

由于索链固有一定的弧度，许诚先利用这一点滑行了一段。然后在中段，开始用手拉索链，慢慢地攀爬过去，动作非常利索娴熟，不一会就抵达对面了。看到许诚落地思源总算是放心了下来，看来这家伙还真有两下子。只见许诚又开始在对面系绳子打结，和刚才在这边石柱上做的一样。没过多久，两崖之间架起了又一索道，只是这一道用的是现代的绳索。只见许诚再次悬空，上了他刚建起的索道，快速地滑了过来。

"谁先上！"许诚摇晃着手里的登山扣，此时已经安全落地。

"你先带放翁过去吧。"思源觉得还是得礼让，让陆游先去，看许诚那么熟练，应该不会有什么问题。

"好的。"许诚递给陆游和思源一人一个肩带，三四下地就帮陆游绑好了，然后也在陆游胸前扣上了两个锁扣。其中一个锁扣扣上了安全绳，另一个则是和许诚一起扣在了新的索道上。

"放翁，不用害怕哦，一闭眼就过去了。"许诚做好了准备，打算携陆游一起开滑。

"那就都交给许君了。"陆游看来是准备好了，面无惧色。

"好的，出发。"两人快速地滑了过去。

就这样又一个一来一去，许诚把思源也接到了对面山崖的平台上。许诚收拾好肩带、腰带和锁扣。"这索道留着，一会回来还得用。"

三人注意到和这里的平台联通的好似是一条隧道，许诚又打开了探照灯，思源则摆正了头上的头灯。许诚在前，放翁在中，思源在后，三人列队前进。许诚这时突然又递上了刚才的自拍神器。

"这是干什么？"思源不解。

"我只带了一把瑞士军刀，所以我打头阵，别的也没有什么能防身的了，这个自拍神器还能当棒头挥几下，你走队尾，还是得当心点。"

其实思源本来是一点都没感觉的，被他那么一说倒是咽了一口口水，有点紧张起来。"哦，知道了。"思源二次接过这个所谓的"神器"，反正也只能走一步看一步了。

三人沿着隧道一路小心翼翼地走着，一路走下去，渐生石阶。水滴声声，石洞也越来越潮湿。而此时似是走到了隧道的尽头，石洞变得开阔起来，却见朗朗平地，没想到这洞中竟然有着这样的格外天地。此地空旷似宫殿一般，亦听得到淙淙的流水声，难道这山洞中还有山泉？三人朝着水流声走去，却见一阵迷雾在前方聚集。

"这……"思源有些吃惊，这雾团将去路笼罩，让他们不知前路如何。

"只听过山岚，没想到这洞中还有迷雾。"陆游挥袖扫雾，却没有散去的迹象。

许诚用灯照了照，也是看不清楚前面的状况。

"大家还是小心行事，这雾似乎不寻常。"陆游提醒着，但是同时三人像是很有默契一样，都没有停下脚步，因为他们知道，不管怎么样，都得闯过去。三人入了迷雾，迷雾很浓，能见度很低。许诚抛出刚才剩下的绳索，让大家牵着，这样不至于走散。不知道为什么，思源倒是觉得这个迷雾有一种熟悉的感觉，也说不上为什么。不过他转念一想，反正，就算有事，也不怕，还有诸夏的披纱呢。思源按了按后背的包裹，下次看来也得像许诚那样买个百宝箱来装东西了。

三人在迷雾中走了约莫两分钟，发现前面有光，于是奔着光亮继续往前，只见雾气慢慢消散，而眼前出现的却是一片梅林。这洞中竟然还有这样一番景象，着实是让人惊奇，于是三人绕梅而过，流水的声音越来越近了。在梅间的空隙处，思源见到一方木质的小平台，立于水边，而平台边则有一叶扁舟，荡于水上。

本以为是山泉，没想到竟然是一个渡口。三人走到了木台上，只见旁边立碑，上书"梅花渡"。而碑上亦有题诗：

"叔夏不知君，邀笛步渡船。梅花三弄之，一往情深缘。"

"梅花三弄？"许诚惊呼！

"不错，此诗写的就是桓伊途经邀笛步渡口，在不认识王徽之的情况下，收到了王的邀约后，大方地当即下马在胡床上吹奏了梅花三弄。一往情深也是桓伊的典故，是称赞他对音乐的喜爱之情。"陆游解释到。

"这个桓伊倒是一点架子都没有，是个心胸坦荡之人，只因一个素不相识的人的邀约，就可以下马吹奏。其情操可见一斑。"思源手抚着石碑，想看清楚诗句最后的署名，但是已经模糊不清了。

"这个渡口的名字应该就是因为桓伊的这个典故而来，当然也因为这菲菲的梅林。"陆游看了看小船，船上并没有船桨，"此船无桨，就算我们坐上去，也是枉然。"

思源和许诚一看，的确如此。那这河可怎么渡过去啊。众人见这河水顺流而下，延伸至山洞深处，没有渡船是断然不行的。"许诚，你看看能不能做两个木桨出来?"思源问到。

"这太难了吧，不管怎么说，我又不是木工，而且也不知道这水会带我们去哪里，感觉蛮危险的，要是前面有瀑布什么的怎么办。"

此时，听长笛一声何处发，歌欸乃，橹咿哑。"梅花满髻妆色新，闻歌欸乃深烟里。"一声传唱在笛声后悠扬地传来。

"有人?"许诚警觉地看向歌声传来的方向，的确，这个时候，这个地点，有人出现，那才叫奇怪呢。

只见一女子，撑船而来，身着青衣，歌声欸乃，摇船驶向了岸边。及岸而看，的确是小梅满髻，眉黛青鬟，秀如兰芝。思源和许诚有些犹豫，倒是陆游迎了上去。

女子下船，眉间一点红梅妆，如新花带雪一般，娇艳妩媚。"梅花渡口万古绝，不见新人马上催。今日诸君既然已经行进至此，想必都是愿踏雪寻梅之人。只是这有缘人想要坐得渡船，还需过上一关。"女子微微鞠躬行礼，向三人递上了纸宣。

"渡人有三要:淡泊名利、仙缘已启、精通诗词。"女子在纸上写出自己的名号来，"小女婼欗，想来各位此番前来，定是奔着丽句亭去的。"

第三十九章

只恐夜深花睡去

陆游倒是不急不躁，"确实如此，还请姑娘可以渡我们过去。"

"先生倒是直率之人，我若要渡，也是渡有缘之人。你们看了题诗，也说得出典故，所以我才会行舟至此。只是你们要上船，也不是那么容易的。"只见女子轻轻挥洒衣袖，三张宣纸各自落入三人的手中。

"这是?"许诚这会像是明白了一点，原来那个灵一大师不是故意刁难我们，是在测试我们能不能上渡船啊。心想着，惨了惨了，我这次怕是要拖后腿了。

"既要去丽句，自是要索丽句先了。"青衣女子盘坐在了木台之上，抽出腰间的小笛，悠扬一声。只见一小猫从梅林中蹿了出来。此猫花纹似豹，身形矫捷，飞跃出林。更有趣的是此猫口中衔着一个小果篮，跑过来后放在了渡船女子的身侧。

"狸奴，给他们笔墨。"这小猫又衔着笔朝三人奔来，在许诚和思源处各放下一支笔管，思源打开一看，这小笔的笔套处已经有了墨水，可以沾墨直接书写。狸奴行至陆游处，陆游摸了摸它的头，又挠了挠它的脖子，这小猫自然是招架不住，喵喵喵地呢喃起来。

"你倒是让老夫想起我以前的猫儿来了。"陆游温柔地抚着狸奴，此时狸奴已经半趴下，享受起陆游的宠溺来了。"老夫一直自带笔墨，所以，谢谢了，我用自己的笔即可。"狸奴撒娇地喵了一声，不舍地回到了青衣女子的身边。

"三位以花为题，即刻作诗如何？"婼櫊拿出果篮中的果子送到了狸奴口中。

"好，那么务观就献丑了。"陆游行礼后就开始奋笔疾书起来。

许诚这个时候自然是一副痛苦的表情，本来还想推脱一下，没想到这个大诗人竟然答应了，哎哎，情何以堪啊！

思源倒是不急，只是托腮沉思。

"既然两位来自异邦，那么就网开一面吧。只需做到韵味神似就好，如何？"看来这女子也会读心之法，想必许诚那内心抓狂的情景她是看得明白。

"真的么，真是太谢谢姐姐了。"许诚赶忙道谢。

须臾，放翁便递上了宣纸。婼櫊一看，竟然已成两首。思源一笑，心想陆游素来爱梅，想必是信手拈来吧。

闻道梅花坼晓风，雪堆遍满四山中。

何方可化身千亿，一树梅花一放翁。

驿外断桥边，寂寞开无主。已是黄昏独自愁，更著风和雨。　无意苦争春，一任群芳妒。零落成泥碾作尘，只有香如故。

"一首绝句，一首卜算子，婼欐已经无话可说。先生此作已然可以刻于丽句亭上了，自当愿为先生撑舟。"婼欐微微鞠躬，如获至宝一般，不住地反复吟诵起来。

"姑娘过奖了，其实老夫有个不情之请，思源和许诚两位后生，都是爱诗之人，还请姑娘看重他们的赤子之心，不要过多苛求他们的音韵平仄。"陆游此时来了个旁敲侧击。

"先生放心，我不会为难年轻人的。"婼欐倒酒在玉葱色的小酒杯中，双手举杯敬酒给陆游，"婼欐有幸，今夜读先生妙句，他日若先生还有心情前来梅花渡，就以此杯为信物，在梅花渡的石碑旁轻敲此杯，即会有渡船相接。"

"多谢姑娘。"

而此时，思源和许诚也都停笔了，许诚长吁一口气，也算是勉强挤牙膏似的凑成一首了。于是两人一起也把纸宣递了上去。

只见许诚的纸上写着："梅边闻笛花自许，却见佳人沐承恩。邀船相坐吟诗对，丽句妙词蔓花滕。"

而思源的纸上也写了两首：

"雪霁云溪畔，梅渡通情端。花飞入舞袖，柯笛越青岚。"

"雪落不知云岫出，弄花不堪香满怀。他年与君知何处，汀州梅头花自开。"

陆游看过后大舒一口气，想来自己是多虑了，此二子已经远远超出了自己的预期。

婼欐看毕微微一笑，清眉秀目看向了许诚："许君这诗倒也有趣，有着自己的姓氏，又体现出丽句亭，而且这最后的'滕'字用得甚是可人，动态之感跃然纸上。"许诚见佳人夸他，自然是高兴得眉飞色舞，不由得一鞠躬。

婼欐又默默地转向思源，其实她早先已经感觉到此人身上有所灵气，想来他身上定是有仙灵之物。这诗词也是一语双关，即要自己通情达理让他们过关，又深深感念着相逢不易皆是缘，看来这男子并不简单。

"你……"只见嫦橪有些迟疑，但又走进几步仔细地看向思源，突见她脸上多了一点愠色。思源一惊，后退了几步。嫦橪又走近了几步，像是在确认些什么，慢慢地愠色消散，又露出了百般风情来。

思源见状甚是不解，只见这女子温婉地看着自己，她将腰间的小笛再次抽出，竟然递给了思源。

"这？"思源不解，不敢接下。

"虽然有些唐突，但我算出你是有缘之人，他日定会有需要此笛的时候。如果那时，它能助你一臂之力，也不枉费我送笛之谊。"此时的嫦橪有些感伤，她微锁双眉，那支笛子静静地递在半空。

看着嫦橪如此，思源心中一软，不好拒绝，于是接过这青翠精致的笛子，鞠躬道谢。

说来也巧，此时那只狸儿一个跳跃，已经上了小舟，喵喵地叫了起来，像是在催促。嫦橪看着狸奴，也缓缓地起身，示意三人上船。

"只恐夜深花睡去。时辰已到，各位，我们得快些赶路了，溪水顺流而下只会在夜晚的这几个时辰，过了，就不能再深入源头了。"

听闻嫦橪此言，思源总算是明白了灵一所谓的下雪夜间缺一不可的含义。

待到三人都上船，嫦橪便起竹撑船，小舟慢慢地离开渡口，顺着水流划向了下游。这河流也真是奇特，不在陆地山川，而是在这山洞之中，而河岸两边也并不是黑灯瞎火，似是有灯光照耀。植被蔓蔓，沿岸而生，也可听得鸟叫，看得鱼跃。思源伸手摸水，这水温也不似外面那么寒冻，而是暖暖的。虽然此时外面是寒冬腊月，但这洞中可以说颇有春天的味道。

"姑娘，此地究竟是哪里？"思源不免好奇。

"此为若耶溪支脉五云溪。"

"这里也是五云溪？和外面的溪水是相通的么？"许诚听到也来了兴致。

"也不全是。"婼欄轻撑竹竿，小船就微微转弯了，沿着河流继续向下。

"此地并非一般之境，而是若耶的灵脉所在。"

"灵脉？"思源一惊，虽然刚才进来的时候就觉得此地非同一般。

"嗯，可以那么说吧，此地并不是人间。"婼欄一笑。而正说到这句，忽听前面偌大的水帘声。小舟竟然来到了瀑布口。

许诚这时候又是一阵头晕，心想，我不但乌鸦嘴，连思想都是乌鸦思想了么？想什么就应验什么。不容众人多想，小舟已经掉下了瀑布，三人尽数落入了水中。

第四十章 繁华潭尽忆故人

思源连忙屏住呼吸，想要游出水面，但思绪却渐渐地游向了另外一边。

"思源?"夏日的午后微风徐徐。思源正打开电扇，撕开棒冰纸。

"妈妈?什么事?"听到妈妈喊自己，思源边吃棒冰边往厨房走去。

"没什么，妈妈要做吞吞饼，你帮妈妈揉糯米团子好么?"厨房中是妈妈熟悉的身影，此时的她正扎起马尾，往碗中倒糯米粉。

"好啊，不过得等我吃完棒冰。"

妈妈温柔地笑了一笑，暖暖的。"一会爸爸要回来，我们多做点等他一起吃。"

"真的么?太好了。"思源已经半个月没有见到爸爸了，这次据说又去外地出差了。

"哦，对了，帮妈妈把桂花粉拿来，刚才我进屋的时候落在里面了。"妈妈给思源看了看手，的确现在是满手的面粉，不方便去屋里拿。

思源入卧室帮妈妈取桂花粉，却见卧房的桌案上放着三张照片：一张似是海边的一处高台；另外一张则是林间的一处古墓；思源觉得好奇于是又摊开最底下的一张，竟然是一座山间的古庙。

只是此时还在厨房里的妈妈喊道："思源，桂花粉拿到了么？我先试做了两块，好让你解解馋，已经下锅了，快熟了，要撒桂花粉了！"

"哦！来了。"思源有些遗憾地离开了那三张照片，转而走向了厨房。

慢着，慢着，这三张照片——思源想要继续的思绪此时却又被慢慢拉远了，一口冰冷的潭水呛进了气管，思源这才被惊醒过来。一口气已经忍到了极限，赶忙奋力向上游去。探头出水，环顾四周，却并没有发现陆游和许诚。糟了！虽然自己并没有怀疑婼欗，但不得不说，在这山洞中的撑舟之女，的确不能以常人来看待。只是这上船共舟，都是不得不做的选择，现在懊悔也已经来不及了。思源马上深吸一口气，又潜入水中，但水下昏暗，根本看不清楚。思源此时自然是焦急万分，不知道该如何是好，忽听一声猫叫，只见一只猫儿坠入水中，来到了思源的身侧。这时思源的包裹忽然闪闪发亮起来。

照映出这小猫的花色，金色的豹纹！这不是刚才的狸奴么？对了，诸夏给我的披纱！思源看到包裹隐隐约约的光亮，这才想起了诸夏给自己的披纱。赶忙扯出包裹里面的披纱。

丝纱在手后，瞬时将思源和狸奴缠绕，而光亮也越来越强烈，直到照亮了思源的身周一米有余。而且奇怪的是，被披纱围住后，在水底瞬间也能呼吸了。于是思源拽着狸奴和披纱，一道往潭底游去，此时狸奴突然一蹦，划出了披纱的范围，朝一边快速的游去。思源一惊，赶忙也跟了上去。游了不出十米，只见那狸奴已经围绕在陆游的身边，不停撞击，像是要叫醒他。思源见状，赶紧也游了过去，用披纱围住了陆游。

"他入梦太深，想是遇到想念之人了。"这狸猫突然讲了句人话，吓了思源一跳。"好在你有这宝贝护体，不然，我怕是赶不及救你们两个了。"

"许诚呢？"思源想到还没找到许诚，于是急忙问到。

这小猫叹了一口气，"别急，他自有他的仙缘，这小子也不是什么寻常人，不会那么短命。这会自有人救他。"

狸奴又径自游向另一边，思源带着陆游一起跟在了后面。远远地看见了一点光晕，于是努力往光线处游去。

越游越近，发现五彩的光晕已经弥漫在四周，思源一看就知道这是灵气四散开来的缘故。这灵息聚集如今已经是状如一朵花苞。这种灵息的感觉和诸夏很相像。思源把陆游放下，披纱围绕，悬浮在水中，然后自己扯着披纱的另一头，拨开光晕，往里面钻去。这披纱也真如诸夏所说的，会无限延展。

不过这里面的景致也真是吓了思源一跳。荧彩流光，花藤缠绕，藤蔓上开着荧光四溢的琉璃花。层层递进，藤蔓开启，直到那最中间的蕊心，思源差点叫出了声来，这！

花藤音绕，灯彩流迷，而在这光彩陆离之中的竟然是许诚和一位……女子，此女子周身碧色蔓华，灵气靡靡，身上的碧绸丝带在水中飘逸，微微遮住了脸庞。越走近花心，越是花香弥漫，这香气在这水底也是无法掩盖。只是思源此时已经惊呆了。是的，那女子的朱唇覆在了许诚的唇上。

而这一吻连绵悠长，从思源进来起到现在都没有停止。思源不禁脸红，瞬间被这美如画的一幕震撼到了。心中似有什么微微点点，洒落下来。

而此时手中的披纱却自动地往许诚那边游了过去，将花蕊中心的两人轻轻围绕。思源一惊，而那女子似乎也是被惊扰了，抬起头来。

真的是，花间吻，此时难为情，情思自不量。

女子的碧丝绸带此时缓缓散开，她轻轻跃起，拖着许诚，一下子就来到了思源的眼前。思源这才看清了女子的容颜。这……不是婼櫊么？只是此时的她已经换了妆容，不再是小梅满鬓，而是碧丝盘发，额间的梅花妆此时也变成碧绿色的花痕，这个印记倒是和诸夏的有些相似。

"你……你是？"思源问到。

"宋公子莫怕，你的朋友中了这潭中的梦蛊，不知道为什么，他入梦极深，很难拔除，我怕他被梦蛊夺去心智，导致溺水，所以才度灵给他，让他不再有危险。"婼櫊温柔的神态让思源放下了戒备，的确，她的气息和诸夏类似，不像是有恶意之人。

"梦蛊？"

"不错，这五云溪的灵脉，并非凡人之地。凡人要入灵泉必须过三关。而这繁华潭就是第二关了，入潭水会唤起心底的思念和欲望。宋公子是心灵纯净之人，犹如一张白纸，所以很快就醒了，不过相信你也梦到自己最想念的人了。"婼櫊此时把许诚放在了披纱上，披纱托起许诚泛出微微的青光，似是治愈之感。

"狸奴说，我能醒来是因为有这披纱。"思源轻触披纱，灵光波动。

婼櫊摇了摇头，"公子太自谦了，狸奴说的并不全对，究其原因，只是公子还未曾涉及情字。朴实如陆公，也依然难逃情字，而许公子，想来是有很大的心愿未了。他日如若许公子需要宋公子你的帮助，还请公子不要躲避，要尽力助他完成心愿。我帮他度气的时候看到了一些他的回忆。"嫭欗哀伤地闭上了眼睛，恋恋不舍地看向了许诚。

第四十一章

仙灵地脉五云泉

"好的，我答应你。"思源的眼神清澈，让媠欗顿时愁容消散。

"嗯，公子，我相信你。所以我适才会把竹笛赠予你。记住，如果遇难，可以吹起竹笛。"媠欗巧目盼兮，略略含情地看着思源，让思源不禁有些不好意思起来。不过想起刚才她和许诚的吻，以及她对许诚的担心，落水后第一时间就来救助许诚，想必她对许诚的感情不是那么简单。

"还给我，还给我！不要走，不要走！"此时的许诚竟然大叫起来，看来他还在梦中。思源急忙过去看他，只见他周围的披纱更亮了，亮得有些刺眼。而许诚突然坐起，像是噩梦刚醒，满脸恐惧，眼角甚至有些微红。

"许诚！没事吧！"思源忙上去扶住了他，许诚此时转头看向他，那漆黑无光的眼眸一片哀怨，看不出一丝生气。思源轻拍他的背，希望他安定下来。

"放翁可好？"婼欐问到。

"嗯，狸奴陪着他，还有披纱围着。"思源边安抚许诚边说到。

只见婼欐擎手一点，身周的光圈突然变大了，灵气更加四溢，直到陆游也进入她的灵力花苞中。

"准备好了么？我们要上去了。"

刹那闻得一声巨响，众人随着流光四溢的花苞一并升上了水面。出水后，琉璃似的花朵从藤蔓坠落，汇聚成一艘琉璃彩船，飘在潭中。光晕四散，灵气如烟花一般洒落下来，落在了众人的身上，温暖和煦，治愈的感觉袭来。

思源看了看放翁，披纱还是缠绕在他四周微亮。思源不解，放翁怎么还没醒。

"让陆公多睡一会吧。"婼欐轻轻地叹气，而狸奴此时也悲伤地在陆游身边低喃。

"许多人入潭都会梦到自己的欲望和害怕的事情。但这对于陆公来说也许反而是幸福的事。"狸奴此时竟然幻化成了一个女子，她看向了婼欐，似是在寻求许可。

婼欐点了点头，轻轻叹了口气。

思源不禁感叹，也许是如此吧，放翁一生爱国为国，只希望王师北定中原，江山得以收复。这也是只有在他自己的梦中，才能看到的结局。

"公子想得并不全对。"婼欐又读出了思源心中所想。

　　红酥手，黄縢酒。满城春色宫墙柳。东风恶，欢情薄。一怀愁绪，几年离索。错，错，错！

　　春如旧，人空瘦。泪痕红浥鲛绡透。桃花落，闲池阁。山盟虽在，锦书难托。莫，莫，莫！

狸奴吟出了陆游的《钗头凤》，她此时正用手拂着陆游的额头，为他抹去水珠。

思源看了看自己的衣服，说来也是，自己的衣服已经干了，但陆游的还没有全干。

"这繁华潭中的水，尽是思念凝成，初时是希望入潭之人可以做到了却繁华三千丝，只是这情和欲望又怎会如此简单就被遗忘。陆公还没有梦醒，所以衣衫还未干。"婼櫆此时已经幻出竹竿，继续撑船。繁华散尽，也许最后留在这世间的也只有这漫漫的思念了吧。

琉璃船顺流而下，许诚慢慢回过神来，陆游也慢慢苏醒。只是此时已经不同于初时，现在的三人已经各怀心事。如梦一场，却也勾起了他们心底最初的那份祈盼。就如这船过的水痕，今夜的一梦，在他们的心间荡漾开来，泛起的涟漪，久久都不会散去。

婼櫆见三人默不出声，有些担心起来，于是欸乃一声，唱起了船歌：

"子溪子溪，余归否？花林水间，锦衣擦枝。王子王子，胡不归？五云溪间，清微漾，花落流水，人不归。"歌声荡漾，伴着流水。突然一个转弯，此段水急，琉璃船直冲而下，水花溅起，沾在了衣上。

这水珠也随着婼櫆的歌声弹起，排成了一面珠帘，三人看到后啧啧称奇。这水帘似水晶那般晶莹剔透，船过水帘，水珠不破，反而叮当作响。三人手扶水帘，冰清温润。思源知道这是婼櫆在安慰他们，于是转头对婼櫆报以一个微笑，婼櫆依然是用一种温柔似水的眼神看着他回以笑颜。

思源看到这种眼神，就想起了诸夏，这婼櫆难道和诸夏一样，是仙？灵息的感觉也很是接近，正想间，琉璃船已经慢慢靠岸了。

狸奴带着众人下船，岸边绿意盎然，葱翠郁郁，正是所谓青青河边。

这儿已经全然没有了冬天的影子，倒像是万物弥生的春天。三人沿着石径走向了五云溪的源头。

灵泉微涌，仙雾蒙蒙。似云似烟，缥缈腾腾。

陆游看到了泉眼旁边的石碑有文字记载，于是驻足细读，原来此地为若耶三十六仙灵地脉泉之一。泉眼集此地之灵气，常年涌出灵脉，传输给五云溪境内的所有生灵，让他们灵息充溢而维持生机。此泉也是保护此地脉稳定和安危的重要仙灵圣地。然几百年前，五云地脉因人间纷争而受损，所以若耶洞天的仙灵之主特派地仙来驻守此灵脉，以资其正。

"这个地仙就是……"许诚看向了婼櫢，只是此时的许诚有点脸红，也许他记起了些许刚才在水下的事情。

"正是小仙。本来这五云溪的源头也不是什么秘密之所。许多高人隐士也会常来此地修炼精进。只是几百年前发生诸多变故，所以不得不封印起来，只有有缘人才能入得此泉眼。各位因有仙缘，故来此地，既是天意，不如饮上几口泉水，多则可以增进修为，少则可以延年益寿。"婼櫢幻化出三个小竹勺，递给三人。

"有这等好事？嗯，我许诚可得长寿足矣，我可是还有很多事情要做呢！"许诚二话不说就舀水一饮而尽。

"多谢仙人了。"思源谢过，也舀了几勺喝了下去，这泉水果然甘甜，喝过后顿觉神清气爽。

"先生，多饮一些吧。先生有仙缘，以后可以时常来泉眼采药，这些草药都可以治病延寿。先生切记，不要再过于在意一个'情'字，先生若是出世归隐，倒是可以修仙而长生。"婼櫢担忧地看着陆游，并指了指泉边的花草，看来婼欗是希望放翁可以放下世俗中的情愁，成就仙缘。

"多谢姑娘的好意，只是老夫也许还是太挂念这红尘中事。二来也有负于人，怕是很难抛却一切。如今归隐田园，不再过问政事，自然会常来采药。"

"那就好了，先生可不能食言啊。"婼欗又采了一些花草递给了陆游，"先生请先带一些回去吧。"

思源很是被这地仙感动，她许是算到了陆游的阳寿和以后的人生，所以希望可以帮他延寿避难。看来陆游长寿也多半是托了她的福。

"只是你们要去丽句亭，还得过最后一关，请随我来。"婼欗仙衣飘飘，轻踏浮萍，凌波微步，瞬间已经点立在了刚才的琉璃船上。

高吟丽句惊巢鹤

三人不解，看向了同在岸上的狸奴。此时的狸奴已经是长相甜美可爱的小女子，一双水灵灵的眼睛看着众人。

"还记得婼欛地仙一开始和你们说的三点要求么？"

许诚挠挠头，"精通诗词！"

"不错，此为其一。梅花渡口，地仙已经测试过你们了。"

"淡泊名利？"思源补充到。

"不错，此为其二。你们落入繁华潭中，水中一梦，也已经洗去了许多凡尘俗念。"

"仙缘已启。"陆游最后说到。

狸奴敬佩地看向陆游："不错先生，此为最后一关。喝过泉水后，要看看你们有多少仙缘了。"

陆游似是明白了狸奴的意思，轻轻踩了踩水。

思源一看，心想，这是要我们也轻点浮萍而飞么？他看看船中的婼欛，她脸上的表情是笃定的。这……再怎么样，也不可能会飞啊！

狸奴一笑，"你就先试试看嘛！"一把把许诚推下了水，许诚这可吓了一跳，这冷不防的，可是已经被推，于是不由得踩了几脚水，竟然脚下生风，似是走了起来。许诚一喜，又不停蹦了几下，还真的没有没入水中，只是还走得不太稳当。陆游看了看思源，点了点头，也轻轻踩水，一跃而起，在水上行走了起来。

轮到思源了，可思源却有些害怕起来，他从小对自己就不太有信心，这会也是如此。只听一声"别怕"。这声音是？还没等他想完，已经被轻轻托起，原来是披纱将他拉至了水中，他的双脚微微沉了下去。但是即将沉下去的时候，突然脚下一滑，思源心想不好，要倒了。却见这披纱上幻化出一条藤蔓来。

诸夏?！对，那个声音就是诸夏。藤蔓轻轻碰了一下思源，拖住了他的重量，再次将他弹起回复到了直立的位置。

思源用脚使劲踩了几步，竟然也轻轻飞了起来，心中一喜，快步向船边走去，也似婼欄那样用脚尖轻点在水上，缓缓落下。惹得许诚不住地拍手。

"宋思源，你这样子完全是个仙人了呀。好帅！"

思源走入船中。婼欄对着他点头，此时已经是朱唇微启，笑意盈盈。

"诸位请随我来，这丽句亭就在五云源头的对面。"婼欄再次起步，在水上飘飘若仙。思源、许诚、狸奴和陆游也纷纷跟了上去。

原来这个五云泉是水中的一个小渚，绿草茵茵，若湖心岛一般。众人踏过波平如镜的水面，却见一条长长的木闸道。

此木道从湖心小渚起，穿水而过，一直连到了远处的另一个岛屿。婼欄飞身而起，轻点落地，踩在了木道上，引领众人由此步向了后面的小岛。

此时一条木道直通远端，而周边尽是水色。众人所到之处，步步生光，两边的花灯随着他们的脚步一个个点亮。

思源觉得此处已经不像是一般的湖泊，倒似在漫天的海上，望不到水的边际。

待到岛边，琉璃花开，光彩迷离，如刚才在潭底见到那般。只是这花丛似是一个法阵，有荧光符文跳跃闪烁。婼櫶轻轻用指尖由上而下一划，听见锁开叮铃的声音，法阵中的琉璃花瞬间流彩纷呈，散开在四周。法阵洞开，似门扉一般。

婼櫶示意大家入内。跃入洞中，才发现这整个小岛原来都在结界之中，法阵的银光在众人的足下熠熠生辉。

"这里是？"思源不解。

空山岁计是胡麻，穷海无梁泛一槎。

稚子唯能觅梨栗，逸妻相共老烟霞。

高吟丽句惊巢鹤，闲闭春风看落花。

婼櫶深情地吟到："这就是你们寻觅的丽句亭啊！"

"不错，此诗就是丽句亭的出处。"陆游点了点头，带头走向了岛上的石径。

蔓华彩滕卷，诗书喜欲狂。脚踏云榛外，朱笔画墨廊。

五人走在了满是诗词印照的小径上，思源点了点身侧闪着银光的诗词，这些词句竟然辗转飞到了眼前，供人诵读。许诚也是看得不亦乐乎，还兴奋地说这比 iPad 还酷炫。

众人转而来到了一个满是石碑的木廊。"这是历代文人的诗词碑刻，多是赞颂云门和若耶的诗句。"婼櫶执袖在空中画符，只见一个繁体的"開"字在她指前闪耀。三根朱笔从開字中飞出，直至三人的眼前。

“请诸位选出这里你们最喜欢的诗句吧，用朱笔画出即可。”狸奴解释到，手则是指向了木廊边的碑文。

思源和许诚慢慢看着，陆游则是一下子就画出了心中所爱。

鸿落寒滨，燕辞幽馆，西成万室，颦眉人少。自古云阶，洞门何处，南望数峰秋晓。

千骑旌麾远，去寻直、忙中心了。佩声盘入，烟霞绝顶，谁闻欢笑。

当候青童相报。因待访仙人，长生微妙。置俎争来，四乡宴社，且看翠围红绕。

似可扪青汉，到北扉、两城斜照。醉翁回首，丹台梦觉，钧天声杳。

婼欗微微点头，“这是紫玄翁的词作，他为元丰五年的进士第一。文采斐然，状元及第，实至名归。其词华彩妖娆，如春水碧玉，令人心醉。”她哀伤地看向陆游，似是有百般话语不忍诉说。

陆游轻轻一笑，摇了摇头，示意婼欗不必感伤。“当日若早听勉仲先生的谏言，大宋又怎会沦落至此地步。”

许诚觉得好奇，于是看向石碑，只见落款处是黄裳，“黄裳……黄裳？”不知道为什么许诚觉得黄裳这个名字很是熟悉，也罢，把他记下来先，回去用网络搜索下就好。

思源倒是和许诚想到了一块去了，也拿出笔记本记录下来。不过这诗中有一句“千骑旌麾远”，这一点倒是和他们在唐朝看到的景色颇为一致。

“二位可选好了？”狸奴俏皮地对着许诚和思源做了一个鬼脸。

"哦哦哦！这就选，姑娘你看这里那么多诗词，我总得仔细看看。"许诚开始细看起石碑。

"这首吧！"许诚用朱笔画了一首出来。

> 禅室遥看峰顶头，白云东去水长流。
> 松间倘许幽人住，不更将钱买沃州。

"这首的意境与我们和放翁一起在云门寺寿圣院点茶时颇为相似。"许诚眼中满含自信地看向放翁，陆游笑着点头表示同意。

婼櫊有一些惊讶的样子，也连连点头，"想不到许公子竟然点出了这丽句亭主人的诗句。"

"哦？是么？不过真的写的和我们看到的景致很像。"许诚对着思源点了点头，宋思源也投以赞同的眼神，而后转身，也画出了他喜欢的诗句。

> 远羡五云路，逶迤千骑回。遗簪唯一去，贵赏不重来。

"嗯，开元斗诗拔头筹，诗名遂振徐侍郎。"婼櫊似是也很喜爱此诗，轻轻触摸碑文，"不知道现在还找不找得到这遗簪。"

婼櫊挥袖轻抚三首选中的诗词，只见碑文入袖，随势而动，婼櫊甩袖，文字飞出，在前面的亭廊处聚集又分散开来。一个个优雅的汉字悬空而立。此时只听得一声声鹤鸣，廊边的树丛中飞出几只仙鹤，看到墨字后，飞入亭中，衔字拼排，直到章句遂成。

隐隐而去香宵月

狸奴和媭欐上前轻抚仙鹤，仙鹤鸣鸣。而此时那些字已经重新组成了三首诗，诗词发出了金色的光辉，而后又散开飞向了远处。

"诗词已经先我们一步去了丽句亭。"媭欐示意大家随着诗词而去。

只是当思源等人到达丽句亭以后，却有些愕然。在那些金色的文字映照下，断壁残垣的遗迹已经不复当年。思源走进了丽句亭，尽是残破的石碑，他蹲下看了看，有些字迹尚还清晰，有些则已经残破不得诗句了。

"这是怎么回事？"思源不解，问媭欐。

"金兵入侵浙东后，导致三界失衡。若耶洞天也有了各种斗争和不稳定，丽句亭由于在灵脉泉口之上，被视为入泉的必争之地，也受到了牵连和残害。此次灾劫比之上次更加伤筋动骨，为保护泉口，若耶之主将丽句亭隐去。小仙倒是认为如此一来也可以保护丽句亭遗址不再受害，不失为一个两全之策。"

"哎——"陆游长叹一口气，"国难空前，没想到仙界也不能幸免。"

"先生莫要哀伤，此乃劫数，盛衰荣辱，旦夕之间。"婼㮾将灵息注入了丽句亭的遗迹，思源等人的眼前瞬间出现了丽句亭原来的模样，像是电影回放一般。

"这些年来，小仙收集了这些断碑上的诗词，将它们镌刻在木廊的石碑上。也是希望不要让这些诗句有所流失，偶尔会有仙缘之人来到此处，就如你们一样，也会誊抄一部分出去研究和赏读。"婼㮾继续解释着。

思源在残迹中拼命翻找着，看看会不会有所谓的线索。许诚和陆游也仔细读着石碑上的题序及记载。诸夏说过要找到这个时间点的碎片才可以回到现代，只是这里需要我们找的线索究竟是什么？思源这会有些着急起来，这一趟来可说是经历了诸多不易，放翁也陪着我们历经那么多磨难，所以自己一定要找到碎片。

婼㮾看着众人，默默无语。

而此时，思源胸口的袋子突然红光闪烁。思源一惊，赶忙打开口袋，只见一朵凌霄花飞跃而出。

"这是……"思源这才记起来，诸夏在狼毫小笔的结界中不仅给了自己披纱，还把这朵花插进了自己胸口的口袋。后来自己扣好袋子也没有多想，没想到这个时候飞了出来。

"这是什么意思？"许诚问。

"我……也不太清楚。"思源此时也是摸不着头脑。

"此花是法阵，应该是穿越时空的法阵。"婼㮾仔细看了看凌霄花说到。

"什么!?"许诚和思源异口同声地问到。

陆游也很吃惊，没想到这回去的方法原来一直都在思源身上。

"那现在它这样发光又是何意？"思源问到。

婼檽轻触凌霄花，一圈光晕环绕在她手上。她翻手覆掌，光圈四散，空中慢慢现出几个绿字来。

几个大字昭昭写着：

"宋家有难！速归！"

"什么？"这时三人都惊叫道。

"看来是让你们速速通过这个法阵回去。"婼檽说出了自己的想法。

"可是我们还没有找到线索啊！"许诚明显有点不甘心。

"宋君、许君，诸夏既然这样急着传话，一定是遇到了不得不召唤你们回去的急事。既然我们已经找到了丽句亭，应该已经完成任务了。据老夫所知，小笔的主人只需在此地结印，以后就可以自由地出入于这个时间点。如果你们以后还想来勘察线索，只要在此结印就好。"陆游说出了自己的想法。

"可是此地域及时间点有偌大的结界，诸夏一直不能现身，我们怕是也不能自由来回。"思源想到诸夏和自己所说的，诸夏似乎是拿这里的结界一点办法都没有。

此时却见婼檽轻触凌霄花，光晕瞬时扩大，灵息在圈中扩散，风吹起了遗迹的沙土。思源等人掩面挡风，这感觉，和在唐朝诸夏结印的时候好像。

"的确是不可逆的法阵，也许……你们再也穿不到这个时间点了。发出这个讯息的仙灵，灵息已经紊乱微弱，如果是你们熟识之人的话，你们还是赶快回去吧。"婼檽手触花朵，似乎读出了什么玄机。

"什么？灵息微弱，他受伤了么？"思源听到婼檽说的心中一急，赶忙走了过来，差点被脚下的碎石滑倒。

"应该是吧。"婼欐点了点头。

思源起身，看了看落地的手，似是有些茫然。诸夏如果受伤了，我们必须得赶回去了，可是，思源转身看了看陆游。心想着这两日的种种：雪夜的救命之恩；云门寿圣院的点茶之谊；一起寻踏五云溪；梅花案石室的解谜；一起飞索过崖入梅花渡以及繁华潭中的同舟共济。思源对放翁有着万般不舍及感谢之情，只是此时都化作了无言的沉默和感伤。

许诚看了看思源和放翁，此时就算乐观的他也无法潇洒地释怀。

"放翁，此去一别，不知道何时再能相逢，我……"思源解下了披在身上的貂裘，"这次多亏了放翁的援手，不然我们走不到丽句亭，只是诸夏有难，我们必须回去了，如若还有缘再见，定会再和放翁分茶踏雪，赏梅吟诗。"思源已经有些说不出话来，话语间把那件貂裘递给了陆游。

"老夫本来想把它送给你的，不过，我相信这次不会是永别，所以留下它。待到下次再见，也许是春暖花开，也许是夏色正浓，也许是秋意委婉，也许还是这梅花的季节。不管是何时，放翁都会点茶备酒，待君再来。下次来，我会带你们去禹陵和兰亭，那里的景色相信不会枉负你们穿越千年的。"陆游接过貂裘，细心折好。

许诚忙也脱下自己的猎户衣衫，还给了陆游。"放翁，此番前来，我们也没有什么礼物，这样吧，你不是喜欢那首歌吗，我把它誊抄下来，虽然是千年后的后辈串起古人的诗篇而已，但是也算聊以纪念。"许诚问婼欐借来了宣纸。

"宋思源，快快快，你的狼毫小笔。"

"你怎么不问婼欐一并借笔。"

"哎，其实我不太会写繁体字，你的小笔的话应该可以自动把我写的简体转换成繁体吧。"许诚有些尴尬地说。

思源微微一怔，只是如果诸夏受伤了，不知道小笔还有没有这法力。不过他还是把小笔递给了许诚。

小笔落笔，果然健笔如飞，快笔写就了歌词。两人一看，只是这歌词都只有唐宋，去掉了元明清。

思源马上明白了，也是，此时还没有元明清，也不能让陆游知道他深爱的大宋终会有那么惨烈的一天。于是轻轻对着狼毫小笔说了一声谢谢。

两人将纸宣递给了陆游，陆游摊纸一看："回首不见灯火阑珊。昭华不再，梦阑珊。"

两人再次鞠躬道别，然后不舍地走向了凌霄花。

"慢着！"思源停下，又往放翁奔去，"婼欘姑娘，请再给我一张纸。"

"放翁，其实思源和灵一法师还有一个约定，那首拆字诗。上次我并没有对好，我为了应景，不肯屈就，赏花尚裳，没有对上饮食欠泉。而且也没搞清楚繁体字的"飲"也是拆字之一。来过梅花渡后，才悟到一对。"

只见宋思源挥笔在纸上写出："婼女若欘，木蘭依旧飘香。"

"思源不才，希望此对能让灵一法师满意，此次之行，也要感谢灵一法师对我们的帮助，还请放翁帮我一并转达。然后，真的再见了。"

陆游点了点头，将宣纸收好。思源再次转身，走向了凌霄花，他不会回头，是的，离别的时候自己不会回头。只是今夜不回头是因为自己已经忍不住泪水，他不想让放翁看到，也不想让婼欘和狸奴看到。思源抹了抹眼泪，和许诚一起手触凌霄花，法阵灵息飞涌，风起，风止，直到那绿色的荧光散尽。

在南宋这水墨的丹青上，也许只是朱笔一画，但却也留下了那惺惺相惜的些许等待。

问归处，凭寄离恨重重，天遥地远，万水千山，知他故地何处。怎不思量，除梦里、有时曾去。无据，和梦也、新来不做。

第四十四章

夜穿窗扉哀其钟

凌霄花下，转瞬飞跃。只是思源睁开双眼的时候，看到的不是现代的平水镇。只见一白衣少年正在雪中舞刀，脚踏飞雪，红缨系刀，英姿勃发。而思源落地不稳，跌倒在了雪上。少年转身，惊讶地看向思源。

思源左顾右盼，却不见许诚。糟糕，难道我又自顾自穿越了。而且这次他也看得到我，惨了，一定是哪里出错了。思源手抓一把白雪，心想到这偏偏怎么又是冬天，此时没有许诚的百宝箱，真是要冻死了。

思源起身，双手环胸，不停跺脚踩雪。"请问这是哪里？"

少年英眉轻敛，雪覆金刀，此时收刀而立，仔细地看向思源。"宋源？"此人又说出了让思源无语的话来。

"我？我不是宋源……"思源忙解释到，心想着不知道自己还得这样解释多少次。但转念一想，他认识宋源？"不对，你认识宋源？"诸夏曾说过，自己不会无缘无故地穿越，看来这次单枪匹马过来肯定也是有原因的。

"嗯，他是我的朋友。"少年回到。

"真的？那现在是宋朝。"

"嗯，绍兴三十年。"少年答道。

"绍兴三十年？"思源不停提醒自己一定要记住这个时间点，这是宋源在世的时间点，心想着回去搜索下看看会不会有什么收获。不对，这绍兴年号，是南宋啊！宋源不是应该生活在北宋末年的靖康年间吗？绍兴三十年，已经是有三十年的跨度了。而此位少年说我是宋源，那么宋源此时应该是和我年纪差不多，才二十左右。如此看来宋源应该是绍兴十年左右出生的？上次见到的宋师禹难道不是和宋源有所关联么，明明是北宋末年啊？思源越想越不通，使劲摇了摇头。

"你没事吧？"少年担心地问到。

"没事，就是……有点冷。"

少年一看，思源的确衣衫单薄，此时见他正半蹲在地上不停哈气。

少年不由得一笑，"你和宋源还真有点像呢！你随我来，我给你准备点冬衣。"说完便径自转身在雪中行步，思源也跨步跟了上去，但忽然一阵雪风吹起，飞雪打到了眼睛。思源忙用手臂遮住了脸庞，待到风停才放下手臂。

只是这时四周却变得万籁俱寂，夜色茫茫。"这!?"思源一惊，刚才还是飞雪腊月的，这会怎么？思源又摸了摸手臂，不感觉冷了。这是……

正想间，一束光线射来，思源忙又用手遮住脸。

"你在这儿啊！担心死我了呀！"只见许诚跑了过来，不停摇晃着宋思源。

"你停停，你停停。"思源被晃得头晕，忙制止他。"我们这是在哪儿啊？"

"嗯？你不知道么，这不就是宋家店附近的后山么？"许诚用灯照了照四周，的确，熟悉的景色传入眼眸。

"那么我们是回来了咯！"

"那当然了！"

呼——思源长吁一口气，总算是回来了，不过刚才那一次短暂的穿越，倒是让自己知道了一件很重要的事。

"你没事吧？我到了后不见你，都急死了，兜兜转转找了半天。"许诚有点牢骚地摸了摸头。

"嗯，没什么大事，真是辛苦你了。"思源这时才发现自己头上的头灯还能打亮，正好可以行夜路。

"我们快点吧，不知道诸夏怎么样了。"思源说完此句，却忽闻绿衣仙灵的蹬音，飞步向两人而来，携着两人一起脚踏清风，快步下山。

"哇！"许诚惊喜地叫道："这？仙人？你怎么来了？你没事啊？"

而此时三人都脚下生风，飞了起来，"诸夏你没事吧？听媷欗说你可能受伤了。"思源担心地问。

转瞬间三人已经飞向了一段古道石阶，临阶微步，须臾成风，伴着夏日山间的虫鸣，熟悉的乡间气息迎面而来。思源这才觉得有一种回家的味道，是的，虽然时间并不久，却已然觉得这一片山林乡野是自己的家园，是骨血相连的那一种呼吸瞬间的心意相通。

"受伤的并不是我，发出讯号的其实是弥生。"诸夏再次加快了速度，"我不是一直在狼毫小笔里面么？"

思源这才醒悟过来，怪不得媷欗要大家凌波微步的时候，好像听到诸夏的声音，本来以为他无法进入宋朝那个时间点，没想到他一直在狼毫小笔的结界中，原来他一直在自己的身边啊。

三人飞步下后山，村庄已经近在眼前，诸夏将两人搂紧。"我们直接进去了。"

"啊？"思源眼看三人就要撞到窗户，赶忙闭上眼睛，却只觉清风拂面，睁开眼睛，见三人已经穿过窗扉，这里是？祠堂！红灯夹道，诸夏夹带两人迅速穿过，而后又是一扇扇的门扉，都是直穿而过。

许诚是第一次来祠堂，看到这样的古风景致，自然是大为惊叹。

众人穿过思源曾经迷路的外堂，直奔诸夏的内室。门扉打开，闻到一股血腥之气，诸夏点燃灵火，室内慢慢被照亮，却见许多绿衣女子倒在血泊之中。

"这！"思源大惊，血已经蔓延开来直至脚下。许诚这时则是直接昏了过去。

诸夏扶住快要倒地的许诚，用衣袖遮住了思源的眼睛。思源有些想哭，他此时在诸夏的衣袖间，虽然只有一袖之隔，但这差别犹如仙界和地狱。思源感觉到了诸夏不稳的气息，不忍、悲哀、自责蔓延开来。

不行，我不能永远被保护着。诸夏像是读出他的心声，慢慢放下了袖子。

"领主……领主……"是弥生！思源看到半蹲在地上的弥生，此时正手捂胸口，口中吐出一口残血。

"弥生！"思源不顾脚下的血迹，奔了过去，扶住了已经重伤的弥生。

"少主……你不要过来，我的……身上也许还有反噬的法术。"弥生用手指了指不远处。

"我这命……是小少主救的，如果没有他为我挡住了最后的一招，我估计也会……"思源一看，躺在地上的不是别人，正是思珂。

"思珂！"思源只觉得五雷轰顶，不敢相信眼前看到的事实。

灵虚玄妙，荧光飞来，碧灵点亮了思珂、弥生和四周卧地女子的眉心。

"领主……不要为我耗费灵力了，我可以……可以自己来……"弥生说着想站起来，但又吐出了一口鲜血。思源忙扶住她，免得她动气伤得更重。

"领主，弥生甘愿受……罚，我没有守护好祠堂，也没有保护好春兰的众姐妹。"弥生咬牙，悔恨的泪水滴在了血色中。

"快别说了，弥生，你现在已经受伤了，不要说这些了。"思源焦急地劝说着，把眼光投向了诸夏。

只见绿衣仙灵微锁双眉，脸露哀伤，此刻的他摇了摇头。"这不是你的错。是我没有想到，宋源和她的关系已经到了这个地步。"诸夏举指结印，口念灵咒，蓝色的咒语开始缠绕在他的指尖。灵息聚集得越来越多，只见诸夏突然用聚集着灵息的手指在空中画符。"夜出晓钟——"诸夏凝神一念，手中的灵息全部涌动出来，涌向了内室中央，瞬间汇聚成形为一口大钟。

"这是！"思源看到了一口由灵息聚集而成的灵钟，就像以前在寺庙看到过的撞钟一般。

"领主！您这是——不可以，不可以，你不能耗费那么多灵力，那个妖女现在抢去了灵印，大敌当前，你不能再为我们耗散自己的灵力了。"弥生痛哭起来。

思源虽然不是很明白，但也猜到了诸夏要倾力为她们疗伤。诸夏依然眼神坚定，又举指在空中划出了一道蓝色的弧线。蓝色的灵光飞指而出，跃向了灵钟。

"咚——"灵钟敲响，响彻心扉。灵息如飞火流萤一般弥漫开来，充斥了整个内室，乃至整个祠堂，再到整个村落。沐浴在这治愈的灵息下，弥生胸上溢血的伤口慢慢恢复了，四周的血水也慢慢回流进了三十六兰草灵女的身体。思源摊开手掌，接住了些许灵息。温暖在心中荡漾开来，只是不知道为什么泪水也慢慢地滑下，滴落在了手上。

这哀伤随着钟声穿越出窗扉，响彻了整个山谷。

第五卷
木笔犹开第一花

微星清伊，白源洲破阵在前。再回唐朝，山鬼偷香，小笔开出第一花。

图五　募修云门寺疏碑

现代云门寺前政府立碑，募修云门寺疏碑为书中重要穿越场景地。

（图片来源：莲青漪拍摄、制作）

第四十五章

微星维舟渡清伊

思源在床上辗转反侧。那血腥味似乎还在鼻尖弥漫，虽然诸夏最后用自己的灵息硬生生地救回了所有人，但这一切还是让思源心有余悸。二爹也接走了思珂，好在思珂只是昏倒，据说由于他是宋家血脉，所以雪秀不能伤到他。想来这孩子很聪慧，想到这一点，就自愿为弥生挡下了致命的一击。

今晚正好是思珂守夜，没想到雪秀会在今夜突然发动攻击。由此可见，雪秀似乎是对宋家的一举一动了如指掌，算好了时日，特意选了一个诸夏不在祠堂，又是族里面最小的思珂值夜的日子。

还有许诚，没想到他天不怕地不怕的样子，竟然怕血。刚才昏睡过去，至今没醒。总之这一夜发生了太多的事情，思源有些乱了头绪，要好好捋一捋。

其实，这一夜心潮起伏的又岂止思源一个人。小笔生烟，似花火喷出。

"诸夏！"在床上久久未眠的思源看到了火光，马上从床上起身。只见绿衣仙灵幻化在床边。

"小笔？这是怎么了？"思源快速地走向了狼毫小笔。

诸夏微微皱眉，"没想到那么快。"诸夏转身看向许诚，"许君怎么样了，什么时候能醒？"

"不清楚，听他朦朦胧胧说是晕血。"

"原来如此，也罢。你先随我来。"还没等思源应答，诸夏就已经携着他又飞了起来，穿过门扉，走廊，又一次往祠堂飞去。

两人在祠堂内室的门口停下，思源还有些刚才的阴影，不敢开门。正犹豫着，只见弥生在里面打开了门。

"领主！少主也来了啊！快请进——"思源的确有些适应不过来，刚才弥生还重伤，此时已经复原了，只是思源不会忘记刚才的那一幕。他的脑中又响起了诸夏的那一句话："不是每次都可以那么好运。"

弥生带领两人一直深入内室，原来除了那大大的记事木柜外，这房间里还有着一个个小偏室。三人行至一间偏室停了下来，门上似乎有破碎的痕迹，走进一看果然有一个个细洞。

"雪秀来过这里？"思源想到了雪秀对付宋梅的那一招箭羽。

"不错，那妖女就是冲着这里来的。也不知道为什么，在祠堂里似乎一切的结界法术都对她无效，而且她的法力倍增，我的青引符都奈何不了她。"弥生说起这些还是一脸的不甘心。

"这怪不得你，这和……以前的某位家主有关。"诸夏踌躇地说到。思源听到后马上猜到了是宋源。

弥生见状也不多说了，而是打开了门扉。只见里面一片凌乱，有打斗过的痕迹。

弥生突然跪下，"请领主赐罚，弥生没有保护好青鸢印。"

"青鸾印！"思源第一次听到这个名字，自然很是好奇。

"她此次前来，就是直冲青鸾印而来。我虽然快速集齐了三十六位仙草姐妹，但无奈宋梅受伤，这春兰阵就不能成卦，被她破了。本来想着青引符至少可以和她打个平手，没想到在这祠堂里她的法力比我更高一筹。所以最后导致了这样的局面，是弥生没有统领好春兰阵，领主如果要怪罪，就请降罪给我一个人，春兰她们并没有过错。"弥生说出了今夜发生的种种。

"快起来吧，宋梅的意外受伤怪不得你，而且就算春兰阵俱在，可能也不是她的对手。"

"这怎么可能？"弥生不解地看向诸夏，"在我们的祠堂结界范围内，春兰阵可以说是除领主之外，无人能敌的阵法。"

"其实我也不是很明白个中的原因，但猜想这多半和他们的契约有关。"诸夏仔细看了看原来存放青鸾印的朱盒。此盒中仍有荧光环绕，看来结界还没有完全散去。

"她也受伤了么？这结界的法力还没有消散，说明她破法的时候并不能一鼓作气，被反噬了。"诸夏又看了看屋子的四周。

"那就太好了，有那个妖女受的。不瞒领主，其实我的弯刀也割到了她。这样的话，她应该还要一段时日修养才可以痊愈。"弥生关切地看了看诸夏，松了一口气。她本担心领主灵力恢复的问题，这样看来至少还有时间可以让领主复原调息。

思源看到屋子东边的案几上有一盆小小的盆栽，此时却是完好如初，便觉得奇怪，想走过去细看。却见一群绿衣女子幻现在屋外。

"领主！"众人纷纷跪地，又对着思源喊道："少主！"

思源可不太习惯这个场面，不由得后退了几步。

"起来吧，你们大伤刚愈，不要太劳累了。这段时间好好调息修养吧。"

"是!"众女子起身，个个如花似玉，清雅秀丽。

弥生示意众人退下，于是一并散去了。

"弥生，那么多年来只让你一人守护祠堂，其实是我考虑不周。只因我觉得自己不太会离开祠堂，才险些酿成大错。"诸夏此时踱步出了偏室，走向了记事木柜。

"领主的意思是，要召回四守护？"

"不错，今时不同往日。时移世易，雪秀的作为已经触动了若耶洞天的根基，我们不得不防，如今她得了青鸢印，功力会更添一成，我不能让她去唤醒……"说到此句，诸夏闭住双眼，俊俏的容颜上露出了从未曾见过的苦楚。

"百年来四大守护只留我一人在祠堂，其余三人分守各方。此时聚集大家的力量，的确比分散来得更稳妥，不能再给那个妖女各个击破的机会。"弥生像是下定了决心，"领主，还请让弥生戴罪立功，去集齐其余三位守护。"

"不可。你和春兰姐妹还要继续守护祠堂。这段时间我会让长明长期坐守祠堂。他身为族长，雪秀动他不得，你要好好帮助长明并借此机会在这祠堂恢复功力及精元。其余三位守护，微星和清伊正好在我们此次要去的目的地沿途，我会亲自通知他们。至于维舟，他守护的地方颇为隐蔽，想来雪秀暂时不会前去，等我们去过白源洲再去他那里也不迟。"诸夏口中突然爆出了一大堆陌生的名字，让思源有些摸不着头脑。

"白源洲！领主你要去那里！"弥生一惊，俊俏的容颜上有着一丝不解。

"是的，目前我们能做的就是要抢先一步。"

"可是，那里……不是那么容易……"担心的神色爬上弥生的眉头。

"不错，所以我这次要带着微星和清伊一起去，另外还有思源和许诚。"诸夏看向了思源。

　　"诶?"思源一惊，自己也就算了，怎么还要带上许诚。

第四十六章

煌煌青苹风之末

"为什么要带上许诚？"在回房的路上思源忍不住问到。

诸夏自信地一笑，"我以前不是提起过么，有一件重要的事情，需要许诚的帮忙。现在看来这件事情得提前了。"

"提前，什么事？"思源追问，但绿衣仙灵却是笑而不语。

清晨 汀兰洲

笛声清脆，穿过这夏瑟幽幽的斑驳林间。这笛音时而婉转，时而低沉，时而嘹亮，如弹花落珠一般在吹笛人的指尖跳跃。在水波，在花间，在枝梢，这笛音靡靡悱恻，清丽得如落玉琼英，使人忘归如梦。

遥问笛音知何处，清伊渡口玉笛人。

吹笛人似是一少年，蓝衣青玄，头绑绉巾。朱玉眉间清点鬐，似有心事。

"微星。"身后幻化出一位白衣仙人，徐徐芳菲，步履青岚。灵印点眉间，画髻满翠屏，娉婷婀娜，踱步到了少年的身后。

少年没有说话，依旧默默吹曲，玉笛悠悠，似有婉约。

芳足再往前微踏几步，站在了少年的身侧，湖水中的倒影，映出了云鬟低垂的仙子。

"领主要来了，你知道么？"仙女的琼音再次传来，这里面分明夹杂了明悦的心情。

少年依旧不语，只是待到小曲收至尾声。

仙女掩嘴轻笑，这微星看似不在意，其实这结曲已经颇为急躁了。

少年回头，清眉微蹙，面如初雪，只是依然是面色寡淡。"怎么，你又派你的飞鸟去探情了？"

"嗯——不是探情，是定期观望保护宋家。"仙女微微抿嘴，解释到。

"领主那里不是有弥生么，不需要你多费心。而且领主又没让你飞鸟传情，只是你自己一厢情愿罢了。"少年再次背对仙女，轻轻擦拭着自己的玉笛。

"哼！你还不是一样，其实心里别说多嫉妒弥生了。不过你昨晚难道没有感觉到么，弥生的灵息好像有了很大的波动。"仙女再次走到少年面前表示抗议。

"弥生向来如此，总是喜欢冲动，说实话，年纪那么一大把了，还不知道控制自己的情绪。"微星不乐意地起身想走。

"小微星，说得好像你有多成熟似的。"仙女又提步跟了上去，"不过这次你可是错了，弥生是真的受了重伤，三十六春兰阵也是差点全军覆没。"

微星一听突然停步，转身怀疑地看向仙女。"你说什么？清伊，昨天我在湖底虽然也有隐隐地感到不安，但这怎么可能，她的三十六春兰阵可是有着领主在祠堂的结界加持，在这若耶洞天中除非是这洞天之主和护法，不然谁人还能撼动的了。"

"是啊，我也不敢相信，但这是灵鸟报过来的消息，不会出错的。而且昨天你没有感觉到领主灵息也有大动么？领主动用如此的御灵之法，那么侧面也算是印证了这个消息。"清伊此时也是低头锁眉，虽然自己平时素来和弥生不和，但她遭到重创这一点对领主乃至整个宋家的结界都是有百害而无一利的。

微星咬唇轻叹，想来自己昨夜由于守护的职责，入湖底坐禅值夜。对外面的灵息感应自然是弱了不少，虽然知道领主动法，但以为只是例行的新月夜的祠堂维护，并没有怎么多想。现在回忆起来这灵力的震动的确不同寻常。

"领主动用了什么法术？"蓝衣少年看向了清伊。

"说出来别吓着哦，夜出晓钟——"清伊此时也是极其认真。

"什么！这是起死回生之法，而且还是强制破咒的法术，看来昨天兰草灵女中有人丧命了，但也没必要动用此法啊。"

"何止是有人，而是全部……陨落，连弥生都差点死在闯入者的手上。"

"什么?！领主现在在哪里？"微星二话不说就往林间走去，他知道如果诸夏要来找他们的话，前面的淡竹林是必经之路。自己现在想的就是快点赶到那里。

"听飞鸟说已经到了清波桥了，而且同行的还有两个陌生人。"

微星听罢已经脚踏青苹，飞穿过树林，往淡竹林去了。清伊则是甩出了纸符，只见一黄色的飞鸟应声而来，用嘴咬住了空中的纸符。"这孩子真是心急，话说那两个陌生人倒是挺让我好奇的，煌炫不如我们也去凑凑热闹吧。"飞鸟扑动着翅膀鸣叫了几声，清澈响过林间。只见这飞鸟瞬时变大，似凤凰一般华羽微展，凤尾飘逸。清伊跃坐在其背，瞬间飞上了碧霄，在空中俯视山间的万物。仙女嘴角轻扬，微星原来在这儿，而不远处也见到了两个年轻人，刚过了清波桥，此时正在汲水洗脸。

清波桥畔

"呼——"许诚一把清水扑面，想用这凉爽快点消除夏日的暑气，没想到这早上都那么闷热了，要是到了正午不是要晒死人吗？一旁的思源也正在用溪水洗手拍脸。

"宋思源，我说，我们到底是去哪里啊，一早就出门，怎么不像上次那样坐坐公交车啊。"

"不是挺好的么？可以看看古道的风景和确定下路线，你上次不是说想搞清楚古道的线路么。"思源此时拿出手帕，用溪水浸湿。

"是倒是，只是这实在有点太热了，而且说实话我这几天，你也懂的，穿来穿去，真的累死了，昨天又……其实嘛，我这个晕血的毛病也不是一天两天了，你可别因为这个看不起我哦。"许诚说着，叹了口气，不停地用溪水搓手。

"知道了，其实我也怕血，谁不怕啊，看到那样的情景。"思源倒是很善解人意。自从他在繁华潭见到许诚恶梦惊醒的样子，就觉得要多关心关心他，许诚的生活和经历兴许并没有表面看起来那么阳光，虽然思源相信他本人是很真诚乐观的。但人不免会有一些不愿意提及的过去吧，而且他答应婼欗的，要多帮助许诚。

"谢谢。"许诚默默看着溪水，说实话难得见许诚这样平静地说话，思源倒是有点不习惯了。两人擦干脸上的溪水，觉得舒爽了不少，便继续赶路了。

"其实我也只是听诸夏说，赶到若耶村，会有一个汀兰洲，也就是湖口的地方，我们要找的人就在那里。"

"若耶村，嘿嘿，看来我又猜对了一个地方，怪不得诸夏这次还会让我一起来，看来我还是很有用的。"许诚刚才还在嫌累，这会瞬间又满血复活了。

风起，在竹叶间参差，两人刚走到竹林的边界，就遇到了一阵山风。

许诚自然是很开心，"嗯，这风就是舒服。"

他敞开双臂，正想享受这清风。却突闻一声笛音传来。只见一蓝衣少年飞出竹林，玉笛流苏，青玉琼佩，玉面清秀，玉立莘莘。

第四十七章

想见芳洲初系缆

"你是何人，竟敢直呼领主的名号。"此时微星已经停下，悬浮半空，脚踏青苹，手持玉笛，清风徐徐，人如碧玉。

许诚后退几步，像是被微星吓到了。不过他看到这个俊秀逸仙的少年，倒是有些赞叹。

"宋思源，这个该不会就是我们要找的人吧，真漂亮。"许诚推了推思源的肩膀，有点花痴状。

思源怔怔地看着这个清丽少年，也有些迷醉。想起诸夏昨晚说过的那一连串名字，看他脚踏青苹，不知道为什么就突然蹦出口说："你是清伊？"

只见这少年微微一怒，有些不满地看向宋思源。

微星觉察到了此人有着领主的赐福，而且，这是！狼毫小笔的气息。微星赶忙唤回青苹落地，疾步朝两人走去。

思源和许诚一惊，尤其许诚以为他要打自己，忙退后求饶："小帅哥，别别别，我不是故意的，我只是脱口而出的，我很尊敬仙人的。"

两人后退几步，却见少年单膝跪地："微星不知领主前来，此刻才来相迎，还请领主恕罪。"

两人一看吓了一跳。微星？思源叹到，原来他不是清伊，不过他给人的感觉真的很像这个名字。

"少主！你看我配不配清伊这个名字！"飞鸟煌煌，白衣仙灵从天而降。画眉轻点，罗袜生香，花插云鬐，明明秋波。

"你是？"许诚今日见到璧人一双，自然已经是迷醉芳芳。

只见仙女也微微鞠躬，"少主，清伊也来接驾了。"而后又跪地，"领主，昨夜之事我和微星已经悉数知晓，唯恐多生事端，所以特来清波桥接驾。护送少主及他朋友一起去汀兰洲。"

小笔没有回话，看来是默许了。

思源看着跪地的两人，连忙上去搀扶，"快起来吧，我们正愁着怎么找你们呢。如此一来，方便多了，我们也不需要再自己找汀兰洲了。"

白衣仙女起身唤来飞鸟，"这是煌炫，不过少主也可以叫他煌煌。"

不等思源回话，许诚已经开心地上前，"仙女，这是凤凰么？真帅！"

煌炫见有人夸它，高傲地昂起头鸣叫了一声。凤鸣竹林，声声瑟瑟。

"煌煌好像很开心呢！少主，你不如和我们一起飞过去吧。这样也可以快点到湖口。"清伊摸着煌炫的羽毛提议到。

"好啊好啊！我要坐凤凰，哈哈哈！"只见许诚一个箭步就奔到了仙女的身侧。

"这！"思源看到许诚那个卖萌样，知道十头牛也是拉不回来了。只能点头许了。

清伊有些埋怨，"哼！我还想和少主一起呢，便宜你了，微星！"一个噘嘴，娇羞红晕在脸间散开。而后又轻跃上玄鸟之背，"这位公子，还不快上来！我带你多飞几圈如何啊！"

"好好好！当然好了！"只见许诚想爬上凤凰的背脊，却够不到，清伊一笑，衣袖一挥，许诚便飞上了凤凰背，两人直冲云霄，飞华若仙。最后只留下许诚的一串笑声袅袅入耳，看来他这云霄飞凰是坐得挺爽的。思源不由地叹了口气。

"哼！雕虫小技，就知道取悦凡人。"只听背后传来了微星不屑的自言自语。

思源听到后自然是有点无奈，于是转身："嗯，微星，那我们也走吧……"思源小心翼翼地说着。

微星用眼梢瞄了瞄思源，"你？是小笔的新主人？"

"呵呵，算是吧。"思源挠挠头，有点尴尬。

"不管怎么说，领主能再次出山也算是你的功劳。"微星执笛，一声清音，青苹微开，脚下生绿。思源一看，自己的脚边也是青色依依，不禁踩了上去。

只见青红相间，步步生花。"这？"思源觉得甚是好看，不由得蹲下抚花。像是莲花，各色纷呈。

微星也是没有想到，能让自己的青苹生花的人真是好久未遇到了。而此时狼毫小笔也渐生绿光，诸夏从荧光中慢慢隐现。

"领主！"微星原本淡然的脸上露出了嫣然的笑意，看得思源有点发呆，看来这微星甚是喜欢诸夏。

"微星，多年不见，法力见长了。"诸夏温柔地看向少年。

"嗯，领主交给微星的任务，微星不敢怠慢，日日精修希望可以胜任这汀兰洲洲主之位。"少年仰头微笑，灿烂若花。

"我一直在想，思源会和四大护守中的谁比较契合，真没想到，竟然是你。如此一来，你们两个也算是有缘之人，如今他让你的青苹生花了，可见此为天定。从此以后，你不可以离开少主身边半步，你可知晓。"诸夏认真的眼神突然让思源觉得这青苹开花非同一般。

微星转头看了看思源，那眼神似有一丝犹豫，但转而变为坚定。眉宇间英气初显，咬牙复命。

"既是天意，微星自然不敢违背，定会身前马后，追随少主，誓保少主安危。"的确，几百年来不见开花的青苹，今日却花色绚烂，五彩妖娆。可见此人和自己的灵息相配可说是浑然天成。

"那就好，四仙中虽然你最年幼，但我一直觉得你最纯洁真挚，相信你一定可以助思源一臂之力。今日我再赐你一件法宝。"诸夏手中微微泛出碧光，一把小巧的弯弓缓缓出现。

"这是！"微星看到后是一副受宠若惊的表情。

"如今的你已经可以驾驭漪澜弓了，他本来就该是你配有的武器。这箭羽是由千年的海生蔓藻制成，和你的灵息也可谓是绝配。"诸夏把弓箭递到了微星手中，这青色的弓箭瞬间灵息满溢，灵光弥留在微星和思源身上。

青苹微风，双子初遇，竹林深深，芳洲初系。

而此时，在空中的煌炫背上，许诚不解地看着清伊，"你怎么不去看看你的领主，看你的样子应该也是好久没见他了吧。"

白衣仙女嘴角微微上翘，"不想打扰他们罢了，这青苹开花我也是第一次见到，实乃天意。其实对我来说这样远远地看着也就够了。"

思源和诸夏都踩上了青苹，花色又蔓延开来。微星再次吹笛，青苹飞起。衣衫擦过青碧的淡竹叶，很快就到了古木森森的树林，而树林的尽头就是汀兰洲。

只见木栏渡口，小船轻系，水波微漾。吹玉笛，渡清伊，兰洲正在水中央。

第四十八章

汀兰洲上溪风谷

"这就是现在的湖口。"诸夏对思源解释到。此时，只听得凤鸣入耳，原来是清伊和许诚也到达了。

"仙人！"许诚老远就开始挥手。

两人缓缓降落，清伊的眼中满是依恋。思源一看就知道她也许久没见诸夏了，但她还是克制住了，只是对着诸夏深深鞠躬。

"仙人，我们这是要渡河么？"许诚看到了渡口，不由得想起了宋朝的梅花渡。

"这里也有渡口啊。"思源也想到了梅花渡口的竹笛音。

诸夏觉察到了两人的心意。"微星，我们都用你的青苹过去。"

微星没想到领主会选择自己的法术，自然很是开心，忙回道："是，领主。"

笛声悠悠，青苹在水上铺开。

"哇！"许诚拍手叫好，"小帅哥不但人漂亮，法术都那么漂亮。"

微星别过头去，不想理这个"自来熟"。

众人步上青苹，不出所料，思源走上去后又是步步生莲。于是众人坐着这花香弥漫的青苹往汀兰洲漂去。青苹在微星的笛音下，缓缓浮动。

汀兰洲其实是"平水江水库"湖口的一个小岛，这个水库据说是 20 世纪 60 年代建造的。汀兰洲是水库落成后诸夏选择的仙灵据点，此处守据着湖口位置，扼要道理水文，又相对远于人烟。听闻此处是由微星把守，为的是遏住水库的咽喉。而清伊则在邻侧的山顶驻守，以做到居高临下，协防汀兰洲的安全。思源看着周围的地理环境，觉得诸夏的布防的确十分合理。清伊有煌炫，善于高空攻击，而微星的青苹则可以在水中自由任行。水空交错，防御周全。

众人来到了汀兰洲，微星收起青苹。将众人引领至他的居所。原来此居所也不是凡人的肉眼所能见到的，微星从腰间解下了银铃，只听得清音玲玲。又遥闻谷中玉佩将将，如此清音相合，结界方能打开。本来在众人眼前的岩石，瞬间成了一条花色靡靡的山谷小径。

"这溪风谷你倒是打理得很好啊，比我那个什么清灵坡清雅多了。"清伊逗弄着手上的煌炫，此时玄鸟已经变得只有黄鹂那般大小了，端立在清伊的手上，好生可爱。

众人沿着花径一路走去。自是山花夹径幽，古甃生苔涩。思源走到古甃边，只见泉水清澈。

"这是猗兰泉，为此地的灵脉泉，由微星打通，以供这处仙灵结界的维持。"诸夏解释着。

思源心想，原来如此，这结界的维持的确需要不少灵力，就算贵为仙灵也无法输出那么多的灵力，所以都会取之于当地的灵脉。看来五云泉边丽句亭的结界也该是同一个道理。

这结界中可说是别有洞天的世外桃源，亭台楼阁、禅室丹房一个都不少。不过却不见人影，难道真的只有微星一个人住在这里？思源不由地侧头看了看似乎比自己还年幼的微星，当然他知道微星其实起码应该有个几百岁了。

"小帅哥！那么美的地方就你一个人住啊？"许诚这个"自来熟"当然是开门见山了。

"哪里，许公子，你真是太看得起我们了，其实在洞府中都会有侍奉的仙物。这些花花草草、虫鸟异兽，许多都是有修为的小仙。平日里他们自会帮我们这些主人打理洞府。"

许诚点了点头，"哎，神仙就是舒服，哈哈，要是我也能住到这里来就好了。我去找找小妖怪，看看能不能捉一只来玩玩。"说完他便在洞府里跑来跑去，勘探那个、观摩这个。也没人阻止他，因为大家都知道，阻止了也没用。

"微星，最近湖下可有异样？"诸夏看着猗兰泉问到。

"没有，一切如常，湖底的灵息很平稳，就算……昨天，湖下也没有很大的共鸣和影响。"微星答道。

"那就好，想来此地是重中之重，自然不会被撼动。"诸夏看向了思源，"这是你们的新少主，以后见他如见我，如若他有所求定要尽力相助，不可怠慢。"

"是！"两位仙人都回复到。

思源倒是有点不好意思，说实话自己到现在为止都是一个三脚猫罢了。

"话说，微星，你是不是被任命为少主的贴身护卫了啊，真讨厌！领主，为什么不是我嘛！"没想到清伊语调一转，撒起娇来。

"这也不是我想的，只是我们的灵息比较相和。"微星倒是一脸的不情愿。

"也是哦，谁让我是火属性呢！看少主的样子的确是温润的男子，不过领主，现代人不是都讲究什么性格互补么？说不定我和少主挺互补的呢！"清伊的撒娇功力看来非同一般，连思源看了也挡不住。

"清伊姑娘，真是多谢你的抬爱了。"思源尴尬地说着，心想自己从小不善于交际，也不知道这些守护会不会接受自己，现在看来他们似乎对诸夏都很忠心。

"好了，清伊，四大守护都各有各的专攻。这次的选择即为天意，我们也就顺其而行吧。"诸夏也伸手摸了摸煌炫。

"既然领主那么说了，那么我就暂时先默许了吧。"煌炫显然对诸夏的抚摸很是喜欢，飞了起来，扑到了诸夏的怀中。

"言归正传，我想明日清晨就下湖。"诸夏正色道。

微星和清伊都一惊。

"那么快啊，领主。"清伊仙人问到。

"领主，可否告知，此次下湖意欲为何？"微星担心的神色在脸上一览无余。

"白源洲。"

仅仅三字，就引得双仙跪地。

"领主三思啊。这白源洲不是随随便便便可去的，而且领主昨日已经消耗了诸多灵力，怕是会再劳心劳力。"清伊一脸的关切。

微星则是一副不解的表情："领主，去白源洲会打破固有的平衡，领主不是一直说要保护洞天的平衡么？"

"这些我都知道。昨日的确耗费不少灵力，所以我这次来找你们，要求你们两个都随我一同前往。有你们两个在，我想不会有什么问题的，你们可有信心保我和少主周全。"

微星和清伊相视一眼，都认真地回道："定会保领主周全。"

"嗯。"诸夏满意地点了点头，"况且，这次我还带了思源和许诚一起，他们可不是什么无用之人。"诸夏笑意盈盈地看向了傻站着的思源和还在溪边追蝴蝶的许诚。

　　微星皱眉，想来这两人并没有什么深厚的修为和法术，下湖倒会是累赘，难道领主另有什么特别的计划？

第四十九章　曾是朝衣染御香

　　翌日清晨，众人打点好装备，在古井边聚集。据说去往白源洲的通道，位于湖底。这口猗兰井是直通封印入口的要道。

　　"你和许诚都准备好了么?"诸夏问到。思源又看了看背包，点了点头。

　　"放心吧，仙人，这次可是有两个百宝箱了! 呵呵! 不过我倒是怕湖水弄湿我的背包。"许诚依然是一脸灿烂的笑容。

　　诸夏一笑看向微星，微星会意后，单手结印，青色的灵气往众人身上覆盖。瞬间，只见众人的衣着都换成了青白相间的水纹古服。

　　"这?"思源不解。

　　"下去就是圣地，如果不穿朝拜的衣装，怕是过不了许多机关守卫，会被视为亵渎神灵。另外我也帮你们施了法术，让你们的背包不会被弄湿。"微星不温不火地说。

　　"此去不是那么简单，思源你要随时准备好披纱，走在许诚

266

的身边。"诸夏再次提醒。

"微星，你打头阵!"诸夏正色对着微星发令。

"遵命!"微星领命后，双手再次结印，反复琼花，变幻莫测。口中微念:"猗兰微芳，悠悠清香。不采而佩，于兰何伤。"忽闻清香袭人，原来是咒语唤得幽兰丛生，在这古井中，此时已经郁郁青青。

"可以下去了。"微星带头跳了下去，站在了刚生出的兰草上。诸夏也一跃而下，思源也是。

"许公子，和奴家一起携手下去吧!"许诚还没反应过来，清伊就抢起他的衣领一起飞了下去。

"还真重，带着那么大一个包干什么啊!"清伊抚了抚袖子。

"我是凡人，自然得多准备点。"许诚挠挠头。

微星吹笛，兰丛慢慢下沉，直到众人已经可以感觉到足底微微有水。诸夏示意思源拿出披纱，待思源手执披纱之时，兰草就降入水中，众人瞬间已经来到了水中。披纱微亮，包裹着许诚和思源。而另外三位仙灵身周则在水下纷纷呈现出了青蓝、碧绿、朱红的法障。

这些法障带着他们各自的图章萦绕在他们身侧，而此时三人额间也都显现出了不同花色的印记。水流将众人送到了一个水下石屋。三仙轻轻落在湖底，进入了石屋，思源和许诚也跟了上去。原来这石屋是微星一直守护的圣地入口。据说每到新月，结界会变弱，所以微星要在新月夜下湖镇守，而守护之时也是必穿朝衣。

石屋内青灯石椅、书卷笔墨、蒲团石床，一应俱全。而这屋子的尽头，荧光闪现的地方就是结界的入口。

"小帅哥! 这就是你的办公室啊，真不错哦。什么时候我一起来陪陪你，我在这里边打游戏边陪你，怎么样?"许诚摸摸屋子里面的家具，很是新鲜。而他此时发现，照亮这个石屋的似是一颗偌大的淡水珍珠。不由觉得好奇，想用手触摸。

"别动！"只见微星用灵力定住了许诚，许诚刚要碰到的手停在了半途。

"此珠是石屋的根基，如果灵力不和的人动了，就会导致坍塌，而且此物颇有灵性，我想用它来做引灵，看看能不能打开这个封印。"微星看向诸夏，抱拳请命。"领主，请让我先打头阵，试上一试。"

诸夏依然是清眉微蹙，并没有应允。

"我说许小哥，你怎么老是那么爱动手动脚的。我看还是跟在我身边得了，省得老是闯祸。"清伊又一把抡起许诚，把他放到了不远处。落地的瞬间，许诚会动了。

"咳咳咳，仙女，你力气也太大了，拽的我喘不过气。好好好，我保证以后不再乱动了，一定安安分分的。"许诚不停拍着胸口，有点内疚地看向微星。

只是此时诸夏还没有答允微星的请命。

"领主，微星在这里守护几十年，想必对此阵法也最有研究，而且他的灵息的确最应这水中的结界，不如就由他一试。"清伊帮着请命道："我也会为他辅阵，如果有什么差池，也可以有个保障。"

诸夏还是有些犹豫，他看向那青白色的荧光处。只见阵法凌然，符文错杂。

"你们不能小看了这封印，这是当时若耶之主集齐三十六灵脉地仙所创造的法阵。所以此法阵可以说是集三十六洞府之所成，阵法环环相扣，难解难分。我知道你们担心我的灵力，但我不能再让你们像弥生一样。"诸夏说着转身看向两位座下仙人。

许诚和思源听后也顿时觉得如临大敌，这阵法看似平常，但如若真如诸夏所说，那的确不是一般人所能破解的。三十六地仙？许诚和思源相视一眼，两人瞬间都想到了同一个人。嫪欘！许诚心中一紧，本来以为此次前来没有什么压力的，没想到是要冲锋破阵的啊！思源也很是为微星担忧。两人都将目光投向了那位俊朗少年。

"领主请放心，我有这若耶珍珠引灵护体，阵法反噬不到我。因为如果是三十六地仙设置的法阵，那么这珍珠和他们同出一脉，阵中法术不会相残同类。微星自知实力不济，但愿为大家先旁敲侧击，抛砖引玉，看看这阵法究竟是如何运行和布列的。清伊，还请你为我辅阵，你的法器可以缓冲灵力，如果发生什么意外，你要挡住灵息的散溢，以免伤到领主和少主他们。"微星坚毅的眼神没有一丝胆怯，而是再次肯定地望向诸夏。

"当然咯！我会为你好好辅阵的，我可不想风头都被你抢了。"只见清伊画火成鞭，雀羽雕琢，凤毛麟角。此时的清伊已经鬓点蓝翎，煌煌如火。

微星嘴角微微泛出笑意，轻吹玉笛，只见青苹再次在他四周生出，在他身边慢慢形成了圆形的法阵。

"领主，微星今天就请缨试一试箭法了。"只见他聚灵在手，那精巧的漪澜弓显现了出来。微星额上的仙灵印瞬间灵息四溢，和着这漪澜弓一起在水中灵气沸腾。

诸夏此时才松了一口气，心想，看来这漪澜弓的确和微星的灵息产生了共鸣，如此一来，说不定真有胜算。于是手上也开始化法，已然下定了决心，如果还是不能破阵，我再助他们一臂之力即可。

思源和许诚紧紧拽住披纱，紧张地等待着。

"养兵千日用兵一时，微星、清伊听令！摆阵破阵！"

"是！"只听双仙齐声应道。

微星轻擒背后的箭羽，闭眼凝神，口中默念灵咒。

"思源！用你的灵息把这颗若耶珍珠送到微星的阵法中！"此时思源却听得诸夏对着自己喊道，虽然不甚明了。但思源赶忙踱步过去，轻触珍珠。说来也怪，这珍珠就这样自行飞到了微星的面前，思源似乎也能清楚地看到自己青色的灵息。

更让人惊讶的是，珍珠飞入阵中后，一并带着思源的灵息，让微星的青苹瞬间再次繁花点点。

"这?!"微星似是明白了领主的苦心，他想借用少主的灵力一并来帮助自己破阵。

微星一笑，手执灵箭，拉弓满月，瞄准向那阵前的灵珠。

"曾是朝衣御染香，今朝受命破阵前。"只听得微星义正言辞。

一道青光刹那间光彩流华，射向了那青白交替隐隐袅袅暗藏玄机的结界封印。

第五十章 三十六脉微水阵

青光透过灵珠，一并射向了封印的中心。只听得一声巨响，青色的灵息激荡弥漫在法阵四周。原本只是隐隐有光的法阵，此时开始不停地有符文闪烁，似有乾坤卦象，五行相应。

诸夏仔细地看着这些符文，微星和清伊则是继续凝神聚气，不敢有一丝放松。只是在这灵息巨冲下，阵法似乎并没有一丝破裂。

此时箭羽还在封印前和阵法对拼，看来是不分伯仲。

"继续击阵，不要停！"诸夏突然发令。

于是微星再次结印，"青苹剑灵御苍穹！"忽听他一声呼唤，只见身周的青苹法阵中出现了一把把青色的小剑。微星轻跃上莲花盛开的青苹，开始吹笛引剑雨向封印攻击。

攻势越来越大，万剑齐发，震声如雷。那封印却依然纹丝不动，只有符文显现。

"清伊！你来！用烽火绝！"诸夏再次喝令指挥。

"好！我可是等了很久了！"只见清伊一挥翎鞭，飞火扑出，此时的清伊已经是火袖红裙，妩媚娇艳，她一个舞步旋转，挥鞭直向封印。

"烽火连天万古绝！"

飞火流星瞬间从羽鞭中喷射出来，火焰如流雨一般向封印烧去。

二仙一起施法，封印上水火相加，阵法间的灵符更多地显现了出来，但奇怪的是，这封印似乎有着千斤的承受力，依然是纹丝不动。不管多大的力道阵法都可以将其中和。

"这感觉像是太极八卦。"思源对着许诚说，"你看不论多大的攻击它似乎都能借力化力，以柔克刚，避实就虚。"

"诶？被你说起来还真有那么点像。"

诸夏笑着看向二子，"对但也不全对。"只见他徒手化气，踏步飞到了微星的身侧。

"土崩瓦解战鼓擂！"这还是思源第一次看到诸夏施以攻击性的法术，只见一座石制的巨大神像从诸夏的灵符中幻化出来，神像高得都快碰到石屋顶端了。

"领主！"二仙见状不由得一惊，都咬牙皱眉，似有不甘。因为说好是由二人来破阵，可是现在领主却亲自上阵了。

"莫急躁。我只是看出一些端倪，想要再次确认下。你们继续攻击！"诸夏单手结印，往身后的神像一指。

"风行！"神像单膝跪地，敲打起了膝上的石鼓。战鼓声声，滚滚巨石向封印砸去。

此时这封印像是微微震动了一下，封印上的灵气有些涣散的迹象。

"果然！此为破阵之眼！"诸夏自信的笑容再次展现在脸上。

"二仙听令！收法！"

微星和清伊此时和封印战得正酣，但领主有令不得不停止施法。

　　"只留蔓藻箭就可以了。"诸夏走到了二仙的中间。

　　"领主！这是?"二仙还是不明白为什么要让他们收法，其实他们两人刚才只使出了一半的功力。

　　"此乃五行阵法。而此五行阵又不同于一般阵法，此阵结合了三十六地仙的灵力。你们看，金、水、木、火、土，五行皆在。"诸夏用灵力点出了阵法中的五个方位。

　　"这的确是五行阵法的布局。"微星点头。

　　"领主可是想到了破阵之法。"清伊急切地看着诸夏，她十分担心领主再次耗散灵力。

　　诸夏的样子不置可否："此阵法讲究五行平衡。因为五行俱在，所以刚才你们轮番攻击它都纹丝不动。微星使水，阵法中的土系灵息就会显现出来化解你的水系法术；清伊使用烽火绝的时候，则是法阵里面的水系灵力出来破除你的灵息。如此一来，不论你们如何攻击，你们的法术都会被这阵法化之于无形。"

　　微星想起刚才的种种，的确如领主所说的那般，施展什么法术，对应的克制符文就会亮起。

　　"不过也多亏你们的抛砖引玉。我看出了此法阵的阵眼。今日破阵，也为天意，因为我们三人缺一不可。如果没有带你们过来，仅凭我一人之力也是很难破阵的。"

　　"哦?"两仙没有想到，还有领主都不能独力破解的法阵，可见这封印设计得多精妙。

　　"此阵的法眼就在水、火、土。"诸夏化灵在手说到，"微星用水之时，法阵巍然不动，你和法阵基本是不分伯仲；清伊使火后，我却看到法阵略强于你。"

　　清伊执鞭细思，一脸不服气的样子。

"此时我已经有所怀疑。按理说清伊你的法力不会比微星弱。所以我便有所猜测，用土系的法术来再次确认。果不其然，现在我对破阵有了九分的把握。"只见诸夏挥袖开始重新布阵。

"我为主攻！会用这石鼓战神继续攻击封印。清伊你在我右侧辅阵，不需要攻击法阵，只需用翎鞭度灵给我。微星，你在我们的后方展开青苹结界，将我们全部围住即可，然后继续用漪澜弓保持蔓藻箭的平衡。如此一来，定可破阵。"

"领主！"二仙有些担心。

"主攻要花去不少灵力，为了宋家和若耶，你不可以再劳费灵力了。"清伊苦苦劝说。

"是啊，还是由我来主攻吧。"微星也再次请命。

"你们难道不明白五行阵法相生相克的道理么？此为天意，只能我来做主攻手。也只有这样才能破阵。快快摆阵！"

"遵命！"

思源看到三仙再次摆阵，三仙这次站成了一个倒三角的阵型。微星吹笛展开的青苹将三人悉数都包裹在了中间，这使得思源对里面发生的事情看得不甚分明。正在想间，披纱遮住了眼睛。

"这!?"不过有趣的是遮住后反而看得清楚了，里面三位仙人的一举一动都近在眼前。

微星再次拉开了漪澜弓，对准了若耶灵珠，不停将灵息传入那还在封印前对冲的箭羽。而清伊则是挥舞翎鞭，将红色的灵息度给了诸夏。诸夏再次结印指挥着神像对封印发动攻击。

此时三人共同说出一句灵咒："风行水上！"

"则涣！"思源的脑子中马上映出了下一句。这?! 思源使劲摇了摇头，这是!? 似乎有一种熟悉的感觉袭来。

思源看向三仙，也不知道为什么似乎瞬间明白了此中的奥妙。三十六地仙设立的这精妙阵法，看似平衡，天衣无缝，其实却有人故意留了阵眼。即为五行阵法，就需要这三十六位仙人分别注入相应的灵力在这金、水、木、火、土之中。但是偏偏一共有着三十六位地仙，五七三十五，最后多出来的这位地仙并没有选择放弃注入灵力。的确，如果那位地仙放弃注入灵力，此阵就是绝阵，基本上是无法破解的了。

但是这位仙人却在最后，选择把自己的灵力注入了阵中，完成了这三十六灵脉的融合，也给了这阵法最后一线生机，一个破阵的阵眼。而这，现在看来也许也是天意吧。那么金、水、木、火、土中必然有一系是多出一道灵脉的。如此算来其余四系中均为七道灵脉，只有一系之中有着八道灵脉。

第五十一章

五十弦翻破阵声

诸夏说了阵眼在土、水、火中。而刚才微星水系法术攻封印并没有失势，故土系为正常。但是清伊的火攻却落了下风，那么由此推出，此阵法中的水系法术是比较强的！

"对了！就是这样！我懂了！"思源突然拍掌叫道，把许诚吓了一跳。

"什么你懂了？我可是云里雾里呢！"许诚埋怨到，不过看得倒是兴奋，心想着什么时候自己也能那么帅的冲锋陷阵就好了。

"你看，这个阵法虽然厉害，但这阵眼就在水上。"

"水？"许诚不解。

"嗯，五七三十五知道不，最后一位地仙多注入了一脉在水系上，为此阵留下了一线生机。此阵本来是五行俱在的阵法，但因为水系上多了一脉，于是此阵就转变成了一个微水阵。"思源说着说着似是更加明白了，也不知道为什么，这些想法突然之间就在脑子里爆了出来，然后瞬间明了。

"微水阵?"许诚越来越迷茫。

"你看,在五行之中,土克水,所以当诸夏看出此阵为微水阵后,就用土系法术作为主攻来破阵。"思源对着那个阵法比划着。

"嗯,这个我懂,五行相克嘛。"

"不过三仙布阵的精妙之处不仅仅在于此。"

"哦!"许诚做出一副侧耳倾听的样子,表示愿闻其详。

"诸夏让清伊辅阵,是很有道理的。清伊的法术属火,火生土,清伊度灵给诸夏后,诸夏又可以源源不断地产生出土系的灵力来进行攻击。而让微星做出青苹结界,也是为了保护施法攻阵的两人不要受到外界的干扰。此地为水下,又为圣灵之地,不免会有灵息的涌动。尤其是清伊,她是火系的仙灵,而她又是这次攻阵输出的源头。所以青苹结界的用途就是要保护攻阵两人的施法平衡,让他们不被干扰。"

"哦!原来如此,没想到这阵法的设立真的都是有依有据的。我算是有点懂了,不过宋思源,你怎么突然就……懂那么多了,难道说你一直深藏不露,比我隐藏得还深。"许诚听得津津有味,只是还是不忘吐槽一下。

思源其实自己都不明白为什么突然就懂了这些道理。

"不过,你看,这阵法其实还有个重中之重,就是刚才你要碰的那颗珍珠。微星用水系的弓箭引灵在这珍珠上,这一点尤为重要。因为一旦破阵,定会有法术的反噬。这可是三十六地仙的法阵,硬破阵法后法力的反噬定是十分可怕的。但这灵珠据刚才微星所说是出于若耶溪,和地仙们的灵息可谓是同属一脉。所以这珍珠承担着吸收反噬和破坏力的责任。"思源此时已经说得眉飞色舞。

"嗯嗯嗯,真想不到这其中的奥妙竟然是这样的!好,宋思源！我决定了！"许诚突然向前跨出一步，"我从今天开始也要好好钻研这些五行八卦、奇门遁甲，和你一起上天入地，共赴阵前！"

"诶?!"宋思源还没有反应过来，却见许诚眼神坚定地回头看向自己，刚才那句话，像是一个一生的约定，印刻在两人的心间。

轰隆隆，两人看向法阵，那封印之中似有青光溢出，是裂缝！思源看到一喜，诸夏破阵了！

"微星！小心！"诸夏大声一喊。

的确，阵眼已破，此时的胜败就在微星一人身上了，如果他抵御反噬失败，众人就都会受伤，导致功亏一篑。

而此时思源却听得靡靡之音："八百里分麾下炙，五十弦翻塞外声。沙场秋点兵。马作的卢飞快，弓如霹雳弦惊。了却君王天下事，赢得生前身后名。"激昂的词句从微星的口中唱出。

这是？辛弃疾的破阵子！思源突然觉得百感交集，微星再次执箭在手，满弓射阵。

会挽雕弓如满月，瑶光破军射天狼！

唰——又是一箭！正中那灵珠，和刚才的蔓藻箭羽一起齐头并进，灵光奕奕。

轰然阵破，其声如雷，阵中灵气夺阵而出，正要四窜，却都被这电光四射的灵珠和箭羽给吸引过来。

须臾间，火石电光，交相辉映。微星依然拉满灵弓，凝神聚气，想抵御住这三十六道灵气的四散。

"青苹阵列！"微星语出，原本围绕着三人的青苹瞬间集聚在了微星四周。蕴水中之灵气，度灵息之芳华。微星似在吸收这茫茫水间的灵息。只见青苹铺排开来，全部飞向了那青白电闪的封印。微星拉满空弓，射出了集聚已久的灵力。

刹那芳华，灵珠再次被引灵，青白色的灵力汇聚在一起，迸发出烟花般的灵焰，这些灵焰都飞向了残破的法阵，将那四处乱窜的三十六道灵气悉数吸收殆尽。

"微星你成功了！"清伊转身赞许地看向微星。

"思源果然没有选错人！"诸夏的眼神中多了一层少有的兴奋。

我？思源不禁有点茫然。不过不管怎么说，微星的施法真的太精彩了！不由得也快步和许诚一起跑上前去。

"小帅哥！你的破阵子真是绝了，不行，你还是收我为徒吧！"许诚一副敬佩的样子。

"嗯，微星你辛苦了！"思源也补充到。

此时微星转身，看向两人，眼神定格在了思源的脸上。思源发现他此时看自己的眼神不一样了，似是一种并不惧怕的对等感。思源也回以信任的微笑。他明白了微星的意思，想要微星承认自己，自己还要再变得更强。

诸夏看到两人如此，不由得一笑。此时封印已破，诸夏挥动指尖的灵光再次点向了阵中，通道显现出来，蔓藻箭自动回到了微星后背的箭框中，而那颗若耶灵珠则是飞到了思源的面前。

"少主，现在开始你就是这灵珠的主人了，快快接受它吧。"清伊此时笑意吟吟。

"诶？这是……怎么一回事？"思源不解，灵珠已经自动落入掌中。

"刚才微星不是说了么，此乃灵物。它只会追随灵息相合之人，此物同你与微星的灵息都很相合，但微星已经有了漪澜弓。所以我就决定将此物分配给你。"诸夏微微一笑，"此物有着若耶浑然天成的灵气，也可以作为你的法宝，护你周全，乃至上阵御敌。"

"哇！思源，你有自己的武器了！羡慕嫉妒恨！"许诚开心的样子，像是自己得到了法宝，但也不免心生羡慕，"不过仙人，许诚斗胆问一句，我什么时候也可以有属于自己的法宝，我刚刚决定了要和思源一起破敌阵前，生死相随。"

"你果然是赤诚之人，相信你定会有自己的仙缘，我不会看错人的。"

许诚听到诸夏夸赞自己，自然又是笑容满面了。

众人朝着通道走去，往白源洲进发。

宫商角徵羽水韵

这通道其实也是用法力铸成，荧光熠熠，幻彩迷离，众人沿着通道一直前进。

微星、清伊一前一后，在队伍的两头戒备着。许诚倒是很悠哉，东看看，西摸摸。

"仙人，我们要去的那个白源洲究竟是个什么地方，神神秘秘的。"许诚又开始刺探消息。

"那是若耶洞天最重要的仙灵圣地。"诸夏并没有多言，只是言简意赅。

"微星！前面似有灵气聚集！"诸夏突然警戒起来。微星听见后，马上展开了青苹结界。

"领主，我先去一探！你们不要离开结界。"微星脚踏青苹迅速往前飞去。

"思源，你也一起过去。"诸夏突然说到。

这……思源有些没有想到，且不说自己是个文弱小儿，而且如若没有这披纱，自己都不能在这水中来去自如。

诸夏轻轻弹指，只见那披纱分成两段，隐隐包裹住许诚和思源两人，最后消失不见。

"这是！"许诚开心地叫道："哈哈，终于不用擎着这披纱了。"

"快去吧。"诸夏依然是温柔的眼神。

思源认真地点了点头，便飞步追着微星而去，只是这通道像是无穷无尽，追了好一段都没看到微星。

"这是怎么回事？"微星明明并没有走开多久。思源不解，难道我迷路了？思源忙摸出刚得到的若耶灵珠，"帮我找到微星。"他对着灵珠说到。只见这灵珠涌出了一股青色的灵焰，在这灵焰的映照下，思源看到一条青白色的灵息缓缓在眼前延伸，"好的，是这里。"思源按着这灵息线寻去。走了几百米后，思源看到了一座石碑竖立在道口，上曰：

"水韵。"

思源拐过了这个弯道，这通道突然变大，只见微星站立在前。

"微星！"思源一喜，直奔微星而去。却见微星对着自己大喊："不要过来！"

思源停步，此时方见在自己和微星之间有着一道青色的屏障，不仔细看还真会忽略了。

"这是？结界么？"思源和微星被这结界分割开来。

"少主，你不要进来，这是五门阵法，现在还不清楚是以什么立阵的，你不会法术，进来会有危险。"微星对着思源说，此时两人虽身在咫尺，却不能再近一步。

思源看了看，这结界可以说是占据了整个通道，不留一丝缝隙。结界中水色依依，清澈可见，另有五个据点分列在四周，整体看起来就像一个五边形。

"这阵法和刚才的五行封印很像，会不会也是？"思源提出了自己的想法。

"应该没有那么简单，我刚才已经试过了五个据点，不像是一般的五行阵。"微星说到。

"不错！"此时诸夏他们也到了。思源没想到他们那么快。

"此阵为水韵。"诸夏说到。

水韵？不就是刚才石碑上写着的么？思源回头看了看赶来的三人，说实话他对微星只身一人在这阵中很是担心。

"此阵看似温和，其实凶险异常，还好进去的是微星，若是清伊，恐怕现在已经……"诸夏凝神注视着水韵阵法。

"领主，你的意思是我会被这阵给灭了，这怎么可能！"清伊眉间的花印瞬间燃起了灵火，像是非常不满。

"此阵只会接受与自己灵息相合的人入阵，强制进阵，只会引得阵中的法术和结界启动，到时候你会自顾不暇，哪还有功夫破阵。而且这阵是若耶仙灵亲自所设，能与她抗衡的仙家在这世间可说不多。"

诸夏向前走近了几步，"我一望过去，就看到了云雷四绝、风比金坚、紫彻电赫三道符咒。这些都是元灵大法级别的符咒，一般的地仙光是对战这几个符咒就可说是十分吃力了。更别说这里面是各种符咒交替，结界丛生，也不排除会有上古灵兽的召唤之术。总之，这阵法是变幻无穷、深不可测。"诸夏这一席话把众人都吓到了，尤其是许诚。

"小帅哥，你怎么就那么进去了啊，也不等等我们，你可千万不要有事啊！"许诚一副焦急的样子，因为刚才还想着要拜微星为师。

"既然如领主说的那样，那么此阵只能由我来破了。"微星转身坚定地看向众人。

"的确，此阵为水卦，只能让水系灵息的人入阵破阵。"诸夏解释着。

水系？思源突然想到，不是说我的灵息和微星很合么，那么我也应该是水系。于是思源突然手执灵珠，掷珠入阵中。眼见灵珠无损，思源便直接冲进了水韵之中。

"少主！"微星和清伊齐齐一喊，他们都没有想到，思源会只身冲入阵中。

诸夏嘴角微扬，流露出一丝自豪的笑意，"真的是越来越像了。"看来诸夏并没有反对，而且还投以赞许的目光。

"这里应该只有我和微星的灵息可以入阵吧。既然如此，两个人总好过一个人吧。"宋思源一脸坚定地站在那里，微星看出他的坚持中还夹带着些许的温柔和责任感。

微星看到思源这样的眼神，也没有过多地阻拦。"好吧，少主，这将是我们第一次携手破阵！其实，我还是很期待的。虽然我觉得我一个人也可以胜任。"话毕，只见微星一个飞跃，朝前直接入了阵心，思源见状也毫不犹豫地跟了上去。

"微星、思源，你们入阵心后仔细勘看，看看阵心是否有提示。"诸夏的传音入耳。

两人抵达后只见一把古琴悬浮在空中，周边琴音袅袅，符文微亮。这是？思源虽然不太懂古曲谱，但依稀记得这些闪耀的符文该是古代记曲的符号。

"是古音图！哼！"微星自信的笑容已经挂在脸上。

是啊，微星精通音律，看来此阵有的解了，正可谓是棋逢对手。思源微微一笑，"微星，我不懂古曲谱，也不会古琴，不过看来这阵法应该是和音律有关吧。"

诸夏在外面听到他们的传音，低头深思起来。

"领主，我先将这古琴取下来。"微星和诸夏一一报告着阵内的举动。

"这音谱为１５５。"

微星轻吹玉笛，"１５５"三个音入耳，那瑶琴也合着这三个音又奏一遍"１５５"后，应声缓缓落地。微星接琴在手，抚琴拨弦，他翻琴查看斫文。心中一惊，此琴乃"春雷"。

"春雷应为唐代古琴，怎会在此？"

"春雷？唐代古琴？"思源不是很明白，"上面可有提示？"思源问道。

"似乎没有明示。"微星摇了摇头，"对了，刚才的音节。"只见微星席地而坐，玉指轻抚，拨弦悦耳，又是那三个音符１５５。

只见瑶琴中瞬时飞出青白色的一排诗句："破阵琴音五弦曲，宫商角徵羽水韵。"

清音雅韵奈何兮

宫商角徵羽，思源心想这分明是古代的五音啊，宫商角徵羽就相当于现代的１２３５６，没有４７两音。

"少主，你看，１５５是刚才在阵心古琴附近显示的古音符，而宫商角徵羽为古曲中的五声调式，五音的任何一个音均可构成一种调式，以宫音作主音构成的调式叫宫调式，以商音作主音构成的调式叫商调式；以此类推，五调皆全。"微星对思源解释着。

诸夏在阵外看到了瑶琴显现的诗句，也听闻了他们的讨论。不由细思，五音，五个据点。于是问道，"微星，你怎么看，如果是音律，自然是你最熟识。"

"领主，这五音似乎正好对住了这阵中的五个命门，我想这五点应该是和五音相对应的。再分析这句'破阵琴音五弦曲，宫商角徵羽水韵'，我觉得要破阵，应该是要用这'春雷'古琴演奏出五种调式的古曲。"

"不错，这五门应该就是所谓的宫商角徵羽，你且奏五声调式，来试探下这阵法。"诸夏像是想到了什么，对微星发令到。

"是。"只见微星按住琴弦，"少主，我现在会奏五曲，分别为宫商角徵羽五调，你仔细观察演奏每首曲子的时候，这阵法是否有所改动。"

"好。"

"其一，为宫调，《梅花三弄》！"微星说完就弹奏起古曲，这古琴琴音悠扬宏远，声韵嘹亮，充斥着整个水韵，乃至阵外的众人都听得清楚分明。

琴声中，五音据点华彩流离，似是有灵符相应，而后余音袅袅，阵法微开，其中一扇石门缓缓打开。

"微星，有石门开了。"思源提醒到。

"其二为商调，《猗兰操》！"微星拍弦而止，曲调转至苍忧古朴。

"今天之旋，其曷为然。我行四方，以日以年。雪霜贸贸，荠麦之茂。子如不伤，我不尔覯。荠麦之茂，荠麦有之。君子之伤，君子之守。"微星边奏边吟，且听且看，果然又一道石门打开了。

"微星，继续，不要停。"诸夏在阵外传音。

"是！"微星再翻转瑶琴，对准了没有开门的三门继续演奏。

"其三为角调，列子御风——"微星指法一转，指力突然强劲，指法纯熟，节奏灵巧多变。

"飘飘洒洒，御风而行，泠然善也，遨游六合，遗世独立。"微星指尖的琴音配上这吟诵，让人觉得以神御虚也，周流六虚，无所不臻，惟至人能之。

"角门也开了，微星。"思源兴奋地说到。

微星一笑，"最后两门，何其难我？"此时指尖留韵，婉转袭来。其曲清丽，优雅淡然，却又感气势磅然。

思源感觉这琴曲有点激越凄宛，不纯乎徵。

只听微星突然一语："徵乱则哀。仲其自哀也。"他指尖的用音颇为复杂，变声时而出乎意料。

"会天下诸侯，执玉帛来朝者万国，其熙皋之风，莫有加于此焉。故为徵调《禹会涂山》。"微星娓娓道来。

思源一听方知，这是大禹在涂山巡狩后大会诸侯的琴曲，怪不得有磅礴激越之感，但不知道为什么也觉得此曲有些凄婉哀伤。

正想间，这第四道门也打开了。

"太好了，只有最后一道门了！"许诚在阵外也很是开心，大呼精彩。

思源看向微星，微星对着自己点了点头。

他再次抚琴起音，奇音妙趣，顿生指尖，煌煌有序，林林与飞。这琴音可谓奇雅，妙趣横生，具情操高洁之感，但也有婉转悱恻之念。中间有着一段清幽婉约之调，可谓绝唱，听的思源心中顿起涟漪清波。

"雉朝飞兮鸣相和，雌雄群飞于山阿，我独伤兮未有室，时将暮兮可奈何？嗟嗟，暮兮可奈何。"微星深情一唱。

思源听后顿觉感伤，正所谓"老我无端如牧犊，伤心一曲雉朝飞"，这忧思在这琴音中备显孤单。

"末为羽调《雉朝飞》，清音雅韵奈何兮。老无所依心生愿，只愿比翼双双栖。"微星弹至曲末，指法如催，情在指间，轻叩阵门。

这最后的羽门也似是被这《雉朝飞》感动了，慢慢移开。此时，五门俱开，阵中心原本摆放瑶琴的地方突然腾起了一股紫色的烟雾。

在这香烟袅袅、雾气蒙蒙中，几个金色的篆字出现。

"只此一门升得天！"七个篆文金光闪闪。

思源锁眉，这难道是要我们在五门中选一门么？

诸夏此时也看出了这阵法的些许隐情，忙传音给两人，"微星、思源，这阵法看似是五音布阵，其实也是和五行相关。你们看，五门的排列，并不是宫商角徵羽。而是，宫商羽角徵。"

阵中的两人一看，的确如此，虽然微星是按照宫商角徵羽的顺序来弹奏五曲，但这门打开的顺序的确有所不同，就如诸夏说的，依次顺时针排列下来是宫商羽角徵。

"协之五行，则角为木，五常为仁，五事为貌。商为金为义为言，徵为火为礼为视，羽为水为智为听，宫为土为信为思。以君臣民事物言之，则宫为君，商为臣，角为民，徵为事，羽为物。"诸夏说出了这五音对应的五行，"故而宫为土，商为金，角为木，徵为火，羽为水。按这阵法的排列宫商羽角徵相对应的就是土金水木火。"

"土金水木火。"思源默念，的确这就是五行相生的一个循环阵法，和刚才外面的三十六脉微水阵很相似。

"那么此阵应该是五音五行相辅相成的阵法了，只是按照这金篆文所说，难道我们真的必须得选择一门？"微星转身看向阵外的三人。

"也有这个可能，只是如果是这样，按照这篆文的意思，一旦选错，也许就是万劫不复。"诸夏说到。

众人一惊，本以为已经快要破阵，没想到最后还要来做一个这样的抉择。

"不行！你们不能选，没有任何提示，只有这五分之一的机会，绝对不可以，你们都给我出来！"许诚这会可是急得在阵外跳脚。

"宋思源，你要是敢选，我……我就和你绝交！"许诚这会进又进不去，只能在外面大叫，还抛出了重话。

第五十四章

翠笛飞入梅花吟

思源看向微星，这仙人的脸上似有决绝，像是要尝试什么，让思源有了不好的预感。

思源一把拉住微星，"不可！"微星转头看向这个文弱的少主，发现思源此时眼神坚决，心中不由得吃了一惊。

"没有我和诸夏的命令，你绝对不可以擅自行动！"思源一声令下，"容我再想想。"

微闭双眼，所有的线索袭来，五音、石门、五曲、五调、五行、春雷、篆文（只此一门升得天）、那句"破阵琴音五弦曲，宫商角徵羽水韵"。

只此一门，破阵五弦曲，思源突然睁开眼睛。眼中似是拨云见月，会意的眼神看向微星，似是明白了什么。

"微星，有一件事我一直不懂，这个155，究竟是什么？"

"这？"微星细思，似是也明白了，对上了思源的眼神，对思源第一次露出了难得的灿烂笑容，"对了，这三个音符对应五音是宫徵徵。如果五行的话则是土火火。

"嗯，我想这就是提示。"思源又陷入了沉思，只是这三个音符里面对应了两个音门，到底该选哪个呢？

"少主，这个倒是不难。"微星微微一笑。

"诶？你也能读出我心里的话？"思源一惊，这下自己真的是什么秘密都没有了。

"刚才听到了那么一点点。"微星扑哧一笑，"言归正传，少主倒是提醒了我，其实这三个音符已经给我们点明了音门。"

"哦？"

"古曲中是以第一个音来定乾坤的，第一个音为何音，此曲就为何调。故而这三个音的首音为1，那么就是宫调。相对应的就是这个五音为宫、五行为土的音门了。"微星点了点打开的宫门。

原来如此，思源心想，这点倒是和现代音乐类似。

"的确，思源想到了大家都没有想到的提示，这三个音应该就是阵眼了。"诸夏听到阵内两人的讨论，也很是赞同，"宫 徵 徵即为土 火 火，此阵为水韵，是水系阵法，那么用土来破阵也是正确的思路；火 火 生土，这就像刚才我和清伊在封印前所摆出的阵势，这是破解水阵的最佳方法。"

被诸夏那么一点拨，两人也是茅塞顿开，那这阵眼和最后的选择，应该就是宫门。

"宫，五声之首，君也；于五行属土，於五常为信，得黄钟八十一数，弦之丝亦如之。声至浊，阳中之老阳也。弦各具五声。而宫一弦之正声也。"微星又补充到，"的确，不论按照五音还是五行，我们都应该选宫门。"

微星朝前几步，对准了宫门，"少主，不如由我先来一试，我相信领主和少主的判断。"

思源心中一紧，虽然自己觉得这个推断没有漏洞，但是要让微星以身犯险，还是于心不忍。如果有个万一，自己也不能原谅自己。

"且慢!"思源大吼一声，是的，他此时又想到了一样东西。只见他放下背包，从里面拿出了一只翠笛。

"这是……"许诚在外面眼尖地看到，这不是婼欗给思源的么? 对啊! 我们怎么把这个给忘了。

思源凝视翠笛，"实不相瞒，这是三十六地仙中的一位赠予我的翠笛，那时候我似乎还不懂为什么她会把那么重要的东西给我，但此时此刻，不得不觉得冥冥之中，似有定数。记得婼欗说过，需要帮助的时候，吹响此笛即可。"

虽然小时候没有仔细学过笛子，但竖笛还是吹过的。翠笛横吹，只听得一声轻微的笛音。

此笛突然飞出手中，在阵中心悬浮，笛子周身瞬间翠烟袅袅。更让人惊讶的是，翠笛竟然奏出了一段熟悉的音调。

"这是?"连许诚都听出了玄机。

是的，这就是刚才微星弹奏的《梅花三弄》!

这音! 微星和思源对视一眼，原来如此!

微星轻笑摇头，自己怎么就没有想到呢? 《梅花三弄》最为脍炙人口的那段绝响，开头的三个音就是１５５。

155 532 155 5……这朗朗上耳的音调就是破阵之法。微星再次席地而坐跟着翠笛，反复演奏起这一段。

其实，这一段音调已经利用五行互生的原理，反复地、逐一地将土系的音色源源不断地从琴音中传送出来。反复弹奏，这阵法就会被这音律中的土系元素慢慢地充斥和化解了。

四周的结界和水壁开始渐渐褪去直至完全消失。而翠笛此时也飞向了宫门，示意大家入内。

"想不到少主有此仙物，怎么不早点拿出来啊！"清伊逗趣着说。

"我……其实忘记了。"思源不好意思地挠了挠头。

"清伊，莫怪思源，其实这翠笛的确只能在最后拿出来，因为这是它因缘际会的时间点。早了，或是晚了，都会不得其法。"诸夏接过翠笛，仔细端详起来。

"不管怎么说，总算是化险为夷了，我真是在外面捏了一把冷汗。真是的，一会你们不准这样吓我了。"许诚拍了拍胸口，算是压了压惊。

"走吧，我们继续向前。"诸夏笑着说，"一会还有许诚你表现的时候。"

"诶？我也要破阵么？哈哈！那可太好了，我可是早就心痒痒了。"

众人朝着宫门走去，虽然不知道接下来会是什么考验，但他们相信，一定都可以闯过去。

走过宫门，就又是另一番景致了。

芳草萋萋，画点为萍，莺红鸟绿，翠色依依。这水下倒似陆地那般生机勃勃。

"看来我们已经进入灵息地了，白源洲的灵力在此处已经有所显现。"诸夏看了看身边的草木，微微点点的灵息散落出来。

"白源洲果真是名不虚传，灵力大到可以化水中为陆地。陆地上有的生灵，这水下竟然也都一应俱全。"清伊已经引得这水中的黄鹂过来讨好，看来她是真的很受鸟类的喜爱。

"不要放松戒备，离中心越近，就越要有所戒备。"诸夏此时带头走向了青草茂密之处——那水中的芳洲。

许诚这会贴近思源，问道："思源，我们到底是去白源洲干什么啊？还有，一会说得让我上场，你那个什么灵珠能不能借我一下啊，没个法器傍身的，总觉得心里不踏实。"

他现在叫我怎么不加个姓了，思源觉得有点奇怪，"这个你放心好了，你不是身上有披纱么？有了这个就等于有了诸夏的赐福，别人伤不到你。"

"切，小气！哼！我下次一定也找个厉害的宝物。"许诚撇了撇嘴，明显有点不满意。

许诚心中念叨起来，想来这仙幻的世界本就不可预测，作为一介凡人的我已经是很大无畏了。不过也好，天降大任于我，我自然会有自己的仙缘，顺其自然就好。许诚这乐观的性格，瞬间也就不纠结了，既然诸夏说自己可以，那就可以吧。

第五十五章

白雾迷离榛莽生

众人慢慢穿过了这郁郁葱葱的水下森林，而此时展现在眼前的景色倒是让许诚更加惊叹。原来他们穿过的这个水下森林并不是白源洲的全部，而只是小小的一角。

此时到了边界，才见到这庞大的水下绿洲是环形交叠，层层递进。而他们所在之处只是最外圈而已。

"看来我们得往这最中心去啊。"许诚瞭望着那中心的芳洲。

"不错，要找的东西应该就在那里。"诸夏微微一笑。

"领主，用青苹飞过去即可，这样就不用绕路了。"微星唤出了青苹，众人踩上后，飞往那芳洲的正中心。在青苹上倒是看得更加分明，原来在这一层层的绿洲之上，都栖息着不同种类的珍禽、仙怪，而且上面的植被和灵息也各有不同。

最中心的芳洲却被一层白雾包裹着，显得神秘幽静。

众人在迷雾前停了下来。许诚和思源有些不解，二子回头看向三仙，只见他们脸上有了戒备之色，怕是发现了什么异常之处。

"感觉到了么，清伊、微星。"诸夏问到。

"嗯，这白雾不是一般之物，而是由一股极大的灵息趋化所成。"微星凝神感觉到。

"不错，而且这灵息的深厚，不是我能抵挡的。"清伊有些担心地看了看诸夏。

"嗯……"不知道为什么诸夏的眼中竟然有了一种复杂的神情，但更多的是哀伤。

"这雾气会破坏一切有灵力的生物，甚至会吸光他们的灵力。"诸夏手化灵气，指向了这白雾，的确如他所说的，绿色的灵息瞬间消失殆尽。

"那可怎么办？若是如此，我们根本进不去。"清伊有些害怕地掩嘴轻叹。

诸夏微微一笑。

思源此时倒是瞬间明白了诸夏的想法。原来如此。

思源看向了诸夏，而诸夏的眼神是肯定的。

"嗯？你们怎么了？"许诚不解地推了推思源。

"你确定不会有危险么？"思源问道。

诸夏轻轻点了点头，有些不忍，"这个方法其实并不是我想出来的。但的确可行。"

思源听完后转头看向了许诚，眼神中似有不舍和关切。

他们两个这样的对话，让许诚完全是丈二和尚摸不着头脑。

"我说，你们不用这样啊，好像只有我被蒙在鼓里。有话直说好了！"

许诚满脸疑问地看向思源，"思源！我刚才在石屋不是已经和你说了我们之间的约定了吗？我已经决定的事情，谁也改变不了。不然，就是你不把我当朋友。"许诚此时的眼神坚决，思源想起他刚才说要和自己共赴阵前，不禁有所感触。转而又看了看诸夏。

诸夏其实了然他们之间的约定，对他们投以安心的眼神，"许诚，你刚来若耶的时候，我就说过要让你帮我完成一件事情。其实，目前我们几人中，能过白雾的，只有你一人。"

许诚倒是没有吓着，觉得要自己进去不难，但是这白雾里面会有什么倒真是一无所知。

"进去的时候，我不得不把你身上的披纱去掉。"

"诸夏？"思源听到此句先是一惊，如果去掉披纱，那许诚岂不是……在水底呼吸都很困难。

"撤掉披纱后，到时候你要屏息入白雾，由于你是凡人，这雾气伤不到你。进入白雾后，你得帮我把这个灵息钉插在这雾中的四个方位上。"

许诚想了想就爽快地答应了。"可以。"他自信的笑容再次显现，"只是我不知道这四个具体的方位是哪里？"

"这个你不用担心，到达方位附近，这些钉子会有绿色的荧光显现，你只需把这灵息钉插在那里就可以了。"诸夏说着，便幻化出了四枚足有三寸长的雕花银钉。

许诚马上走了过来接过这灵息钉。

"待到四枚灵息钉都钉在正确的地方，这白雾就会散去，我们也就可以进入芳洲中心了。"诸夏把灵息钉递给许诚，"切记，你要尽快找到四个地点，控制好自己的呼吸，一旦入白雾就不能再出来了，我们在外面也帮不到你。最重要的是，这里面其实是有守护灵洲的护法神兽的，所以你要格外小心，不要被发现。"

"那怎么行，除掉披纱后许诚就无法呼吸了。普通人的屏息时间是十分有限的，怎么可能在那么短的时间内完成任务。"思源表示反对。

"让我偷偷摸摸啊！呵呵，怎么感觉有点像小偷，虽然没实践过，但我会努力的！还有其实我的呼吸问题，思源你不用担心。"许诚说着从百宝箱里面拿出一个呼吸用的小氧气泵和一副潜水镜。

"其实我早就有准备了，听着要来什么水库的，我就有不好预感了，另外仙人早前也单独给了我一点提示了，让我准备下水的现代装备。虽然我识水性，但是要下水什么的还是得有个保障。所以就准备了轻便的潜水装备。"许诚机灵地眨了眨眼，顺便在思源的耳边轻轻地说道："PS，我可是有潜水执照的哦！嘿嘿嘿。"

思源这会心里又是一群乌鸦飞过，还是那句，你真确定自己不是个盗墓的……

说实话，总觉得每次为许诚担心的时候，突然就会发现，根本不需要为这人操心……而且是一点也不用操心，因为都是瞎操心。

许诚带好潜水镜，口含氧气嘴，放下了百宝箱。做了一个OK的手势。诸夏便把他的披纱撤去了。

许诚使出全身力气冲进了白雾，雾气其实不厚，一下就穿过了。只是雾中的世界和外面的世界的确有着天壤之别，外面可说有白日之感，但这里面却似黑夜一般。虽然也有灵光微闪，但还是给人一种静谧肃穆的感觉。

许诚也不敢多看，开始绕着白雾壁潜游了起来。没有披纱后，身子就不能自由地在水中行走了，要不是有着白雾，估计自己就直接升到水面上去了。许诚努力地游着，并注意着灵息钉。只是游了很久也没见银钉亮。难道是在更中心的地方，哎，没有办法。许诚只能往中间游去。

许诚也是这会才慢慢看清楚这芳洲中心的面貌。说实话外面是一派生机勃勃，这里却是一片荒芜。除了榛莽，似乎没有什么别的动植物了。许诚很不解，怎么会这样，按说这芳洲的中心，是灵气的源头，就如上次看到的五云泉一样，应该是灵气四溢、生机盎然的。可是此地，却甚是混沌，看不出一丝灵息。

正想间，突然发现银钉有微弱的荧光闪出，"咦？是这里么？"许诚有点不敢相信，绕着游了一下，的确只有这块区域有荧光，"好嘞，嘿咻！"许诚拼命着底，努力把银钉按在土中，还好也不需要怎么用力，一碰到土后这银钉就自动扎住了。

"果然神器！"许诚心里还不忘吐槽。

而他不知道，此时，其实外面的伙伴对他的行动也是了如指掌。因为诸夏幻化出了透心镜，大家都可以看到许诚的一举一动。

第五十六章 呦呦鹿鸣遇嘉宾

许诚依然努力游进着，只是越到中心，就越觉得荒凉。许诚觉得自己心间也如这景致一般，越感悲凉。由于担心氧气量的不足，所以又加快了速度，这次自己就只带了一小瓶，没有备用瓶。

终于第二第三枚银钉也钉入了土中。

"呼——加油了！"许诚在心里给自己鼓劲。只是不知道为什么，越进入中心，就越觉得心塞，有些喘不过气来的感觉。

"难道我的氧气快用光了？"许诚有些怀疑起来，但似乎不是这样。终于到了最后一枚银钉闪光，许诚大出一口气，俯身想要送银钉入土。

只是这时却听到一声鸣叫。

许诚有些害怕起来，该不会是刚才诸夏说的守护吧，不行，我得快点。银钉终于碰到了土，许诚也赶忙往回退，却见在自己不远处有着一簇白光。心想惨了，这来时的路被这白光挡住了，这可怎么办。没办法，先绕过去吧。许诚想要避开那白光，因为心想八成是那个护法什么的，却又突然听得一声鸣叫。

"呦呦鹿鸣，食野之苹。我有嘉宾，鼓瑟吹笙。"不知道为什么，许诚似是听到了这一句诗词，但又不像是用耳朵听到的，这感觉像是直接传递入心的。不好，难道他已经发现我了。

许诚迟疑了一下，但还是觉得此地不宜久留，不管怎么说自己是偷偷进来的，而且诸夏这次来没有和自己说明全部的来龙去脉，总觉得心中没底，万一真是来做什么鬼鬼祟祟的事情，这守护神要是发怒起来，自己这一介凡人注定不是对手。

虽然这诗句不像是逐客令，倒像是邀请之约，但许诚还是死命地朝别的方向游去。

"人之好我，示我周行。"又是一句传来，在这荒莽之地，这诗句倒是有些温情。

许诚注定是逃不出这白光的，本以为已经远离，却又见它瞬间到了自己眼前。心中一叹，既然逃不过，不如直接面对，许诚把心一横，也不逃了，就等着，看白光里面到底会出现什么东西。

反正四枚银针我已经都插好了，诸夏他们应该马上就会来了，我先拖延点时间，能忽悠多久就多久吧。

正想着，见那白光越来越近，光中似乎有东西隐隐而动。

许诚看得不是很分明，却见有两个长长的犄角，从这白色的光晕中慢慢隐现。似乎是一头白鹿，缓缓朝着自己走来。

"呦呦鹿鸣，食野之蒿。我有嘉宾，德音孔昭。"

许诚这才明白过来，原来刚才的鸣叫声是鹿鸣啊，既然是神鹿，那也没有什么好怕的。总比什么野兽怪物来得好。

白露泠泠，白鹿鸣鸣。

神鹿从白色的光雾中显现，越来越近。白鹿脚上仙佩玲玲，头戴玉冠，颈佩璎珞，一路走来，玉器切磋，悦声入耳。

"你是何人，凡人怎可入此仙洲？"神鹿通人语，这鹿鸣声直冲许诚的心田，竟是全然明白。

"神鹿，小人只是喜欢潜水，不小心来此仙地，还请神仙见谅，我这就回去。"许诚一想正好，这样也好找机会开溜，却突然觉得根本游不起来了。这是怎么回事？许诚惊讶地看了看神鹿。

叮当几声，这神鹿张嘴，只见几枚银钉应声落地。这？不是我刚刚插进土里的灵息钉么？惨了，被这白鹿给发现了啊。

许诚这下可急了起来，这钉被拔除了，那么诸夏他们就进不来了，而眼看自己的氧气也要耗尽了。

"还不从实招来！是谁给你这灵息钉来拔除这圣地的结界？"榛莽之中忽然狂风大作，看来神鹿是真的发怒了。

"这！"许诚已经有些缺氧的感觉，心里想着，不行，要死也得只死我一个人，不能连累思源他们。

"就是我而已，我就是个考古学家，对这里的遗迹感兴趣，查到了这个什么灵息钉可以破除结界，就下来试试看。"许诚这会倒是底气十足起来。

"一派胡言，你以为我看不出你脑中的真相。"只见得白鹿朝着自己走来。

许诚哪肯束手就擒，但无奈身子被定住了，那白鹿的鹿角瞬时顶到了许诚的胸骨。"咳咳咳……"许诚哪里受得了这冲击，瞬间氧气嘴也跟着掉落了。但他还是尽力挣扎着，不想被这白鹿看去记忆。

只是没有了氧气，这呼吸不能保障了，慢慢的便有气无力，视线模糊。心想着，难道我这辈子就是葬身在水中这结局么？

也罢也罢，至少没有害人。不对……不对！我答应过妈妈，我还要找到那个……我不能就这样死掉。心有不甘的许诚，还是尽力想要睁开眼睛。

而此时，隐隐约约，似乎觉得一种熟悉的气息袭来。是的，说起溺水，最近也是溺过一次。是在……五云溪的……繁华潭。当时那柔软的感觉，觉得生命的能量被源源不断地输送进自己的体内，这荡漾在心间的温柔，连自己都不愿去触碰。为什么？自己在死之前，想到的会是……会是在繁华潭下的那一个……不知道算不算的上吻的……长吻。

绿色的发带，眉间的灵印。婼欗，婼欗？许诚瞬间惊醒，白鹿依然在自己的眼前。只是此时它的表情不再是那么咄咄逼人。

许诚使劲摇了摇头，刚才真的是婼欗？难道婼欗也在这里？不对，不对，她不可能在这里，她应该在五云泉那边守护着。转念间，许诚发现自己竟然能在水底自由地呼吸了！这是怎么回事？许诚非常不解。却听到白鹿对自己说：

"你认识婼欗？你去过五云泉？而且喝过灵水？"

三个疑问抛来，句句中的，许诚回答："是的。"

"你来这里究竟是为了什么？"只见白鹿有些哀伤地鸣叫起来，"人类，我等总是待你们如嘉宾，而你们却总是带给我们不停的背叛和伤害。"此时的白鹿看起来更加愤怒了。似是又要朝着许诚冲过来，还好许诚也已经能在水下行走自如了，快速跑开躲避。

奔跑中脚下不小心又踩到了银钉，他一把抓起银钉。奇怪的是这些银钉此时都发着荧光，管不了那么多了，许诚连忙蹲下把所有的银钉都插入了土中。

银钉入土的瞬间，一个银色的法阵隐现在土中，圈住了许诚。那白鹿不敢再靠近了。忽闻一声巨响，只见法阵中四个熟悉的身影显现。

思源赶忙跑向许诚，扶住了他。

"许诚，你没事吧！"关切的语调传来，瞬间安心的许诚此时却是差点昏倒过去。

第五十七章

循环往复命中劫

思源扶住有些脱力的许诚，诸夏、微星和清伊则挡在了白鹿的面前。

"桐儿，若耶仙主应该交代过你不能再伤害没有法力的凡人，你怎么还是屡教不改啊！"清伊看到许诚这样，显然是有些气愤。

"闭嘴，小小散仙，也有资格来数落我！"白鹿的灵光比刚才更加耀眼，似是在聚集灵气，"此人居心叵测，意图破坏仙地的结界，理当受罚。我正想着会是谁，果然又是你，诸夏。"

思源听到这句才明白过来，原来诸夏和这白鹿是旧识。

"桐儿，我们此次前来也是逼不得已，你听我慢慢道来。"诸夏想要解释。

但白鹿哪里肯听，它周身的白雾渐渐弥漫开来。

许诚这时微微睁开眼睛，"思源？"

"嗯，是我，你没事吧？没想到这次会那么危险，其实我不应该让你以身犯险的。"思源有些担忧地看着许诚。

"思源，你每次都这样，为什么老和我那么客气。"许诚用眼睛瞄到了眼前的四仙，他们看来都在化气，似要动手。

"思源，这个白鹿好像认识姑欗。"许诚想到白鹿刚才说的话，想要提醒思源。

"真的？那就好办了。你先自己躺会。"思源用背包垫住许诚的后背，向四仙走去。

"微星，我念你那么多年守着结界封印，没有功劳也有苦劳，如果你只是被逼的，我不会怪罪于你。"白鹿对着微星说。

但微星这时还是唤来了青苹，在诸夏和清伊的周边都布上了结界。

"桐儿，此事真的是十万火急。"诸夏再次想要解释。

"哼，你觉得我还愿意听你的解释？上一次就是因为你们，仙主才会……我不是仙主，不会太过仁慈，也不会一而再地容忍你们。动手吧！"

说完一道白光突然向诸夏劈来，不过幸好被微星唤来的青苹挡了下来。

"微星，你精修那么多年，这功德也想毁在他手上么？"白鹿看来还是想要说服微星。

但这位蓝衣少年的脸上却没有丝毫的犹豫。

"诸夏他们是听了我的话才来的！"众人突然听到思源在后面大声叫到。

诸夏莫名地看向思源，这孩子，为什么要这样说？诸夏有些想不明白。

只见思源拿出姑欗的那支翠笛，"白鹿仙人，实不相瞒，是因为我们宋家遭到了攻击，我们才不得不破阵来到这里。虽然思源不知道以前发过什么，但现在还请你能听我细说。"思源洁白的脸上有着坚毅的决心。

白鹿看到这翠笛果真有些迟疑了，"这笛子怎么会在你们手中。这是三十六地仙的法器，难道你们把她……"白鹿这时候有些控制不住自己的情绪，向着思源冲去！

只是不知道为什么，他冲到思源面前，却又停了下来啊。

"你？你……"白鹿有些惊讶，"你怎么还没死？"

"死？白鹿仙人，我想你是误会了，这笛子是婼欄仙人亲手赠给我们的。说是以后有机缘会帮到我们。"思源说到。

"确实如此，桐儿，不信的话你可以看看这支翠笛的记忆，刚才我们破水韵阵也多亏这法器的帮助。"诸夏拿过思源的笛子想要把它递给桐儿。

"婼欄……你们不要再骗人了，婼欄她……已经……我不想再被你蒙蔽，一切还不是因你而起，如果不是你，仙主也不会耗费那么多灵力，导致现在这个局面。宋源，原来这八百多年来你一直都没有死。怎么可能？你一介凡人之躯！难道你是什么妖邪？"白鹿此时已经怒气冲冲，那犄角像是火烧一般，通红通红。

许诚虽然躺着，但白鹿的一举一动他是看得分明！这火红的鹿角，不就和刚才他顶我时候一样么。不好！

许诚瞬间不知道哪来的力气，跃地而起，冲到了思源面前。

而白鹿此时的确已经没有耐心再和诸夏他们多费口舌，想要施法攻击，不想许诚挡在了前面。若耶仙主的确叮嘱过不能伤害凡人，但此时也顾不得那么多了，只见白鹿起跳前冲，朝着许诚撞去。

许诚已经吃过这招，连忙用手抓住了白鹿那火红色的鹿角。只是没想到这鹿角是又烫又锋利，抓住的瞬间已经刺破皮肤，鲜血直流。

"许诚!"思源和诸夏等人万万没有想到他会这样突然冲上来阻挡。

诸夏赶忙结印想将两人分开,绿色的法力缠住了白鹿的四足。而清伊则是唤出了灵火,往许诚的双手飞去。这流火护住了许诚的双手,使其不会再被白鹿的灵力所伤。

微星吹笛,只见水柱飞出,击向了白鹿。但奇怪的是不管三仙怎么使力,就是分不开两人。

"这是?!"清伊不由得一惊。

"循环劫!"微星说道。

诸夏微微皱眉,点了点头。

可是思源却不明白,什么循环劫,许诚只是个凡人,怎么可能受得了仙术的袭击,而且刚才他已经受伤了。

虽然有了清伊灵火的保护,但血还是不停地往下流。思源越看越着急。突然似是灵光一闪,马上把诸夏手中的笛子拿来,递给了微星。

"微星,能不能请你吹响这个笛子,我不太会吹,婼檽仙人说过吹响笛子就会来帮忙,现在只能死马当活马医了。"

微星一怔,不容多想,接过翠笛吹了起来。绿烟再次袭来,香烟渺渺,飘向了许诚和白鹿。这绿烟将他们包裹起来,慢慢地形成了一个绿色的水型结界。只是这绿烟越来越浓,众人似乎已经看不清这结界里面两人究竟如何了。

"这!怎么办?"思源一看,更加紧张了。

倒是诸夏拍了拍他的肩膀,"不用担心,我感觉得到,他们两个的灵息都慢慢趋于平稳了,不像刚才那么激烈。婼檽仙人不会做出伤害他们的事情。我们能做的就是等待,这循环劫不是那么容易解开的,出现这个情况,只能说明他们之间有着宿命或是前世的纠缠。"

"宿命？前世？"思源更加不明白了，但是眼前这绿烟朦胧的水球中，的确是一点都看不清了，而自己也只能在外面干着急。心想着也许许诚刚才在水韵外面的心情也是如此吧，怪不得他说要和我绝交。如今也只能祈求婼㰌可以让事情化险为夷了。

第五十八章

老树荒碑古井沿

朦胧中，许诚脑中紧绷的弦总算是松了下来，只是眼前不再是鲜血淋漓的双手，而是一口古井的沿壁，抬头一看，像是一处古旧的住所。

老树、荒碑、古井、石屋。这是哪里？许诚晃了晃头，我怎么会在这里？却听得有人在外面说话。

"桐儿，我要走了，你也有了仙缘，会幻化成仙灵，这若耶洞天，到时候还需要你的守护。"许诚探头出墙往院子里看去，只见一老人站在树下说话，奇怪的是他只有一人，总不可能是在和我说吧。

"葛翁，你一定要走么？你走了，这炼丹井可怎么办？"话音从院中传来，可是，许诚找来找去都没有看到第二个人影。

正觉得奇怪，忽然看到老人看向了自己这边。

老人微微一笑，又转过头去。手扶着白桐说道："各人有各人的命运、劫数，如今我在若耶的时日已经差不多了，也算是功德圆满。我只希望桐儿你可以记住，缘深缘浅，都不要太刻意和执着。桐儿你有情有义，化得仙缘，得成正果是迟早的事。但你的心结也在这情义两字。不可过分去寻求，世间的许多事情都是有因果循环的，但是万物归根结底都是善良的，不要太悲观。"

"仙翁的话我记住了，我不会刻意去追求情义，只求问心无愧。我会为仙翁守着这若耶洞天，老树古井，等着仙翁往返之日。"那声音很伤感，这离别之情让许诚都有些黯然起来。

"哎，也许，我们……总之桐儿，记住，不管世事变迁，你都要保留这份初心。就算我们不能再相见，你也会找到新的仙缘和情义。我相信桐儿你一定会依然如故，不忘初心。"老人将一个铃铛系在了树上，慢慢转身，又看向了许诚。

许诚有些奇怪，这老人似乎是看得到他又看不到他。如果看到了为什么不过来询问自己，如果没看到，又为什么不停看向我这边。只见这老人微微一笑，转身离开了庭院，他脚下清风，须臾就消失在许诚的视线中。

许诚走到了树下，只见那铃铛在风中叮铃。桐儿？难道他在和这树说话不成？他把手也覆在树干上，只是这一碰却是一片炽热。

这灼热感，似曾相识，朦胧中，许多零碎的片段在脑海中显现。

一个年轻的男子，一支精巧的箭，一捆刚扎好的柴火。这些究竟是什么？一闭眼又突见那男子行舟穿越溪水。这是？若耶溪？许诚觉得有一些混乱。这？但是不容多想又有了新的画面传到了脑中，只见刚才那位老人坐在一青石上垂钓。投竿之地，苔矶孤秀，起于中潭，环山千垒，澄渊无底，清光翠色，上下相照，殆非人境所有。

这一连串的语句和画面袭来，许诚有些承受不住，不由地打了个哆嗦，跟跄了几步倒在了院子里。

这些究竟是什么？许诚拍了拍有些发胀的头，奇怪，我不是应该在什么芳洲和那个白鹿对打的么，怎么会到这里来？正在想间，却听到笛音！《梅花三弄》！刚才微星用古琴弹奏过的《梅花三弄》？对！就是这个曲子！许诚赶忙起身，想要找到声音的来源。只是在院子中走了一圈都未见到什么吹笛人。

"许诚！"这是思源的声音，许诚一喜，赶忙回道："思源！是我！我在这里！"

"许公子。"又一个声音传来，这是？婼楣！许诚在院中不停转圈，却还是不见任何人。

"许公子，你要记住：若耶溪出若耶山，浪里溶溶入醉闲。仙客曾因一箭赠，樵风长到五云关。数峰蘸碧轻清外，双舸浮春上下间。料得当年乘兴子，为贪烟水宿前湾。"

这？你再说一遍！匆忙中许诚只记得了那么一两句。而此时却见周身绿烟溢出，直到看不见庭院。

"咳咳咳咳！"许诚再次睁眼，又是绿烟弥漫在眼前。只是这时有人抓住了他的手。

对方一把将他拽下，离开了绿烟。许诚又咳嗽了几声。揉了揉眼睛一看，思源？心中喜悦，便唤了出来："思源！你也来了啊，这是哪里啊，怎么回事啊，我们刚才不是还在什么芳洲中心的么？"

一大堆问题想问，可是对方却是一脸奇怪的表情。"你是何人？怎么也会在炼丹遗迹。"

"啊？思源，你不会吧？被打坏脑子了么？我是许诚啊！"许诚走近了几步看向对方。

"思源？"只见这人转念想了想，自信的笑容浮上眉梢。

许诚突然觉得他像思源，又不像思源。他脸上的表情，是思源从来都没有过的。是的，这种自信的神情，说实话，和自己倒是有点像。仔细一看，他的服饰也不是和自己一样的水纹朝衣，对了，发型也不一样。

"鄙人宋灵御，虽然不知道和你说的思源有没有关系。但兄台你怎会在这里，这个地方按理说是甚少有人知晓的，此地是荒废甚久的遗迹。"这人还是一脸自信的笑容。

"荒废？怎么可能？刚才我还看到有个老人呢？"许诚有点不敢相信，转身看了看，却不见了刚才那白桐树。"这！"许诚又揉了揉眼睛，有点不太敢相信。

"你？现在是什么朝代？"许诚隐隐地觉得自己是又穿越了。

"宋。"

"宋朝！"许诚一惊，怎么又到宋朝来了，"南宋还是北宋？"

那人的眼神中有一丝震惊，又有些悲伤，"你到底是何方人士，为什么会到这仙翁的炼丹井。"语气中有了些许的敌意。

许诚这才发现自己有点说错话了，的确，南宋北宋的，宋朝人肯定不能接受。要是以为我是金人什么的可就完蛋了。"哎，我哪里来的说了你也不信，反正我不是金人，我发誓，哦对了，那个……爱国诗人陆游是我的好朋友。我是正宗爱国青年好不好。"许诚拍了拍胸脯。

宋灵御的眼神缓和了一些，"这是若耶葛仙翁的炼丹旧处，我来这里是来寻找一些东西。"

"哦，原来如此。炼丹处在哪？说实话吧，我是莫名其妙到这里来的，不过根据以往的经验什么的，应该是要找到什么必要的线索，就可以回去了。"许诚叹了口气，想着这次只有自己一个人，而且百宝箱也没有一起拿来，真不知道能不能顺利找到线索。

"原来如此，那兄台不如就和我一起吧。说不定就会找到你要的线索了。"宋灵御倒是一下子就理解了，笑着走向了院子深处。

第五十九章 神仙何处烧丹井

许诚没有办法，只能也跟了上去。却见粗壮的松树横卧在前面，而树下就是刚才自己掉下来的那口古井。对啊！我怎么没想到，掉下来的地方，就是线索地。

这古井已经十分古旧，旁边的石碑也是全然不见字迹了。

"其实这炼丹井我已经找了有些年月了，一说葛仙公丹井在云门寺，位于佛殿西侧，井泉味甘寒，冠绝一山。巧的是，那边也有一棵古松，我取了井水来喝，的确是鲜味颇重。后来又查出这山上也有一口古井，所以便来探探，听说这附近就是白桐化鹿的地方。"宋灵御趴在井口往下看去，取出了随身包裹中的绳子和小桶，往井下掷去。

"白桐化鹿！"许诚这下瞬间明白了，刚才的老人的确是在和白桐说话啊，而且现在这白桐树已经没有了，应该是已经化鹿成仙了，而这白鹿应该就是把自己搞伤的那个芳洲中心的守护。一切好像都串了起来。

小桶已经把水打了上来，宋灵御和许诚都尝了一尝。这水的确不同于一般的山泉水，有一种说不出的寒瑟感，但却也觉得十分清冽，喝了后感觉身清如水，凉意韵然。

"为什么要选在这里炼丹呢，难道就是因为这井水？"许诚问道。

"炼丹处所的选择，应在人迹罕至、有神仙来往的名山胜水，否则邪气得进，药不成也。"宋灵御说道，他从包裹中拿出朱红色的粉末，放入了水中，像是在做什么测试。

"嗯，的确是炼丹的好水，看来这处古迹也并不虚妄。"宋灵御很是开心。

"嗯，这里以前的确是有人住的，而且本来院子里还有一棵白桐，现在估计是成仙了。"许诚肯定地点了点头。

"什么？你是如何得知的？难道兄台见过。"宋灵御觉得有些不可思议，脸上有着一些好奇。

"额……说出来你可能不信，就在刚才我还见过一个老人和白桐说话呢，不过想必我又穿越了，一下子又到了宋朝。还不知道怎么回去呢？"许诚有些无奈，这会满脑子想的都是怎么回去。

只见宋灵御一笑，"兄台也是会仙法之人？真没想到。不如让我送你一程？"

许诚有些不知所以，送我一程？自己还没搞明白怎么回事，就见宋灵御在袖子中取出了一支小笔。

这是狼毫小笔？许诚自然是明白了。

"伸手即可！"

触及之间，不容多谢，转身已经又在一片绿烟之中了。许诚看了看周边，见白鹿也飘浮在这绿烟之中。许诚想要离开，于是转身拨烟，一个踉跄，差点跌倒，没想到真的走出了这浓烟。

"许诚！"一只手又拉住了自己，许诚抬眼一看，这？"你到底是宋思源还是宋灵御!"许诚显然还没有完全反应过来,这一连串的经历和穿越让自己有些喘不过气来,就像刚跑完一千米那样。

思源见许诚脸色不好,忙拍拍他的背脊。

这熟悉的感觉,许诚再次抬头,"嗯,你是思源!"还没等思源反应过来,许诚已经一把把他抱住。

"啊?"思源一惊,但是一想许诚经历了那么多,只身入白雾不说,还和这白鹿碰撞,情绪有些起伏也是理所当然的。

许诚总算是安静了下来,放开思源,有点害羞地抹了抹眼睛,思源看了看许诚的手,奇怪的是,他的手上已经毫无血迹了。

"你的手?"思源问到。

"哦,对!我自己都没注意,也不知道什么时候好的。"许诚动了动这已经完好如初的双手,灿烂一笑。

思源看到许诚这个表情也总算是松了一口气。想来真是辛苦他了,要不是许诚这个性格,估计也真是……

"喂喂喂,我说别一个劲吃少主的豆腐好不好,我都还没抱过呢!"只见清伊走了过来,又一把抢起许诚。

嘴上虽是如此说,微星却看到清伊手上的灵息散入了许诚的皮肤,像是在给他治疗。

"哼,口是心非。"微星喃喃道。

诸夏微微一笑,不过许诚刚才的话语倒是戳到了自己的痛点,宋灵御……心中难免有些触动。诸夏嘴角微扬,心中念叨,"你真是无处不在啊。"

只是现在诸夏还有更重要的事,他飞步走向了绿烟,玉指轻触,烟色慢慢扩散开来。露出了白鹿的身躯。

"桐儿。"诸夏轻唤。

白鹿轻吟了一下，只是此时他的脸上似是略有幸福之感。在诸夏的度灵下，慢慢地睁开了眼睛。

思源和许诚看到白鹿苏醒也不由地凑了上去，露出关怀的神情。

许诚发现白鹿胸口璎珞上的确有着一只银铃。

"你真的是白桐？"许诚问道。

白鹿此时的心绪看来已经平复了一些。用有些无奈和感伤的眼神看向许诚，点了点头。

"嗯——我去了炼丹井。"许诚的话语中也夹带了些许悲伤。

白鹿的眼中此时已经藏不住泪水。

"苎萝人去，蓬莱山在，老树荒碑。神仙何处？烧丹傍井，试墨临池。往昔的种种，已经如过眼烟霞，纵使自己依然在等待，但千年来仙翁还是一去不返了。"

众人听到了白鹿的心声，不免感伤。尤其许诚，此时已经泪流满面。历史永不停歇，物是人非对于历史也许只不过是一瞬。许诚在走了这一遭后，体会已然更深。

白鹿缓缓站起，走向了许诚，微微鞠躬示意。

"桐儿愚钝，此时才幡然醒悟，是公子的血脉点醒了我。这千年来的等待，桐儿并没有枉费，今日算是得到了一个意想不到的结局。公子，你相信这个人么？"白鹿看向了思源。

"我信！从那天帮他搬家开始，我就信任他了。而且，我今天也决定了，接下来的日子里要和他一起，去完成这些常人无法触及的事情。"许诚此时语调坚定，自信充斥在眉宇间，思源瞬间觉得这似乎已经不是平时自己所见到的许诚了。

"既然公子如此坚定，那么桐儿也愿意信他。"白鹿转身看向了诸夏等人，"不管你们为了什么原因来到这里，只要你们不违背仁义道德，不伤害三界生灵，我都不会再阻拦。"

"多谢桐儿。"诸夏再次将灵息度给了白鹿。

白鹿在灵息中似是读出了讯息。"原来如此，没想到时至今日，若耶洞天还要再遭受如此大劫。我是绝对不会允许任何人胡作非为的。"

"守护有所不知，此妖女现在有了一枚青鸾印护体，法力大增，而且这灵印……清伊也听说了，是可以号令若耶三十六洞府座下各大弟子的。虽然我相信各个洞府的仙人不会被其轻易蛊惑，但还是要以防万一。"清伊这会又恢复了白衣花鬟、清丽可人的模样。

"的确如此。所以此次小仙才会带着少主和领主前来。就是因为担心这后续会多生变故。"微星补充道。

"你们既然能破得阵法，就说明你们有进入灵地的实力，也可谓是天意。关于那……堕仙之事本护守不会坐视不理。那么，诸夏，你现今的打算是……"白鹿此时周身发出了白色的灵光，仙意袅袅。

"我想先去取得这灵地中的另一枚青鸾印！"

此话一出，众人都一惊。

第六十章

别岸花无数

青鸢印？思源知道的是宋家的那枚已经被雪秀盗走，原来此地还有另外一枚？怪不得诸夏要马不停蹄地赶来这里。看来是想趁着雪秀受伤之际，先下手为强，把另外一枚提前收走。那么说来雪秀下一个目标就是这白源洲了？

"领主？你要取印？"对于这件事微星也是万万没有想到。一般来说领主有什么事情，他都不会有异议，只是跟着照做就可以。因为他相信领主的判断，可是这进灵地取印却是大大出乎原先的意料。

"领主，这灵印是若耶的根本，动之则所有在这里的生灵都会受到影响。"清伊也很是担心。

倒是白鹿有些淡定，似乎早有心理准备。

"你确定么？的确，自从几十年前，若耶的灵息就已经定格了。现在就算拿掉青鸢印也不会有太大的影响。"白鹿说到。

微星和清伊听后自然是一脸的诧异，看来这是连他们都不太清楚的事情。

"嗯，如果不出所料，雪秀下一个攻击的地点会是这里。她究竟有什么底牌，我们现在还未全然知晓，所以这灵印，还是由我来保管比较妥当。"

"也是，你们那么多人，总好过我孤军奋战。现在桐儿我心愿已了，也没有过多的挂念了。她要来便来吧，就算拼到战死，我也不会退让。反正到最后，她也拿不到青鸢印。"白鹿脸上决绝，思源看到后很是担心。

"你是小笔的新主人？"白鹿像是感应到了一般，转身温柔地看向思源，"你果然不是他，虽然有那么一些相像。"

白鹿又细细端详了下思源，"嗯，果然宅心仁厚，少……许公子没有看错人。"

转而又看向诸夏，"只是诸夏，那最中心的法阵，是连我也进不去的。你又打算如何破这阵法。这可是仙主亲自布阵的，目前为止还没有人进去过。"白鹿这句倒是有些看好戏的心态。

"既然雪秀敢闯阵，那么我也不能示弱了。"诸夏微微一笑，但神色转而交杂着哀怨，"虽然不忍触及，但是以我对仙主的了解，也猜到了大概。"

"许诚、思源，出列！此阵只能你们两个来破！"

"什么？"思源看了看还没有完全缓过劲来的许诚，有些担心，"还是我一个人去吧，许诚还要休息。"

"不可，你们两个缺一不可。"诸夏坚定地摇了摇头。

白鹿意味深长地看了看诸夏，似有许多话语，但终究还是化成一声叹息。

"思源，你和许诚一起入阵即可，记得带着灵珠和婼欐的竹笛，以防万一。记住，入阵后，最后拿印的，必须是许诚，拿到青鸢印后，直接出来即可。"诸夏叮嘱道。

"就那么简单么？我没问题。"许诚推了推思源的肩膀，示意可以走了。

思源没有办法，只能和许诚一起慢慢进入这最中心的法阵。

法阵空灵，淡淡的如白纱一般，两人小心地穿过这白纱。没有遇到任何危险。不由地相视一笑，许诚尤其开心，还回头和众人比了一个剪刀手。

两人再次起步，往中心那绽放着白色灵光的玉台走去。越走越近，思源突闻一阵清音，似是古琴的音色，不禁抬头望向四周。

烟华似昼，清灵似火，这些灵息都向着自己涌来，一种似曾相识的气息，充盈着思源的身心。

只是自己也不太明白，为什么会觉得有些所谓的怀念之感。

似是一种相惜，一种久违，一种重逢，一种等待，一种无奈，一种后悔，一种哀怨，一种欣慰。这百般复杂的情绪，在心间交织，像是有什么就要迸发苏醒过来。

"我？"思源此时已经泪水迷蒙。

许诚看到思源这样也不知道该怎么办，只能静静地陪伴。

这些灵息像是在对思源诉说着什么，但万千种解读，似乎都只是一句话："你来了——"思源轻轻触摸着这些白色的灵光，它们在自己的指尖跳跃，如梦似幻。

"你还好么？"不知道为什么，思源说出了这句话。

灵光微闪，并没有回答。而是再次飞向了那阵中的玉台。别走——思源脑中不禁这样想到。

"我们也过去吧。"许诚拍了拍思源的肩，他也不想过多地打扰思源。自从古井一游后许诚多少是明白了些这样特殊通灵的感觉。

两人走向了这芳洲真正的中心，青玉雕琢的玉台上白色的灵息如水般涌出。许诚看向了思源，思源点了点头。许诚深呼吸，将手伸向了那灵息溢出的地方。

似是摸到了一块方印，呼——许诚长吁一口气，慢慢地把方印拿了起来。

清音斐然，青玉琼碧，花色相依，流苏垂丝。青鸾印离开了泉眼，浮现在了两人眼前。

"这是?"那种熟悉的感觉再次袭来，思源忍不住想用手去触碰。

指尖弥留之际，他像是看到了一位仙羽清扬的女子。虽然看不清她的脸庞，却依稀记起了她的名字。

"青鸾——青鸾印。"思源怔怔地说着，当他说出了这句话，却见青鸾印中的灵息飞跃而出，散落在他们来时的路上。

刹那间，兰芷芬芳，杜衡铺就，花雨纷飞，不忍归路。

"你——"思源有些感伤，又回头望了望那灵息还在不断溢出的泉眼，怅然若失。

"我们走吧。"许诚似乎也感受到了什么，但也不忍诉说。他看了看青鸾印，感觉这灵印似乎召唤着思源，但是诸夏说过，必须是自己拿出结界，也就没有急着把青鸾印递给思源。

两人踩着花道，回到了结界外面。只是这花路并没有停歇，一直随着这青鸾印在两人的足下延伸。

许诚把青鸾印递给了诸夏。

此时的诸夏也甚是感伤，心痛的眼神，一望即知。

"看来今日，桐儿也算了却了仙主最后的一个心愿了。"白鹿转身，面朝结界，似乎也是在强忍泪水。

"小笔的主人，其实这芳洲，本来叫白鹿洲，是……宋源逝去后，仙主哀伤，才改成了白源洲。"白鹿背对着思源说到。

思源已经有些说不出话来。指尖的灵息余韵犹在，这一份思念似乎早已经根植在自己的体内，只是在今天被唤醒了而已。

"仙翁和我说过，万事皆是一个情字，而我也终究摆脱不了这情字。你们要阻止雪秀，只能从源头查起，这样才能明白她为什么要盗取青鸾印，解铃还须系铃人啊。"白鹿转身说道。

"嗯，谢谢仙鹿指点，只是现在我们找到的线索还不是很多。"思源咬了咬牙，"但思源答应仙鹿一定尽快找出真相。如果雪秀来到这里，还请仙鹿不要与之硬拼，我不希望看到你们两败俱伤。"

白鹿微微一笑，"缘起缘灭，缘深缘浅，一切也许早已命定，如若能顺利渡过此次灾劫，我倒是希望你可以帮我办一件事。他日有缘的话再向你诉说吧。许公子，各位，就此别过了。"白鹿说完便化雾而走了。

众人回到了水上，此时已经是黄昏时分。

余晖满湖，夜色微依。微星再次展开了青苹，众人缓缓地向汀兰洲漂去。

青鸾印在晚霞中，显得碧色隐隐、仙意迷离。青苹虽然已经行进到了汀兰洲的内溪，但这青鸾印的灵息却依然点缀着周边的夏色。青葱的岸边，苹过留痕，岸芷汀兰上开始小花点点、兰香怡人。

这花路似是一首优雅绵长的清乐，伴着众人直入溪风谷。

思源轻轻拭泪，这灵息的悲伤也许只有自己才能全然体会。

它今天见到自己后，是如此的欣喜，一直回响到现在。这到底是一种怎样的等待啊——

"谢谢。"思源在心底轻轻对着青鸾说，只是这伊人如今又在何方呢？

此时青苹已经来到了溪风谷的荷塘，须臾之间，粉荷再起，荷风玉露软盈香。

若耶溪路。别岸花无数。欲敛娇红向人语。与绿荷、相倚恨，回首西风，波森森、三十六陂烟雨。新妆明照水，汀渚生香，不嫁东风被谁误。

第六十一章

独行残雪里

众人回到了溪风谷，上岸休息，整理行囊。诸夏和思源则都是心事重重样子。倒是许诚，从百宝箱里翻出来很多吃的，开始招待大家说要不要吃。

"诸夏，我们还有多少时间，我担心白鹿。"思源还在刚才的氛围中，走不出来。

"嗯，其实我也是。桐儿的性格会宁为玉碎、不为瓦全。"诸夏叹气摇了摇头。

"不如，我这会就去云门寺，再穿越一次！"思源突然站了起来，全然没有理会许诚递给他的火腿肠。

"还穿？我今天可是受不了了，穿的头都晕了。话说仙人，这个穿越来穿越去，是不是很消耗体力啊！我这会感觉特别累。"许诚边说边啃着思源不要的火腿肠，看来是想多补充点体力。

思源微微叹了一口气，的确，许诚这次是很劳累了，且不说昨天晚上还晕血，在水下潜水也是会耗费很多体力的。而且看他的样子，在绿烟中似是又有一番奇遇。

"的确不可一日经受太多穿越。不然会有意外发生也未可知。"诸夏点了点头，似是不想多说。

"哎，那我今天肯定不能再穿了，再穿铁定要歇菜了。"许诚忙喝了几口水，吃得太快差点噎着了。

而此时，微星靠了过来，眼眸如星，真诚地看向诸夏和思源。

"领主，不如由我陪少主走这一趟吧。"

诸夏点头轻许，"我也正有此意，这也是我把你们召集过来的原因，大家可以分头行动。现在时间非常紧迫，我们不得不这样做。微星你速陪思源去云门寺，驱动他的灵息，陪着他穿越，继续寻找线索。清伊你护送许诚回宋家店，弥生他们还没有完全恢复，我还是有些不放心，你要陪着长明细心守护祠堂。"

"是！"二仙复命。

思源听后，看向诸夏。的确，诸夏并没有提及自己的去处。

诸夏读出了他的心语，轻轻抚摸了一下他的头发，"我会去雪秀最后要去的地方布防，乘着这个空隙，我要准备可以束缚住她的结界。祠堂的事情已经说明，往日的那些结界对她已经没有用了。如此一来我也很是担心维舟的安危。"

"呵，那个酒鬼大叔，他法力高着呢，应该不至于那么容易就歇菜吧。"清伊故作乐观的样子，思源一眼就看穿了。

"嗯，我本来也有些担心，既然领主要过去，那是最好了。那么我这就带少主启程。"微星清音唤出了青苹，思源和他踏步生花。

两人和诸夏等人别过，就朝着云门去了。

青苹行于空中，此时的平水镇已经夜幕初降，灯火盏盏。思源看着这水田苍葱的江南小镇，心念着，一会不知道又要看到哪个朝代的景色了。

不一会两人就来到了云门寺，这小寺庙晚上也只有几盏灯火而已，此时见一个和尚正欲关门。思源正想阻止那和尚，微星却说了一句，"少主忘记这次是和我一起来的了？"只见他蓝袖一挥，两人就瞬间来到了那明朝的募修石碑前。

只是此时思源又有了新的难题，前面两次其实都不知道是怎么穿越的，想来应该都是诸夏帮的忙。这次诸夏不在，自己真的是毫无头绪了。

微星看向这募修云门寺石碑，指尖轻触，瞬间这石碑上就蓝光奕奕。

"原来此处已经有了领主结下的法阵。少主，请拿出你的灵珠。"

思源拿出了若耶灵珠，微星举指一点，这灵珠就挂在了思源的胸前。

"这？"思源看了看这徒生出来的项链很是喜欢。

"这样少主携带灵珠也可方便一些。我们开始吧。"只见微星闭眼聚气，手中顿时有了蓝色的灵息。

"少主应该还没有学会怎么控制自己的灵息，我这次会引领少主去有所感觉。"微星说完，用缠绕着蓝色灵光的食指轻点了思源的眉间。

风生灵起，点指眉间。

落花流水、日月星辰，瞬时都在心间，思源的思绪似乎在追根溯源。微星的灵息如一泓清泉，在心间微漾开来。听，这潺潺的流水声，思源让思绪随着这水声而去。在这繁华三千的缘息中，思源独取了这一点。

"少主，将你的灵息和我的融合。"思源听后把手放在了微星的手上。

一瞬间，彼岸生花，浮屠三千。兰若生香，渡水河边。自己似乎穿过了这大千世界，在时光中轻舞飞旋。

"微星？"

"嗯，少主，你感觉到了么，随着自己的灵息，去寻找那历史中的碎片。这是你独有的能力。"微星在耳边轻声说。

铃音清淡，在耳边回旋，在身下的繁河中，有着那闪耀着不同灵光的星星点点。清磬碧浪，灵光在河中激荡。思源往下探望，只见自己胸前的灵珠，此时正如微星一点，散发出淡淡的光晕。

他似是明白了微星这个名字的含义。在冥冥之中，永在身畔的那一抹温存。谢谢你，微星。思源凝神看向繁河，只是有很多处都让自己在意，很难取舍。

"少主，选一处最让你在意的。"微星指引着思源。

"嗯，那就……"思源轻手一点，一丝灵息如提线一般连到了那繁河中的一点，白色的灵光微微浮动。

"少主，我们现在就要进入这个时间点了。"微星此时幻化在思源的身侧，转头看向思源，灿烂一笑。

遣踟蹰、骚客意，千里绵绵，仙浪远、何处凌波微步。此生谁道，镜花水月不是空。

唐 初 雪

这雪霁后，林道深深，刘文房一人踏步在这雪后的山道中。看着这雪衣银衫的山景，就算寒冻，也觉得是不枉此行。文房望向那云间的阁楼，竟有些诗意泠然。的确，在这雪色中，不挥毫作诗，实在是可惜了。这初雪，此时还弥漫在山间。积雪埋膝，一人独步，竟也觉得颇为浪漫。此去一别云门已经半年之久，没想到这次回访，竟遇到了这初雪之景，一会皎然一定会说自己有眼福了。

虽然迷恋这山间雪色，但想到挚友们正煮茶相候，不由地加快了脚步。刘文房压了压帽檐，青毡积雪，已不待拍扫了。

刘文房轻吟：

独行残雪里，相见白云中。

只是他这时候却在林间见到了另外一个身影。

"宋兄?"文房不禁一叹，这不是上次在云门寺遇到的那位来自上海市的很会点茶的小兄弟么?

仔细一看，原来有两人，一青一红，在这雪色中伫立。

刘文房一笑，自是，他乡遇故知，青红雪间开。

他马上快步追了上去。

御手调羹等客来

思源和微星刚刚到了这里，但见雪色霏霏。还好这次是微星跟来，就算许诚的百宝箱不在，还是帮着变出了御寒的古代衣物。

"宋兄！"只听背后一声叫唤。

思源转身，没想到这次穿越过来的地方，有人认识我？还是……又把我认成了宋源？

朱披青毡，云靴玉挂，来者从后面的山径奔来。

只是因为雪压帽檐，不见此人的面容。走近时方见一张有些熟悉的脸庞。

"你是，刘兄？"思源依稀记得此人是上次在云门寺前遇到的那位官人。

"不错。宋兄这次又从上海市赶来了？真是有缘，没想到在这满是雪色的山间遇到了。"刘文房看来很是高兴。

是的，此去一别也不知道过了多久了，思源心想。虽然对自已来说也才几天，不过对刘兄来说应该已经有些年月了。思源忙回道："是啊，上次一别，小弟我一直感念云门的绝色，心心念念想着能再次拜访。此次没想到又遇到了如此大好的雪景，更没想到的是在这雪色中又碰到了刘兄。"

"叫我文房就可以了。"刘文房此时已经走到了思源和微星的身侧，他看向微星，愣是一惊。

思源一笑，的确和自己初见微星时的样子一样，应该也是惊为天人了吧。

"这位……是？"

"哦，这是我的弟弟，微星。"思源介绍到，微星倒是没有想到，以为少主会说家仆、书童什么的，因为刚才讨论的时候自己是这么提议的。思源看了一眼微星，偷偷一笑，呵呵，哪有那么好看的家仆、书童啊！

"哦，哦，龛依大禹穴，楼倚少微星。此名妙哉！妙哉啊！两位不如一起随我入寺吧，不瞒二位，今天我已与友人约好一起在寺中相聚。"

"哦？那是最好了。"思源正愁着怎么入寺呢！上次可没少吃闭门羹。

"说起来，这些友人宋兄也都认识的。"

"哦？"思源细想，难道就是上次的四位么？这次穿越又遇到了他们，看来绝非偶然，难道这些人和雪秀的事件有着什么联系？带着疑问，思源和微星跟着刘文房一起入了云门寺。

这唐朝雪中的云门寺还是与宋朝有所不同。盛唐之时，云门犹盛。如今看来，的确如此。环宇殿阁，浮屠三千，僧侣徐徐，石塔高阶。上次是夜间来寺，看得没有今日那么清楚。遇到如此的大雪，白雪霏迷中思源不禁有些徘徊迷路之感。

微星见此状则微微一笑，本来淡然的脸上，露出了些许兴致。

两人再次走上了西边的走廊，这木廊，盘旋于山脊，穿插于林间，漫漫大雪在身两边洋洋洒洒，往下看去则是一片冰晶白玉。三人此时又来到那横在云端的天廊，思源俯身望去，近处的山林，山脚的城门，远处的城镇，都在一片素白雪羽之中。

雪色相依，花落繁城，古刹钟声，放晚归情。思源一看日色，看来是将近黄昏了。

"寺钟已响，想必皇甫兄他们都等不及了，宋兄，这边请。"刘文房在前面急急躇步，这走廊比之刚才更加陡悬了。三人一直走到了走廊的最顶端，可说是与山顶相齐。

"说来也巧，今日可在这寺中绝胜的香阁赏雪作诗，也是机遇难求的事情。不过夜色将临。宋兄，我们得赶快了，不可错过这云门最上方的绝色。"

刘文房打开木质的门扉，只见阁中香烟缭绕，一僧二客，此时正在品茶赏雪。门扉一开，众人转面而迎。

青童相候，引入室内。

阁内的三人见到思源和微星自然是颇为惊讶，皇甫公子和秦公子赶忙快步上前相迎。

"文房，没想到你带来了奇人，看来今天又可以喝到上次那种'点茶'了。"秦公子很是兴奋。

"不错，上次一别，太过匆忙，没有向施主讨教这点茶之法，实为遗憾。施主此次可否多住几日，让我们可以慢慢学习这神奇的点茶之法。"皎然放下手中的茶具，双手合十，也迎了上来。

"这……"思源看了看微星，微星则是一副淡定的样子。刚才引灵时所见的灿烂笑容此时早就一去不返了。

哎，事到如今，也没有别的办法，只能随机应变，走一步算一步了。

　　思源接过茶饼，按着上次陆游所教的，烤茶饼，碾磨成粉，调膏持筅。下手如风，心间顿生愉悦。

　　疏星皎月，灿然若生。

　　众人又是一片惊叹。

　　"一定得让你见见陆处士。"皎然说道。

　　"不急，不急！高人需要最后才出场。"皇甫公子倚窗而望。

　　"居士高卧白云堆，御手调羹等客来。宋兄，你可知大唐最知名的茶仙最近也住在云门。"秦系坐到了思源身侧，仔细欣赏着汤色的变幻，"真厉害，这汤色，似水墨丹青，点笔都不过如此。宋兄可会画画？"

　　"嗯，只懂皮毛而已。"思源倒是对他刚才说的那句话很是在意，大唐的茶仙，那不是陆羽么？

　　"皇甫兄，陆处士今日是不是和小曾去了越州府？"刘文房问道。

　　"不错，不知道今天还会不会返回寺中，说不定会留宿在越州吧。"皇甫冉在窗边边饮茶边赏雪，好不自在。

　　"宋兄可知道这香阁的典故？"秦系又凑了过来，"此处可是当年密藏兰亭集序的地方。"

　　思源隐隐是记得，唐太宗骗得兰亭序，就是在云门寺。"难道就是在这阁中？"

　　"不错！"秦系用手指了指他们头顶上的横梁，"当年就在这香阁的梁上。"

　　"哦！"思源一看，不由得一笑，想来这兰亭序被萧翼骗走也是让辩才伤透了心吧，而另一面倒是让唐太宗乐开了怀。

　　心中叹道，历史总是那么两面性，只是于谁而言。

　　"不过这香阁还有一物倒是更加神秘莫测，也是我一直苦寻的，无奈寺中之人就是不肯透露半点风声。看来是深受辩才大师的教训了。"秦系看了看皎然。

"阿弥陀佛——"大师双手合十，打起了太极。

"不如宋兄和我晚上一起来这香阁探一探吧，今晚我就打算住在这香阁了。说实话，我已经发现些许的线索了。"秦系偷偷瞄了一眼皎然的反应，只见大师微微蹙眉，像是有所动。

"阿弥陀佛，秦施主，一切皆为幻想，幻由心生，佛法度人。施主又何苦如此执迷不悟呢?"

"呵呵，我只是好奇天香究竟有多香罢了，此乃喜欢制香之人的一个小小心愿而已。"

"既然如此，贫僧也不再阻拦了。"

众人一笑，而此时思源看了看微星，微星默默点了点头。也罢，反正找不到线索也是回不去的，这个急不得，那么就夜宿香阁吧。微星在，也不用害怕什么神仙鬼怪。

第六十二章　山鬼听经藏户牖

夜间的香阁，倚栏微星，阑干十二阙，月上霜天。秦系慢慢熄灭了香阁中的火烛，只留了一盏梁上的小灯，他还帮思源和微星铺好了床褥。

"宋兄不如休息下。这线索不到半夜三更是不会出现的。"秦系此时已经钻进了被子。

也罢，思源对微星点了点头，脱鞋钻入了被子。只是这被中并不寒凉，而是暖意融融，原来秦系在被褥中放上了一个铜制的小暖壶。思源很是感叹他的细致入微。闻着熏香，在暖衾中慢慢入梦。

梦中似是又看到了一些幻想，却又甚是模糊。隐隐间似有一女子调羹点茶，隐约见得一支白碧色的琼花发簪和在纸宣上闲作的诗词小令。还有研磨细碎的朱砂丹粉，暖熏微香的藏香之碟。这些细腻局部的画面在梦中展现，细致之处很清晰，可是到了远景、人脸的时候又趋于模糊了。思源捻了捻被子，禅香袭人，温暖依旧。

这几日一直没有好好安睡一觉，倒是在这唐朝的香阁入寝梦佳期了。

梦到酣时，突闻玉佩细索，而此时，梦中，思源正在笔端笼络，描摹作画。

"少主！"似是微星的玉指拍醒了梦中人。

"嗯？"思源揉了揉惺忪的睡眼，"怎么了？"还是梦呓的喃喃昧。

"有动静！"微星的双眸盯着那微微在风中作响的窗扉。

"嗯!？"思源一听，赶忙爬起，这次来唐朝就是要找和雪秀相关的线索，思源立马清醒过来。这个一定和线索有关。

思源看了看还在被窝中的秦系，似是还在酣睡。于是自己轻轻穿鞋，和微星一起慢慢地走到那窗前的屏风后躲着。

只听得响声越来越大，这窗牖竟然自己打开了。思源奇怪，按说这窗户是反锁的，看来微星说得没错，定不是寻常之气。只见一团黑影慢慢地探身进窗扉，看了看四下，他见秦系在熟睡，便轻轻飞入屋中。黑影似蒸腾烟雾那般，如幻无形。

黑影慢慢靠近秦系睡觉的那一侧，像是要靠近秦系床头的一扇内窗。微星正欲动手，却见秦系突然掀被掷物，那黑影被吓到，只见一暖炉穿过黑影，掷地有声，火花四溅。

"这暖壶中有符咒！"微星看出了那火花中的道法。

这黑影一缩，但退后又有着火花四溢的符咒，于是只能和秦系僵持着。

"哪来的偷香鬼，也不知道这天香可是连我都没闻过的。"看来秦系是装睡，此时已经悠然地穿鞋端立。

微星和思源见状，也走出了屏风，来到了黑影身后。

那黑影一惊，没想到后面还有人。

"原来秦兄早有准备了。"思源对着秦系说道。

"哪里哪里，只是问识得道法的朋友讨了几个灵符放在暖炉中。"秦系此时拿起床头的灯，做欲点灯之状，"你是何鬼，还不从实招来。不然我就点燃这佛灯了。"

"别别别……"黑影似是吓到了，"小鬼我已经有些许修为，也常来云门听经礼佛，还请施主手下留情。"

"哦？既然如此，又何苦来偷香。"秦系把灯放下，饶有兴致地问到。

"这！这是……"

"也罢，其实还得谢谢你，让我知道了这天香所在之处。是在这窗牖之中么？"秦系踩在了床上，伸手敲响了那窗扉。

"嗯……嗯。"黑影无奈，只能作答，"这牖上有一个机关，要连拨三下才行。"

"原来如此，这些老刁僧，那么精明。"机关转动三下，窗牖果然打开了，一只雪白剔透的玉壶藏在这暗格中。

秦系一喜，打开了这玉壶，忽然间花香满溢，冲鼻而来。有月桂的甜腻、玉兰的幽香、茉莉的清丽、檀香的古朴……总之不可一一而就，一一道来。

思源和秦系正被这奇香所迷，这黑影突然一把夺过玉壶。瞬间黑雾弥漫，让众人看不到他去处。

"青苹点灯！"微星的指令一出，这屋内瞬间烛火熠熠。黑烟散去，只是不见山鬼。微星攀上窗沿，原来那黑鬼已经沿着山廊的檐壁飞步而逃。

"哼！"微星冷冷一笑，瞬身飞出窗扉，踩着白雪覆盖的廊顶直下山脊。

"哇！原来你的弟弟武功那么了得啊！"秦系探头出窗，看着雪檐顶上互相追逐的，那一黑一青的两个身影。

"额……"思源也不知道怎么解释，眼看着微星越追越远。

他所到之处，也都是青苹点灯。山廊中的悬灯，一一被点亮。须臾，已是支支灯影点缀山间，延绵长廊华灯不绝。

"哎，看来今晚有的闹腾了。不过天香被盗，老和尚们也是睡不安稳了。我们也去凑凑热闹吧！"秦系点亮了一个提灯，披上了披风，对着思源招招手。

于是两人开门，来到了过道上，"我们得快点，不然就跟不上了。"秦系说到。

廊中已经繁灯点点，两人快速地奔下山去。这秦系跑得飞快，思源也只能极力赶上。

黑鬼、微星、秦系、思源，在这山廊一上一下，各自飞奔追逐。

思源和秦系越追越快，直到那灯火就在他们眼前点亮，两人一并抬头，看向廊顶。

对视一眼，想来微星就在这顶上不远处。听得踩雪飞檐之声。两人再次往前跑去，却发现前面就是那天廊了。

"站住！"微星莲花指点，布下法阵。在此天廊之上，无山壁屏障，这黑鬼瞬间就被青色的结界围住。

"哼，几张符咒就想禁锢住我？天方夜谭。"那黑鬼转身对着微星，一副戏蔑的样子。

"你这山鬼，倒是机智，想来也只是想利用凡人之手把天香拿出那佛法香檀的结界罢了。只可惜，你运气不佳，遇到了在此路过的本仙！"微星眼若星辰，隐隐生光，

"仙！"黑鬼一怔，转而大笑，"这若耶洞天之中还有哪个神仙是我还不知道的，今天正是神仙们一月一次的赏月宴，我才得以出来偷香。想来也是巧，本来每次都只能取一点点回去。都怪那佛家结界，妖怪灵息的我每次只能取到一小勺。没想到今天遇

到一个凡人，我自然是乐见其成。"

　　"我的确不是这一朝代、这一时间点的仙人，所以我说了，权当路过。信不信，你试试便知。"微星执笛在手，吹响笛音，水漾青苹，黑鬼身周又套上了一层结界。

第六十四章

但画卷、依稀描著

　　"想用结界困住我？"黑鬼自然是很不耐烦，黑烟再次升起，"也不想想我是烟云！"

　　微星的身侧黑烟袭来，原来这黑鬼留有后招，身躯不是聚在一块，而是留有一丝在那几米开外之处，以备金蝉脱壳。

　　而此时外面的分身已经迅速集结，朝着微星扑来。

　　"哼！"微星轻跃，在空中一个空翻，点立在青萍之上，"既然如此，本仙就陪你玩玩。"微星兰指一弹，一排银针向黑烟飞去。

　　"呵呵，我可是云烟，你怎么可能用利器伤到我？"黑烟正洋洋得意。却突然觉得自身的灵息被拉扯了过去。

　　"这是！？"黑鬼心中大喊不好。原来自己的灵息被这几枚银针牵引住了，此时牢牢地钉在了这白雪覆盖的廊檐之上。

　　"你以为这只会是一般的银针么？我说了，我是路过之仙。

这是灵息针，会把你的灵息牢牢钉在我想要的位置上。"自信的笑容浮现在微星的脸上，像是在说山鬼你已经无处可逃。

"哼！你以为我的灵息只有那么一点点么？"黑鬼此时聚灵，那原本在青苹结界中的黑烟竟然全部都不见了。

微星定睛一看，原来是都集聚在自己的身侧了。想来这山鬼的确还算是有点本事，不然也不会自视甚高。黑烟袭来，微星再次一笑，只是立在青苹上不动。

黑鬼得意，以为得手，没想到却碰撞上了很强的法障，愣是被弹了回去。

"岂有此理！"

微星依旧不动声色，眼神沉静，转笛在手，兰指轻划，在空中画出一道弧线，似是牵引。那黑鬼此时感觉自己的灵息已经完全被拽住了，一点也动弹不得。

原来微星指尖扯动的就是那银针固定的灵息。此时黑鬼就似提线木偶一般，尽在微星的掌控之中。

"还不快把天香交出。"微星对黑鬼义正辞严地说道。

而此时，思源也在秦系的带领下，打开了天廊上的天窗，步上云梯，探头出来观看。

见微星已经全然压制了黑鬼，两人总算叹了口气。

"是啊！山鬼，你还不束手就擒！"秦系帮腔唤道。

这黑鬼哪里肯从，但无奈被挟持手足，微星轻轻一拉，他就自动交出了玉壶。微星轻取玉壶，放入袖袋中。又从怀中取出一颗小珠，插笛在腰间，单手结印，拉扯银针。这黑鬼就慢慢飘在了空中。兰指仙印，青色的灵息将黑鬼围绕，瞬间就将这山鬼封入了这一粒珍珠之中。

"放我出去，放我出去！"黑鬼还在珍珠中不停叫唤。

微星轻点积雪，飞到思源和秦系的身前。

"哇！吾果然没有看错人！令弟真是人中龙凤、仙风道骨啊！"秦系问微星讨过了珍珠，看着那山鬼在珠子中不停拍叫，觉得好生有趣。

三人回到了香阁，又将那玉壶放入机关之中。

秦系拿出珠子开始审问山鬼。

众人想问出他为什么要偷香，但山鬼却一直静坐抗议，避而不谈。

"这天香到底是何物，如此珍贵？"思源问道。

"此香为云门的特制之物，秘法不外传。许多香客和有识之士都争相讨香，以求一闻。但这山寺之僧却总以天香可贵，讲求佛缘而不予以公开。不过有缘之人还是可以窥得一二，譬如两位十分有名的诗人分别留有诗句，一曰：天香众壑满，另曰：天香满袖归。"

"哼！这香可是稀罕之物，哪有那么简单，"此时这珍珠中的黑鬼倒是念念叨叨起来，"这可是奇香，制法几近失传，凡人闻之可以修仙，妖仙闻之则可以功力大涨。总之这香有着几百种名贵的药材和药引，十分难得。不过要不是我家主人喜欢，我也用不着来偷。哼，你以为我愿意啊！"这山鬼这会已经自顾自地躺在珍珠里，开始埋怨起来。

"你家主人？哦？"秦系喃喃到。

黑鬼马上捂住口，但随后又对着秦系吐了吐舌头，"就不告诉你，就不告诉你，哼！"

"呵呵。"思源一笑，心想这黑鬼倒是着实可爱。

"喂！你说你经常来云门听经礼佛，可是真的？"秦系问到。

"真的啊，我不是什么坏鬼堕妖的，好不好，不然我也不能这样自由出入佛门。就是因为我有佛缘。"那黑鬼摆出一副很得意的样子来。

"好吧，既然如此。我只能把你送到寺中法师那边，让他们代为看管了。不过，为免你再次来盗天香，不能放虎归山，不如就让他们把你放在佛灯之下，沐浴佛法，听经修行吧。"秦系坏坏地笑到。

"不行！虽然我也想礼佛修行，但我还得回主人那里。我……你这黄口小儿，快点放我出去。"那黑鬼一听就急得直跺脚，看来是归心似箭了。

秦系可不去理会他，把珍珠放入了袖中。"今夜多亏二位相助，不然我可是要背上丢失天香的罪名了。哎，好在有惊无险。"秦系说完便向桌几走去，拿起了桌上的一支笔，清水研墨，沾笔细润。突然执笔上床，走向了那窗牖，在上面题起字来。思源觉得好奇，走进一看，只见：

"恐入壶中住，须传肘后方。"

"玉壶在此，修道捷径。可惜了，我秦系还没有看破红尘，还做不得这壶中仙。"秦系转头看向思源，"宋兄不是会画画么？不如为我这小句配上一画如何？"

"这？"思源此时倒是真的觉得有些手痒了。说起来也是，自从第一次穿越后，一直都没有闲暇，已经好久没有动笔了。不过，此地此窗也只能用毛笔作画了。

"好！"思源拿出了胸前的狼毫小笔，轻捻笔尖，直接端着砚盘来到了秦系身边。

画什么呢？思源细想，脑中蹦出的竟然是……

不由得一笑，开始在窗牖上描画起来。云烟周身，鬼脸捧壶。刚才那黑烟山鬼跃然而出。只是思源万万没有想到的是，这小笔竟然自动在这山鬼的旁边，带着自己的手，画上一朵花的印记。

"嗯？"不知道为什么思源觉得这花好似有点眼熟，但一时又不太想的起来了。

　　刚画好，正要收笔，却见小笔微微泛出了荧光，又有烟火喷出。思源一惊！小笔生花，难道又有什么重要的事情要发生？

　　现在诸夏不在，思源便看向微星，寻求解释。

　　微星也赶忙上前细看。只是这烟花倾洒了一会，就径自停了。

　　"宋兄果然非凡人，秦系真是有幸……有幸，得见小笔生……花？"秦系倒是一脸看好戏的样子。

　　"少……哥哥。你看！这山鬼。"微星似是看到了什么异常，指向了窗牖。

　　思源回头，刚画上去的山鬼，此时竟然微微晃动，而他身侧的云烟也随着飘动起来，似真似幻。刚才小笔自动画出的那朵小花此时已经自动蔓延开来，似是成长的藤蔓一般，墨色的花藤慢慢延伸。

　　这花藤就似慢慢摊开的画卷一般，自动描著着。

　　不多久，整个窗框都有了花藤的铺陈，那细润的墨色和木质窗沿显得相得益彰，分外的好看。

第六十五章 花色在木，笔在间

微星一笑，像是很开心的样子，"少……哥哥，这是小笔开花了，微星也是第一次见。只依稀听说过，曾经有一位先祖也有着类似的能力。"

思源还是一脸的不可思议，正想问个明白。却听得这墨色的山鬼开口说话了！

"少主，画笔成仙，召唤出我，可有要事？"这山鬼此时已经跃出窗牖，振振有词。

"这！"

"少主希望你可以镇守在此，保护天香不再被盗。"微星帮着思源发话起来。

"是，仙人，山鬼遵命。"小山鬼点指在木框，像是画下什么符咒。"我当在此，与此地此寺此窗牖共存亡。"小鬼立下誓言后就又隐隐飞入窗框，定格成画。

"如此实乃大幸，天香以后有此山鬼护法，我也是安心不少。"秦系像是松了一口气，又从袖口中拿出珍珠，把它举到了思源画着的山鬼画前，"山鬼大人，请看，以后就由你的画像来镇守天香了。"

这黑鬼在珠中一看，大惊，没想到思源把自己画得那么惟妙惟肖。

"哼! 怎么着都是假的。"山鬼似是有些不满，转身不再理会。

"宋兄，这山鬼我明日就会交于皓然法师，让寺中的高僧来安置他吧。"由于这珠子是微星的，秦系似是在寻求他们的许可。思源看了看微星，微星点了点头以示默许。

"如此甚好。"秦系爽朗一笑。

"喂? 你们该不会要把我卖了吧!"山鬼似乎还是有所顾虑。

"放心，佛家以慈悲为怀，对妖鬼也会宽容的。我会为你求情的。"秦系转头又开始细细观赏起窗上的题诗和墨画，口中念叨着："真是神奇! 绝配，绝配啊!"

思源看了看手中的狼毫小笔，此时它已经恢复正常。心想，难道以后用此笔作画，都会有意想不到的事情发生?

正所谓：

忆曾将、江南草木，笔端笼络。花色在木，笔在间，更不忆指点江山，妙笔生花。

天已微亮，秦系建议三人再入寝休息片刻，因为一会还得和友人在岩东院相会。思源的确有些劳累了，折腾了一个晚上，自然是困顿了，于是三人再次入香衾而眠。

岩东院

思源和微星起床后随着秦系赶到了岩东院的厢房，据说昨日皎然陪着刘文房和皇甫冉在此留宿。三人将昨晚的经历和盘托出，并将珍珠交给了皎然。皎然法师也觉得将此珍珠放在佛前听经礼读会比较好些。于是便书信一封，吩咐手下的小沙弥将此珠一并交给寺中高僧，希望他们帮忙加以安置和看管。

原来昨晚皎然法师接到了陆处士的传信，说是要他一并去越州府论茶。所以便没有时间亲自处理山鬼一事，但他答允一定会好好确定后续事宜，众人也就放心了。

秦系、刘文房、皇甫冉三人则邀请思源再次点茶赏雪，思源和微星答应后便一并留在了岩东院。

"宋兄的点茶之术果然绝妙，在下实在是自叹不如，望宋兄赐教。"刘文房看着茶汤再次感叹到。

"是啊，宋兄，不如你就教一教我们三人这点茶之术，如何？"秦系饮茶后唇齿余香，不能自已，于是提出了这个要求。

"如若学成，我等也可日日为自己点茶，在这茶香下，诗兴定会不同往日。"皇甫冉赏着院中的雪景慢慢叹道。

思源心想三位都是爱茶之人，而且诗风凌然，如若能帮他们添助诗兴，也不失为一件好事，于是便爽快地答应了。

思源按着步骤教众人调膏、笔茶，并手把手地示范着手的力度和茶色的控制。

三位都是有灵性之人，的确一点即通，只需多加练习，就可日臻完美了。

点茶过后，三人相邀思源、微星踏雪散步。

雪霁云开，天朗气清，院中一派古朴的景色。

"宋兄可知，此处有一古梅，不如我们一起踏雪访梅。"刘文房提议到。

众人皆觉得不错，于是踩雪而往就。

"昨日那梅花还未开起，今日不知如何了？"皇甫冉说到。

此时秦系突然凑了过来，"宋兄，不如我们先快步到那古梅处。"说完，秦系便携着思源一起快步奔向外苑。

微星见状也马上跟了上去。

"秦兄，你这是？"思源不解。

"要是那古梅未开，岂不是扫了大家的雅兴。尽兴而来，败兴而归，那就甚为遗憾了。"秦系灿烂一笑，这感觉倒是让思源想起了许诚。

"宋兄不是会妙笔生花么，所以要是梅花未开，宋兄用笔一点即刻让这古梅开花，如此一来岂不是完美了！"这秦系看似活泼，其实却是个心思细腻、处处为人着想之人，思源对他的好感不由地又高了一层。

两人到了梅前，果然还是花苞未放。于是思源拿出小笔，闭气凝神，用小笔点了点树干。可是却没有丝毫的动静。

这究竟是怎么回事？

"对了，墨！"秦系突然恍然大悟，可是此时去房中拿墨已经来不及了。

"少……哥哥。"微星追了上来，看到两人想要小笔生花，不由得心中一叹。微星手中化法，兰指轻弹，那古梅便刹那芳华，花苞微放，愈开愈烈。

微星来到了思源身边，轻轻在思源耳边说："少主，你要化灵息为墨，才能再次御灵、妙笔生花。"

"哦……"思源微微叹了口气，心想着自己真是得好好练习下这灵息的遣使之道了。

而此时皇甫冉和刘文房已经来到了他们身后，开始感叹这梅花的不期而至了。

"宋兄可知当朝名相的《梅花赋》？"刘文房拈花轻吟，"万木僵仆，梅英载吐；玉立冰洁，不易厥素；子善体物，永保贞固。"

思源听后，感觉此句倒是说出了自己的心声。自己喜欢体物画画，也想在这俗世中，永保那一份纯真。

"若夫琼英缀雪，绛萼著霜，俨如傅粉，是谓何郎。"秦系突然又跟上了一句，示意皇甫冉接下句。

"清馨潜袭，疏蕊暗臭，又如窃香，是谓韩寿。"皇甫冉果然马上就接上了。

"冻雨晚湿，宿露朝滋，又如英皇泣于九嶷。"刘文房也加入了这接文的游戏中。

三人又转身看向了思源和微星。

"爱日烘晴，明蟾照夜，又如神人来自姑射。"微星淡然地接到。

轮到思源了，思源有些羞愧，自己是真的接不上来。正焦急间却听到微星传音给自己，于是跟着传音读出："烟晦晨昏，阴霾昼闭，又如通德掩袖拥髻。"

三位诗人都灿然一笑，最后一起说出了："狂飙卷沙，飘素摧柔，又如绿珠轻身坠楼。"

"唯闻暗香来，一吟是梅花。"秦系深情地念道，"这《梅花赋》是我们三人最爱的赋作了，因而结成梅花诗社，酬唱往来。"

"宋兄为梅花宰相的同族，自然也是我们的上宾了。"刘文房赞许地看向了思源。

虽然思源不是很明白他们的意思，但却很是被他们三人之间的这种情谊所感动。

踏雪临梅急，看花署字迟。雪色梅边，梅花赋兴，云舒言。

第六十六章

甲子不解岁恨愁

水动声声，一叶扁舟。花落船舷，不期如梦。拈花把酒，不羁形囊，恣意山水中。

维舟盖好了酒壶，定了定钓竿。在这夏色中，慵懒地伸了一个懒腰。

"哎，姜太公钓鱼，愿者上钩，此时有钩都不行么？"维舟又打了个哈欠。

波平如镜的湖面上，这位身着花色披风的大叔，似乎有了些睡意。于是拿来斗笠，想盖在脸上，小歇一会。

突闻一阵清风，那花雨扑面而来，维舟伸手，接住了花瓣，却见这花瓣融化在手心。

维舟一笑，发丝微扬，这久违的味道，终于来了。只见他从船中跃起，点水而立，仰天长笑起来。

"甲子不解岁恨愁，孤舟维我醉春秋。领主驾到，维舟有失远迎啊！"维舟将酒壶抛向了风中。

手起壶落，风中人接过酒壶。

"那么多年来，这酒还是如此醇香啊！"绿衣仙灵显现，打开酒壶，饮了几口，又把酒壶抛还给了维舟。

"唯有酒作伴，孤身守香丘。"维舟痛饮了几口，"领主又不是不知道，派我一个人来这里，自然是因为我只要这酒就可以快活上几十年了，当然几百年也不在话下。"

"一切可好？"诸夏神色一紧，开门见山。

维舟不由得抬眼望向领主，他把酒壶插在了腰间。心想领主一来就问守护之事，看来外面的确是颇为吃紧了。

"没有什么异样。该守护的依然被好好守护着，该被保护的也依然在最安全的地方。而开启这些的钥匙也都好好的在我身上。"风再次吹起，维舟腰前的配饰玲玲作响。

"如此就好。不过此次非同一般，所以我才急着赶来。想必这里会是最后的争夺点。"诸夏凌波微步，须臾已入得船舱。

维舟也一并进入了这乌篷的小舱中。

"看来领主此次前来，没有那么简单啊！我已经收到弥生的传书，也大致知道了祠堂里发生的变故。"维舟入舱后，打开已经所剩无几的酒壶。这舱中举目尽是酒坛，只见他打开一个坛盖子上的红封纸，用银色的沽酒勺子舀酒欲灌。

不过在灌酒前他还是不忘多呷几口，"啊——好酒，这是前几天鉴湖地仙带来的上好手工老酒，今个儿领主来了，我当然不会自己藏着。"维舟又从身后拿出一个银色的漏斗，慢慢灌酒入葫芦。

"维舟真是有心了。"诸夏接过维舟从葫芦中倒出的一小盅黄酒，一饮而尽。

维舟边喝酒边化法驱动船只，这乌篷就如此自动地在水间行了起来。"来，领主。我们边行边聊。我有预感，这次估计是得大动筋骨了。"

小小的乌篷载着二仙，往帘洞中行去。

唐 岩东院

这几日，思源和微星一直在岩东院和三位诗人一起品茶问道。虽说心急但也没有办法，因为没有任何回去的法阵和灵光闪现。而这几日的大雪也是丝毫没有停下来的意思，这寺中依然被白雪所笼罩。

"少主不用太担心，静待机缘即可。"微星给思源倒了一杯水，近日品了不少稀有的茶种，此时思源正想漱口再接着点茶品茶。

"希望如此吧，只是不知道诸夏他们那边怎么样了。"思源叹了口气，虽然自己也知道急不来，但毕竟还是为诸夏和白鹿担心。

"宋兄？"正想间，只见刘兄入房来。

"文房可有要事？"思源觉得奇怪，按说还没有到众人汇集点茶的时间。

"实不相瞒，收到越州的来信，有要事，恐是得启程了，所以特来辞行。"刘文房入座行礼后，开始帮着思源碾茶。

"这……"思源正想着自己什么时候能回去，没想到文房倒是要先走了。说实话，思源真是甚为不舍。

"哦，对了，还有一件事。"文房轻轻一笑，将茶粉递给思源，"上次你们抓的那个山鬼，寺中方丈今日一早已经把他放入佛前的莲灯之内了。希望他日后可以潜心礼佛，早日洗去痴念。"

"哦？"思源心想，这山鬼颇有蹊跷，而且也是自己小笔生花的第一个原型，不管怎么样还是得再去看看的。"如此甚好啊！

吾倒是想去看看。"

"文房也是那么想的，在走之前不如先去趟大殿看看吧。"

"那么，事不宜迟，我们这就动身吧。"思源给微星使了一个眼色。

三人整理好茶具后便出了岩东院，直奔大殿而去。

这唐朝的大殿思源还从来没有来过。不同于宋朝，唐朝的云门禅寺还算是一家，并没有彻底分寺。这大殿，细看之下也是宏伟异常，精雕细琢不在话下。光是拱顶和门楣就让思源大开眼界，飞天、佛神、木雕、石栏、彩图、壁画……一切可说是应有尽有，让主修美术的思源有些悠然神往起来。三人来到了大殿的正中，却见秦系正仰头望着佛前花灯。

看到众人后，秦系不由得一笑，"诸位也来了啊，这山鬼好有面子。"

"哼！"只听一声埋怨从花灯中传出。"你们以为这样困得住我么？虽说这样也能增进我的修为，但毕竟不是我所喜欢的修行方式。我迟早会逃出去的。"

微星一笑，"要破我的结界不是那么容易的。"

"哼！"黑鬼看来是不能否认这点。

的确，四仙之中，微星是最擅长结界的，这一点思源听诸夏提起过。

"听说刘兄也要赶去越州府。"秦系问到。

刘文房叹了口气，有些不舍，"确实如此。今日就要起身上路了。"

"原来如此！不如就由我、宋兄和微星一起送你出山如何？"秦系提议道。

思源一听也点头称是。

"这……天气寒冻，如何好意思……"

"刘兄就别推脱了，我也想顺道一览山中雪景。"秦系说完便急着去房里准备了。

待到吃完午斋，众人便出寺相送刘文房。

这山间雪景，就如那天思源和微星刚穿越到此地时一样，银装雪树，雪色依依。众人穿梭在参天的树间，踏雪下山。

所思劳日夕，惆怅去西东。

在这雪色中，越歌难起，离弦瑟瑟。

刘文房依然穿戴着那天雪中相遇时的红色披风、乌青毡帽。

思源想到了每次来唐朝都会遇得文房，而且每次他都会帮自己解围引路，不由得深深感怀。

"就到这里吧，急雪掩情，不足多道。诸位，就此别过了。"文房行礼后，朝着路口的马车走去。

马车压雪远去，车轮印记犹在。只是故人已去，只能改待他日之重逢了。

第六十七章　酬唱离别在山亭

"宋兄可知这离别之伤，最为忧心。看这雪似琼花满地，如今三人也只余下我一人了。倒是宋兄，面露急色，似也有离去之意。"秦系还是一如既往地细致入微。"宋兄如果急所欲他事，不如且去。秦系深知宋兄不是常人，定不会是无故而来。但如若心中有所系，不如先去处理，山鬼之事我自会帮宋兄留意的。"

没想到这位唐朝之友，一下就点出了思源心中所想。思源听得秦系这一席话方才有些顿悟，的确，心在他处，不如直赴牵挂。

微星似是读出了少主所想，只是无奈如今似乎还不能回去。

"秦兄真是看得透彻，以后称呼我思源就好。"思源抱拳行礼。

"我只是觉得宋兄定比我年长而已。"秦系一笑，转身仰望那山间的古庙。

"唐朝诗地晋朝寺，不掩雪色看子敬。情缘已逝松林尽，酬唱离别在山亭。宋兄和微星可愿与我一起去一个地方。"秦系再次转身，他俊秀的脸色在这白雪中依然红润。

看着如此纯真的秦系，思源倒是想起了思珂。也许他真的比自己小吧，思源心中一笑，不对，其实他不知道比自己大上多少呢！不过此时的秦系的确是年少可爱，给人一种是邻家弟弟一般的感觉。

"且去？"

"既往！"

秦系脸上再次浮现出了自信的笑容。只是而后那再次望入林间的眼眸中似是蒙上了一层忧郁。

秦系快步步入林间，飞雪拂面，肩边的积雪落在足边。思源和微星也跟了上去，三人穿过林间，往西而去。踏雪深埋，举步没入，说实话思源从没在南方见过这样的大雪，不过还好靴子很是保暖。只是越走越觉得此地有着些许熟悉之感。

这是五云溪？五云桥？行进间果见一片松林，思源不禁喜上眉梢，真是踏雪无觅处，得来五云溪。思源有着一种预感，就是这里了，这里会有自己要找的碎片。

正想间，却不见秦系继续往西了，而是转而往西北去了。思源望了望西边，犹豫后还是跟紧了秦系。三人越走越接近云门寺，乃至与寺庙并肩比邻。

思源正欲问，却见前有曲水。溪流磐石，苍苔雪覆。那流水在雪中依然潺潺，而溪流旁边则是茂林修竹。众人穿过雪色靡靡的竹林，见一山亭在这已有坡度的山间造立。

秦系率先入亭，开始远眺山色。彼时东山在望，雪树参差，寺钟清音，隐隐在耳。

"宋兄可知，这是何处？"秦系仰望山间，岩壑苍白，层若叠嶂。

思源摇了摇头。

秦系不由得闭眼，像是沉迷其中。

"从山阴道上行，山川自相映发，使人应接不暇。若秋冬之际，尤难为怀。"秦系微笑着回头看向思源和微星。

思源和微星见状，便也入亭观景。

"潇洒如子敬，也终不能与爱白头。隐居云门，舍宅为寺，方成全今日之云门胜景。斗转星移，历史不过一瞬尔尔。感念其情其志，不是吾辈所能及。此亭即为子敬当年隐居之时的山亭。"众人再次远望山色，虽然来时路上古木参天，但独到此处，却是空旷可见天日。举目远望可见周边山色，不被树木遮掩。

风起，雪打亭檐。思源和微星此时也随着秦系一起在这亭中共赏山阴的冬日雪华。但不知道为何，却觉得心中甚是悲戚，这风雪越来越大，心中的起伏也越来越猛烈。这种感觉，是前所未有的，思源突然觉得心中的焦急又多了那么一层。

正在雅望间，微星突然捂胸，觉得疼痛难耐，他惊恐地看向思源。

"微星！"思源赶忙扶住微星，看他的样子似是站不稳了。

"少主！我突然觉得灵息好乱，无法运气自如。"微星在思源耳边有气无力地说着。

"我也觉得有些心烦意乱，我们该怎么办？"还没说完，思源猛然觉得腰部像是被人重击了一下，瞬间难以站立，难道微星也是如此么？

"啊——啊！"思源痛得大叫起来，秦系见状赶忙过来扶住两人，一并想要把两人扶往亭中坐下。

可是思源此时已经动弹不得，腰部疼痛难耐，哪里还坐得下来。

"少主，我们……得回去了。"

"什么……现在?"思源和微星两人此时根本连站立都很困难。

"嗯……结界已经打开了,看来我们在这里已经找到了足够的碎片……而且你我灵息大乱,定是若耶洞天有难,震荡波及到此所致。我……担心领主和众人的安危,所以我们还是速速回去为好。"微星咬牙化法,只见一个蓝色的法阵在亭中显现出来。

"可是?你撑得住么?我实在是动弹不得了。"思源按着自己的腰,撕心裂肺的痛感没有减弱分毫。

"少主莫怕,暂且一忍,我会直接把行法传送到祠堂。那里有先祖的结界和灵咒护佑,可以修养灵息,相信到了那里,就不会如此难受了。这也是唯一可以解除痛苦的办法了。"微星惨白的脸上强忍着痛楚,他对着秦系露出惨淡的一笑。

"麻烦你了,秦公子,把我们扶到这法阵之中。"

秦系不敢耽搁,忙揽着两人入法阵,自己则将脚摆在了法阵外。

思源还没来得及和秦系道别。"秦弟……"正欲说间,他和微星都重重摔在了木质地板上。

"啊!……我的腰!"思源心中一紧,但腰痛确实像是缓解了一些。而此时自己又有些昏昏欲睡之感,眼中渐渐迷离,隐约间看到一人奔向自己。

"弥生……"思源的意识慢慢远去。

比弥生后到的是许诚,想来思源这一去就是好几日,正在担心。没想到此次他竟然和微星一起直接传回了祠堂中,听闻春兰姐妹的报告后许诚马上赶了过来。

他赶到时,却见幽暗的祠堂中结界四显,灵光交相辉映,而在其间的竟然是昏倒在地的思源和微星。已经到达的弥生此时也是一脸的焦急。

"快，速速招齐春兰姐妹。少主和微星被法力冲撞了，灵息涣散。急需治疗！"弥生此时拿出弯刀，竟然执刀一划，手臂瞬间鲜血四溅。然后迅速结印，念念有词，她周身瞬间变得碧绿，额头灵印瞬现。

"弥生姐姐！"春兰姐妹见到此状，惊叫起来。

"我怕来不及了！你快用苎萝网召唤春兰所有姐妹！"

"是！"许诚身边的这位春兰姑娘马上蹲倒在地，扶手入木，绿色的灵息在木板中蔓延，一张地网编制而成。

"苎萝人在，天罗地网。"这小网瞬间灵息四延，如闪电般快速传递、散开。片刻，春兰姐妹们一一闪现。

"少主和微星有难，大家快点分输灵息入他们体内！"弥生大声喝令道。

"是！"三十五道灵光瞬间传入结界。

"思源！"许诚想要进去，却被拦在外面。此时的自己也只能干着急，唯有静静地祈祷思源和微星不要有事。

第六卷
若耶深处青鸢乡

船循樵风，机甲宫拜会若耶三十六地仙；
鬓插茱萸，楚韵越歌夜探若耶源头之水。

图六　古代鉴湖图

　　羽沐清转而又指向了现在的水脉图，"所以古时若耶溪的水位是高于今日的。那时的若耶溪可说是深而不测。因鉴湖未废，正以堤雍而水高，故若耶溪等诸沟涧皆满。唐时皆可乘舟舫从越州城内出发直至云门诸寺。但现今已是不可能了。"（取自此卷第八十二章　楚韵越歌古溪口）

　　【图片来源：明万历十五年（1587）《绍兴府志》刻本，见《绍兴历史地图考释》，屠剑虹编著，中华书局2013年版】

第六十八章

沧海一槎化血缘

月黑风高，雪打屋檐，灯暗笔转。今日的佛殿，只得一人在这靡靡莲灯之下，他在抄写经文。佛经小楷；一笔一划尽在心间。只是在这深夜，他为什么要独坐于佛殿，而不去禅房休息，实在让人不解。

锋回笔转，雪急拍窗。白袂雪衣，飞落殿前，踏步越门栏。佛家梵音阵阵，沾着飞雪的裙摆，抖落在地上的雪花晕化成点点水珠，在这佛殿的青石板地砖上拖旎行至人前。

"文房？"雪衣女子看到佛殿之人，有些惊讶。

男子停下手中的笔触，整了整经文，从容地望向白衣女子，"雪秀。"

雪秀，雪秀！雪秀，雪秀？

思源在睡梦中呢喃，却觉得额上冰凉，温和适宜。

"思源？"

这声音是……诸夏？对，我回来了，已经回来了，诸夏也来了么……诸夏。

"诸夏……"思源努力睁开双眼，映入眼帘的却是许诚。

"思源?"呵呵，呵呵，许诚说话间不住地抹眼，似是边哭边笑。

思源慢慢地想要起身，"傻瓜!"只见许诚帮着自己，把自己搀扶起来。

"你这个傻瓜!"许诚忍住快要溢出眼眶的眼泪，一把抱住了思源。

"我以后一定跟着你，不再让你一个人去承受了。"许诚很懊悔地握紧了拳头。

思源还有些迷迷糊糊，但许诚这一抱，的确让人觉得很温暖。

"微星……呢?"思源问到。

引来的却是长长的沉默。许诚放开思源，慢慢后退，直到碰到墙角。

他这样的反应，让思源更加担心起来，嗓子眼似是放了铅块那般慢慢下沉。

"微星呢?"思源再次焦急地问。想要起身，却发现腰间还是一阵疼痛。"啊——"思源隐忍不住，叫了起来。许诚赶忙又过来扶住思源。

"你还不能乱动。"许诚搀住思源说到。

"不行，我要见微星! 你快告诉我他在哪儿!"

"微星没事，只是还在昏迷中。"传来的是清伊的声音。

思源像是在沧海中找到了一槎，瞬间安心了下来，身子一瘫，差点跪在了地上，其实此时的思源已经泪眼婆娑。他感觉到了，感觉到了什么，他们好不容易从唐朝回来，他忍不住要痛哭的原因，也许连他自己都不太明白，只是觉得那无尽的悲伤在心间滋长。

思源越哭越大声，眼泪不停滴落在老屋木质的地板上。他感觉像是失去了什么，而且是那种再也找不回来的悲痛感。思源不停地捶着自己的心口，"不要，不要，都是我没用，是我没用。"

许诚看着思源如此难受，便上前制止。

"没事了没事了。"许诚安慰着。

清伊什么都没说，只是静静地看着。直到思源哭声减弱，她才蹲下来。"我带你去看看微星吧。"

思源点了点头。

思源随着清伊来到了祠堂，只见微星躺在一个绿色的法阵之上。他虚弱的脸上没有一丝生气，像是深深地睡去一般。

"微星……"不管思源怎么叫都是没有回应，思源转头看向清伊。

"他也太拼了，在那样的情况下，耗尽最后的灵力传送到了祠堂。因为溪风谷……的事情，他的灵力几乎消耗殆尽。"

"溪风谷？清伊，到底发生了什么？为什么我已经好了，微星还没醒来？"

"少主你是因为……弥生割血救你，硬生生地把灵息拼凑给你。而且溪风谷对少主你的影响毕竟有限……"

"有限？"思源摸摸依然疼痛的腰。看看还在结界中的微星。如此看来，那时候，微星该是有多难受啊。

"我……我没有保护好微星。"

"少主不用太介怀，当初马上回来的决定是正确的。你们就算留在唐朝也不会有任何好转的。微星会好起来，只是需要时间。"清伊安慰到，她唤出煌煌，这玄鸟此时如黄鹂那般飞到了思源的肩上，轻声啼叫。

思源似乎想到了什么。转身认真地看向清伊，"诸夏说过，我的灵息和微星很合，那么如果我把灵息传递给微星，他是不是能恢复得更快？"

清伊没有否认，"虽然别人不会让你那么做。但清伊觉得这都是少主你个人的选择。"

"那就好！"思源的脸上总算露出了一些笑意。只是转念一想，自己并不会度灵，上次穿越到唐朝也是微星帮我控制灵息的。思源突然想到了什么。再次转身看向清伊，"我还不会度灵，如果我用我的血，是不是效果会更好。"

清伊一惊，她没想到少主竟然那么坚决。"沧海一槎化血缘。这的确是现在最好的办法了。少主，我不是弥生。我不会阻止你，因为我觉得这的确是让微星快速脱离危险的良策。如果少主已经下定决心，我会助少主一臂之力。"

"好，清伊你告诉我该怎么做。"

"煌煌！"清伊一唤，只见那黄鸟儿瞬间幻化成了一把精巧的匕首。而清伊引领思源走到了绿光莹莹的法阵中。

"少主什么都不用做，只需用这匕首……"

还没等清伊说完，思源就手起刀落，在白色的手腕划下一道血痕，血慢慢流入结界。

清伊的脸上露出赞许之色。

血入法阵，瞬间灵息满溢，在微星四周聚集起来。

思源期盼的眼神一直没有移开，直到微星有了微微的梦呓。

"微星！"思源握住了微星的手。

而清伊则点头微笑，说实话她也松了一口气。

"少主……"微星感觉到了这是少主的灵息，苍白的脸上已经恢复了一些血色。

思源此时终于宽心地笑了。微星看到少主的笑容也安心不少，只是看到了那还流着血的手腕，不免有些自责。

"好了，好了，小微星，你总算是醒了。"清伊施法，将思源手上的伤口包裹了起来，思源瞬间就不感疼痛了。

"我可不想被弥生抓到把柄，不然她又得唠叨半天了，得赶快遮掩下才行。"清伊有点无奈地说。煌煌此时又化为了黄鹂鸟，飞到了清伊的肩头，轻轻耳语一番。

"什么!?"清伊的脸上一惊，有点不敢相信。

还没等她多想，此时弥生和许诚真的进入了祠堂。清伊马上给微星和思源使了个眼色，意思是让他们不要张扬。许诚和弥生见到微星醒来，自然都很是高兴。

思源看着大家开心的样子，也算是了却了一桩心事。只是……诸夏去了哪里？而且自己不在的这段时间，若耶洞天究竟发生了什么。心中那隐隐的痛感还在，让自己不得不在意。

第六十九章

梦回方知始是君

思源回到自己房间，拿出小笔细细端详。

"诸夏。"他呼唤了一声。小笔荧光暗淡。思源很不解，为什么大家都没有提起诸夏。自己和微星昏迷，诸夏都没有赶过来，若是以前，诸夏一定是第一个赶到的。

"诸夏……诸夏……"思源不停地呢喃，摩挲着放在床上的小笔。可是迟迟不见回应。

思源睡不着，心中还是念着诸夏。大家一定有着什么重要的事情还瞒着我。

思源携着小笔出门，来到了木制的走廊上。一切都是那么的安静，一如那没有回应的小笔。穿过长长的走廊，思源用手机当手电，不知不觉来到了中庭。

凌霄花？思源在月色下又看到了橘色的凌霄花。不由得进入庭院中，看着那有着诸多含义的凌霄花，他心中有些戚戚。

"少主。"微星幻化在了身后。

"微星？你怎么也会在这里？"思源看到微星，有些宽慰，看来他恢复得差不多了。

青衣蓝靴的微星，微笑着回道："少主你忘记了吗？我答应过领主的，不能离开你半步。"

"原来如此，我倒是希望你是真心想要陪伴我的。不然这对你来说只是一个甚为无趣的工作罢了。"微星的出现的确让自己本来压抑的心情有了些许的好转。

"这……微星自然也是愿意跟随少主的。"微星清秀的脸上露出有些急于说明的神色。

"谢谢。"思源又转身看向了凌霄花。月色正好，也许自己是该静一静，把这些日子发生的事情好好理一理。

如此月色，微星在侧，凌霄花下，思绪纷纷。

可惜的是，思源本来的清净全被一声激动的嚎叫给打破了。

"哈哈哈！哈哈哈！我知道了，知道了，太有意思了！串起来了！"只见许诚从房中窜了出来，拿着一堆材料正想穿过走廊，却看见思源和微星在庭院中。

"呵呵！"许诚一笑，拉开移门，步入庭院，"我正想去找你呢，没想到你在这里。我有重大发现，重大发现，重大发现，重要的事情说三遍。"许诚就差跳舞了，看着他那手舞足蹈的样子，思源也笑了起来。

"这次你一定会对我特别地刮目相看的，呵呵！"许诚眨了眨右眼，一脸自信的样子。"其实你们去唐朝的时候我也没有闲着。还有这几天，你们昏迷的日子，逼得我更加认真地又翻找了一遍线索。"

许诚这时候竟然戴起了眼镜，瞬间脸上转成了一副认真的学究模样。他抿起嘴，在一堆资料中抽出一个 iPad，按到了他查找到的资料页。

"我先不问你们这次穿越到了哪里，遇到了什么，找到了什么线索。只是就我个人所知的和所遇到的各种事件进行了搜索和研究，你看！"

思源接过了 iPad，只见许诚已经做出了详细的图表。里面很多人名的确都是这期间大家所遇到的，许诚做了简单的关系图和笔记，也在各个人名边上写出了自己的观点和看法。

"你看，其实这几天有了很多非常有趣的发现。就说这个黄裳吧。我那天怪不得觉得很眼熟，搜索了下就惊奇地发现，他竟然是金庸笔下《九阴真经》的作者，当然这个都是妙用的。你看，这是他的生平简介。"许诚马上用 iPad 搜索出黄裳的介绍：

神宗元丰五年（1082）进士第一，知福州。

政和年间，宋徽宗访求天下道教遗书，命其负责刊印道藏，称为《政和万寿道藏》。历官端明殿学士、礼部尚书。

蔡京倡行"三舍法"，黄裳上书反对，以为此法"宜近不宜远，宜少不宜老，宜富不宜贫"。

建炎四年（1130）卒。赠少傅。

思源细细读着，原来如此，怪不得婼欄当时说了状元及第，他还真的是殿试第一。

"此人可说经历了北宋至南宋，对道教颇有研究，至于放翁为什么喜欢他。应该和他反对蔡京有关吧。"许诚说出了自己的想法。

"确实如此。而且那首宋词中有着，千骑旌麾远，倒是和我们在唐朝看的景色类似。"

"嗯，金庸为什么把他写成《九阴真经》的作者也不无道理，他的确奉命汇编天下道家之书，号紫玄翁。"

"原来如此。"思源一笑。

"你选的那首诗的作者也很有故事。他可是后人所称的和李白并肩的七绝高手。"

"哦?"思源觉得好奇,拿过 iPad 细看。

"眼光不错哦。"许诚笑着说,端了端眼镜。

"开元寺牡丹诗?"思源翻到了徐凝的事迹,看到了有趣的牡丹斗诗。

"他的牡丹诗可是受到了元白的大肆褒奖呢!因此诗名大振。"

思源点点头,徐凝的七绝的确用字惊绝,让人拍案叫绝。这些也都和那天婼欗说的对上了。

"不过呢,最重要的在后面。"许诚说着在 iPad 上又是一点,"那天婼欗不是说我选到了丽句亭的主人的诗么?于是我回来一查,发现竟然是他!"

屏幕上映出的名字,让思源和微星都吓了一跳。

"秦系!"思源和微星对了一个眼色。想来这些日子自己都没有停下来过,一次次地穿越和突发事件。没想到,坐下来翻阅资料才知,原来这答案就在眼前。

"其实这丽句亭是后人所建的,为了纪念秦系一生中所创造的清词丽句。"许诚端了端眼镜,"没想到啊,我们上次穿越到唐朝,也遇到了那么大牌的古人啊!哎,我真是越来越期待了,不知道下次还会遇到谁?"许诚捋着下巴,一副遐想状。

"秦弟……"思源想起这次回来都没有和秦系好好地道别,不免唏嘘,人生匆匆,历史如流,也许以后再也不能碰到了。忧郁的神色晕染在脸上。

"少主……"微星想要安慰思源,但也深知现在也许什么都不说会更好些。

　　"其实我也正想和你说，这次我和微星穿越，又遇到了上次的三位诗人和皎然法师。"思源默默地说着。

　　"什么?"许诚大惊，"那更能说明问题了呀，这样我就肯定了，这件事情一定和这三个诗人有关。你的祖先宋源不是说过么，是为了了却一桩唐朝的旧事，既然他们是唐朝的，而且我们每次穿越不管直接也好，间接也好，都和他们有着千丝万缕的关系。"

　　许诚又从材料中抽出一打照片，"其实我还有一个非常重大的发现。而且有了一个大胆的猜测。你看!"

　　思源接过照片一看，"这不是遇到雪秀的山间小庙么?"

第七十章

纷纷乱此心

　　"不错。这几天我又把那篇《永远扫雪》好好研究了一遍，虽然很多字迹都模糊了，但还是有所斩获。"许诚抽出了一张稿纸，"你看，这是你在素描本上写出的两句。"

　　"嗯，的确是。其实我也一直觉得雪秀和宋源的约定，和这《永远扫雪》一定有什么关联。"

　　"你看这句，谁□□□起，纷□□□心。很幸运的是，通过浩瀚的搜索，我已经知道原句是什么了？"只见许诚拿起笔，在纸上写了起来，

　　"谁遣因风起，纷纷乱此心。"笔停句尽，许诚和思源都沉默了一会。

　　这句子，似有不快之感，像是美好的心绪被突然打乱了一般。

　　"当然了，这只是诗的其中一句，我再来补上上一句。"许诚再次细心地写道。

　　"月明花满地，君自忆山阴。"

　　"山阴？！"

"不错，古时候，若耶洞天这一块属于山阴县。"许诚解释道。

"没有那么简单。这一句……这一句，我好像很熟悉……很熟悉的感觉。好像在哪里见过，在梦中？"思源锁眉想在脑海中寻到那么一丁点线索。

"真的么？"许诚一喜，"那就更说明我没有找错了。其实我找到这首诗并不是偶然。因为我真的一开始也没有想到，是他。"许诚把月明花满地输入了搜索引擎。而跳出来的那个名字，思源似乎是不太熟悉。

"刘长卿。"思源有些不解。

"嗯。"许诚又把刘长卿的名字复制到了搜索引擎上。

"刘长卿，字文房，汉族，宣城（今属安徽）人，唐代诗人。"待到思源看到这个后，心中瞬间又拼凑出了一大块明朗之图。本来根本没有头绪的线索，瞬间像是有了无限种可能。

"我和微星这次穿越，说来也巧，也是遇到了文房。然后又是他将我们带进了云门寺，不过这次不是在月下，而是在雪中。"思源此时又想起了刘文房的热情和真诚。

"嗯嗯。"许诚赶忙在线索图中加上了一些备注。

"其实啊，我也有很多事情还没来得及和你说呢！上次在芳洲中心，我也莫名其妙地穿越了两次。"许诚又端了端眼镜，有些无奈的样子。

"穿越？两次？"这是思源没有想到的，因为许诚没有狼毫小笔，他是如何穿越的？

"是啊，我想应该是婼橌安排的吧。但是这两次穿越，都有所收获。其实我看到了白鹿的前身。"

"白鹿？"

"嗯，你看。我也查了一下，这附近的确有白鹿的传说。"

思源在材料上看到了化鹿山的介绍。据说若耶溪源头之一的若耶山又称化山，《嘉泰会稽志》卷九载："若耶山在县东南四十里。此地环山千迭，澄渊无底，清光翠色，上下相应，殆非人境之所有。"曾是三国道教方士葛仙公葛玄学道炼丹的地方。《旧经》云："葛玄学道于此山中……山下有潭，潭上有石，号葛仙石。"又传所隐白桐儿（梧桐树）化成白鹿两头，一头食草，一头望人，故名化鹿山，又称化山。

　　"白桐儿？难道就是白鹿？"思源想起了芳洲中诸夏叫白鹿桐儿。

　　"不错，我第一次穿越就遇到了葛仙翁和白桐，那个时候桐儿还是梧桐树。葛仙翁好像要离开了，正在和桐儿告别。那地方有一株老树、一块荒碑、一口古井。不过后来很快又穿越了，而且遇到了一个意想不到的人。"许诚故作神秘的样子，勾起了思源的兴趣。

　　"谁？"

　　"说起来，我能回来也多亏了他呢，应该也是你的祖先吧。因为是他用狼毫小笔让我回来的。"

　　"我的祖先？狼毫小笔！谁？"思源越听越来劲了。

　　"别急别急，他叫宋灵御。说实话和你长得真的很像呢，我开始还认错了，害我白高兴一场。"

　　"宋灵御？还真没听过，这个应该问诸夏，他一定清楚。"这时，思源又想起来了，诸夏！对啊，自己回来后，诸夏就一直没有现身。他为什么迟迟不肯回应我。

　　"不过可惜的是，婼欗读给我的一首诗，我就是记不起来了，一定也是什么有用的线索吧。哎，改天我让仙人截取我的记忆来试试，看看能不能找到这首诗。不过，言归正传。就现在这些线索来说，我倒是有了一个假设。"许诚又恢复到一脸认真的样子。

思源点点头，愿闻其详。

"那三个诗人应该和雪秀有着什么关联。"

"目前来看，应该是这样的。"思源表示赞同。

"我的假设就是，刘长卿也许是雪秀的恋人！"

思源本来有些睡意的脑子被这句话一个激灵，这许诚真是语不惊人死不休。

"什么？恋人！"

"既然是假设的话，不大胆一点怎么行！"

许诚清了清嗓子，"你看！这句'月明花满地，君自忆山阴'。看似在写花，其实，这花是指雪花。"

"哦？这倒是我没有想到的。"

"这是雪夜的诗句。而且能写在永远扫雪上的，一定是和雪秀相关的，那这雪应该就是指代雪秀吧。这首诗开始就点出了积雪满地和怀念山阴。但后面一句却笔锋一转，似乎是心烦意乱之感。应该是两人之间发生了什么事情。结合'了却唐朝旧事'和不停地遇到这三位诗人，我不得不有所怀疑了。而且按你们所说的，雪秀似乎在寻找什么东西，我想也是和这三个人有关吧。由宋代去了却唐朝旧事，自然是有遗憾，你想想翩翩公子和美丽舞姬，哎，不得不让我觉得是有些什么故事啊。你懂的！"许诚用手托腮，又开始一副幻想状。

"也许吧。"思源想了想，觉得许诚的猜测也有一定的道理。另外突然想到这次和秦系一起抓到的山鬼，不知道会不会也和这件事情有关联呢？

不管怎么样，他现在最担心的还是诸夏。萦绕在心间的那种心慌感似乎一直没有散去。自己和微星不会无缘无故被冲撞，一定是若耶洞天发生了什么大事。

"这些留着以后再慢慢拼凑吧，不管怎么说这次许诚你真的让事件有了很大的进展和想象空间。但是现在更让我在意的是，我和微星到底为什么会受到那么厉害的冲撞，还有诸夏，他去了哪里？"思源有些烦躁地看着凌霄花，这些线索看似清晰起来了，却也越来越繁琐和复杂，似乎有着多种可能。

光靠猜也不能确定很多事实。

听到这里许诚又沉默了许久。

"的确，我也觉得是发生了什么特别严重的事情，但是弥生和清伊都守口如瓶，我是一点线索也挖不出来，她们只说仙人现在在做一件非常重要的事情。但是这件事情能让他赶不及来看望重伤的你和微星，的确让我有些诧异。"许诚开始低头整理材料。

"其实……少主……"一直旁听的微星突然发话了，"微星虽然还不甚确定，但有一件事情让我不得不禀告。"

微星犹豫了一下，但又继续说道："白鹿的灵息已经完全消失了，所以很有可能他已经……仙去了。另外溪风谷猗兰泉的结界已被完全打破。我想这就是会冲撞到我的根本原因吧，因为那里基本是由我的灵息来支撑的。"

"什么？白鹿！"思源脑中嗡的一响，虽然自己总不想往最坏的地方去想，但不得不承认这和自己的预感类似。思源突然抱膝，他有些不能接受这个消息，他这会只想缩进自己的壳中不再去多想。思源的眼中满是悲伤，又带着些许愤恨。都怪我，都怪我，我明明知道白鹿的脾气，还考虑得如此不周到。

"不会的，白鹿不会有事的。"思源不停地重复着这句话，似是有些绝望地呢喃。

而此时看起来比思源更不能接受的却是许诚。"你说什么！"许诚的 iPad 掉落在地上，文件也散落了一地。"白鹿他！不会的！他答应过仙翁的，要等他回来的。他不会失约的！他是个重情义的神仙……"还没有说完，许诚就蹲到在地上，似是要捡材料，但他其实是在啜泣，泪水不停地滴落在材料上。

也许许诚自己也不知道为什么，他对白鹿的感情似乎深得超出了自己的预估。他看了看自己的双手，伤疤已经不在了，但熟悉的痛楚此时似乎又死灰复燃了。

微星看到两人如此，也只能闭目轻叹。

月色，被云雾笼罩，就如他们的心间，那再也挥之不去的悲伤。

第七十一章

古藤老树度仙颜

"桐儿。"望月三星，在彼在匦，古藤老树下依偎着仙丽红颜。惊鸿转眼间，对着不远处的白鹿唤到。

白鹿听到，疾步而就。脚上的铃铛玲玲作响，待奔至御前，白鹿已经幻化成了人形。

青蓝水纹服，腰佩翩翩玉缀，仙步灵朗玉箫横。男仙眉间雪白的灵印微微闪光，他周身的灵气也如这灵印一般雪白无瑕。在这昏暗的夜色中，有那么一丝治愈人心之感。

"仙主。"白鹿仙人单膝跪地于座下。

"桐儿，我们相伴也已逾千年了。我不会对你有所隐瞒，你还有你该等的人。而我，已经需要进入下一个渡劫。"白衣仙羽的女仙轻轻挥动手中的灵羽，一只精致的木盒落入桐儿的手中。女仙微微蹙眉，"我已经有所感悟，此次渡劫不同以往。耗费时日颇多，也许，再也不能回到这芳洲之中了"。

桐儿大惊，清秀的脸庞上露出了不忍之情。"仙主，千年以来，劫数万千，仙主和桐儿不是都渡过来了么？恳请仙主允许桐儿追随仙主再历此次仙劫。"白鹿仙人抱拳请命到。

"不可。此次是我自己的劫数，与你无关。而且，你也会有属于自己的循环劫。我已经掐指算出，在我离开的这段时日，你终会等到你想要等待的人。"仙主欣慰地一笑，玉指微扬，木盒缓缓打开，"此次由于我要离开颇久。所以已经将自身的灵力封入两枚灵印之中。它们可保若耶洞天的长久安定。"女仙依然是一脸广韵的笑意，这种广博的爱意，只要在她周身，就可以有所感受。

桐儿看向那木盒，却只得一印。桐儿不解地望向仙主。

"这青鸾印两枚，我会分别交于你和诸夏保管，分藏于你们二人手中，方可保其周全。"女仙温柔地看着桐儿。

"诸夏？"桐儿似是有些不悦，"领主难道信不过桐儿么？吾一定会誓死保护灵印。"

"信，我当然相信。只是，这样并不能保灵印之万全。分散两地，是更好的对策。"女仙轻轻一笑。

"仙主为什么还要和他来往呢？他本来就是一个闯入者而已。"白鹿还是有些愤愤。

"不可如此，桐儿。在这若耶洞天中，他的仙力是屈指可数的，甚至还在你我之上，是个值得托付灵印之人。"仙主耐心地劝说着。

"可是，这青鸾印向来是这若耶洞天的号令之物，掌青鸾印可以号令三十六洞府之主及其座下的所有弟子。仙主，诸夏的势力已经有扩大的趋势了，还请仙主三思啊！"桐儿看着盒中的青鸾印，想起以后仙主不在的日子，不免忧心。

"我需要的正是如此。我不在期间，由你和他一起执掌灵印，用以号令众仙，管理洞天。"仙主缓缓玉立，步下御座，绕步在白鹿身边，又转至滕下。

"能者居之，这一向是我秉持的原则。而且，我已经遇到了自己的劫数，渡劫在所难免。而今若耶洞天又要立临大变，许多洞府都会受到波及，乃至若耶的源头都会陨没。这些都是天势所趋，我们不能违背。我们能做的就是和诸夏一起，合力维护这即将大变的若耶洞天。"

桐儿听到这里有些黯然，想到这上千年来的若耶洞天就要面目全非，难免有些痛心。

"桐儿也不用太悲观，也许变革之后反而会有新的纪元出现。不管怎么说水源是扩大了很多。只是很多地仙不得不改变其洞府之地，祭祀的庙宇也会有些损伤。其实本仙倒是认为，也许淹没倒是更能保护这些古迹和仙地免受凡人的打扰。"

仙主手抚老藤，有些不舍。"虽然一开始会大伤筋骨，但我相信若耶不会有问题的。只是本仙此刻也该离开此地，去往白源洲，做那最后的准备了。"

白鹿感激地看向仙主，"仙主，千年来你为了帮我完成等待的心愿，把我的仙灵地选在了这丹井之旁，桐儿很是感激。仙主辛苦地往返于白源洲和丹井，只是为了我那一己之私，桐儿已经有愧千年。此次离开，是天意和大势所趋。有了这千年的等待，桐儿已然满足。所以桐儿恳请随扈仙主，一起返还白源洲。"桐儿站了起来，走到了仙主面前，再次跪地请令。

"嗯。此次你是得和本仙一起回去。这白源洲，本来就是白鹿洲，该是你的所在。只是这次我设立好结界后，就会马上离开芳洲。往后的时日，还需要你好好地守护白源洲。我已经和诸夏商讨过了，他会加派他的两位守护来帮你驻守白源洲。而这青鸢印会存放在芳洲中心，以助结界的运转。桐儿守卫若耶护法已逾千年，相信你已经不需要什么青鸢印，就可号令众仙了。"

女仙手挥灵羽，一叠信笺飘浮在空中。"你以你的灵息戳印，帮我召集三十六地仙，让他们速速赶往白源洲，助我设立结界和法阵。"

"是!"白鹿应道，想来此次仙主的确是打算做足充分的准备，既然如此，自己也不能有一丝怠慢。

"那么诸夏那边呢?"白鹿又问道。

"他那边自是不需我担心，相信他会做好布局的。"

白鹿已然明白了仙主的心意。自己守护的青鸾印会在芳洲中心保存。实则就是自己不能动用青鸾印，作为若耶的护法只需在白源洲守护灵印，而诸夏则可以自由支配青鸾印。那么仙主的用意就是她不在若耶期间，实则是由诸夏来掌控和管理若耶洞天，成为代理仙主。

如此一来也好，虽然自己不是很待见诸夏，但他的灵力和能力的确都在自己之上。自己作为若耶护法就已经足够了，好好守护仙主交由的这枚青鸾印即可。

这诸夏如今已经驯服诸山之仙，也很好地掌控着宋家结界，平日里并不需要我这个护法多加操心。有了青鸾印之后，他定能帮仙主管理好若耶洞天。

无论如何，仙主此去渡劫，若耶的稳定是最重要的。而且想来自己对宋家还是有所亏欠的，这次也算是做一个顺水人情。在仙主不在的日子里，自己不会去干扰诸夏的任何定夺，既然他是仙主选择的人，那么我也自当相信仙主的选择。

桐儿用胸前的银铃沾染朱砂，在信笺上一一落印。"风行!"这些信笺如飞雪般散去，飞往了三十六灵泉之地。

第七十二章　斯人已去兮再来

血色慢慢在眼前弥漫开来，白鹿觉得自己的灵息像是快被抽干了。"呵呵——"凄凌的惨笑还留在嘴角。没想到在最后一刻，自己想起来的会是那么平淡的时光。

只是那么平常的对话而已么？白鹿有些释然了。

既然如此，那么最后的最后，我也应该以那个时候的面目示人。白鹿又一次从喉咙深处发出了自嘲的笑声。

瞬间白雾四起。

雪秀看到后，以为白鹿还留有什么最后的生死之招，增加了警备。她身后的百铃结息息作响，一侧的青鸾印流光四溢。只是此时，她的面前还摊开着一本画卷，红色的灵息如地上的血色一般扎眼。

白雾渐渐散去，站在薄雾中的已然是一位玉面斐然的男子。青蓝色的衣袂下，红色的血还在慢慢流淌。他轻执玉箫，缓缓吹起。雪秀忙唤来了青鸾印，聚气为屏障。

"我并不是输给你，而是输给了她。"桐儿放下玉笛，此时脸上已经没有了凄惨的笑意，而是换成了满足的笑靥。"其实我也要谢谢你，最后是让我死在她的灵息之下。这样我也就可以了无牵挂了。"桐儿最后那一丝笑意像是在讽刺雪秀一般。

雪秀的确有了被他这笑容刺伤的感觉。"你好像是一心求死。其实我可以饶你一命，反正你现在如此，也奈何不了我。"雪秀深知自己不能过多地屠戮，尤其是白鹿这样级别的仙灵。

"你认为我会让你过去么？就算我已经没有抵挡之力，我也不会让你遂愿的。"桐儿继续吹箫，哀伤的乐曲传来。

"你自己要冲撞天地、累行债孽，那是你自己的选择。只是你日后必须要为此付出沉重的代价。这千年以来，他们都太宠爱你了。而我，其实，最看不惯你这样的仙灵，一味地骄纵，不知轻重。来吧，你也是时候，该真真正正地承担起一点天谴了。"

桐儿发出一声苦笑，"我就是看不惯你如此给若耶添麻烦，还一脸无辜的样子。如果你这趟悖孽，必须增添些血腥的筹码的话，我愿意作为让你受损的第一块基石。你屠杀了护法，就不再是无罪的了，以后任谁也袒护不了你了。因为天地会给你最后的审判！"

"袒护！我完全听不懂你在说什么。"雪秀一脸轻蔑的笑容，"你在说谁？有谁保护过我？"

"所以说我最讨厌被宠坏的女人。你以为你对宋梅和弥生的伤害，若耶洞天的仙灵会一概不知么？若不是诸夏一次次地为你收拾残局，你还能如此心安理得地站在此地么？他们其实都太纵容你了。所以，我早就想好了，你动手吧，等到你的双手沾染了鲜血，身上背负了罪孽，也就是你走向衰亡的开始。我不知道你是为了什么乃至要毁掉整个若耶。"桐儿还没说完，一口鲜血喷在了手上。

"你我一战，已经引得洞天灵息大乱。你已失人心。"桐儿玉指蘸血，在空中轻划。"对不起了，仙翁。我果然还是死在这情义两字上了。桐儿不能再等你了，不过最后知悉了仙翁带给我的讯息，我也已经满足了。"

那血色的灵印，在空中慢慢消散。

桐儿再次对雪秀露出嘲笑的神色，"我可不是诸夏，不管你是为了什么理由来损害仙主的若耶，我都不会原谅你。我也不会原谅你的族人。你的罪孽，将会让你的族人永远蒙羞。更何况据我猜测，你可能只是为了一段所谓的情之往事，就要弑仙毁灵，屠戮无辜。记住，你的族人和你所爱的人都会被你连累，不论在哪一个轮回中，都会被刻上那诛仙的血色诅咒和烙印。"

雪秀此时已经双眼火红，是的，她被白鹿激怒了。

"凭什么，我和我的族人就要受到你们的轻蔑。如果有罪孽，我都会一个人承担。"雪秀的眼中此时已经没有了一丝情感。

"那宋源呢？"不知道为什么，白鹿此时说出了这个名字。是的，此时自己竟然对宋源有了一些惺惺相惜的感觉。也许那时候自己的确有些太看轻宋源了，也许宋源是对的。

可是没有办法，自己种下的因，如今这果，就坦然而受吧。白鹿竟然有些泪眼迷离起来，是的，他现在有点明白了宋源的无奈，而仙主应该早在那个时候，就明白了。

雪秀怔了一下，淡然的脸色掩饰不了有些发抖的身躯。"也许，我是对不起他。但是，他也只是为了他的大义而已。虽然他也真的很努力地践行着他和我之间的约定。"

"你已经被自私蒙蔽了心智，连我都为宋源觉得不值。"桐儿似是还有许多话语，但最后都化成了一声叹息。是的，他知道说什么都没有用了。

"说起小源，你倒是提醒了我，也许我杀了你以后，我就真的不再欠他什么了。"雪秀此时已经失去了理智，崩溃的神色挂在血红色眸子上，一股杀意袭来。"是你！是你——杀死了我的小源！是你，让我和他的约定无法再延续。我今天也是为这几百年前的情仇，画上一个句号。"

白鹿微笑，他再次吹起了玉箫。也许，自己一直在等待着这一刻。此时的他只等着仙主的灵息将自己斩断。

只是，在他脑海中，却出现了另外两人。宋思源和许诚，是的，自己还有一些旧事未了。那就化入这玉箫的音色中，留下这最后的遗言吧。只希望他们可以听到。

血色，四溅。惨烈凄美，血肉模糊之中，青鸾印恸哭，若耶仙境震荡。

是的，也许自己终于可以回去了，只想在丹井旁再伫立一会，然后飞往驻跸岭下的香丘。

仙翁、仙主，桐儿不悔。这千余年来的等待和陪伴已经足矣。

"啊！"思源此时在唐朝的山亭中如被人从背后重击一般，疼痛难耐，不能站立，而微星也是一样。

"桐儿——"诸夏突然痛哭起来，维舟也感受到了这若耶灵息的震荡。

"领主！难道是？"维舟似是猜到了，"领主！我们不赶过去么？"维舟显然是不敢相信自己所感触到的一切，一脸的愤恨。

"已经来不及了！"诸夏难以自制，泪流满面。他仰天长叹，闭眼索眉，悔恨难耐。"是我的错，一味地纵容和妥协。我们不能再浪费桐儿以死换来的时间，加快布置法阵。"

维舟无言，闭眼静立。取出腰间的酒壶，洒酒在洞中，举酒而敬，痛饮一番。其实这几百年来自己从没有见过领主这样，看来这次领主赶来香丘，也多少有些要保护自己的意思。连白鹿都已经……若是自己来御敌，估计也只能壮烈一死而已。

只是比起自己预估中的一死，维舟现在更担心的是，这香丘中此时竟开始隐隐散发出了血腥之气。

"不好！她竟然用青鸾印屠杀了白鹿！"诸夏感觉到了，马上向香丘飞去。

"用青鸾印来杀白鹿！"维舟再也抑制不住自己的怒气，一拳砸到了石壁上，瞬间碎石隆隆。自己不似领主那般，不会只把愤恨埋藏在心里。用青鸾的灵息残杀白鹿，这是要何等毒蝎心肠才能做出的事情啊。青鸾印决定着若耶灵息的性质。如此一来，若耶已染血腥，整个若耶的灵气都会变得嗜血动荡。

维舟再次闭眼，心中发誓，绝对不会饶恕那个弑杀仙灵的妖孽。

而此时让诸夏更担心的却是，被逼得以自己灵息亲手弑杀白鹿的若耶仙主青鸾，眼看渡劫将成，难道要功亏一篑。如果被血腥所侵蚀，心念有所动摇。青鸾就会走火入魔，仙身尽失，而若耶也会变成一片炼狱。不可以，自己绝对不会让这样的事情发生。

原是上古缘来人

诸夏赶到了香丘的地宫，此时香丘中的血腥之气已经开始冲撞结界。诸夏立马结印聚气。点燃了结界中的灵眼，以抵御血腥之蚀。

"领主！"此时维舟也赶到了，看到诸夏正在点灵穴，赶忙解下腰间的酒壶，注酒入结界前的祭祀坛中。维舟合掌一喝，酒水灵动跃起，源源不断地飞向结界。

有了诸夏和维舟的护法，结界像是又增厚了不少，慢慢稳定下来。但这血腥味还是没有减弱。

"领主，其中一块青鸢印已经被杀气所侵蚀，怕是没有那么容易去煞。"维舟边化法边说。

"的确，好在还有一枚青鸢印尚在我手。但是这若耶洞天刚刚失去护法，恐怕会大乱。本来的平衡已经被打破。想必各路仙妖都会有所动作。为今之计是快点稳定洞天。"诸夏自然很是着急，心中想着那雪秀究竟持有怎样的法宝，不光视宋家的结界为无物，又轻而易举地打败了白鹿，难道她真的得承了……这几百年来自己苦苦追寻的东西难道真的就在她手上？

此时香丘中又是一阵震动，不好，若耶洞天开始震荡了。没有了守护的镇守，许多妖魔鬼怪已经开始蠢蠢欲动。

诸夏转袖之间，一枚清印在手。

"领主！难道你要驱动灵印。"维舟有些踌躇，想要劝阻，但也深知诸夏决定的事情很难改变。

"不错，十万火急。只能化灵入青鸢印。以通知各个洞主，维持各界的安定，并用我的灵息暂时填补现有的缺口。"诸夏轻念灵咒，举指覆唇，咬破食指，点印在青鸢印上。

"血咒！"维舟一惊，"领主，不可啊，如果下血咒就会……"维舟终于鼓足勇气想要阻止。

"就会和这若耶共存亡。雪秀手段决绝狠毒。这次白鹿是用死为我们奠定了这反噬的第一步，也是以死提醒我不能再手下留情。我若再不下定决心，只会连累更多的生灵蒙难。血咒也可以防止雪秀日后侵蚀这一块青鸢印，并有助于我随时掌控青鸢的灵息。目前她离渡劫还有一步之遥，我要陪伴和守护她到最后一刻。"

诸夏心意已决，默念灵咒，血色的印记慢慢渗入青鸢印中。

"风行！在林！于水，则涣！"青鸢印中突然喷射出几十道银光。诸夏画符在手，划字在空。推掌向银光，那些空中的字符自动印刻在了银光之上。诸夏再次挤出指尖的鲜血。在空中凌厉一挥。那血滴就飞向了银光字符。霎时间，风起雾涌。

"去吧，帮我找到三十六地仙，通知他们速速维护若耶洞天的稳定。"那灵光瞬间转化成三十六道灵符，迅速飞出香丘之洞，往四方而去。而此时一只黄鹂小鸟也飞进洞穴，衔来了一纸书信。诸夏打开后，眉色更加凝重。

"维舟，为我辅阵。我要用血印布下唯我独阵。"

"是!"

诸夏心中一紧，那黄鹂的信中说了思源、微星受了重伤。可刚刚弑仙的雪秀一定会被反噬，所以于我来说，这是白鹿用生命换来的时间，不能浪费。我现在必须加快以血赌咒，任她再有能耐也闯不进这香丘来。

宋家祠堂

"清伊!"思源携着许诚和微星赶到祠堂。听说今天是清伊在这里守护，自己便赶了过来。

"哦? 少主? 怎么带了那么大的阵仗，有什么事情叫我一声不就得了。"白衣的清伊转身看到三人，自然是有些诧异，但是多半也猜到了来意。清伊慢慢踱步至思源身前，幻化出蒲团、木几、茶具，示意众人坐下。清伊玉手倒茶，"你看我这记性，我还没有给少主我的灵鸟呢。怪不得少主不用御鸟报信通知我。"语间转袖一只黄鹂已经在手，清伊清脆的笑音与这小鸟的叫声一起传入思源的耳中。

思源伸手接过小鸟，黄鹂莺莺几声。思源竟然都听得懂，这小鸟在说:"少主，请多关照。"思源用惊讶的眼神看向清伊，不想，清伊也是一脸的诧异。

"少主听得懂鸟语?"清伊抓住思源的手问道，此时发现思源的手上突然多了一个黄色的法印。

"你是! 你果真是……"清伊此时像是明白了什么，喜极而泣。

"我? 听不懂鸟语啊! 只是这只小鸟的话我听得懂，以前从来没听懂过。"思源见到清伊抹泪的样子，连忙解释道。

清伊离席，走到思源的身侧，突然跪地行大礼，白色的衣袖铺陈在地。

"清伊！你这是？"思源哪里受得了这跪拜，赶忙站起来要扶清伊。

但清伊就是不肯起来，"少主，没想到，你真的是我的少主。你知道么，我已经找了好久好久了。"

"清伊，你起来吧。有什么事起来也可以和少主说的。"微星也帮着劝道。

清伊这才跪坐起来。

"少主，从今以后你就听得懂鸟语了，可以和他们好好沟通。就和我一样。煌煌——"清伊一喊，黄色的玄鸟就飞至掌上。"我赠予少主的灵鸟，也是煌煌的同类，会根据饲养它的人而有所成长。一般来说，我赠送给其他仙人的，都只是作为传讯工具的符鸟。微星也有一只，虽然他基本上从来都不用。"清伊说完，还不服气地看向微星。

"但是少主，你的血液……可以说你的基因中就有御鸟之术的传承，所以玄鸟到了你的手中，你的一些隐形能力也瞬间被激活了。能听鸟语只是第一步，日后好好和玄鸟相处吧，相信它可以给你更多的帮助。"清伊轻抚煌煌，煌煌也鸣叫相合。

"就似我能召唤出煌煌，少主的玄鸟也有可能是上古神兽哦。凡我族类，必生死相随，少主，从今天开始，清伊也定会生死相随，尽心辅佐于你。"清伊携着煌煌再次跪拜，那高傲的玄鸟已经化为彩凤，此时竟然向思源鞠躬示意。

"这！"思源一时不知道该如何是好，只能赶忙让清伊起来。

这彩凤飞到了思源身旁，轻蹭思源的发际，思源转身，这彩凤就扑了过来。这感觉，像是遇到了好久不见的挚友一般。只是这喜悦中，也有着一抹悲伤之感。煌煌突发一声鸣叫，悲鸣喜瑟，交相痴缠。

清伊看着煌煌如此，自己也不免落泪。

"少主，你们此次前来是因为领主吧……"清伊打开了话匣，本来自己还在犹豫要不要把一切都告诉他们，但现在，清伊已经非常肯定了，这是宿命。可以制服雪秀的，也许真的只有少主了。

第七十四章

雀翎羽箭笔尖火

　　"不错。我们想知道若耶洞天究竟发生了什么，诸夏去了哪里，还有……"思源咬了咬了牙，"听微星说，白鹿的灵息消失了。白鹿到底……"

　　"他已经仙去了。"还没等思源说完，清伊这一句斩钉截铁的话已经打破了所有的希望。

　　"死了！怎么可能，他是若耶的护法啊！"许诚听到这个消息后还是不能全然接受。

　　"是的，他死了，而且还是被青鸢印所斩杀。"清伊闭眼不忍诉说。

　　"他不会就这样死去的。"许诚拼命地摇头。

　　清伊缓缓起身，走向那摆放着所有记事文稿的木架。红色的灵息抽出一叠文稿。

　　"想必少主也知道领主的若耶记事书柜，在若耶发生的所有事情，它都会自动记录下来，这是关于白鹿的。你们自己看吧。"

清伊将文稿送到了许诚的手上。

许诚一页页翻读，最后化为怒气，啪的一下，连同稿纸一起拍在了木板上。思源看到许诚眼中无比的愤怒，甚至还有着些许的杀气。

"许诚？"思源试探性地问道。他拿过许诚手中的稿纸，虽然不忍看，但还是逼着自己字字句句都仔细详读。

"现在守护暴亡，若耶灵息震荡，领主为了稳住若耶洞天可说是倾尽了全力，甚至用自己的灵息来弥补洞天的缺口，实在是脱不开身。以至于这两天都没有时间看望少主和微星。"清伊继续解释道。

"嗯，我相信诸夏。他做的事情一定是经过深思熟虑的。"

思源又默读了那稿纸好几遍。然后慢慢地把稿纸放在了桌几上。

"谢谢你，清伊。"思源缓缓说道。他此时看上去很平静，但清伊知道这表面的平静下却是暗涛汹涌。

"诸夏身负若耶洞天的安危。而我也想尽一份绵薄之力。仅此而已。所以清伊，告诉我……哪里可以找到雪秀。"思源深吸一口气，故作平静地问道。

"对！她在哪里？"许诚再一次重重地以手捶地，而且是不停地捶着，"我就是要当面问个清楚，到底她为什么要这样，为什么要杀白鹿。"咚，咚，咚，又是三下，许诚的手已经敲得通红。

"一次都问个清楚，省的我们再穿来穿去、查来查去了！"许诚最后重重地把手拍在了桌子上，那愤恨的眼神灼烧着，在场的每一个人都能感受到他已经出离愤怒了。

"我不知道，就算知道，我也不会告诉你们的。"清伊此时是一脸笃定的表情，"如今的你们已经被仇恨所吞噬，而我们现在有更加重要的事情……"

"难道我们能做的只是等待么?"许诚又是一下重击,"我是恨自己没用啊!"

思源此时也对着清伊说,"就算不知道她在哪里,我也不能再这样等待下去了。我和许诚决定了,我们要穿越回去,找到更多的线索,其实如今我们已经有了一些猜测。现在是和时间竞赛,继续等待就等于是坐以待毙。"

清伊轻叹一口气,"也许吧,解铃还须系铃人,就如白鹿那天所说的,我们要从源头找起。和雪秀的恩怨,的确需要宋家的后代自己去解决。只是如今我不能陪少主一同前去,因为领主要求我镇守祠堂。不过少主可以每日让玄鸟送信于我,它可以穿越时间的鸿沟。"

"真的么?那太好了!是不是也可以传给诸夏?"思源问到。

清伊莞尔一笑,"这是自然。不过,其实少主带着小笔,这是最好的和领主沟通的灵器。此外,此次清伊虽然不能与少主同去,但清伊可以给少主一点提示。要弄清楚白鹿、若耶和青鸢的前因后果,你必须去一个地方。了解更多的故事。然后再做决定,要不要继续穿越去寻找这跨越千年的线索。"

"好的,我答应你,是哪里,我去。"思源还是一脸波澜不惊的表情。

"灵溪地。"清伊慢慢说出了这三个字。

"灵溪地?在哪里?"思源听到这个名字后,急切想要知道它在哪里。

"少主莫急,说不如画,小笔会帮助少主找到灵溪地的。"清伊会心一笑,幻化出一纸白宣,"少主只需用小笔在这宣纸上描摹就可以。"

"这?没有墨水啊?"思源不解。

"古语云,胸有点墨,自可成章。少主是时候用自己的灵息为墨，驾驭小笔了。我已经听微星提起此次你们穿越唐朝时候的妙笔出山鬼了。"

"可是，那次只是意外。后来我就没办法让梅树开花。"思源有点没有信心。

"当少主心意坚决，小笔自会感应和流露。这是别的人都无法做到的，这就是宋家的血脉之力。少主要相信自己的血脉，当然少主的血脉并不只是如此。清伊也是今天才明白，直到此刻方才真正认识到少主的与众不同。"清伊露出一股神秘的微笑，但不容思源细问，她将宣纸移到了思源面前。

好吧！思源只能照办了。取出小笔，心中只是想着要快点找到灵溪地。在纸上一划，小笔没有任何墨色。

果然！思源心中有些焦躁起来。

"少主，记得上次微星在云门寺和你说的么？"微星提醒着思源。

对，要凝神静气，去寻找那一点灵息，一直追寻下去。思源仔细想着，深呼吸，再次将笔放在了宣纸上。

灵溪地，灵溪地，所谓何方，所谓何方。

思源心中的疑问不停地炙热起来，那种渴望似火一般燃烧。古有九问，而今天，我只求一问。煌煌上天，时不再而，指点迷津。

思源心中默念着，似是有些古语，倾泄流向了心间。这难道就是家族的记忆？

"哗！"笔尖突然灼烧起来。"这？"思源吓了一跳。怎么会着火。

清伊却似是如获至宝一般，将手伸向了这笔尖之火。

触碰之间。这火直接将她点燃，她的周身瞬时通红。但她却没有半点痛苦，反而装束有变，雀翎凤裙，羽箭雕弓。清伊又将此火传递给了身侧的煌煌。那玄鸟一声凤鸣，烈焰冲天，华彩的凤羽此时更加炫彩通透，照亮了整个祠堂。

"果然！少主的血脉并不是只有宋家一脉那么简单，少主，请再受清伊一拜。"凤裙铺地，举袖红袂，清伊又行了一个跪拜大礼。

"快起来，清伊你今天是怎么了。我说过了，不要对我行那么大的礼了。"思源赶忙来扶。

第七十五章

若耶溪出若耶山

"不可，这是上古的传承，清伊不能失了礼数。"清伊行礼后再次跪坐起来，"少主，对于我来说也许只是几百年而已。但对于煌煌一族来说他们不知道已经等待了多少个千年了，他们的契约不会完结。今日幸得了少主的灵息，清伊和煌煌定会利用好这灵息，守住祠堂和若耶的。"清伊此时是信心百倍。

"我的灵息？嗯，若是真能帮到你们就好。"思源虽然不太明白，但想起自己让微星的青苹开花，对于清伊应该也是一样的道理吧，如今大敌当前，他们能有所精进，当然是最好不过了。

煌煌一鸣，对着清伊说道："清伊，把这弓给少主吧！"思源一惊，的确现在自己已经能听懂鸟语了。

"嗯，我也正有此意。"清伊取下那雀翎箭和精雕弓，递给了思源。

"这是？"思源有些不解，但却还是伸手去接。不知道为什么总觉得这弓箭有着一种熟悉的感觉。

"这是少主的武器。你的灵息召唤出了这弓箭。我也不清楚这是怎样的神器。但这是属于少主的，此去多少应该可以帮到少主。"

"少主，这是上古神器，是少主的先人所用之物。今日玄鸟点亮了少主血液中的上古灵息，所以才能召唤出此神弓。不如就由少主给它取个名字吧！"煌煌再次说道。

"这怎么行？上古神弓应该已经有它的名字了，我不能随意篡改的。"思源看着这木质的羽箭雕弓，虽然古旧，却依然华美。

"少主，你会明白的。它的名字，其实就在你心中。"清伊解释道，而此时她再次点了点白色的宣纸，示意思源点笔一试。

思源拿起笔尖还在灼烧的小笔，落笔在纸上。顷刻间墨色倾洒，山水俱有，瀑布深潭，岩石覆苔，苹花莼丝。石基之上，垂钓老翁。

"这？这图像我看到过！"许诚突然惊呼。

"真的？在哪里？"思源虽然都能看懂这画中之事，但是对于此地究竟是哪里却是毫无头绪。

"具体在哪里，我也不是很明白。但是这图我却看到过一次，其实这是我独自穿越时候得到的讯息。在手触白桐的时候，看到了这幅图的景色。对，就是这幅图！"许诚恍然大悟的样子。

而此时小笔，已经画就，开始题字。众人跟着相读，曰："溪水上承嶕岘麻溪，溪之下，孤潭，周数亩，甚清深，有孤石临潭。乘崖俯视，寒木被潭，森沉骇观。上有一栎树，题刻树侧。麻潭下注若邪溪，水至清照，众山倒影，窥之如画。"

"这就是灵溪地？"思源记得自己和许诚一开始就查过资料，这嶕岘麻潭应该就是若耶的源头所在。

"不错，虽然我也不甚明了，但小笔不会有错。"清伊微笑着点了点头。

"那么，我们这次是要深入去找若耶溪的源头了？"许诚看着图画说道。

"不错。"清伊点了点头。

"原来如此，那么我那天看到的原来是灵溪地。"许诚喃喃低语道。

"少主，这次清伊和煌煌不能陪你去了。因为宋家还需要我们的守护，不过微星可以自行选择，毕竟领主没有让你守护祠堂。"

微星淡淡一笑，这表情似是在说，无需多言。

"领主说过，我不能离开少主半步。我自会跟随而去。"微星说道。

"那就太好了，有小帅哥去我就踏实多了。"许诚高兴地拍了拍手，"不过，清伊，根据我以前的搜索和分析，这樵岘麻潭应该是已经没入平水江水库了。"

"若是如此，那也更好。有的时候在水下也许更安全。"清伊意味深长地说道。

"好！"思源认真细看着这幅水墨画，发现此图不仅是画，而且还似一张地图，后续写上的诗词也不是随意之举，更像是提示。

"我们马上就出发！"小笔刚刚停笔，思源马上收起纸笔和弓箭，起身欲走。

"诶？"许诚还没有反应过来，"马上？可是我还得准备下百宝箱什么的啊。还想网购点什么呢！"许诚有些不解，但还是跟着思源起身，跟在后面嘀咕着。

"许诚！"思源忽然转头看向许诚，把许诚吓了一跳，"你觉得微星去了，还需要很繁重的百宝箱么？你只需把你现在有的都放进去就可以了。如果想起要什么，让微星给你变出来就好了。"

思源一笑，这笑容倒是让许诚感觉有些不熟悉了。略带自信的笑容，让自己想起了那个在炼丹井碰到的宋灵御。

"好好好，不过你也总得允许我去把那些'行不朗当'的东西全部塞进去吧！"许诚在宋家店待久了，竟然爆出了一句乡音来。

思源不由得一笑，"好好好，是是是，我们快一些吧，许诚大人。"

"对了，思源，我总觉得自己像是忘记什么重要的事情，一时间想不起来了。"许诚拍了拍脑袋。

"那就边走边想吧。留给我们的时间已经不多了。"

三人回到房里拿出所有的笔记和道具，二话不说便往包里塞。思源现在也顾不得那么多了，心里想着一定要赶在雪秀之前有所斩获。

思源见许诚整装完毕，便摊开了刚才的画卷。只见流水灵动，飞鸟徐徐，这画也似那云门窗牖上的山鬼一般，是会动的。许诚凑过来一看，大惊！还笑说这和哈利波特挺像的。

许诚用手抚摸画卷，却见一行诗句慢慢隐现。"诶！诶！"许诚吓了一跳，没想到会有这样的变化。但那诗句不止一句，竟然还在缓缓增多。

思源倒是不惊讶，"看来是画卷感受到了你心中所想吧。"

微星也凑了过来，三人一看。

"若耶溪出若耶山，浪里溶溶入醉闲。

仙客曾因一箭赠，樵风长到五云关。

数峰蘸碧轻清外，双舸浮春上下间。

料得当年乘兴子，为贪烟水宿前湾。"

"这是？对了，就是这首诗！思源，这画卷真是绝了！这就是那天夜里我和你提起的，我怎么都想不起来的诗。没想到你的画卷帮我想起来了！"许诚拍案叫绝，赶忙拿出笔记本，把诗记了下来。

　　"狼毫的灵墨，可以感念其人心中所念，并为之找到答案。这诗一直是许公子心心挂念的，所以就显现了出来。"微星解释道。

　　"不止如此！"思源细读起这诗来，发现了颇多蹊跷之处。

第七十六章

风清汉相鸣樵径

"这诗词应该也是给我们的暗示，你们看，'若耶溪出若耶山'，这若耶山应该就是源头所在。'樵风长到五云关'，这五云关我总觉得和五云溪有所关联。"思源点着诗句说到。

"'数峰蘸碧轻清外，双舸浮春上下间。'这句我就不太懂了，青山绿水间，两船应该是齐头并进的。为什么会是一上一下呢？"思源沉思着，难道这溪水有着水位差？

"我记起来了！"许诚突然又大喊，"思源，你看这句。'仙客曾因一箭赠，樵风长到五云关'。其实那天在炼丹井，我也看到了这个意象。"许诚说着便翻出了笔记本中的笔记。

"你看，这是我把那天零星看到的片段记录下来的笔记。"

思源接过本子，和诗中对照起来。

"一个年轻的男子，一支精巧的箭，一捆刚扎好的柴火。那位男子行舟穿越溪水。"的确，这箭、樵、船、溪水都能对得上了。

"箭羽?!"思源突然抽出一根背在身上的灵箭，难道这箭羽也不是偶然？思源觉得细思极巧，看来这一切都不是信手拈来的，而都是情之有因。不过想到这弓箭还没有名字思源叹了口气，煌煌所谓的我自然会知道的名字，到底什么意思呢？

"许诚，你搜索下，樵风和若耶。"思源边看箭边说到。

"好嘞。"许在 iPad 上一点，快速滑看。"还真的有啊！这地方叫樵风径，看！"

汉郑弘少时采薪，得一遗箭。顷之，有老人觅，箭，还之，问弘何欲，弘知其神人，答曰："常患若耶溪载薪为难，愿朝南风，暮北风。"后果如其言。

思源一看，大喜。如此一来便都对上了。"这样的话，许诚你看到的应该就是郑弘了。按这诗中所说的，这若耶溪是出自若耶山，而郑弘用若耶溪载薪，朝南风，暮北风。那么我们要寻得若耶溪的源头说不定就可以利用一下这'樵风'。"

"旦南暮北，究竟是在南还是在北？许诚，搜地图，平水江！"思源想搞清楚，究竟该选南风还是北风。

地图中宋家店、云门寺、平水江水库一一呈现在眼前。由于地图都是上北下南的，便很好辨认，平水江水库周边在地图中只显示了一条支流。这溪流溯北而上，中间大大地写着三个字，平水江。平水江即为若耶溪。

"那么就是这里了，没错。平水江再往北就是绍兴市区了，溪水有支流汇入了绍兴城内，而城内河网交织，星罗密布，不愧是东方威尼斯。"许诚喃喃道。

"南为源头，北入湖海。郑弘请仙人朝南风，暮北风，于情理上也是说得通的，按照这个地形来看，郑弘清晨在若耶砍柴，然后乘着南风，一路往北运出若耶，在北面的城镇贩卖。然后晚上再乘着北风，一路往南回到若耶。"思源沿着地图分析起来。

"对，那么说来这樵岘麻潭的故址的确很有可能是在平水江水库之下了。"许诚将地图上的水库放大。

思源和许诚相视一笑。微星静静地看着两人。

"少主，现世中行船恐有难度，但我可以打开若耶灵脉以驱船，船入仙灵之脉后遵循樵风或真能直达源头。"微星补充道。

"太好了！时间还算充裕，现在离黄昏还有几个小时。"思源看向地图，"我们从宋家店出发，行去平水镇。找到若耶溪，就可利用晚间的北风直入若耶的源头了。"思源指着地图说到。

"这些倒不是问题，就是还得弄艘船啊！"许诚赶忙将此地图拍照存入手机中，也打印出了一份备用。

"这个，交给微星就可以了。"思源对微星轻轻一笑。

微星点了点头，回以微笑。

"是哦！差点又忘了，我还是对仙法道术什么的不太习惯啊。"许诚将打印出来的稿纸都塞进了百宝箱中，然后背上背包，自信满满地看向思源。"我们这就出发吧。"

"嗯！"思源点了点头。

"小帅哥，有劳了，话说我们怎么去啊？"许诚摸不准是坐车还是一下子化法过去。

"青苹飞来。"微星唤来了青苹，思源熟练地坐了上去，许诚摊手一笑，也跟着照办了。

清风拂面，踏苹云端，三人沿着公路一路飞向了平水镇的中心。按地图上所示，在平水镇中心的不远处就可以找到若耶溪。

"沿着这条道，一直往镇中心的人民路，然后就可以看到若耶溪了。"许诚看着地图说到。

果然，在交叉路口，有着一水路，溪水不宽，但足以行舟。

"找到了！看来高科技就是好使。"许诚看着溪水点头称道。

"少主，此处人流颇多，未免不便，吾建议向前行进至东桃村，再入溪水行舟。吾一会也会变出结界，让吾等和船只不为外人所见。"微星提议到。

"好的，我也正有此意，不管怎么说要变出一艘船来还是很显眼的。"思源示意继续向前行进。

"东桃村？诶？小帅哥果然厉害啊。就在前面！"许诚仔细看了看地图这才发现前面确有这一村庄。

"多谢夸奖，吾对若耶自然是熟识于心的。"

三人飞至东桃村，日色渐渐下沉。此村庄并不大，溪水流经村边，而村中此时除了犬吠也并无什么人烟。三人缓缓落至屋顶，黑色的瓦砾，白色的粉墙。虽然有着许多新楼，但此村庄也是保留了些许的古韵。远眺只见茶园翠微，水田百亩，凤竹深深，山林在背。

"青苹飞来！"微星举指化印，那不宽的溪水上便生出一艘木船来。

"少主，请——今日只能以小舟而进，下次如若有机会微星会为少主变出一艘青鸾来。"微星蓝袖一挥，三人便飞到了船中。

"今天真要入若耶溪了，哇咔咔顺水行舟，还真有点兴奋呢！"许诚赶忙拿出相机，连按快门。

"其实现今的若耶溪已经大不如前了，如若是正常的行舟，会有渔网挡道，不能顺利通行。尤其是此段，行舟之人已经甚少。少主，微星倒有一个不情之请，说起这东桃村，据我所知三十六地仙之中的其中一位就设洞府在此处。不如我们先去一探。若得他相助，入灵溪地自然又多了一成把握。"微星运法起桨。

"三十六地仙，那不是和婼欄一样么？就在此处？那太好了，怎么样思源？"许诚已经摩拳擦掌，跃跃欲试了。

"既然来了自然是不能错过，我们就去会一会那地仙吧。"思源想着路过定是有缘，如果能有地仙的帮助那自然是最好了。

第七十七章

大峃水中沐清风

听微星所述，此仙的洞府就在东桃村东面的大峃口水库附近。于是三人上岸，步行至了大峃口。思源远观山色水色，也可谓是山清水秀，旁有竹海、桃园相衬，据传也有山鹿、灵龟出没。

走进一看，越是觉得青山绿水满眼，山川尽在水中画就。倒影清空，朗朗入眼。微星再次脚点青苹，飞至湖中一窥。他勘探了一会，径自点头称是。此时许诚和思源的身侧也化出了青苹，二人踩上后，苹叶便飞至微星身侧。

"少主，此洞府的地脉也在水下。泉眼泠泠不断，且灵息饱满，看来此位仙人对这灵脉调度管理得颇好。"微星划水，灵息顿然涌现。他赶忙汲水在手，递给了思源和许诚。

"这是？"许诚不解，不过还是马上用双手接过一些灵水，"有仙人管理的地域，想来都会是井井有序的吧。"

"哎——今时不同往日，如今的若耶虽然还是保有一方天地，但溪水的流量已经大不如前了。而今能有这样的灵泉水，已是十分难得。少主和许公子可以饮上一些，以弥补前些时日的损伤。"微星看着这灵泉水，很是心仪，于是幻化出白瓷瓶一支，汲水入瓶中。

"原来如此，微星你也多喝一些吧。前些时日你也耗去不少灵力。"思源和许诚把手中的水一饮而尽。

"多谢少主关心，微星已经存水少许，以备日后所用。"微星盛水完毕，便将瓷瓶放入怀中，"现在倒是有另一个难题，怎样才能打开这个洞府之地。"

三人看了看脚下的湖水，的确是毫无头绪。五云溪为藤蔓琉璃花的结界，需要婼樆亲自划手开启；溪风谷则是微星随身携带的银铃和谷中的音律相合方可显现。看来要入洞府，不是洞府主人本人，是基本无望的。

"若耶灵息自成一派，上次我们破三十六地仙法阵的时候，用了若耶灵珠和漪澜弓。只是不知道这一洞府之主又是属于什么灵息，如果能用同样的灵息来引出机关……"思源思忖着，现在手上的法宝虽说不少，但说实话自己还是不太得其道。

"还是由我来一探吧，就看这位地仙给不给我面子了。"微星说完便转笛在手，"风行水上——"只见微星快速点步在水面上，绕着许诚和思源点水疾行，一圈过后，又起笛而行，音色随着踏水声直击水面。

涟漪翻动，碧波微漾，表面看似平静，但思源分明是感受到了，这水底下有了剧烈的震荡和共鸣。

"我攻击此地，一定会引发洞府的防御法阵，那么我们就能看出他所用何法了。"微星感受到了水下的异变。

"若耶青鸢印坐下溪风谷地仙微星拜谒！有请洞府主人开门一叙！"微星此时停止了凌波微步，旋舞点立在了青苹上。

风起——水纹在水面上涣散开来。

如风随行——那水波被狂风吹的泼向了众人，微星一惊，赶忙双手结印，青色的结界显现，立马罩住了三人。而那水波劈向结界，发出了巨响。

"风廉！"微星嘴角一抿。

而此时更让思源意想不到的是，刚才清伊赠予的玄鸟竟然从包里飞了出来。停在了思源的肩头。

他扑哧着翅膀叽叽喳喳叫了起来。

"吓死了！吓死了！这个傻瓜地仙，下手也真是不知道轻重，要不是微星仙人反应快，少主和许公子就被劈成……真是的，大逆不道，少主别急，待我一会下去教训他！"

"既然我们可以破这风廉阵，那么不如就长驱直入吧。凡为风者，都喜直来直往。"微星张开双臂，似鱼跃入湖，引领着三人连同结界一起直入湖底。

"对对对，直接到他门前敲门，这家伙就是不长记性。估计又在捣鼓他的机关了。"小黄鹂继续在思源的肩头跳着，思源心中纳闷，难道这玄鸟认识这大歪口的地仙不成？

转眼间众人已经行至湖下十几米深处。而这结界的入口也已经显现了。火红色的灵息正在闪耀，阵法四周水流暗动。

"又是风廉？"思源看出了门道，那风廉在水下并不很引人注意，若是不知道的人直冲上去可就碎尸万段了。

"这阵法不会向凡人开启，只会针对妖仙，看来这地仙很是拒人于千里之外。"微星暗暗一笑。

"呵呵，估计他有什么天敌吧，让他不得不防！"许诚笑道。

"少主，这阵法只是以风来促使水流的流动，要破它不难，只需放出更强劲的风即可。"黄鸟在耳边献策。

"比它更大的风？微星可会风系法术？"思源问到。

"这并不是我所擅长的，此风廉看似平常，实则却是上古之气，虽然稚嫩，但仍有神助。"

"那可如何是好？"思源看着这飞廉想到，若说是上古之气，也需上古之物来解。思源看了看肩头的黄鹂。

"玄鸟，可有妙法破阵？"思源对着小黄鹂说。

而此时许诚和微星听到的却是思源学着鸟叫而语，只是思源自己浑然不知。

"少主，我可不是煌煌那样的玄鸟哦。此次破阵后，少主倒是可以给我取个名字。"小鸟叽叽喳喳地在肩上雀跃着。

"哦，好。虽然我不太会取名字。"思源有点无奈地笑了笑。

"就如微星仙人所说的，此风廉有上古之气，不可轻易闯入。究其原因，其实是因为此风的施法者御有上古神兽，此阵实则是出自那神兽。然则，他遇到了我和少主，就不足为道了。破此阵可谓小菜一碟。"

"我？"思源一惊，说实话自己连度灵都不太会，又怎可以破阵。

"少主不是有上古神弓么？少主只需静心凝气，射出一箭即可，不过为防那沐清风再拉下什么机关，我也会帮少主护法的。"小鸟此时已经飞到了思源的面前。

弓箭？思源拿下背着的弓箭。本来一直觉得背着神弓很显眼，他还特地让微星把神弓隐去，以避免现世好奇的眼光。此刻心中一念神弓，弓就自动显现了出来。思源拿弓在手，凝神而望，那弓上的花纹竟然隐隐绽放出朱红色的灵光来。思源看到后甚为惊喜。

这朱红色的雕纹似祥云一般，忽隐忽现。

"少主，神弓已经感应到了，同脉之子所执弓，神弓定会忠其子嗣，射日揽月。"黄鹂此时更加开心了，扑打着翅膀不停围绕着神弓而飞。

第七十八章

飞廉木甲机关殿

"思源，试试看吧，射箭！"许诚见状可是兴奋得不得了，顿觉得有些热血沸腾。

思源看向了微星。因为说起射箭，微星是很在行的。

微星淡然的脸上微微一笑，似是在鼓励思源拉弓射箭。

"左手持弓，两脚与肩宽，身微前倾。"微星开始给思源指导。

思源按照微星所说，尽量做到做好。

"搭箭上弓。"

思源手擎箭羽，箭尾扣弦。

"右手以食指、中指及无名指扣弦，食指置于箭尾上方，中指及无名指置于箭尾下方。"

思源都一一照做，这动作一气呵成，没有半点拖沓。

"预拉开弓！"

思源此时似乎在心中也听到了另一个指示。

"举弓左臂下沉，肘内旋。"思源按照心中那个声音的指示，已经慢慢拉开了弓。

拉弓的同时，思源看到了弓箭的准心，于是将眼、准星和风廉阵的瞄点连成一线。

微星有些担心地看着，因为初次射箭，还是有所难度的，难免会脱弦反拉。

"肩膀放松，只需用两手。控制好呼吸。"心中的声音提醒着思源。思源小心地继续拉弓。

思源吸气，轻轻地将气往下压。

"要用心去挽弓。"

心中的声音最后说到。

思源此时已经对准了风阵的中心，手与肩膀也已全然放松。

放箭，思源在心中对自己说。

他没有任何犹豫地松开了紧拉的弓弦和箭羽。

那弓箭刹那间流朱盈彩，直入风廉。

而此时，黄鹂飞到了弓上，朱红色的灵息晕染在它身上。忽听一声凤鸣。思源只觉得被一束强光照耀，不由得闭眼。再次睁眼，见凤尾流苏，青彩怡人。

"青鸾!"微星看到后惊叹。

"是古代的神鸟么?"许诚看到后不由得走近，想看个究竟。

箭羽此时已经冲入了风廉中，朱红色的箭气碰到风廉后引来了一声巨响，巨大的冲击波朝着众人袭来。

青鸾一声凤鸣，张开双翼，将所有的风波都挡了下来。风廉的结界慢慢碎裂开来，直至倾灭。

"少主! 没事吧!"青鸾此时飞到了思源的身侧，青色的凤羽摩挲着思源的发际。

"嗯，没事。"思源看向了风廉的法阵，此时已经风平浪静，只剩下一只朱红色的箭羽悬浮在空中。

众人走近，思源伸手，那箭羽就自动飞入了手中。

于是青鸾飞在前端带路，三人紧随其后，一起进入了这洞府之中。说来也神奇，进入那结界之门后，才发现，原来这洞天之中并无湖水浸染。而是如陆上一般，空气清新自然，思源已经感觉不到耳边的水压。

"这位地仙精通风系法术，所以将整个洞天用风廉开辟出来。划水为界，利用风速形成了一个如同陆上一般的中空结界。"微星看到这样的设计也不禁赞叹起来。

"果然厉害！"思源没想到在水下也能呼吸到新鲜的空气，一看，这庭院之中还种着陆地上的奇珍异草。

"有点意思，就像我们的真空包装袋一样，只是这结界之中是有氧气的。"许诚有点不解，这仙人在洞府中注入那么多氧气干什么，难道只是为了这些花花草草？

众人越走越深，发现这洞府中尽是金石机关，木甲青铜，看来此仙人很是喜欢机关之术。青鸾见没有危险了，便又化作了黄鹂飞到了思源的肩头。

众人穿过了有些杂乱的庭院，来到了主殿的门口。正欲进去，却见一只神兽，跃然出现在众人眼前。

它身似鹿，头如雀，有角而蛇尾，文如豹。

"这是?！啊！"许诚被吓到了，虽说这神兽不是面目狰狞，但是看着这样奇怪的生物，还是让许诚惊叫起来。

"哪来的莽夫，竟然敢擅闯洞府，而且在本神兽面前如此不恭。"这神兽显然是被许诚的惊叫给惹怒了。

风廉再次袭来，微星马上用结界挡开了风廉。

"你是何人？就算贵为仙身，也别怪我不留情面。"神兽身子后倾，做出了要攻击的架势。

"飞廉！还不住手！"黄鹂飞到了前面，对着神兽叫到，"我们既然闯过了风廉的结界，就说明我们的上古之力是高于你的。此次前来是有要事找地仙商榷。"

"你们要找主人？"飞廉放松了架势，"可是主人并没有开门迎客啊。"

"沐清风！还不快出来！"小黄鹂开始叫唤起来。

飞廉听到后，总算收起了风廉。"你竟然知道主人的名号！看来的确交情匪浅。"

此时，那厚重的机关木门终于有了打开的迹象。

木锁转轴，齿轮滚动，经过一系列繁琐的锁扣及窍门，这大门才解锁。只是缓缓打开的同时，门上积压已久的尘埃也慢慢散开，直至众人面前。

"咳咳！"许诚扫了扫眼前的灰尘，捂住了鼻子，"看来这仙人还是个超级宅仙啊，不知道多久没出门了。"

"哼，庸人！主人那是眼观六路，耳听八方，居里可窥乾坤。"飞廉待门完全打开，便率先奔了进去。

众人也跟在飞廉身后，走进了这座机关重重、设计精妙的大殿。

等到思源等人入内，这木门便径自关闭了。思源回头，只见门后是密密麻麻的齿轮和机关，像多米诺骨牌一般，一环接一环，连锁反应，直至终点。咚——这木门紧紧地关上了。

这下是真的出不去了！许诚捂住了头，有点抓狂的样子，怎么感觉是请君入瓮啊！

更让人奇怪的是，门口就是一座木桥，当他们经过木桥之时，却见木桥两边的木栏杆转动了起来。这也是机关？思源看到后脑子中马上蹦出了这个想法。木栏杆跟随着他们的脚步一个个转动，直到他们穿过木桥。所有的木栏转毕，却听得流水声，众人不解，回头一看那木栏竟然错位移开，水流从中涌出，流入桥下的水道之中。

思源一看，心想这设计真是巧妙，这水肯定是引了结界外的湖水，眼见这湖水缓缓充溢满水渠，曲折蜿蜒流往前方。思源莞尔一笑，心想着前面不知道还有什么巧思妙想的机关在等着我们。

虽然前途漫漫，倒是卓有期待。另外自然也对这洞天的主人有了些许的好奇之心。

果不其然，众人深入后便看到了一座木质的小城门。此门需要有人摇动门旁的摇杆，让木栅栏慢慢上升，方可入内。许诚自告奋勇地照做了，只是没想到这开门也等于是开闸，湖水先于他们流过了小城门。

第七十九章

身在他乡即故乡

许诚觉得好奇，便也循着这水流走过小城门，只是未曾想到，走过门后，方见地上竟然有着一幅繁文复杂的河道图。湖水渐渐将这河图填满，清水奕奕，图案显现，乍看之下，似一振翅而飞的飞鸟。

许诚有些看不明白这图纹，想用相机拍下来。因为有着微星的法术保护，相机并没有浸湿。可是，还是如以前那样，仙境秘境中，不管怎么按快门都拍不了图像。

许诚再次看了看图案，感觉像是什么特殊的图腾，既然此地仙有上古的神兽，那么这很有可能是上古的图腾。

此时，思源也走到了河图前，看到这个图案后若有所思。

"思源，这个图你能记住么，回去画下来。"许诚问道。

"应该没有问题。"

"哈，会画画就是好。"许诚心想，带着思源，等于带了一个随身素描机，虽然没有照相机好使，但也算活人活用了。

"我们继续往前吧。"微星说到。

说话间这河图的纹章已经被完全灌满。像是又触动了什么机关，远处已经开关声不绝。不一会一支支木桩从河道中立起，然后又纵横排列，形成了一座别致的小木桥。

"走吧，我倒是要看看前面到底还有什么新鲜稀奇的玩意儿。"许诚率先走上了小木桥。

伴随着"当当当"踩木桩的声音，耳边又闻远处隆隆隆的巨响。走过木桥，穿过一片小树林方见眼前之路，被巨大的木墙给挡住了。只是这木墙，其实只是一个圆形木制空间的一壁而已。众人虽然惊讶，但还是往木壁上自动打开的木门中走去。

这空间中虽然昏暗，却一眼就可见到屋顶那铺满眼际的星宿图。图中星辰隐隐发光，而日月也同在其上。正所谓日月星辰，尽在眼中。更为奇特的是，仔细一看不难发现，这些日月星辰竟然是会移动的。

"此星图似是对应着真正的宇宙运转。"微星也难得地露出了赞叹的眼神。

昏暗木室的中间，有着许多木桩拼凑而成的木制桌台。高低不同，错落有致，不同的木台上放置着不同的道具。木甲、机关、青铜、铁器、各种玉石古玩、仙书竹简，应有尽有。

思源看到这精密的布局、巧妙的设计，心想怪不得这仙人可以足不出户就知晓天下之事，看来这木室中真是有着小小乾坤。

只是思源定睛一看，却找不到木室的主人。咕叽咕叽，木轴转动的声音，一张宽大的木椅从木桌中间升了起来。只是这木椅背对众人，思源看不清木椅上仙人的样貌。

木椅终于转了过来，一位身形娇小的鹤发老人，带着奇怪的木制眼镜，正在研究手中的玲珑机关。他似乎很专心，也不想理会众人。

"青鸢印座下微星护守前来拜会大岙地仙。"微星见状便上前自报仙阶。

那带着机关眼镜的仙人，此时总算是停下了手中的活计。但还是有些不情愿，他推了下那奇怪的眼镜，透过缝隙用眼睛看了看众人。

"你就是那个代理仙主手下的护守。你我向来是井水不犯河水，为何今天要硬闯我这个大岙口机甲宫啊！"有些苍老的声音传来。

"不瞒仙人，如今若耶大难，护法被残杀，引得洞天震荡。所以我家少主希望可以去灵溪地一探，以求可以找到其他维持洞天平衡的方法。"微星应答自如，从容不迫。

"时也命也，白鹿遭此劫难，也是天理定数。你们是因为要去灵溪地，所以才来找我？"地仙又开始捣鼓起他的小机关。

"不错，事关若耶之安危，还请地仙能助我家少主一臂之力。"微星依然是从容不迫的语气。

"哼，巧了。其实早几日我收到你主人的飞书，他则是要求三十六地仙定要坐守自己的领地，以保若耶的稳定。如此时候，定会有不少心怀叵测之妖仙，想要捣乱滋事。所以我是不会随意离开自己的洞府的。不过还是多谢各位的莅临，说实话我这清风潭真是上百年未曾接客了。"那鹤发地仙拉动了手边的木牌。

机关声声，一束光线从众人的身后照射过来。

思源看了看光源，有些不解，难道？这是送客的意思？

"哼！我说地仙爷爷，诸夏仙人说的当然也很有道理。但是这次我们去灵溪地就是要找到这问题的根源。你说不想离开自己的领地，我看爷爷你是宅惯了，不敢出去吧。"许诚这会心情可不太好，好不容易到了这水下，进了这机关城，这会却马上要被扫地出门了，自然噘嘴表示抗议。

当然，更可气的是这地仙，怎么说也是若耶的仙灵，怎么可以对白鹿如此无情。一想到这里许诚的眼睛又有些湿润起来。此时许诚的脑中忽然闪过了一些画面，那血腥的画面着实把他吓到了。许诚突然用手捂住了嘴唇，他头晕目眩，双脚有些发软，几近站不住了，瘫倒在地。

"许诚!"思源被吓到，赶忙来搀扶。

"不要，不要! 血，血! 不要，不要……"许诚突然哇的一声哭了出来，一把抱住了思源。他不停地啜泣着，那心痛欲裂的哭声，思源听得很难受。

许诚慢慢地、有些结巴地在思源的耳边说道："是白鹿……是白鹿，我不想看到的，不想看到。"

思源猜出了大概，难道许诚看到了白鹿死去时候的画面? 许诚本就晕血，更何况看到的是白鹿……思源心中不忍，看向了微星。

"清心定气。"微星赶忙施法，希望可以让许诚稍许好转些。

许诚这一系列的动作，清风潭的潭主自然也是看在了眼里。不知道为什么，这倒是勾起了他的兴趣，此时也飞到了许诚的身边，将一指轻点许诚的眉间，似是读到了什么讯息，露出了不可思议的神色。

"如此循环往复，怎么可能?"

"沐清风! 还不快救许公子!"此时思源肩上的黄鹂发话了。

"你?"清风潭主看到黄鹂后一惊，"青鸾? 风族怎会在此?"

"你才发现啊，看来真是大不如前了。此次就是我和少主破了你的风廉，顺便来你这清风潭逛逛。也是，时也命也——许公子这一难，天意所指，也早已安排是由你来解。"黄鹂飞到了沐清风的肩头，像是在指挥。

"我已经说过了，我不会再问世事。"沐清风还是有些抗拒。

"骏马登程往异方，任从随处立纲常。汝居外境犹吾境，身在他乡即故乡。"黄鹂突然吟到。

沐清风全身一震，这诗？

"你是？你不是一般的凤族。"沐清风摊开手掌，黄鹂飞到了他的掌心，他掌心的黄色灵印显现出来。

沐清风自己也没有想到，泪水，竟然在这木质的眼镜中浸润开来。沐清风摘下了眼镜，黄鹂飞到他的耳际，低语了几下。地仙的泪水再次滑落，他抬眼看向了思源。这位地仙不可置信的眼神，印在了思源的脑海中。

只是让众人没想到的是，这地仙拿下眼镜，在大家眼前展现的竟然是一张稚气俊美的脸。

思源心中不禁感叹，鹤发童颜当如此。

"沐先生？"思源试探性地问到。

"沐清风只是他人给我的雅号罢了，少主，吾仙之名羽沐清。"清风潭潭主突然温柔地回到，他转而看了看许诚，微微蹙眉，长叹一声，"医者，父母心。先救人要紧。"

第八十章 朱颜绿鬓少年时

羽沐清从腰间抽出一扎白色的布条，摊开一看，原来是一排银针。他取其一支，在许诚手腕静脉之处，轻扎。手法连绵，如蜻蜓点水一般，扣脉而敲。

思源明白了，羽沐清这是在用银针聚拢许诚的灵气。施针后已经昏死过去的许诚有了一些起色，开始蹙眉喃喃。

"羽仙人，许诚他这是怎么了？"思源看到倍感心忧。

羽沐清摇了摇头，"这是他命中劫数，不过他命不该绝，少主请放心。"

"他本来就晕血，刚才怕是看到了白鹿死时的场景了。"思源解释到。

"原来如此。"羽沐清此时倒像是松了一口气，"微星仙人，请继续给他施以清心咒。"羽沐清快速飞跃，直上刚才的木椅。他点立在木椅的顶端，黄色的仙袍垂落下来。手触空间，朱红色的灵印显现，羽仙轻触红阵，那灵印霎时扩大，形成一个圆形的巨大法阵。

"医道，素问。"羽沐清对着法阵说到，那法阵东南一隅便幻化而上。顷刻间千万个木格从阵法中夺框而出，这阵势让思源想起宋家祠堂里诸夏的记事木柜。

羽沐清取其一格，然后快速地飞回至许诚身边。只见他翻手执取殷红，将其插在了许诚鬓角的耳上。又将一粒朱红色的果实塞入许诚的口中。

羽沐清顺便将殷红色的另一小撮递给了思源，"他已经没有大碍了。此药可以收敛元气，固涩滑脱，振作精神。待他醒来再好生休息些时辰即可。"

羽沐清转身看向思源，有些无奈地埋怨道："就是你们现代人，头发太短了，这灵药不能很方便地插在他的发中。他容易晕血，灵神涣散。所以最好久佩此药。以后再遇到类似的情况，此药就可自行帮他聚气敛神了。"

"那自然是最好了，可有他法佩戴。"思源听到后自然很是开心，想来许诚这老毛病也一时无法根治，如果得此灵药，至少可以应急。

"那就制成香囊吧。此物敛正气而不敛邪气，平日里也可帮他净化下周身的气场。"只见一紫色的小香囊慢慢落入羽沐清的手中，他又翻手轻执一簇嫣红，口吐仙气，这灵药瞬间更显得殷红逸逸，羽仙见状便将它塞入了香囊之中。

"每日佩带香囊于臂肘，以聚神敛气。长此以往就可保其灵魄不再涣散。"羽沐清将香囊投向了许诚，紫色的丝带便自行缠绕在许诚的臂肘之上。

思源安心地舒了一口气，而此时许诚的脸色已经恢复了不少，思源用手帮他顺气。许诚咳嗽了两声，气息稳了起来。

羽沐清挥袖，两位黄衣的飞天女子便过来将许诚扶起。

"让这位公子去本仙的灵榻休息吧，本来需要数日的修养，在仙榻之上只需一刻即可。"两女子携着许诚飞向了后室。

羽沐清再次看向了起身而立的思源，眼神中还是有些怀疑的神色。

"沐清风，你到底作何打算，和不和我们一起去灵溪地？"黄鹂在他肩头问道。

羽沐清依旧端详着思源，"他真的是先王的后人？"

"那当然，不然也不能唤出我来。而且，少主还唤出了连你我都想不到的神物。"

"神物。"

"嗯，刚才就是那神物破了风廉阵。"黄鹂飞向了思源，小小的翅膀一触，那朱红色的神弓便显现了出来。

羽沐清看到神弓后，俊美的脸上露出一丝欣慰。他跪拜在地，像清伊那般对思源大礼以待。

"仙人？你这是干什么啊！"思源赶忙上前搀扶。

"没想到，我羽沐清竟然能见到这神弓。"羽沐清行完大礼之后，恳请思源将神弓借给他一看，思源就从背上取弓箭给他。

"穷桑之木，青阳为矢。大美不言，睹物思人。上古遗物，名不虚传。少主，羽人不才，没有认出先王之后裔。此弓为先王之物，少主可曾想起它的名号？"羽沐清端详后又将弓箭递给了思源。

"煌煌也是那么和我说的，说我会想起它的名号。"思源看着弓箭，还是不解其名。

羽沐清一笑，其实名号早在少主心中，少主只需凝神一想寻找出来即可。

"记忆中？"思源突然想到了什么，忙从怀中拿出了那狼毫画就的图纸。刚才许诚碰到此图后诗句就自动显现，那么就说明此图纸可以读出人心深处的意象和讯息，何不一试！

思源凝神闭眼，将手轻触宣纸空白处，脑中认真地想着这神弓之事。几秒之后睁眼看去，那指边果真有了字句隐现。

思源仔细观看，原来是诗句，正在慢慢写就。

"芙蓉花发去年枝。

双燕欲归飞。

兰堂风软，金炉香暖，新曲动帘帷。

家人拜上千春寿，深意满琼卮。

绿鬓朱颜，长似少年时。"

芙蓉花，去年枝。双燕飞，兰堂金炉，新曲琼卮。绿鬓朱颜少年时。思源似是明白了。

"花发旧枝，燕欲归。家人祝寿，绿鬓朱颜，却似少年时。"思源微微有些头晕。心中似是说到，名号就在此诗中。

思源再次闭眼，扶头按穴："颜朱鬓绿。华轩鱼映锦，紫诰鸾回幅。露浥秋兰馥。香篆起，歌裾簇。衣斑丹穴凤，色润东床玉。鸾共鹤，年年来听神仙曲。"又一诗词倾口而出。思源像是看到了祝寿之时，献上神弓。此弓难道是寿礼？

"绿鬓朱颜，有玄珠，待归来、向伊分付。"又是一句袭来，玄珠？又为何物？

"朱颜绿鬓，绿鬓朱颜。"思源头痛加重，默默念出，"他时相遇知何处，朱颜未改，执子已换。"

"少主！没事吧。"微星见状不好，便也对思源施以清心咒。

思源稍感舒适，手执神弓，焕然在眼前。哀思相显，铭记于心。朱颜未改，执子已换。"是……你的名号是朱颜。"

羽沐清见状再次跪地行礼，"羽人后裔沐清拜见少主，恭喜少主，朱颜得归，绿鬓依旧。"而此时黄衣女子再次行来，原来是许诚已经苏醒过来了。

众人听闻后，便马上赶去了后室。

第八十一章 茱萸插鬓花宜寿

东床上，许诚扶额刚醒。见众人进来，有些不好意思。

思源报以温柔的微笑，"许诚，你没事吧。这次要多谢羽仙人帮你治病呢。对了，他给你的香囊，你不要取下，据说以后也可以帮你治疗晕血之症。"

"这里面是什么？"许诚问。

思源便取出刚才羽沐清给他的那一簇红果绿枝，递给了许诚。"就是这个灵果。"

"山茱萸！"许诚拿到后就蹦出来这句。

"看来你也是通晓医理之人。"羽沐清微笑着点亮了许诚手中的茱萸。

"哦，我只是对植物略有研究罢了。"许诚看着手中的山茱萸，有些小小感叹。

"茱萸插鬓花宜寿。"羽沐清挥动双指，原本在手中的山茱萸便插在了许诚的耳边。

"翡翠横钗舞作愁。"许诚竟然很快对出了下一句。思源一惊，他看向许诚，只见此时的许诚眼中尽是温柔。

许诚用手轻抚耳边的茱萸。一股温馨之感袭上心头，是的，茱萸，原来如此。

"看来公子也算是识得越椒的人。那就让越椒常插在鬓吧，我会用法力让他常驻在你的鬓角，不至于跌落，平时也会帮你隐去这朱红，不让旁人在意。想来公子应该明白，茱萸可以帮你延寿。"羽沐清说完作法将许诚头上的茱萸隐去。

"少主，你也随身携带一些吧，兴许用得上。"

一只朱红色的香囊飞来，思源用手接住，这香囊上竟然也有刚才在河道上看到的那个图腾。

"好的，谢谢。"思源把香囊放进了背包。

许诚从东床爬起，下地，拜谢羽沐清。

"思源，我已经好了，我们现在耽误不得，不能错过樵风。"

羽沐清听后，赞许地看向思源和许诚，没想到他们已经通过自己的调查，想到了利用樵风进入灵溪地。

羽沐清对思源作揖。

"少主，用樵风找到灵溪地的入口的确是不错的想法。但是要入灵地，必须集齐三仙之约。"

"三仙之约？"思源完全没有想到，"这是何物。"

"就是三位仙灵的灵物。"

"三位仙灵？"许诚不解，心想着难道说还要去找三位仙灵索要灵物不成。

"能打开灵溪地的灵物必须是若耶仙灵持有和认证之物。而且必须集齐三样方可，代表有三位仙灵许可你们进入灵地。"羽沐清边解释边往外走去，众人一起跟着他再次来到了机关木椅旁。

羽沐清手执头顶的木牌，思源抬头望去，才看清，原来头顶是零零落落、不计其数的悬空木牌。羽沐清扯下其中一块木牌，放入一个机关凹槽中。那木牌自动通过木槽传向了穹顶的星图中。瞬间星图全灭，屋内霎时漆黑，正当思源不明白为什么会熄灭星图之时，漆黑的穹顶上另一张灵图显现了出来。

这是？蜿蜒曲折，汇入一支。"这是水脉图？"思源脱口而出。

"不错，少主。这正是汉代若耶溪的水脉图。"

"汉代？"许诚不解地问。

"方才许公子不是说要借樵风夜入灵溪地么。"羽沐清玉指一点，显示了众人现在所在之地，大岙口水库。

"不错，根据我和思源的推断，要找到灵溪地，也就是古代所谓的樵岘麻潭，只能借用这樵风了。"

"那么想来少主和许公子也是知道的，这樵风的由来。"

"不错，是来自郑弘。哦，对！"许诚一拍脑袋，恍然大悟，"郑弘是汉代人。"

羽沐清会心一笑，"不错，樵风源于东汉。也称郑公风。郑弘后来为东汉大臣，官至太尉。而东汉其实还有另外一件重要的工程也导致了这郑风更甚。"

"你们看。"羽沐清灵指一点，又一幅地图显现了出来，"这是现在的水脉图。少主可看出些许不同。"

思源仔细一看，这两张图中若耶溪的下游有着很大的不同，汉代的溪水和城区之间有着一条长长的堤坝，形成一个面积颇大的湖泊。而相比之下，现在的地图上已没有了这个几乎贯穿全图的湖泊。

"东汉的地图上有很大的湖泊和很长的堤坝。"思源锁眉细思，回答道。

"不错，此湖泊就是东汉十分著名的水利工程。由当时的会稽太守马臻主持修筑，该工程就是在各个分散的湖泊下缘修了一道长围堤，形成了一个蓄水湖泊，即鉴湖。"

"稽山鉴水。原来如此，所谓的会稽山和鉴湖水。"许诚手托下巴，一副学究的样子。

"不错，看来许公子是做足了功课。古时候的绍兴境内，从东南到西北，为会稽山脉所围绕。北部是广阔的冲积平原，再北就是杭州湾了。形成了'山，原，海'的台阶式特有地形。南北流向的小河纵贯本区，这些河流分别流入曹娥、浦阳二江，然后入海。而曹娥、浦阳二江都是潮汐河流，在那个时期，由于未修海塘与江塘，钱塘大潮由二江倒灌造成了水淹平原的严重内涝。不仅平原北部常是一片沼泽地，地势较高的平原南部也因潮水倒灌，山水排泄不畅，变成无数湖泊。这些湖泊是山水的积蓄之所，在枯水季节，各湖彼此隔离，仅以河流港汊相联系，一旦山水盛发或涨潮，则泛滥漫溢，成为一片泽国。"

"怪不得秦王望海，一片泽地。看来的确和现在大不相同。"思源瞬时明白了以前查看资料时候的所谓疑问之处。

"嗯，不错，当时会稽和山阴的百姓可谓深受其苦。于是马太守利用这里的山、原、海的有利地形，在各湖的北端筑堤，将原来分散的湖泊围成一个大湖，形成一个蓄水库，这样既可以减轻河流的泛滥和内涝，又可以蓄水灌溉，从而达到兴利除害的目的。"羽沐清继续按图分析着。每当他讲到某处，图纸上都会有所荧光显现。

"这太守也真是造福于百姓啊。羽仙人，你这个神奇地图都比得上我们学校老师的 PPT 了，而且更活灵活现。"许诚双眼发光，看得兴致勃勃。

"据刘宋时期孔灵符所著的《会稽记》记载，顺帝永和五年马臻为太守，创立镜湖，在会稽、山阴两县界。筑塘蓄水，水高田丈余，田又高海丈余。若水少则泄湖灌田，如水多则闭湖泄田中水入海，浙以无凶年。其堤塘周回三百一十里，都溉田九千余顷。这也为山阴、会稽一带成为后来著名的江南水乡打下了基础。让一片洼泽变成了千顷良田。"

"原来还有这样的故事啊。江南水乡看来的确是来之不易。"思源露出了赞许的神色。

第八十二章

楚韵越歌古溪口

"的确，虽然后代不停围湖圈地，百里长堤不再，鉴湖也已经变小很多。但不得不说鉴湖还是改变了此地的地理水文。由于汉代鉴湖的修筑，才使得朝南暮北的樵风更加强劲。而且鉴湖也使得当时若耶溪的水位常年保持在高位。因而有了水满溪道下的越中山色。"

羽沐清转而又指向了现在的水脉图。"所以古时若耶溪的水位是高于今日的。那时的若耶溪可说是深而不测。因鉴湖未废，正以堤壅而水高，故若耶溪等诸沟涧皆满。唐时皆可乘舟舫从越州城内出发直至云门诸寺。但现今已是不可能了。至宋朝，鉴湖变小，陂防已废，陵陆变迁，水位就已经下降了。所以宋人诗云，缥缈飞桥跨半空，此桥就是云门寺前的五云桥了。"

"五云桥？"思源想到那天和许诚飞索跨过的古五云桥的确是高悬崖顶的。"难道古时候的水位有如此之高？"

"不错，宋朝至今的若耶溪已失唐时溪湖相连、清旷美丽的景象。只是直至明清，若耶溪还是胜五十石舟。可见当时的溪水也比现在要深得多，水面也要宽得多。其实六十多年前竹筏还是可以行至西渡口及尧郭的。而今这渡口也已经在平水江水库主坝底了。"

"渡口？水坝底！"思源皱眉闭眼，"的确完全没有想到，虽然我们知道这樵岘麻潭就在现在的平水江水库范围内，但我完全忽视了，要是刚刚在这水库底，那不就更难找了么？"

"现在溪水日浅，利用樵风的确是正确的思路，但若是灵脉搁浅无法行舟，就会半途而废了。"羽沐清点了点上游的几个溪道口，表示这些地段经常会搁浅和缺水。

"还是羽仙人想得周全。如今看来是得另寻他法了。"思源看着水脉图，想着能不能有别的计策。

"少主莫急。其实我们还是可以利用樵风来指路，遇到溪水干涸之处，使法灌注即可。本来我想和少主细说若耶三十六支流的具体出处。不过不能再耽搁，樵风也是有时间限制的。我们不如即刻入溪，且行且说。"羽沐清扣动了木椅上的机关，星空图又恢复了原貌。

"仙人的意思是愿意随我们一同前往咯？"思源自然是很开心的，有着羽沐清的陪伴，至少不会再迷路和难寻灵溪地了。

"只是仙人，刚才你所说的三件灵物倒是颇让我在意。需要三位仙人的指定宝物，如今看来，我们还没有集齐啊。"思源抽出包中的翠笛，"想来婼欄仙人的翠笛算是一件吧，羽仙人陪我们而去，那定会给我们另一件灵物。如此看来是还缺一件。"

羽沐清摇了摇头，一笑，"其实你们已经有另外一件了，而它就在许公子的身上。"

"我？"许诚不解，自己从来没有拿到过什么宝物，更别说若耶仙灵赐予的宝物了。

"到了灵溪地公子就明白了。时不待人，我们即刻就出发吧。"

樵岘麻潭　南北朝

裙摆染泥，不足为虑。深潭数亩，孤石为伴。猿啼声声，山桃红萼，野蕨紫苞，酒卮倾覆，半杯入水，半杯唇启。

"哥哥，听说这樵岘麻潭的崖上又是另一番景致，可愿同往？"小弟拨了拨还未发花的花苞，又为我倒上了一卮美酒。

"哦？当然了！"我一饮而尽，今日与弟弟携游樵岘麻潭，暮春虽未交，仲春却也善游遨。这潭边春色醉人，当然得尽兴而玩了。我看了看崖顶，并不高，而麻潭则水至清照，众山倒影，窥之如画。山间花草迸发，余香袅袅，倒是让我想起了屈子九歌中的山鬼来了。

"若有人在山之阿，浓情婀娜楚笛归。"虽为越地，却让人想起梦泽楚韵。

"杜若山兰覆腰间，采佩不若掬酒香。哥哥倒也是想起了楚辞。然，惠连也同如是。"弟弟看来是和我想到一块去了。

"绣被残歌，如今王朝已逝，然歌辞依旧。我们就比比谁先到达这崖顶吧。"我取出了包裹中的木屐，说起爬山，这自然是我的专长了，而且还有这登山妙用的特殊木屐。

"可。不过你不可用这木屐。"没想到弟弟认真起来了。

"可！"我绑住了拖地的裙摆，便和惠连一同奔向了崖顶。

惠连身手自然没有我矫捷。我们一前一后到达了崖顶。崖顶俯视，却见森木被潭，刚才的麻潭此时看来却是倍感神秘，而耳畔则是猿狄声更甚了。我与惠连环视崖顶，见一栎树。

"这崖上竟有幽深敬畏之感。哥哥，以后不如常来。说不定真能碰上什么山鬼女神。"惠连说道，手抚栎树。

"仙气挟带，森清溪灵。的确是神仙之居所。"我转身看了看栎树，"嗯，此地有灵，神女定会到访，不如，就在此地立碑，刻你我诗词于其上。神女便能见到。"

"好，若得仙缘。我倒是要神女评评到底是谁的诗句更为上品。"惠连在栎树下找到一块颇为光洁的崖石。觉得此石可当刻碑。

"今日没有带石匠，不过笔墨倒是有的。不如先挥墨在这方石上，改日再请石匠来刻字。"我提议道，顺便拿出了包裹中的笔墨。

"也只能如此了。"惠连沾墨执笔，仰天沐浴在这天灵地气之中，须臾便成诗。我自然也不甘落后。

提笔在石。

慢歌楚云端，难转越歌情。

署名：灵运、惠连。

"楚韵？越歌？"思源有些梦呓。又突然觉得有些凉意袭来。睁眼一看，原来是溪水湍急，水滴溅到了脸上。自己竟然睡着了，打了个小盹。

刚才羽仙人幻化出一只精巧的木质小船，众人便从大岙口出发，乘樵风一路南下。不想自己竟然在船舱旁睡着了，想来是身子还没有完全复原。此时行经溪流湍急之处，便被吵醒了。

思源觉得这急流来得奇怪，便抓住身旁的许诚说道："我们这是到哪儿了？"

第八十三章

樵岘麻潭拨迷雾

　　"横山村附近。"许诚指了指附近的村落，"你醒的还真是时候。我们马上要到湖口了。其实这一路上很多地方都不通了。有的地方有水坝阻隔，有的水道几近废弃和干涸。还好'太白金星'知道古水道，为我们打开了若耶的仙灵水道，也就是若耶真正的灵脉。于是如入无人之境。那些水坝和浅滩都难不倒我们了，现在正乘着有着千年历史的樵风入灵溪地呢！"许诚不禁鼓掌起来。

　　"太白金星?"思源不解。

　　"哦，是羽仙人的外号。你看着这仙人又变成小老头的样子了。"许诚指了指船上的黄衣仙人。

　　思源看去，的确，此时的羽仙人比之刚才身躯变小了许多，依然是鹤发，却看似不再是童颜，而且还戴着那奇怪的木制眼镜。

　　思源不解，"仙人怎么改变了身躯和容貌?"

"呵呵，宅仙说了，出来怎么可以用真面目示人呢。于是转身趁着你睡着那会变成 Q 版小老头了。所以我就给他取了个外号'太白金星'，很可爱吧，哈哈。"

"呵呵，亏你想得出来。"思源一笑，却发现，此时已经可以看到湖口了。于是赶忙起身想走向船头。思源刚站起来，船有些摇摇晃晃，举步之间，又想起了刚才的梦境。樵岘麻潭？不就是灵溪地么，崖顶、石碑、栎树。一会进入灵溪地，我倒是要看看，有没有这些古迹。灵运、惠连？他们又是何人？

"少主？"微星的呼唤打断了思源的遐想。

"哦，微星，不好意思我太累了，竟然睡着了。"

"少主醒了就好，我们正在商讨怎么入灵溪地。"

"哦？"思源马上跟了过去。到了船头，看到溪流颇急。奇怪，已然到达湖口了，平水江水库应该是波平如镜的啊。

"少主。我们马上要进入平水江水库，从这里开始古溪脉已逝，我们要回到现代的空间维度了。"羽沐清看到思源后，用手一指眼前，突然湍急的溪流就变成了波平如镜的湖面。

"这是？平水江水库！"思源一看，的确就是上次一探白源洲时的平水江水库。

"嗯，没想到如今已经变成了这般模样，其实本仙倒是第一次来这水库。"

"呵呵，我就说仙人很宅吧，想必是在你的机关宫殿里都宅了有上百年了吧。"许诚也走了过来，看到可爱的羽沐清不禁想拍拍他的头。

"不错，本仙闭门研究的确已近百年。现在看来，也不过是弹指之间。"羽沐清支开许诚的手，木质的眼镜导致大家根本看不清他的表情。

"那仙人可知这樵岘麻潭究竟在何处？"

羽沐清摇了摇头，"这灵溪地已经与往前大不相同了，就算我知道，也不可相告。这是所有若耶仙灵必须遵守的契约，我想微星他们也是如此。"

"什么？那么说来你们知道也不能告诉我们。哎，枉费我高兴了半天，结果还是得靠我们自己找啊？不过也好，这可是我许诚大显身手的时候了。考据什么的我最在行了。"

"嗯，虽然微星知道大致的地点，但并没有进入过灵溪地。灵地自然不同于凡界，定是有结界守护之。"

思源看了看夜幕下的湖面，此时马上就要入夜，怕是更不好找了。不过想来也是奇怪，刚才我们出门的时候就几近黄昏了。我们明明已经经历了很多时间，怎么这夜色还是和刚才没差多少。难道和我们在所谓的仙境和仙脉有关。

"许诚！把我们现在有的线索都翻出来，我们两个好好归纳总结一下。"

"好咧！"许诚翻包倒袋地把所有的资料都拿了出来，不过他当然不忘拿出了 iPad 和电脑。"哈，这里竟然有信号，太好了。"

"若耶溪出若耶山，樵岘麻潭应该就在所谓的若耶山下。"思源先点着一处稿纸说到。

"不错。我们先要找到若耶山！"许诚赶忙利用网络搜出了平水江水库的卫星地图，这附近要说像山的就是这里、这里、这里还有这里了。"许诚点出了湖周围的四座山头。

"嗯。不错。适才羽仙人说到了西渡口，让我非常在意，记得这渡口应该已经被没入平水江大坝下了。许诚，找到平水江大坝。"

"地图上是找不出来，不过可以看看卫星图，我刚才看到这里还觉得奇怪呢，被你那么一说，我才想到，这就是大坝啊！你看，就在这里！"

许诚点亮卫星图的一处，的确，这看上去就是大坝的布局。"可有上次的那张地图，你做过五角星标记的那张！"思源想到了第一次去云门寺的时候，那张许诚做过许多标记的地图。

"当然了！呵呵，其实它也在这地图上。"只见许诚一按电脑，一颗颗五角星就在卫星图上显现了。

"对，就是这些标记！这里是，青山村、云门寺、横山村、募修云门寺碑……"思源一喜，没想到那么便利。

"不错，这里过去就是宋家店了，然后，既然我们来到源头，那传说中的峨眉山应该就在其溯流而上的西面。你看！就在这里，岔路口村。"

"太好了，这样看就清楚明白多了，据记载古代若耶溪可以直入云门，那么应该就是要过这西渡口。"

"其实刚才我查找水道用的是上次那张地图，而不是卫星图，但是，你看！"许诚又在电脑上做了一个切换。卫星图瞬间变成了简易的含有若耶溪水脉的地图。许诚如此反复来回切换，思源马上看出了其中的奥妙。

"原来如此，这若耶溪水图和这卫星图合起来看就非常明了了，这湖口之地就是这水坝之处，应该就是古代所谓的西渡口了。看来说西渡口在大坝下的记载是没有错的。"思源指了指平水江水坝。

"嗯，很对，应该是这样没错。主要我们不是本地人，不太知道这里在建成水库前的地形和水脉。网上找的毕竟有限，不过我输入若耶西渡口，倒是出现了这些材料。"许诚把 iPad 递给了思源。

"据传当时云门寺的山门一直延伸到如今水库大坝附近。"思源惊讶地看向了许诚，"怎么我们那么多次穿越都没有注意到这一点呢？"

第八十四章

寻得若耶源头水

"呵呵，我们每次穿越都是在云门寺附近，自然会往古寺走，没有注意到西渡口也算是正常的。"许诚点出了云门寺和平江村，"看来这个平江村类似于古代的寺前村，我查过一些典籍和古诗词，的确提到了云门寺前有水塘之类，看来应该和这个西渡口有些关系。"

思源想到了第一次穿越看到的烛迎千骑满山红的景致，"我们穿越的时候都是在云门寺主寺附近，但寺庙昌盛之时想必外围也算是寺庙的外延区域。所以说寺门延伸到西渡口也不是不可能。"

思源又看了看卫星地图，心想这云门寺的确是在狭长的山谷中，后背就是秦望山。虽然也有一说，说那个峨眉山才是秦王刻石立碑之地，不过按照古代三江口的一片沼泽之说，秦王要北望越国古城，也就是现在的绍兴市越城区，那么自然是云门后背这座山更加为妥。此山的确为越中峻山，也正好正对古越城区，登高望远想必是一览无余。峨眉山那边不管怎么说太远了些，应当只是丞相李斯立碑之地。而这座历代相传的秦望山才该是秦始皇远望越城之处。看来传说和历史，经过合理的分析和考证，还是可以有所推敲和发现的。而秦望山这一例让思源不得不觉得，历代相传的事物就算经过世事的变迁，还是会有所依凭。

所以说，不能说传说只是传说，有的时候传说也许就是真相。

"你看，思源，这里还有平水镇名字的由来。"许诚好似发现了宝贝一般，欢呼雀跃，"我一直觉得这个名字一定有特殊的意义。本来我以为是和大禹有关，治好水患故为平水，看来我是猜错了。"

"绍兴东南有古地名曰平水，据传旧时绍兴北部滨海，海潮漫至其地而止，故名。"这一起名原因又和思源的想法不谋而合了，既然如此，那么秦始皇登高望远，一片泽国，有感而发，以诵秦德。这历史记载的所谓的望海之说，看来并非杜撰了。当时因为还没有鉴湖水利设施，曹娥江和浦阳江由于钱江潮倒灌而形成一片泽国的景象是非常正常的。

"不过还有一种说法就是马太守造鉴湖，湖水至此而平。两者其实大同小异，都和古代越地的洪水涝灾有关。不管是河水、山水、海水，总之内涝、水淹的时候水都是到此为止。"许诚说到，思源听了觉得在理，便继续细读了下去。

资料上写着，若耶溪主要有两个源头，一个是经尧郭、平阳由南向北，另一个是由岔路口经横溪、潭头（潭头村现已没入湖底）由西向东，两源头水在西渡口汇合，然后出乌龟桥向东北流经望仙桥、龙舌嘴流入鉴湖。现在的大坝就建在乌龟桥旧址上。

思源看到这句自然是双眼放光了。对，就是这句。"潭头村，这村名很有可能就是由樵岘麻潭而来，此村可能就是古代麻潭的坐标所在。"

"只是这偌大的水库，没入的范围很大，要下水都寻上一遍，那也真是大湖里捞古迹了。"许诚叹了口气。

"乌龟桥，西渡口。你看，许诚，从这些信息中我们可以知道这两条源头交汇于现在的水坝之处，这也是为什么平水江水库会选此地筑坝。看来是要在此地遏住两条水脉之流。"

羽沐清看着两人热烈地讨论着，不由得一笑。

"羽仙人，看来你给的提示是恰到好处。"微星平静地说。

"那是自然，看着，我这会又要提示了哦！"

思源和许诚讨论得正酣。只见羽沐清踱步过来。

"少主不是有一张小笔画就的地图么，不如再试一试，看看会不会有什么提示。"羽沐清说到。

"对啊！我们怎么把这现成的提示器给忘记了。"许诚一拍脑瓜。

思源取出了宣纸和小笔，再次凝神静气，提笔画图。这次墨笔画就的是一副水脉图。

"这就是若耶溪的源头及水流流向！"思源看到后大喜，正愁着怎么找水脉呢。不过小笔画出的却不止两条，而是有五条源头水。

不一会这水脉图的旁边，又出现了详细的备注：

若耶溪支流众多，来水丰沛，交往汇合。

上源有五：一为若耶溪，源出若耶山；一为横溪，源出龙头岗；一为尧郭溪，源出横溪东南；一为稽江；一为桃红溪，源出同康。

"经尧郭、平阳由南向北。那么就是流经尧郭村、平阳寺，然后在现今水库的北面入湖区。"思源对应着刚画出的水脉图和许诚搜索出的卫星图，马上得出了结论。

"嗯，不错！"许诚赶忙做起了笔记。

"另一个是由岔路口经横溪、潭头由西向东。刚才你查出的资料上所说，两源头水在西渡口汇合。岔路口即为发源于峨眉山的龙头岗一脉，流经横溪。"思源边画边看现在的地图，不知怎么的脑中就显现出两张图重叠后的情形了。"那么此源头的入湖处，就是在这里。现在平水江水库的西南处。"

"嗯——"许诚仔细记录着，"这尧郭的一脉是没有问题，由南向北一直流到现在水坝的位置。但这横溪的一脉，按照典籍所说应该是由西向东流到水坝处。那么按照这个轨迹，应该是由西南向东北一直流淌，然后再到达西渡口。"

"西南向东北，也算是由西向东了吧。而且现在已经蓄水成湖，古代的水道应该是有些改变了。"思源想了想说。

"的确。"许诚拿出打印好的平水江水库地图，又拿出尺子，用铅笔在上面画出了坐标。他在西渡口和横溪的入湖口各画了两条类似 Y 轴的垂直线。

如此一来即刻一目了然了。"西渡口的确在横溪入湖口的东边。所以从峨眉山上一直到西渡口，的确算是由西向东的流向。"许诚大喜，"那么在入湖口和西渡口上画一条直线，就等于是画出了灵溪地的可能范围了。因为根据记载，龙头岗的这一条支流是流经潭头村的，也就是我们怀疑的麻潭所在地。"

"虽然真正的河道应该是蜿蜒曲折的，但大体是逃不出这直线的范围了。好！"思源看到后自然是欣喜若狂，"我觉得我们离答案已经越来越近了。"

"嗯！"许诚点了点头。

"对了，不要忘了。姆橏给我们的那首诗也是重要提示。"

思源闭眼，细想着所有的线索，试着把这些线索在脑中一并串联起来。

若耶溪出若耶山；云门寺山门至西渡口；横溪由西向东过潭头；溪水上承嶕岘麻溪，溪之下，孤潭，周数亩；麻潭下注若耶溪，水至清照，众山倒影，窥之如画；常患若耶溪载薪为难，愿旦南风，暮北风；数峰醮碧轻清外，双舸浮春上下间……

"许诚，可有大坝的图片。"思源突然问到。

"这就找。"许诚不一会就搜出许多图片，"没想到这大坝看起来还挺高啊！"许诚看到图片有些吃惊。

思源再次闭眼沉思，所有的信息涌来，而自己要抓住里面最重要的关联点。

"若耶溪过若耶山至西渡口，溪水源头过若耶山，有一源在若耶山！"思源马上问许诚要来一张白纸。

思源在纸上将脑中所有的全部都写画出来。

许诚则耐心地在一旁观看。

第八十五章

西渡潭头水淹否

"西渡口在水坝之下，也就是乌龟桥。水坝很高，而水下的堤坝也定是很深。"

"不错！"许诚应和着。

"那么古渡口的地势应该比现在的水坝低很多。此处能建造水库，那么定是低洼的地势，不然不能蓄水为塘。"思源边看电脑上的地图边画。

"按水往低处流来说应该是如此了。"

"现代的资料中所说有两源头，分别来自尧郭和峨眉山，但根据小笔所画出的水脉图和婼欄给我们的诗句。他们都有所指出，若耶溪还有一个主要的源头，也就是古人所说的樵岘麻潭，这一源出自若耶山，和若耶溪之名息息相关。"思源继续写到。

"的确，《水经注》里面也是那么说的，郦道元应该不会诳人吧。"许诚点头称是。

"另外据记载，未建水库之前有一个潭头村，根据推测这个村子很有可能就是所谓的麻潭头。就算这潭不是麻潭，那么这村子也应该在一处潭水附近。"

"嗯，我们现在先不去管它到底是不是麻潭。"许诚也拿起铅笔在刚才所画的直线上迂回。

"其实我们现在要做的是找到若耶山。"思源拿起电脑回看起了刚才的卫星图，此图可以看清楚水库周围的山脉。

"就是我刚才所说的，可能在这儿、这儿、这儿……"许诚兴奋地点着电脑屏幕。看来自己一开始就想到了点子上。

"你看这里是横山村、若耶村、青山村、何山村。"思源点出了地图上的几个村落点。"这些村庄都是以山水为名，何山村我倒是有印象，那日我和微星穿越去唐朝，和秦系在王献之的山亭赏雪，我们所望的南面之山应该就是何山，我记得查阅过相关的资料写何山的名字来源于一位在山上隐居的名人。"思源越说感觉思路越清晰起来。

"南朝齐永明中，国子祭酒何允辞官，还居何山隐居，此山为他教授学生之处。"羽沐清此时已经坐在船舷上，听着两人的讨论，顺便解释到。

"嘿嘿，'太白金星'！看来我们是找对路子了咯？"许诚挥手一笑。

羽沐清笑而不语。

许诚点了点大坝旁边的两座山，说道，"既然麻潭已经没入湖中，我们假设若耶山不至于整个都被湖水淹没了吧。那么最有可能的就是水坝旁边的这两座山了，西边的为明角山，东边的为袋头山。"

"看这句，'溪水上承嶕岘麻溪，溪之下，孤潭，周数亩，甚清深，有孤石临潭。乘崖俯视，寒木被潭，森沉骇观'。从小笔写出的提示可以看出水源自若耶山而发，自山上流下，流入麻潭，潭水深，但崖顶望下来，麻潭却被树木遮盖，茂密森森。另外还有一孤石临潭，这些描述倒是很让我在意，因为小笔画出的山水画中，有着一个钓鱼老翁的形象。这孤石会不会就是老翁钓鱼之处？"

"这和我穿越时候看到的意象很像，的确有一个钓鱼的老翁。我其实一直很好奇这个老翁是谁。"许诚有些苦恼。

"那么我们就搜搜若耶山和钓鱼钓石相关的资料吧，看看有没有记录。"思源提议到。

"好的！"许诚马上照办了。

两人浏览了不少资料和网页，最后发现竟然有两个可能，而其中一个可能，让两人不禁感叹。

原来依稀是故人。

根据《康熙会稽县志》中记载若耶山在县南四十四里。

其双行批注又云：下有采莲田，东又有若耶岭，下复有潭，潭上有葛仙石。《旧经》：葛玄学道于此。玄既仙去，所隐白桐几化白鹿，三足共行，两头各更食。晋谢敷、宋何胤亦居此山。

此外《康熙会稽县志》写明此地有东化山、西化山。大清咸同之间，会稽名士李慈铭有诗《化山大溪中有巨石孤立，奇古可喜，传是葛仙翁钓石》，南宋苏泂在《泠然斋诗集》也有关于葛仙钓石的诗句。

"天上丹成鹤上飞，溪边留得钓鱼矶。

千年二谢风流尽，谁复行吟送落晖？"思源读到。

"不错，此诗点出一个重要事实，就是南朝谢家两株玉树，谢灵运和谢惠连曾在此流连，不肯回去，并有题咏，谢客儿是谢灵运的小名，开山水诗之风。北宋会稽人华镇就讲到这件事，他的诗也极妙：'闻说风流谢客儿，鸰原相应日忘归。仙翁遗迹云深处，携手行吟送落晖'。"许诚翻开自己的笔记解释。

"灵运？惠连？"思源看到这一段后才恍然大悟，刚才自己那一梦难道也是小笔给我的提示不成？梦到的竟然是二谢。

"怎么了？你有印象？"许诚感到有点奇怪。

思源把刚才梦中的情景简单讲给许诚听。

"哈，你梦到的应该就是二谢了，有意思。那么不就全部联系起来了。看清朝的县志，我们可以知道若耶山有采莲田，东又有若耶岭，下复有潭。看来的确是层层相扣的景致，只是现在不知道还能不能找到这个若耶岭。我这会倒是有点明白那句'双舸浮春上下间'了。"许诚赶忙在笔记上又记上一笔。

"对，'下复有潭'说明这麻潭的地势应该较低，兴许是盆地或者山谷的地形。"思源又在白纸上画了起来，"只是现在已经找不到这所谓的若耶山和若耶岭了。潭中之水又流到西渡口，按物理学来说这西渡口应该是比麻潭更低洼之处，那么这麻潭上行舟与西渡口行舟，如此望过去果然似是一上一下，别有情趣。"

"另外让人称奇的还有那采莲田，难道这莲田也是在山间？那么这的确是绝色之景了，山上山下都有潭，麻潭之水又再流入西渡口。潭潭相扣，实乃美矣。"思源想起了以前在爸爸的办公室里的一个风水流水，就是如此，层层相扣，莲台各有接水，就如这古文描述的一般。

"你看这句，'何胤曾居若耶山云门寺'，如此看来，若耶山也是该在云门寺附近的！"许诚又找到了一句，说实话思源真是佩服许诚的眼力，这一点上自己还真不如他。

"其实我觉得，这一片山脉可能都是古时的若耶山，而麻潭应该是在最低洼之处，不过现在由于地势较低被完全没入水中了。我们沿着山脉的脉络来找，然后一直延伸，直到和你刚才所画的直线相交！应该就可以找到麻潭大概的区域了。"思源在图纸上画出了若耶山可能延伸在水底的区域。

"嗯，不管怎么样，都得下水一探才知。"许诚圈出了相交的区域，指明这一块是下水需要重点搜索的区域。

"胤以若耶处势逼隘，不容学徒，遂迁秦望山。山有飞泉，乃起学舍，即林成园，因岩为堵，内营学舍，又为小阁，寝处其中，躬身启闭，僮仆无由至者。别有室在若耶山，洪水暴作，大木俱拔，胤室独存。时衡阳王元简领会稽郡事，令钟嵘作瑞室颂以美之。"思源又用小笔碰了碰宣纸，一段话跃然而出。

"看来这若耶山地势的确不高，而且是座小山，都容不下学徒，山洪暴发还会被冲走树木。"许诚看到这句后不由打趣道。

"的确，地势不高，山也颇小。而且山洪也可以光顾，这想必和江水倒灌有关吧。看来我们刚才的想法可能有些太局限性了，说不定这若耶山还真的已经全部淹没在湖底了？"思源补充到。

两人看向了羽沐清和微星。二仙没有否认。

"我就说难不倒本学霸吧！不过这山本来有莲池，我倒是在想会不会是西施采莲地呢？不是说苎萝人在耶溪采莲么？"许诚又开始遐想了，"真心想见一见这位四大美女之首啊！"

第八十六章

夜深风雨过溪来

"是的。不管怎么样我们是不得不入湖了。"思源又摊开了狼毫纸宣，"要找到麻潭目前只有这钓石为凭，在水下想必会更不易辨认。网上找到的资料毕竟有限，我看我们不如去问人。"思源笑着看向了许诚。

"你的意思是去询问当地人。"许诚也笑了起来，"嗯，水库兴修也是 60 年代的事情，想来村里的老人应该会知道一些以前的地理河道。"许诚看向地图，发现了水坝不远处有一个水坝管理处。

"嘿！这水坝管理处应该会有水坝修建的相关资料吧。你看，原来这个水坝后面就有一个平水江水库管理处，不如我们去那里问问吧。"

"还有这个平江村，应该就是古代所谓的寺前村了。还记得我们第一次穿越回唐朝的场景么？山下檐楹错落有致的感觉，想必就是寺前村了。"

"被你那么一说还真是了，我甚至觉得那个时候还有城门。哎，第一次穿越不免紧张和匆忙，现在想来，很多东西都没有细看。"许诚又不停做着笔记。

"那我们就先别急着入水，先去管理处和平江村询问下，看看有没有别的什么新线索。"思源开始收拾东西，许诚见状也赶忙把电脑和笔记一并塞入百宝箱中。

众人乘着微星的青苹离开了机关木船，降落到了不远处的大坝上。思源一看，大坝外围都用铁丝网罩住了，不能下水，想必是为了防止游客落水。

"走吧！"许诚大步向大坝下走去，还拿出了一个电筒照路，"说实话，这大坝还蛮雄伟的，我没想到有会那么高诶。话说两位仙人，一会去和村里人对话，你们这身打扮怕是不妥吧。"许诚回头瞅了瞅两位身着仙衣裙摆的仙人。

"这个自然不需要你担心。"羽沐清那矮小的身躯在大坝的台阶上飘过，一会儿就到了许诚身边。

"诶呦妈呀！幽灵一样……真是吓死了！"许诚做出一个被惊吓到的姿势，"而且还是个圆圆的小鬼，真可爱！"许诚摸了摸羽沐清的头。

"诶！注意你的尊卑好不好。不知礼法！"羽沐清竭力抗议着，不过这幼小的身躯看起来的确着实可爱。

"仙人，其实你还是变成鹤发童颜好一点，会比较有市场。反正现在流行染发。染成白色也不是什么稀奇的事了。"许诚边走边调侃着。

夜晚的大坝出奇的安静，也只有一些虫鸣声而已。

"少主，一会我和羽仙都会幻化成现代人的样子，以便行动。今日你和许公子想来也是乏了，不如就进村用膳吧，今夜就夜宿平江村。"微星优雅的音色袭来，他不管何时都是那么的淡然。

"好吧，我也有点饿了。"

"还有我！其实我都快饿死了！"许诚耳朵倒是灵，听到了两人的谈话，举起电筒挥手应和起来。

"只是我本来打算今夜就入湖查探的。毕竟现在时间紧迫。"思源对着微星说出了自己的顾虑，"不如我们用完晚膳询问下，如果有什么线索的话再另做打算吧。不过今晚最好入湖一探，看看情况究竟如何。"

微星摇了摇头，素雅的脸上有些无奈。

"不可。"寥寥二字就把思源的建议否决了。

"怎么？晚上不能下湖么？"思源有些不解，也不免好奇，便小声问到。

"少主谅解，微星只能语尽于此。总之不可夜晚下湖。少主休息整顿一晚，明日清晨我们入湖即可。"微星淡然一笑，做出了一个请的动作，思源虽然还是有些疑问，但是也只能起步下坝。

看来在夜里下水定是有什么危险之处吧。也罢，这样一来，我们也有更多的时间可以好好再收集一下资料和线索。正想间，忽闻前面有人喊叫。

"那么晚在干什么！"

思源一惊，心想不好，定是水库管理人员发现我们夜里进了大坝。得赶快说清楚才是。心中一急，脚下一踏空，摔倒下去。糟糕，这么高的大坝阶梯，滚下去的话可闯大祸了。

但是已经来不及了，瞬间已经素面朝地。

不过不知道为什么，竟然没有滚下台阶。思源双手撑地，却闻到一股混夹着青草味的泥土气息。这是？淅淅沥沥——耳边传来了雨声，而且衣衫也感觉到了凉意。

下雨了?！刚才还是好好的晴天，怎么突然下雨了。只是这手上的感触，身边淌下的雨水，似乎都在说明这雨很大。思源慢慢撑起身子，眼前所见的不再是大坝水泥混凝土制成的台阶，而是青草莓苔覆盖的泥土。

"这！"思源手握一把泥土，望了望天际，大雨瓢泼。不用说了，此时自己也是猜到了大半，只是环顾左右，不见其他人。难道又是我独自穿越了？上次独自穿越好像并没有待很久，不知道这次……

"你是何人？那么晚了在此作甚？"

思源忽闻背后一声质问，想到，此处有人？刚才见夜色沉沉，心中不免慌张。现在闻得人声倒是安心许多。听这声音像是古语，估计自己又穿越到古代了。

雨越来越大，思源也没有雨具可以避雨。转身想寻那和自己搭话之人。只见身后不远处，有一人，蓑衣斗笠，手执木杖，在泥泞中行走过来。思源忙从背包中拿出手电，照亮了道路。

那人行至思源面前，抬了抬斗笠。

思源在荷笠下看到一张年轻却又熟悉的脸。

"你?!"思源和那人都一惊，各自后退了一步。

思源可谓是百感交集，是的，他有着一张和自己很相像的脸。而此时，自己也终于明白了，为什么雪秀会用那样的眼神看着自己；为什么诸夏会对自己钟爱呵护；为什么白鹿会错认我为他人；连那在雪地里舞刀的少年，都把我说成了另一个人。

是的，本来自己并没有在意太多，如今一切的一切都能被说服了。是的，太像了，像得连自己都吓了一跳。

是的，他应该就是那一切的源头——宋源。

对方有些吃惊地看着自己，但很快又露出了自信的笑容。他缓缓地摘下荷笠，向思源走来。思源有些害怕，但更多的是兴奋。是的，终于找到你了，终于见到你了。虽然像是看着另一个自己，这样的感觉多少让人有些不太习惯。

　　他停下脚步，将荷笠轻轻地戴在我的头上。

　　"会淋湿的。"依然是那自信的笑容，似是早已看透一切。

　　雨依然，只是他也被淋湿了。

第七卷
情之所钟情有独钟

　　若耶有难，一探灵溪圣地。西渡口雨中终遇宋源。无奈，要寻之物，远在长安美人髻。飞赴西安，梦回大唐。

图七　唐长安城坊示意图

　　长安夜，灯葱茏，玉马无鞍迷坊间，乘得青鸾月长空。（取自此卷第一百零三章　雁塔风铃长安夜）

（图片来源：莲青漪拍摄、制作）

第八十七章

雨满寺前宋朝村

"你是……宋源？"思源鼓起勇气问到。是的，似乎自己已经等了很久很久，有着终于相见的那种喜悦。但思源却也无法阻止泪水溢出眼眶，此刻还好有着雨水，将泪水偷偷地掩盖了。

"嗯——这个名字真是久违了。你竟然知道我以前的名字，似是故人。"宋源的脸上也布满了雨水。"只是如若我们继续站在这里，就入不得这寺前村了。"宋源有些调皮地一笑，先行往前走去。

思源没有办法，只能跟着而去。

号角吹响，思源循声望去，却见城门威威，城墙上灯火通明，有官兵站立。

"这是？"思源虽然和许诚一直怀疑云门寺附近有城门，但没想到这次就碰上了。

"号角已响，时不待人，吹过三响，城门立闭。到时就不能夜宿村里了。我可不想在这雨夜露宿在外。兄台，得疾步而行了。"宋源笑着快步跑了起来，思源自然也不甘落后。

两人赶至城门下，城门刚闭，还是差了一步。

"守城官爷，今日大雨，不如通融通融，让我们入村吧！"宋源对着城墙上的官兵喊道。

"不可！时辰已到，规矩就是规矩。"那官爷看来是不肯放两人入村了。

"可是！这大雨天的，我们没个着处啊！"思源有些心急，要是入不了村子，那可真得风餐露宿了。

"前面西渡口，应该会有一些船家，尔等自行寻找，看有没有船家肯收留你们过夜。"那官爷说完便走了，来了另外两个看起来品阶稍低的官兵。

看来是交接班了啊！说的轻巧，这大雨天的，船家也肯定入村避雨了。

"啧啧啧——"宋源露出了有些无奈的表情。

"对不起了，宋兄，我连累你没有赶上入村的时辰。"思源看到雨还是如此之大，不免有些内疚。

"宋兄？"宋源转头嘟起了嘴，"我看上去有那么老么？"他显然有些不高兴了。

"敢问兄台贵姓？"宋源看了看思源手中的电筒，有点好奇，然后举起电筒照在了思源的脸上，"还真有点像呢！"

"哦，我也姓宋。"思源忙说到。

宋源机灵地一笑，"既然同姓，即为同宗，不如你我以名字直称，如何？"

思源有些无奈地苦笑，心想着，你不知道大我几百岁呢！

"宋灵御，你叫我灵御即可。"宋源先报上了名字。

"灵御？这名字……你不是叫宋源么？"思源觉得此名字耳熟，好像……哪里听到过。

"嗯，这是我在这里的名字，也是有着特殊含义的名字。"宋源又是一脸自信的笑容。

"好吧，灵御……我叫宋思源，你叫我思源就可以了。"思源也回以自己的姓名。

"思源?"宋源有点不敢相信自己的耳朵，"怎么写的?"

"哦。"思源赶忙在宋源的手上写了"思源"两字。

宋源的脸上露出了欣慰的神色。"不过，思源，我们要是再继续站在雨里那可真的得着凉了。"

"哦，对! 我们是回西渡口么?"思源问到。

"不能回去。雨如此之大，想必船家也都入村躲雨了。今天住船上的话，会很危险，溪水湍急，水涨船高，难免翻船。"宋源起步往城墙走去。

思源觉得奇怪，不是不能进村么? 这前不着村，后不着船的。宋源能有什么办法呢?

"想来思源你也不是平常之人。那灵御我也不必隐瞒了。"宋源回头一笑，思源照灯过去，只见他取出了怀中的狼毫小笔。

"这!"思源一惊，赶忙翻看自己包中的小笔，奇怪! 小笔和图纸都不在了! 思源有些懊恼起来，刚才一直没发现，没有小笔我可怎么办，如何施法，如何回去啊!

"思源?"宋源见思源迟迟不过来，有些奇怪，"我施法你必须站在我的三尺之内。"

"好。"哎，现在管不了那么多了，只能先跟着宋源了，不管怎么说他有小笔。思源走了过去，墙下，风雨倒是小了一些。

宋源宽心一笑，"放心，入村后，就有酒有肉了。"他手执小笔，闭眼聚气，瞬间狼毫周围就有绿色的灵息缠绕。"穿墙!"宋源一声令下，两人就已经站在了墙内。

"就那么简单?"思源看着神奇，想来自己以前在云门寺墙外试过，可就是不灵，难道真的是自己天资不够？

"不错。只需心中默想，言简意赅，就可以了。"宋源收好小笔。

思源看了看墙内的村庄，此时这百家灯火在雨中更显温馨。黑瓦屋檐，楹台木扉，雨水顺着瓦檐落下，落石叮当。以前几次都是直入云门寺了，没想到这寺前村也是如此清音雅韵。

"你应该没有牙牌吧！"宋源问到，又径自往前带路。

"牙牌？是什么？"思源有点奇怪地问到。

宋源回头又上下端详了思源一番，"哎，看来你的确是异域之人。看你的装扮也不是大宋人士。也罢，本来雨天官办的驿站是可以免费入住的。今天看来只能吃素了。"宋源边说边改了道，径直往村后的云门走去。

"牙牌难道是身份证？"思源听到官府的驿站，就想到莫非古代住店也得有身份证。

宋源一怔，有些诧异地回头看向思源，"身份证？嗯，被你那么一说，倒也有几分相似之处。只是这牙牌非一般百姓所有。"

"哦。"思源心里默默记下了，这穿越古代看来也是有很多学问的，而且各个朝代也不尽相同，光是这住宿都得小心为是，要是没有当朝的身份证什么的，被怀疑成什么可疑人士，那可就不好办了。前面几次不是遇到刘文房就是遇到陆游，这冥冥之中也算是运气好。如今看来，那次云门寺的看门僧不让我们进去也是有一定道理的。

"那我们现在住哪里？"思源有点好奇地问道。

宋源健步如风，一点也没去理会脚下的积水。只是用手指了指那檐楹间间的云门寺。

第八十八章

浴兰汤中暖倾谈

两人冒雨到达了云门寺的寺墙外，宋源抹了抹湿漉漉的头发。

"幸是盛夏季节，不然我俩就得大病一场了。顾不得那么多了，进去再议。"宋源又拿出了狼毫小笔。

转瞬间两人就到了寺内，宋源赶忙往东厢奔去。这个思源倒是知道，唐代的时候云门寺的对外厢房就在东边，难道宋代也是一样？

只是思源此时早就浑身湿透，现在所想的就是能躲雨换衣服，要是能洗个热水澡，再美美的吃上一顿，那就更好了。

哎，思源不禁叹了一口气。

抬眼一看，岩东院！

这院落的名字倒是和唐朝的一模一样，不过仔细一看建筑已经与以往大不相同了。

厢内的守阁和尚见两人如此狼狈，赶忙打伞过来迎接。

"施主这是……都淋湿了。快进房吧。"小沙弥倒是很热情，赶忙请两人入屋，还准备了热水和擦布。

"施主，可是住……"还没等小沙弥说完，宋源便亮出了袖中的牙牌。

思源正用热水抹脸，似乎也没有怎么看清楚这白色牌面上的字迹。只是小沙弥一看这牙牌，顿时慌了神，赶忙点头鞠躬。

"大人，我马上去准备上好的厢房，只是今天大雨，许多本来不打算留宿的香客都不得不住下。现在上好的厢房只剩一间了。"小沙弥有些不好意思，赶忙鞠躬致歉。

"一间也无妨，我和宋弟不是外人，同住一间即可。"宋源伸手试了试水温，"只是我们这浑身都湿透了，想来还得借用下贵寺的澡堂。"

"哦，那是自然。小僧这就去拿澡堂的木牌。哦对了，我先吩咐其他僧侣将更换的衣物送至二位的房间。"小沙弥快步拿起伞往堂外走去。很快另一个僧侣抱着两套衣装，赶到了堂内，将思源和宋源引到了厢房之中。

这厢房很宽敞，算是一室一厅。思源拿了自己的衣装，进卧房赶忙脱下已经湿透了的衣服，擦干雨水后，换上了宋朝的干净衣衫。不过穿古装倒是花了不少功夫。

穿毕，走到客厅，看到宋源也已经穿戴好新衣，正在点香。见到思源出来便说："还是觉得有些寒冷，洗澡的木牌小师傅已经送来了，我又顺便让他去准备两份姜汤。雨大还是不要着凉的好。"

"哦，谢谢宋兄。"思源闻到一股檀木之香，佛门之境油然而生。

两人喝完小沙弥送来的姜汤，便拿起木牌往澡堂赶去。

原来这宋朝洗澡还得有澡券，也就是这木牌。两人在堂前拿了雨伞后，便直奔澡堂而去。

岩东院东北面不远处就是澡堂，两人将木质的澡牌交给管理的小沙弥后，就分到了擦巾和木盆。

宋源看思源有些拘谨的样子，顿时明白了其中的道理。

"思源啊，这澡堂是一人一间的。我先进去了，一会隔着帘子我们再细谈。"宋源隐隐一笑，拿着木盆走入了里间。

晕——思源此时自然是有些尴尬。不就是洗澡么？不过想来宋朝还没有淋浴，估计得泡澡了。

走进里间。果然，是一格格的木格子，门前有帘子和木门。门口挂着有人、无人的木牌。思源正在犹豫要选哪一间浴室。就闻宋源在格子内喊道："思源！我在八号房，你入九号房吧，隔着帘子我们说话方便。"

"好！"思源入浴室，只见木质的浴房、浴盆、扶手、地板。而此时，木浴盆中已经盛满热水。思源一见很是欢喜，脱衣搭放在扶手上，便入盆泡澡了。

刚才一路淋雨，身子难免不舒服，热水泡澡自然是放松惬意了不少。不过仔细一闻，这浴汤之中还有些许草药的清香，思源掬水扑打在脸上，刚才一路的疲惫和寒意此时也算是消去了大半。于是开始细细琢磨这次穿越究竟有何意义。

记得上次看宋源相关的资料，好像提到过他要来找若耶仙灵。而此次与他相遇在西渡口，看来也绝非偶然！

"是的，我不会无缘无故穿越。"思源喃喃自语着，想来先得搞清楚现在具体的时间点，还有宋源为什么会出现在这里。宋源是一个聪慧之人，那么不如就开门见山。

"灵御！现在是什么时候？"思源与宋源只有一帘之隔，只需对着帘子说话，这声音就能传过去了。

"现在？正过浴兰。"宋源回到。

"你可是要去灵溪地找若耶仙灵?"思源顾不得那么多了,直接问出了口。

扑通,隔壁的浴室传来了一声落水声。思源正觉得奇怪,搁在中间的帘子被掀开了。思源吓了一跳!

帘子后露出了宋源这张和自己有七分相似的脸蛋。只是此刻他的脸上还沾染着汤水,他抹去眉宇间的流水,冲着思源一笑。思源现在倒是近近地看到了宋源的面容。眉宇之间,确和自己有七八分像,尤其是左眼角下,有着一颗和自己基本一样的泪痣,但是仔细看这容貌还是有些许差别的。

"你果然非常人,竟然知道我要去灵溪地!"宋源又是一笑,眯眼开始仔细端详起思源,大抵也是在仔细观察思源的容貌。

"你不能去,会有危险!"思源想到文卷中提到浴兰后宋源去找若耶仙灵,然后就身受重伤了。心中难免不忍,连忙劝阻。

"这我自然知道!但不得不去,哪怕知道结局。"宋源头靠着沐浴盆,别过头去,眼中露出一丝无奈。

"就算你要去,也不可以独自一人,既然小笔在,那么诸夏呢?他也在吧。"思源试探性地问到,因为他记得宋源重伤的那次诸夏似乎是不同意他去冒险的,说不定可以让诸夏说服他。

"你还知晓诸夏!嗯——"宋源又开始仔细端详起思源,"不过我也是猜到了大半。哎,快点洗澡吧!我可是饿了,寺里的膳房可是有时辰的。我可不想错过晚膳。"宋源又是一笑,放下了帘子,隔壁又传来了舀水声。

说来也是,思源的肚子也早已饥饿,于是赶紧洗澡沐浴。

两人出了澡堂,马上往膳房奔去。雨还是没有停下的意思,依然不停地敲打着伞沿。

第八十九章　小榻寒灯卧僧房

　　"诸夏在么？"思源再次询问到。

　　宋源撑伞转身，此时雨已经小了许多，雨水沿着伞沿滑落，伴随着宋源的一声轻叹。

　　"我此次用契约将诸夏束缚在祠堂之中，的确，这次他是不支持我来灵溪地的。"

　　"诸夏不在……怪不得。灵御，你听我一句劝。就算要去，也要带诸夏一起去，快点解除诸夏在祠堂的束缚吧。"思源到此时才明白，原来诸夏不能离开祠堂这个契约是宋源在此时设下的。

　　"不可，此去凶险，诸夏留在祠堂好歹还可以保佑宋家结界的安全。况且……"宋源自信的笑容泛上了嘴角，"你觉得我只有狼毫小笔这一样法宝么，没有八成的把握我也不会贸然前去的。"宋源一脸的不服气，像是被思源小看了，有些懊恼。

　　"我不是这个意思，只是，总之你不能一个人去！"思源不依不饶。

而此时两人已经走到了膳房。

"好了，思源，我快饿死了。不如我们先用膳吧。"

思源也的确体乏肚饿，便先和宋源一起用膳了。用膳完毕，两人赶回厢房，思源也一直找不到机会再和宋源细谈了。而且这一路从现代到宋代，淋雨折腾什么的已经特别累了。再加上沐浴吃饭后也特别犯困，也就听了宋源的话早点歇息了。

两人同塌而眠，思源不一会就睡得很沉了。

半夜无梦，却在最后闻得一声叫唤。思源在梦中似是听到了女子的催促。

"快起来吧，不然就赶不上了。"虽也不情愿，但思源却觉得不能推脱，那女子牵住思源的手，想要思源起来。

思源一个惊醒！只见一盏寒灯点燃在桌儿，小榻微热，思源转身却惊觉宋源已经不在塌上了。

糟糕！那女子难道是在提醒我，宋源走了！不行，不能让他去！更何况微星说过，晚上不能下水！而且，要是把他跟丢了，我现在又没有狼毫小笔在身，那我还怎么回去啊！

思源拍了拍脸，赶忙从床上爬了起来。急匆匆地穿好鞋袜，披上外衣，冲到了客厅。却见厅外也是寒灯一盏，那桌几上有一封书信。思源也顾不了那么多了，一把抓起书信，继续往走廊跑去。

可是直到堂前也不见宋源的踪迹。如果是去灵溪地的话，定是出寺了。思源赶忙拿起门口的雨伞，往院子中赶去。

一入院子，方才发现，雨已经停了，而此时月光初显，倒还隐隐看得到路径。记得唐朝的地形，要出寺门的话，先得去大殿附近。思源往西跑去，加快脚步。此时虽然雨已停歇，但脚下还是坑坑洼洼，思源也顾不得那么多了，虽然鞋袜被溅湿了，但思源完全没有停下来的意思。

很快就跑到了大殿附近，大殿檐楹廊间有禅灯盏盏，在这夜晚倒也是灯火通明。思源不由得多看了几眼，却见一黑影在那灯火熠熠的大殿中一闪而过。想必是那大殿火烛尽明，映照出了里面的人影！

"宋源？"思源心中有一念，会是宋源么？虽然有些犹豫，但还是不能错过一丝机会。思源转头往那大殿跑去。

来到廊下一看，东边的偏门果然虚掩着。思源开门而入，檀香扑面，佛灯通明。而这一次他还好没有赌错，宋源果然在这佛殿之中。

"灵御！"思源赶忙喊道，三步并作两步地追上宋源。

"灵御！你去哪儿？怎么可以把我抛下？"思源一脸的埋怨，还有些愠怒。

宋源看到思源追来倒是吃了一惊，转而一笑，眉眼间有了点赞许之色。

"没想到，思源你能追到这里。我要去办一件很重要的事，思源你只需静待我回来即可。"不过显然宋源心意已决，也不想带着思源一起去。

"不可！我说了好几次了，你不能去灵溪地！而且我听羽仙人和微星说过，不可以在夜里下水，应该是有其道理的。另外就算要去，也得我陪你一起去！"思源看到宋源这样，自然着急。心中只有一念，死皮赖脸地也要阻止他，不行的话，也一定要跟他一起去。

"你？和我一起？"宋源有些尴尬地一笑，"此去不是一般之地，思源你不会法术，也没有法器护身，我不可以带你一起同去。不过……"宋源转念一想，深感奇怪，"思源你竟然知道夜晚不能下水去灵溪地，你又一次超出了我的预估了。放心，我不是下水去灵溪地，但此去真的不可以带你同往。"

思源总算是放心下来，只是他不是去灵溪地，又会去何处呢？不管怎样自己一定得跟着他，说不定也会有新的线索。而且，万一他这一去十天半个月的。我等得起，可若耶却等不起。

"谁说我没有！"思源想到，虽然没有了小笔，但微星幻化出的那条若耶珍珠的项链倒还是在的。另外婼櫋的竹笛也在，只是放在厢房中了。一时情急没有拿出来。对了，还有那把朱颜弓，平时虽然看不见、摸不到，也没有重量，但思源真真切切地可以感受到神弓和箭羽就在自己的背上，那股灵息一直温热。

思源敞开衣领，拿出了那颗若耶灵珠，给宋源看。

"这是若耶洞天孕育的灵珠，我们……曾经用它破解了若耶三十六地仙的法阵。"思源虽然也不想透露太多，但现在不说这些，想必宋源是铁定不会让自己去的。

"哦？"宋源上前仔细端详了下灵珠。"想来是可以作为防身之物，但思源你其实还不会很好地利用它吧。"宋源露出意味深长的笑容，那自信的感觉是一点没有改变。

思源有点被吓到，这个宋源真是不一般，好像真能洞察一切似的。不行，我可不能被唬住，也不能落了下风。

"我身上的宝器自然不止这些，虽然没有了最重要的那样。但是如今也算有另外一件上古神器傍身了。"此话一出，宋源脸上一紧，的确是有点被镇住了。

"怎么？宋兄，以你的能力，难道感受不到它的灵息么？"思源故作骄傲状，以便勾引宋源上钩。

第九十章

梁下花签行词令

宋源面露难色，的确，这位宋思源一出现在西渡口的雨中，自己就觉察到有一股隐约的神灵之气，所以才会上前搭讪。

"宋兄，这次我是非去不可了。不过你放心，我不会给你造成负担。相反的，我还会有助于你。更重要的是，我也必须寻找到自己想要的东西。相信宋兄会明白我的意思。只身一人，来到此地，我不能无功而返。"思源此时是一脸的认真。

宋源自然对他的话是深有感触，隐约又感受到了他身上所谓的上古神力，也许，还真对此次自己的目标会有所助益。既然如此，不妨一试。

"好吧。只是，我要去的地方，怕是说出来思源你也不会相信。"宋源有点担心地说到，又是一股笑意爬上嘴角。

思源看到后，心里自然是想到，宋源啊宋源，你可不能小瞧了我，虽然我还是个半桶水。

"说吧！灵御！是哪个朝代？"思源也报以自信的微笑，虽然这自信大抵一半是装出来的，但此时自己也只能如此了，希望没有押错宝。

宋源抬眼一瞥，又低眉沉思。清秀的脸上此时已经没有了刚才的笑意，倒是有几分出乎意料的神色。

思源见状，心中大喊好险，不管怎么说，看来应该是猜中了。

"哈哈哈！"宋源发出了爽朗的笑声，"看来真的是我小看思源了。也许这一次，是天意，是命运让你和我同行也未可知。"

"命运？"思源有些不解。

"不错，也许没有你的同行，我反而不能完成任务。既然如此，我们不如就顺从天意。"还没等思源回话，宋源便举起了手中的狼毫小笔，灵息环绕，须臾成行，转眼之间，二人已经立于一横梁之上。思源一惊，差点没有站稳，赶忙用双手抱住横梁。却见梁下一群文人正在饮茶作诗。花签酒令，好不热闹。

"灵御，你还没有告诉我是到了哪一个朝代呢？"思源对身侧同在梁上的宋源轻声说到。

"紫蔓青条拂酒壶，落花时与竹风俱。归时自负花前醉，笑向倏鱼问乐无。"宋源慢慢吟出了一首古诗。

"这是？"

"今夜，我就是为他而来。"宋源仔细看着梁下的众人，锁眉深思，似是有所头绪。

思源有些无奈，虽然听得一诗，但还是没有搞明白现处什么朝代。只能也先看看梁下众人到底有什么动静。只见这一行足有十人之多，此时正饮茶小食，攀谈诗词。

梁下坐席

"杜兄，我可是等不及了。我们少说也已经在此等候半个时辰了。"一黄衣公子说到。

"莫急，莫急，严兄既然是陪独孤中丞同往，自然会有众多应酬和杂务。"那位姓杜的公子回道。

"哎，不如这样。我们先作诗游戏，如果游戏结束，严兄还没有赶到，那么理当受罚了。"又一个青衣文人提议道。

"嗯，不错。"

"这主意好，也不至于太无聊。"

这位公子的提议倒是得到了众人的赞同。

"游戏？怎么个游戏法？李兄？"杜公子问到。

青衣公子一笑，起身解释道："我们轮番接龙诗句，咏诵云门的山物。句中不能出现事物本身，要类似谜语。依次连句，两轮而止，如何？"

"以联句消食，倒也颇有雅趣。"杜公子觉得可行，在座的各位也是跃跃欲试。

"两轮过后，要是严兄还不来，那就得认罚了。"李公子笑着打趣道。

"好！"众人都表示赞同。

于是他们问寺中僧侣要来了笔墨纸砚，慢慢连句起来。

"竟然不在，那么只能等了。"宋源说到，转头对思源说要下梁。

"下梁？"思源一看，这梁也颇高，要是这么跳下去，肯定会引起众人的注意。

"往后。"宋源指了指身后，先一步沿着横梁爬向后殿。

思源没有办法，只能照做了。

两人爬到后厅，眼见无人，宋源便一跃而下。思源虽然嫌高，但见宋源如此，也只能硬着头皮跳下来。没想到落地的时候宋源将身边的蒲团一踢，正好接住了思源，才让思源不至于脚疼。

"思源小心，我有小笔护体才不至于受伤。"宋源不好意思地说道。

思源长叹一口气，什么时候自己能把小笔啊灵珠啊用到这样出神入化的地步就好了。揉了揉有点酸痛的脚，两人来到了屏风后。

"我们得换装下。"宋源上下打量着自己和思源。

"换成这个朝代的衣服？"思源问。

"不错，唐朝人的服饰和大宋还是有所不同。"宋源掏出小笔，灵气一显，两人就换上了新装。思源摸了摸头，自己这会连发髻都有了。

"嗯，不错不错，一表人才。我们要上了，跟在我后面。"宋源二话不说就走出了后厅，往人群中走去。

"你？"思源觉得有些无奈，但也有趣，便紧步跟上。

宋源步入正在作诗的十人之中，信步环视，点头称赞起来。待到各位都注意到宋源，他才开始发话。思源见状便也入席中，旁立在宋源身侧。

"诸位好雅兴，连诗雅韵，何不让……杜倚也加入其中，以泽诗香。"宋源双手作揖行礼，此话虽是和众人所道，但宋源的身子却面向刚才那位杜姓公子。

思源一看众人的反应，的确大家是以此位杜公子马首是瞻，由坐席看也是上宾。这个宋源，刚才在梁上就看出了门道，所以直接先对主宾毛遂自荐了。

"哦？杜倚？"杜公子上下打量了一番宋源和站在身侧的思源。见两人衣着鲜丽富贵，相貌堂堂，可谓双璧。便也来了兴趣。

"今日颇巧，杜公子与我同姓。敢问这名乃何字？"这位白衣的杜公子问道。

思源有些不解，方才宋源不是已经报出自己的名号了么，怎么他还要再问一次？

宋源的嘴角露出了早已隐藏的笑意。他再次作揖，"杜门而立，倚栏听风雨。专心研读，落笔续春秋。"

白衣公子莞尔一笑。"原来如此。在下不才，今日与诸位好友在此饮茶消食，等人许久，故作诗聊以游戏。杜公子既已入席，杜奕自当备茶待客。"

杜奕？杜倚？思源不禁一笑，这宋源看来真是有备而来。该是早就知道这位公子的姓名，故意化名相同音调来博取注意。

第九十一章 手捻茶香连诗席

"来人，加座。"白衣公子命人加座在旁。

思源随着宋源一起入座，僧人端上了茶粉和茶具。宋源和思源对了一个眼色，看来是担心思源不懂饮茶之道。

思源明白在这种场合自然不能被他人看出半点破绽留下笑柄，便回以一个肯定的眼神，开始取粉、溶胶。

宋源看了一会，心中又暗自叹道：看来真的不能小看了这位不速之客。这大宋的点茶兴许还真能惹得唐朝文人的注意。便幻化出茶筅。递给思源一封，自己也开始取茶粉点茶。

众人仔细观看二子点茶，眼见手法纯熟，乃至出神入化。杜奕给李清使了一个眼色。李清便上前仔细观看二人点茶。

思源心中自然是自信的，不管怎么说，自己用的可是宋朝的点茶法，也算是得了陆游的真传，见李清走至桌前观看，便更用心搅动茶筅。一碗茶毕，放置桌前，供李清观赏。而宋源也点就茶水，整碗奉上。

李清一看汤色，不由得一惊。这碗中另有故事不说，而且两碗的茶色和图纹又完全不同。惊奇之余，赶忙对着杜奕作揖。

"杜兄，请屈步一看。"

杜奕听得此语，赶忙行至二子的案前。

看到汤色变幻，栩栩如生。一为水墨丹青山色绿影，一为绿意悠悠禅院之庭。似像非像，却又趣味无限。而此时思源看到宋源的茶汤也是吃了一惊，这宋灵御竟然能点出这厅外的景致来？这是自己不太有把握的事情。

只见汤色中绿竹猗猗，寺檐一角，庭中绿意苁蓉。一眼望去，不正是屋外庭院的写照么。

杜奕看得出神，心中也自然开始猜测起这两位翩翩公子究竟是什么来头，难道是贵客不成？

"杜公子，请。"宋源执袖而请。

思源见状，便也做出相同的手势。

"李公子，请。"

两人自然不舍推脱。小沙弥将茶汤小心端到杜、李两人的桌案上。

杜奕和李清再次入席，而此时另外的人也纷纷凑了上来，想一看究竟。待众人观赏完毕，自然是个个称奇。而此时宋源和思源也没有闲着，各自又点一碗。

"请！"杜奕做出了请茶的手势。

"请！"宋源回礼。

思源和李清也照此行礼。

四人品茶，唇齿余香弥漫。这茶不同于思源以往所品尝到的味道。

怎么说呢，比之现代的西湖龙井，茶味更为甘冽；比之若耶盛产的日铸雪芽，则更为清新淡雅。

"此茶是?"思源自言自语到。

"公子有所不知，此茶可是杜公子此次特意从剡县带来的剡溪茗茶。"李清见思源有所疑问，便解答道。

"原来如此。"宋源再次作揖，"久闻剡县西有太白山、小白山，瀑泉怒飞，清波崖谷，称瀑布岭，岭中产仙茗。今日有幸得尝仙茶，实乃吾辈之大幸。"

"哪里，两位公子的手法可谓鬼斧神工，让诸子大开眼界。仙茶自当配以名士。敢问小公子贵姓。"杜奕看来是对茶汤非常满意。

"哦，小生姓宋。"思源有些害羞。

"宋?"杜奕和李清及众人又对了眼色。心中默想，难道此人是宋氏家族门下，如若真是，自然不可怠慢。

宋源看了看思源，一笑，心想这思源真是实诚，以真姓而报。不过看来宋家在此时可谓是余荫犹在，思源这一报也是有所好处的。

"方才观得诸位在此连诗，颇为有趣。不知杜倚是否可以一起入行赋诗。"宋源趁热打铁，提出来一起连诗。

"自然可以。"杜奕此时心情甚好。

李清会意后便解释起连诗的规则，要以寺中的景物为诗。但句中不能言明此物，要单句成谜面，供人猜谜。

"茗茶已饮，不如我们连诗作句吧。等严维到了，还要他猜谜呢!"李清提议道。

"我也正有此意，可不能便宜了严维。现在加上杜公子，已为十一人，两轮过后为二十二句。若是那时他再不来，就得罚他了。"

"好!"众人齐声称是。

小沙弥见状便给宋源送来了笔墨纸砚。

诸子也开始研墨细想，有的人则离席，进入庭院中寻找谜底之咏物。

思源看了看宋源，宋源此时倒是不急，轻研墨，细打量。

思源看到有些人已经提笔了，便问宋源："灵御兄，你会选哪两个物件？"

"此乃谜题。不可轻易道破。不然就不能拔得头筹了。我还期望着借这诗句来解决此次的难题呢！"宋源故作神秘地做了一个噤声的手势，不过看他的样子倒也认真，不像是开玩笑。

"难题？"思源有些不解，这诗句可以解决难题？的确，说实话还不知道这次穿越的目的何在，既然宋源守口如瓶，那自己也只能见机行事了。

慢慢的，众人就将写好的稿纸交到了杜公子处。李清则在一旁负责收集和摘抄。

一轮过后，十一句谜面都悉数交上了，众人自然是迫不及待地都要上前观看。李清也是心眼聪慧之人，故意把字写得很大，这样大家读起来也就方便不少。

思源觉得甚是有趣，便也拿过纸笔，在人群中抄录起来。这十一句诗分别是：

> 幡竿映水出浦樯（秦瑀）
>
> 榴花向阳临镜妆（鲍防）
>
> 子规一声猿断肠（李聿）
>
> 残云入户起炉香（李清）
>
> 晴虹夭矫架危梁（杜奕）
>
> 轻萝缥缈挂霓裳（袁邕）
>
> 月临影殿玉毫光（吕渭）
>
> 粉带新篁白简霜（崔泌）

　　玲珑珠缀鱼网张（陈允初）

　　高枝反舌巧如簧（郑概）

　　风摇宝铎佩锵锵（杜倚）

　　思源一看，有些句子好像字面上就有了谜底了，有些倒是的确难猜。

　　杜奕一看，有些不悦地看向李清，"你看看，你看看，不是说要出谜难倒他的么，怎么字面上我一眼看来，都甚是简单啊，而且很多人都直接把谜面写在句子中了。别人暂且不论，李清，此游戏可是你提议的，怎么也写的这般简单？"

　　李清暗自一笑，"杜兄莫急。其他几位我不知道他们有何深意，但我这句并不是放水之谜，而是故意为之。你看，这句残云入户起炉香。看似简单，似是已经点明了谜底，其实并没有那么容易的。也可以说是小弟设下的两个陷阱吧。"

　　"残云？炉香？"杜奕沉思了一会，大声笑道，"不错，的确有些模棱两可，到时候严维会不知道该选残云好呢，还是炉香好。嗯，此句也算绝妙。"

二十二句诗已成

　　"不错，杜兄。纵观这些诗句，许多看似简单，却难定夺；有的虽然字面上不见谜底，但要猜出来，却是不难。各位对严维，有的是出题相考，有的则是不做刁难。我觉得诸位都没有什么不对，说来说去，就是尽兴图乐而已。虽说我是想难一难这严大才子的，不过他若想都猜出来，也不是那么容易的。"李清继续解释到。

　　"既然如此，诸位就再拟新句吧。"杜奕爽朗的笑声传来，诸子也开始另寻他物来做谜。

　　思源仔细看了看这些诗句，倒是觉得不难猜。不过宋源这句自己不是很明白，便问宋源，这宝铎是什么。

　　宋源一笑，"思源，其实我这谜语基本上是最好猜的一类了。说实话我是想卖严维一个人情，好让他把我引荐给另一位名士。"

　　风摇宝铎佩锵锵。思源倒是想起一位当代有名的诗人叫郑振铎。但平时还是真忽略了这铎字为何意。

"好猜?"思源挠了挠头。

"嗯,我这题基本就是送的,做顺水人情的。"宋源打量着四周,笑着说道。

"敢问宋兄,这铎字究竟为何意啊?"思源虽然有些难为情,但还是觉得不懂就问,要是许诚在估计也会这样。

"哦!对了,我差点忘了,思源应该并不是大宋人士,不太了解也是情理之中。这铎本是一种汉族古乐器,大铃,形如铙、钲而有舌,是宣布政教法令时专用的。故有木铎、铃铎、铎舞。虽为打击乐器,但也多用于军旅。"宋源耐心地解释到,而此时他也找到了下一个谜题之咏物了,沾墨书写起来。

原来如此,那么郑振铎这个名字倒是取得很好了,意为敲打振响宝铎。敲响铎而宣发令,也就是铎响而礼法传播,礼遍天下,福泽延绵,百姓受到了教化,自然是一片祥和之感。看来是甚有深意啊!说来惭愧,思源想到自己当时还觉得这个名字有点怪呢,真是治学不精。

如此看来此诗句的谜底就是寺庙中类似铎的物品了,"难道是寺钟?"

"不对。"宋源笑着看了看思源,将写好的稿纸上交给了李清,再次回到座位上,对着思源说,"我的诗句中已经明言是风也可以摇动这宝铎。"

"风可以摇动的小型宝铎?"思源一想那不是风铃么?

"风铃?"思源突然想到,记得有一次在大学写生日本相关课题的时候,好像描摹过日本寺庙中的风铃。日本文化许多是源于中华,尤其是来自唐朝。那么这唐朝著名的寺院中想必也是有类似的风铃了。

"嗯,风铃……也算猜对了大半。其实这个谜语,唐宋的文人一看就可以猜的出来了。"宋源轻轻地在思源耳边耳语,"此诗的谜底就是风铎。"

两人正说间,李清已经将第二轮的诗句都摘抄好了。思源和宋源过去细看。

古松臃肿悬如囊（秦瑀）

雨垂珠箔映回廊（李聿）

蔷薇绿刺半针长（鲍防）

五粒松英大麦芒（李清）

古藤蚴蟉毒龙骧（杜奕）

深林怪石猛虎藏（袁邕）

古碑勒字棋局方（吕渭）

山僧行道鸿雁行（崔泌）

亭亭孤笋绿沈枪（郑概）

蜂窠倒挂枯莲房（陈允初）

燃灯幽殿星煌煌（杜倚）

思源再次一一抄好,宋源的这句倒是不难猜。思源想到了刚才在宋朝的佛殿中找到宋源的场景,不错,就是在那一盏盏佛灯之下,看到了正欲穿越的宋源。思源不由得一笑,拿着抄写的诗句回座,开始慢慢琢磨各句的谜底。

杜奕仔细看着这二十二句诗,也有了自己心中的猜测和答案。但让他有些吃惊的倒是,这洋洋洒洒二十二句虽说有着谜语的名头,但单论这诗句的优劣、品质。最优秀的竟然是这位刚刚入席的杜倚。此人入堂自荐,定不会那么简单,看来是有备而来,难道是有事相托。而他这两句,明显就是好猜得很。莫非也是想卖个人情给严维。

但不得不说他的诗句的确意境优雅,让人眼前为之一亮。

　　杜奕自然也不是什么泛泛之辈。看出了宋源此次前来，一定潜藏着别的目的。不管怎么说，他的诗句的确是众诗之冠，于情于理都不可怠慢了他们，更何况这位宋公子很有可能是名门子弟。

　　"嗯——不错，果然是各有所长，有些诗句连我都拿捏不准，想来严维也是该苦思冥想了。"杜奕为了嘉奖众人，命小沙弥端上了新的茶水和生果。

　　"不过，要说这所有的诗句中，谁拔得头筹。我倒是心中已经了然了。今日连诗拔得头筹者，自然也会有嘉奖。"杜奕环顾众人，似是要看大家的反应。

　　"哦？"众人纷纷在座位上交头接耳，看来大家还是有所期盼的。

　　李清自然是最活跃的，不过想来他也是猜到了大半，转眼瞥了下宋源这桌。他徐步上前，踱步到杜奕的身侧。杜奕对他耳语了一番，并将一张写就的小纸条递到了李清手中。

　　李清心领神会，举着小纸条，在中间环视一周。"此谜底，也不能现在揭开，需等严维来后再行打开。顺便也考考他，看他和杜兄是否选出了一样的头牌。"

　　众人觉得有趣，便提议也让大家猜猜，将心中的头牌写在木牌上，三方会正，方可显得公正。杜奕觉得如此甚好，便答允了。

　　"两轮连诗已毕。这严兄，还没有赶到。看来这惩罚他是受定了。"李清偷笑着，拿出一份稿纸，"这是刚才我写就的惩罚条目，一会也让他自己来打开吧。"

　　"好！"众人自然乐得看热闹，而此时堂外风起。杜奕觉得大家也吃得有些乏了，便提议不如到庭中走动走动，看看这园中的春色。

思源随着众人来到了庭院之中。原来这园中如今是花色荼蘼，想来自己前几次穿越，都没有遇到过云门的花色。今日算是一睹盛景了。

　　回头看看宋源，这位前辈自然是没有闲着，而是捡起了地上的两朵榴花。思源觉得好奇，便走过去问。但宋源将花塞进了袖子中，不愿吐露半点。

第九十二章

再遇故人茶外音

"灵御，我们这次来到底是为了什么？你和我细说，我也可以帮你一起出出主意。"思源试探着问道。

宋源转头看向思源，心中觉得这位贤弟也算是赤诚之人，陪自己远遁几百年来到这陌生之地，实属不易。既然同来，自然不能再有所隐瞒。

"其实此次来唐朝，我是为了寻找一样东西。"宋源的眼中有着一丝无奈，但他对思源却怀有感谢之意。

"是何物？"思源追问到。

"此物是进入灵溪地的关键。没有它我没有把握可以抵御住若耶仙灵的攻击。"宋源叹了口气，但他不得不承认，想要抵御住若耶仙灵，没有诸夏的帮忙，的确是一件十分困难的事情。

"是法器？"原来宋源穿越过来是为了找到更强力的法器，用以抵御若耶仙灵的攻击。只是不知道他最后到底有没有找到这宝物。如果自己的穿越可以帮他找到这法宝。那是不是宋源就不会受伤而亡了？思源突然有了这种想法，虽然自己从来都没有遇到过诸如此类的问题。但没试过，怎么知道不可以呢？虽然诸夏说过，我们不能改变历史，但既然我已经穿越过来了，一定是有我的作用的。说不定这个历史就是等我出现才有所改变呢？不管怎么样，我不能让宋源以身涉险。如果这个法器可以增加他的胜算，那我一定得帮他找到。

只是宋源此时倒是有些犹豫起来，不知道该不该和思源全盘托出，而且这件事不是一两句话就可以解释清楚的。

"独孤中丞和诸暨尉到了！"一个小沙弥从院外小跑步来到了正在赏花的众人之间，禀告道。

诸子一听便赶忙整理仪表，又入堂去了。

"我们等的人到了。"宋源颇有深意地看了思源一眼。两人跟随着众人入堂。

坐定一会，就见小沙弥引路，一群官员打扮的人进了内堂。

众人簇拥在中的，是一位绯色锦衣的官员。

"绯衣为五品官员，那么这位应该就是御史中丞独孤及了。"宋源一看到这绯衣官员，便露出了意味深长的笑容，他转头对着思源耳语，"我们要找的人就是他，他有我想要的东西。"

"哦？要我怎么帮你。"思源看到大鱼来了，自然也是捏了一把汗。

"我们借力打力，不要急躁。"宋源提醒到。他拿起思源记录诗句的宣纸，细细阅看，然后执笔添墨，在每一句后面写上了他心中的答案。

而此时众人已经起身，对着进来的独孤中丞行礼。思源也想起身，但看到宋源没有动作，便只能表面装淡定，心里干着急。

直到众人差不多恭迎完毕，才有人注意到了思源和宋源没有起身相迎。旁人自然会觉得奇怪，也有人投来了不满的眼光。宋源此刻终于放下了笔，从容冷静地起身相迎。

"拜见独孤中丞。"宋源行礼，思源也跟了上来，照着行礼。

这位独孤中丞绯衣和颜，并没有感到不满和恼怒，而是笑着回礼。

"适才猜谜有些过于入神了。没见大人已经到了这厅堂之中，还请独孤中丞见谅。"宋源如此说其实只是想着把话题继续引到连句上去。

思源看到宋源如此，倒真是佩服起来。既然是新人，要引起独孤中丞的注意，的确需要非常之举，于是宋源故意起身迟迎，而且后来的解释确实也是恰到好处。这样令人印象深刻的同时还抛出了解谜连句这个话题。以独孤中丞的雅量自然不会和小辈置气，而话题也会被引导到刚才的连句之上。果然是一举两得。

此时暗自一惊的倒是还有两个人。

杜奕微微一笑，心中思忖到，看来此二子的确是有事而来，难道仅仅是来讨好独孤中丞？不对，此二子器宇不凡，不会只是如此简单。

而另外一个人则直接说出口来："皇甫兄，你怎么也会在这里？"李清开心地走到一位官员面前，"我以为你要过几日才会回来。"

"皇甫兄？"思源猛地一个激灵，抬头望去，在人群之中，的确发现了一张熟悉的脸。

思源喜上眉梢，没想到能在这里碰到。此次可以算是穿越中的穿越了，而且又到了唐朝这个时间点。看来的确真如自己所想，自己陪着宋源出现在这里，是有缘由的。

思源迫不及待地往人群中挤去，一脸的喜悦。"皇甫兄，一别……未曾想到又会在这云门相见。不过可惜了，这次刘兄和秦弟都不在。"

"你是?"这位皇甫兄一脸的疑惑,好像根本不认识思源。

思源这才想到,这个穿越的年份自己并没有搞清楚,这时候也许皇甫兄还没有见过自己。但话已经说出口,也不知道该怎么收回了。

"敢问公子贵姓?"皇甫公子问到。

"在下宋思源。"思源将不好推脱,紧张地回答到。

"宋思源?你就是家父一直念叨的那位点茶圣手,宋思源?"皇甫公子的喜悦荡漾在眉间。

"额……"思源一听顿觉不妙。父亲,而此时仔细一看,虽然颇为相似,但的确这位公子更文弱一些。

"哦,皇甫公子有所不知道,宋思源为宋家一个相传的称号。只有点茶圣手才堪得此名。令尊提及的想必是上一代思源圣手吧。"宋源见状,赶忙替思源圆场。

皇甫公子刚才便看到了站在思源身边的宋源,觉得此人和思源长得颇像。"这位是?"他觉得好奇,问到。

"哦,这是……我的表哥杜倚。正如表哥所说的,小生小时候有幸得见过令尊大人,适才看到公子的眉目很像令尊年轻的时候。"思源急中生智,连忙编了一个理由。宋源倒是施以一个有趣的眼神,思源读懂了,这眼神在表示惊讶的同时似乎还有一丝埋怨。思源想起了宋源在雨中说的那句"我有那么老么",思源无奈地在心中一念,你就姑且先当我表哥吧,其实这个辈分我已经占了很大便宜了。

哎,不管怎么说,比自己大几百年的表兄也真是前不见古人后不见来者。

"哦?"皇甫公子赶忙行礼,见两人一朱一碧,华衣彩锦,青春逼人,便赞叹道:"思源,你的族兄也乃人中龙凤啊!只是刘兄秦弟又是怎么回事?"

"哦，在下少时有幸遇得令尊及他的两位好友，虽然我们年纪相差悬殊。但令尊大度，说在茶艺上，我们乃是同辈，可以以兄弟相称。所以当时的点茶圣手根据我们的学习情况给我们排了辈分，刚才一时激动便说漏了嘴。"思源赶忙继续解释起来，也不知怎么的，还好自己脑子也转得快，说着说着也就糊弄过去了。

"原来如此，家父的确时常提起并示范从宋前辈那里学来的点茶技巧。在下皇甫允。今日有幸见到家父的故人，理当一叙。"皇甫允赶忙行礼。

好歹是搪塞过去了，不过这位皇甫公子要是回去和皇甫兄说了，那可就怎么也圆不了了。

宋源用手肘碰了碰思源，轻声说道："得过且过，莫想太多。"

众人一听，也都纷纷附和。杜奕听到皇甫允如此说，便更加肯定，此二子的来历绝对不凡，看来是切不可大意了。

"皇甫贤侄，原来俱是你的旧友啊！"独孤中丞也对二子投以赞许的眼光。

"哦，大人。宋思源是我父亲的故友，我也曾和严兄提及过，那位宋前辈可是茶之高手。"皇甫允回道。

"哦？这位就是你上次提到的宋高人的后人么？"只见一位绿衣的官员此时走上前来。思源猜想此人应该就是刚才他们不停提到的严维了吧。

"既然如此，不如请宋公子为独孤大人奉茶，如何？"严维提议到。

思源一听，心想正好顺水推舟。"哦，不敢不敢，其实表哥的点茶之术倒是高于我很多！"

"哈哈哈，不错。两位公子的点茶之术的确是出神入化，我等已经领教过了。"杜奕也大加赞赏起来。

第九十四章

猜得谜题顺水情

"如此一来甚好。刚才这位公子好像说在猜谜，杜奕，你们又在玩什么新奇的花样了？"独孤中丞倒是对猜谜蛮感兴趣的。

"哦，大人，正如杜公子所言。我们刚才玩了连句的游戏，并且以诗为谜面，虚实相交。本来是为了用来惩罚严兄姗姗来迟的。打算让他猜谜，如果不能全对严兄就要接受相应的惩罚，附诗一首。当然……"还没等杜奕说完，严维就接过了话茬。

"当然这诗也不可以是平常韵诗，放心，杜奕。我要是输了，自然不会拿出普通的诗来酬唱。"严维做了一个请的手势，独孤中丞等人入座。而李清则是送上了刚才的二十二句诗给独孤中丞和严维。

"独孤大人，我们另外还有一个小游戏。就是在这二十二句中找出最佳的诗句，投入这彩篓中。得票最多，即为头筹。至于奖励么，就由大人定夺吧。"

独孤中丞细细看了，点头称是，写出了心中的所选头牌。严维和皇甫允也分别写了小纸条，投入了竹篓中。

宋源见状有些赞许地看向思源，"没想到，你竟然认识皇甫冉。看来你果然也是和我一样是能掌控时间之人。"

"哦，前两次和他有过交集。不过没想到皇甫兄竟然那么有名。"

宋源一惊，有点不可思议地看着思源，"你竟然不知道，这皇甫允可是当今御史台的红人啊！而他父亲也是诗名颇盛之人，是大唐的状元郎啊！"

"什么？状元？"思源差点噎着。

宋源见他如此，也只能一笑，看来他是真的不知道。

"那么就由我先来猜谜吧！"严维仔细思忖着，一个个对应写下了答案。

待他写完，众人便在杜奕和独孤及的允许下围拢过来观看。

只见严维在每一句后面写上了对应的谜底。

　　幡竿映水出浦樯（秦瑀，竹）。

　　榴花向阳临镜妆（鲍防，榴）。

　　子规一声猿断肠（李聿，杜鹃）。

　　残云入户起炉香（李清，云）。

　　晴虹夭矫架危梁（杜奕，虹）。

　　轻萝缥缈挂霓裳（袁邕，萝）。

　　月临影殿玉毫光（吕渭，笔）。

　　粉带新篁白简霜（崔泌，新竹）。

　　玲珑珠缀鱼网张（陈允初，蛛网）。

　　高枝反舌巧如簧（郑概，黄鹂）。

　　风摇宝铎佩锵锵（杜倚，风铎）。

　　古松臃肿悬如囊（秦瑀，松节）。

雨垂珠箔映回廊（李聿，檐流）。

蔷薇绿刺半针长（鲍防，蔷薇）。

五粒松英大麦芒（李清，松子）。

古藤蚴蟉毒龙骧（杜奕，藤）。

深林怪石猛虎藏（袁邕，石）。

古碑勒字棋局方（吕渭，碑）。

山僧行道鸿雁行（崔泌，径）。

亭亭孤笋绿沈枪（郑概，孤竹）。

蜂窠倒挂枯莲房（陈允初，蜂巢）。

燃灯幽殿星煌煌（杜倚，寺灯）。

众人看后自然是绝口称赞。不过宋源却在思源的身边轻叹，"可惜了，错了两个。"

而此时的李清则是一副得意的样子，"呵呵！严兄。看来这次我的陷阱还是有用的。"

严维一听，有些不解。

"李清？难道我猜错了不成？哪一句？"

李清点了点第四句，"此句可没有那么简单。"

"还有吕兄的这第七句也不对。"李清和杜奕使了个眼色，便拿起笔要写出答案。

"且慢！"宋源叫住了他。

宋源作揖，"李兄不如让我来帮着严大人猜一猜如何，如果猜对了，杜倚斗胆，想要讨一个独孤中丞的赏赐。"

独孤及有些不解，看了看严维。严维倒是一脸释然。

"如果杜公子可以帮我解围，那自然是最好了。独孤大人，不如就一试吧。"严维想来是不愿意输给李清。

"好吧。"独孤及应允了。

李清虽然有些不愿，但也没有办法。

宋源没有要笔来写，而是递上了刚才写好的稿纸。

李清拿过来一看，眼神黯然下来，他竟然能猜对？吕兄这句也就算了，我这句可是……罢了，早觉得此二子不简单，也只能愿赌服输。

皇甫允接过稿纸，看后一笑："原来如此，妙哉妙哉。李兄的这句的确算是一个心机局了。"

众人争相想看，于是皇甫允将稿纸一一传阅。思源也觉得好奇，等到稿纸传到他的手里，他赶忙看个究竟。

宋源写的答案是"山岚和影"。

原来如此，李清把山岚说成是残云也算是有些道理，不过一般人还真想不出来。

"杜公子想要什么赏赐呢？"独孤及和蔼地问道。

"大人，其实杜倚有一个不情之请，小生夜间想拜访大人与您细谈。"宋源深深地作揖。

"哈哈哈！提携后辈晚生，自然是我们独孤大人最乐意的了。不管怎么样，我输了。愿赌服输，你们说吧，怎么罚。"严维倒是爽快，顺便帮宋源顺水推舟，算是还了宋源一个小人情。

李清递上了早就写好的纸条，严维一打开，上面写的是"连诗留云门"。

"不如这样吧，我们也来连诗一首。"和严维、独孤及一起入内的几位宾客提议到。"不过这诗么，得是加字诗。我们三人加上严兄是四人，不如李兄你们也抽出四人和我们一起连句如何。"这位宾客继续建议到。

"好，严兄诗名盛，各位也是才高文新，今日自然要为云门再讨得一份墨宝了。"李清选出了四位加入连诗，众人饮茶磨墨，攀谈甚欢。而此时皇甫允则是将思源和宋源引至独孤及的桌案，请两人点茶。

思源和宋源又各自细心点了一杯，的确就如宋源说的，有求于人，自然得尽心用力了。

皇甫允倒是很热情，感叹终于喝到宋氏点茶了。思源也问起了秦系，听皇甫允说秦前辈最近去了剡县办事。思源心中一想，剡县？不就是杜奕给我们品尝的这个瀑布仙茗的产地么？对应现代应该就是嵊州附近吧。虽然思源和皇甫冉他们只是几日未见，但对于三位诗人来说却已经是相别数十载了吧，今日与他们的后人相聚，不胜唏嘘。

两人聊得正欢，突闻加字诗已经作就。

于是皇甫允便带着思源起身赶去看那佳作去了。宋源倒是不急，继续陪坐在独孤中丞的身边饮茶。果不其然，不一会众人便拿着写好的诗句送至独孤及的案前。

第九十五章

佛灯漫漫地藏堂

入五云溪，寄诸公联句。

东，西（鲍防）。

步月，寻溪（严维）。

鸟已宿，猿又啼（郑概）。

狂流碍石，进笋穿溪（成用）。

望望人烟远，行行萝径迷（吕渭）。

探题只因尽墨，持赠更欲封泥（陈允初）。

松下流时何岁月，云中幽处屡攀跻（张叔政）。

乘兴不知山路远近，缘情莫问日过高低（贾弇）。

静听林下潺潺足湍濑，厌问城中喧喧多鼓鼙（周颂）。

"嗯，不错。你们今天又给云门留下诗篇了。"独孤及对着身边的小沙弥招招手，吩咐他把今日的诗词都整理好，交给寺中的高阶僧侣收藏。

"没想到你们这个游戏，带出了那么多清词丽句，这也算是今天的意外收获。"独孤及称赞诸子。

"承蒙大人夸奖，我倒是对谁拔得头筹比较感兴趣。不如我们计票吧。"严维一笑，眼神扫视一圈，最终落在了杜奕身前的竹篓上。

"好！"李清看样子也是等得不耐烦了。

宋源又对思源使了一个眼色。那意思似乎就是，非他莫属。

计票结果很快就出来了，宋源果真是第一名。这个众人倒是心服口服，连思源也觉得他写的两句最有意境。

"看来我们的独孤大人是不得不应承这两位公子之请了。"严维笑道。

"大人，今晚在何处相谈？"宋源作揖相问。

"就在杜公子所写的两物俱有之地吧。"独孤及倒是有些出乎意料，没想到自己看中的诗句竟然是出自这位年轻公子之手。颇有灵性的诗句已经让独孤及对宋源刮目相看，不过此时他还是想再考考这二子。

"我可以同往么？"严维也对宋源所谓的请求很感兴趣，刚才选诗词的时候并不知道具体的诗句是由谁而作，但杜倚这两句的确算得上是实至名归，而且自己还有人情没还，一会可以旁敲侧击帮这位后生得偿所愿。

"严尉官不是外人，小生自然没有异议。"宋源理解了他的意图，自然乐意接受。

"皇甫兄，你也一起吧。"思源倒是觉得拉上皇甫允自己心里有底些。

"诶？这可不行，我可是早就预约了皇甫允和我一起品诗的。"李清赶忙打断。

思源见不好强人所难，便道："既然如此，那我自然不能破坏了二位先前的约定。"

相约好后，宋源和思源便回到了自己原来的座位上。

"你知道他说的是哪里？"思源有些着急，而此时他看到独孤及已经起身离席。

"其实我的第二个谜语的答案是佛灯，我写的是宋朝大殿的佛灯，只是唐朝不同于大宋，此时云门寺中的佛殿又岂止一间。这风铎在大规模的佛堂应该都会有。"宋源玩着手中的狼毫小笔。

"那怎么办？"思源不解。

"让独孤中丞自己带我们去就好了。宋源握定小笔，从胸口取出一本小簿子，翻开一页，用小笔一点。"遁地！"只听他轻轻一念，一只小神兽，从本子中跃出。思源定睛一看，觉得甚是眼熟，这，不是飞廉么？只是这只更小巧可爱些。宋源轻抚飞廉几下，这小神兽就嗖的一下循着独孤及的踪迹而去了。

"飞廉会为我们找到具体的地点的。我们还可以再喝一盏茶。"宋源收起小笔和簿子，悠然地又饮起了茶。

不一会飞廉就回来报信，宋源一听，点了点头，"飞廉，这是思源，今后你跟在他左右，不得有闪失。

飞廉点了点头，绕了思源一圈，嗅了嗅思源身上的气味，便遁地不见了。

"灵御，你这是？你让飞廉跟着我，难道是今晚会有危险？"思源有点摸不着头脑了，本来以为只是问独孤及讨要神器什么的就好了。

"也许今晚只是一个开始而已。我估计今天我们只是能找到线索的一端，至于能拉扯出什么别的东西，我不太确定。在佛寺之中应该还不至于有什么危险，但以后，就不得而知了。放心，飞廉就在你身侧，对了，你的灵珠。"

"哦，在！"思源指了指胸口。

"思源，你还不知道怎么使用它吧。"宋源笑着问道。

"嗯……算是吧。"思源有些不好意思。

"其实很简单，将你自己的灵息和它同步。去寻找那一个契合点就……可以了。"宋源用手指了指灵珠所在。

寻找那一个契合点，这个倒是和微星教我的很像，思源想到。

宋源碰了碰灵珠，嘴里嘀咕道，果然是好珠。

"时候差不多了，我们起身吧。"宋源放下茶碗，起身掸了掸衣摆。思源见状也赶忙跟上。

"在哪？"思源问到。

"地藏堂。"而此时飞廉显现，在前面带路。

两人追随飞廉，一路从东厢来到了西厢。这地藏堂原来是一处偏殿，但因为供奉着地藏王菩萨，所以也是佛灯点点，风铎在檐。独孤及和严维并没有在佛殿中，而是在这地藏堂的偏室里。两人赶到后，便入门拜见独孤及。

这偏室原来是僧人打坐修禅之地，颇为清雅古朴。

里面蒲团若干，佛灯数盏，禅香弥漫。

独孤及和严维见两人那么快就找到了，不免有些惊讶。四人入座后，宋源便开门见山了。

"独孤中丞，严大人，其实此次小生不远千里来到此地，不为别的，只是为了找到一样宝物。"

"宝物？实不相瞒，至之我并没有什么宝物在身。"独孤及听了宋源的话倒是有些不解起来。

"庄周台南十许步。有丘一成。上有樛藤垂花。而蔓草荒之。且隔大沟。路不可陟。道士张太和伐薪为堰。封土以壅浍。余亦命薙氏治芜秽而划宿莽。遂辟为登赋之位。位广二席，席间足以函尊酒二篹。三月戊子。及群英由堰而升焉。诸花倒垂。下拂杯案。紫葩缛縅。如钗如旒。众君子瞻弄之不足。故秉烛进酒。以继落日。欲称醉而不也。因命其地曰垂花坞。堰曰缘花堰。"宋源突然背诵出一段类似题序的优美文章来。

"庄周台？莫不是庄子和惠子同游观鱼之地？"严维听后瞬时来了兴致，追问宋源。

"不错，严大人，正是濠梁观鱼的典故之处。庄周台，在钟离县南七里。濠水经其前，乃庄子与惠子观鱼之所，又曰观鱼台。小生数月前为寻找神物去了庄周台，到达后却发现那宝物已经不在了。却在附近的花帘之下发现了这一段题记和一首七言绝句。"

第九十六章

远在长安美人髻

"七言绝句？什么诗？"严维一听还有诗，自然是更加感兴趣了，赶忙催宋源把这诗默写出来。

宋源并不着急，而是作揖，拜向了独孤及，"此诗就是独孤大人的杰作，本尊在此，小生不敢僭越。"

"至之的诗？"严维锁眉深思，"不对，至之的名句我都有所过目。不记得有庄周观鱼的诗句啊。"

宋源自信地一笑，拿出小笔，在刚才的那本贴身簿子上写出了相关的诗句。

化灵为墨，须臾成诗。

紫蔓青条拂酒壶，落花时与竹风俱。
归时自负花前醉，笑向倏鱼问乐无。

思源一看，这不就是梁上宋源所念的那首么？

"按照此诗和题序，伐木为堰，登台作诗，想来那日独孤大人和友人由于造堰而登入了本是凡人不能所及的无尽之地。"宋源承上了诗句给两位大人过目。严维连连赞好，还逗趣说，那么好的地方至之你竟然不带我去。

独孤及倒是一直没有回应，似是在回想。

"这诗的确是我所写的，现在回想起来那日的确蹊跷，本不可及之地，竟然恰好一堰可入。而且此丘花色撩人，奇魅可爱，景致非同凡响。所以我们流连忘返，甚至秉烛夜谈。只是那日我喝得有些多了，后面的题词和作诗也是在醉意之中。"独孤及起身来回踱步，想要回想起更多的东西。

"大人可记得你们遇到了什么特别之事，亦或是捡到了什么物件。"宋源追问道。

孤独及停了下来，闭眼深思。

"那紫花尤其惹眼，我记得我抚花而饮。哦，对了！"独孤及快步走向了三人。

"就是这句，下拂杯案。紫葩缛绽。如钗如旒。那日我好像捡到了一个玉质一样的似钗似旒之物。就在这紫花之后，我觉得甚是好看，便送给我的小女儿做头饰了。怎么，杜公子，此物难道是你要找的至宝不成。"独孤及说道此处眼神中倒是有了另一层深意。

"不错，应该是此物了。"宋源听闻后自然是舒了一口气，还好，看来是没有白跑一趟。

"哦？原来神物给了月出，那也不错，真是宝物配美人啊！"严维似是读懂了独孤及的眼神，不由得一笑。

月出？思源不解？难道是独孤及女儿的名字？

严维看到二子不解，便顺水推舟解释起来，"美人挟瑟对芳树，玉颜亭亭与花双。至之家的独女可是京城出了名的抚琴高手啊，当然也是师承至之的。"

宋源一听，皱了皱眉，他没想到这宝物会是在长安，怎么说都是远了些，若是要赶过去，怕是没有个数月是不可能的，更别说，自己还没有唐代的通关文符。

"杜公子如果是要那宝物，不如稍安勿躁，至之此次越州之行已经接近尾声，不日就会返回长安，公子可以和我一起同行。我会让小女先把宝物给与公子。"独孤及倒是很善解人意，提议宋源和他一起回长安。

宋源锁眉，此刻大概也只有思源知道宋源的感受，的确，因为自己的心情也是相同的。这一行去长安，在古代少说也得一个月吧。这样现代的若耶可等不起啊，对于宋源来说，则是宋朝的宋家是等不起的。哎，这个时候要是有飞机就好了。飞机？

"对！飞机！"思源突然想到了什么，说出了口。

三人不解，尤其是宋源，诧异地看向思源，但也有所期待。

思源此时眼神中满是确定，他笑着对宋源点了点头。"不好意思，独孤大人，严大人，我想和表兄借一步说话。"

"哦，请。"

两人出了偏室来到了地藏王堂中，佛灯明亮，思源和宋源来到了地藏王佛像附近。

"灵御，这事，说不定我有办法。"

"哦？可是那宝物在长安，与山阴可是相距千里啊。我虽然有灵法，但是目前我已经将诸夏立契禁锢在祠堂。此契约我不可以随意毁之。"

"为什么，你再立一个契约就好了。"思源不解。

"这个束缚的契约是有年限的，我不可以轻易解除，而且诸夏关系着整个宋家结界的安危，我不可以让他贸然离开宋家。"

"那只能由我去长安了？"思源深思起来。

"你？你去的话也得舟车劳顿，没有足月恐怕到达不了。"宋源叹了口气。"其实我倒不是没有别的办法，只是得让独孤小姐相信。飞廉倒是可以去，但是它尚小，还不能幻化成人形。别的仙兵？我得想想谁比较合适。"

"灵御！"思源摇了摇宋源，"我都说了我有办法很快就能到达长安。嗯，几个小时就可以，用你们的话来说，几个时辰就可以到长安了。"

"哦？那么快，那么回来也是如此？"

"嗯，灵御你给我一天，哦不，两天的时间，我就可以把那宝物给你。"思源胸有成竹地说道，宋源见思源如此，倒是也愿意相信，因为按照他对思源的了解，他不是喜欢打妄语之人。

"不过你此去我还是不放心，那灵物之中，据我推算，该是有护法镇守。你此去……"宋源还是有些放心不下。

"这个灵御倒是不用担心，到时候和我同去的，会有识得仙法之人。而且你看，独孤大人没事，他的女儿也没事，我想那护法也不是什么会伤及无辜的仙灵。另外，不瞒你说，我这次西渡口的穿越是突发事件，我担心时间久了会引起我朋友和亲人的担忧。所以正好也回去一下，可以和他们说清楚来龙去脉。"思源拍了拍宋源的肩膀让他放心。

"这样吧，我让飞廉和你同去。危急的时候，他也可以帮你遁地逃脱。而且他和那灵物也算是同源，想来那护法就算出手，也会感念同源之情。"宋源说着便唤出了飞廉，和它嘱咐了几句。

"其实，我们那边也有一只飞廉，只是比它大上许多。"思源摸了摸飞廉的头，小飞廉竟然害羞地遁地而逃了。

"什么，你也有飞廉？"宋源越发觉得不可思议起来。

"不是我，是羽仙人的。"

"羽仙人，羽家族？"宋源听到后深思起来。

寒光玉碎穿榛莽

"我和他也是刚认识不久，不过羽仙人帮助我甚多。"思源笑着说，想起了那个带着奇怪木质眼镜的小老头还是会忍俊不禁。"不过，要能快点抵达长安，其实还得劳烦灵御你帮我一把。把我送回我穿越过来的那个时间点。这个就要借你的狼毫小笔一用了。"思源挠了挠头，有点不好意思。

"这个没有问题。不过，你这样无凭无据也不好，到了长安独孤府的人不会轻易相信你的。不如我们请独孤大人书信一封，说清原委，这样也可以省去不少麻烦。"

"那自然是最好了。"

两人商定好后，便又入偏室请求独孤中丞写信给独孤小姐，望可以借那灵物一用。

"宋公子？难道你要先赶去长安？"严维问到。

"哦，不是，我有族兄……在长安，我传送这信件过去，让他代我一去即可。"思源急中生智，算是糊弄了过去。

严维和独孤及对了一个眼色，严维心中甚是喜悦，看来自己猜到了大概了，这两位公子应该是前任宰相门下。若是月出可以在这二人之中选一人为夫婿，那可也算的上是才子配佳人，门当户对了。独孤兄看来也是对此二人颇为满意。

"好，吾这就写信给小女。只是此地无笔墨……不如我们移步……"

"且慢，大人，不如就写在这里吧。"宋源拿出了刚才的簿子，撕下一张，递上了狼毫小笔和随身带的小墨盒。

独孤及和严维倒是有些不解，怎么那么着急，要用这些纸笔。

"哦，不瞒大人，我们会用我们家族的专用通讯渠道……所以，只能用家族特有的纸张来书写。运送途中，宋家的人只认此纸，不认其他。如果用了别的纸张反而不能快速送信到长安了。"思源看到这纸上有着特殊的戳印，便又开始给宋源解围，也不知道自己哪来的想法，估计是得了许诚的真传了。不过宋源要用这簿子的纸张，一定是有他的道理的，刚才所见已经证明这本簿子也不是一般之物。

"哦，原来如此，那好。"严维和独孤及看到纸张上红色的印章，也没有怀疑什么。况且宰相门下，也定是有他们所谓的规矩。

独孤中丞执笔在小纸上书写起来。宋源和思源退后到佛堂等候，不一会，严维便把信交给了思源，由于没有信封，便用一块绸帕包裹好信件。

和独孤大人及严维道别后，两人便继续留在了这地藏堂中。

宋源拿出了小笔，聚气凝神，瞬时绿色的灵息环绕笔尖。

"思源，相信此次不是永别，明日我还是在此等你。"宋源执笔正欲点在思源的眉心。

"慢着，我不在的时候，你绝对不可轻举妄动，还有，你在云门等我是没错，但是，是宋朝的云门还是唐代的云门啊？"思源有些尴尬地问道。

宋源不禁一笑，"也对。这是唐朝的云门，既然皇甫冉的后人在这里，那我正好可以问一些别的私事。快去快回！"还没等思源反应过来，自己已经噗的一声坠落在地。

这里是？荒郊野外，孤山夜里，不禁有些心里发凉。惨了，包裹还留在宋朝呢！思源有些无奈地拍了拍头，没有手电，也只能摸黑夜路了。

对了！"飞廉！"思源一喊。

那小神兽真的从自己身边的地上幻化出来了。

"飞廉，帮我找到平江村。"思源和飞廉说到。小神兽便径直往山下跑去。

"慢点慢点！"思源没有带手电，脚下自然不能走得太快，以免绊倒。此时却见胸口的灵珠散发出了一圈光晕，直至照亮了自己的周身。

这灵珠？思源有些惊讶，自己好像也没有聚气引灵，怎么会突然？这时他想到了宋源帮自己穿越前好像点过这颗灵珠，难道是宋源施了法术？思源掏出灵珠一看，珍珠的周围缠绕的是蓝绿色的灵息。不知道为什么隐隐感觉到这里面应该也有自己的灵息啊。

不过现在也顾不得那么多了，先得想办法找到许诚、微星他们，和他们尽早汇合才是。思源随着飞廉一起往山下奔去。

没走多远，果然在山坡上看到了灯火点点的平江村，思源摸了摸飞廉的头，便加快步伐下山。

不知道为什么思源总觉得心慌，便不由得加快了脚步，却听见背后有风声，回头一看。

　　三枚寒光瑟瑟的匕首正冲着自己后脑袭来。思源被吓了一大跳，想要躲，可哪里还来得及，眼看匕首已经飞到了身后，却听得一阵玉碎珠落之声。没想到这匕首遇到灵珠的光圈竟然被弹开了？

　　这？难道灵珠这光晕不是在给我照路，而是感受到了危险，自动张开了保护结界？不容多想，又是三根匕首袭来，思源赶忙加快了脚步，飞奔下山。

　　"这里！这里！"思源忽然听到小飞廉对着自己叫了起来，飞廉会人语？只见这小神兽嗖地钻进了旁边的灌木丛中。

　　飞廉是要我入林中掩人耳目么？思源跟着飞廉走进了灌木丛。起初并没有很茂密的灌木，越走却越觉得这榛莽丛越来越高，直至埋没人头。不过，也许是因为有了灵珠的护佑，思源在这榛莽中并没觉得难以行进，也没被刺伤。

　　草丛荆棘越来越密，思源还是不敢停下脚步，因为自己感受得到，那一股杀气还是紧追不舍。

　　荒草擦过脸庞，突然狂风四起，草色弥漫，喧嚣尘上。糟糕，思源被尘沙迷到了眼睛。

　　"公子！"小飞廉见状赶忙往回跑来，点足飞跃，直跃到思源的头顶。它化飞廉为风，将对方作法而成的狂风相抵过去。

　　"公子站稳了！"飞廉四爪一抓，抓住思源的领子飞了起来。

　　"啊！"思源双脚离地，哪里还站得稳。

　　但的确速度更快了，好过自己在杂草中磕磕绊绊。

　　"公子，我们很快就到了。"飞廉一脸焦急的模样，因为它知道若是被追上了想来是很难相抗衡的。而且这灵珠的灵光也越来越微弱了，一望天，月色全无，这灵珠的灵力怕是快要用尽了。

　　"哪里逃！快把灵契交出来！"厉声嘶吼从身后传来。

　　思源此时才看清楚，原来自己并没有往山下跑，而是越跑越进深山了。

第九十八章

绿鬓朱碧华彩彰

"飞廉？我们怎么往回跑了啊！"

思源总算是落地了，榛莽已无，只见一石碑立于身前。

"公子，相信我，我感应到此处有一结界。那些妖物怕是无法逾越，我们过了石碑就安全了！"飞廉一推思源，思源便越过了石碑。

难不成这里除了云门寺之外，还有别的寺庙？此时若耶灵珠的光晕已经微弱不可见了，但奇怪的是却不见小飞廉进来。思源已经有点跑得喘不过气，扶着石碑慢慢往外看去。

却见一团黑影，此时抓住了飞廉的脖子，飞廉已然被掐的快要昏死过去。

思源一见此景，哪还顾得上自己，"住手！"思源冲了出去，拽住那绑在飞廉脖子上的黑烟，想要帮着飞廉挣脱桎梏。

嗖嗖嗖！又是三把利刃飞来，思源赶忙抱住飞廉一躲，但还是有一把利刃划破了左臂，鲜血马上渗出。

"哈哈哈！今天就是你的死期！"夜色中完全看不清那妖怪的样貌，只见得那一双火红的眼眸，凌厉骇人。

说时迟那时快，又是许多匕首袭来，思源想着这次是逃不过了，于是咬牙抱住飞廉，想用背挡住所有的利刃。是的！我不能再让任何人、仙、乃至是妖为了我而染血牺牲了！这次换我来！

心中做好了必死的准备，但却突然觉得背上一股温热，朱红色的灵息，晕染开来，就像左臂的鲜血一般，鲜红炽烈。这灵息将思源和飞廉完全包裹住，倍感温暖。

"朱颜?!"思源反应过来，是一直在身后的神弓，而此时由弓中飞出的不仅仅是这温热的灵息，更有一位火翼流霞、雀翎武靴的英姿少女。

那少女看了看思源还在流血的手臂，朱红色的灵印慢慢地在眉间显现，"吾名绿鬓！"正说话间，这少女瞬时鬓染绿韵，身后的青丝飘起，自动绾成了灵巧英气的小髻。

鬓若绿云，武靴点地，雀翎挽碧，流彩华章。

思源有些看呆了。仙女抬手至空中，朱碧相交的灵息凝聚成一把小巧的绿色弯弓。

"羽翼华美，辉彩彰章。满饰乐浪，玄菟高骊。于方黄白，赤玄风阳，尽在我尧。问我先祖，华盖弥彰。揽星射月，皂游女姚，山泽鸟禽，吾辈为昌。"

仙女的双目清澈明亮，在这本来幽闭的夜色中，似繁星那般给人以慰藉。她对着那黑色的妖气，临危不惧，一字一句，清晰有力地念出了这字字箴言。这一句句像是咒语一般，思源发现周身的灵力结界更加稳固和炽热了。心中似有一股要迸发出来的力量，缓缓积聚。

那黑色的妖怪像是被震住了，是的，自己万万没有想到，这文弱不堪的小子，竟然有上古的仙灵守护。但好不容易找到了那灵契的下落，绝对不能就此罢手。

"呵！小子，就算你有神灵护佑我也不会放过你！你们已经被我的鬼魅之术包围了，就算到了这结界之中，我也照样有办法把你给捉出来，更何况，你已经被我引到了结界之外。"黑影一抬手，四周的鬼魅开始嚎叫起来，那阴森森的气息开始慢慢围拢，慢慢靠近思源和绿鬓。

"哼！身为妖魅，竟然也敢动吾王之后代。"绿鬓的另一只手摊在空中，闭眼默读灵咒。

"三皇五帝，少昊朱宣，颛顼穷桑，琴瑟执弓，赐我灵力，佑泽吾嗣。"忽闻一声琴音，弦乐急促，似广陵散那般琴操激烈。

天外飞音，其实近在眼前。原来绿鬓的手边已经幻化出了一把古瑟。

"五十弦！"不知道为什么思源看到这满是琴弦的古瑟，就明白了这是五十弦。

"五十弦翻塞外声！"思源突然记起来，微星在破三十六脉微水阵的时候也提到过五十弦。

只是这瑟颇小，五彩荧光满溢，不像是实物。伴随着弦乐阵阵，那些鬼魅都怯怯地退去。

"怕什么，都给我上！如今连若耶的护法都被斩杀了！在这若耶已经没有人可以和主人相抗衡了！都给我上！这次可是能邀得头功的！"那黑魅疾言厉色，一阵鞭打，搞的这些小鬼只能群起响应。

"白鹿！"思源捂住手臂上的伤口，鲜血还是不停溢出，其实别的什么，他都可以忍受，但是一听到那鬼魅说的斩杀护法，思源就再也不能忍受了。他慢慢放下已经满是鲜血的右手，脸色阴沉下来。

"你们……不配说白鹿！"我再也不允许了，再也不允许任何人在若耶弑杀仙灵！"你们要杀就先来杀我吧！"思源一声怒吼！

"少主！"绿鬓看着这个血染衣袍的年轻主人，他的眉宇中尽是悲伤和愤怒，但这为了朋友舍身的赤子之心却也深深感动着这位上古的仙灵。

确实是和先祖一模一样。绿鬓闭眼微笑，这久违的心悦诚服，不愧是先祖的后裔。

思源流出的鲜血此时已经灵息满溢，晕染了后背的朱颜神弓。

"少主借灵血与我一用！这里还不需要少主出手！"芊芊玉手拂过思源的血衣，灵火初显，瞬间点燃，那灵火跃入天际，绽放出刹那的烟火。

"穷桑之神，帝丘之后。速来护主！"原来这烟花就像信号一般，意在通知周围的仙灵前来护佑。

"呵呵！现在搬救兵可就晚了！"那鬼魅一看甚是得意，遂率众包围上来。

"对付你们，我一人足矣！我只是希望这方天地的先祖之神祇可以快速集结到少主麾下。让他们知道朱颜已经再现了。"绿鬓赞许地望向了思源。

"绿鬓？"

仙女热切的眼神中划过一丝悲伤！

"嗯，有先祖的影子。悲许以万物之悲，悯总以天下为先。"

而鬼魅们明显已经躁动不安了，他们知道若是再拖延下去，只会引来更多的仙灵来帮这小子。

"上！"带头的鬼魅大叫起来。

黑影朝着思源和绿鬓袭来，那恐怖的嘶叫，震彻山间。鬼魅们黑色如巨浪，成排山倒海之势袭来。

思源紧紧地抱住还昏迷在怀中的小飞廉。

第
九
十
九
章

临
风
花
箭
佩
珠
摇

    "少主莫怕，对面只是虚张声势。"绿鬓从容淡定，"瑟瑟！"她缓缓升空，朝着那五彩的锦瑟喊道。

    锦瑟弹奏，其音苍劲迅捷，如十面埋伏一般杀气四显。只见三支五彩的箭羽从锦瑟中焕然跃出。绿鬓手指一指，一支箭羽就飞入她手中。

    绿鬓手执箭羽，挽弓上弦，一跃飞起，武靴在空中点步，步步星辉，朱碧相映。伴随着铿锵有力的点步声，绿鬓口中正气回荡。

    "阑干十二阙，千骑旌麾远。临风，花箭腾，钧声约！"

    踩着最后一声蹬音，绿鬓旋身飞跃，竟然将弓箭对准那正上方的天际。满弓射出，花箭直上云霄。

    鬼魅们也都被惊到，本以为箭羽会对准一众鬼魅。没想到竟是射入空中。

    "哈哈哈哈！"有些鬼魅带头笑了起来，"小女子！放弃抵抗，也许我们大王还可以饶你一命，但你也不用如此射偏吧！"

绿鬟从容的双眼悲悯地看着那些鬼魅，而此时另一支箭羽已经落入了她的手中。

"落。"绿鬟闭眼。

孤矢一支，万矢四方。

万矢若流星那般坠落，箭刺入鬼魅的身躯，射入鬼魅的灵核。那排山倒海的鬼魅，瞬时间灰飞烟灭。

"你！"带头的鬼魅亮出了结界和符咒，艰难地抵抗着流星箭雨。

"哼！你不是只有三支箭么，你以为我们手下的鬼魅只有这些么，待到你三支箭都射完，你也就完了。哈哈哈哈！"狂笑间，黑色的鬼魅再次出现，弥漫在四周狰狞惨叫。

"这些鬼魅怎么还有那么多！"思源担心地看了看绿鬟。

仙女微微皱眉，引箭上弓。再次腾空欲射。却突然听得花音靡靡，而空中也突然花雨纷飞。绿鬟看到后一笑，收起了箭羽。

众鬼魅自然也注意到了这洋洋洒洒的粉色花瓣。

"浅梦低吟间，却闻得惊天一箭。是谁打扰了本仙的清梦？"

桃花菲菲，人面如娇，红裙桃媚，盈眸盼兮。

思源看得有些脸红，好一个美人啊，千娇百媚集于一身。

那些鬼魅见到这样一个美若天仙的女子，自然也是一阵骚动。

那女子慵懒地以袖抚口，娇嗔地打了一个哈欠。但目光一转，马上注意到了受伤的思源。

那女子目光霎时变得凌厉，转身怒目对着那些鬼魅。

"无知魍魉鬼魅！什么时候这里竟然也是你们敢来的地方了！"

"你是？"绿鬟看到赶来的地仙，想问个究竟。

那人面桃花般的女子，并没有转身，而是继续对着那些鬼魅疾言厉色。女子指着身后的石碑，"你们不知道这是何处么？入此结界，魍魉妖魅灰飞烟灭。"

结界！思源回头又看了看那个石碑！刚才小飞廉的确说只要逃进这个结界之中就不会有事。自己是为了救飞廉，才冲出这个界碑的。

思源看了看这个桃红色衣着的地仙，又看了看绿鬟。她们都为仙。鬼魅暂时都伤及不了她们。这地仙如此说，难道是要我……

思源抱紧小飞廉，一个箭步。马上跑进了寺碑之内！

鬼魅一惊，刚被这美艳女子吸引了注意力，没想到，竟然让这个小子跑到了结界内！

"一群没用的废物！没见过女人么！"带头的黑影暴怒起来，"女人！就算你说的没错，不能逾越嘉祥寺的结界的确是若耶所有妖魅都必须遵守的千年契约。但你不要忘了，现在这寺庙已经残破不堪，彻底荒废。你觉得这结界还能像以前那样保你们平安么？"

"小小鬼魅，也敢在本仙面前造次！"女仙见思源已经成功逃入了嘉祥寺的结界内。便给绿鬟一个眼色，两人并立站在了石碑之前。

那鬼魅见两女子如此阵势，自然是知道了她们要誓死保护那个臭小子的决心了。

"啧啧，真是可惜了！我见你们都花容月貌，却要为这凡人拼死一搏。既然为仙家，你们就自报仙阶吧！也算是对你们的尊重。"那黑鬼竟然不慌不急起来，他看到只是两个女仙，便得意起来。

秦望诸山隐几看，仙居缥缈五云端。

天高地迥三千界，月白风清十二阑。

沧海气侵珠佩湿，明河影逼玉箫寒。

超然身鸿过蒙上，何必蓬莱跨紫鸾。

香音袅袅，仙诗娓娓道来。伴随着漫天的花雨，一只蓝色的小鸟迅捷地飞入了鬼魅的包围圈，落在了桃衣女子的手上。

"桃红溪溪主佩珠在此护法，尔等再敢逾越一步……休怪我手下无情。"那小鸟放下口中的一物，落在佩珠的手中，便又径自飞到了界碑之内落在了小飞廉的身上。

思源听得懂它的鸣叫，原来它是来给飞廉疗伤的。思源赶忙轻轻放下飞廉。

"原来是三十六地仙。失敬失敬啊！不过如今你们的护法已死，若耶也已经易主。风水轮流转，我们妖魅必然会一统若耶。"

佩珠紧闭双眼，俏丽的容颜上尽是哀伤。

"春花秋草，尽在心间。天心月圆，与君共知。"佩珠取出一块桃红色的丝帕。

"彼泽之陂，

有蒲与荷。

有美一人，

伤如之何！"

悠扬的诗从佩珠的唇间传来。

"寤寐无为，涕泗滂沱。"

这是？诗经的诗。思源不知道为什么一听到就明白了这诗的出处。只是这虽为情诗，此时却是那么的无奈和凄婉。

佩珠收好丝帕。

"所以我早说了，不能太信任妖魅！仙主千年来待你们不薄，白鹿也没有残害过你们。可你们……却……"说到这里，佩珠已经哽咽。

"尔等鬼魅敢在秦望山下造次，我绝不轻饶！至于那个雪秀，我自会亲自收拾她！"佩珠的眼中是不可原谅的决绝。

"幻！"佩珠一声令下，她的芊芊华服瞬间变成了英姿飒爽的武服。

"呵呵！连护法都被击毙了，你一个区区地仙，又算的了什么呢！"那鬼魅肆意地笑着，思源看着佩珠有些颤抖的背影，紧紧地握住了拳头。

第一百章

三仙齐聚嘉祥寺

"小丫头，你呢？"鬼魅见绿鬟没有回答他，便又问到。

"哼，你没有资格知道我的名号。"绿鬟依然是从容不迫。

"你！"鬼魅自然是很恼火，"看你嘴硬到何时！"

"给我上！"

一众黑影又向三人围拢过来。

绿鬟和佩珠都严阵以待。

"花晕花间。"佩珠轻晃起她手中的琼佩，花雨越下越急，遮住了鬼魅的视线。花落成幻，这些鬼魅的眼前竟然都显现出了幻觉。

"于我成风。"花雨不停地落下，却又有风起。远处飘来了另一句灵咒，将落地的花瓣都卷起，直冲鬼魅。

这是？思源和绿鬟还没有反应过来，就又听得一声清脆的灵咒跃入耳中。

"踏浪踏雪，踏尽苹风！"

这声音！

思源喜出望外！

果然不出所料，只见一位黄色仙衣鹤发的仙灵坐在豹尾灵兽之上，点过层层鬼魅的肩头，飞到了佩珠的身侧。而思源和小飞廉的身旁也展开了青苹结界，另一位蓝衣仙灵脚踏青苹，载着许诚一起从半空中缓缓落下。

"思源！"许诚带着哭腔飞奔过来！"急死我啦！急死我啦！你真是急死我了，我看看！有没有缺胳膊少腿。"许诚赶忙看了看思源是否四肢完好。可是映入眼帘的竟然是殷红的鲜血。

"你失踪了一天一夜，怎么还受伤了！"许诚一脸的自责，皱眉打起了自己的头。

"许诚你这是干什么！"思源一惊，赶忙阻止。

"都怪我，那天太急，不小心把你的狼毫小笔和地图放进了我的背包。"许诚赶忙拿出背包里的医疗盒，想要给思源包扎。

那小蓝雀看到后，赶忙飞了过来，叽叽喳喳一番。

"他说什么？"

"他说这个没用！因为我是被鬼魅所伤！"思源尴尬地笑了笑。

而此时，鬼魅们见竟然又来了两个地仙帮忙，自然是军心大乱！

"可恶！"

"统领，大王吩咐了，在若耶新主人没有复原之前，切勿引发过大的冲突，否则是自断臂膀啊！"一个瘦小的鬼影在带头的鬼影耳边低语着。

"可恶，到口的肥肉又飞了。没想到这小子还有两下子。"那带头的黑鬼自然还是心有不甘。但他看到被花之幻术搞得精神迷乱的一众手下，也只能叹气认输。

"算了，撤！"

随着一声令下，鬼魅快速退去，消散在黑夜中。

"呼！这些黑鬼终于走了！你知道吗思源，刚才我们在外面浪费了很多时间。他们竟然在这附近设立了结界，要不是小帅哥在，我们还真是一时半会进不来啊。话说，你怎么穿成这样，这是哪个朝代的！"许诚看着思源受伤的手臂，觉得还是包扎下比较好。

"少主！没事吧！"羽仙人看到思源受伤的手臂，不由得心痛。没想到这样的事情会在自己的眼皮底下发生。

"我没事！好在有飞廉和绿鬓。"思源微笑着看了看已经苏醒的小飞廉。

大飞廉看到后赶忙凑了上去，"那群鬼魅真是不要命了，竟敢伤害我的同类。"飞廉舔了舔还很虚弱的小飞廉。

"司仙！"羽沐清看到绿鬓后赶忙跪地行礼。"下仙来迟了，没有保护好少主。"

绿鬓轻轻叹了口气，但说话却是毫不客气："要不是少主的灵血唤醒了我在朱颜中的灵息，我估计你今天是会成为你们羽族的耻辱了。"

"少主，容我来帮你疗伤。"羽沐清赶忙拿出了怀中的银针，"鬼魅将污秽的灵息注入了你的手臂。还好少主有着上古的血统，不至于被蚕食灵力。我现在会用银针把这污秽之气拔除。"

"嗯，好的。"

几针下去，一缕黑烟散去，思源果然觉得舒服了不少。羽仙人又拿出一副膏药轻轻地敷在了思源的伤口上。

"无大碍了，想来一日之内就能痊愈了。"羽沐清长舒一口气，偷偷瞄了一眼绿鬓。

思源了然一笑。

"哦，对了！不能再拖了！我还要赶去西安！"思源突然想起了这次回来的目的，自己和宋源说好的要在一到两天时间内帮他拿到那宝物。

"西安？你去那里做什么！我们不是还要去灵溪地么？"许诚自然是一脸的不解。

"说来话长，许诚你快帮我查查有没有晚上去西安的航班。"

"哦！"许诚马上掏出手机，"这里没信号。"

"那我们边走边买票吧！"一众人往山下的平江村走去。

快到山脚下，许诚便开心地报告说机票已经买好了。

"21点15分正好有一班飞机，我买了！钱我来付好了！"许诚秀了秀发光的手机。

"现在几点？"思源转身问到，他没想到许诚那么迅速。

"7点36分，我们赶过去刚刚差不多，就是晚上住哪里，还没订房间。"许诚答道，正想订房间。

"不用定宾馆！"思源阻止了正要浏览的许诚。转而又对着微星说道："微星！你能和我们一起去西安么？"

"当然，少主去哪里我都要形影不离，这次是我失职了。"微星俊秀的脸上还是有一丝自责的神情。

思源笑着摇摇头，"这次不怪你，也不怪许诚。其实我是记得把狼毫小笔放进自己的背包里的。不知道为什么这笔和地图又会到许诚的百宝箱里。"思源皱眉思索，"也许这是一次我不得不独自成行的穿越吧。好在我也没有遇到什么危险，而且还遇到了一个很重要的人！"

"谁？"许诚自然是最好奇的那一个。

"这个我路上再和你慢慢细说。羽仙人、佩珠姑娘，谢谢你们前来搭救。大恩难忘，只是现在思源有一件不得不去办的事情，还请你们在我离开的这段时间好好照顾小飞廉。"

　　"少主放心吧！我家的这位估计比我还会上心。"羽沐清指了指身边的大飞廉，"另外，我和佩珠也会在此好好守护灵溪地的，看来他们下一个目标不是灵溪地就是这嘉祥寺了。"

第一百零一章

重聚相谈赴机场

"嘉祥寺……"思源对这个荒废的寺院遗迹也很是在意。

"那就有劳二位仙人了。"思源抱拳行礼。

"慢着!"佩珠突然发话,"少主,我的花佩突然感应到此次你去也许会遇到花之姻缘,我也不甚明了。羽沐清,不如,你再给少主多带一些灵药吧。"

羽沐清点了点头:"其实救命药我已经赠予少主和这位许公子了。就怕会有别的危险。此有一锦囊,少主只能在危难之时打开它。只此一次,不可轻易使用。"羽沐清说完递给思源一只蓝色的锦囊。

思源接过后,发现这锦囊之上绣的就是羽沐清福地那个似鸟一般的图腾。

"好吧,那我们出发吧!"许诚已经跃跃欲试了,"话说我上一次去西安还是小学呢,一晃那么多年了。"

"司仙?"羽沐清不知道绿鬟做何打算。

"既然少主无事了，那我也该回朱颜里去了。"绿鬓看了看思源，温柔地一笑，梳起的头发再次披散下来。"少主，记住，吾与你同在。"转瞬间，化作一缕青烟返还了朱颜弓中。

"哇！原来这个漂亮妹妹，是朱颜弓里面的神仙啊！哈哈，看来这次终于不再是我们三个男人的无聊之行了！终于有花容月色作伴了。"许诚好奇地端详起思源背后的朱颜弓来，不过不一会弓箭就隐去了。

"事不宜迟，我们快点出发去机场吧。"思源拍拍许诚的肩，三人踩上了微星的青苹，御风而行，赶赴萧山。

"思源，这个还给你。"许诚把狼毫小笔和地图一并还给了思源。

"呼，没有它们还真是心里不踏实。"思源接过笔和稿纸，却发现没有背包放置小笔。的确，自己的百宝箱还华丽地躺在宋朝的云门寺呢！

"你的包？"许诚瞬间明白了，"我这里有个小腰包，给你吧。"

思源笑着接过，还好许诚是个"小叮当"。

"微星，刚才佩珠仙人说的花之姻缘是什么意思？"思源问到。

微星有点迟疑，"就是花劫……"

"花劫？"思源还是不懂。

"哎哎，我是懂了。"许诚笑着捣鼓起手里的 iPad，好像不停在查资料。

"是什么？"思源凑过去看许诚在干什么。

"哎，你这方面就是呆了吧。不就是桃花劫么！"许诚遮住iPad还神神秘秘起来，"嘿嘿，我查到很好玩的东西，现在先不给你看。你快和我说说，我们这次是去干什么？我好多查些资料，你要知道，我们这次可是去外地啊！不能那么随随便便的。"

思源觉得许诚说的也有道理，这次穿越到宋朝，要是没有遇到宋源，估计就得在雨里淋晕了。什么牙牌……身份证啊，穿越到古代的确还是得小心为上。于是一五一十地把宋朝和唐朝遇到的事情都讲给许诚和微星听。

"原来如此，你还遇到了宋源，那封书信还在么？"许诚想看个究竟。

"当然。"思源从胸口拿出锦帕，却发现那锦缎都有些腐烂了。"这?!"思源吓了一跳，不明所以。但打开锦缎，发现书信还是完好。呼，思源总算松了一口气。

许诚拿起有些腐烂的锦缎若有所思，他戴起了眼镜，一副老学究的样子。许诚皱起眉头，又看了看完好的信纸，正欲打开，却被思源阻止了。

"不能看。"思源拿过折好的信纸，"这是独孤中丞给他女儿的信，我们不能看。"

"哎，我这是在研究古文物，知道不。你看这个锦帕已经有些腐烂，这个纸张却完好无损，这纸肯定不简单。"许诚解释到，伸手还想把信拿过来。

"纸!"思源突然想起来，这个信纸是宋源执意要用的，难道宋源早已预估到了，他知道我穿越回来后古代的东西会腐烂。那么说来，他那本簿子的确不是寻常之物，竟然可以抵御穿越后近千年的时间流逝。

"怎么了？"许诚用手在思源眼前晃了晃。不过眼神还是在思源手中的信上，说明他还是想仔细研究研究这张纸。

"我也只是猜测。不过这个信我们还是不能看，万一那位独孤小姐要试探我们，那我们还是不知道信的内容更加安全。不管怎样，这次要以拿到那个宝物为重。因为也许有了这个宝物，就可以保住宋源……"

"好好好，你说的也有道理。古代人很讲礼仪，不看是最好了。看了后反而麻烦，我可是最不会演戏了，万一被套出话来可就糟糕了。"许诚用手机拍下了绸帕和信纸，然后又开始捣鼓起他的iPad了。但他好似突然想到什么，抬头和思源说："思源，话说你还穿着古代衣服呢！要坐飞机了，快点换掉吧。"

思源看看自己染血的衣服，才记起来自己还穿着宋源给他变出的古代衣服。于是把信纸和绸帕收好，给微星使了一个眼色。

微星微微一笑，玉笛一点，思源瞬间就换成现代装了。

不过思源拿着这件染血的古装倒是又想到了什么。

"许诚，你不是晕血么。怎么这次好像没有反应啊？"

"对哦，说来也是。我自己都没有注意到，看来羽仙人的茱萸真的有用诶，这样也好，省得到时候我拖你们后腿。我看下次得在你身上搞个什么印记，你要是再突然穿越，我们也好凭着这个印记找到你。"许诚看了看微星，似是在寻求此法的可能性。

"对哦对哦！少主，不如我给你做个血印吧！"一只小黄鹂突然从身后飞了出来，把许诚吓了一跳。

"诶！青鸾？你怎么来了？"思源看到青鸾倒是很开心。

"少主，想死我了啊。我一直在啊，这家伙把我放在他的这个什么百宝箱里，然后那个什么羽沐清给我施了定身咒，讨厌，现在才解开，闷死我了。"青鸾气鼓鼓地用嘴啄着许诚的书包，"真是的，都怪我，一时疏忽，竟然让这个羽沐清得手了。"

"昨天你不见后，这小鸟可是急死了，还闹着要去找诸夏。为了让他安静下来，于是太白金星就用了定身术把他禁锢在我的书包里了，我还差点忘了。"许诚赶忙护住自己的百宝箱，以免被青鸾给啄坏了。

华灯旖旎西安城

"昨天少主自顾自穿越了，大家都束手无策。那是因为少主还没有和我定下血印。如果定下血印，我就可以根据契约之灵找到少主所在的位置和朝代了。不如我们现在就定下契约吧！"青鸾激动地绕着思源不停上蹿下跳。

"你还有这能耐，怎么不早说。"许诚笑着拍了拍小黄鹂的头。

"那当然，我可是神鸟啊！"青鸾一脸的不开心。

"若木……"思源突然对着青鸾说到。

"少主！"青鸾突然很激动地扑到了思源的怀里，搞得许诚一头雾水。"少主赐我名字了！那我们的灵印就可以更加牢固了！"

"若木？"许诚不解地看向思源。

思源点了点头，"不知道为什么，我这会突然想到的。"

而此时，若木飞到了思源的掌上，轻啄思源的掌心，鲜血渗

出。一个青色的灵印出现在思源的掌心。乍看之下，觉得很是
眼熟。

"这和羽仙人给我的锦囊上的图案倒是很像。"

"我们到了！"微星指了指那玻璃下灯火通明的建筑。

"不错，到机场了。"

许诚自然是带头去换登机牌。

"话说，我们带着小帅哥和那个漂亮妹妹，看起来是没有什
么问题……不过……"许诚看向青鸾，微微皱起了眉头。

"干什么？我可以隐身的。"若木不服气地扑打着翅膀。

"那最好了，不然一会不给我们带上飞机什么的就麻烦了。"
许诚又看了看思源的后背，"一会这个弓箭不会被扫描出来吧？"

"不会。"微星淡定地说道。

"哦哦，那就好，我也是为漂亮妹妹担心么，呵呵呵。"许诚
傻傻地笑了笑。

不过最后他抿嘴把目光投向了微星。

"小帅哥，我是真的想给你买机票的。不过你没有身份
证啊。"

"无碍，我一会会附身到少主那颗灵珠上，直到到达西安。"

"哦哦哦！果然都是能人异士，神仙圣兽。哎，不是我等可
以企及的。"许诚一脸羡慕但又崩溃的表情。

他举起手中的登机牌，"哎，我看我们还是早点进去吧，我
是等不及了。第一次在不是平水的地方穿越哦！说实话，还真有
点紧张呢！"

"算你说了一句正经话，一会别急着闯祸就不错了。"若木径
自往检验口飞了过去。

一行人在这夏日的夜晚准备奔赴千里之外的西安，思源看了
看大家，不知道为什么，一种满足感油然而生。是啊，短短几周

的时间，自己的身边就多出了那么多的……朋友、兽友乃至仙友。以后，不知道又有多少的旅途和冒险等着自己。只是为了守护大家，我不会再逃避，会义无反顾地去寻找那最终的答案。

飞机到达咸阳机场已经快半夜了，许诚和思源快速走出机场，打车奔赴西安主城区。许诚一个劲地问思源，"你确定要晚上就穿越啊？"

"不然呢？"思源不解地问。

"哎，那么晚去长安住哪儿啊？不过也对，我们反正在西安也没定宾馆。早点去也好，反正我也想看看长安的夜景。"许诚虽然有些无奈，不过还是抵挡不了自己的好奇心。

出租车司机这个时候正用奇怪的眼光看着许诚。

"嘻嘻嘻！"许诚对着出租车司机故作深沉地笑了笑。

"我想想哦。唐朝到现在还存在的地标建筑。"许诚打开手机欲查找。

"大雁塔啊！"司机开口理所当然地说道。

"嗯……不错。谢谢师傅！那就麻烦去大雁塔！"许诚这会开始仔细看起了西安地图。

"那里可是旅游景区，半夜不开的。"司机有点奇怪地看着许诚。

"哦哦！对哦，把这事给忘了，嘿嘿，看来晚上也有晚上的好处，至少不用买门票。师傅，你就帮我们在最近的地方停下就好了。"

"好吧，给你们在大雁塔前的广场附近停下吧。"

车辆一路南行，来到了古城西安。

穿过大半个城区，出租车载着两人来到大雁塔附近。

"这就是大雁塔北广场了。"出租车指了指不远处那五彩霓虹下的大雁塔。

"好，谢谢师傅！不用找了！"许诚付了钱后，赶忙打开手机，用手机里面的地图定位了自己和思源现在的位置。

"好咯！接下去我们就要想办法，尽量接近大雁塔。"许诚用手比了比那至今伫立不倒的大雁塔。

思源看着这广场后的大雁塔，在灯光的映照下五彩旖旎。而更让自己没有想到的是，这广场上竟然有着水景设计，此时，大雁塔霓彩的造型也尽数倒影在这偌大的水池中。

上下各有一塔，亦真亦幻，就如要穿越到另一个时代的投影一般。思源此时突然有些顿悟，我们要去地方不正如这幅景象一般么，穿越过去的世界正如这投影一般，与我们的世界如影随形，息息相关……

华灯树影，宝塔殿宇，皆在水中。思源此时似有所顿悟。

"少主。"微星从胸前的灵珠中幻化出来。

"哈，小帅哥，来得正好。快帮我们偷偷溜进景区。"许诚已经准备好手电，"思源你也拿一个，一会到了唐朝说不定马上就用得上了。

"哦，好。谢谢。"思源接过手电，虽然自己觉得已经有灵珠了，应该不需要手电了，但还是要以防万一。

"少主，你身上可有别的防身宝器？"若木从腰包中冒出了头来。

"没有了，不过我有朱颜和灵珠，应该没有什么问题吧。"

"嗯，司仙大人在，那一定没问题。"若木说完又钻到腰包里去了。

三人再次踏上青苹，缓缓地飞过广场，越过了园区，飞进了大雁塔景区。

"你别说，现在的西安还真好看。我记得我小时候那会，似乎不是这样的，当然印象已经有些模糊了，只是觉得变化很大。

思源你来过西安么？"许诚还不停地用手机拍照。

思源没有回答，这个城市也是很久远的记忆了，也许自己也和许诚一样，已经不太记得了。

"我们是进塔还是……"思源扯开了话题。

"还是不要离塔太近吧，万一唐朝这塔里塔外有人值夜班什么的可怎么办啊！他们要是报告唐朝的城管来抓我们，那可吃不消。"许诚一脸的认真。

第一百零三章

雁塔风铃长安夜

"好好好……"思源有点无奈地摇了摇头，虽然每次许诚都不忘开玩笑，但其实他说的都还是有道理的。不管怎么说，这还是第一次穿越到不是平水镇附近的地点，还是得小心为上。

三人在大雁塔附近找了一个僻静的角落。虽说在现代是不错的藏匿地，但不知道在唐朝是什么场所。许诚有些无奈地摇了摇头，"听天由命吧！不过我们运气向来还算不错的，况且这次还有小帅哥在。"

微星从容地点了点头，灵眸婉转地看向了思源，笃定的眼神给了思源莫大的鼓励。

思源取出狼毫小笔，闭眼凝神，想起微星和宋源的点拨。这次倒是很从容自信，一瞬间，就找准了小笔的灵息之口。"嗖"的一声，三人一并消失在了转角。

铃铃，一阵铃声入耳。风铎？思源的心中闪过的是云门寺地藏堂，那檐角的风铎。

这里，也有么？

睁眼间，仰卧在木廊上。

思源起身，寻望四周，却不见许诚和微星。

夜色茫茫，廊上佛灯零星几盏，夜风吹响了风铎，月色笼罩着四周的寺院。

这里是……唐朝？思源摸了摸有点晕乎乎的头。

"许诚？微星？"思源轻轻叫唤起来，但在走廊上来回走了一遍都没有看到他们二人。

"少主！"一声细语直冲耳畔，莺莺婉转。

"若木！"思源喜出望外，在这漫漫异地之夜，若是真的只有自己一个人，还真是心有余而戚戚焉。

"找到了！找到了！"若木开心地扑到了思源的怀里，轻轻地磨蹭。

"若木，其他的人呢？"思源赶忙问道。

若木无奈地摊了摊翅膀，"不清楚，我来到这里的时候也只有自己一个人，但是因为我和少主有灵契，所以很快就锁定了少主的位置。"

"原来是这样，那我们快点去找许诚和微星吧。"思源有些着急起来，微星倒还好，但许诚可没有法术，要是落在一个麻烦的地方可就……"快，若木，我们去找许诚。"

若木跃到了思源的肩头，思源往木廊的另一头走去。"你知道方位么？若木。"

"嗯——"若木端坐皱眉，"那家伙的气息，我还是熟悉的，嗯……似乎是在我们的西面。对的，西面。"

思源赶忙转弯，往西面跑去，夜深人静，鞋子摩擦着木廊，显得特别大声。虽然怕被人发现，但现在也顾不得那么多了。只是还没有想完，就发现前面被一座墙堵住了。思源拍了拍差点撞上的头，一望，墙并不高，想要攀爬上去。不过突然想起了宋源在自己眼前施展的穿墙术。于是拿出狼毫小笔。

"穿墙！"思源闭眼，睁眼后却见眼前一条威严大道。这里是？还没等思源反应过来，就听到街道上传来整齐的脚步声。

"少主，小心，来人了！"若木提醒道。

思源定睛一看，远处一队人，轻甲戎装，手持长矛。惨了，这个难道就是许诚说的，大唐的城管？这会一时也躲不及了。"隐身！"思源对着小笔喊道。小笔发出微弱的光芒，蓝色的灵息慢慢覆盖在思源的身上。

"什么人！大胆，宵禁时间还在街上游荡。"

没想到，这蓝色的灵光反而引起了那些"城管"的注意。

惨了，思源也不知道自己到底有没有隐身。这会倒不如再进到墙里面去。

若木飞了起来，瞬时变成了一只足有半身高的青鸾，思源马上骑了上去。两人飞到了半空中。而此时地上的"城管"都看呆了。

"凤凰？"

"神鸟！"

队伍里一阵哗然，也有人开始跪地行礼。

思源回头望去，糟糕，太招摇过市了。"若木，你可以让我们隐身吗？"

"好的！"若木抖动翅膀，身上的蓝光马上暗淡了下来。

若木缓缓停在了街对面坊中的空旷地上。

思源环顾一看，此处颇为空旷，不远处似有木架和木台。真是万幸，还好有若木在，不然估计就要被大唐"城管"抓个现行了。思源摸了摸变大的若木。若木很是开心，马上变小又飞到了少主的肩头。

"不知道这又是哪里？"

"点灯。"若木轻轻唤了一声。一盏纸灯缓缓降落至思源的面前。思源和若木说了一句谢谢，提灯照了照院落。

月色朦胧，思源一步步地走向木架和木台，却发现上面竟然架着兵器，而那木台看起来也似是比武台。这里怎么会有这些，难道这里是军队的地方不成。思源产生了警觉，刚刚逃出了"城管部队"的追击，这下可好，又入虎口了。可是不容思源多想，已然听到了一阵喧哗。

"快快快！刚才看到神鸟往这边飞过来了。"

"可是大人，神鸟会飞，应该早就飞到别处了吧。"

"你懂什么！刚才教弩场的值夜来报，说是听到了鸟叫，还看到了灯火。很有可能就是刚才我们在主街道看到的神鸟。"

不知道为什么，这些人的话语思源和若木倒是听得很清楚。思源马上吹灭手上的提灯。往练武台靠拢，见到底下有空档便钻了进去。

"若木，再帮我隐身。"

"少主，隐身一直没有解除啊！"

原来如此，思源长舒一口气，从底下穿过演武台，往另一个出口溜了出来。可是这教弩场颇大，一时也跑不到边。

"我来！"若木又化成了青鸾。两人再次飞上了天际。

"直接去找许诚吧，我担心他也会被这些军队给抓起来。"

此时，思源俯身望去。夜色下，长安古城，灯火星星点点。眼下是密密麻麻、大小排列、规格工整的百余里坊，印嵌其中的是庭院华府、错落有致的街道。两座雁塔就在眼下不远处，月色下，有些发白的塔尖若隐若现。思源不禁看呆了，虽然一直听说唐长安繁华，但没想到会是这般宏伟震撼。

长安夜，灯葱茏，玉马无鞍迷坊间，乘得青鸾月长空。

"他好像就在附近。"若木往南飞了一小段，在临近南面的坊内停了下来。说来奇怪，仔细看来，这坊中也是类似演武场。难道这附近都是军队的地盘不成。但思源这会一心只想找到许诚。自己不管怎么说还有小笔和若木，遇到危险还可以施法避一避，要是许诚落到了"城管"手里，那可是凶多吉少啊。

"根据那家伙的气息好像还得往南一段。"若木朝着南面的墙壁说到。

好吧，那就继续穿墙吧，思源拿出狼毫。"穿墙！"

这一招倒是很熟练了。只是这墙一穿倒是把自己吓了一跳。此处的确不像是教弩场了。法室道场，青萝素幔。而此时自己身处的似乎还是偏房。往南去应该会是主屋了。可这里，要说是民宅倒也不像，感觉更像是……道观！

第一百零四章 桃花笑尽花郎顾

外堂灯火两盏，点缀在道观的青龙白虎位，道檀上青烟袅袅，三清在上，蔬果茶水一应俱全，一枝桃花插在素白的瓷瓶中。思源见状连忙鞠躬。

"就在附近了！"若木在思源的肩头不停扑打着翅膀。

"许诚！许诚？"思源轻轻喊道。可是这道堂中并没看到半个人影，难道在外面？思源又跨出道观，一阵花香袭来。

桃之夭夭，其叶蓁蓁。

满庭的桃树，而此时是花季，开得正盛。思源看到桃花后，不免有些陶醉。

"我看是逃之夭夭吧！"许诚的脑袋从不远处的一棵桃树后露了出来！

"你这家伙，害得我们好找！"若木看到许诚，马上飞了过去，不停啄着他的头。

"哎哎哎，好了，好了，青鸾大人，放过我吧。我人生地不熟的，一个人穿越到这地方。不过，还好，没想到是桃花乡啊！"许诚抱住自己的头求饶到，"嘿嘿，我该不会是要走桃花运了吧！"

"没个正经的！少主为了找你可是费了不少力气啊！"若木不满地继续啄着。

思源在这月色花下，看到两人那么闹腾，也算是安下心来。

"哎，我一个人也不敢轻举妄动啊。要知道，我刚才看了这个什么唐朝穿越指南，可是对这里的'城管'怕怕的啊！好在我没落在那个什么主街道上，不然估计就拖牢里去了。"许诚摇了摇拿在手上的稿纸。

"还真像你说的，要不是若木在，我估计就被那些城管给抓住了。"思源接过许诚的稿纸，也在桃树下坐了下来。这会他才发现许诚铺开了很多吃的。

"你这是要野餐啊！"思源有点无语。

"啊哈哈哈，难得嘛，来到世界闻名的古长安。还是在桃花观里，对着长安一片月，似乎是得拿出薯片和火腿肠嚼嚼，才能不负此行啊！"许诚说着还把一包薯片递给思源。

"呼——"这个时候还那么有雅兴，也只有许诚了吧。不过他说得也对，今夜有月在长安，就好好把握吧。自己折腾了那么一圈还真有点饿了。

"小帅哥呢？"许诚没见到微星，便吃惊地问到。

思源摇了摇头，解释到，微星不管怎么说都是有法力的，所以自己先奔着许诚来了。

"话说，我本来打算在这里一直待到天亮。据这本指南所说，到了早上，坊门会开，到时我们才可以自由活动。唐朝所谓的宵禁还真是麻烦啊！"

"嗯，我们明天一早就得打听出独孤中丞的住宅在何处，此次得速去速回。"思源打开稿纸，仔细看起了穿越指南。

"说实话我都不知道现在在什么坊，你看！这里有地图。"许诚翻到了唐长安的平面图。

只见，棋盘格式，方正布局。

"大雁塔在这里！晋昌坊。"许诚点了点地图上的雁塔。

"我的落地点倒是离大雁塔不远。然后往西穿墙到了主街，遇到了城管。和若木一起逃到了不远处，对街的坊内。那里面是演武场，是军队的地盘。为免被发现又循着你的气息往南到了另一个坊，然后穿墙到了这里。"思源回忆起刚才的经历。手按着图点到了大业坊和昌乐坊。

"被你那么一说，我们现在很有可能就是在大业或者昌乐坊内了。"许诚若有所思，做起了笔记，"目前来说，我们还算安全，出去反而会被城管发现。不如就在这里等小帅哥吧。"

思源也同意许诚的看法，在唐朝还是不要惹出什么乱子来才好。虽然其实自己已经惹出了那么一点点……刚才因为若木的现身，想必已经引起了所谓的"城管部队"骚乱了。

永宁坊

微星醒来的时候，发现自己枕着一堆星盘和刻尺。偌大的厅堂里没有半点人气，看来这里不是民宅。找了一圈不见少主和许公子，很是心急。难道穿越的时候因为时空的精准度不够，导致众人分散了？也是，少主现在才刚刚学会使用小笔来控制时空，有差错是难免的。微星腾空，踩上青苹，想在空中看个究竟。

原来此处是唐代的天文机构——司天台。飘过府邸、坊街，才知道自己落在了离雁塔尚有两个坊区的永宁坊。微星飞到了大雁塔附近，这里有少主的气息。但是显然不久前少主已经离开了。

少主给自己度过灵息，而且是用他的鲜血。那么……对，可以用自己身上的灵契来感应少主所在。微星双手结印，感受到了西南方向涌来的熟悉灵息。

桃花观

许诚和思源在花下吃得正欢，就见花间月下，一璧人从天而降。

许诚看得入迷，直呼相机拍不出，不然可是美透了。不管怎么说，思源可是喜出望外，这样三个人终于齐聚了。而后微星也和两人解释了为什么大家会分散。

"看来还是我学术不精啊，真得好好练练了。"思源拿起小笔，仔细端详了起来。

"哪里，少主已经很有进步了。刚才不是还会穿墙和隐身了吗，这些本事可是无师自通的？"若木安慰着思源。

"哎，也不是，是宋源教我的。"思源嘀咕着，早知道真该让他多教教我怎么活用这狼毫小笔。

"宋源？"许诚有点吃惊，"看来这个宋源还真是个不简单的人物，先是想到了用这个不会腐烂的纸张来写书信，再是有意无意地让那个小飞廉跟着你让你化险为夷，现在看来还不止这些，他还教会你一些基本的防身之术啊。"许诚若有所思地皱了皱眉头，自己对这宋源真是越来越好奇了，有机会真得见一见。

思源一听，觉得许诚说的还真是有些道理，包括那若耶的灵珠，在遇到鬼魅攻击的时候也是自动打开了防护罩。记得之前宋源的确是触碰过这灵珠，难道也是宋源留下的灵力法术，让灵珠可以自动保护我？

　　"不过，既然大家已经到齐了，而且小帅哥也来了，我看我们得挪地方了。"许诚捂嘴笑道，"嘻嘻，大家难道不想夜游唐长安么？"

第一百零五章

若兰如梅酒家胡

"挪地方？"思源不解地看向许诚，"你不是说待在道观更安全么？"

"只有我的时候自然是这样，不过现在有神仙在了，就不一样了。你们倒是游了一圈了，我还没看过长安的夜色呢！"许诚有点不满地嘟起了嘴。

思源不由得一笑，原来这家伙是玩心又起了呀。

许诚自然是看出了思源对自己的嘲笑之意，连忙解释说："不是啊，虽然在花下睡觉也算不错。但我们总得找个落脚的地方吧，比如客栈什么的。根据这个旅游指南，我们可以去崇仁坊找客栈。"许诚津津乐道地说着。

思源倒是露出了担心的神色，"我们并没有唐代的'身份证'。"根据宋朝的经验，思源已经很清楚了，住店需要"身份证"。

"对哦！"许诚露出了恍然大悟的神色，不过显然他马上就找到了解决的办法，转而对微星使起了眼色。"不过没事，我们有小帅哥在嘛！法术一使，就可以瞒天过海了。"

微星没有否认，而是转身对思源微微行礼。"这次我倒是觉得许公子说得有些道理，不管怎么说，在这露天之地是不宜留宿的。少主还是要注意身体，不能感染风寒。我们还是尽快找店投宿为妙。"说完微星便唤来了青苹，众人根据许诚的地图，向北来到了皇城附近的崇仁坊。根据许诚的资料，据说这里是客栈最多的地方。

落地后，果然见到了和刚才那些坊中不一样的景致。此区街上还是比较热闹的，酒楼旅馆不说，还有不少小摊小贩。许诚看到后不禁觉得有些饿了，摸了摸肚子，"不如我们选一家先住下，然后再来尝尝唐朝的美食吧。"

思源和微星自然也是同意的。三人选了一家外面看上去比较正规干净的旅馆。

"不行不行！"许诚突然嚷嚷道。

"怎么了？"思源不解地问。

"虽说大唐是当时的国际大都市，外来人士见怪不怪，但我们这身衣服还是不太方便。小帅哥，不如……"

还没等许诚说完，微星化印一挥，两人身上就穿上了大唐的服饰。

许诚自然甚是满意，整了整行装，做了一个请的手势，引着思源和微星跨入了这家客栈。

只是一进客栈，思源可是吓了一跳。满堂彩绸，金环翠绕，流苏华彩，音音袅袅。没想到这客栈的厅堂是那么富丽堂皇，而且有着歌舞相伴。厅堂内的客人们此时正喝酒赏舞，听曲助兴。

三人刚进门，就有一位衣着鲜艳的女子上前迎接。

"客官可是来听曲的，不如坐下小酌。"那美女媚眼相邀，很是殷勤。

思源似乎有点不好意思，心中还纳闷，我们该不会是走错了吧，走到了风月场所？

"好啊好啊！"没等思源想完，许诚竟然把这邀请接了下来。

思源一个瞪眼，许诚却一眨眼。这黄衣女子将众人领到了一处不错的位子，看舞听乐都十分方便。转身又从酒台取来了白玉酒壶，青玉酒杯。许诚见这器物这般精致，有些爱不释手。

"不是说好先住店的么？怎么来喝酒了？"思源有些无奈。

"呵呵，你不懂了吧，刚才那位美女是酒家胡，自然不能推却。而且说实话我们还没搞清楚唐朝是怎么住店的，乘着在这里喝酒赏乐。我和小帅哥正好去打探打探。看看人家是怎么住店的。这样也不至于被人怀疑。"许诚兴致勃勃地说着，拍了拍微星的肩膀。两人就转去了客栈的柜台。而此时店家也端上了小菜。若木叽叽喳喳地叫了起来，思源倒是没有想到，这青鸾神鸟也是要吃东西的。只是大庭广众地喂鸟吃饭总是不太雅观。

思源正在为难中。突然听到若木一句，"少主，这还不简单。"

话音刚落，只见一个十多岁的白衣少年跑了过来，在自己这桌麻利地坐了下来，还对着思源做了一个鬼脸。

"你是？"思源有点不敢相信，虽然他大致猜到了。但是还是有点……茫然。

少年明眸皓齿，璀然一笑。很显然看到吃的，他的眼睛已经发光了。"少主，我可以吃了吧！"若木不由得咽了一口口水。

不过这会让思源有点不开心的是，怎么连青鸾也能听见我心里在想什么。感觉自己在这群神仙面前真的是彻底透明了。感觉自己被看光光，一点隐私都没有了。

"嗯，吃吧。"思源看着若木大块朵颐的样子，不由得摸了摸他的头。

"嗯——"不过没想到的是若木瞬间脸红了，索性把整个脸都埋在碗里吃了起来。

思源一笑，真没想到在唐朝能有那么温馨的场面。他望了望许诚他们那边。

许诚和微星正仔细观察着住店登记的人，看来两人也大概摸清楚怎么住店了。果然，不一会，许诚就潇洒地来到了饭桌前。

"哈哈这是我们的房间。两间！"许诚晃了晃手上的木牌。

"若兰、如梅。"思源看了看这门牌。

"嘿嘿，你要和谁一间。"许诚不怀好意地笑了笑，这时他才发现桌子边坐了一个陌生的少年。

"当然是我了，我和少主一间！"若木瞪眼看着许诚，两人瞬间大眼瞪小眼起来。

"你！你？你是……"许诚自然很诧异，不过看着这少年那么忠心护主的样子，自然也是猜到了七八分。马上会心一笑。"啊哈！为什么不是个小萝莉呢？"

"哼，色鬼！"若木不开心地撅了撅嘴。

"还是我和少主一间吧，我答应过领主，不能离开少主半步。此地不是宋家店，没有结界，我还是不太放心。"微星坐了下来，开始倒酒搛菜。

"啊！可是！我才不要和这个人一间！"若木听到微星的话后也不是很反对，但是突然想到要和许诚一间房就有些抓狂起来。

"若木，是该你和许公子一间，本来我还担心若是你不现身，许公子就得一人住一间了。既然你已经化为人形了，那么就方便了。这样我们可以分别保护好他们二人。"微星说着，微微一笑，给若木搛了几块肉。

第一百零六章

桂枝芳华念如星

若木撅了撅嘴，一脸不情愿。

"若木乖！"许诚倒是很乐意的样子，还好言安慰起来。

若木见他这样自然更懊恼了，转头一哼。

思源见到他们如此倒是笑了起来，在这大唐的客栈中，有酒而饮，有歌舞助兴。大家如此笑着谈天，似乎就可以把以前的一切都淡化了。只是此时，他闭眼却看到了血腥的画面。思源一惊，手中的酒杯差点坠地，幸好微星观察到了，及时接住了青玉杯。

微星见思源脸色不好，便问道："少主，怎么了？"

思源皱眉，用手按了下隐隐作痛的太阳穴。

"我好像看到白鹿了，他死的时候的场景。他好像……"思源的眼神黯淡了下去，瞬间觉得身子中的力气都被抽走了，血脉不和，手都抬不起来。

"难道你也晕血了？"许诚一紧张，想到了自己手臂和头上的茱萸。赶忙一摸。取下头上那颗平日里看不见的茱萸来。

"不行，给我了，你怎么办？"

"你的锦囊不是落在宋朝了么，既然这样就先用我的，我手臂上还有呢，不碍事。"许诚马上把茱萸塞进了思源的口中。

思源感觉心神慢慢聚拢了起来，瞬间有了些力气。现在终于明白了许诚的苦楚，那种感觉的确可怕，瞬间的无力，感觉自己像是慢慢地被死亡所侵蚀，动弹不得。

太可怕了，一种接近死亡的恐惧感在心间蔓延开来。

大家见思源的脸色渐渐好了起来，便安心不少。微星还是不太放心，便结印帮思源度气。

不过这个时候，有一个人却是格外注意起了思源他们一行人。其实刚才若木出现的瞬间，虽说大部分的客人都正忙着喝酒听曲赏舞。

但还是有一个人从思源他们一进门，就注意到了此队人不同常人。

虽说他们穿着唐朝的服饰，但思源的腰包和许诚的书包，还是让这个酒客觉得他们是外邦人。至于后来若木的凭空出现，自然是让这位翩翩酒客大为吃惊。心想，真想不到，难道让我遇到了高人，亦或是仙缘？还是鬼怪？但看他们的装束和举止似乎又不像是什么旁门左道、魑魅鬼魅。

而此时思源的不适正好给了他上前结交的机会。

于是这位华衣公子便上前行礼，关心地问道："小生见这位客官脸色不佳，不知是否身体有恙？如若不弃，我倒是认识这崇仁坊中的大夫，可以请他夜诊这位公子。"华衣公子探身看去，发现思源的脸色还是有些苍白。

众人见他衣着精致，文质彬彬，以礼相待，便也放下了戒心。

"大夫？太好了！那微星你们把他扶到房里去。我随这位公子一起去请医生！"

微星有些踌躇，但也没有别的办法，看了看思源，还是没有完全恢复。心中也甚是焦急，便点头答允了。

思源此时还是昏昏沉沉的，只记得自己是被微星和若木搀扶上楼的。

而另一边许诚赶忙跟着这位华衣公子出了店门，往主街走去。

"在崇仁坊，最有名的就是华藤了，他住在西区。"这位公子举止优雅，不卑不亢，言辞也颇为得体。

许诚细细打量了一番，觉得他并不像什么可疑的人，便不再多心，跟着他往西边奔去。

"公子！我们初来长安，还不是很熟悉这里。幸好有你相助。不过此时我还不知道公子的姓名。在下许诚，非常感谢你的古道热肠。"许诚边走边做起了自我介绍。脚下生风，转眼间就已经到了医生的屋外。

华衣公子抿嘴一笑，自信的眼神流露在眉宇间，"果然我没有猜错，你们是外来人士。其实我也一样，这次来长安是来看家姐的。"说完他叩响了华大夫的大门。夜色中，屋内的灯亮了起来，照亮了这位翩翩公子的脸，俊秀正气的脸庞。他见华大夫开了里门，便转头安慰许诚不要担心。

夜幕中，充耳莹秀，慧眸如星。

"对了，在下萧存。许兄，叫我伯诚就可以了。"

"伯诚？"许诚喃喃自语道，心想真是巧了，和我的名字同音？亦或是同字？

"事不宜迟，我们快点带大夫过去吧。"

月色皎洁，思源迷迷糊糊地似是来到了一处空地，四周不见他人，唯有一轮明月和一株云木。思源摸了摸还有些隐隐作痛的头，闭眼，却又看到了白鹿惨死的画面。

"不要，不要……"思源痛苦地摇头。

"那是因为他还有未了的心事。"清丽的女声传来。

思源抬头看了看那云木，只见一位绿衣戎装的女子，俏丽地点立在云木枝头。

"绿鬟？你怎么会在这里？不对，是我怎么会在这里？这是哪里？"思源有气无力地说道。他觉得自己的魂魄像是被抽去了大半。

"这是朱颜弓里的世界。看来你遇到了危险，身心受损，所以朱颜才会把你引到这里。"绿鬟并没有看向思源，她依然淡淡地望着那一轮明月。

"朱颜？其实我一直不懂。你和朱颜到底是什么关系。我本来以为你就是朱颜，但现在看来似乎又不是这样。"思源气若游丝地说道。

绿鬟俊美的眼角微微抽动了一下，她终于看向了思源。轻轻地叹了口气，"也罢，总有一天你会知道的。但是答案只能你自己去寻找。既然是朱颜让你进来的，那我必须帮你。"只见她折下云木上的桂枝，轻灵一跃，来到了思源的身侧，扶住了快要倒下的思源，将桂枝放在思源的鼻前。

沁香袭来，思源感觉到有一股灵力在呼唤自己。这股灵力似是在重新聚敛起自己的七魂六魄，这一种香味犹如一支强力的还魂药剂，硬生生地将自己心中的悲伤、恐惧都屏退了。自己此时就似一只迷途知返的羔羊，这个时候倦意更浓，心中的执念终可放下，灵魄浑然入梦。

晓出晨钟百余寺

羔羊……羔羊，这一束馨香如夜中的明珠一般。给予自己最后那一丝慰藉。

思源的眼角划下一滴眼泪。绿鬓轻轻地用丝质的衣袖为他拭去泪水。

"朱颜，也许你是对的。这孩子就如那一直绷紧的弓弦一般，他一直没有原谅自己，没有放弃心中的那一股执念。"绿鬓的嘴角微扬，这位少主真的很善良。

他自己心中的执念是源于那次弑杀，对于白鹿的死他一直自责不已。在这些日日夜夜，应该都没有放下过这种自责。没有真正地让灵魂安定下来。

"只是，似乎也并不是那么简单。"另一个声音传了过来。

"哦?"绿鬓轻轻地放下思源，"让他好好歇一歇吧，再这样下去，他的灵魂和灵息可都承受不住了。"

"嗯，其实不只他有了这种感应，那位同行的许公子也一样。

他们都看到了白鹿死去的场景。"声音再次传来。

"那么，你的意思是？"绿鬓突然像是想到了什么，有些不敢相信地转身看向身后的男子。

"不错，是白鹿残留的灵息发给他们的讯息。也许，就如你说的吧，白鹿有什么未了的心愿，而他们是白鹿最后选中的传递遗愿的人。"黄衣男子的脸色有些凝重。

"这孩子这几天已经承受太多，先让他好好休养吧。"绿鬓温柔的眼神中有着些许的无奈。

"正是如此，所以我才会让你用桂枝。"

"一只羊，两只羊，三只羊。小源，你看，这夜空中的星星，都陪着你。所以你不用害怕，他们都陪伴着你，安心地睡去吧。"

"嗯，一只羊，两只羊，三只羊……他们就在那里，他们都不曾离开我。妈妈说得对，一定就在那里。我并不孤单，我不会忘记他们。"

思源在梦中的梦中，在妈妈的那首数羊歌中，终于安心地睡去了。

"咚——咚——咚。"

晓出晨钟，徐徐在耳。响彻长安，坊坊相闻。远近相交，不绝于耳。

这是？思源从睡梦中醒来，揉了揉惺忪的睡眼。

还没等他起身，许诚就马上端上来一碗中药。

"哎，真是担心死我了。快把药喝了。"说完，许诚就要给思源灌进去。

"咳咳咳！你别那么急，我会喝的。"思源赶忙接过药碗。

"真是的，还好有这位萧公子，请来了华大夫，给你施针和配药，这药也是萧公子特意去华大夫家取的。大夫说你是气血两虚，得多补补。"许诚一脸的说教样。

思源这才发现，屋里多了一位陌生男子。文质彬彬的样子，此时正对着自己行礼。

"这是萧存，字伯诚。"许诚赶忙介绍到。

思源端着药碗只能点头示意，"哦，你好，我是宋思源。"

而此时窗外的钟声依旧，思源看向窗外，思绪似乎被拉得很远。

忽然想起，现在是在长安啊。

"你也吓了一跳吧，这是长安的钟鼓报晓。所谓的暮鼓晨钟啊，刚才和萧公子请教了。冬夜五更三点，夏夜五更二点，太极宫正门承天门的城楼上，第一声报晓鼓就会敲响，然后各条南北向大街上的鼓楼依次跟进。随着鼓声自内而外一波波传开，皇宫的各大门，朝廷办公区（皇城）的各大门，各个里坊的坊门，也都会依次开启。同时，城内一百几十所寺庙，也会撞响晨钟。你看，大唐就是高大上，我们这次来光是听这钟鼓都是够新鲜了。"许诚一脸陶醉的样子。

思源听着这钟鼓声，倒是觉得心中安宁了不少。

"我昨天就看出诸位是外来人士。对长安想来还不是很熟悉。"萧存倒是很谦谦有礼，"现在报钟已经响过一轮。想来街上的早市已经开了。云岭，去街上买几个胡饼来。"萧存对着屋外的仆人吩咐道。

不一会，云岭就送来了五个香喷喷的芝麻胡饼。

本来以为最开心的人会是许诚，没想到，第一个扑上去的是若木。一抓就是两个，不过他刚想送入口，就想到了什么，赶忙把其中一个胡饼递给了思源。

"谢谢。"思源刚喝完药，正好觉得口苦。香喷喷的芝麻酥饼正合胃口。

"对了，告诉你一个特大的好消息。昨天我和萧公子说了此次来长安的目的。巧的是他说他们家和独孤家可谓世交，所以愿意和我们一起去独孤府，帮着引荐。"许诚啃着胡饼，大呼好吃，不过他不忘给众人倒水。

听到这个消息思源自然很是开心。这样一来省去了很多麻烦，本来还不知道独孤府在哪里呢，正想着让若木去打听。

"宋公子身体可好些了？因为我听许兄说，你们颇为赶时间。今日我正好无事，倒是可以陪你们去独孤府走一趟。"

"嗯，好多了。"思源喝了一口许诚递过来的水。

于是众人便决定今日就去独孤府直取宝物。

思源一行四人打点好后，随着萧存一起乘车赶赴独孤府。许诚看着长安的地图，研究了半天。拍着地图对思源说："伯诚说的，独孤府是在靖安坊，倒是离我们初到长安的地方不远哦。"

"哦?"思源一看，的确如此。

"不错，大雁塔所在的晋昌坊，若木降落的是安善坊，还有找到许诚的桃花观所在地大业坊。都离靖安坊不远。"思源用手点了点这三处。

"看来真是瞎猫碰到死耗子啊。那个时候我们选大雁塔也只是因为觉得它是古代和现代都存在的坐标。"许诚又开始在本子上疯狂地做起了笔记，开启学霸模式。

"我那个时候落到了永宁坊。"微星补充到。

"看来以后我们还真的要小心了，这次还算好运，大家都没有遇到什么危险。以后我们还是得准备好护身的法宝和联络的方法。"思源看了看微星，想着他能不能制作些灵符什么的来解决这个问题。

"哎，是啊，手机在古代又不能用。嘿嘿，难不成要搞一个和劳拉一样的无线电！"许诚瞬间又来劲了。

　　"这个倒是不难。这次回去我和羽沐清商量一下。"微星嘟了嘟嘴，无奈地看了看许诚。

　　思源看着许诚那副满足的样子，猜想着他一回去一定又得买几个无线电通话器来捣鼓了。

第一百零八章

风信独步华一片

赶到靖安坊的独孤府，将来意报明，却被告知小姐今日去了乐游原附近的灵感寺。

"灵感寺?"萧存若有所思。

"乐游原?"许诚显然和萧存的关注点不太一样。

"就是李商隐的那个乐游原?"许诚一脸的兴奋。

不过被他那么一说，思源也是记起来了。那首"夕阳无限好，只是近黄昏"，好像就叫乐游原。不过看到萧存不解的眼神后，思源赶忙拉过许诚在耳边低语："这个时候应该还没有李商隐呢!"

"哦! 对!"许诚一捂嘴巴，马上噤声。

萧存有些拿不定注意，便问思源等人是在府中继续等，还是赶去乐游原灵感寺。

"当然是去灵感寺了!"许诚脱口而出。

"嗯，我们赶时间。乐游原离此地可远?"思源也想尽快找到独孤小姐。

"此处是靖安坊，赶过去也不算太远。今日风和日丽，去乐游原踏青的确是不错的选择。"萧存温柔地笑着说。"既然如此，不如我们即刻就出发。"

春日的长安，一派祥和。春光融融，街上一些贵族的穿着也是颇为应节气。正所谓，一年春色道好，尽在长安街角。

"最是一年春好处，绝胜烟柳满皇都。我倒还是喜欢下雨啊！"许诚自言自语起来。

萧存听得妙句，不由得投以欣赏的眼光。

许诚自然是不好意思起来，赶忙摆手说道："这个……不是我的诗句啦！"

这乐游原就在城南，确是离靖安坊不远。据说是唐代长安城内地势最高之处。起始于汉宣帝立乐游庙，又名乐游苑。登上它可鸟瞰长安城，想来是赏景佳地。而今春色正浓，来登高望远，踏青赏花的人自然不少。快到乐游原，就已见得那排列停靠的马车了。

"想来人潮拥挤，我们只能在这里下车系马了。"萧存起身掀开帘子，第一个下了马车。

许诚和思源紧随其后。

"少主，此处花多，你可要当心佩珠地仙所说的花劫啊！"若木小声嘀咕道。

众人直接往灵感寺行去，暖风带着花香四溢，倒是让人觉得有些迷醉和春困。

踏进灵感寺，没有想到铺陈在眼前的竟然也是一条花道。

"这里？"思源没有想到这佛寺之中竟然也会花海如林。

"灵感寺的梨花可是远近闻名的。如今正是赏花时节。"萧存解释道，一阵清风，雪白的花吹雪扑面而来。

刚才有些嘈杂的人声已然远去，此处赏花之人都是安静地伫立或信步。

　　"忽如一夜春风来，千树万树梨花开。"许诚已然有些痴迷了，"我就说么，没有来错。"此时他的语调很轻，像是不敢去打扰这一片雪白的菲林一般。

　　"许兄喜欢太白的诗啊。"萧存莞尔一笑，头冠上的青头带迎风而动。

　　"许兄？"萧存不解。

　　"呵呵，萧公子别理他，他有的时候就会这样发痴，白……痴。"若木笑着说，然后不屑地做了个鬼脸。但转而看向这晕染于心间的梨花白雪，若木稚气的脸上也是露出一副陶醉的样子。

　　风起，若木不由得想跟着风一起追逐那花雨。粗粗一看，不远处似乎有着一棵颇大的梨树。于是便随风而行，奔向那梨树。

　　"若木？"思源看若木一脸玩心四起的样子，怕他跑远，便跟了过去。

　　越走越深，渐渐地发现脚下踏的就是梨花花瓣铺就的小径了。

　　"嗯……"思源感叹这花径，又有点不忍心去踩。

　　但若木还是自顾自地往前跑去，思源只能快步跟上。不一会，只见前面人影簇簇，纷纷立于一株开得甚艳的古梨树下。思源正觉得好奇，却见若木往另一个小径跑去。

　　"若木？"思源正要跑上那小坡上的小径，迎面却是一阵花风袭来，一片香沁擦过眉际，飘落在肩头。思源不禁回头，因为所站之处地势较高，看清楚了人群簇拥的中心，原来有人正在那大梨树下设案、研墨、敬香。

　　"独孤月出？"不知道为什么，思源觉得案前那位小姐应该就是独孤月出。

"少主?"若木倒是回来了，踮起脚也想看个究竟。而此时却见，人群散开，萧存和许诚走了进去。

"少主，找到独孤小姐了，萧公子邀你一起过去。"与此同时，微星赶到两人身边传话。

三人穿过熙熙攘攘的人群，梨花树下，胡床铺就。上有桌案两张，笔墨纸砚铺就，只见一妙龄女子正准备焚香祝祷。

另见一个侍女抱来一把素雅的古琴，放在了插香的案上。

"独孤小姐要弹琴了?"

"哇，太好了!"

"真是没想到，今天能有这样的耳福。"

周边的人开始议论纷纷。

思源心中想到：那天的确听说独孤小姐善乐，没想到那么出名。

正想间，又是一阵花雨袭来，几瓣梨花落于那素雅的琴上。

"这就是雷氏所斫的那把名琴?"

隐隐约约中，思源听到周边人的话语。

"思源!"是许诚的声音。

只见他一脸的坏笑，点了点自己身后。

顺方向看去。一位锦衣女子，正在花下焚香祈愿。

思源走近了一些，只见她身着珊瑚色的衣衫，花彩碧玉点缀在垂云髻上。背影已然如斯，真不敢想象真容会是如何。

"你跑哪里去了？据说这梨花林中接连几天夜里都有人被托梦，说有花仙想要闻得天上曲。于是灵感寺的住持便请来了抚琴高手独孤小姐。然后，京城中的一众仰慕者也闻风而来了。所以今天特别热闹。"许诚边说边发出啧啧的赞叹，"还好没等在府里，这热闹凑上了真是划算。"

"微星，你看看究竟是怎么回事?"说到这些仙灵之事，微星自然是在行之人，思源和微星对了一个眼色。

"少主，现在他们已经在祝祷。如果僧人所说属实，只需孤独小姐奏乐应该就会稳定此地灵息。"微星如实禀告。

"灵息不稳？那岂不是和若耶一样。"思源一惊。

"那倒也没有如此严重。我们静观其变即可。"

"好吧。"

焚香祷告完毕，独孤月出转身，明媚的颜色就如这春色般灼灼。鬓角上的黄色贴花，娇小可人，红色的耳珰在雪肌的映衬下娇艳明晃。只是当她看到了萧存、思源等人，便有些不解地看向住持。

第一百零九章

情之所系江南珰

"独孤施主，这位是萧颖士的公子，今日据说是有你父亲的手书，前来求助。"住持解释道。

"萧颖士？你就是那位学富五车的文元先生之子？"独孤月出细细打量了萧存一番。父亲的手书？难不成？独孤月出秀美的脸上此时竟然生出一股愠意。定是爹爹又自作主张了，硬是要制造什么邂逅不成。

不过她很快就控制住了自己的神色，微笑着还礼。虽然周遭的人都没有看出来，但独孤月出的这一个小小的情绪却没有逃过思源的眼睛。

"既然小姐是受住持所托，那也不好打扰。两位请继续祝祷吧。"萧存其实也是久闻独孤月出的指法出神入化，更是得到了雷氏专门为她制琴的殊荣。今日一来，正好可以有幸一见。

独孤月出向众人行礼，缓缓走到了胡床上，端坐于琴前。指尖触及之间，音色如落玉清响一般，透入心扉。

碧玉落成，琴音如歌。但此曲却不尽婉约，后段反而铿锵有力，振振有声。独孤月出的指法，根本无法尽数看清。葱葱玉指，在红色的琴木上如风点水，迅捷如行，拨弹跨区，行云流水。多个高阶音调间的转换并无任何生涩之感，起和也是婉转自如。思源不禁感叹，指法技艺果然是出神入化。

一曲已毕。

在场之人都大为赞叹。

微星却在旁边摇了摇头。

"怎么了？没有成功。"思源似是明白了微星的意思。

"琴姬流云髻，未插江南珰。"微星有些遗憾地说道。

"嗯？什么意思。难道独孤小姐的琴声还不能感动花神？"思源追问到。

但此时，两人的对话，显然也已经被独孤月出、萧存和住持等人听到了。

"你们此话为何意？如果小姐的琴音都不能打动花神。难道你们可以？"独孤月出的侍女听后自然是一脸的不平。

"施主？难道……"

思源赶忙解释道："我们并不是这个意思，只是些许感受到了此地的灵息还是不够稳定充沛。"

独孤月出看了看微星，发现他身上配有玉笛，难道真是懂乐理之人。

"看来公子也是通晓乐理之人。月出不才，还请赐教。"

微星隐隐一笑，有些高傲地说道："刚才的诗句不是已经指明了吗？姑娘你的琴技无可厚非，但却缺少了一抹点睛之笔。"

"哦？那公子所说的江南珰到底是指……"独孤月出倒是也有些不服气起来。

"琴音似水，华彩乐章。譬如古曲，情之所钟，情有独钟。"

微星娓娓道来。

的确，思源听过微星的演奏，玉笛不用多说，那日的破阵之曲，也是首首弹入心扉。要说独孤月出和微星之间的差距，似乎就是差在这心间呼之欲出的那一种感觉。

"情！"思源默默地念出了这一个字。

不错，独孤月出的弹奏，多少有些浮躁之气。当然这多半与她刚才的愠怒有关。思源微微一笑，也是猜出了大半。

"琴？"独孤月出不懂，把思源的"情"字误听为了琴字。

"胡说什么啊？这琴可是蜀中雷氏特地为小姐而斫的。"

"那又如何，此琴是不差，但比之春雷，还是逊色不少。"微星继续说道，脸上自信的笑容只增未减。

"春雷！"独孤月出一脸的惊讶，春雷可以说是雷氏琴中之冠。但春雷是皇家的秘藏，一般的琴师是根本无法触及的。独孤月出又细细打量了微星和思源一番。发现此二人果然气质不凡，不同于常人。转而又想起刚才住持所说的，他们是父亲引荐过来的，还有家父的亲笔书信。难道，真的是身份特殊之人？

春雷？不过此时，思源听到微星所说的这个名字，也是大为吃惊。如果没记错的话，春雷就是在若耶水韵之中那把古琴吧！

"不错，万琴殿中排名第一的雷氏名琴，春雷。"微星再次补充到。

万琴殿？排名第一？信息量太多，思源一下子整理不过来。明明是在水韵的古琴，怎么会是万琴殿，另外万琴殿又是什么？

"少主！万琴殿是宋朝皇宫的藏琴之处，不过春雷的确是唐朝的第一名琴。"若木读出了思源心中的疑问，赶忙解释到。

"呼——原来如此，没想到那个时候听到的宫商角徵羽的五调曲子竟然出自天下第一名琴啊！"许诚闻得若木的话后大呼起来，显然他对春雷也是心有余念的。

思源赶忙对着许诚使眼色，但显然许诚的这些话旁人都已经听得清清楚楚。

"春雷?"

"是啊！他说春雷！"

"那可是只有皇家典礼上才可以用的琴啊！"

"他说他听过春雷演奏的五调曲子啊！"

周边顿时炸开了锅。

独孤月出定了定神，秀美的脸上有些许担忧。是的，如若他们说的是真的，那么此行人的身份就可想而知了。看来不是可以怠慢之人。

"不错，我这把'玉振'虽然也是雷氏所制，但的确不可和春雷相比。其实小女也有幸在去年的盛典上远远地听得过春雷的妙音。这位公子竟然听过五曲，实乃羡慕啊。"独孤月出对思源等人再次行礼，"若是有朝一日可以抚琴春雷，那也余愿足矣。"

思源赶忙回礼。而此时萧存也是颇为震惊，虽然早就知道思源他们不是寻常之人。

"春雷的确是琴中极品，然小姐的演奏所欠缺的并不在琴，而是在情。情系于弦，方能感天动地。此地仙灵受到了情念之欲所扰，故会显灵向住持求助。但如小姐这般的演奏，是无法感动地灵、拔除怨气的。"微星凌然立于人群中，风吹青袖，仙风隐隐。

此番话语倒是让青龙寺的住持大感吃惊。此次祝祷的源头，的确是地灵显灵，求用天音拔除怨气。但这件事自己从来没有和外人提及过，哪怕是被请来的独孤小姐都不甚清楚。灵感寺对外也只是宣传花神需要祝祷而已。事到如今，看来已经是无法隐瞒了。

"施主！"住持赶忙上前，双手合十，"贫道无一。按施主所说，难道独孤小姐的琴音并没有拔除怨念?"

式微式微胡不归

"不错!"

"那依施主之见？该如何才可以平息此地的怨灵？"

"怨灵？"独孤月出一脸的不解。

"实不相瞒，独孤施主，老衲之前有所顾虑，其实此次请你前来是为了拔除此地的怨灵。近日花神显灵求助，表示被怨灵侵蚀，需要用天音打动怨灵方可保护此地不再受侵蚀。"无一法师无奈地解释道。

"这……也不能怪大师，大师定是有自己的难处。"独孤月出温柔的笑靥让众人都宽慰了不少。

"依施主之见，这样的琴音还不能打动怨灵，难道真的非要请来春雷琴不可？"住持追问到。

微星清丽一笑，玉面留情，和思源对了一个眼色。

思源点了点头，心中对着微星说道：这忙我们还是得帮的，博得独孤小姐的好感，后面的事情才可以顺理成章。

微星读懂了思源的心意，便潇洒地转身，行至梨花树下，对着树根一阵细看。很快，自信的笑容便浮上脸庞。

"哼，原来如此，倒也不难。"

微星回到众人身边，对着众人说道："此次拔除看来只靠独孤小姐是难以完成了。不如由我同行的两位公子来试上一试。"说完便轻轻一跃，直上胡床。五指快速琴上一扫，声动四彻。《雉朝飞》的一段清音缓缓传来。

众人听得痴迷，独孤月出此时也是不禁沉醉其中。世上竟然会有如此佳音！刚才自己实在是班门弄斧了。

"果然好琴，清澈如水，玉响轻吟。独孤小姐，此琴会得以传世的。"

独孤月出此时一脸的羞愧，但又不知该如何应答，只能鞠躬回礼。

"可惜，这次拔除不能只靠我来完成。少主，许公子，必须由你们相助。"

"诶！！！"许诚大声叫道，"不行不行，我虽然不是音痴，但对古琴真的是一窍不通。"许诚赶忙后退三步，一脸不愿意。

"少主，你们且过来，我细细和你们说。"微星倒是一脸的淡然，有些无奈地看向许诚，"许公子，真的是非你不可啊！"

思源很久没见到微星这样了，除了和清伊在一起的时候会如此。这些日子里，微星一直严肃寡言，今日见他如此，心中也很是高兴，看来音乐的确是他之所喜。

许诚无奈地被思源拉到了胡床上。

"到底怎么回事啊，小帅哥？你也知道的，我是很喜欢出风头，但这方面真的是会出洋相的啊。"

思源看他这样子忍不住笑了起来。

"没有办法，这个怨灵思念的是两个人，所以必须有两人来完成这次音乐的祝祷。"微星不乐意地说，"你以为我想请你啊。"

"两人，那你和思源不就得了啊！还扯上我干嘛。"

"我不行，我是仙。祝祷要由人来完成。还有，不可以只用曲子，要唱！"微星对着两人的耳朵轻轻说道。

"诶？唱歌？这个我倒是会！不过，得唱什么歌啊！"许诚一听唱歌来了兴致，看着他那星星眼，思源非常怀疑他就是那种传说中的麦霸。

"你们的歌！最好是情歌！合着这春色的情歌！"微星摇头苦笑起来。

"诶？情歌！难不成这怨灵是思念心上人。"思源看了看那梨花树，一阵春风袭来，又是几番醉意。

"其实没有那么简单。现在也和你们解释不清楚。式微式微，胡不归！我可以听到他的哀怨。他所念之人有两人。所以需要找如许公子一般的两位俊朗青年方可破解此念。"微星意味深长地笑着做了一个请的手势。

许诚的眼珠子左右一转，托腮细思，觉得也没有办法。便答允了。

只是唱什么歌，他是毫无头绪，于是对思源投以无奈的眼光。

"式微式微，胡不归。"思源轻轻吟到，"这句诗我知道，是出自诗经。不如……"思源突然想到了什么，走到了旁边的桌案旁，盘膝而坐，取出小笔，在放好的宣纸上行笔起书。许诚觉得好奇，便走过去细看。

只见思源落笔成词，洋洋洒洒已经两段了。

"这是歌词？"许诚像是看出了个大概。

"不错。"

许诚乍一看，发现这歌词古风现代结合，有点类似现代流行的中国风。

"这是你写的?"

"嗯,我以前帮一位搞音乐的朋友写过歌词。说来也巧,这歌的灵感就是来自'式微式微,胡不归!'所以我想不妨一试。"说话间,思源已经写好了词。

"可是乐谱你有么?没乐谱怎么弹奏啊?"许诚不解。

"这个不难。"微星一脸不置可否的表情。

的确,许诚并不知道宋家的守护仙灵都可以读出思源心中所想。

"只要少主记忆深处有这一首曲子的相关回忆,我就可以提取出来。"微星凝神聚气,微微蹙眉,寻找着思源回忆中的线索。

"在这里!"微星闭眼微笑起来,"嗯,如果是这首歌的话兴许真的可以。"

独孤月出此时不太清楚他们在做些什么,一脸疑惑地看向萧存。

"萧公子,你是否知道他们究竟是何来历?"独孤月出鼓起勇气问道,娇羞的小脸上还有些许的歉意。想来刚才对这位萧公子有所误解,以为又是父亲的刻意安排,现在看来似乎并不是如此。

"实不相瞒,萧某也是昨夜才遇到他们。只是他们的确不是什么凡夫俗子。正是因为一些奇异的经历才让我对他们颇为好奇,没想到今日又可以大开眼界。独孤小姐不妨也静观其变。"萧存颇有兴致地看着思源他们,他自然是相信他们不会让自己失望。

微星心中默诵这曲谱,指法轻试。便渐渐地将思源脑中的现代曲谱活现在了这古琴"玉振"之上。

"对,就是这个曲调。"思源一听,很是惊喜,听到这久违的乐曲，也是别有一番滋味。

"可是我不会唱啊！"许诚再次表示抗议。

"仔细听一次我的弹奏。"微星拨动琴弦，余音袅袅。那琴声直冲许诚，似有一股琴气萦绕在许诚身周。许诚瞬间觉得心中已经有了此曲此调，已然熟识歌词，脱口可吟。

原来微星用法术瞬间帮助两人习得了此曲。

"开始吧！"微星缓缓弹出前奏，春色妖娆不仅在眼前，也弥漫在指尖。层层扩散开来，惹着众人一片迷醉。

"死就死了，豁出去了，不就是唱一首歌嘛！"许诚拍拍自己的胸脯，"我说，小帅哥，你能不能变出现代的那种电子配乐在我耳畔啊，让我入戏点。"

"这个主意倒是不错。"思源应和着，充满期待地看向微星。

微星嫣然一笑，玉面玲珑，"你们也太小看我了吧。好吧，就按照少主脑海中的原编曲所奏吧。"霎时间，波涛翻涌，琴音似诉，鸟语花香，铃声琼佩。不似只有单一的古琴之音，的确是一点都不逊于现代的编曲配乐之声。曲飘还香，似有百官奏乐。

"嗯嗯，有点感觉了。"思源和许诚相视一笑，许诚赶忙拿起案上的毛笔当做话筒，唱了起来。

你总是拨动我心弦
你总是转眼爱成诗
你总是淡然地偷偷望着我
望着那欢声笑语中，望着那甜蜜的笑容
你满足的眼神如花似火
转眼间我们已经相识，相识在那朦胧季节
我依然等那燕子声过，只为求你一丝留恋。

思源看着许诚那么投入，也用小笔当做话筒接上，

清风吹 花正浓 子不归 唤不回 我和你 在一起 比翼双飞
这种爱恋感觉 已经宣告无解
与你摘星揽月
与你把酒言欢
与你相恋无间的畅快
我愿用此余生
换你一生笑颜。

此时周遭的人已经听得有些反应不过来，的确，这曲子是流行乐风格，虽然歌词有些中国风，但是对于大唐的在场诸位来说，实在是从未听过如此的歌乐。

虽然陌生，但众人却觉得这歌乐确实好听，而且朗朗上口，颇为有趣。很多人跟着旋律的抑扬顿挫，开始点头顿足。

思源和许诚见大家反响不错，便一起合唱起来：

我愿把你采下 戴在胸前共游
咫尺天涯又有那何干 一起闯 眼泪也能成双

你总说来日情长长

你总说梅子正可摘

你总说执手与我永作伴

你总说花语不堪猜

你总说浓情不会再

你总说要我陪你共盼盼。

相比于许诚的热情奔放的台风，思源是要腼腆很多。而此时若木大声鼓掌，"好棒！少主最帅了！"

只是这个现代的喝彩法，显然唐朝人并不太熟悉。不过此时底下观众也是议论纷纷，交相称奇。

"Bravo！"许诚沉醉其中，最后自己大声喝彩起来，"呵呵，小帅哥，要不要安可一曲啊！"

正说间，一阵强风袭来，梨花纷飞。飞花飘落髻边。独孤月出轻轻拈下花瓣。清风吹，花正浓，子不归，唤不回。心中默念刚才二子唱出的歌词。

所谓的情，就是这种感觉么？渲染到听者心中。那位执琴之人的指法大气清灵，老到空幽。真是比自己高出了不知几层。

微星听得了独孤月出的心中之语，笑而起身。

"微星不才，只是比小姐多经历过一些世事沧桑罢了。"清澈俊美的眼神中平静如水。

"公子所说的情字，的确是月出的不足之处，欠缺了那用心之情。"独孤月出的脸上难掩羞涩，想到自己刚才的些许无礼，还是有些尴尬。

"独孤小姐在如此的豆蔻年华，就能知音识乐。你的音乐造诣早已是国中翘楚，不是我等所能触及的。相信小姐随着年岁的增长，自然会情随心动，自然流露。"思源温柔说道，的确拿独孤月出和微星比，多少有些不公平。微星学乐御琴起码已经好几百年了。

"是啊，小姐以后有了心上人，也许就会明白我们这情歌中的意思了！"许诚打趣道。

思源马上拧了下他的胳膊。

"哎哟！"许诚一脸的无辜样，"干什么呀？"

"这可是古代，不可以随便对未出嫁的女子说这些。"

"哦。对！不过这是唐朝啊！应该总比宋朝什么的开放点吧。"

"你悠着点好不，我们还有求于她呢！"

"好好好……"

见两人嘀嘀咕咕，萧存马上接话，"那么此地的怨灵是否已经拔除了？"

微星闭眼掐指一算。摇了摇头，说道："思念不止，情不以终。少主，你用小笔和他对话吧。"

"嗯？"思源正在和许诚讨论刚才那首歌的名字。

虽然有些惊讶，但还是照做。思源拿起狼毫小笔，接着刚才的歌词想要起笔。

花雨适时地再起，思源刚刚把灵息注入小笔，就听闻一段靡靡之音。

似诗似歌。

野有蔓草，零露漙兮。

于是赶忙在纸上写了下来。

独孤月出也觉得好奇，不由上前一看。

"这？"独孤小姐好似明白此句。

思源转头，一阵暗香袭来。刚才没有和独孤月出靠得那么近，此时她的灵眉杏眼宛在眼前，婉转曲波。

独孤月出一惊，赶忙后退了几步。

萧存见状也上了胡床，一看此句，也是一脸惊讶的表情。

"野有蔓草，零露漙兮。有美一人，清扬婉兮。"萧存读出了下面该有的诗句。

思源和许诚也反应过来。

"这是诗经中的诗句。"萧存解释着。

"邂逅相遇，适我愿兮。"独孤月出继续读到。

"果然是情诗。"思源默念着。刚才那首《式微式微》再加上这首《野有蔓草》，看来这里的执念是和情爱有关。

"难道是佳人不再？心有戚戚。思而不得，心生怨念。小帅哥，你刚才不是说这地仙思念的是两个人。难道还是齐人之福不成？"许诚兴致勃勃地问到。

微星闭眼一笑，再次摇了摇头。

而此时思源的笔尖又不由自主地动了起来："日隐月现，林蔓之间。"

萧存看后在思源的耳边轻声说道："看来像是邀约我们在夜间相会。"

"嗯？萧公子的意思是？"

"现在人多繁杂，想来地仙也不能倾吐心事。此句应该是邀我们待到夜幕降临之时，再相会于这林间。"萧存锁眉说出了自己的想法。

思源看到了微星默许的神色，便和住持讨论了这夜中再会之事。

主持虽然担心思源等人的安危，但无奈当下也没有更好的法子，便也应允了。于是对外宣称，祝祷已经完成，人群随着独孤小姐的信步入佛寺也就慢慢散去了。

露
染
裙
袜
幻
境
中

"这位公子。"独孤月出赶上了思源等人的脚步。

"小生姓宋。"

"哦,宋公子。月出有个不情之请,希望晚上也可以让我同往。"独孤小姐脸色绯红,气息有些急促,追过来的时候想来是比较急促。

"这?"思源有些犹豫。

"小姐,这怎么行,多危险啊,而且入夜后会宵禁的。"侍女听到后也大为吃惊。

"住持,还请答应小女的请求。一来可以学到更多有关琴音之事,二来我觉得这怨灵的诗词似是与自己有关。"独孤月出再次拜谢住持恳求道。

"日隐月现,月出!"萧存突然像是想到了什么,也作揖请求,"宋公子、方丈,萧存倒是觉得独孤小姐说得颇有道理,不妨一试,也让她前去。"

微星会心一笑，"也罢，既为有缘人，就同行吧。说不定真有宿缘。"

笑靥在独孤月出的脸上绽放，思源、萧存和许诚，不禁侧目。花容月貌，春浓染香，情愫也似这三月的春风，微醺在心田。

待到夜间，日隐月出，梨树林中弥漫着一阵阵雾气。众人在住持的带领下，拨开夜色的迷雾，行在林荫小道上。

"大师，有一件事情，小生一直未明。想来京城中懂音律之人颇多，技艺高超的宫中乐师也不少。大师为什么会偏偏邀请独孤小姐呢？"萧存对无一住持行礼问到。

萧存觉得就算独孤小姐技冠京城，但青龙寺去请一位还未出阁的少女多少还是有些出人意料。

"阿弥陀佛。"无一住持觉得事到如今，还不如和盘托出。便告知了众人，其实是梨树林中的仙灵点名要独孤小姐前来的。

思源和许诚一惊，看来此事没有他们想得那么简单。赶忙询问微星，两人都开始担忧起独孤月出的安危来。

"这么说来那怨气说不定就是冲着独孤小姐来的！小帅哥，你是不是得给独孤小姐施点什么法术来着，万一……"

微星望了望那充盈的月色，淡淡地一笑，凤眼微垂，"放心吧，他不会伤害人的。"

不知道为什么，思源觉得微星的眼中有一种怜惜。

"可是……"许诚还欲说，却被思源拉走了。

"要相信微星，而且，你也不想想，独孤小姐带着那个！"

思源伸手点了点独孤小姐的发髻。

许诚应着思源的声音看去，只见独孤小姐已经把日间的流云髻挽起，连绵的双环髻让她看起来更加娇小可人。而白日里那繁华的头饰也摘去了大半，只在偏髻上插了一只素玉般的玲珑发簪。那乳白色精致的发簪在月色下更显得清丽淡雅。

思源和萧存也有些看得出神，这种柔美和白天看到的可说完全是两种感觉。

月出皎兮，佼人僚兮。萧存不禁在心中默念，独孤月出，人如其名。

"哦，带着这个宝物，看来是不会有事了。"还是许诚打破了两人的沉寂。

众人继续随着月色走向那最大的梨树。

月下的林间，听不到一声鸟鸣。步履触及之处，只觉得寒意孤寂。花上的露水偶有滴落，带着梨花的微甜。

花露依旧，心却微凉。思源心中泛起了一种遗憾惆怅之味。

快要行至树下，却遇得一阵晚风。花雨花香随着林中的浓雾吹面而来。

闭眼间，思源像是看到了那梨树上倚立的人影。

思源加快脚步，快步奔到了梨树下，却发现了无人烟。失望地回头，想对身后的同伴诉说刚才所见，却不见一人。这？难道是我走得太快？思源绕着梨树行了一圈，却还是不见他人。而此时雾气也更加浓郁了，思源仔细观察周围，慢慢地发现一些异常。刚才一路过来的时候，似乎没有看到那么多低矮的灌木。这是怎么回事？

难道？我又……思源紧张起来，一摸胸口的小笔，还在！

而此时听到悉悉索索的风吹草动，似是有脚步声。

绣鞋踩上落地的树枝，沾染了夜间露水的裙摆和袜套，月色下一张柔美的脸庞隐现在树间。

"独孤小姐？"

独孤月出此时已经颇为慌张，闻得有人叫唤，不由得一惊。看到是思源后，长吁一口气，赶忙快步跑了过来。

"宋公子!"月出秀美的脸上难掩惊慌之色。

"其他人呢?"思源问道。

独孤月出摇了摇头,"刚才那阵风过后,就只剩我一人了,喊了很久,也不见有人回应。独自一人难免害怕,看到了这棵梨树,于是就过来看看,我想大家可能会在梨花树下。"

"原来如此,不过据我推断,我们应该到了别的地方。"思源继续仔细观察四周,越看越觉得不对劲。

"别的地方?你是说我们进入了幻境什么的?可是这棵梨树不是还在这里么?"独孤月出指了指梨树。

"幻境?"思源恍然大悟,本来自己倒是没有想到,只以为又穿越了。但独孤月出也在,那就说明不是小笔引起的穿越。因为自己记得如若要带人穿越,必须得在半丈之内。而独孤月出刚才明明离自己很远。于是点头回道,"这么说来也有道理。"

独孤小姐一听,倒是吓到了,有些花容失色。但很快又镇定了下来。"那可如何是好啊?"

"小姐不用担心,但凡幻境都应该有破解之法。而且你我都有法器护身。妖魅应该伤不到我们。"思源细心安慰到。

"法器?我并没有啊……"独孤月出一脸的不解。

"哦,都在我身上。"为免独孤月出起疑,思源赶忙解释道。

"宋公子果然不是常人!"独孤月出的眼中流露出赞许的神色。

而此时,两人同时听到了北面的树林里传来了清幽的琴声。虽说在这样的情境下,应该感到害怕才是,但这琴声着实好听,曲调也颇为精妙。听得独孤月出有些抑制不住好奇心。

心细的思源自然是看出了独孤小姐的心思,而且自己也觉得这琴音颇为奇妙,便提议去一探究竟。

第一百一十三章

秋水晕染夏袖间

琴音迷离，两人慢步靠近。拨开蔓草，只见一琴案，却未见奏琴之人。

一支清香熏点在古琴之侧，思源和月出觉得颇为奇怪，便上前查看。独孤月出手抚古琴，翻看斫文。

却见"清扬"二字。而铭文旁边又刻有小字："侧帽风前，清扬婉兮。"

独孤月出手抚铭文，清音念出。思源也凑过来一起观看。

"不如同去——"一阵靡靡之音袭来。刹那间，手抚琴文的独孤月出就涣然不见了。

"独孤小姐？"思源一惊，赶忙接住差点落地的古琴。

思源举起古琴，手触铭文，口中也默念起来。刚才独孤月出是怎么做，他也依照着再做一遍。不知道为什么，他脑中觉得这应该就是去寻她之道。

雷厉风行，思源来到了一片梨花弥漫之地。

风起，花雨纷飞。思源此时却发现，那"清扬"古琴还在自己的怀中。环顾四周，见独孤月出晕倒在花瓣铺陈的林间，赶忙跑了过去。正要触及间，却又听得那靡靡之音："不如同去——"

听到这吟唱，思源突然觉得身子一沉，思绪渐远。不行，我不能……

"无碍，只此一梦——"靡靡之音再次传来。

思源怀抱古琴，终于睡去。

时间，时过境迁。这个世界上，我们最抵不过的，也许是时间。

梦境中，靡靡之音再次传来。

野有蔓草，零露漙兮。有美一人，清扬婉兮。邂逅相遇，适我愿兮。

野有蔓草，零露瀼瀼。有美一人，婉如清扬。邂逅相遇，与子偕臧。

清风吹，花正浓。梨花树下，有二子携游。不对，红衣为清丽女孩，蓝衣为俊美少年。

这是哪里？

是云中。

云中——好美的名字。思源的思绪随着梦境有感而发，和靡靡之音在梦中一问一答。

"如愿，听说你要去北疆了。"红衣女子捡着梨花花瓣问道。

"嗯，不错。要去武川。"姿容俱佳的翩翩少年应声答道。

"那么快就要离开云中了啊。"少女有些慵懒地叹气。

"是父亲的命令。"如愿将自己捡到的花瓣塞到了女孩的手中。

"父亲总是那么忧心军中之事，哎，也不肯带我去。"女孩快快地摩挲着手中的花瓣。

"好姐姐，你是女子。在军中会多有不便。"美少年听到姐姐这样说，顿时笑了起来。

女孩嘟了嘟嘴，俏丽的脸上还有些不服气。"我也会骑马射箭啊！又不输你们。"

琴音青葱入耳，两人觉得奇怪，往树上望去。只见一位白衣少年倚坐在树上，手抚瑶琴。此时正看着他们二人隐隐而笑。

"你是谁？"女孩歪着头不解地问道，灵秀的双眼目不转睛地盯着这位不速之客。

白衣少年一惊，有些犹豫的神色晕染在眉间。

"你们能看见我？"秀美的双眼在梨花雨中隐现。

"当然了！"如愿上前喊道，他仔细地端详着这个白衣少年。人人都称自己是北塞俊郎，可如今眼前这个人却要比自己更美上三分。如愿有些不服气了，不由得哼了一声，"你叫什么？"

白衣少年有些不敢相信，平日里很少有人能看到自己，而如今这姐弟两人却都能看到我。难道……

"哦，我是梨韵。"此时他已经站了起来，扶着树干，俯视着树下的两人。

"梨韵？嗯……是个好名字，我叫独孤如愿。这是我姐姐——"

"独孤蔓。"还没等独孤郎说完，少女抢先说出了自己的名字。她俊俏的脸上此时绽放出了似梨花一般清丽的笑容，两颗梨涡点缀在唇边。

是的，这就是我们的初遇。本以为他们看不到我。每次这对姐弟在林中嬉戏，我都会不由得多看上几眼，也许是因为太美了。男的俊美，女的俏丽。只是我到如今也不知道，为什么他们可以看到我。

倚树题笺，当花侧目，赏心林语嬉笑间。

尔后的时日，可以说是我最快乐的时光。我们三人经常携手而行，在梨树林相见、嬉戏。小蔓喜琴，倒是和我情投意合。如愿美姿容，善骑射。我们也曾马上踏花，百步射枝。只是时光总是恨短，很快如愿便要去北疆，只留下了小蔓。花季很快过去了，但小蔓还是经常会来梨树林。

时而带着佳肴，时而带着琴瑟，时而带着书籍。就这样，静静的，日子一天天过去，直到春去秋来。

秋瑟漫漫，梨韵的脸上有了些淡淡的哀愁。独孤蔓自然是聪慧的女子，觉察到了梨韵的忧郁。

"小韵，我今天就把上次说的那首我新作的曲子弹给你听。"小蔓笑语盈盈，想让梨韵可以开心一些。

"好。"梨韵并没有下树，而是侧头出来倾听。

琴音清越，撩拨心弦。秋风已然寒凉，不远处的草原上已经秋色如画。

一曲毕，小蔓抬头望向梨树上的俊美少年。

"怎么样？这首曲子取意自我们相遇的时候。"独孤蔓梳着可爱的小斜髻。一支朱红色的发簪点缀于青丝之间，玲珑的脸庞上有着秋水般魅人的眼眸。

是啊，她比初遇时更加娇艳可人了。

"嗯，不错。有那时候的花影斑驳之感。只是这会听来，似乎也有着层层递进之感，倒像是在水上行进的曲调。"梨韵闭上眼睛在心中轻溯这一曲。"开始的前奏似落花飞雨，但行曲至中段倒是有了溯流而上之感。"

"被你听出来了啊，不过这是一首未完成的曲子。其实我本意不仅仅想写我们初遇的时节。我也想把夏秋写进去。现在还没有到冬天，所以就打算只写到夏秋。"独孤蔓一脸惊讶的表情，但更多的情意却在眼波流转中隐现。是的，因为夏秋是只有我和你在一起的日子。没有弟弟在虽说少了些欢乐，但对于我来说却……

梨韵的脸上泛起了一些红晕。是的，他是仙。他可以听到小蔓心间的话语。时光流转，经历的不仅是时间，悄悄滋长的还有那心间的温柔和情谊。

只是，已经是秋天了。

秋水已经在夏袖间弥漫开来。

第一百一十四章

紫荻花开秋之期

"夏秋。"夏如夏花，秋如婵娟。虽然不及春天那么烂漫，但的确也是开心的日子。"秋水湿夏袖。"梨韵突然说道。

"秋水湿夏袖？"小蔓有些不解，不过又觉得这一句的意境颇美，"虽然不太懂小韵你指的什么，但我却觉得颇为浪漫，秋天和夏天的轮转，本来不同时间的两个季节。被你那么一说他们可以相遇在一起了。嗯——意境很美。"

梨韵噗嗤一笑，是啊，也只有小蔓懂他。虽然她并不全然明白自己所说话语的意思。

"秋水沾湿了染有夏花的衣袖。"梨韵望着天，他说不出口，关于离别他总是说不出口。

"说起秋水，小韵，我们还没有去过草原的那一边呢！那里有一条长河，秋天的时候景色很美。不如我们去看看。"

小蔓一脸期待的样子，梨韵不忍心拒绝，虽然自己不能随意离开梨树林。但是，去又何妨呢？自己也想看看秋水蒹葭的景致。

"好。"

看到梨韵答应，小蔓倒是吃了一惊。其实自己早就发现了，梨韵很少出去，甚至很少下树。

独孤蔓背着古琴和梨韵一起走到了蒹葭苍苍的河边。

"如愿什么时候回来？"梨韵突然问道。他心中想着，自己走了后如果如愿来陪小蔓的话，至少她不会感到孤单了。

"不清楚，冬天肯定是回不来的。"小蔓叹气说到。

"哦——"

小蔓看到雪白的荻花，便用手轻抚着。

"你喜欢？"梨韵得到她肯定的回答后。便起手一摘，将一枝雪白的荻花递给了小蔓。

"谢谢。"独孤蔓又露出了小梨涡，脸上娇羞的红晕在荻花的映衬下更加明显了。

是的，这位仙人并不知道人类有着赠花定情之说。

"今年已经晚了些，所以花已经变白了，如果是刚开花，会是紫色的。"独孤蔓说到，玉手轻抚荻花。

"那……我们明年再来看紫色的荻花好么？"梨韵说道。他突然觉得这是一个说出离别的好时机。纵使自己不情愿，但总需要开口。

"好啊！"小蔓自然是点头应许，在她的心间，这邀约是那么的浪漫。

"我答应你，明年紫色小花开起的时候，再来找你。"梨韵看着秋水说到。

"嗯？"独孤蔓听出了话中的玄机，"你要走？"本来还满是欢喜的脸上瞬间布上了愁云。

"是的，不得不离开一段时间。人生漫漫，总有聚散离别。

不过我和你的约定不会变。"梨韵轻抚独孤蔓的小髻，手指在那朱红色的发簪上摩挲。那小巧的发簪突然被拔下。

"不过我想要一样你的随身物品作为念想，就选这支发簪吧。"修长的眼睑，俊美的脸庞，这一切让小蔓不忍拒绝。

"嗯。"独孤蔓有些害羞地说道，感觉他的脸越来越近了。

"对了，那首曲子。你不是说下半阕还没有写就么，不如就由我来作曲吧。"

"你都记下来了么？"

"嗯。明年这个时候我会连同这首曲子一起再送你一把新琴，如何？"

"真的么？"

"嗯。"梨韵用指腹轻抚着小蔓的脸庞。他有些害怕，却也欣喜，也许这就是人类所说的情不自禁吧。

秋意瑟瑟，秋水伊人，在水一方，情意终相通。

小蔓开心地跑到河边，将手放到秋水中，"我要让秋水湿夏袖，让春花待秋月。这样就算我们分隔两地，也没有关系了。因为连夏秋、春秋都可以相遇、相守。一年的等待又算得了什么呢？"她说着便让那清澈的秋水沾湿了她葱茏的衣袖。

"秋月……"梨韵在身后化法，将一对洁白的明月珰递给了小蔓。

"好漂亮。"小蔓将其带上。

"嗯，小蔓就似明月。"

欲语还休间，情根早已深种。

画面渐渐远去，只留下那一抹秋水兼葭。

"明月珰？"思源在梦中喃喃道，这一句意象好像听微星说起过。

后来呢？后来他们怎么样了？思源追问道。

靡靡之音没有回答，一股悲伤在思源的心底蔓延开来。

"如愿！"小蔓看到了好久不见的弟弟，自然是很欢喜，她跑了过去，突然发现弟弟竟然比自己高出了半个头。

弟弟的皮肤比去年黝黑了一些，人也壮实了不少。本来以为他们要到秋天才回来，没想到开春就见着了。

"这次怎么那么早回来了？"小蔓接过如愿给她的包裹。

"爹爹说朝中局势恐会生变，所以提早回来看看。"独孤如愿小声说道。

正说间，忽听庭外一阵喧哗。如愿有些不解。

小蔓倒是一脸的镇定。

"怎么回事，那么吵！今天家里难道有什么宴席？"这始作俑者竟然还一脸不知情的样子。

独孤蔓一看就很来气，一拍如愿的头。

"还不是你这个与众不同的独孤郎回来了。城里各家小姐都按耐不住了，纷纷派人来打探。"独孤蔓边理行囊边说道。

"哈哈哈，姐姐真是会说笑，我看他们是来给各家公子说亲的吧。谁不知道独孤小姐还未出阁啊。"

如愿只是信口一说，却点在了小蔓的痛处。

听到这句，小蔓的脸不由得一沉，手中的衣物掉落下来。

"姐姐？"如愿没想到小蔓的反应那么激烈，赶忙凑过去将衣物捡起。他一脸担心又自责的神情，想问缘由，却又不敢再开口。

小蔓抹了抹眼泪，"我喜欢梨韵。我们已经有了约定。"

梨韵？如愿已然明白。的确，那么玉面玲珑的少年，任是平日眼光再高傲的姐姐都不得不倾心。

"真的么？那太好了。那时候我就觉得你们是一对。"如愿虽然知道姐姐在担心什么，但就是因为这样，所以自己更不能表现出悲观。于是如愿露出了灿烂的笑容。"那他什么时候娶姐姐过门啊?"如愿故意用一副坏坏的样子说道。

"你啊你!"小蔓总算破涕为笑了，"嗯，他和我说好了的，今年秋天再相会。"小蔓俏丽的脸上多了一丝绯红，娇羞遮住了刚才的愁容，秋波婉转，语间动情。

"嗯，那姐姐就不要担心了。这期间一切的困难都由我来阻挡。姐姐就安心地等着自己的如意郎君吧。"独孤如愿自信满满地拍了拍自己的胸脯。他知道，父亲应该已经有了给姐姐婚配的打算，不是北魏的贵族就是部落的首领。但既然姐姐已经心有所属，那自己就一定要帮姐姐避开这些所谓的政治联姻。

离
语
不
堪
马
上
催

　　"你?"小蔓有些不解地望着这个俊美的独孤郎，"弟弟你又如何可以阻止爹爹强加给我的婚配。"小蔓哀伤地叹气，她知道弟弟的一片心意，但要改变爹爹的主意，并不是那么简单的。

　　"姐姐放心，虽然我不能改变爹爹的选择，但是让他无暇顾及你的婚事，还是可以做到的。等到秋天，梨韵回来了，就让他来提亲。如果顺利自然是最好，如果不行，到时候你们就策马南下，逃到大梁去。"如愿装作若无其事的样子，还拍拍独孤蔓的肩膀，让其安心。

　　"如愿!?"小蔓有些感动得说不出话来，其实这些天自己也一直考虑着逃走的事情。但是自己身边没有信得过的人，如今如愿那么一说，倒是解了自己的燃眉之急。只是如果自己走了，那留下来的如愿可怎么办呢?

　　"姐姐不必为我担心，我在北疆一个人单枪匹马惯了。如果到时候父亲发怒，我一人一骑，去投奔别人即可。等到父亲火消了，自然就没事了。"聪慧的独孤如愿一眼就看出了姐姐心中的担忧和顾虑。

"这样……真的可行么？"

"哎，姐姐放心。难道还会有人敢拒绝我北塞俊郎不成！"如愿俊美的脸上没有一丝犹豫和破绽，这让小蔓宽心不少。

小蔓突然坐正跪在地行大礼，"姐姐真的是欠弟弟太多了。"其实自己本来打算着，如果逃不了，就至死不从的。

聪慧的如愿自然是知道姐姐的心性，从小到大她都有着不服输的脾气。如果父亲强要迫婚，真不知道她会做出什么事来。也罢，就算是我欠她和梨韵的吧，好人做到底。

"不过，说起出逃，我们现在倒是要准备起来了，得有个完美点的计划才是。"如愿托腮思考了起来。

春去夏离，如愿总是在云中招摇过市，制造着话题。城中人的目光都聚集到了这位独孤花郎的身上，他的一举一动、穿衣打扮，都牵动着城中少女的心。其实又何止是女孩呢，连男子都特别在意独孤如愿。的确，今日如愿穿了什么，明日街上就开始争相模仿。许多商家都主动来找如愿裁衣做靴，独孤郎愿意赏光的店铺，明日一定会被围得水泄不通。而如愿也是很乐意和商家打通关系互相往来，甚至是各分利润。

别人也许只觉得这是独孤郎该有的人生，所谓俊冠北魏，名扬云中，这些个风光高调都是理所应当。但小蔓知道，其实弟弟都是在给自己打掩护。搞得满城风雨是为了让父亲把心思都放在他身上，有时候为了吸引眼球如愿甚至会时不时地故意闯出一点祸来。

而和商家合作，其实也只是为了筹措小蔓的出逃资金。毕竟梁国路途遥远，马车、行李、盘缠甚至是姐姐的嫁妆，如愿都在暗暗地购置。他说过，不能让姐姐出嫁失了面子，会让姐姐带上够用的嫁妆私奔。

这一切，在如愿的计划和安排下，倒也都顺利。很快便到了秋意兴起的日子。小蔓焦急地等待着梨韵，甚至天天去梨树林及河边。但等来的却只是杳无音讯。

如愿也颇为着急，便寻得一日和小蔓一起骑马去了梨树林。的确，没有问家世、归期，甚至连梨韵的年纪两人都不甚清楚。但是他们相信的是这个人，所以他们选择了继续等待。

"他一定是遇到了什么变故。"小蔓在河边望着快要出花的荻草喃喃道。

"嗯，想来是如此。姐姐，你可有和他通信什么的？"

"没有。他走得很急，那天和我说明后，就离开了。留给我的只有这对明月珰。"

秋风泠然，小蔓取下那对纯白的玉珰。须臾之间，那洁白的玉珰竟然泛出了一丝殷红之色。两人一惊，不知缘故。但心中都有了一种不好的预感。

尤其是独孤蔓，此时的她感到一阵莫名的心悸，难道，难道梨韵真的遭到了什么不测？

忧思成疾，连续好几日，小蔓茶饭不思，很快便卧床不起了。如愿见状自然是焦急万分，但这样下去也不是个办法。便对着姐姐说出了自己心中所想："姐姐，你如今这样，若是梨韵知道了也定会伤心的。我看不如这样，我们把计划提前，你先只身赶往大梁，等你安顿好了，我再去打探梨韵的下落。"

独孤蔓望着窗外分外明净的天空，泪水晕湿了枕巾。是的，自己从来不是孱弱的女子，怎么可以就此倒下。梨韵遇到了变故，那我就更不能自暴自弃，应该去打听消息，找到他才是。小蔓的脸上露出那本该属于她的傲气。

如愿看到后方舒了一口气，"对嘛，这才是我的姐姐。"

虽然两人对要不要先去梁国有所争执，但小蔓的身子总算是一天天好了起来。转眼间冬天就要过去了，而对于小蔓来说，时间真的不多了。

是的，这是部落历来的习俗，春为媒季，当春回大地，那就意味着部落中许多女子都要婚配了。而小蔓的年纪已经达到了婚配之列。虽然不愿，小蔓终是接受了如愿的建议，先一人奔赴大梁。

依然是春色满稍的日子，小蔓和如愿驱车最后一次来到了梨树林。新芽抽绿，青黄不接，想来不久以后那花色也将弥漫在枝间了。独孤蔓掀开车帘，看向那棵梨韵经常倚靠的梨树。

"姐姐，要下车么？"如愿问道，虽然觉得姐姐应该尽快动身，但这里的确承载了三人诸多的回忆。

"嗯，再给我一些时间吧，我想最后再看一看。"

小蔓一袭朱砂红裙，和那对已然血色的明月珰十分相衬。一步、又一步，如此近在眼前的梨树。小蔓却似是再也抬不起脚步了。终是春花没有待到秋月，而如今春花都不再了。

素手抚枝，一如初见。此时的自己只记得两年前抬头一望的瞬间，那如雪般的少年。白衣胜雪，笑意葱茏。

玉葱茏，人葱茏。花不再，梨花飞尽，离语不堪人催。

"再见了。"独孤蔓轻声说。其实自己也深知，这次去大梁，也许就再也不能回来了。

独孤蔓远眺着那荻草丛生的河流。

"姐姐，要过去么？"

"不了。我只想看看我们初次见面的地方，不想去离别的地方。"独孤蔓一脸的坚定，转身步向了马车。她知道，此去大梁，此生就注定飘零。只是她宁愿如浮萍一般，也不愿心中再无半点期盼。

虽然没有等到紫花盛开，却也换回了那一路的苍葱回忆。

终于到了国境，前境是南国一路的婉约和烟雨吧。

"姐姐，此去一路珍重。"如愿忍不住想要哭泣。

"小如乖，不哭。我是得有多大的面子啊，要我们的北塞俊郎为我流泪。"独孤蔓此时倒是一脸的释然。

"嗯，其实关于梨韵，我还是有了一些消息。有信使来报说，在东面有他的踪迹。所以姐姐放心，我一定会去东境把他找回来。"

听到这一句独孤蔓的眼中闪过了一丝希望。

"姐姐相信你。没有你，就没有姐姐的今天。珍重。"

当马车渐入梁境。这位马上北塞俊郎，再也忍不住泪水。的确，这一别，就是永别。

第
一
百
一
十
六
章

绿云深处下阕起

独孤蔓在有生之年，再也没有回到北魏，一直在大梁漂泊，人称天涯琴姬。她走遍南境，深入东海之滨。有缘之人偶可听得她那惊世绝妙之曲，也听说有兰陵萧氏的皇家公子敬仰并追寻她的足迹。

只是，多情总是萧郎顾，不得蔓草在天涯。

独孤如愿，后的确深入东境。又因为北部边境丧乱，只身逃避到中山，期间一直寻觅于东境，军中同僚竟不知何故。

史称"美容仪，善骑射"的北塞俊郎，在军中衣着不与常人同，俊冠三营，军中常称独孤郎。独孤如愿兼通文武之道，不仅驰骋沙场，战功彪炳，也是一位长于治理州府的出色文官。在坐镇陇右、任秦州刺史的近十年中，事无拥滞。示以礼教，劝以耕桑，数年之中，公私富实，据说当时远近跑来归附的流民有数万家之多。

第
七
卷　
情
之
所
钟
情
有
独
钟

　　当然，历史上著名的"侧帽斜阳"典故也是出自这位独孤郎。正如北宋名相晏殊在词中所描绘的"侧帽风前花满路"。这位独孤郎因为打猎晚归，想赶在宵禁之前入城。便策马扬鞭，夕阳下风吹帽斜。可是第二天这斜帽君却成了城里男子争相模仿的对象。是的，第二天城里的男子都侧帽了。

　　正是由于如愿的文才武略，信着遐迩，能服众心，宇文泰便特给他赐名为"信"，并任命其为西魏八大柱国之一。

　　独孤信曾因寡不敌众，归附梁武帝，入梁三年。期间打探过独孤蔓的下落，但终是又见归鸿去，不见故人来。

　　梨韵，行踪成迷。见之者甚少，但见之必难忘。独孤如愿曾在一对老夫妇的口中得知，白衣似仙人的少年，往东而去。如愿投奔中山后也一直寻觅，但梨韵还是行踪成迷。直到在梁的三年期间，行至梁朝一寺院，得一僧人指点："施主要找的人，不在人间。而在绿云深处，春暖花开之时，他方才会苏醒。"

　　"春暖花开？"

　　"曾携翠袖同来，秋水不再。仙中年岁，又岂是常人能抵。也许施主的后人可以再遇到这仙缘吧。"僧人双手合十。

　　雨打寺檐，春云绿处，花开花落，在这南朝之地，已然没有了他们的踪迹。小蔓也好，梨韵也好。兴许只是自己青葱年少时的云中梦吧。

　　云中独孤氏后为显赫名门。独孤信的子女中，有三女都贵为皇后。

　　长女独孤氏，北周明帝宇文毓皇后，谥号明敬皇后。四女独孤氏，唐高祖李渊之母，追封元贞皇后。七女独孤伽罗，隋文帝杨坚皇后，谥号文献皇后。在周、隋两朝独孤家族都进入皇室，三代都为外戚，自古以来，这是从未有过的。

只是独孤郎最后也没有得到善终，鸟尽弓藏，终被宇文护赐死于家中。

独孤家的一双璧人，最终还是没于这沧桑的历史之中。

几十年之后，春暖花开，朱红一点，梨花一片。斯人初醒，夏袖翩翩。白衣少年特意换上一身青葱之色，将夏花点缀在袖间，来到秋水之畔。

紫花已开，却不见佳人再来。

等到知晓时移世易，已近百年，自是心痛欲裂。这一点沉木香，却让小蔓离我而去。一算年月，佳人早已作古。

梨韵背上梨木琴，开始在尘世中打探如愿和小蔓后人的下落。最终在长安找到了如愿的后嗣，便在长安的梨林扎根深住，成为了灵感寺的地仙。

梨木琴取名清扬，取自诗经《野有蔓草》。"侧帽清扬"在侧题刻，以念故人。

"野有蔓草——你是梨韵么？"

思源在梦中问道。而此时他似乎听到独孤月出的声音也在梦中传来。

"仙人你是在寻找独孤家的后人么？我确为云中独孤氏的后人。"

独孤小姐是独孤蔓和独孤信的后人？思源一惊，猛地睁开眼睛。只见自己还倒在梨花树下，怀中的梨木琴此时正隐隐发光。而不远处的独孤小姐此时竟然已经坐靠在树下。

"独孤小姐！"思源见状以为她已经醒了，赶忙跑了过去。却见她还是杏眼紧闭，倚树而睡。

思源拍了拍独孤月出凝脂般的脸蛋，她却还是没有苏醒过来。而此时她头上的发簪却隐隐发亮起来。

这个就是上古神器？思源小心翼翼地触碰了那晶莹的发簪，

光晕更加明显了。

"少主，拔下它。用它可以刺破这个幻境。"熟悉的声音传来。

"绿鬟？"思源摸了摸身后，是啊。自己差点忘了，绿鬟一直在身后的朱颜弓里。

思源轻轻拔下这乳白色的发簪。那簪子此时突然变得盈彩熠熠，渐渐转换成了朱红色。

这是怎么回事，思源不解。

"真血之印。少主，这神物等待了几千年了。你看到那株梨花了么。"绿鬟在思源心中一点，思源便看到了一株不起眼的矮梨花。

"这是阵眼。用此物刺破它即可出幻境了。"

花风细语中，思源毫不犹豫，一个箭步上去，就将发簪刺到了梨树之上。

"等等，再给我一些时间！"独孤月出突然喊道。

但为时已晚，两人已然出了幻境。思源赶忙扶住还在昏睡中的独孤月出。

她玲珑的脸上有了一道浅浅的泪痕。思源轻轻用衣袖将泪水拭去。

"嗯——"独孤月出微微睁开双眼，看到了宋公子清秀的脸庞。好近！她的心中难免害羞局促。

"独孤小姐，你好些了么？"思源见独孤月出醒来了赶忙问道。

"嗯……我在梦境中看到了那位仙灵。他想把《野有蔓草》的下半阕弹给我听，但听到一半，宋公子过来拉我走出了幻境。"独孤月出微微欠了欠身，坐了起来，微白的脸上隐现出淡淡的红晕。

"嗯，我找到了阵眼。"思源赶忙把发簪双手奉上。

"发簪？怎么变成了红色？"独孤月出有些不解，但还是接过了簪子。

"再等一等——"两人正欲起身，却又闻得那靡靡之音。

"仙人？"独孤月出循着声音看去，似在不远处的蔓草之中。

"且去？"独孤月出看向了思源，她娇小的脸上有一丝祈求和期盼。

"往就。我总觉得这位仙人并没有恶意。我们去看一看应该无妨。"思源犹记得梦境中的故事，想来应该是那位仙人的记忆吧。独孤月出既然是他故人的后裔，应该不会有什么危险。正想间，他手上的梨木琴再次荧光四溢。两人瞬间又被这荧光吸入了琴中。

第一百一十七章

萧郎闻道不解缘

"中书侍郎!"一位红衣华服侍卫装扮的男子在长长的宫内官道上追着另一位黄衣官样少年。

但不知道怎的,前面这位英俊花郎就是不肯回头,不予理会这位皇家侍卫的百米之追。

"喂!喂!萧郎!"武将装扮的男子总算是越追越近了,"你也不用这样绝情吧!"

红衣男子一把抓住黄衣少年的肩膀,开始显示亲密友好。

但很明显这位俊俏的萧郎并不领情。这可弄急了侍卫大人了,一把揪过萧郎的脖子,一副潇洒自得的样子。这分明是在说:我们很熟,好不好。

"千牛备身大人,你这会不去保护皇上的安危,倒来追我,我看是不妥吧!"萧郎一把甩开这位千牛卫的手臂,继续凌然地往前走去。

"哎,有必要那么生气么?"这位英姿飒爽的千牛卫看来是很无奈，"况且又不是我惹你不开心，是姨母要撮合这桩婚事的。"

萧郎一看这位千牛大人，的确是一脸无辜样，不由哼了一声。

"李渊，你自己心里知道。"萧郎依旧不想多去理会他。

李渊连忙摆手，"我发誓，我是真的不知道啊！我也是今天才听说的。虽然我上次是说你也娶个独孤家的女子算了。但那真的只是玩笑啊。我可没有去姨母那里乱说。不过，说实话，独孤家的女子真的都是不错的，要不，你考虑考虑。"这位千牛备身大人看来是只顾着自己口快了，却不想这完全是火上浇油。

萧郎再次皱眉，不屑地瞥了他一眼，"哼！就知道你是说客。"于是一甩袖子，径自走了。

"喂喂！别这样嘛！其实这样没什么不好的，如果成了，我们也算是亲上加亲了。话说，我刚才还特地问了一下皇后，据说她属意的女子就是我的……"

还没等李渊说话，萧瑀就直接走出了宫门。他可一刻也不想多待了，本来今天入宫以为只是接受中书侍郎这个职务，没想到却被独孤皇后单独召见了，硬要为自己指婚。而且皇后身边这位平日的挚友，千牛卫李大人也是一副顺水推舟的模样。想必也是早就知情了，竟然一点都没和自己提起。真是失望，还亏自己平日里把他当成在京城唯一的至交，从不有所隐瞒，满腹心事都予以诉说。他倒是好，把我放在了他们的政治砝码上了。

不行，此次入京，我只求安定，不想过多地卷入政治斗争。我不会再被他们利用半分，如此看来，这个中书侍郎的官位是有代价的，既然如此，不如请辞。萧瑀一脸的严肃，一路锁眉，直奔府上。只是到了府上，刚进府门，长兄萧琮就迎了上来。

"八弟，听说皇上不仅封你为中书侍郎，还想给你赐婚？"长兄看来很是高兴。

"哎，别提了。长兄，我已经够无奈的了。"萧瑀一脸懊恼地走进了厅堂。

"无奈？这有什么好无奈的。这是好事，虽然你姐姐是晋王的妃子，但在京城我们还是没有怎么立稳根基。如此一来甚好，皇上赐婚，可见他对我们兰陵萧氏的重视和宠爱。你也到了婚配的年纪了，这样不是一举两得么？"萧琮自然是对赐婚乐见其成。

萧瑀听了直摇头，"进入中心真的有那么好么？我看未必。我已经和皇后推辞了，这件事情没有那么简单。"萧瑀正欲坐下，却听得堂前有人来报。没想到二姐也来了！

"什么？你拒婚？那怎么行？皇上赐婚，怎么可以拒绝？"萧琮这下可来气了。

"皇上并没有赐婚。只是皇后召见了我，想探我的口风罢了。我自然不能应允。"萧瑀还是坚持着自己的主张。

"这你就错了，八弟。"晋王妃转眼已经来到了身后。

"二姐。"

"拜见王妃。"

"快快起来。哥哥，我不是说过了么，在自己家里还是按兄妹相称。"萧美人此时取下头罩，惊世之颜焕然而出。

"二姐，怎么连你都……"本来姐姐来了，萧瑀该是高兴才对。但此时已经很明显了，二姐看来也是想来说服自己的。

"八弟，正如你哥哥所说，我们入京不久，还没有站稳脚跟。而今朝内局势复杂，而独孤皇后可说是举足轻重的人物。我想大隋的子民应该都知道吧，今日皇上的帝业，有一半是皇后的功劳。所以，皇后的意见，其实就是皇上的意见。"萧美人一脸的认真。的确，这件事对于萧家来说可说是再进一步的基石，绝对不容有失。

"这些小弟当然都知道。只是我们有那么多兰陵萧氏的子弟，又何苦非要选我呢？姐姐你一向是了解我的，不愿涉足于朝局的泥泞之中。"萧瑀俊美的脸上依然没有半点退让。

"皇后是怎样的女子，她能母仪天下，统领后宫。又追随皇上夺得天下，识人察人之眼，怎会在你我之下？连这京城中的百姓都知道我们萧家的八郎是兰陵之俊。皇后自然也会选择人中俊杰了。八弟，先放开萧家不说，这对你个人而言，都是难得一遇的机会啊。"萧美人轻笼茶碗，香气袭人，"更何况，我听说，皇后要为你指婚的女子也可算是七巧玲珑啊！你虽说是不解这姻缘，但姐姐我却觉得很般配！"

"哎……"萧瑀长叹，"这些我自然是知道，其实我也知道现在这些对于姐姐意味着什么。只是，我还是不想过多地参与朝局。世事难料，又有谁会知道如今的名利，究竟能持续到何时。这对我们这些亡国之子来说，难道体会得还不够深刻么？"萧瑀行礼告辞。

"诶！八弟！"萧琮想要阻拦。

但萧王妃阻止了兄长。

"让他去吧，八弟那么聪颖，定会想明白的。只是他向来心性耿直，光明磊落，定不希望自己只是凭借婚姻而仕途得志。"

"他啊，就是太信佛了。太过于心存善念，虽然忠直，但不免会被误解。"萧琮无奈地摇了摇头。

"好了，哥哥，放心吧。今天我来，其实还有重要的事情要和你商议。"萧王妃凌厉的眼神直射过来。萧琮当即知道了所议之事非同小可。

而在萧府门外，俊美少年已然跃上了马车。

"少爷，我们去哪里？"

"乐游原灵感寺。"

"是！"

第一百一十八章

山有扶苏隰有荷华

萧瑀一个人坐在马车中心事重重，这婚看来不是那么好退的。

其实自己和哥哥姐姐们不同，心中总是没有忘却自己是一个亡国之人。想当年的大梁，而如今却只能借着所谓的门第之优，客居大隋。姐姐虽然贵为王妃，晋王也是如日中天，但不管怎么说，还是外戚。

想起小时候还身为新安郡王的时日，自己也是昭明太子一脉，如今看来也不过是镜花水月。所以萧瑀虽然年幼，却早看清了这世事无常，和自己的高祖父梁武帝一样，自幼就比较潜心于佛学。

车外春光虽好，萧郎却是心中烦忧。

心中烦闷的时候，总会去寺庙解忧。在佛门的檀香中想起那南朝的四百八十寺，想起南境的烟雨，想起江陵的朝云暮雾。

去往灵感寺是因为得知那里的梨花已开，而此时自己心境也如那千树万树的梨花一般，虽想独占枝头，却终抵不过花期。世人爱梨花，却不敢过多地接近。的确，白色为殇，梨字同离。而对于自己来说，却并没有这些顾忌，相反，倒是觉得这梨花就如自己的写照一般。纯白无暇，却似离人泪。

梨花之下，如玉少年，愁眉不展。

撩拨指尖，琴音流淌。如离离之钟，又似靡靡之珮。萧瑀不禁被吸引，如清泉玉弄一般的音色在心间泛起涟漪。

辗转于树间，几度寻找却不得。音色戛然而止，少顷，终又回复了悦耳之邀。

萧瑀在一株偌大的梨树下，找到琼英弄玉的主人。

白衣如仙，小髻低垂，清丽如菡萏般的雅韵，玲珑如玉钟般的清心。

萧瑀有些不敢相信自己的眼睛，难道是自己误入了仙境？而此时琴音突然转快，映衬了萧瑀此时略显慌乱的心情。

女子似乎发现了有人偷听，琴音中表达出了些许的不满，手中之乐不再似刚才那般清雅。

迷失于林，打扰了佳人，萧瑀自然是有些抱歉。

女子此时已经指法如催，急弦拨雨一般。她抬头，略含敌意地看向了萧瑀。

"山有扶苏，隰有荷华。不见子都，乃见狂且。

山有乔松，隰有游龙，不见子充，乃见狡童。"

女子微唇轻启，有些不满地吟道。

扶苏？子都？狡童？萧瑀有些哑然，就算自己不小心打扰，那也是因为琴音悠扬，这怎么样也不会落个狂夫狡童之名吧。正有些不服，却又听到了刚才初闻的那段弄玉之音。

萧瑀心中的些许怒气又被压了下去。

待到音尽，萧瑀行礼。

"不请自来，打扰了姑娘的雅兴。萧瑀自会不送就走。"正打算转身，却闻得她指尖再次传来了撩拨之音。

似是缠绵悱恻，余情脉脉。

萧瑀再次转身，心中有了些许的期待。

"果然如传言中一样。自视甚高。怪不得会退婚。"女子此时已经站起，一双灵眸直直地看着萧瑀，没有半点羞涩。

"你是何人？"萧瑀听到退婚两个字，有些愕然，这指婚之事理当还未传播出去，她怎么会知晓？

"我？荷华啊！山有扶苏，隰有荷华。不见子都，乃见狂且。本以为我的萧郎会是多么的玉面可人，没想到却是如此狂妄之人啊！"女子雪袖抚琴，还是那凌厉的眼神，没有一点造作，直透萧瑀那已经有些抵挡不住的内心。

"你是独孤家的？"萧瑀试探着问道。

"不错，独孤凌。"女子掩嘴轻笑，笑声如铃声一般。"萧哥哥，你不想娶我其实也没什么，我还不想嫁呢！哼！"独孤凌笑着蹦到了萧瑀的面前，仔细地打量起了这位所谓的萧郎。

萧瑀倒是有些局促起来，这位女子其实并不似外貌那般，倒是一位清爽直率之人。

"嗯——看来表哥是没有骗我，你的确还算得上一表人才。不过也就如此而已。"独孤凌有些快快地回到了梨树下的琴案旁。

"你是说李渊？"萧瑀想起了刚才被自己置之不顾的千牛备身。不由得一笑。但转而又觉得不对，"你怎么会在这里，你是如何得知我会来灵感寺的？"

"怎么？为什么就认定是我追着你而来，我倒是觉得是你跟踪我呢？不过说起这个，只有四个字而已，如有神助。"独孤凌依然是一副不满的样子，看来她对萧瑀还是有意见的。

萧瑀倒是被说得有些语塞，"如有神助？"

"嗯！神仙和我说的呀，他说，你应该会来这里。我正好也想赏花，顺便来表达下自己的不满。不过，萧哥哥。其实真的不是我硬要嫁给你。只是神仙和我说，我嫁给你，我可以救你。"独孤凌莞尔一笑，俏皮地绕着梨树说着这些萧瑀有些听不懂的话。

"救我？如何救我？还有你为什么要救我？"萧瑀觉得有趣，不禁好奇地问到。

"你是兰陵萧氏，南境的著名家族，也是举国的顶级门阀之一，照理来说和关陇豪门的独孤家联姻是再好不过的事情了。不论是对萧家还是对晋王，都是倍添羽翼的。不过这些都不是我要听的，也和我无关。仙人和我说了，我可以救你于危难和水火，但是至于要不要救，这选择权和决定权可是在我的手中。"独孤凌继续在梨花下踱步细说。

"不错，这也不是我追求的，所以我是想拒绝这次赐婚。"萧瑀看着这树下的女子倒也觉得可爱有趣。

"不过现在我改变主意了！我要救你！"独孤凌突然凌然地看向萧瑀，眼中有着些许的涟漪，"山有扶苏，隰有荷华。不见子都，乃见萧郎。我不忍心看着那么美丽的人儿香消玉殒啊！所以我就委屈委屈吧，不管你娶不娶我，我都会救你。"

风起，花涌，梨花雨下，萧瑀的心中也似被拨动的琴弦那般。看着独孤凌灿烂的笑容，他想起了一句佛家之语：诸法因缘生，我说是因缘；因缘尽故灭，我作如是说。

只是现在的自己并不能做如是说，而是心弦瑟瑟。

"萧哥哥可以去找自己的娘子，我呢，再去找我的子都。但我不忍萧哥哥离世而去，所以不管怎么样都会舍身救你，不论有没有联姻，当抉择在眼前，我都会救你。"独孤凌望了望那花雨纷飞的梨树，转而回头有些不舍地看了看萧瑀，既然无缘，又何苦强求呢！我们独孤家的女子都是洒脱直率的。很快，她眼中的遗憾就被另一种广义的大爱所取代了。

如此心胸，如此情怀，如此女子，又怎会让人不心动呢。萧瑀此时竟然有些失落和遗憾，想要说出口的挽留，还是哽咽在了心间。

"你知道么？萧哥哥，风起于青苹之末，就像这心动，总在细枝末节之处悄然而生，当你想抓住它的时候，却又萧然而逝了。"独孤凌背起琴，和萧瑀行礼后便洒脱地离去了。

问梨花，今朝几许风吹落，闻道萧郎最惜多。

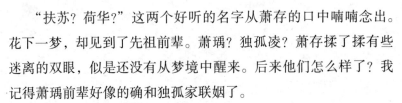

第一百一十九章　世代相传花下约

"扶苏？荷华？"这两个好听的名字从萧存的口中喃喃念出。花下一梦，却见到了先祖前辈。萧瑀？独孤凌？萧存揉了揉有些迷离的双眼，似是还没有从梦境中醒来。后来他们怎么样了？我记得萧瑀前辈好像的确和独孤家联姻了。

"不错！"靡靡之音传来。

萧存一惊，赶忙环顾四周，却不见人影。的确，刚才一阵夜风吹过，自己就昏睡过去，而此时周边也不见他人，看来定有蹊跷。

"萧公子。"靡靡之音再次传来。

"你是谁？"

"梨韵。"

"梨韵？"

"萧公子，切勿错失良缘，要珍惜自身的姻缘。"

"姻缘……"

的确这次进京其实是来看家姐的，那日姐姐也提起了，所谓的婚配，只是自己一直不曾在意。

"缘在天意，份在人为。纵使一开始错过，也终究可以争取到命运的红线。"那声音依然在心间回荡。

其实他点出了萧存的些许心思，是的，心中有些酝酿开来的心动，但不敢去触碰。

兰陵萧氏和独孤家，难道真的是在暗示着什么么？

而另一边思源和独孤月出又一次进入了琴中的幻境。梨花树下，花雨依旧。只是这时一位白衣仙人，斜坐在那最大的梨树上。

"你来了。"仙人轻轻诉说。

"嗯。"

"小蔓和如愿的后人。独孤家中并不是每一代都能生出知晓琴音之人。那日我见姑娘入庙进香，便心有所动，忆起前尘往事，不胜唏嘘。自从荷华以后就再无独孤家的后嗣得此琴谱了。"白衣仙人轻轻点枝，跃下梨树，悬浮在半空中，梨木琴在他手中幻化出现。

"你是梨韵？"思源问道，他想起了刚才梦境中的种种，这位白衣少年，眉间有着梨花的仙印，思源一见到就猜到了大半。

"不错，吾乃梨韵。现为灵感寺的地仙，偶遇独孤氏后人，故使计引来独孤月出，望赠以梨琴及琴谱。"说完，梨韵眉间的灵印发出银白色的光晕，一本琴谱在灵光中慢慢显现。

"野有蔓草？"独孤月出看到琴谱，眼中迸发出了一种惺惺相惜的期盼。的确，刚才在梦境中她就听梨韵弹奏了半阕，曲意婉转，缠绵动人。

"野有蔓草，秋水有波。愿尔等不再错过姻缘，感念此曲，好好传承下去。"梨韵缓缓落下，步向了独孤月出，将梨木琴及曲谱轻轻送到了月出的手上。

思源在一旁见证着，只是他此时看出了梨韵眼中的些许波澜。

"你，和她很像。"梨韵轻轻一笑。

"多谢仙人。只是如此重礼，月出没有回馈……"独孤月出抚琴，爱怜之情跃然于眉间。

"独孤小姐不需要给本仙回礼，只需在每年的花开时节，来此地抚琴即可。"梨韵微笑着摇了摇头，示意月出不必介怀。

"仙人，寺中僧人说的，此地有怨念没有拔除，又是怎么一回事？"思源有些担心地问到。

"梨树林还算安好，但最近京城的地脉时常受到一股污秽之气的冲击，我也很难自持。想来已经很久没有人以琴祭祀，故我的灵力也减弱了不少。"

"原来如此。"思源这下才明白过来，梨韵是靠着琴音及弹琴者的信奉来补充灵力的，虽然这梨树林依旧茂密，但没有人心及人情的呵护，地仙的灵气也会有所不济。那么说来，诸夏及若耶的众仙应该大抵也是如此。诸夏及宋家的四大护守如今灵力依然充沛，多半也是由于宋家子孙的代代供奉及信仰所得。怪不得诸夏要为雪秀立庙，原来是为了帮她收集人类的信奉之力。

梨韵似是听到了思源心中所想，微笑着对他点了点头。

"月出，你可以经常来此地为仙人弹琴么？"思源突然请求道。

"当然了，这是我的荣幸。"独孤月出妍妍的笑颜让思源觉得她定不会食言。

"这还不够，月出你能答应我么？将这本琴谱传承下去，让你的子孙后代，也来这梨树林弹琴祭拜。"思源突然有些伤感起来，虽然不来祭拜，梨韵也不至于如何，但如果真的能做到像宋家那样，让信仰和祖训一代代地传承下去，那么也许人和仙灵之间的羁绊就会更加牢固和紧密了。

"好的。"独孤月出有些吃惊地看向思源，她没有想到这位宋公子是如此重情重义之人。

"多谢公子谏言。"梨韵向思源行礼，他灵秀的眼眸中似有一种如故的情韵。是的，梨韵的确可以感受到，思源身上与众不同的灵息以及他背后那一把上古神器。

"时候不早了，你们的同伴该是等你们很久了。我送你们出阵去吧。"梨韵轻轻一挥衣袖，一阵夜风再次袭来。

顷刻间，思源和独孤月出已经再次来到了那株梨花树下，只是此时没有了雪白的花雨，只有夜色依依。

"谢谢你的那首《子之归》，我记下了。"耳边最后响起的是这一句话语，正欲追问，却见萧存也站在这树下的不远处。

"萧公子!?"独孤月出先上前询问。

萧存此时正在念着梦中的意象，突见独孤月出向自己奔来。自然是吓了一跳，但心中也隐隐有些欢喜。

"独孤小姐，宋公子。你们也在啊！本以为只有我一人……"

"我们其实误入了仙境，萧公子，其他人呢?"

萧存正欲回答，却听得一阵疾风再次袭来。三人被风吹得混沌不堪，甚至睁不开双眼。思源正觉得奇怪，忽闻身边一阵颤栗的狂叫！

"小心!"思源分明感受到了这风中的不祥和邪气。

他赶忙想要去拉住身边的两人，但无奈风太大，挣扎间自己只扯到了萧存的袖子。

"啊!"独孤月出经不住这恶风的袭击，被卷了过去。

"独孤小姐!"思源和萧存大惊！萧存欲要去追，但被思源拉住。

萧存有些不解，思源赶忙取下挂在胸口的灵珠，给萧存带上。"这风里有邪气，应该就是刚才梨韵所说的那股在京城中弥漫的恶气。"此时这飓风已经随着独孤月出远去。

"梨韵?"萧存一脸的讶异，的确，这个名字刚才在梦中也听到过。难道宋公子也遇到了他?

"可是独孤姑娘怎么办，她被恶风给卷走了。"萧存焦急地看着恶风消失的方向。

"我们这就去找。刚才萧兄身上没有宝物傍身，我觉得贸然追过去太危险了。"思源指了指刚刚给萧存挂上的灵珠说到。

"宝物？宋公子是说这个？"萧存手捻灵珠，只觉得荧光熠熠。

"不错。"

看来他果然非凡人，萧存心中想到。只是现在最让自己担心的还是独孤月出。

思源看出了他眼中的焦虑，"放心吧，独孤小姐有一上古神器在身，那恶气暂时应该伤不到她的。况且我还听说……"正欲细说，却被一阵清音打断。

白衣仙灵再次显现在梨树林间，此时的梨韵神色焦急，落地疾行。

"梨韵仙人！"思源一见，赶忙迎了上去。

"梨韵？"萧存此时有些不敢相信自己的双眼，虽然自己一向也喜欢寻仙问道，接触思源他们的确也是因为看出了他们并非常人，来这月夜的梨树林，也早已知道是有仙灵相请，但此时真正的地仙出现在自己面前，还是颇为吃惊。

"那股恶气往北去了。仙人不用太担心，独孤小姐的发簪中有着上古仙灵的守护。"思源赶忙说道。

"嗯，想来该是如此。我也正是因为窥见了这上古之力，才希望月出可以入林拔除恶气。"梨韵安心地舒了一口气。

思源取出狼毫小笔，聚灵纳气，心中想着，要如宋源那样，寻找到一个平衡点。

哗——火光四射。思源点亮了狼毫小笔。

淡蓝色的灵息慢慢落地，就如那天在祠堂里那样，灵息慢慢汇聚成一线，流向了北面。

"我们跟着这灵息走就可以了。"思源和梨韵对视一眼，自己率先往北面跑去。梨韵紧紧跟上，萧存看了看胸前的灵珠，也不敢多有停留。

而此时，彼之灵火也被若木感应到了。

"微星！"若木使劲用手指向了身后，"是少主！在反方向！"

"嗯，不急。少主有朱颜护体，不会有事。我们现在要去救独孤月出。"微星脚踏青苹，丝毫没有改变原有的路径。

"哇！太快了吧！"许诚坐在这青苹之上，有些无奈地理了理头发，"这风吹的，我的头发都乱掉了。"

三人加快速度，眼见那旋风就快被追上了，却忽闻一声巨响。

"砰——"

"啊！"六人齐齐一惊。

虽一前一后，但这爆炸之声却是都入在耳中。而且不止是声音，众人瞬间看到前面火光漫漫。树木被焚烧之音袭来，林间顿时燃起了大火。

"不好！小心！"梨韵和微星赶忙结印！

火风袭来，就像爆炸余波，呼啸而过。所到之处，满目疮痍。

"梨林！"思源心中突感气闷，而此时，自己和萧存都已经在梨韵的结界下。思源看到梨韵紧锁双眉，额头有了点点汗珠，口中不停念着灵咒，抵御着狂烈的火风。

这火风来得蹊跷，而且此时已经焚尽了附近的梨林，梨韵的灵力一定已经严重受损。不行，我得帮他！思源心中一紧。

"朱颜！"思源喊道。朱红色的灵息在肩后闪耀，但还不够强烈。对，血！上次在嘉祥寺绿鬟说过，是因为我的灵血召唤出了她。思源毫不犹豫地用力咬向食指，用沾染鲜血的手指握住了朱颜神弓。

流彩飞霞，羽翼伸展开来。萧存一惊，此时自己的身边站着一位火凤雀翎、绿衣戎装的惊世仙女。

"少主。"仙女跪地听令。

"帮梨韵！快！"

绿鬟看向那火光直射之处，不由得一惊，赶忙挥手在空中一指，朱红色的灵火在结界内被点亮。绿鬟画符在手，抬手正对前方。

"定！"结界中顿时火光照耀，梨韵的周边开始光晕四溢。

"少主，这是上古的野火，怎会在此？"绿鬟有些不敢相信，她美丽的脸颊上露出一丝哀愁。

"不知道，刚才那恶风劫走了独孤月出。上古野火？难道是那个发簪。"思源突然像是明白了什么。

"少主把那个发簪还给独孤月出了?"绿鬓一惊,心中念道不好。"少主有所不知,那器物实乃一骨镖,而非发簪。"刚才没有和少主细说,才铸成大错。此时绿鬓的脸上有着懊悔,她有些乱了分寸地看向朱颜弓。

"绿鬓,别怕。"朱颜弓中突然有靡靡之音传出。

"朱颜!"绿鬓跪地,"那骨镖已经被少主的灵血唤醒了。此刻想必是受到了惊扰,才使得野火流出。"

"嗯,几千年不见了。你难道不想去见见他么?"朱颜弓中的声音继续说到。

"玄纹……"绿鬓痴痴地念叨。

"去吧,和他一起去收服这野火。"

"是!"绿鬓一声应下,眼中的迷离不再,取而代之的是一脸的决绝。

"少主,我感受到了微星仙人的灵息,就在不远处,这上古的野火不好对付。微星仙人擅长结界,我们须与他同行。"绿鬓轻轻抬手。

"起!"

四人连同整个结界都悬浮了起来。"还好他还没有烧到此地仙灵的灵脉。"绿鬓转身笑着看向了梨韵,"仙人不介意我暂且借你的梨花一用吧!"说话之间,绿鬓已经手持一枝梨花。

四人随着结界缓缓飘向北面,不一会便见到了前方微星和若木摆出的阵法和结界。

"微星!许诚!若木!"思源见到众人,心中总算安定了下来,还好大家都没事。

"少主!"

"思源!"

若木和许诚开心地挥手,只是现在他们都走不出结界。

"合!"两个结界在绿鬓的一声命令之下，合二为一。"现在有四仙的护法，少主大可安心下来。只是这上古的野火，需要少主同我一起去收服。我们现在要直冲中心了。"绿鬓对着众人点了点头。结界再次缓缓升起，飞向那火光耀眼之处。

风火连天，越到中心，阵中越感炙热，思源心中还是有些担忧，看来这野火果然非同一般，怪不得宋源要寻得这件上古神器。此般威力的确非同小可。

"穷桑之灵，护佑众生。"绿鬓脚点结界化法，朱红色的灵息幻化成六炷灵火，注入到每个人身上。

许诚觉得有趣，伸手却见那朱红的灵息已经透进了皮肤。"哇！美女！这是什么？"

"尔等已经有了上古灵力护体，那野火暂时伤不到你们。少主，和我一同去这野火的中心吧。"绿鬓上前正欲协同思源离开结界。

玄都千树花存否

"慢着！只有你们去么？"许诚见两人要离开有些紧张，"多个人多个帮手，不如我们大家一起去吧。"许诚脸上的神色颇为坚定。

"我和思源有过约定，不论如何，都不会临阵退缩，而要共御敌前。"

是的，思源想起了许诚和自己在微水阵前的约定。

"还有我，我答应过领主，鞍前马后，都会追随少主左右。"微星也出列说到，此时他的眼神已经不同以往了，是满满的肯定和忠诚。

"微星……"思源有些感动，是的，微星应该是已经承认自己了，承认自己是他的少主。

"绿鬓司仙，你没看到我么？我好歹也是上古神兽，和你们也是同宗同源，不带上我，你的胜算怎么会加强？还有，我可是不会离开少主的，不然那个……凶……清伊和煌煌……反正我要跟去！"若木一把抱住思源的腰，不肯松手。

"若木？"思源有些无奈，轻抚着若木的头。

梨韵微微一笑，"公子之灵心，已然收揽了那么多人心。既然大家齐心，那梨韵自然也不甘人后，也愿一同前往。"

"还有我！"萧存俊美的脸上也露出了会心的微笑。看来这次自己没有跟错人，姐姐也应该不会再说自己不务正业了，况且自己还担心着独孤月出。刚才那一梦，自己的心中多少已经有些微妙的波动，而此时，他脱口而出一句佛语：

我不入地狱，谁入地狱。

此话点出了所有人的心声，要战也要一起！

此时，朱颜神弓中的灵彩四溢开来，灵息直冲天际。

落星宿在云端，鸣楚歌而不伤。

戚戚兄弟，莫远具尔。

敦弓既坚，四鍭既钧，舍矢既均，序宾以贤。

敦弓既句，既挟四鍭。四鍭如树，序宾以不侮。

思源明白这是朱颜之弓在回应着自己，这些集结在自己身边的人，他都不能辜负。虽然只有短短不过半月，自己的人生已经完全不同于以往了。他不知道等待着自己的会是什么，但他不会再让任何一个人、任何一位仙灵乃至妖灵，为自己殒命。

要救，我也要救所有的人！

绿鬓单膝跪地，"朱颜应星辰，明主降世。少昊之翼定当生死相随！"

思源虽然不是很明白她说的究竟为何意，但此刻他知道，自己要带领大家，乃至更多的人走下去。他轻轻举起手中的狼毫小笔，花火再现，灵息所指的不远处，就是他们要经历的第一道试炼，那野火的所在之地。

众人前行，却见那野火的中心附近已然是一片焦土。热浪滚滚，就算众人有了绿鬟的分灵，也依然觉得炙热。

"月出……"萧存有些担忧。

思源看了看紧张的萧存，心中也不免焦虑。在这样的情况下，不知道独孤小姐会如何。而前方已经可以看到金色的结界屏障。

"绿鬟。"

"在!"绿鬟听到思源喊她，当即单膝跪地听令。

思源问道："独孤小姐是不是在阵中?"

"在!"四仙异口同声地答道。

思源和许诚完全被震住了。这架势，和上次诸夏率领二仙破微水阵的时候颇为相似啊。许诚不由得有些热血沸腾起来。

"我们该如何破阵?"许诚突然问道。

四仙沉思，似乎各有想法。

还是绿鬟先开了口："少主，这野火乃上古元灵之力，一旦失控会使得此地瞬间灰飞烟灭。"

"此地，你是说长安!"

"不错!"

思源和许诚面面相觑，许诚有些无奈地摸了摸头："这样不是都快赶上原子弹了么?"

"好在现在封印还没有完全被打开，只是泄露了一些零星的火种出来。我们最好赶在封印没有完全破除之前收服野火，不然……"

"此外，要收服玄珠还需要少主的帮忙。"绿鬟再次请命道。

"需要我做什么，尽管说。"思源听到这些，发现事情已经远远超乎了自己的想象。

"不管怎么说，我们先要破阵进去!"微星摆开了架势，青苹结界在众人四周开始聚集。千百片苹叶悬空而至，将诸人身边的结界包裹起来。

"少主，请执弓！"绿鬓站立起来，脚踏灵光，戎装再现。

若木见状也结印，灵咒语出，青鸾再现。

而梨韵四周也已经是梨花频频，纯白灵韵如点点繁星。

思源回头望向——做好准备的诸仙，慢慢取下了后背的朱颜神弓。

羽箭雕弓，灵印闪现。朱颜之弓灵光乍现，靡靡之音直传心间。

"思源，照着我说的念咒。"

是！思源仔细聆听这朱颜之音。

"望金雀、舣棱翔舞。问玄都、千树花存否。心似箭，催鸣途。望星犹记，烽火天台路。"

思源按照朱颜所说，字字念出。

朱颜神弓刹那间已经灵息迸射，朱红流彩，光芒妍妍。

而此时让人意想不到的是，小笔竟然也瞬间灵光四溢，绿色的灵息从笔尖绽放出来，似那烟火一般和朱颜的灵息融为一体。

"诸夏？"思源喜上眉梢，这个灵息自己认识，是的，是那温暖的味道。

"小源。"诸夏熟悉的声音传来。

"仙人？你可以看到我们了？"许诚灿烂的笑容印在脸上，可以看出他的开心劲头一点也不输给思源。

"不错，我通过清伊灵鸟的灵息终于定位到了你们。另外也要多亏这神弓，让你的灵息瞬间放大了。让我可以马上找出在这浩浩灵海中的属于你们的那一丝灵线。"诸夏的声音传来。

"太好了，诸夏。我正想着该如何破这个野火阵法。感觉气息很强，硬冲恐怕是不行。"思源指了指身前巨大的火色灵障。

"火灵，需要水系来破。"思源转而想到，"我们之中的水系灵息，那么就是……"思源似是醒悟了，马上看向了微星！

"其实拥有这类水系灵息的不止微星，还有我。"思源笑着指了指自己。"不过诸夏。这是上古的神火，只凭我和微星能抵御得了么?"思源有些不确定。

百鸟羽翼觅玄珠

　　"不能硬闯。"小笔突然飞起，环绕众人一周后又回到了原点。"小源，你不要忘记了自己的血统。你的血液中不仅有着宋家的血脉。还有着绿鬓他们追随的那一脉。而现在，你周围的追随者，也是上天赐予的。就如那天我们在白源洲一样，一切皆为天定，他们正好都可以帮你来破解这野火之屏。"

　　思源听到诸夏这样说，信心顿生。

　　诸夏并没有直接告诉思源，而是慢慢地引导起来，让思源自己来思考。

　　"微星先张开青苹结界！"思源下令到，虽然不能确定这结界到底能抵挡住几分野火。

　　"少主，我和若木为野火的同源，火源不可以轻易伤到我们。"绿鬓和若木说到。

　　"对，你说得对，还有朱颜！绿鬓、若木，用你们的灵息围绕结界，包裹在微星的青苹结界之外。然后我……"思源看了看手上的朱颜弓。

"绿鬓，这把神弓的主人究竟是谁？"思源问出了他心中一直以来的疑问。

"是……远古时期的先祖。"绿鬓答道。

"好，那么神弓的主人是不是也是你和天火的主人。"思源清澈的眼神让绿鬓完全无法抗拒。

这位俊丽的司仙此时微微锁眉，她闭眼咬牙，再次跪地，"不错，先祖是我们的主人。"

"那就好办了，按照绿鬓你的忠心程度。我相信天火也不会不给这神弓面子的。不对，确切来说应该是不会伤及你们曾经的主人。"思源缓缓地手擎箭羽，搭箭上弓。

"梨韵仙人，可是擅长木系法术？"思源边说边单眼瞄准了野火之屏。

"不错，小仙的确是木系的仙灵。"

思源的嘴角泛起了自信的微笑，像是宋源一般。"朱颜为引，直冲屏障，待到打开缺口，绿鬓和若木你们施法将结界快速移入野火之中。"

"是！"二仙听令，结界瞬时青红相交，灵彩辉煌。

"微星，你展开青苹结界在内。我怕一会入野火之处，野火的灼烧会让结界中温度过高。我们这里还有三位凡人，到时候还得靠你的护佑。"思源说着便手点青苹，青苹瞬间点点生花。

"是！"微星鸣笛，青苹之花迅速在结界内展开了另一层结界。

"梨韵仙人，野火为大，绿鬓虽然也为火系同源，但不能比过这天火。一会请你引着他们的灵息和这朱颜神弓一起，以木为灵，引朱颜神弓之火更旺，木生火种，自是生生不息。"

"是！"梨韵点指化花，瞬间点点白花便附在了思源欲射的朱颜神箭之上。木箭生花，灵息不绝。

"不愧为少主，竟然也想到了以木生火！"绿鬓唤出了刚才已经问梨韵借的那一枝梨花，"其实我也已经向仙人借来了。"绿鬓手执梨花枝条，口中鸣鸣有声，琼英不绝。

"黄陵祠下山无数，行到东吴春已暮。左倚采旄，右荫桂旗。攘皓腕于神浒兮，采湍濑之玄芝，卿卿，山路风来草木香。"

待到最后一句语毕，草木皆旺，结界充灵。思源屏气凝神，拉弓满弦。

"去吧！道大幽玄，世使如然。"朱颜之音指引着思源，思源口中念出了这冥冥之音。

神弓慢慢冲破了那烈焰滚滚的屏障，"就是现在！"思源叫到。

"是！"众人应到，诸仙结印，齐心而行。

结界快速地穿过朱颜打开的通道。里面果然燥热无比！

"咳咳！"许诚有些难受起来，顿时觉得口干舌燥，感觉有些喘不过气。他转头看像萧存，萧存胸前的灵珠倒是张开了白色的光晕结界。

"漪澜！"微星唤到，诸夏赐予的漪澜弓这次也有了用武之地，微星空弦而射，水气四溢，水色充斥在结界之中。许诚此时觉得这水气就犹如沙漠中的水源那般，沁人心脾。

"我们很快就要到阵心了！"绿鬓似是感受到了什么，"大家小心！"

众人已经飞到了那一柱光线的中心。

"月出！"萧存叫到。

不错，让众人诧异的是，独孤月出此时正悬浮在这光线的中心。野火的灵息将她缠绕，而她手上那小小的发簪正莹莹发亮。

"骨镖！"绿鬓马上结印，想要将骨镖取来。

"不可！"梨韵叫到。

这倒是和思源想的一样，没有骨镖后，独孤月出怕是抵御不了这野火的焚烧。

"绿鬓，要怎么封印骨镖！"思源赶忙问道。

"少主要用灵血固之！但，我也不能肯定。不知道这骨镖之中会不会有别的上古法术。"绿鬓此时是一脸的担心和焦急。

"不错。少主，封印玄纹之术，皆非我辈所晓。若贸然行事，恐怕会有反噬。"若木扑动着翅膀说到。

"可是不管怎么样，我们都得一试。"思源向前跨了一步。

"少主！"三仙皆紧张地上前阻拦。

"诸夏！我必须得去，对不对？"思源看向了身边的狼毫小笔。

"玄珠安在，得而复失。这几千年的桎梏，不如将他释放吧。我随你同去。"小笔飞到了思源的眼前，思源手执小笔，绿色的灵息将他环绕。

这是诸夏的赐福，温暖的感觉再次袭来。思源心中不再害怕，鼓足了勇气，背上朱颜神弓，执笔往前。

一步一步，直到离开了绿鬓的结界。火热的热浪涌来，思源忍耐着继续前进，直到抱住了悬浮在空中的独孤月出。

"月出？"月出的脸上并没有异样，看样子只是昏睡了过去。

"小源，用血引灵。在这骨镖上！这样才能进入这位上古之神的心之结界！"诸夏提醒道。

"血！好！"思源再次咬向那刚止血不久的伤口。

"快！"诸夏催促道。

思源毫不犹豫地用沾血的手指触碰到了那已经有些血色隐隐的骨镖。

而此时，繁花千树，赤炎之地，批羽之子，并肩而立。

"你是谁?"思源看向这位披着华丽羽翼的男子问道。

那男子转过身冲着自己报以一笑。

"吾之子,终得归。子之归,玄都花千树。去吧,他等你很久了。"

思源被轻轻托起,而此时自己身上也披上了华丽的羽翼。

羽翼徐启,穿过那繁花之林,花擦羽翼,百鸟同飞。

而此时映入眼帘的却是一株绯红色的花树。百鸟环绕,拨开藤蔓。思源看到了被红色冰晶冰封着的他。

"玄纹?!"不知道为什么,思源马上就明白了。眼泪溢出了眼眶。思源轻轻降落,用手轻轻触碰那冰晶。远古的记忆瞬时袭来!

青玉之诺玄珠之末

杀戮遍地，血流成河。红衣盔甲的他站立在千军万马之前。

"玄纹。"思源在空中俯视着战场，玄纹身后是一座规模宏大的城市。

这是哪里？

城中老弱妇孺此时已经跪拜在地，头向东方。

"我不会让你们过去！"玄纹手中化法，对着那精装铠甲、虎视眈眈的敌军说到。红灵在手，野火促就，敌军阵中一片哗然。

"野火！"带头的先锋官惊慌失色。

"不错！穷桑之末，在彼在赢。你等失信于天下，弑杀明主，天地不容！"玄纹决绝无悔，火红的符文霎时在脸上映现。

"他要释放野火之力！"先锋官见大事不妙，举起令旗让兵士后退。

"玄纹！你虽然贵为你族的司仙，却仍然执迷不悟。你们已然落败，又何苦同归于尽。"一位身着祭司服的巫者此时迈步走到了阵前。

"呵！败？如若不是主人有怜悯之情，念天下之苍生，顾旧日之恩情。又怎会被你们篡夺天位！"玄纹仰天长叹，"尧王城的族民早已经做好以死相抗的准备，而我绝对不会让你们踏进王城半步。"

歌声传来，哀恸天地。城中之人，奏陶唐之乐，唱葛天之歌，千人吟唱，万人相和。

"不要！"思源突然觉得揪心万分，他有一种不好的预感。

这芸芸众生，靡靡之歌，听似永诀。

玄纹紧闭双眼，一滴血色的泪水滑落。"苍天何能，毁我子孙之昌！"

伴随着葛天之舞，城中的族人慢慢走向东边，行祭拜之礼，舞乐越加繁盛，一直延绵到那东面的祭祀之台。

思源焦急地在空中跟随着他们，这漫地的狂舞，庄严却又热烈。只是这忘乎所以的舞中，思源却听出了一种最后的挥洒，一种刹那的芳华。

这舞如诀别诗一般，最后众人集于那圆形的祭台之上。就在舞极乐兴之时，许多人掏出了骨刀，朝天自绝。

乐声哭声相连，瞬间族人一排排倒下。

"不要！"思源想冲下去，但自己根本动弹不来。眼看着一批批人自裁倒下，血流成河。

"啊！"玄纹仰天而哭。自己贵为司仙，却已经无力拯救族人。而他们为了不再拖累我，也发誓不愿为奴，已然在祭坛追随主人而去了。这一切都是为了让我可以释放出这野火，让我不再有所顾念。尧王城的子民，最终选择了玉石俱焚。

嘶吼中野火从云端而落。

这禅让共治的天下已然完结。

"玄纹！"思源此时已经泪流满面，他的不忍，他的痛苦，他的无奈，自己都懂，看着那一批批倒下的子民，思源突然喊道。"这不是我想要的！"

"玄纹，你就算不为自己考虑，你也要为你的两位少主考虑吧！"敌前的巫师对着玄纹喝道。

"少主！"玄纹那早已被血色染红的双眸突然又泛起了涟漪。

"如今你们已然战败，但我主贤德，虽要立威于天下，却并不打算追责于各族之后。你若肯束手就擒，交出野火，我们自然不会弑杀你们年幼的领主。"巫师带着面具的脸上看不到一丝表情，也许就是因为这场谈判事关存亡，他不想被玄纹看出一丝破绽。

"少主？两位少主还活着么？"玄纹的眼神有些迷离起来，刚才的决心已经被动摇。

"不错！你若愿降，我主定会保其周全，还会给他们行分封之礼。使你主人的子嗣得以延绵。"巫师继续劝降到。

而此时一行士兵走到阵前，人群中被囚之人，正是两位少主。

"玄纹！"两位少主依旧穿戴着族人的衣饰，一如往昔。此时他们虽然故作坚强，但玄纹知道他们的心间尽是悲凉。

"投降吧，有的时候舍弃一些而去保全另一些，才是在这个世界上的生存之道。"巫师叹气说道。

玄纹闭眼忍住泪水，如果自己发动野火，那两位少主也会灰飞烟灭。如果自己投降，就辜负了族人以死相抗的决心。的确，野火之种是我族最后的希望。毁天灭地，却可以烧尽敌军。如此以后，兴许大少主还可以在别的部落的帮助下卷土重来。

但是……玄纹看向了两位年幼的少主，他们的眉眼尽是主人的影子。是的，自己下不了手，面对着他的后裔，他无法狠下杀手。

　　卑鄙啊，用两位少主的命换这最后希望的火种。的确是一向精于算计的他能想出的计谋。

　　"哼。"玄纹咬牙，这样的情况下，不管自己怎么选择，都会留有遗恨。

　　带着华丽面具的巫师，看出了玄纹的动摇。而他手上有着压垮他决心的最后一根稻草，他拿出了胸前的玄圭。

　　这是！主人的玄圭！玄纹大惊。

　　"我主将玄圭赐予二位少主，另赐青玉两枚，代表分封之礼！诺与玉石同在，愿二子承其父之大美，子孙不绝。"

　　玄纹看着玄圭跪地，再也忍不住那热泪，"主人！"

　　两位少主也跪地恸哭。

　　"我主承诺，绝不弑杀三位少主的子嗣，封二子若木于徐，幼子恩成特准留与费国故地，以守宗室不绝！另，长子大廉赐予秦地，永得安昌！"

　　巫师将玄圭与青玉赐予身侧的两位少主。另将第三枚青玉执于手中。

　　"得此玉者，与我主同在！任何人不得僭越！"青色的咒印随着这位巫师的言灵慢慢束缚在三枚青玉之上，承诺契约作成。

　　白衣巫师转而看向地上这位司仙，"玄纹，你放心地去吧。你既为仙，自然可以世世代代观之，看看我们是否以践其行。"

　　说完，他竟然拿出了久置于身后的羽箭雕弓！

　　这熟悉的雕纹，朱颜弓！

思源不由得一惊！

不要！不要！不可以！怎么可以这样?！思源像是已经知晓了接下来要发生的事情一般。在空中不停地喊叫着！

血泪再次滴下，那血色如城中祭坛中的血泊一般刺眼。歌声已经寡淡，他们要留给敌人一座空城，他们要与主人共存亡。

而我，也许也是一样。当年山川泽被，汪洋湖泊，飞禽走兽，人神妖怪，皆臣服于麾下。

而今万物共生、人神同气的时代终是要被终结了。而自己——这个时代最后的火种，在此时此地也将被毁灭。

凌然的脸上没有一丝犹豫。反而泛起了微笑。他仿佛看到了那位批戴着羽翼的领主，还有其余三位共在御前的司仙。自己现在所要做的也许只是追随他们而去。只是这少昊之翼终是折落了。

"玄纹！"两位少主泣不成声。

他俊美的脸上闪过一丝温柔，"别怕！要像你们的父亲一样！"

白衣的巫师此时心中也是百感交集，曾经誉满天下的四司仙，如今都要被斩于马下了，自己开创的这一新世，不知道会被后人如何评说。历史总是胜利者书写的，只是那神仙俱在的时代，也许也是自己心中的最后一片圣地了。

但，最后，我会了结这一切。只留下，那一本，后人不再全然明白的古书。

巫师举起弓箭，朱颜绿鬓，玄珠漪澜。蔓华文藻间，一切的一切，由我开始，重新书写。虽然这是血色开启的世界，但我不悔。

刹那一箭！朱光泪痕晕染。

思源已经喊得失声。

而最后，又一次飞过那玄都的千树，朱红色的花朵晕染着无尽的悲伤。

是的，自己知道了，那一本古书，那一本古书的名字！

山海经！

第一百二十四章

玄珠归来向伊分付

　　题记：那眉间开出的莲花，伴随着掌心的梨花，血色晕染。千万年的一触，玄珠归来，向伊分付。

　　"小源——"

　　伤心欲绝的思源被诸夏从梦境中唤醒，而此时近在眼前的就是那被朱颜射杀的司仙玄纹。

　　"他死了么？"思源哀伤地说。

　　诸夏默默不语。而是让思源继续化灵深入，自己去阅读那段历史。思源再次伸手触摸冰晶。

　　思绪如潮水般地涌来。

　　玄纹由于灵力太盛，又挟持天之野火，故主上设计擒拿，用朱颜之弓将之射杀。朱颜为其主人之物，故可以让其心甘情愿伏诛。然其有野火之力，永世不灭。故只能将其封印。祭司献策，取其主人生前随身武器骨镖及战死之血衣用血脉之力将其封印。骨镖须由其族人供奉守护，故主上将封印之圣物赐予淮夷徐国君主若木之手。几经传承，骨镖最后藏于古钟离国之圣地。

"后被独孤及所得，送与独孤月出。小源你的血脉将骨镖中的玄纹之灵唤醒。而长安地脉中的一股恶灵之气偷窥此上古神力已久。借故掳走独孤月出，引得野火漏出。"诸夏继续解释到。

"原来如此……"思源还没有从刚才的哀伤中完全走出来，"只是这股怨气究竟为何物？"

"这是安史之乱时集聚的怨灵恶气，恶灵企图掌控上古之火，再图动乱。"

"安史之乱……诸夏，我要怎么做才能救下玄纹和月出？"

本来以为玄纹只是一个喜好杀戮的神仙，没想到他为了族人和主人，有情有义，用自己的牺牲换来了后人的安定生息。

"你有两个选择，继续将其封印，或，将其释放。"诸夏此时从小笔中幻化出来，碧灵点点，额间灵印熠熠。

思源转身回望诸夏，碧衣仙灵从他坚定的眼神中已经洞晓了其之心意。

诸夏微笑，闭眼点头，"不错，这才是我认识的小源。虽然这也许不是朱颜的本意。"

"朱颜？"思源摸了摸身后的神弓。的确，如果按照刚才绿鬟所说的，是要我封印野火。

思源拿下朱颜，再次看向诸夏，思源的眼神依然是那么坚定清澈。

"我该怎么做！"

诸夏轻轻一笑，手中结印，"这可是又要耗费我不少灵力啊！不过，既然是你的决定，我相信这应该是命运的指引吧。"

"水为玄，水流而不盈，行险而不失其信，维心亨，乃以刚中也。月坎弓轮，北方玄水，助我其右！"一段慷慨激昂的念诵从诸夏口中传来。

"要收服野火不是那么简单的。"诸夏解释到，而此时却见北面有玄色的猛兽飞奔而来。"不过，还好，我们现在是在唐长安，可借其地势及古之布局以助我力。"语音刚毕，玄色神兽已经巍然在右。

"玄武？"思源心中突然了然，这神兽即是玄武。

"以水御火，玄武为邻！四圣兽早已在这古长安的布局之中，我们今天正好借其一用，当然，这也是造城之人的本意，在需要的时候让知晓玄机的人引灵以护佑长安！"

玄武似龟，水色相依。

"坎虽为险卦，但意在心智之坚强。水流奔腾，脉脉不绝。意志坚定便可背水一战，破釜沉舟，在绝境中求得生机。小源，你可准备好了。我们要入坎卦了！"诸夏温柔的气息传来，思源感觉到了他就在自己身后，诸夏的双手轻轻地搭住了自己的肩膀。

"不用担心，只要你想要救他的心意足够坚定。我一定可以助你收得野火！"诸夏读出了思源心中的些许不安。"不过，我们还要叫上另外一位仙人，微星！"

语出立现，微星已经跪地在左侧。

"左右相随，漪澜玄武！"诸夏正色下令。

"是！"

只听一声巨吼。微星和玄武一起应到！

"入卦！"

冰晶泛红，水色相涌。星辰银屑策应眉间，繁花点点生于足下。

绿鬓？梨韵？

思源此刻还感受到了另外两位仙人的灵息和扶力。

"我们一鼓作气，一跃而入！"诸夏嘴角扬起自信的微笑。"小源！跟着我念！"

"哦！"思源还没有反应过来，就听得铿锵有力的念咒，这样的声音，思源第一次从诸夏口中听得。

"江河难济，百川之流行乎地中，水之正也。坎坷重重，唯念一心。兹以以重，我得良将。天令不可违，玄珠得归！"

玄珠！思源此时突然想起了在大昏口机关宫殿小笔所写出的那一句"绿鬓朱颜，有玄珠，待归来、向伊分付"。难道一切早已注定？

"朱颜绿鬓！玄纹漪澜！"思源再次跟着诸夏念到。

这是……四司仙之名？思源的脑海中再次出现了那位华羽批肩的华彩之子。心间顿时百感交集，喜悦、悲伤交织在一起，这是一种久违的暖意。像是久别重逢一般，这四个名字终于在自己的脑海中豁然开朗。

"玄珠……即是玄纹。"而现在自己要抓住的就是这一枚天火之珠。

思源睁开双眼，此时的自己已然进入了红色的冰晶之中。四周的气场死寂，还弥漫了一丝血腥味。是的，玄纹被射杀的时候，连带着他自己的鲜血，还有尧王城中血色祭坛上的族人。这统统都是血色的印记和回忆。

"找到玄珠！小源！"诸夏的声音在心间传来。

思源已经来到了玄纹的面前，微弱的朱红色灵息飘浮在这位司仙的四周。

"少主，玄珠是玄纹驱动野火的灵器。"绿鬓的声音传来。

"少主，拿出玄珠后估计会引起结界的破损，你要引灵与我相连，到时候我可以用漪澜弓抵御野火的侵蚀。"

好，思源双手合十，很快就找到了微星水色的灵息。

玄珠得归，思源心中不停默念着这句。而此时却见脚下步步生莲。脚踏菡萏，思源一步步走向玄纹，却又见红色的冰晶微粒落于掌中，手心也开出了莲花。

"佛祖拈花而笑，众比丘都不知何意，只有迦叶破颜而笑。是为迦叶破颜。"诸夏的声音从远处传来。

"佛祖？"思源不解地问道。

"此为禅修之地，为佛家花圃。佛祖洞悉，有好生之德。故指点迷津。"诸夏解释道。

絪缦缦兮卿云歌

这里是灵感寺。兴许是住持在外面着急了，念佛经祈求诸人平安。于是佛陀一指莲花想要给我提示。

"世尊悲下界，迦叶笑。"诸夏喃喃自语着，似是要参透这佛祖的暗示。

"拈花微笑……"思源突然想到了宋朝云门寺灵一法师拈花微笑的场景。

"手捻禅花，蕊指眉心！"思源轻轻说出了这一句。

语带禅香，思源的另一只手中，幻化出了一枝梨花，花枝延伸，直指玄纹眉心。

"莲花眉心。"思源跟随着心中的指引说道。

而此时思源的眉间也生出了莲花的印记："在眉间！"

思源霎时懂了，用手直触玄纹的眉心。

吱——如电流一般的酥麻感袭来，但现在自己不能放手。

絪缦缦兮。一段朱红色的翔云图腾从玄纹的眉间跃出。似云非云，若烟非烟。

结界！封印的结界！伴随着全身的痛感，思源马上明白了，这就是封印玄纹的法力结界。

这上古的图腾虽然久远，却让思源觉得很是熟悉，是五彩祥云。

"若烟非烟，若云非云，郁郁纷纷，萧索轮囷，是谓卿云。"诸夏的声音回荡在耳畔。

许诚此时在外面看着梨韵仙人的幻化之镜，心中着急！

"这可怎么办啊！思源怕是撑不住的啊！"

"卿云烂兮，糺缦缦兮，日月光华，旦复旦兮。"萧存听到诸夏的话语，马上明白这卿云的出处。"这是《尚书大传》中的卿云歌。此歌应该是舜帝禅位于大禹时百官所诵唱的。"

"什么？复旦！"许诚大惊！

"看来这个结界和封印承袭上古之力，尤为难解。"萧存感叹道。

此时的思源强忍着痛楚，手依然按向玄纹的眉心。

"以血破血！"诸夏的灵音再次传来。

既然上古祭司是用玄纹主人的血衣和骨镖将其封印，那么我们只能以血破血。思源拼命地将另一只手在梨花枝上摩擦，树刺破皮，鲜血渗出。

思源将另一只手也触向眉心。血色印染在玄纹的眉心，那祥云又纷至沓来。朱红色的卿云如烟雾一般。迷住了思源的双眼。

而思源只想抓住那一个断片，血滴在梨花上，也融进了玄纹的眉心。

于千万年的岁月中只为一点，于九州山岳中只为一心。

"玄纹！"思源心中的哀思涌出。

手中突然炽热了起来，抓到了！思源感觉到了食指上传来的讯息，用双手拼命往外拉拽着玄珠。但一用力，那电流就更刺人，冲击全身，疼痛难耐。

但思源还是强忍着疼痛想要把那玄珠拿出来。而此时那鲜血终是触碰到了玄珠，祥云般的结界突然从玄纹周身都迸发出来。一圈赤色的封印铭文将思源和玄纹彻底围绕，瞬间卿云和铭文从这一圈封印中悉数生成。而思源也被这股力量弹了开来，手指离开了那已经触碰到的玄珠。

那光环中的铭文，一一亮起，诸字显现。但思源却一点都看不懂。

"糟糕！"诸夏一个箭步向前，但完全被阻挡在了红色的结界之外。"小源！"诸夏紧咬双唇。难道自己要又一次眼睁睁地看着宋家的子嗣……

"这是上古的咒印。"绿鬟在阵外看到后也大为吃惊，"那工于心计之人，竟然对玄珠施下了那么精密的封印，还施加了如此复杂的玄文咒印。"

"怎么了!? 怎么了?!"许诚见状，紧张地抓住若木和绿鬟的袖子直问："思源不会有事吧！"

"如今也只能听天由命了。"梨韵深深地叹了一口气。

"什么!?"许诚震惊。

而此时思源已经完全被卿云结界笼罩，那金光闪闪的铭文缓缓传入耳际。

"少昊之子，血脉之灵？"

"不错！"思源再次向前，想要用手再触玄纹的眉心。

"天火已封，何苦再来纠缠？"

"恶灵偷窥天火之力，如果泄露，整个长安就会……"还没等思源说完，那声音就回道。

"然！但汝子要释放野火，解除封印。"

"远古之战，早已完结。青玉之约也早已践行。吾在此，即为印证。世事沧桑，斗转星移，玄纹已然完成契约，世代恩仇也已经化为大同。司仙应该重获自由。"

"野火之力非同小可，破解封印，非常人能受之。你回去吧！我会将封印修复，使其不被野鬼所利用。"

"不行，玄都的花千树，王城的血色迷离，我不能就这样回去。我一定要救出玄纹。"

"……"

"不管怎样的苦难，我都愿意承受！"思源想起刚才看到的一幕幕，心中的信念再次坚定。

那声音沉默了一会。

"远古之契，解印者必须尝受玄纹受死之刑！"

"什么!?"许诚、绿鬓、若木等人听到这里都是一脸惊愕，不敢相信。

绿鬓赶忙幻化到诸夏身边。

许诚吓得呆坐在结界中，"怎么可能？思源，你不要答应啊！"他心中很是明白思源的为人，这会的许诚觉得自己太无用，无助地看向结界外，凡人之躯，根本走不出这结界。许诚懊恼地手捶结界，一脸焦急。心中默念着，自己一定要变得更强。

而此时若木也已经不见踪影，他也去到了红色的冰晶前。

"可恶！"微星咬牙逼近卿云结界。

"微星，不可！上古神力不是那么轻易可以撼动的。"诸夏阻止了想要突进的微星。

"不如由我和绿鬓司仙一试？"若木飞到了微星身侧。

"不可！"绿鬓虽然不忍，但她还是决定如实相告，"这封印并不是少昊之翼所设的，与你我的灵息也并不相容。"

"难道我们只能干等着吗？再这样下去少主就要受……"若

木急得快要哭了出来。

　　而此时，思源在结界内考虑了很久。他想到了许多许多，白鹿，花千树，尧王城的血色，玄纹最后的惨死……

　　"我不能放弃，已经到了这里，我不能知难而退。"思源虽然脸色苍白，但他口中的话语却没有半点犹豫。

　　"不受其苦，怎得其心。"思源再一次走近了玄纹，用还沾有鲜血的手再次直点眉心。

朱颜未改漪澜之约

"万箭穿心！"

就在思源碰到玄纹眉心的那一刹那，卿云结界中的声音再次传来。思源再次被弹开，一位白衣祭司从卿云中幻化出来。

这就是刚才在玄纹的回忆中看到那位祭司！只是还没等自己想完，那位祭司就手执箭羽，拉弓射来。

那一支穿心箭直接插入了自己的左胸膛。

"额！"就在箭羽射入的那一瞬间，思源以为自己就要死去了。可却不曾想到，自己还吊着那么一口气。眼前慢慢黯淡下来，鲜血从胸中流出。

"少主！"

"思源！"

耳畔响起了同伴的呼喊，此时的自己已经完全透不过气来，这种生命慢慢被抽去的感觉，自己并不陌生。一声苦笑，宋源和白鹿死去的时候是不是也是带着这样的心情呢？不知道为什么，思源突然想到了他们。

不过很快思源就明白了为什么自己还没有死去的原因。

"第二箭！"

是的，根据刚才自己所见，那祭司最后对玄纹是连射三箭，通通都是直中心脏。看来自己要等到这第三箭才会死绝。

既然这样，那么……思源单膝跪地，那钻心的第二箭就已经袭来。

又是沉沉的一击，思源差点昏死过去。靠着最后那一丝气息支撑着自己的身躯。

"少主！"若木此时已经顾不得那么多了，扑向了那卿云结界，但瞬间被那灵咒灼烧。

"灭！"诸夏眼疾手快，瞬间结印，将若木拉了回来，"微星！"

"是！"微星再次拨弦漪澜弓，水气将若木围绕。

"这漪澜弓也是上古之物，没想到到了仙人的手上。水润则愈，此物为治愈之圣物，如若可以直传入这卿云阵中，少主兴许还有一救。"绿鬓眼泛泪光，看着这把同僚的神器，心中百感交集。

"领主，刚才少主的灵息已经与我相连，倒可一试。"

此时诸夏锁眉闭眼，无奈地点了点头。

微星赶忙手扣玄印，手执箭羽，化灵调息。这一箭他要赌上自己所有的灵力，此时微星和思源之间那淡淡的蓝色灵息线慢慢显现了出来。

"两泽相连，两水交流，兑为泽。雨泽、新月、微星齐聚，救我同行！"微星字字慎重，奋力一射。

而此时，结界中的白衣巫师也射出了他的第三箭。

"快!"诸夏也化法催行这蔓藻箭,"如风随行!"

一阵白光交集之中,众仙都看不清这阵中到底如何。

第三箭袭来,思源已然做好了受死的准备,此时自己的鲜血已经满地,这些血液腐蚀着卿云结界。是的,少昊之血,是破除这个结界的关键,血流而尽,也就是冲破这个结界之时。而自己就等着这最后一箭刺入心脏。

就在自己欣然受死的那一刻,一阵温热的灵息从背后涌来。痛楚迟迟没有袭来,睁开双眼,一位黄衣羽翼的仙灵正用手奋力拉住那快要刺入自己胸膛的箭羽。

"朱颜?"思源问到。

仙灵微微一笑,他手上朱红色的灵息蔓延开来。

"想要用朱颜神弓伤吾之后裔,不可!"

仙灵周身灵息四溢,已经射入的两支箭羽竟然也慢慢化去,只是思源胸口的血还是没有止住。朱颜将另一只手往思源的鼻上一推,一股熟悉的香味袭来。

桂枝!这一股香味,让思源打了一个寒颤,思绪慢慢清晰起来。而此时微星蔓藻箭带来的灵息也已经注入了思源的体内。如沐清池,水色依依。血渐渐止住了。

随着诸夏的疾行之咒,一阵狂风吹起,结界内的鲜血随风而溢。

三箭已毕,血破阵法,卿云开始慢慢散去。

"朱颜……"思源将手搭在了朱颜的肩膀上,虽然有着蔓藻箭的灵息,但自己还是不太站得稳。

"少主,去取回属于你的玄珠吧!"

朱颜扶住思源,慢慢带着他飞到了玄纹面前。

思源用颤抖着的双手再次点入玄纹的眉间,那一颗温热灵珠的触感再次袭来。思源用力往外拉拽。红光从玄纹的眉间迸射出来。

思源闭上双眼，灵魄再回玄都，批羽之子在侧。

他俊秀的脸上带着欣喜，"吾之子，玄纹终得救。你已获得三仙之力，去吧，再去找回潋滟的主人。"

"你是?"思源看着这位身披羽翼的俊美少年，有一种说不出的亲切之感。

"穷桑之裔，大费之主。批羽为虞，统管山泽。"少年皓齿明眸，粲然一笑，"去吧，你还有很多未尽之事。"

思源睁开双眼，此时自己已经手握玄珠，这玄珠被荧光笼罩，四周还有雷电相伴。而此时骨镖也飞到了思源面前，和玄珠合二为一。

"少主!"微星率先冲了过来，赶忙再用潋滟弓为思源疗伤。此时思源方才发现，天火之光已然不见了。

"思源!"

"宋公子!"

许诚、梨韵和萧存也跑了过来。

"玄纹呢? 还有独孤小姐……咳咳!"思源还在担心着别人。

"放心吧，少主。领主已经看过独孤小姐，并无大碍。"

"至于玄纹，他就在这颗骨镖之中。"绿鬓点了点思源手中的玄珠。

"小源!"诸夏的声音传来。似是有些急促。

"怎么了诸夏。"思源看着微微皱眉的诸夏，有着不好的预感，因为很少见他会有如此的表情。

"此地的修复我已经交与玄武，那些被烧毁的梨木，想来也都能慢慢复原。只是这独孤小姐……"

听闻这一声，萧存和梨韵都一惊。

"月出可有异样? 仙人。"梨韵问道。

"气息尚算平稳，但是我已对她施以清心咒，却还是不见苏醒。怕是这位小姐的七魂六魄已经有几魄出体了。"

"什么？那岂不是……"萧存紧张地询问道。

思源此时突然想起了羽仙人留给他的那个锦囊，于是马上取出打开。未曾想到拿出的是一支小小的发簪。

朱红一点的钗头，小巧精致。

"茱萸！"许诚叫到。

的确这朱红一点很像茱萸。

"茱萸插鬓！"思源记起了羽仙人是怎么救许诚的。便赶忙走到了独孤月出的身侧。

轻轻将这发簪插到了她的小髻上。

但伸手一摸，发现这锦囊中似是还有他物。便对着手掌一倒。

一对朱红色的耳坠掉落在手中。

"明月珰！"思源和梨韵俱是一惊。

第一百二十七章

鬓插茱萸还魂香

"此物怎会在此？"梨韵大为吃惊。自己走遍南境都没有找到小蔓的下落，而如今自己送给小蔓的明月珰怎会出现在宋思源的锦囊中？

而思源此时也是毫无头绪，难道这羽仙人和独孤蔓有什么渊源不成？

不过现在救人要紧，思源为独孤月出带上了这付耳坠。

独孤月出微微皱了皱眉。

"许诚！还有茱萸么？"思源问道，但突然又想到许诚已经将他鬓角的茱萸给了自己，不行，不能再用许诚的茱萸了。

好在朱颜两次救自己用的桂枝此时还拽在自己手中。于是赶紧将桂枝递到了独孤月出的鼻前。

芳沁入腑，还魂入窍。

独孤月出缓缓睁开了双眼，而当她看到了思源近在眼前的脸庞，不由得心中一热，起来一把抱住了思源！

"宋公子！"

众人都吃了一惊，独孤月出此时看思源的眼神分明已经不同以往。

"独孤……小姐，你没事吧？"思源有点反应不过来，只能这样问道。

"宋公子，谢谢你。"独孤月出苍白的脸上此时满是欣喜。

连思源也不明所以。

月出轻轻摸了摸头上的茱萸发簪和耳上的明月珰。羞涩地对着思源和梨韵报以感激的微笑。

素衣白裳，玲珑一点红，血色明月珰，佳人失而复得。

梨韵感叹有余，仰天而望，此时已经恢复平静的梨林上方已是一片浩瀚星海。

寺塔星空相伴，故物得归。而对于梨韵来说，更欣慰的是，寻到了关于小蔓的那一丝丝线索。

"当时明月在，曾待彩云归。"梨韵喃喃说道，这些年来自己看不透、摸不着的真相，似乎就在眼前。

独孤月出欲取下耳坠，却被梨韵阻止了。"月出，这是我送给小蔓之物，如今留在她的后人手中反而更好。"说话间，梨韵翻手便化出了一支小巧的发簪。

"这！和刚才锦囊中的那一支好像。"许诚惊叫了起来，只是仔细一看，月出头上的那支的确是越椒，而梨韵手上这支发簪的钗头镶嵌的却是一颗红色的小宝石。

"的确好像。"思源接过梨韵的发簪仔细端详起来。

"宋公子，此锦囊非凡间之物，是哪位仙人赠予你的？"梨韵问道。

"哦，是羽仙人。"思源答道。

"一切遇见，皆是姻缘。一切际会，皆是注定。"诸夏轻轻地走到了梨韵的身侧，"梨韵仙人，借一步说话。"

梨韵和诸夏慢慢走到了那株最大的梨花树下，而此时玄武也已经把梨林修复得差不多了。

此时灵感寺众僧也提灯来寻诸人，住持看到大家，赶忙赶了过来，他身边的小沙弥则喜极而泣："阿弥陀佛，佛祖保佑，我和师傅只能在外不停念诵经文，祈求诸位平安。"

思源温柔地一笑，"住持、小师傅，真的要多谢你们了。你们的诵经真的让菩提开花了，佛祖给了我那拈花微笑的提示。"

"阿弥陀佛，各位施主吉人自有天相。我佛慈悲。"住持双手合十，赶忙引众人入禅寺休憩。思源回头望了望还在树下的梨韵和诸夏，心中还是有些许放不下。

"美人如诗，草木如织。人生在世如身处荆棘之中，心不动，人不妄动，不动则不伤；如心动则人妄动，伤其身痛其骨，于是体会到世间诸般痛苦。许多往事及心事实为'不可说'，宋公子，一切皆因心动，动情而伤啊。只是又有谁可以不为所动呢。至少我做不到。"精通佛学的萧存说出的这番话倒是让思源有些顿悟。

"的确，往事不堪回首，只是我们的现在，其实是多少往事造就的啊！有的时候无知和不知也是一种幸福吧。"思源转过身来，不再挂念。个中因缘际会，诸夏自会妥善处理。若是要我知道，总有一天，我会知道。

许诚看着思源和萧存两人一脸大彻大悟的神情，瞬间觉得自己比他们矮了一大截。他心中有些焦急起来，思源不停地在往前，而自己……还有妈妈的遗嘱，也待我去完成，我也要变得强大起来。

微星听到了两人的心声，不禁动容。

"自来熟……放心吧，你会有自己的仙缘。"微星在许诚耳边嘀咕了一句。

许诚有点不敢相信自己的耳朵，有些脸红道："小帅哥怎么也会关心我了。"

夜色漫漫，姻缘已经种下，玄珠也终于得归。

只是失而复得的，又何止是这一神器。于人心，于故物，于情，于理，诸人的心中此时不再是空空荡荡，俱是有载而归。

有的人心间开出了妖娆的情花，有的人获得了不停向前的动力，有的人找到了新的追寻，有的人要去了却那最后的心愿……

一切的一切，说是结束，其实却似开始。

于茫茫的人生中相遇，于苍苍的宇宙中彼此珍惜。交汇的那一点，就足以让人动容，不管结果如何，我们依然对自己钟情的人和事，情有独钟。在这历史的长河中，也只有情字，是我们跳不开的缺口。

在灵感寺的厢房中，思源看着手上的骨镖和玄珠，泪水再次湿润眼眶。玄都究竟在何方？漪澜又在何处？天地苍苍，也许早已物是人非，也许早已不复当年之貌。虽然不知道前途等待自己的还有着怎样的艰难险阻，但那花千树已然开在了自己的心间。

这份依恋，让自己不得不去追寻，就像如今不得不去拯救宋源、拯救若耶一样。

"宋公子？"月色下，窗外的木帘下，佳人的倩影依稀可见。

"月出？"思源赶忙走到窗前，掀起木帘，月下美人，娇羞可人。独孤月出看到思源后笑得如春风那般清甜。

思源有些迷醉，月光映照下，她发髻上的茱萸发簪朱红如砂，只是有些歪了，想来是自己刚才急匆匆地给她戴上的时候没有戴好。

思源温柔一笑，轻轻用手拔下这枚发簪，再次认真地给她戴上。

依稀胧月夜，惊鸿伊人簪。

独孤月出花靥的笑颜中，分明有着一种思恋。

"宋公子，你要离开了么？"俏丽的容颜上带上了一抹哀愁。

"嗯！我要去救一个很重要的人。"思源没有想到，独孤月出已经猜出了自己的去意。

"嗯。宋公子一定能救下他，你总是想着先救别人……就像对我一样……"月出有些羞涩地移开了目光。

"……"思源竟然不知道该如何回话。

第一百二十八章

落花之侧江南珰

　　"只是，月出也想要一个一年之约，来年的春天，也是这个时节，公子能不能再来这灵感寺，陪月出一起焚香、奏琴、赏花。"月出柔美的脸上此时已是秋波婉转，她妩媚的眼神含情脉脉。

　　思源不忍拒绝。

　　唯有这月色和美人不可辜负吧。

　　只是我们终究是两个世界的人，不，是两个时间节点上的人。

　　思源轻轻叹一声。佳期难在，相约惆怅。此时的自己像是终于懂了梨韵的些许心情。

　　"好……我答应你。"也许等到所有的事情都完结，因为有狼毫小笔的存在，我还是可以赶赴这花期之约。到时候再和她说明所有的一切吧。今日，我不想再留下遗憾了。

　　这一日，思源经历了太多，乃至生死。所以，这一刻，他不愿再拒绝任何人或事了。人生苦短，要珍惜每一人、每一物。

只是静谧的月夜下，聆听又岂止是一人。在窗外的不远处，还有三位静观者。

"小源。"月出走后，狼毫小笔泛出了绿色的荧光。

"诸夏。"

"你准备好了么?"

"嗯。我去通知许诚他们。"

"小源……"诸夏有些欲言又止。

思源带着疑问的眼神回头。

"没什么，很多东西以后你慢慢都会懂的。但是，答应我，以后不要再以身试险。你还有我……和我们。还有你可以信赖和托付的人。"诸夏的眼中尽是悲伤。

思源自然是了然的，他单膝跪地在这位席地而坐的仙灵面前。

"我答应你，绝对不会一个人去做危险的事情了。"

诸夏看着思源如此，温柔地抚摸他的头顶。

思源的头被慢慢按下，诸夏的袖子遮住了自己的视线。思源看不清他的表情，但思源分明感受到了诸夏颤抖的手上传来的触感，还有微微的叹息声。

宋朝之时，宋源将诸夏禁锢在祠堂中，只身一人赶赴灵溪地。

这种只能眼睁睁看着宋源受伤及面对死亡的无助感和恐惧感，本来以为自己再也不会经历了，不想今天又再一次犯了同样的错误。

诸夏用灵指直点思源的眉心。

"眉心生莲，你也颇得佛缘。"话语入耳间，一朵莲花的印记在思源额头显现。"这次你没有带披纱，所以我不能分灵入卿云阵。狼毫小笔又受着契约的限制，不能让我摒除结界。"

"披纱落在宋朝的云门寺了……"

"所以我要灵点眉心，从今天开始分灵在你的眉间。"诸夏说完，思源额间莲花印记的四周多了三个绿色的灵点。

"赐福？"

诸夏摇了摇头。

"要摒除一切的结界乃至屏障，必须有深入肌理的印记。就像朱颜之于你一样。所以我今天把自己的灵魄分给你。这是我以前从来没有做过的。往后就算你像宋源一样把我束缚在祠堂，我也可以冲破结界，马上来到你身边。"

"灵魄？"

"嗯，这需要一种同生共死的决心。也需要双方的认同，我已经分魄成功。就是说你和我的心意是相通的。"诸夏笑着点了点头，"朱颜和你有着血脉的共鸣，而我之于你只是因为宋家先祖的契约，所以至少……至少……"

"嗯，我答应你，诸夏。"思源对诸夏报以微笑，"不论诸夏说什么，我都会答应你。"

"至少让我在这最后的岁月里，护你周全，不辱使命。望灵魄相通，不再重蹈覆辙"。

灵魄，之于一位神仙如灵魂一般的存在。

只是思源并不知道，这最后的岁月究竟为何意。

"思源！"门外传来了许诚的声音。

许诚带着微星、若木一同来到了思源的禅房。

绿色的灵息再次泛起，很快又消散在这夜色中。

独孤月出奔到了禅房中，留下的，只有那一枝放在桌案上带着血色的梨花了。

萧存也缓缓步入房中。

"我知道的，他并非常人。"独孤月出的声音有些颤抖。

萧存默默不语，是的，自己当初也是因为这个原因，才决定与他们结伴同行。

"也许这就是命运吧，和孤独蔓一样。我也想奏响这上下阕的《野有蔓草》。"

萧存这时才有些明白了梨韵的话，缘在天意，份在人为。月出应该会继续等下去，等着梨花之约。而自己也是一样，风起于青苹之末，一如自己现在心间的这一股依恋。如果一定要我趾草割紫，我终是不舍。对于我来说，做一个陪伴采绿的人也许才更为贴切。她赴约之日，也是我践约之时。

终朝采绿，不盈一匊。

坠入情网的人，总期盼着那相依相守的快乐的日子。只是有的时候，等待也是一种快乐，因为期盼，所以可以在思念中幸福。而有的时候，陪伴也是一种付出，因为在身边守护的日子，只要远远的观望就会觉得很幸福。

情，之于每一个人都不同，但又都相同。那就是，再也无法释怀，情之所钟才情有独钟。

"萧哥哥，我想现在我应该能弹出所谓的情字了。因为琴姬流云髻，已插江南玥。"月出灿烂的笑脸在萧存的眼中绽放，虽然这种灿烂是因为另一个人。

"嗯，可否听之。"

"当然。"

禅房中，《野有蔓草》奏起。

不远处的梨树下，梨韵半躺在树上静静聆听。

彩云追月间，月色已朦胧，而自己的思绪也回到了百年前。

那是一个明媚的春日，萧瑀又一次来到大梨树下。倚树而望，吹笛而立，而他吹的曲子就是那日独孤凌指尖的曼妙之音。

日复一日，三日过后，整个京城都知道了，兰陵萧八郎在灵感寺的梨树下动情吹笛。

待到第五日，还是有点不敢相信的独孤凌背着桐木琴来到了灵感寺的梨树下。

笛音婉转，真的是我那日弹奏的曲调。

待到她走到树下，萧瑀停下笛音，有些绯红的脸上，铺满了羞涩。

他别过头去，不服气地说："我萧瑀从来不愿欠别人，所以如果你要救我，我也不想欠你的……我也想报答你的恩情……"

花风瑟瑟，花季快要过去了。

"风起于青苹之末，却也在落花之侧，我不是那么无情的人……"萧瑀此时已经因为害羞有些语塞。

独孤凌看着自己的萧郎如此，便上前握住了萧瑀的手。

惹得萧瑀一阵惊吓。

"嗯，谢谢萧哥哥。小凌其实是真的想和萧哥哥在一起的。"独孤凌的笑意完全化解了萧瑀的心防。

"嗯……其实我还没有说完，我想要抓住，抓住这种感觉，不让它萧然而逝。"

独孤凌的笑声如银铃一般动听。

"嗯，不过我们还得感谢一个人，不对，是一位神仙。"

"神仙？"

"嗯，是他告诉我的，我能救你于水火，是他让我在梨树下等你的，也是他教会了我这一曲《野有蔓草》。"

树下，是一对璧人倚靠的身影。

不久，皇上赐婚，萧瑀和独孤凌喜结连理。而来年的春天，他们于成亲后驱车再次来到了灵感寺的梨树下，用琴音和笛乐拜谢这位名为梨韵的地仙。

缘深缘浅，终有归宿。梨韵笑着看向天上的月影。小蔓，就算远在东海，我也会去踏寻你最后的足迹。

狼毫小楷

之雪汀听雪 贰

莲青漪 —— 著

中国社会科学出版社

目

录

（贰）

第八卷
长忆山阴旧会时

明觉寺折梅，太平亭点泉。兰若花间煮茶兰雪，北宋南宋最美交汇。倚栏看碧成朱。怎奈，突逢变故，挚友先去，兰约难续。缘来缘去，方知谁为始作君。

图八 古代若耶溪图

　　行至后院，果真听得水声，思源一喜，便快步循声而去。未曾想到，这明角山的山顶竟有一莲池，此时正值夏日，菡萏已开，荷香阵阵。果然如刚才那位道长所说的，"十里荷花，风清山明"。

第一百二十九章

赴约云门觅潭头

思源等人此时又回到了现代的西安，而众人发现大家还是站在一座寺院之中。只是此时已经是拂晓，天已微亮。

一个扫地工人看到众人奇装异服的样子，有些不解。不过很快她就对着许诚说："那么早来走戏啊！"

许诚一愣，但马上反应过来。"是啊！大妈，带我们再四处走走呗！哦，我们还要在门口取景试戏。"

扫地大妈看着众人都俊俏优雅，于是便开心地带路："说实话，你们不是春天来拍真是可惜了。一到春天啊，这青龙寺可是满寺的樱花啊！"

"樱花？"

"嗯！青龙寺的樱花可是出了名的。"

思源此时有些怅然，梨花不再，灵感寺也已经变成了青龙寺。

"樱花？好啊！我们明年春天来看！"许诚这会已经是一副星

第八卷 长忆山阴旧令时

星眼的样子。

思源有些感念所谓的世事沧桑，也不知道梨韵如今会在何处，自己也深知此时独孤月出也早已不在世上。但心中还是默默地许下愿望，来年一定会再来这青龙寺赏花，虽然不再是梨花，但也算是在不同的时间和空间中遵守了和独孤小姐的约定。如果可以，自己还想私心地用一用这狼毫小笔，去赴这个千年之约。

"哈哈！穿越时空的爱恋！"许诚做出了祈祷状。

思源有些局促，这许诚难道也会读心术不成，怎么这会反倒取笑起我来了。

"事不宜迟，许诚，快订机票吧！我们还要赶回若耶。"

"好好好。"许诚掏出手机赶忙订票。

微星和若木无奈地对视一眼，的确，由于受若耶契约所限，两人都不能化法直接飞越神州，不然也就不用坐什么飞机了。

许诚很快便搞定了机票。

"对了，许诚，我都没有把机票费给你！"思源突然想起了钱财之事。

"不用了，不用了，你现在又没打工，我好歹也在搬家公司赚了不少。"许诚潇洒地挥了挥手。

"这可不行，我回去一定得把钱给你。"思源不依不饶。

"真是的，当不当我是兄弟啊！"

"亲兄弟还明算账呢！"

"不听，不听，我不听！"许诚捂着耳朵在前面跑了起来，"我说，小帅哥，快把我们的衣服换掉吧，穿着长袍跑步怪不方便的哟。"

四人赶赴咸阳机场登机。

待到众人赶到萧山，微星唤来了青苹。

"我说，小帅哥，为什么在西安你不使出这个什么叫青苹的交通工具啊？"许诚有点想不通。

"傻瓜，我们受契约所限，所以很多法术的驱动只能在若耶附近为好。"若木不满地啄了啄许诚的头。

"若耶附近，那么就是浙江省？"许诚摸着下巴想到。

"差不多吧！"若木回到。

"那么上海行不行？"许诚突然问到。

"嗯……这个，应该可以吧，上海离若耶不算远。"若木有些不确定，看向了微星。微星点了点头。

"其实也不是不能在外地驱动法术，只是会耗费比平时更多的灵力，所以为了聚集灵力。离开若耶附近我们都会尽量对灵力的运用有所保留，万一遇到什么突发情况，我们首先要保证有充沛的灵息。"微星解释道。

"原来如此。"许诚思索着，"说实话，解决完这次的事情后，我希望思源你能和我到上海走一趟，也算是个不情之请吧。"许诚的眼中有着难得的认真。

"嗯，你的要求，我不会拒绝的。"思源笑着回答，拍了拍许诚的肩膀。

说话间，众人已经来到了平江村。

接下去就是穿越再去寻找宋源，思源对着三人郑重地说："我必须自己去。"

"我们不能一同前往吗？少主？"若木有些担忧，在思源的肩头不肯飞开。

"我的直觉告诉我，不可以。"思源抚摸着若木的羽翼，将他递到了微星的手中。

思源取出狼毫小笔，挂上了萧存还给自己的那颗若耶灵珠。他静静地端详着狼毫小笔，也许，在自己穿越的这一刻，这小笔会像上次那样不能随自己而去。是啊，毕竟那个时代，宋源手中也有着狼毫小笔，小笔不可能在那个时间点重复出现，不然就有两支小笔了。

"珍重！"许诚上前搭了搭思源的肩膀。

思源对着众人点了点头，后退十步。

化灵笔尖，青灵缠绕，瞬间不见了身影。

只是许诚走过去一看，那一支狼毫小笔，正如思源所预料的一样，躺在草地上。

思源化灵后发现此时自己来到的是云门寺，是的，按照约定，和宋源应该是在宋朝的云门寺相见。

东厢房！思源赶忙往东面跑去，熟悉的寺院映入眼帘。沿着记忆中的路线，思源来到了前几日和宋源住过的厢房。只是入门相寻却不见宋源，自己的背包倒是好好地摆放在桌几上。思源背起背包，赶忙往外跑去，自己有种不好的预感。宋源难道已经独自去了灵溪地？

思源一路向山下奔去，那石廊做成的山间小路，联系着云门寺和寺前村，此时放眼望去，山寺和村庄如为一体，从山中一直延伸到渡口，檐楹间间，一派古韵。而此时云门寺中檀香弥漫，佛经阵阵。正是那天香下尘外，僧梵起云中。穿过下榻院和广孝寺，思源直奔西渡口。渐渐逼近了那日雨中不得入的小城门。幸好此时是白天，城门打开，来往行人络绎不绝，甚至可以用热闹来形容。

思源随着人流涌出了城门，其实，思源一直没有来过西渡口，此为第一次。没想到会是这么一幅热闹的景象。

这个西渡口也有着一个村庄，因为是古代水路的中转站，所以过往行人不绝。古时候云门香火旺盛，来云门之人，必到西渡口。而走古道和水道之人，也会来这渡口补给。此地可说汇各溪流之灵脉，聚各水路之商船，也积各地香客之福禄。这个小村庄的兴旺可说远远不逊于寺前村。

　　只是这人流都是涌向一处的，思源觉得好奇，便抓住路边的一位小孩问道："他们这是去哪里啊？"

　　"去潭头啊！"

　　"潭头！"思源喜出望外，潭头村？这不就是我和许诚一致认为的樵岘麻潭最有可能之地么？思源马上加快了脚步，随着人流去往那古代的潭头。

第一百三十章

明角洞中遇仙缘

　　"来来来来来！来到平水斗坻怎么可以不去明角洞呢！烧香拜佛用我家的香可是最灵的，是云门寺的专用香哦！"思源急着赶路却听得路边的一个小贩一阵叫卖。

　　"明角洞？"思源停下驻足，问道。

　　"是啊！施主是第一次来潭头吧？这西渡口啊除了云门寺，还有这明角洞可也是善男信女聚集之地啊！"小贩开心地介绍着。

　　"明角洞？可有什么典故？"思源心想如果自己没记错的话，现代大坝旁边的那座山好像就叫明角山，当时自己和许诚还怀疑这座山就是若耶山呢！在现代，此山一半也被水淹了，难道在古代此山还有什么线索不成？

　　"施主有所不知啊！到这西渡口的人可说是分为四类啊，有撑船掌竹筏的、有赶集做买卖的、有烧香拜佛的、也有远道而来到明角洞求子的。"小贩兴致勃勃地继续解说。

　　"求子？"思源更加觉得不可思议了，难道此山也有神灵不成？

"不错！西渡口有潭头，潭头有座明角山，明角山下有一块形似狮子的狮子岩，狮子岩中有一个围圆一尺的石洞，就是我所说的明角洞了！这明角洞可是深不见底啊，传说中可是直通大海的。对了，这明角山上还有一座明觉寺，施主如果感兴趣可去一看。"

"那潭头可是樵岘麻潭？"思源问到。

"是啊，就是樵岘麻潭。"

思源豁然开朗，如此一来全说得通了。麻潭就在明角山附近，而若耶山也应该在附近，至于明角洞，既然有祭拜的习俗，应该也是和仙灵有关的。不管怎么样，我去这个狮子岩一探吧！这深不见底的洞穴，很有可能是和灵溪地有关。

"谢谢小哥了。"思源摸了摸身上，却记起来自己没有宋朝的铜钱，不免有些尴尬。

"不用了不用了，我看施主定是远道而来，我就借花献佛，送你几支香吧！"这小贩倒也是信佛之人。

思源不好推却，便接过香鞠躬致谢，随着人流被挤到了大道上。

只见一群男男女女，站在不远处的道路上往山边的一处跪拜。这就是明角洞了么？思源估摸着，也往人多处挤去。思源越走越近，才发现，原来这狮子岩下方有一条大道，善男信女便在这道上，正对着洞口摆上了祭台，以供焚香祷告。此地香烟袅袅，人声鼎沸，香火一点也不逊于云门寺。

思源跟着人群，排队、跪拜、焚香。此外，更有意思的是，思源发现许多年轻男女，站在道上正对着洞口丢石子。凡是有人丢中的，周围的人都是一阵欢呼雀跃。

思源觉得不解，便询问身边的人。原来这是求子的灵法，若是丢中了，就可以得一贵子。思源觉得那狮子岩中应该会有别的线索，便想跨过祭祀台，走上去看个究竟，却被两个男子拦住了。原来这明角洞是不许凡人擅闯的，说是会打扰仙人的清修。

越是如此，思源越是觉得要去探上一探，于是找了一个隐蔽的地方，披上披纱，隐身而行。越过祭台，直上狮子岩。

"宋源啊，宋源，你千万不能自己一个人去啊！"思源在嘴中念叨着，沿着狮子岩下的小径直入明角洞下。

洞壁湿滑，想来附近也是有山泉。沿着水路走，定不会错。思源又想起了五云溪中的经历，于是溯径而深入，果然听得前面有水声，思源嘴角微扬，加快脚步，来到了这水帘之下。

洞中昏暗，披纱和灵珠都散发出了灵光，照亮了前路。这明角洞中空明幽静，水音吟吟，前方不远处，石阶延伸之地，有着一偌大的水帘。水帘晶莹透白，在披纱的荧光下，又似白玉一般皎洁清润。

水帘之下，定睛一看，站立着一个白衣道袍之人。

是宋源么？思源打量了下背影，但感觉又不像。只是能在这明角洞中的，想来不是一般之人。

白衣之人缓缓转过身来，素雅仙风，看似是一位慈祥的老者，他对思源的到来似乎并不惊讶。

"汝有仙缘，方可入此洞中。只是此帘为限，不可再冒进。今日我来到灵地，碰巧得以提点幼子，若是擅入，恐幼子会被阵法所灭。"那白衣道人缓缓道来。气息清幽，和蔼可亲。

"这里就是灵溪地的入口吗？"思源问到。

白衣道人有些吃惊："幼子不可再多问，本道不可道破天机。"

"哦，多谢道长。"思源暗自思索了一下，不管怎么样，要先找到宋源再说，"仙人可见一个和我差不多的年轻人来到此地？"

"执笔之人？"

"不错！"思源一听总算松了一口气。

"不在明角内，倒在明角外。"白衣道人再次转过身去，看向那洛洛不绝的水帘。

"明角外？仙人可知他在何处？"思源一听也算安心下来，至少说明宋源还没有入灵溪地。

"十里荷花，风清山明之处。"白衣仙人背对着思源说到。

"荷花池、采莲女……可是在这山上？"思源想起了上次所做的关于樵岘麻潭的猜测，山上有莲池，下复有潭。

"明角山巅，云门之寺。"

"明角山上的寺庙也属于云门？"

"如今虽然分治，但六寺钟声不绝，于外都称云门。"

"广孝、寿圣、云门？"思源问道。

"于今应为广孝、显圣、雍熙、普济、明觉、云门六寺。寿圣为上庵，为云门寺老宿所栖庵。"老者再次转身，似是看出了思源身上的一些玄机。

思源拍了怕脑袋，是啊，自己那么多次穿越从来不问所谓年份，和陆游相遇之时可能稍迟于现在这个时间点。那么寿圣寺本来规模就不大，想来现在还没有自成一派。

"原来如此，谢谢道长指点，思源要急着去寻好友。就此告辞，如若有缘，望再能与道长共叙。"思源虽然心中急着要去找宋源，但却也对这位白衣道长依依不舍。

"凡尘之中，竟得相遇，于你于我都甚为可贵，本为完全不可相遇之人，而今却在此交会。只为此缘，贫道也颇为不舍。"白衣道人从袖中取出一纸黄符。

"难中有难，幼子之心赤诚可贵。不助其力，心有不甘，更是不忍。为救汝命，必将其置于怀中。"道长语重心长地说到。

思源对着道长深深一鞠躬，将灵符放入怀中，再次披上披纱，沿着原路走出了明角洞。

第
一
百
三
十
一
章

独坐焚香听水声

思源出了明角洞，便转道向明角山上奔去。一路上山色苍翠，夏花点缀。细路盘青壁，层轩倚碧空。

思源一人行进在这山路上，不禁有些迷醉，向下眺望，刚才的倚栏处，直下数飞鸿。层峦叠嶂，郁郁青青。人在山中，更似画中。

思源加快了脚步，往山顶行去。明角山并不高，很快便看到了一座石制的牌坊。上书"剌涪山"，思源有些不解，难道此山还有别名。行过牌坊，即见寺檐。

山寺寂静，山色空明，不似山下那般嘈杂。由牌坊通往寺门的山径两边却是开满了幽蓝的山花。思源拾阶而上，花径不曾缘客扫，寺门却是为君开。这花色似青蓝，深渊之色，却青得纯粹。思源执手采花，如是采摘那深渊的一朵蓝。

水色渊源，此山有水！剌涪山，涪即为水。思源的脑中突然冒出了这种想法。推开寺门，寂静无人。穿过佛殿，禅香逸逸，却尤不见人。

行至后院，果真听得水声，思源一喜，便快步循声而去。未曾想到，这明角山的山顶竟有一莲池，此时正值夏日，菡萏已开，荷香阵阵。果然如刚才那位道长所说的，"十里荷花，风清山明"。

兴许就是因为这山顶有池，寺沿阴壁兀立，如此夏日却不觉得有丝毫的热气，可谓是爽然如秋。

这莲池之水实则源于山泉，思源循着水源找到山泉，伫立于山顶，远眺却见山下云门的檐楹寺塔，林林总总，山色依依。

但是最让思源动容的是，在这山泉轻溯处，他终于找到了那个执笔云间的乘兴之子。

只是此时的这位乘兴子正对泉独坐，焚香祷告，静听水声。

兴许是思源的脚步声惊扰到了他，他转过头来，那眼眸中露出终见的欣喜。但转而，他又复看向这山泉。

是的，穿越千年而来，我没有失约。

思源发现，宋源与自己已有了一种彼此知晓的默契。

如清风鉴水，明月天衣。

而此时云门诸寺的钟声，络绎不绝地响起，暮钟声声，似是催促。薄暮寺桥人独立，一灯明灭数声钟。明觉寺内的寺灯一盏盏被点起。

"思源，可知此寺为何称为明觉？"宋源从怀中取出一小器皿，汲取了些许的泉水在内。

思源摇了摇头。

"此明觉实有两意，一为佛语悟机，一为此地山名之谐音。实则此寺中有一镇寺法宝，为隐去真意，不招人耳目，即书匾为明觉，但也可称为明角。明角即为用白色兽角制成的薄片，而此明角为明角灯，即羊角灯。也就是将羊角熬制成半透明的薄片来做罩子的明灯。"宋源此时已经行至思源的身前,示意入寺相谈。

"原来如此,佛即为灯,心灯点亮,自如明觉。"思源觉得此名颇符合佛语。

而此时寺内的僧侣迎了出来,手提寺灯,引路至斋房。

"今夜我们就留宿明觉寺吧。因我还欲借取一样寺中的圣物。"宋源那自信的笑容依然挂在嘴角。

圣物?思源嘀咕着,该不会是寺灯吧?

不过思源很是好奇,从见面开始宋源就一直没有问我是否取得骨镖,难道他心中一点都不在意么?

而此时,宋源突然转身,对着思源行礼,"灵御已然感受到另一股上古之力,想来小源你取得此物一定也是历经艰险,灵御在此拜谢,不胜感激。"

这是思源第一次见宋源那么认真的样子,赶忙回礼。的确,为得此物,自己已然是死了一回了。

僧人将两人带至斋房,饮食已经放置,两人对坐而食。

房内灯火温馨,虽然不是久别重逢,但思源却觉得胜似久别。期间宋源也讲了这几天自己所做的准备和研究。而今三件圣物已经有了思源的那一支竹笛,而接下去的这一件,就在这明觉寺中。

月上枝头,宋源带着思源又一次来到了莲花池畔。山岚微微凝聚在池上,花上凝露点点。

思源不解,"难道我们要下水不成?"

宋源在水边蹲下,用手划水。"此池水非同一般,为洗骨之水。佛骨得归西土之前,在此池中洗净,故此水有舍利之灵光。"

思源听得更加纳闷,舍利?佛骨?西土?这山顶之池水的确颇为奇特,在山之巅不说,还如此充盈,更育得这满池的荷花。

看来其中的确大有文章。

"不过，我们今天不下水。其实，你不在的时候我已经下水探过了，只是并未得佛光。所以今天打算在这池边的佛塔中再来探一探。"宋源手指池边的一座佛家石塔说道。

思源走近佛塔，发现此佛塔并不高，与自己的身高差不多。再看设计像是为了纪念某人，塔上模糊地印刻着一些字迹，在夜间不是很看得清楚。

此时笔尖一亮，宋源手执狼毫小笔的灵光靠近过来。他手触刻字，默默识别。

"大唐？"思源也看出了一些端倪。

"不错。这明觉寺也是唐代古寺，和云门主寺一样，为会稽诸山中的名胜。因两寺颇近，所以可说是同气连枝。但此寺的不凡之处却还因有此宝塔和天池。"宋源慢慢地解释着，双手慢慢地在塔身摸索着，像是在找什么东西。

终于，在这浮屠的第七阶找到了一个机关窍门。宋源自信地一笑，和思源对了一个眼色，示意思源稍稍退后。

拨动机关，佛塔缓缓打开，一阵风烟袭来。这塔中有着蒲团香案，像是可以禅坐之处。

"这里？难道是僧人打坐之处？"思源觉得好奇。

宋源摇了摇头，跪拜在地，叩头行礼。

思源见状吓了一跳，但看到宋源如此，自己当然也不敢怠慢，于是也跟着跪拜。

"此处是摆放真骨之处，不可以失了礼数。"宋源双手合十，口中默念心愿。然后再执笔入塔，只是搜遍每一个角落，还是一无所获。只有一蒲团、一香案而已。

宋源掐指一算，似是有所顿悟。

思源见状，忙问："怎么样？可有提示？"

清
香
自
鸿
不
因
风

"前些时日，我入池深探，得到的禅机是——等待。而今却是有所不同了。"

"是什么?"思源追问道。

"时机。"

"时机?"思源不解。

"嗯，时机已到。只是究竟在哪里呢?"宋源有些不解，默默退出了佛塔，再次跪拜。

"刚才灵御你说，此寺是唐代的古寺，那么会不会是……"还没等思源说完。

宋源就击掌悟到，转头吃惊地看向思源:"如是! 我怎么没有想到。看来佛祖是要我等到你来啊。既然如此，我们这就上路吧!"

还没有等思源反应过来，宋源就已经拉住自己，化灵笔尖。

南宋 雪中

思源醒来觉得身上甚是寒冻，又听得耳边传来摇橹之声。思源捻了捻身上的盖布，也是一阵寒凉潮湿的味道。睁开还有些迷离的双眼，难道我现在在船舱之中？

思源起身，掀开被褥，身边是木质的窗户，便想打开看一看，却不想窗刚开就是一阵寒风袭来，飞雪飘进窗内。

"阿嚏！"思源不禁打了个喷嚏，这雪打船窗急，身颤不止，看来，这次又穿越到冬天的时间点。

"现在可不是秋天哦！是寒冬腊月。"思源正在想着宋源去了哪里，他这会就拿着一件棉衣入了船舱来。

宋源将棉衣递给思源，"快穿上吧。"

"我们这是在哪？"思源赶忙裹上棉衣。

"若耶溪上。"宋源不疾不徐地说到，顺便倒了一杯热茶给思源。

"若耶溪？刚才我们不是在明觉寺的么？"思源有点不解，按说穿越后的位置应该是在原地啊，不过这样的事情在西安也发生过。

"嗯，小笔不会无缘无故带我们到这里来，一切都是有缘由的。"宋源也倒了一杯热茶自饮。

待到思源暖和过来了，两人便走出船舱。

雪染耶溪，一蓑衣船夫和一身披斗篷的文人此时正在船头点灯。日色已暮，黄昏的余晖照在溪面上，雪景山影尽在水中，可说是另一派景象。

思源见过雪中的云门，但未曾来过雪中的若耶溪，今日一见，犹如幻境。沿岸的山色都有了白雪的点缀，雪中行舟，虽然寒冻，却有着空山耶溪只此一舟的空灵之感。

一舟得此耶溪和山川之色，心中顿时清幽豁然起来。而此时，真的是只差雪间一壶酒了。

"来，喝酒，暖暖身子。"正在想酒，宋源就递上了一壶暖暖的酒。

思源此时也是举头痛饮，这酒不但驱走了身上的寒意，还一扫来时自己一身的伤感。是的，玄纹、朱颜、绿鬓，你们也看一看这耶溪的雪色吧。往事如烟，不能再来，我现在所能做的，就是带着你们行走天涯，至少也能看遍这神州大地的美景。

心中想到这些，顿觉得怀中和肩头一阵温热，三仙的灵息回应着。这一杯，我为了你们而干。思源在这耶溪香雪的船头一饮而尽。

宋源见状不由得一笑，也同饮而尽。想来这次思源回到明觉寺，自己一直觉得他不再似以前那么纯真快乐了，眼中像是有了初尝生死那种凄楚。还好这雪笼烟绕的若耶溪来得恰是时候，算是把他给拉回来了。而此时酒过三盏，两人也兴致微起。

"呵呵！思源啊！其实还有更美的景色等着我们。"

"王兄！我们快到了吧！"宋源对着船头那位穿着斗篷的文人喊道。

"嗯！快到了！"那人身上已经满是积雪，此时回头对着两人一笑，顺便对思源作揖。

思源赶忙也作揖。

"少爷，前面就是香雪梅林了。"船夫指着前面说到。

"哦！"王兄和宋源都直上船尖，点脚而望。

而此时船舟已经穿入了那一片白雪覆盖的梅林。两岸梅花开得很盛，梅雪相夹，雪压梅枝，暗香盈盈。白雪依旧下着，似是梅树上的落英那般，一时间竟然分不清楚这究竟是梅花还是雪花落下。

这倒是让思源想起了长安灵感寺的梨花雨，也想起了在唐朝雪中云门和三子共赋梅花赋时的情景。纵使相差百年，这心中的诗意却是一样的。

"乘兴而来，却是不枉此行啊。"这位王兄感慨起来。便吩咐家仆将船靠岸，递给思源和宋源一人一把精致的小伞，相邀两人上岸赏雪赏梅。

思源打开小伞，只见一枝红梅描绘在伞上，色泽微红，娇小可爱。想来此位王兄也是爱梅之人。

思源轻轻地叹息，想起了放翁、灵一法师、文房、皇甫冉、秦系……这爱梅之人兴许都是类同，正如这香雪梅林一般，清高俊雅，心质纯美，香溢德芳。

"王兄也是爱梅之人啊。"宋源转着头顶的小伞说到。

"不错，古称秀色若堪餐，冷艳幽香画更难。也唯有梅花不负此情。"王兄拍了拍斗篷上的积雪，入林漫步。

"这千株梅花自成梅林也不知道是何人所栽?"宋源脚踩积雪，吱吱呀呀，此时却是话中有话。

"梅林香雪自有承袭，也尽是爱梅之人。两位均为宋姓，想来也是有缘之人。辞工九辩；制列八条。赋梅花，夺锦袍，诗人韵美；正所谓文章堪起凤，梅花格调，一朝相业迥非常。"① 王兄动情地吟道。

---

① "辞工九辩；制列八条。赋梅花，夺锦袍，诗人韵美；正所谓文章堪起凤，梅花格调，一朝相业迥非常。"这一句其实雪溪是用华丽的辞藻，将宋家的门第及名人都称颂一番。

辞工九辩，典指战国时楚辞赋家宋玉，曾在楚国王朝中做官，待和先吟白雪歌，宋玉的阳春白雪，应和这雪景也是颇为绝妙。

制列八条，此句典指南北朝时北魏宋世良，广平人，官清河太守。

赋梅花，夺锦袍，诗人韵美；正所谓文章堪起凤、梅花格调，一朝相业迥非常。典故来自唐代大臣宋璟，刑州南和人，官御史台中丞，与姚崇同被称为贤相，《梅花赋》的作者，文风清雅，品格高洁，为千百年来的文人及帝王将相所推崇。

"遇到梅花赋的后人，性之自当行礼。"王兄转身，目光如炬，端正行礼，玉面文华，也是人中龙凤，文中华藻。

宋源回以正礼，思源也跟着行礼。

"王兄可是去明觉寺？"宋源直探其意。

王兄一惊！自己不曾和这两位说过此次的最终目的地。他们又怎会得知自己要去明觉寺。

"叫我雪溪即可，而今更喜欢友人称我这个雅号。"

"雪溪？阁下可是王铚？"宋源的脸上突然露出了惊讶的表情，他俊秀的脸上露出一种惺惺相惜之感。

"正是，不曾想过，还有人知晓我的姓名。"王兄继续行走，直到梅下，抚花而笑，"不如采下几枝，放在船中留有余香。"

"先生哪里的话，雪溪先生的文名灵御仰慕已久。"宋源再次作揖。

王铚转身，明朗的眼神看向二人，"雪溪我的确是要去明觉寺，那寺中的梅花也颇让我怀念，所以这次由会稽泛舟去剡溪，途经香雪梅林和云门都会停靠。也不知道会不会如子猷那般，尽兴而来败兴而归。只是此时我避居剡中想来是没有子猷那般潇洒，二位如若不弃，可以和我顺下雪中耶溪，直入云门。"

"料得当年乘兴子，为贪烟水宿前湾。今日我们贪的也正是这雪中的耶溪风光。不如乘着酒性，直下云门吧。"宋源提议道。

"好！"雪溪让仆人取来了温酒，三人在这雪色霏霏的梅树下，再次对饮。举杯而尽，酒兴微醺。雪溪诗兴也随之而来。命老仆取出纸笔，行到舟上，行云流水，挥洒诗意。

第一百三十三章　香满一船梅胜雪

思源此时也是酒意微醉，兴致很高，不由得走近细看。

"山回水转碧玲珑，月在群山四合中。香满一船梅胜雪，休夸访戴画屏风。"①

"好！好！"思源不禁喝彩，"你们这些人，不知道为什么总是写得出那么美的文字。我们真的得好好传承下去。"思源带着醉意感叹道。

"不愧是雪溪啊！"宋源也感叹道，这位向来颇为自信的乘兴子，此时也是甘拜下风了。

---

① 休夸访戴画屏风，这是王徽之乘兴而来败兴而归之典故。徽之住在山阳县时，有一夜下大雪，他一觉醒来，打开房门，叫家人拿酒来喝。眺望四方，一片皎洁，于是起身徘徊，朗诵左思的《招隐》诗。忽然，想起戴安道，当时戴安道住在剡县，他立即连夜坐小船到戴家去。船行了一夜才到，到了戴家门口，没有进去，就原路返回。别人问他什么原因，王徽之说："我本是趁着一时兴致去的，兴致没有了就回来，为什么一定要见到戴安道呢！"这里雪溪也是乘兴由会稽行舟回剡溪，途中贪恋雪色及梅林，于是在香雪梅林及云门明觉寺靠岸，并作诗留念。

王铚此时又在诗边题句："会稽泛舟至剡中是时雪迟梅子烟外万枝夹岸幽香不断盖非人间世也。"

"好!"思源再次叫好。雪溪带着梅枝入舱，那暗香盈盈，瞬间溢满船舱。思源拣得一枝，雪还残留在花上，冰清玉洁。

扁舟如梭，顺流而下，不一会，就依稀可见那舟船停泊的西渡口。

正是此日雪棹来，扁舟处处作东邻。

雪溪吩咐仆人停泊好船只，三人先下船踏上了雪中的西渡口。思源望去，不远处是那不大不小的村落。雪溪和宋源转道直接往明角山行去。三人撑着雪溪的梅花伞，手提提灯，缓步行山，雪色笼罩的明角山，此时又是另一派风景。快要到明觉寺之时，不曾想到又遇到了那雪压淡妆的梅花，在寺门之处也是一片暗香疏影。

"这明觉寺的梅花也甚是让人想念啊。犹记得当年与妙明师傅的梅花对诗。如今看来，景色依旧，也可以再叙故人。"雪溪在前面引路，刚到寺门，还没敲门，却见两僧人提着灯出来。

"住持说今晚会有稀客到来，故命我等出寺迎接。"

思源和宋源面面相觑，难道这个时候的明觉寺真有高人隐居？

三人在小沙弥的引领下入寺，穿过了梅花林立的小径，来到一座佛堂。

"师傅在堂中等候各位施主，请。"小沙弥示意。

雪溪率先推门而入，屋内灯火黯淡，只见一摊暖火。

"火炉?"思源和宋源进屋后就觉得暖意融融，原来是这位住持早已在堂中生火。冬夜寒冷，一路行山，难免有些寒冻。这明火暖炉来得正是时候。

"雪中送炭情，尤可贵。"雪溪看到静坐的住持后行礼致谢。

本在坐禅的住持缓缓睁开了双眼。他起身对三人行礼，微微鞠躬。

"雪中古寺，松滕暗掩，老衲也只是为路人扫雪拂尘，生火暖人心罢了。小寺能作为诸位人生中的一个驿站，实乃缘分，今日不如围坐炉火，促膝深谈。"住持做出了一个请的手势，只见蒲团四只，摆放在火炉四周。

思源觉得奇怪，这住持像是早就知道我们要来似的，不但算对了时间，还算准了人数，这不可能都只是巧合吧。

"那就多谢妙明师傅了。"雪溪拜谢，思源和宋源也纷纷行礼。

"雪溪此次前来可是有他事？"妙明师傅开门见山地问道。

"我因花意拂埃尘，尚恐人传向城阙。隐居剡溪后还是有许多的纷纷扰扰，这次从会稽回来，心中烦闷，所以想来寺中折梅探路。"雪溪接过住持倒的茶，细细道来。

"原来如此，其实你已经隐于朝外，自是不必再关心所谓的政事。只是……"说话间，妙明师傅转眼看向了宋源，惹得思源一阵不解，"只是你们关心国事的心情我也是可以理解的。"

"降派当道，北伐无望。忧心忡忡，雪打纸窗。"雪溪锁眉饮茶，无奈之情溢于言表。

宋源此时也是一声叹息。心中想到，雪溪啊雪溪，你要知道此时对于我们来说还是所谓的北伐可期。尔后几年，才有更让你伤心的事情。绍兴十一年才是伤心之处啊！

妙明师傅也微微叹气，"你避居剡溪也有两年了吧，就如我上次和你说过的一样。你最后的归宿是在山阴。现在该是时候迁居于此，不然到了伤心处，剡溪并不利你。作为你的老友，还是希望你可以尽快移居到山阴。"

"我已无意为官，在剡溪安然寡世倒是清闲自在。"雪溪还是不以为意。

"双火加刃，兵火之相，不利于你。"妙明师傅此时已经是一脸的担忧。

"实在舍不下剡溪的山水啊。"雪溪有些无奈。

"难道这云门的山色还不如剡溪？这样吧，我将这明觉寺中的梅花，一并都赠予你，如何？但，作为交换，你搬来山阴，与我为邻。"

"明觉之梅？"雪溪的脸上露出不敢相信的表情。即为爱梅之人，当然知道这明觉寺的梅花可为上品。

"溪边、月下、竹外、江村、风前、山馆。雪溪看过无数的梅花，写过那么多梅花诗词，应该深知这古寺的梅花是众中之上品吧。"老师傅搅了搅炭火。

"的确，清香自鸿不因风，玉色素高非斗雪。明觉寺中梅，已然超世。"雪溪有些神往地看向窗牖。

"好！那么就一言为定了。"妙明师傅双手合十。

"至于两位施主所寻之物，妙明也不能全然帮忙。不过今次你们来的正巧，雪飞梅开，倒是可以问上一问。"

思源和宋源赶忙谢过妙明师傅，虽然思源还不是全然明白，但不管怎么样这次算是没有白来了。

"不急，我们可以慢慢说。"妙明师傅笑着又加了些木炭。

诗成火暖夜堂深，地炉细与山僧说。

"原来如此，想不到能在这个时间点上成为两位雪中的驿站，妙明倒是深感荣幸。两位不如和雪溪一起去禅房休息片刻。这能不能得指引还得看缘分。时辰到了，我会差人来禅房相请。"

三人在小沙弥的带领下离开佛堂，行至西厢的禅房。房内也早已生起了炉火，思源和宋源将手靠近暖炉，放在炉子上方慢慢烤火，看着窗外的飞雪，室内却是暖意融融，倍感温馨。

火暖炉温四山静，前溪风雪后窗灯。刚才还是雪满两岸，此时已是后窗灯影摇曳。思源似是有些懂得了妙明师傅所说的雪中驿站之意。于千万年中的这一点，可以在这雪中停驿，有着温暖的炉火，优雅的梅花，肯收留我们的古寺。这一切的一切，不正是缘分么？禅机佛缘，一念之间。

头靠在桌上小憩一会，听着雪拍屋檐的禅音。我们一定能找到那一盏明灯。

第
一
百
三
十
四
章

盂
兰
盆
灯
引
佛
境

藐姑射之山，有神人居焉，肌肤若冰雪，淖约若处子。

——庄子《逍遥游》

思源被宋源的一阵急打拍醒，三人随着小沙弥出门，屋外疾风骤雪，冰雪扑面，有些睁不开眼睛。众人穿过寺院，来到了那洗骨池边。妙明师傅已经等候在池边。那池边也是梅花一片，雪掩小径，众人在梅林间穿梭。

"要取得宝掌之灯并不难，其实难在如何将它点燃，而且要不灭。"妙明师傅走在最前，提灯照着前路，解释到。

"这灯可是明角灯？"

思源指着妙明师傅手中的提灯问到。

"不错。明角灯又叫气死风，风吹不进，火便不灭。"宋源在思源的身边解释道。

"不过我们要拿的宝掌之灯可不是一般的明角灯。这宝掌灯可不是一般的火种可以点亮的。"宋源低头沉思起来。

说话间，众人已经来到一株古梅下。

思源点灯一看，此梅花色泽淡雅，不似外边那些那么嫣红。

"想来下湖取灯，对二位施主不算难事吧。"妙明师傅露出意味深长的微笑。

"住持，其实灵御下湖探过，但一无所获。只是不知道此时的湖底会不会有些许不同。"宋源用灯照了照那洗骨池的池面。

妙明师傅并没有答话，而是采下一枝梅花，递给了宋源。

"佛灯岂能没有佛缘，施主若是没有得到指引就下水，自然会竹篮打水一场空。趁着雪还没有融化，两位施主快去吧。"妙明师傅命小沙弥拿出一朵纸制的莲花，将袖中的黄色佛纸放在了花心之中。又在花心处点亮了一支小烛，并用一个小的羊角罩子将其罩住。

"盂兰盆。"宋源看到后眼中有了一些迷离。但他马上拉着思源下水，化灵笔尖，口曰"风行水上"！

思源觉得脚下一轻，和宋源一起行到了水中，但却不下沉。两人追随那一盏盂兰盆灯缓缓地来到了池塘的中心。行到深处，思源突然觉得已经看不到周围的梅林和寺庙了。

这是怎么回事？思源有些吃惊。

"佛生往界，我上次没有这盂兰盆的指引，摒除不了贪欲和杂念，所以进入不了佛家之境。小源，不要乱动，在这迷途之上，说不定会有很多鬼怪要拉着我们堕落。"宋源歪嘴一笑。思源有点被吓到，但又觉得宋源像是在捉弄自己，不过不管怎么说还是不要轻举妄动为妙。

花灯不动，停了下来。

"是这里了么？"宋源自信的笑容再次浮现，他蹲下，取出那黄色的佛经小包，打开羊角罩，将佛经用烛火点燃。而后双手合十，口中默默念诵着什么。

思源见状也只能照做，佛经刚被烧完，就见四周突然飘过来了无数的盂兰盆灯，周边慢慢被照亮。思源不由得环视四周，却见一众的妖魔鬼怪，面目狰狞，要扑将过来。

"别怕，我们只要留在这盂兰盆灯附近，他们闯不进来。"宋源安慰道。

"给我！给我！把佛经给我！"那些厉鬼不停叫喊着，他们的气息也越来越近。

宋源有些焦急地看向莲花灯。

思源突然想到了诸夏的披纱，于是从背包中拿出披纱盖在了自己和宋源的身上。

"诸夏！"宋源口中吐出了这个名字，转而吃惊地看向了思源。是的，就算自己早已猜到了一些端倪，但这披纱还是大大出乎了自己的意料。

而此时思源也蹲下，仔细观察起妙明法师给的那盏盂兰盆灯。思源用手指轻触莲花灯，却突然引来了一阵梵音。

思源的眉间亮起一阵光晕，那个在灵感寺出现过的莲花印记再次显现。盂兰盆灯像是受到了感应一般，慢慢聚集拢来，水中慢慢出现了一个漩涡，那一盏盏盂兰盆灯悉数被卷入了漩涡之中。

"原来如此，小源，你果然就是佛祖所说的禅机啊！必须与你同行，我才能进入这池底，拿到佛灯。"宋源转而一笑，转过头来，明亮的眼睛看向思源，"得佛缘者才能得此明角灯。我们去吧，趁着雪还没有融化。"

只见宋源手执梅枝，轻点漩涡。两人便一并被卷入了池底。

思源紧紧拽住披纱，还好自己拿出了披纱，在水下才没有了呛水和呼吸困难的问题。也因为披纱的关系，使得思源和宋源并没有被这漩涡给冲散。

一阵水下急旋后，思源和宋源被冲到了岸边。思源的双手抚到了岸边软软的泥沙，慢慢起身。思源抹了抹脸上的水渍，见宋源也已经起身，赶忙跑过去问道："灵御，你没事吧。"

"没事，多亏有你的披纱。都不用我施法了。"宋源轻松一笑，让思源放下心来。

正说间，两人被一阵梵音打断。

"宝掌灯？"思源循声望去，只见远处有着一束光亮直冲天际。

"应该是了。"宋源眯眼看向光束。

"话说，我们现在是在哪里？池塘底？"思源转身看了看，"可这明明是岸边。"

"抵达了佛家之境罢了，就如道家七十二福地一样，不是一般的人可以进入的空间。我们有了妙明师傅的指点和你的佛缘，才得以进入此地。这里应该就是安放宝掌神灯的佛家圣地。"宋源慢慢地向光源走去。

"原来如此。"思源跟着宋源的脚步，两人离佛光越来越近，直到看到了那供奉的木殿。

这殿堂不大，如一人那般高。宋源和思源微微弯腰走进木殿。檀香拂面，一盏盏佛灯在殿中点亮，直到那佛陀手中的明灯。

"宝掌灯！"思源叫道。

思源和宋源互相对视一眼，一步步来到了佛陀之下，跪倒在蒲团之上。

"小源，你去拿佛灯。"

"诶？"思源有些犹豫，但还是照做了。

那一盏佛灯摆放在佛陀的掌上，此佛灯其实颇为小巧，比周边的佛灯都要精致。只是这佛灯的旁边还有一个罩子，羊角罩？思源一并将灯和罩子都取了下来。

其实思源一直不太明白为什么要取这宝掌灯。难道这个也是三十六地仙的宝物？

"这宝掌灯究竟有何用？"思源将灯和灯罩递给宋源看，顺便问出了在心中盘桓已久的疑问。

姑射神仙莹冰骨

"入明角洞，得有这宝掌灯。"宋源小心地将灯罩置于灯上。"我们这次没有得到三十六地仙的仙缘，未能有他们相随入洞，那明角洞深不见底，直通沧海，又有海陆两地的野兽和妖神出没，如果没有这佛灯的指引，我们怕是根本走不到灵溪地。"宋源耐心地解释道。而此时他又仔细看了看灯芯。

"刚才住持说，点灯才是难点。那么现在问题来了，怎么才能点亮此灯？"思源看出了宋源心中所想。

"嗯，不管怎么样我们先回到明觉寺去。"宋源取出了狼毫小笔，化灵而聚。那狼毫小笔的灵息指向了木殿之外，回去的路应该就是沿着这灵息线而走。

思源和宋源刚走出木殿，却突闻一阵风响。铃铃，那木殿的风铎突然发出了声响。宋源和思源转身一看，突然发现两人不再是在水上的小岛，而是站立在了雪风阵阵的山顶。

"好冷！"思源双手环胸，开始不停搓着双臂。

而此时却闻山风吹过，如奏笙竽，也似编钟之音，铃铃淙淙。思源和宋源不禁听得入迷，如天籁之音，又变化多端。

正当两人陶醉于这山间鸣响之时，却又听得一阵踏步声。

脚踏飞雪，松间的积雪振动，伴随着这铃铃之音。虽是踏雪无痕，却是跫音如琼。

宋源和思源往身侧的松树看去，却见一晶莹玲珑的女子点立在松枝之上。

肤如初雪，琼华玉莹。

两人不禁看呆了！

"仙女。"思源赞叹道。

这冰清玉洁的女子绝世而立，玉腕冰清，腰缀琼佩，亭亭玉立。雪白的发带在风中飘扬，而发带的末端也有着铃铃的回响。

"铃音。"思源脱口说出。这仙女的周身就如一首乐曲，举手投足间，就在风中奏出了这令人心动之音。

只是这位仙女此时却是对两人怀有敌意，她玉手一举，以一把冰晶般的神弓对准了二子。

两人一惊，宋源赶忙行礼："仙女且慢，我们是得明觉寺住持指引，来池底取宝掌佛灯之人。不知为何误闯仙女的领地，如有冒犯，还请见谅。"

"明觉寺？"冷若寒梅般的音色，"未曾想到，那住持竟然赠予你们带雪的梅枝。"

"梅枝？"宋源看了看自己手中的梅花，此时上面又积起了白雪。

"明觉寺折梅，松风阁听音。正是这梅枝带尔等来到了这松风阁。"这貌美冰清的女子此时已经点步来到了木殿前。

思源和宋源这时才发现木殿已经有了些许的改变，已比刚才高上了许多，阁六楹，琼音不绝。而那带雪的牌匾上的确是写着

"松风阁"。

宋源在思源的耳边说道："奇怪了，我记得这松风阁应该是在灵峰寺附近的。我们竟然从明角山顶来到了这镇山南麓。"

"仙人可是三十六地仙？"宋源喜悦的神色爬上了眉梢。

那仙女的脸上此时有了些踌躇。

"不如由灵御来猜一猜吧，冰雪透香肌，雪压小桥溪路断。独立无言，雾鬓风鬟乱。拂拭冰霜君试看。一枝堪寄天涯远。拟向南邻寻酒伴。折得花归，醉著歌声缓。姑射梦回星斗转。依然雪中重相见。"宋源拿出狼毫小笔，化灵为墨，凌空而写，一曲宋词写就，那灵光熠熠的文字久久不曾散去。

仙女看着这些词句，脸上泛出了一些涟漪。

"原来是执笔之人，略有耳闻。"仙女放下弓箭，静待下音。

宋源莞尔一笑，再次提笔在空中写道："个是花中第一枝。冰雪肌肤潇洒态，须知。姑射仙人正似伊。"

"姑射仙人？"思源有些不解地看向宋源。

宋源收笔而笑："小源，你们那个时代的人，都是如此读书的么？"

"额……这个……因为我是学画画的。"思源只能这样窘迫地为现代人解释道。

"藐姑射之山，有神人居焉，肌肤若冰雪，淖约若处子。这是庄子《逍遥游》中的记载。"宋源解释道，而此时宋源再次手执梅花行礼，并将那一枝梅花递给了仙子。

"明觉寺折梅，一探宝掌灯之火。"

"仙资为朔，确为姑射之裔。只是火种之事，两位不如进松风阁一叙。"姑射仙子灵秀的身姿已经率先跃入阁中，二子随即跟上。

直上阁顶，素衣仙子已经立于雪中檐角，仙子玉指遥指，

"可见那山门处的松树。"

二子探身望去，的确有一株松树在山门之侧。

"点亮佛灯，必须由二子同时完成。如果你们只有一人前来，那么就算我想相帮，也是枉然。"仙子背对两人取下了她肩上的冰晶神弓。将神弓置于空中，一字一句吐出："你们选一人手执佛灯站于松下，而另一人则需执弓而射，射到灯芯，神火自显。"

"什么？"思源一惊，"要一个人拿着灯，另一个人射灯？那太危险了。"

"呵呵呵！"宋源却是一脸的开心样，"不是很有意思么？思源，你不是有上古神弓么？想来是会用弓箭之人，所以就由我来拿灯吧。"宋源说完便提步下阁而去。

"诶？"思源还没有反应过来，那冰晶神弓就已经飞到了自己的身前。而此时姑射仙子转身看向思源，她的眼中似是多有试探。

"尧舜之灵，得之以力，想必公子的射箭之术一定不凡吧。"姑射仙子微微一笑，玉指一点，思源看到宋源已经来到了松树下。

完了，思源有些头大，虽然是射过几次弓箭，但这次让我射宋源手中的佛灯，真的是心里没底。

正在犹豫之间，忽听得宋源给自己心中传音。

"小源，别怕，你应该早已知晓我的结局，肯定不是亡于你的弓箭之下吧。那你就大胆地射吧。"

远处松下的宋源此时已经把佛灯举过头顶。

思源拿起冰晶弓，只是这山中风雪颇大，飞雪也容易和灯罩相混。思源瞄了瞄，还是下不了手。

"少主，作为穷桑后裔，生来就是天生的射手。"

"朱颜！"思源识得，这是朱颜声音。

"少主的血脉有着驯服弓箭的能力，所以只要瞄准佛灯即可，剩下的事情，我和绿鬟会给你助力的。"

在朱颜的鼓舞下，思源总算是心中有了些底气。瞄准宋源手上的一点白，调整了自己的气息，直到耳中只有那静静的落雪声。

一箭射去。箭擦飞雪，一道白虹一般的箭气直冲宋源而去。

第一百三十六章

洗骨池边天竺客

姑射仙子惊讶地看向思源。

是的，这是姑射仙子的弓箭，不该受制于他人的。本来自己是想挫一挫他们的锐气，没想到他不但拉弓而射，还射出了白虹之箭。难道他真的是……

白色的箭羽带着沿途的飞雪一并插入了明角之中。冰晶凝结。

宋源放下佛灯细看，只见佛灯之中并没有火光而是凝结而成的冰晶。

"原来如此。用冰晶将佛光永固。"宋源笑着朝着思源挥了挥手。

思源总算松了一口气。

"连本仙自己都好久没有射出白虹之箭了。"姑射仙子从檐角轻轻点步来到了栏边，一跃入阁中。

思源有些尴尬地笑了笑，心想着其实多亏了绿鬓和朱颜。

只是未曾想到那姑射仙子行礼而拜。

"松风阁阁主，姑射之后芳绡子拜见。能得冰容的臣服，想来定不是什么泛泛之辈。"

"冰容?"思源看了看还在手上的神弓，赶忙双手奉还。

"阁下莫非是?"姑射仙子往思源的背后看去。刚才就感受到了一股不明之力，但因为他隐藏得很好，也没有多加在意。

"诶?"思源心想不好，难道穿帮了?

不过还好，宋源适时地赶来了。他拔出冰雪箭，欲把箭羽还给仙子。

"不必了，此箭赠予二位吧。二子莅临此地，芳绡也没有什么可以回礼以谢的。这明觉寺折梅之情，就以这冰容箭来还吧。"姑射仙子再次跃出了阁殿的栏杆，雪白的步靴很快点步到了阁边的松树之上。

二子赶忙赶到栏杆旁，俯身胸倚栏杆相望。

"谢谢仙子赠箭。"宋源的嘴角泛起了些许不舍。

"来取宝掌灯之人，定是要去那里的。那么集齐三样圣物自然是必须的。芳绡子既然与二位有缘，又怎可不成人之美。只是，前路艰险。公子切勿再冲动行事。执笔之人，云间临风，莫要花落成空。"姑射仙人口中似有一声叹息。

"多谢仙人指点。"宋源和思源再次拜谢。

芳绡子深情地看向了手上的明觉寺梅枝，雪袖轻舞，点靴松枝。

此情此景，思源突然觉得非常熟悉。这是……

思源看向宋源，此时宋源的侧颜却是勾勒出了那在飞雪中的些许无奈和感伤。

宋源最后还是露出了些许欣慰的笑容。

他心中感念着，在死之前，能再看到这雪中松上的白袖之舞，也算是无憾了。

思源看到宋源如此，心中突然有了一种说不出的感伤。

我不会让你死的！思源在心中默默发誓。

铃铃——又是一阵山风吹来，伴随着姑射仙人发带上的那最后一声铃音。思源和宋源又再次来到了一片漆黑之地。

哗哗——是水声，踩水声。难道又来到了那暗路途中。

周边的确也传来了魍魉鬼魅之声。只是此时，与来时不同之处，宋源的手中有了一盏点亮的明角灯。所以现在，指引两人的不再是盂兰盆灯，而是这盏明角灯。

这灯中的寒冰之气慢慢溢出，冰凌飘散在空中，指引着前路。

很快，两人就来到了满是梅花的岸边。

梅林中有寺灯闪烁，雪溪的身影在梅树后显现。

"哎，可急煞我啦。也就妙明一脸安然的样子。"雪溪见两人安然无恙才敢放下心来。

"两位看来是不枉此行啊！"妙明法师提灯上前，凝视着宋源手中的宝掌灯双手合十。

"不错，还有了意外的收获。"宋源再次拜谢妙明法师和雪溪，"只是留给我们的时间不多。"依依惜别的神色在宋源的脸上慢慢画就。

难道我们那么快就要回去了？思源觉得这也太快了。

宋源再次鞠躬一拜，"雪溪，山阴古道，桂子初香时，望能再次相逢。妙明法师说得有理，山阴需要你。晚生先走一步了。"

还没等思源反应过来，宋源手中的狼毫小笔就已经荧光闪闪了。思源赶忙用手抓住了身边的梅枝。但绿光照耀的瞬间自己已然又再次来到了夏夜的浮屠之前。

来来去去，总是如此匆匆。思源看向了刚才还手攀梅枝的右手，那掌心的确留下了一缕残香。

只是思源转头看向四周，却不见宋源的身影。

奇怪了？难道小笔的穿越又发生了偏差。

"宋源！宋灵御！宋源！"思源有些着急起来，这个宋源该不会又把我一个人给抛下了吧，而此时天已经微微发亮。东小山，一览无余。

"日出？"思源被眼前的景色吸引了，不对，我记得本来我站的位置是看不到东面的诸小山的。怎么回事，难道？

正在思源焦急苦恼之时，突然发现一个衣衫褴褛、风尘仆仆的僧侣站在了自己的身侧。

"诶？你？这位师傅，你是？现在是什么时候？"思源刚想问个清楚，却发现这个僧侣像是一位外国人。

伴随着日出的阳光，思源看得更加分明了。黝黑的皮肤，深邃的眼眶。看他的穿衣打扮，的确像是异域人士。

"浴兰。"那位异域僧人回答说。

"诶？"思源有些不解，浴兰，不就是端午么？算来我和宋源在宋朝的时间段好像也是浴兰前后，那天在云门泡澡的时候宋源好像提起过。

"时机已到。"那僧人放下行囊，环绕佛塔一周，顶礼膜拜。思源见状也跪地膜拜。待到那僧侣膜拜完毕，那佛塔的塔门便自动打开了。但此时，不是思源上次所见那般空空如也，而是有着一位坐定的老者。不对，仔细一看，其实应该只是佛骨才对。只是此时这真身舍利放出了耀眼的佛光。佛骨洁白，还带有明亮的红色纹理。思源哪敢细看，只是继续跪地膜拜。

那位僧人祷礼完毕，行进到佛塔中，提起了佛骨。他手握头骨，一提，这全身的骨架却依然紧紧相连，没有一块散落的。僧人示意思源将他的包裹拿到池边，思源赶忙起身恭恭敬敬地照做了。

　　那异域僧人微微一笑，把整副骨架都放入了池中漂洗。然后让思源摊开包裹中的棉布，仔细将洗过的佛骨包裹好，并把包裹的棉布小心地放置在了装置行礼的木架子上，最后起身背负起佛骨。

　　"大师要去哪里？"思源问到。

　　"回去，天竺。"僧人对着思源再次一笑，鞠躬行礼后下山向西而去。

　　而此时的天空中，朝云祥瑞，佛光洒下，甚至有阵阵梵音入耳。

第一百三十七章

三十六脉点惠泉

思源望着僧人远去的方向，再次回头看了看池塘，却见一盏佛灯飘到了池中央。

思源恍然大悟。

原来如此，所以宋源说此池为洗骨池，而宝掌灯其实就是此时落下的佛骨舍利之灵气。

思源想要追寻这佛灯而去，但却听到宋源的声音。

"小源！小源！"

思源渐渐地睁开眼睛，映入眼帘的是夏日那苍葱的树叶，阳光透过树叶间的缝隙，洒落在了思源的脸上。那斑驳的树影，让思源原本有些躁动的心安静了下来。

是夏天呢——突然感觉后脑有些酸痛，是刚才那一次穿越的关系么？不对，还是说只是树荫下的一梦。

"小源？"耳边再次传来了宋源关切的声音。

思源这才发现，自己是睡在宋源的膝盖上。

"没事吧？"映入眼帘的是宋源有些担心的脸。

原来和宋源一起穿越后，落地的地方竟然是树上，于是自己华丽地从树上掉了下来，一头栽倒在地上，一直昏倒到现在。思源摸了摸还有点酸痛的后脑勺，不管怎么说，算是通过这一摔知道了这洗骨池的来龙去脉。

待到思源清醒，宋源才起身走向了洗骨池。

"如今我们已经有了两件三十六地仙的圣物，也有了宝掌明灯的助力。我们只需再取得一样信物即可。"

"嗯，我们需要去何处寻找。"思源整了整背包，还好背包还算结实，在这样穿来穿去的情况下，并没有损坏。

"这点我倒是还没有想好，我们今天先下山去西渡口吧，到了那里再做讨论。"

两人和寺中的僧人道谢告别后，便下山到了西渡口。山下依然是人声鼎沸，热闹得很。两人找了一间感觉不错的小客栈住下。刚到屋内，宋源就摊开了那本有着特殊印记的本子。

思源当然记得这本本子的神奇之处。而此时思源才发现本子中夹带着一张宣纸。宋源将纸取出，慢慢摊开。

纸张图现，思源却是惊呆了，"哇！"

这纸上原来画着若耶所有的水脉和名胜，那闪闪发光的灵点，思源粗粗数了数，三十六个？"这难道是若耶三十六地仙的分布图么？"

"不错，我们现在还差一样信物。其实这信物也是分很多种的，我们就去找那种特别好取的吧。"宋源点出了图中的一些灵点。

"特别好取的？"思源有些不解，"不管怎么样都得找到对应的地仙，然后让他们赐予信物才是啊！地仙们都是各有各的喜好和性情，要得其所爱，赐予灵物，还是有一定难度的。"

"呵呵！小源你想多了，其实这信物并不是你所想的那么复杂。这次因为取宝掌灯，入了松风阁，获得冰容箭，的确是意料之外。而你的翠笛也是我们已经掌有的先机。"宋源说着点取了三十六仙地中其中一些灵点。

"而其实，如果不碰到你，我对于拿信物还是有十足把握的。因为很多信物的取得其实不需要去面见地仙。"

宋源突然一掌拍在那宣纸之上，那些被他点过的灵点都一跃而起，悬浮到了空中。这些光点聚拢在一起，莹莹发亮。

"选一个吧，小源。"宋源那自信的笑容再次泛上脸庞。

"我来选？"思源点了点自己，有点受宠若惊。

"嗯，取物之人，当你来选。"

思源看着这些灵光点色彩不尽相同，于是轻轻将手指触向了一颗青色的灵点。

触及之间，其余的灵光点都悉数落下，回到了宣纸上的原处。

"哦？原来如此。"宋源可爱地撸了下小笔，意味深长地看向思源，"不知道这次小源会有怎么样的奇遇。"

宋源一点灵光，这光点马上放大了，一泓清泉在光晕中显现，上书："惠泉"。

"惠泉？"思源看到这灵光中的泉水，不免有些好奇。

宋源一笑，提起狼毫小笔，在本子上写了起来。"不错，此泉在日铸岭西南太平山上，此处有两泉，所谓二泉如带，大旱不涸。"

思源想看他究竟在写点什么，但无奈他写得太快了，写完就盖上了本子。然后将狼毫小笔递给了思源。

"这次我不能随小源同去了。所以由你带着小笔前去，小笔的灵息会为你指引道路的。"

"诶？灵御不去？"这倒是完全出乎了思源的意料。

"嗯，小源你只需找到惠泉，然后取来泉水即可。"宋源一脸神秘的表情，"至于我么？还要做许多准备，我们进明角洞可不是那么简单的事。结界也好，封印也好，符文也好，我预计会有一场大战。况且诸夏不在，我们还是要小心为妙。"

被宋源那么一说，思源的心情又沉重起来了。

是啊，这对于宋源来说是生死之战，而自己现在应该倾尽全力去帮助他。

宋源似是感到了气氛的凝重，便笑着摸摸思源的头。"不过主要的原因还是因为我信任你，你应该……也是执笔之子吧。那么化灵操控小笔应该不是问题。"

"嗯，这个倒是。"思源接过狼毫小笔，小笔大致上和现代并没有什么不同，但笔杆明显要新一些。看来历代的执笔之人，都很细心地呵护着小笔。

思源收好小笔，整理了下行囊，便打算起身上路了。

思源回头看了看还在伏案工作的宋源，正想道别。宋源笑着抬起头来，"路上小心，对了，走之前别忘了和店家要些干粮。"

"好！"思源和宋源道别后正欲出门。

宋源又再次把他叫住了，"小源，汲取的泉水，需要用容器盛放，你就把惠泉水盛放在你那颗若耶灵珠里即可。"

"哦！"思源看了看胸前的灵珠，没想到这灵珠还有这样的用法，不过想起来也是，上次微星也是用珍珠装下了黑鬼。看来自己还远远不够呢，还有许多东西要学习。

来到西渡口，船舟排列满湾，商人行走往来不绝，一派兴旺的景象。只是这偌大的渡口上却只有一座竹桥，来往的行人都得排队才能过这座竹桥。思源随着众人排队过桥，足下是奔腾欢快的溪流，而前方就见到了有着车马停靠的驿站。思源下桥后便来到了车马云集之地。只见一个写着大大"驿"字的旌旗立在道边。

第一百三十八章

古道驿站朱衣曳

　　这里就是古代的驿站了？思源记得那日雨中宋源在寺前村也提到过驿站，不过那个应该是有舍馆的驿馆吧，这里更像是为驿员和过路官员换马的地方。

　　马？思源灵机一动，是啊，此时不像现代有公交车，从西渡口去太平里若是只靠走的去，怕是到达都要深夜了，这里不同于现代，行夜路还是不太安全。那么我不如也在这附近要得一匹马来。

　　思源于是跟着众人围在附近想看个究竟，看看宋代是怎么交易马匹。不过突然想起自己没有铜钱，也不会骑马，不由得感叹，"穿越在外，没有这些古代的基本要物和基本技能，看来真是寸步难行。铜钱……骑马……"

　　正想间，突闻传音，"小源，会射箭还怕骑马不成，骑射之术都乃相通。还有，你看看刚才店家给你的干粮包，我已经让他在里面给你准备了铜钱。"

"诶？灵御？"思源拿出小笔，果然闪着隐隐的绿光。"那好吧，我试试看吧。"思源不好意思地摸了摸鼻子。他仔细看着前人怎么交易的，轮到自己了便也依样画葫芦地和驿官说想要一匹马用来赶路。

"什么人？有牙牌么？该不会是金人的奸细吧！"那驿官看了一眼思源，觉得此人奇装异服甚是可疑。

牙牌？惨了！思源想起来所谓的古代身份证这个事情，这个自己是绝对没有的。看来现在金朝和南宋的关系甚为紧张啊，自己要是被当成奸细抓起来可就麻烦了。

"官爷，我不是什么金人，只是……只是从上海来山阴游历的旅人。还请官爷通融通融，租给我马匹，我要去一下日铸岭的太平里。"镇定镇定，思源心里不停提醒着自己要冷静下来，于是按着自己以前和许诚在唐朝用过的方法，故作冷静地回答道。

"上海？什么地方？没有听说过啊！"那驿官看了看周围的人，转而又看向思源，还是一脸的怀疑，"最近风声紧，战事一触即发，绝不容许有奸细混入。"

"来人！快把他押下去。"

正当思源满脑子不知道该如何是好的时候，忽闻一阵爽朗的笑声从背后传来。

"哈哈哈哈——真正的金人，你见过？"只见一红衣青年，羽箭雕弓，武样打扮。他一个跨步上前，将一只脚踏上了驿官的长凳，拉住驿官的衣襟直逼到他眼前。

思源见他已经及冠，估摸着应该是和自己年纪相仿。

他的发间有着点点朱红，像是……"茱萸？"思源一不小心说出了自己的想法，这红色的小珠子应该是特有的装饰品吧。配着这位青年的气质，却是刚刚好。活泼又不失热烈。

在思源说出"茱萸"的时候，那红衣小哥吃惊地转过头来看向思源，锁眉端详了思源几秒，然后潇洒一笑。

不过很快，他又气愤地对着那个驿官数落起来，"真正的金人哪会这么玉面玲珑，细皮嫩肉的。看这位小哥的身板那么单薄，估计连骑马都不太会吧！"

诶……竟然被他说中了。思源有些惭愧地低下了头。

那驿官完全是被这位红衣小哥的气势给吓着了，竟然一时对不上话来。

"还有，你看他长得那么俊秀，一看就知道是汉人血统了。这样的水灵样，只有南方的水土才养得出来。至于他说的什么上海，估计也是海边吧，大宋之大，有几个没入户籍的周边岛屿也是正常的。另外还有可能是来自大宋以外的人士。上海？也就是海上来客咯。没有大宋的牙牌什么的也是很正常的，更何况牙牌只是大宋官员才有的，一般的百姓也是没有此物的。诶！你这分明是欺负外来人啊！"这位红衣帅哥，虽然一副武官的打扮，但一通话却是有理有据，引得周边的人一阵应和和起哄。

"你……是何人！敢欺压朝廷命官！这也是最近州府下达的命令啊，关键时刻，不能有所懈怠。"那驿官看周围的人都围拢过来表达不满，便一手握住自己的衣襟想要扯回来，另一只手想要推开这位红衣小哥。

可他哪里是红衣青年的对手，挣扎了半天还是于事无补。

"这里本来就是半公半农的马匹交易处所，这些马匹许多都是农家所有，你们这几日霸占着农家的马匹早就引起了不满。怎么？还想乱抓人，太过分了吧！"红衣小哥故意把声音拉得很响。

周围的农家和商客听到后，觉得越加气愤，于是都围上来指责。

"就是，就是，这几天占着我们农家的马匹都不能私自交易，这分明是欺压百姓。"

"是啊，我一个商贩哪有什么牙牌，这几天运货都卡在了西渡口，租不到马匹，定期都交不了货了。"

周边的人都议论开了。

"大胆！这是朝廷的命令！要严格把关，不能让奸细混入。"那驿官还想着要狡辩。

"呵！朝廷的公文只是说要严格检查，没说要没收农家的马匹和停止私家交易。你这明显是越权，我看是以朝廷的命令行自己中饱私囊之举吧。"红衣青年不依不饶，步步紧逼。

"是啊！是啊！"周边的人已经群情激奋。

"来人，快把这个人也抓起来！妖言惑众，肯定是金朝的奸细！"那驿官一声令下，几个官服打扮的人就从驿站里奔了出来。

"哈！要打架啊！"红衣帅哥一脸的戏蔑。

起手抬脚间，就把这几个驿官搞得团团转，那些驿官只能全部围攻上去。

那小哥无奈地摇了摇头，的确，他们完全不是他的对手。

他一个空翻，来到众驿官的背后，然后一阵空中点水踢，那些驿官就全部倒下了。

"擒贼先擒王！"红衣帅哥歪嘴一笑，一个跨步，又来到了刚才那个驿官的身边，再次揪着他的衣襟，只是这次直接将他拎了起来。

"啊啊！"那驿官惊慌失措。

待到别的驿官站立起来，那驿官已经成了红衣小哥的人质。

"现在投降还来得及！"红衣帅哥此时突然一脸的认真。

那些驿官一下子被他震慑住了，感觉他像是要来真的了。

"住手！住手！你这样挟持朝廷命官，可是大罪！"

"哈哈哈！"一阵传音袭来！思源听到后，大惊！宋源?！

第一百三十九章

马踏飞尘紫花鬃

"不好意思！没想到还能遇到那么有意思的人！我好像看好戏看得太久了。"小笔中传来了宋源开心的声音。

"灵御啊！你怎么可以只顾着看戏呢？这下可怎么办啊！那位小哥因为帮我遇到大麻烦了！"思源着急地对着小笔说到。

"哈！其实还有一件事情我忘了和你说。你摸摸你那个奇怪包裹的右侧口袋。"宋源那边明显是忍不住笑意。

"右边的口袋?!"思源赶忙照办，没想到摸出来……"这是?"

"还不快去解围！"宋源笑着指挥道。

"好！"思源二话不说赶忙冲到红衣小哥和那群驿官之间。

那红衣小哥一惊，没想到这温柔的小哥胆量倒是不小。

"住手！"思源喊道！而此时他举起了手上的一块牌子。

白色的牌子在阳光下有些刺眼。

但那些驿官却是看得分明，刷刷刷——众人全部单膝跪地！

"大人！"驿官们齐声喊道。

周边的人这时候都一头雾水了，包括那个红衣青年。

"诶？"红衣青年心中纳闷到，难道是反转了？

"大人?! 什么大人？"被红衣小哥挟持的那位驿官可是吓得不轻。

思源转身，走到了驿官和红衣小哥的面前，亮出了那白色的骨牌。

"牙牌！真的是象牙做的！"那驿官看到后大叫。

倒是搞的红衣帅哥有些云里雾里。

"少侠，松手吧。一场误会啊误会，自己人，自己人。"

红衣小哥顺势放了这个驿官，只见这驿官马上也跪倒在地。

"小人有眼不识泰山！望大人开恩啊！但是我们真的只是按朝廷的公文行事，严加勘察旅人。"

红衣小哥觉得好奇，赶忙冲过来，夺过牙牌。只见上面写着"暗行御史"四个字。

"这可是当今圣上亲颁的牙牌哦！"宋源的传音再次入耳。

"诶？"思源一惊！翻转过来，上面的确有御赐二字。

"你照着我说的对他们再说一遍。"宋源正了正音色。

"哦！"

于是思源有板有眼地学着宋源说起话来："灵御有要事途经此地，因有密令，故乔装打扮。未曾想到却因为最近战局吃紧，被误以为奸佞。然，朝廷之令未有错焉，但行之于下，需酌情处理、随机而变。不可再行不便于百姓及农家，私贩私市不可废也。旅人检查从严即可！念尔等也算爱国忠君，此次灵御不会再深究，但切记，身在地方，当以民生为己任。"

一番话语下来，说得驿官个个点头，而周边的百姓也纷纷称好。

"此外，本官还要一匹好马，脚程要快，可让我一日之内往来于太平里和西渡口。"

"哦！是！御史大人。"一位驿官马上往马厩跑去。

红衣小哥此时也忙过来拜谢，"多谢……大人了。没想到兄台年纪轻轻已经是暗行御史了！"他的脸上泛起了爽朗的笑容。

"额……"思源心中不免无奈，其实，宋源才是暗行御史。

"呵呵，怕什么，反正你和我长得那么像。"宋源的笑声再次袭来。

思源也只能傻笑起来。

"不过我倒是真的要多谢兄台了，路见不平拔刀相助，应该就是兄台这样的侠客了吧。"思源行礼拜谢。

"哈！客气，其实只是想起了些许往事罢了。而且我一看小哥，就知道不是金人。真正的金人哪里有那么温柔。"一丝忧郁划过他原本俏皮的脸庞。

"喂！你们记住了！那些战场上厮杀的兵士，可不是为了让你们安坐在这里鱼肉百姓的。"红衣男子又一把扯过一个驿官数落到。

"敢问兄台贵姓？"思源看着他头上红色宝石点点的头绳，有着一种似是故人的感觉。

"我？叫我小安就好了。你呢？"依然是爽朗的笑容。让思源不禁想起了许诚，但是他的笑容又不同于许诚那种阳光。更带着一种不羁和潇洒。

"哦！宋思源！"

在这悠悠古道的起点，两人相遇。前路何去何从，不得而知。但是洒在两人心间的却似琅琊，就如那朱红色的宝石头绳一般，醒目耀眼。

"遍插茱萸少一人。你刚才说起了茱萸，对么？"小安摸了摸自己的发绳，目光看向了远方。

"嗯，我有一些故人，他们都和茱萸有着关联，所以看到小安的头绳后就有了一种亲切感。"思源再次看向了那朱红色的头绳。

"原来如此，这也是我的亲人亲手为我编织的。她给我戴上的时候就说了这一句诗。遍插茱萸少一人。"小安的眼神中透出了伤感。

"遍插茱萸少一人？"

"嗯，想是思念故土了吧。少时父亲带我登高望远，总是指点着故土，说，总有一天，要让我回去。"小安此时脸上总算又有了些笑意。

"哦，那小安回去过了么？"思源陪着小安一起看向远方那青青的古道。

"嗯。回来了，而且因为遇到了像你这样的人，更加坚定了我回归故土的决心。"小安转头看向思源，目光如炬，并有力地搭住了思源的肩膀。

"小安？"

"以后，你文我武，在朝在野，定能让更多的人再回归故土。"

"好。"小笔中传来宋源的回应。

"好。"思源也回应到。

"大人，马已经备好了！"驿官领来了一匹枣红色的马。

"哇！好马啊！给朝廷命官的马匹就是不一样啊！"小安手抚马脖，看来很是喜欢这匹宝马。

不过对于思源来说，真正的问题来了……自己真的不会骑马。

"思源，你要去太平里？"小安像是看出了思源的难处，璀然一笑。"不如由我带你去好了！"小安给了思源一个眼色，一跃上马，并把手伸到了思源面前。

"快上马吧，有我在，不用怕。"小安爽朗的笑容随着阳光一起洒落下来。

"可是，你不是急着赶路么？"思源把手递给了小安，紧紧握住，脚踏马镫，也一跃而上。

"呵！有这匹好马，一天以内一定能完成任务，准时回到西渡口。另外，其实我还有个不情之请。"小安坏坏地一笑，对着思源的耳边说道，"实不相瞒，我也想要一匹好马赶路。所以，我看上了这匹马，等我送你回西渡口后，可不可以和他们说说，把此马借我一用。当然，我很有可能有借无回的。"

思源不由得一笑，宝马配俊杰，虽然这是宋朝朝廷的马匹，但何不成人之美呢？

"好！到时候我和驿官说。"

"谢啦！驾！"还没等思源坐稳，小安就驾马飞驰起来。

思源赶忙握紧马鞍。

"哈哈哈！好马！果真好马！不上战场真是可惜了。"

那枣红马在古道上疾驰，竟然一点也不吃力，视石阶和坑洼为无物一般。风吹发际，夏日的气息，扑面而来。这青草香和蝉意，依然是那么熟悉，就算经历千年，这些气息却是丝毫未改啊！

思源望着那竹林摇曳的前路，心似马蹄声那般明亮。

马踏飞尘，望十里、青山依旧，紫花擦鬓。

第一百四十章

流水屋下绿横溪

"已经到了日铸岭了，太平里也快了。吁——"小安摸摸骏马。"思源，要休息么?"小安将腰间的竹罐递给思源。

"哦，谢谢!"思源接过水罐，夏日赶路的确还是有些口渴。

"过了这个山头就到了。"小安点了点山岭。

"看样子，小安不像是山阴人啊，怎么对这里如此熟悉呢?"思源觉得好奇便问道。

"个人习惯吧，前些日子赶路的时候也经过日铸岭，自然而然就把周边的地理都熟悉了下。对我来说，不但要熟读地图，还得勘查现场。说起来这山阴的古道上还有很多故事呢!"小安再次策马奔驰起来。

"我们马上就要到了。"小安笑着说。

"思源!"小笔上再次传来了宋源的声音。

"嗯?"

"你只需在心中和我传话就可。要得惠泉之灵水，也需经过试炼。"

"诶？灵御你不是说只需汲水么？"

"不错，但是能不能取得灵脉之水，还得看仙缘。"

"这个倒是……"思源想起了五云泉汲水而饮之事。

"所以我让你带着小笔，你可用小笔化灵入泉，但是会发生什么，我也不确定。"

"好吧，见机行事。"

不一会，思源和小安已经骑马下岭了，如果没有错的话，西南就是太平山了。

"驾！速去速回！"两人又快速地奔上了西南的山路。

马踏夏花，山路的两边也是山花妍妍，小安笑着在马上快速地手采一朵。

"折尽荼，尚留得、一分夏色。江南之色，故土之花，的确魅人，就是不一样。"

马蹄声渐渐慢了下来，却见前有一山亭。

"到了，太平亭。"小安帮着思源下马。

思源打量着，只见太平亭的石碑立于亭下，而石碑后一排石桩。小安将马绳系在石桩上，顺便好好安抚了下马儿。

"思源你还口渴的话就先去茶亭吧，那里有茶水。我给马儿喝点水，一会赶过来。"小安指了指不远处的一间屋子。

茶亭？思源觉得好奇，便寻路往茶亭走去。这屋子隐在青山之中，思源走近才发现，此屋还挺大。于是入门想看个究竟，只见有大殿三间，而更让思源没有想到的是，里面竟然是异常热闹。

许多人围坐在殿内，有人点茶饮茶，有的则攀谈甚欢。此时有亭内的管理人员见思源入内，便迎了上来。

"欢迎来到太平里，客人是要饮茶还是休息，我们这里还提供火烛、提灯和草鞋。客人需要的话吩咐小的就是。"

"哦，谢谢，我要一碗茶水，不，两碗。"

"好，平水日铸好么?"

"好!"

亭员温暖的笑容一扫思源身上的疲惫和热气。

亭员穿过熙熙攘攘的人群，在茶坊附近对着一个师傅耳语几句，那位师傅马上就案点起了茶。他手擎茶壶灌汤入碗，然后手执茶碗，用一个木制的调羹悬空点起茶来。

"悬空点茶?"那可需要强劲的腕力和对茶汤精准的掌控度啊! 思源兴奋地跑到茶坊前细看。

两碗点毕，思源拿起一碗一饮而尽。还有一碗则打算留给一会要进来的小安。饮完茶水，思源发现殿堂里还有些许的石碑。便走过去细看，原来是记录茶亭建造和出钱捐赠人士的石碑。

根据石碑所述，因为日铸岭一带是平水茶区茶叶运输的主要干道，为方便行人，朝廷便任命这一代富甲乡绅成为亭将和捉亭。他们负责对茶亭进行管理和修缮，进行接待和通信工作及其月报的报送。此外富商也会出资弥补驿站的亏损。思源回头看了看后面其乐融融的行人和商贾，心中感念，觉得甚觉温馨。是啊，如果这样的感觉可以永远延续下去……这般的太平盛世，正如这太平山的名字一样。

思源继续转头细读石碑:"亭内冬夏常年施茶，此外，还施草鞋、施灯。晚上挑灯，冬天扫雪。"

本来思源只是很平常地看着，只是读到这句，像是触电一般。

"扫雪……永远扫雪，难道永远扫雪是这个意思。"思源像是突然想明白了什么，脑中许多线索串联了起来，"原来是这样! 难道雪秀……"

"哈！原来你在这里。谢谢你帮我叫的茶。"小安的手突然搭在了思源的肩上。

小安见思源依然傻站着，于是也看了看石碑，但他并没有发现什么异常。

"怎么了？"小安关心地问到。

"没什么，只是突然明白了一些事情，或者说是另一种可能。谢谢你，小安，带我来到这太平里的茶亭。"

"哦。应该的，你还要送我宝马呢！对了，你说的那个惠泉，你可以去问问亭员，他们应该会知道。"小安爽朗的笑容化解了思源的局促，并给了一个很好的提议。

于是两人询问了亭员，原来青山屋上，流水屋下绿横溪，那惠泉的流水正好经过太平亭，两人只要追溯水源而上就可以找到了。于是思源和小安循流而上，在青坡绿荫下发现了两个泉眼。

这倒是难倒思源了，究竟是哪一口泉水呢？

"这还不简单，都试下不就好了！"小安汲水而饮，"嗯！好泉！清爽微甜！思源，你尝尝。"

思源和小安分别尝了尝，发现两处泉水各有味道，东面这口比较微甜柔软，而西面那口则比较清心凉爽。

"我觉得东为温，西为凉。"小安说出了自己想法。

东温西凉？好像的确是这样。思源再次以手沾水放入嘴中细尝。"不错。但是不管怎么说，两口泉都是惠泉吧，难道要都带回去么？"

而此时小笔再次散发出了绿色的荧光，对了，化灵。思源执笔放入水中。但他又突然抬头看向了小安。

"小安，你愿意和我同去么？"

"同去？当然，不管你去哪里，我都愿意奉陪！"他的脸上依然挂着那爽朗的笑容。

思源有些感动，"那你离我再近些，三尺之内。"

待到小安走近。

思源再次用诚恳的语气说道："不管发生了什么事情，都要相信我，好么？"

"嗯！"阳光下，山风吹起，小安茱萸色的头绳随风飘起。

思源化灵在笔尖，点笔入惠泉。

两人旋即消失在夏日山间的泉水边，唯有水声依旧。

第
一
百
四
十
一
章

青黄不接十里窈窕

燕子来时新社，梨花落后清明。

池上碧苔三四点，叶底黄鹂一两声，日长飞絮轻。

"小殊，灵澈法师来了。"一个黄衣少年跑向了木质的走廊。他步履匆匆地冲向了一位青袍的少年。

"哦？"青袍少年回眸，意气风发，灵眸流动，轻灵一笑，"我们可是等了很久了。"少年二人沿着长长的木廊往外苑走去。

"灵澈师傅说，好茶得配好泉，所以请诸位大人移步太平亭。"一位黄衣的僧侣从木廊的另一头行进过来。

"太平里？那么远？"同行的黄衣少年吃了一惊。

青袍少年用手挡住了他，"不是很有意思么？久闻越州多有名泉，今日终于可以得试。实乃吾辈之幸。"小殊的脸上尽是真诚和恭敬。

僧人也回以佛礼，"施主，请。"

两人跟着僧人来到了云门寺外，"灵澈师傅已经在渡口的驿站等候二位了。"

小殊心中感念。

灵澈师傅也的确是待客不薄，才刚到驿站，听闻我们在寺中相候，便决定不再回寺内，而是带着一路的风尘转而随二子直去太平里。

漫步山间，一红一白。化灵入水后，果然不出思源所料，自己和小安一起穿越了。只是穿越后，感觉天朗气清，惠风和畅，所以两人便信步从惠泉下山入太平亭，想要一问究竟。至少知晓此时是何年何月，以便再做打算。

两人在青葱的山色间看到了太平亭的一角屋檐，相视一笑，不由地加快了脚步。但却和另外两个正打算上山的俊朗少年碰个正着。

只见二子，一青一黄，提篮而来。

"青黄不接，十里窈窕，万碧参差。美哉美哉！"小安突然吟出这样的诗句。

"小安？"这倒是让思源刮目相看了，本来以为小安是武将之类的，没想到也是出口成章，句句珠玑。

"怎么？你以为我只是一介武夫么？我可是文武双全的！"小安加快了脚步，轻快地走到了思源的前面，"不过你倒真是吓到我了，我们现在算是怎么样了？进入了仙境？"小安看着夹道的山花，也是红白相间，分外妖娆。于是采下一朵，细嗅起来。

"仙境？"那位黄衣之子好奇地看向小安，走近问道。

而另一位青袍之子也行礼道："十里窈窕，红白玉人，拈花摘叶情无限，如花似叶长相见。公子好句。"

小安一惊，口中叫出了声响，"什么好句，哪有你如此之好。

真是相形见绌了。幸会幸会，小字……安。"

"嗯，幸会。表字同叔。"青袍之子恭敬地回礼。

思源看二位提着竹篮和汲水的道具，便问道："二位可是去惠泉汲水？"

"不错。"

思源给小安使了一个眼色，这二子说不定就是汲取惠泉的关键，既然能遇上，十有八九是地仙钟意之人，那么肯定不凡。

"巧了，我们也是从惠泉下来，不如由我们带路，陪二位一起汲取泉水，如何？"思源提议。

"请！"小安很自然地带起路来。

二子来到泉边，看到有两眼泉水，也颇为吃惊。于是分别挽袖汲水。

二泉之味，微甜柔软、清心凉爽，思源看着二子分别汲水，突然想到。这泉水不就正如这二子么，一个温柔谦谦，一个爽朗清心。

"原来如此。"思源了然一笑，这汲水之人才是关键啊。要心性与泉水相合之人，才能汲取到真正的灵泉水。

待到二子汲完泉水，便将泉水放入篮中。

同叔更是相邀思源和小安同去太平里品茶。

思源和小安所要之物正是他们手中的泉水，于是不好推辞。四人一同行到了太平亭中。

不同于刚才的太平亭，此时的太平亭倒是很安静，行人商贾倒也是不少，但大家似乎刻意保持着安静。

思源同小安随着二子进去一间里殿之中，开门入室，才发现，室内坐着一位黄衣僧人，年长慈善，看到四人归来不由得一笑。

"二子去，四子回，惠泉果然好事成双。诸位请入座吧。"

而此时，一位年轻的僧侣提来了一只都篮，并慢慢地将其中的茶具取出。

"今日稀客、贵客俱在。贫僧倒是想以煮茶礼之。"

"煮茶？"黄衣少年觉得颇为新鲜。

心想，平日里大师以点茶居多，要拿出煮茶待客，可见灵澈大师今日之不同。按说对待我们不至于如此，难道是因为今天的稀客？

黄衣少年望了望思源和小安。不由得觉得奇怪。

"晏家双璧，少年成名，殿试御笔，进京陪读。老夫自然是不敢怠慢的。而这两位稀客更是让人感念，今日惠泉得此两对璧人，百年难遇。故要亲自采茶煮之。"

只见灵澈法师拉开身后的移门，后山的春色在门外荼蘼。

"山僧后檐茶数丛，春来映竹抽新茸。"灵澈法师点了点太平亭后那几株茶树，卷起袖子，拿起从都篮中取出的茶碗。

"宛然为客振衣起，自傍芳丛摘鹰嘴。"

灵澈法师轻摘树尖，嫩芽枝头揉入掌心。须臾，已盛半碗。

而此时小沙弥在室内延伸的石廊中架起了一口小铁锅，并点燃柴薪。

这是要炒青么？思源觉得很是好奇，便凑上前去细看。

灵澈大师执碗入室，将新采摘的茶叶奉上给四子看。

只见此野生日铸茶芽细而尖，遍生雪白茸毛，如兰似雪。

"日铸雪芽。"思源看到如此雪白的绒毛，忍不住想要触碰，是啊，怪不得叫日铸雪芽。

"此茶树名为'兰雪'。"灵澈大师和蔼地解释着，"正是清明之前，山间兰雪到了采摘的时节。所以今日翻手兰若，现场采摘、炒青，用古之煮茶法诚待嘉宾。"

灵澈大师将已经有些热的锅倒扣过来，使之受热更均匀。

然后手感温度，已觉温热，于是倒茶入锅内炒青。兰雪刚入锅不久，思源等人便闻到了一阵茶香。

　　"的确如兰草那般馨香。"同叔闭眼深嗅。

　　"嗯，如兰似雪。"另一位黄衣少年也被茶香所迷醉。

　　"日铸茶的确为兰花香，只是要煮出这兰草之香，并不是那么容易。"

第一百四十二章

欲知花乳清泠味

兰雪此时已经在锅中被灵澈法师只手搅动翻炒，茶叶渐渐干起。这个思源还是懂得的，在现代，小时候看过茶叶的炒青过程。炒青实则是通过人工的揉捻令茶叶水分快速蒸发，阻断了茶叶发酵的过程，并使茶汁的精华完全保留的工序。也可以说是制茶史上的一次飞跃。

而此时灵澈法师手转自如，熟练地将炒青完成的茶叶再次送入了碗中。并用工具将茶叶碾碎。

"斯须炒成满室香，碾茶为粉煮茶汤。"

此时，同叔递上了刚才汲取的惠泉水。灵澈法师的弟子也架起了煮茶鼎。

只见灵澈法师双手合十，思源见状也赶忙双手合十，小安见状也跟着做，对面的二子见如此也照做了。

思源心中默念："感谢地脉灵泉，感谢惠泉之仙，感谢若耶。"

灵澈法师倒泉水入锅，待水微沸，倒茶入水中。

边煮茶，灵澈法师的口中边说着诗句，行云流水一般，配合这自然流畅的手法。思源竟然有些跟不上了，甚至感觉眼花缭乱。

"便酌沏下惠泉水。骤雨松风入鼎来。"

和放翁不同，灵澈法师的煮茶手法非常快速，常常是思源还没反应过来他已经在做下一步了。

灵澈搅拌着茶汤，此时泡沫显现，法师马上将其打捞上来，放入各人面前的一个茶碗之中。

"白云满盏花徘徊。"

的确如灵澈法师所说的，乳白色的泡沫刚入汤碗正是如白云一般，在碗中回转直至停止。

只是，须臾转瞬间，灵澈法师就把小鼎里面的茶汤盛到了思源面前的另一只碗中。

"请。"

思源完全被灵澈法师这雷厉风行的煮茶之术给震慑住了。未有三沸，而是直接"骤雨松风入鼎来，白云满盏花徘徊。"

众人先品尝了那浓郁的茶汤。

兰雪的味道一如日铸茶那般苍劲。虽然与西湖龙井相比会觉得微苦，但回味却更悠长。

"兰雪之茶汤有三味，香草味先行，其后兰花香溢出，最后会有甜味在唇齿间。"灵澈法师用慈祥的眼神看着茶碗中的茶汤。

思源再尝一口，的确是浓烈强劲的味道。茶味的层次感分明，三种味道先后袭来。几口饮下，气若吐兰。

"好香。"小安有些不敢相信自己的味觉，久闻大宋的茶技之高，今日终于得见。小安突然有一种说不出的感动，眼中的茶汤突然变得模糊。

"小安?"思源此时转过头去，才发现小安泪眼婆娑。

"哦，没什么……没什么。"小安用袖口抹掉眼角快要流下的眼泪，"只是，真的很开心。这是家乡的味道，原来如此。谢谢你，思源，带我来这里。喝到这样一碗茶。"

对面的二子有些不解，但也不能细问。

而此时，灵澈大师对着小安说道："施主，现在可以尝尝这碗茶汤的味道了。"

"哦!"小安对灵澈大师微微鞠躬。

四人拿起了那碗灵澈大师最先取之泡沫而成的茶汤。

思源轻轻尝了一口，"这!"完全是不一样的味道，为什么会这样，明明是同一个小鼎煮出来的茶。为什么会有这样的区别!

"清冽强劲……这个味道。"思源再细细尝了几口，是的，和刚才的茶汤完全不同。不是浓烈强劲，而是有如一股……

"清风拂面。"同叔说出了思源心中所想。

"好厉害。这种清爽的感觉，就像山野中的凉风一般，却又带着兰草的香气。"小安的眼中又闪出了盈盈的光。

"为什么会这样，明明是一同煮出来的茶……"思源自言自语起来。

"悠扬喷鼻宿醒散，清峭彻骨烦襟开。欲知花乳清泠味，须是眠云跂石人。"灵澈法师会心一笑。

"这就是泠味啊。"黄衣少年赞叹到。

"清泠?"思源看着碗中的茶汤，"的确是清凉的感觉啊!"思源感叹道。

"泠风……愿乘泠风去，直出浮云间。"同叔喃喃自语道。

"凡酌，置诸盌，令沫饽均。沫饽，汤之华也。华之薄者曰沫，厚者曰饽，细轻者曰花。此清泠味就是取沫饽而成。"灵澈法师解释道。

"汤之华?"思源翻开了上次陆游煮茶时自己做的笔记，发现灵澈大师的做法和放翁还是有些许不同的，大师煮茶似乎没有再强调三沸。而重点在于取沫饽，也就是这汤之华。

灵澈法师见这位施主如此认真，便娓娓道来："贫僧的煮茶不同于陆处士所说那般有三沸，实是自己多年悟茶的些许心得。施主可知为什么大宋的茶师发明了点茶么?"

"这……"思源自小和父母学习点茶之术，光是手势就练习了好几年，但这点茶之法的起源还真的没有听说过。

"煮茶之时，会出现蒸腾之气。"

"嗯，不错，热气会上升。"思源做着笔记，想起了物理课上学的热气上升原理，不住地点头，还在笔记上画出了煮茶的详细图。

"蒸腾之气实则会带走茶中的香气。"灵澈法师继续解释到。

"嗯，这满室的茶香就是最好的证据。"思源继续画着插图。

"原来如此，虽然这满室的兰芳也是清雅至极，但茶汤在品尝之时，的确会减味不少。"小安看着思源画的插图和备注，觉得很是有意思，"这是什么笔，竟然可以这样画画。"

"哦，这是我们那边的笔。"思源笑了笑，继续画了起来。

"而清泠味之所以可以让我等赞不绝口，有了耳目一新、清冽强劲的味道。正是因为这沫饽。"

"的确，明明是同一个小鼎煮出来的茶汤，竟然可以有如此不同的味道。"思源再次尝了尝两种茶汤的味道，如果让自己选择，自然会喜欢这清泠之味。

灵澈法师轻轻点了点头，将自己面前的那碗清泠味的茶汤放到了众人之间。

"其实，沫饽之所以可以让人如此留恋，是因为它包裹住了茶香。小鼎中别处的茶香被蒸腾之气带走了，但沫饽包裹住的茶香却很好地被保留了下来。"

"原来如此！"思源有些兴奋地说到，的确，按照现代科学来说，这沫饽也就是泡沫可以阻挡茶中香气的挥发，相当于一个天然的透明小锅盖那般，保住了茶叶原有的香味。思源赶忙画画，记录了下来。

"然于此，唐人取沫饽而饮，曰为汤之华，而到了大宋，经过更多茶师的钻研和改进。点茶之法也因此而生，我们认为，既然沫饽可以保留茶之醇香，那为何不孕育出更多的沫饽呢？于是便有了溶胶，以及点茶之法。大宋的茶师会用茶筅打出更多的沫饽，直至覆盖整个茶碗。满茶碗，即可包住香味，留住茶香。茶香永固，是谓茶之精道。"

灵澈法师的一席话说得思源恍然大悟，说得对面的二子点头称是，却也说得小安泪流满面。

"小安……"思源一时之间不知道该说什么去安慰他。

更
持
醪
醑
醉
花
前

"让他哭吧，其实我也很想哭个痛快。那时的大宋，如今的大宋，的确会感时伤怀。"沉默许久的小笔中熟悉的声音再次传来。

"灵御？"思源在心里和宋源说道，本来以为自己穿越后宋源就不能再和自己传话了。

"嗯……我不太放心，所以找到你的灵息点，跟了过来，看来一切进展得很顺利。"

与此同时，同叔行至院中，采下了一朵院中青蓝色的山花递给了小安。

"闻兄台之哭声，心为之戚戚，不能为兄分忧，实在心焦。见越中春色正好，于是采摘一抹，赠与小安。"

小安抹去眼泪，只见一抹青蓝在同叔的手上烂漫。小安接过同叔手上的青蓝之花，心中感念。

"折尽荼，尚留得、一分春色。还记取、青梅如弹，共伊同摘。谢谢，只要还有这一丝春色，我就不会放弃。"

灵澈法师见状，便命人拿来了纸笔。

"施主的诗词竟然也是如此灵秀啊！看来今日不但得晏家兄弟的莅临，还有两位才气颇重的意外之客。此间殿真是蓬荜生辉啊。烦请各位，留下诗词佳句，不要辜负了新茶和春色。"

"晏家兄弟？"小安突然觉得很吃惊，不由得看向了思源。

"好，今日有幸得以品尝灵澈大师的茶汤。实乃同叔之荣幸。"同叔说完便执笔写了起来。

思源和小安赶忙凑过去看。

一句完成，要添新墨。

"小洵，磨墨。"同叔正欲让黄衣少年磨墨，小安已经动手研墨了。

"哦，多谢。"

执袖添墨，诗便成就。

"稽山新茗绿如烟，静挈都篮煮惠泉，未向人间杀风景，更持醪醑醉花前。"

诗毕，他再次添墨，在落款处写上了晏殊。

而当小安看到这里，已经控制不住自己。他再次拂去眼泪，坐正，缓缓地行大礼。思源见状，知其心意，于是也跟着行礼。

"二位，快快起来。"同叔和小洵见二人行此大礼，哪里敢受，赶忙来扶。

灵澈法师也是颇为震动，此二人看起来要比晏家二子年长不少。竟然行此大礼，看来定是有所缘由的。

"小殊何德何能，不能受此大礼。"

"诶？同叔不必自谦，金殿亲受圣上的提名，少年神童声名远扬，有着不少敬仰者自是不在话下。其实贫僧也是因为仰慕同叔的诗词，才会选定这太平亭外的野生兰雪以待贵客。"

"今日得见集贤殿之学士，心中甚为感动。不过的确如同叔所说，此时此刻要是有酒，痛饮一番，才更痛快啊！"小安起身后再次拿起了那桌案上的青蓝之花。

"唐人确是认为对花啜茶是'杀风景'的，所以持酒花前便是不错的选择。只是法师在此，所以我等也不敢僭越。"晏殊对灵澈法师行礼说到。

灵澈法师意味深长地看了看晏殊，心念，此子不但优雅善文，还颇为识大体、善解人意，他日必成大器。怪不得圣上也对他偏爱有加。

"此处并非佛门，诸位自然不受清规所限。怀心，将此诗给亭中各位旅人及贵客传阅吧。想必他们都在外面等急了。"

"是。"

"好，那我就随小师傅同去，也顺便看看能不能讨得一些酒来。"晏洵说到。

思源此时才恍然大悟，怪不得刚才太平亭内不再嘈杂，和南宋时候的热闹情景有所不同。原来是亭中的诸位知道晏家二子和灵澈法师来了，不想影响他们的煮茶作诗，所以才一直保持着安静啊。

于是和小安相视一笑，而此时却闻得外面一阵叫好。

"好！好！好！"

"果然神童啊！"

"酒是吧，我这里就有。"

间外众人争相传看晏殊的诗词，并献上了乡间的清酒和浊酒，以应晏殊之诗。

晏殊微微行至移门前，跪坐下，对外行礼，而此时晏洵正好回来，他的手中端着大家争相献上的美酒。

晏洵拉开移门，外面的众人正巧看到了晏殊的行礼，不禁感动，也都纷纷回礼。等了许久，晏洵才敢关上移门。

"还真的有清酒和浊酒啊！"小安看着一个个酒瓶不由得赞叹。

"诸位，我们不如移步去庭院饮酒吧。"晏殊提议到。

众人对着灵澈法师行礼，行至庭中茶树边的胡床上。

怀心搬来了桌几，四人将端盘放在了桌几之上，诸多酒瓶，一一品来。

"好酒！这些酒味都有所不同，可见旅人是来自各地。"晏洵执酒杯一饮而尽。

"嗯，好酒！"小安痛饮起来，一时间已经几杯下肚。

"不过我还是最喜欢这稽山酒，清香浓郁，却也微甜沁人。"晏殊轻呷一口，迷醉于其中。

而此时灵澈大师也移座于移门旁的木廊之上，看到诸子如此不禁会心一笑。

"小源，时间差不多了。"小笔散发出了绿色的荧光。

思源本来还沉醉于这春色之中，被宋源一语点醒，是啊，还有很多很多重要紧急的事情等待着自己去完成。

于是思源再次跪地行大礼于众人。

"思源？你这是……"连小安都不知所措。

"实不相瞒，思源此次携小安来此，是为了汲得惠泉之水，用此泉水以解我家乡之危、以救我朋友于生死之间，如今归时将至，想请诸位赐予我刚才所汲取的惠泉之水。"

"惠泉之水，刚才你们为什么不汲取呢？"晏洵有些不解，照理说刚才他们是随我们同往惠泉的啊。

倒是晏殊马上解围道："宋兄既然是远道而来，定是有其原因的。大师，刚才我们所汲之泉水，是否还有剩余。"

灵澈法师望向了都篮，有些吃惊，却也马上释然。

怀心取来了都篮，灵澈打开一看。

果然还有泉水留余在两只青瓷瓶中。

"奇怪了，平时师傅煮茶都会用尽泉水的。今次竟然留了下来。"

晏殊、晏洵和小安听闻后，喜上眉梢，也都向灵澈大师行礼致谢。

"命运使然，贫僧其实也未曾在意，只是不知道为什么，我看到有泉水留下，竟然有些伤感。"

"因为是到了离别之时了吧。"晏洵轻轻叹气，有些不舍的情绪晕染开来。

思源起身，步向了都篮，小安也紧随其后。两人跪坐在木廊上，思源先是对着灵澈大师行礼，而后又郑重地对着泉水行大礼。

"多谢仙灵指引，求得惠泉，也让我们遇到诸位。"说完思源便取出胸前的灵珠，放入瓷瓶之中。不一会这灵珠就吸得了瓶中的泉水，思源转而再将其放入另一瓶泉水中。

水尽瓶空，灵光乍现。

思源知道是归时已定，便让小安一起坐在了自己的身边。

最后的最后，思源和小安再次向已经起身要行进过来的晏家二子，深深地行了一个跪拜之礼。

"二位，不要再靠近了。大师，两位晏公子，怀心师傅，我们就此别过。如若还有缘再相见，思源定会三汤待客，永不相忘今日赐泉之恩情。"

"晏大人，小安就此别过了，山花藏之，吾定不会再负这剩余的春色。"

语毕，一缕青光闪过，二子已然不见。

晏殊等人无不惊讶，只是望向那还在案几的茶具和酒水。又不觉得这只是一场幻梦。

第一百四十四章 纫兰结佩有同心

思源和小安身边泛起点点碧光，碧色消尽，两人依然坐在木廊上，只是周边的景色变得更加苍翠欲滴，而且小间也是人去屋空了。

小安跑到殿内，拉开移门，门外人声阵阵，过路商贾和茶农正在谈价品茶。他怔怔地走出小间。的确，物是人非，如昨日黄花一般，一去不再复返。

"小安，你看！"思源也走出了小间，他指着小间门上的牌匾。

小安回头看向那檐楹下的牌匾。

"兰若……"小安走进一看，上书"晏殊"。

"这是？"

"嗯，应该是我们离开后晏大人题的，赐名此间兰若。"思源温柔地看着小安，他知道对于小安来说这是第一次感受到这种明知相逢不再有的离别，自然会心中悲伤。

"二位怎么是从兰若间出来的？此间一般不接客的，只有贵客来时我们方会打开待客的。"一位亭员见两人从屋中出来甚为奇怪，"此间可是晏殊大人所赐名的，听说他后来每次到越州，都要来此饮茶饮酒，现在还保留着当时的茶具呢！而且晏大人不但题名兰若，还在院中的胡床边题词'花间'，可见他很是喜欢太平山的景色啊。"

"晏大人不止一次来到太平亭么？"小安问道。

"嗯，好多次呢，每次来都用惠泉水煮茶。对了，据我们亭里的流传，说是什么感念故人。"

"感念故人……"小安释然地笑了，"看来不是黄粱一梦啊。"他掏出怀中的山花，此时已经枯萎了。

"历经那么多年，所以枯萎了。"思源要过小安的山花，用狼毫小笔一点，这花又恢复了一片蓝紫之色。"小安可以把它做成干花，形状和色泽自可保留下来。"思源把山花再次递给了小安。

"嗯！时候不早了，我们回西渡口吧。"小安爽朗的笑容再次泛起。

这多少让思源松了一口气，两人来到系马处牵马。小安摸了摸马匹。

"嗯，乖！"恢复了一如既往活泼的样子。

思源在一旁看着他，没有出声。

小安解开马绳，拉思源上马。

但并没有驾马而行。

"你是不是觉得我恢复得很快，其实我只是更坚定了决心。所以要快点回去，把重要的事情完成，然后带着更多的人回来，来找你们。"

"嗯！我们一定会等你的。"

"驾——"

枣红色的马再次向古道行去，当那青葱的树荫不停在眼前晃过，思源知道归途已近，只是此时他根本不想去想离别。

飞马疾驰，眼前的景色竟然也添上了几许愁绪。思源知道，前面不远处就是驿站了。而此时马儿也放慢了脚步。

"吁——"小安突然勒马止步。

"小安？"思源不解。

"我看到兰草了，虽然现在还是夏日。"小安下马，走到了道边的深林中。

思源也下马跟了上去。只见小安要攀上悬崖。

"危险！"

小安猛地回头，笑容灿烂，"不碍事的，我已经用马绳挂住了上面的悬石，很快就能把这兰草采下来。"

其实以小安的身手的确不是难事，他轻跃上悬崖，几步之后就扯住了山崖上的兰草。只是兰草根深，拔草的时候用力要分外小心。

小安耐心地将兰草连根拔起，回头对着思源又是清爽地一笑。

待他下来，便把兰草递给了思源。

"把它种下，等我回来，秋天它开花之时，我一定会再来找你。这可是君子之约。"

"我……我答应你会尽量去遵守约定。"思源心中想到，不管怎么样我不能让宋源死去，这样他就能代我执行这个约定了。

"嗯！纫兰结佩有同心。到时候等它花开，我们一起采花而佩。"

山风袭来，思源似乎此时就闻到了兰花之香。

"不瞒你说，此去凶险，甚至会丢掉性命，但我不会后悔。为了我们的纫兰之约，我也要活着回来。"

听到这里，思源有些说不出话来，死对于自己来说本来是那么遥远的词，只是此时自己的两位挚友都有着赴死的决心，而自己却是什么忙都帮不了。

"呵呵！思源，你已经帮我很多了，看！这匹好马，带着他驰骋沙场，我的胜算就大了一半。"小安仰天一笑，他明显看出了思源的担忧，"上路吧！"

两人再次上马。

那一抹枣红疾驰在苍翠之中，马作的卢飞快，小安突然取下马背上的弓箭，回身一射，那箭羽正正好射在了刚才采兰的地方。

"以箭为誓！"

思源望着那渐渐远去的山崖，心中想要记住这山石的样貌，这样也许在现代自己也能带着许诚再到这里看一看。

而再次往前看去，已经可以看到炊烟袅袅的西渡口。

"驾——"伴随着一声长啸，一骑绝尘，马儿一口气就跑到了驿站门外。

"大人！"驿官们赶忙都出门迎接。

两人下马，进入驿站打算稍息片刻。

"大人有何吩咐，办事可都顺利？"驿官给二人上茶后便问到。

"哦，你来得正好，我正好有事和你说。这位公子乃朝廷的秘使，现在事情紧急，这匹快马就借与他赶赴战地。"

"哦！是！这位大人要赶赴战地的话，可需要我们驿站的通关推介？"

思源看了看小安。

"如此甚好，可以省去不少功夫。"小安笑道。

思源对驿官点了点头。

"好的，下官这就去准备。"一盏茶的功夫，驿官便承上了信函。

"大人，其实如果有你的牙牌印，这位公子的通行便会更加方便。"驿官适时地建议到。

"哦？那速速印上！"思源取出了牙牌，但并不知道怎么上印。

"大人，我来即可。"只见驿官接过牙牌，将其置于桌上，取出一方印泥，将牙牌的正反面都放入朱红的印泥中，分印在信笺上。

思源心里一笑，这和我们现代复印身份证差不多啊。

驿官将牙牌擦抹干净后又双手奉还给了思源。

"得遇宋兄，实乃大幸！只是我心急如焚，一片归心拟乱云。怕是今夜就打算上路了。"小安此时脸上露出了离别的惆怅。

"嗯，山高路远，小安路上珍重。"思源故意露出一副淡然的样子，其实心中很是不舍。

"秋兰为期，相约山阴。"

"嗯，桂子初香时，与君共佳话。"思源抱拳回应道。

小安抚了抚头上朱红色的发绳，"秋天也是越椒殷红的日子，小安希望可以到时候和宋兄一起鬓插茱萸。珍重！"

"嗯，珍重。"

旌旗依旧长亭路。古道依依，只是两人要在这时分道扬镳了。

镂玉裁冰著句，高山流水知音。倚栏看碧成朱，却也是一场荼蘼，花间一梦。

第一百四十五章

倚栏看碧成朱

看着小安远去，思源也回头看向了西渡口，朝着西渡口迈出了步子。离别的时候不会回头，这一直是思源秉承的原则。因为一回头就会不舍，乃至让回忆泛滥。

脚踏青泥，思源再次看了看手中的牙牌。

其实让自己没有想到的是宋源竟然是暗行御史。看来他身上的谜团可不止和雪秀的契约啊。思源收好牙牌，见天色微暗，乌云聚起，怕是要下阵雨了。于是不由得加快了脚步。

待到赶到客栈，大雨刚至，思源拍了拍胸口。只是不知道小安有没有在别的屋檐下避雨呢？正在担心间，就听得宋源的声音在自己的身后传来。

"小源！"

"嗯！"

两人晚饭叙话，这一日的见闻思源也都细细说与灵御听了。宋源除了静静地聆听外也只是在最后说了一句：

"我知道你不会让我失望的。不过晏殊啊——我也想见一见呢!"

只是窗外雨急,案前灯火摇曳,思源还是想起了小安,不知道他是否安好。

"对了,这兰花得快点给它找个花盆才是。"思源赶忙取出兰草。

"嗯,店家——"

两人将这株兰草暂时植在了店家的花圃中,宋源打算从明角洞回来后再来取回它。

而古道的一处茶亭里,一位红衣青年正在挑灯看剑。幸是夏日,淋雨也不至于冻着。茶亭的亭员送来了热汤,小安擦拭好佩剑后又抹干了弓箭。

热汤入肚,暖和了不少。在战场和军营里的生活已经让小安练出了一副好身骨。他问亭员要来了纸笔,奋笔疾书起来,似是密报一般。

小安的面色渐渐凝重起来,此次来大宋,实是来和宋廷秘密联络的,如今密信已经送到朝廷,现在要做的就是把信息发给各个帮助起事的分点。窗外急雨,心中也是一片焦虑。总有一种不好的预感,本是归心似箭,也已取得好马,却不想被这疾风骤雨给耽搁了脚步。

小安写完密信,转交给了亭员。有了驿站和思源的信函自己办事的确方便了不少。诸事皆毕,小安在纸宣上写上了些许词句:

八万四千偈后,更谁妙语披襟。

纫兰结佩有同心。唤取诗翁来饮。

镂玉裁冰著句,高山流水知音。

胸中不受一尘侵。却怕灵均独醒。

这浓墨佳句也随着窗外的雨水那般晕染开来，小安叹息道："这一场大雨后，不知道又会有多少夏花逝去。"不由得一声苦笑，希望北方的军营中一切都安好吧，一定要等我归来。

诗词作罢，红衣青年又喝了一口热汤。最后又砚台添墨，在纸上落款到，幼安。

之于历史，最后我们知道了这位红衣青年的马作的卢飞快，弓如霹雳弦惊。他年少成名，此番他回去途中却听闻了起义军的头领被叛徒出卖，命丧军中。幼安仰天长叹，义愤填膺。他胸怀晏殊的夏花，身骑思源赠予的宝马，率领五十余人勇闯几万人的军营，生擒叛徒张安国，感动义军将士，几万义军都愿意跟随他归顺宋廷。于是小安率领着几万人直奔南方，并将叛徒押解回南宋朝廷。

宋高宗在金殿之上见此少年良将，也大为夸赞。时人称颂幼安"眼光有棱，足以照映一世之豪；背胛有负，足以荷载四国之重"。说起这位能文能武的精英，世人也是津津乐道，正因为他少年英雄，胆识过人，世人便称之"辛青兕"。而在历史上，他也是宋朝豪放派词人的代表，人称词中之龙，与苏轼合称"苏辛"，与李清照并称"济南二安"。

是的，思源在驿站偶遇的红衣青年就是年少时的辛弃疾。最终幼安回归国土，在宋廷为官，曾任江西安抚使、福建安抚使等职。只是他归宋以后，赶赴山阴，想要再寻故友，却再也没有得到那位赠他宝马的暗行御史的一丝音信。

秋为归期，山间秋兰瑟瑟，暗香隐隐，但幼安却只能独自拔下了那支射入崖壁的箭羽。

多年后壮志未酬的辛弃疾再次来到山阴，看着山阴的春色，又想起来那太平亭兰若殿庭院花间的春色。不胜唏嘘，故人不再，唯有春色依旧荼蘼。执笔写下：

折尽荼蘼，尚留得、一分春色。还记取、青梅如弹，共伊同摘。少日对花昏醉梦，而今醒眼看风月。恨牡丹、笑我倚东风，形如雪。

人渐远，君休说。榆荚阵，菖蒲药。算不因风雨，只因鹈鴂。老冉冉兮花共柳，是栖栖者蜂和蝶。也不因、春去有闲愁，因离别。

倚栏看碧成朱，幼安在南宋的烟雨中，依旧等待着。他相信，也许等到下一年兰草盛开的时节，我们就能相逢了，然后如少时那般朱颜晕酒，方瞳点漆。

思源看了看院中的兰草，耳边是宋源的催促。是的，一切准备就绪，今日自己就要与宋源去一闯明角洞。

"小安，我会留给你一个活生生的宋源的，以后你武他文，保家卫国。"就算思源知道最后历史的结局，可是此刻的自己并不肯认输，为什么人不可以改变历史呢！今天我一定要试上一试，为了宋源，为了若耶，也为了小安。只要我今天努力，也许雪秀不会那么痛苦地等待几百年，白鹿也不会被她弑杀了。

思源看了看握紧的双手，他采下兰草一叶，系在了背包上。纫兰结佩有同心，思源对着兰草说："我和宋源会回来的，然后带你去宋家店。"

夏日的树荫下，兰草独立。芝兰，不以无人而不芳。

思源和宋源来到了明角洞外，沿着石阶循声走去。很快便来到了那日思源遇见老者的水帘下。

宋源执笔化灵，摊开灵本，笔触纸间。忽然一只麒麟跃出。

"麒麟?!"这着实把思源吓了一跳，虽然他看到过宋源点笔化出小飞廉。但这麒麟……也太……此时麒麟正玉光凌凌，威严而立。

"呵呵，傻了吧！我早说了，我的宝物可不止狼毫小笔而已，当然它是最特殊的。上来吧。"

宋源竟然坐上了麒麟，还把手伸向了思源。

这麒麟可是神兽，怎会任意受人坐骑，但宋源这一动作，倒是让思源想起了小安。此时他脸上也挂着灿烂的笑容。

思源将手递给了宋源。

"准备好了么?"

"嗯!"

"这水帘不是一般的水流，而是迅雷之阵，如果只身闯入，怕是会灰飞烟灭吧。"

的确，思源记起了那位老者的话语，还好那时有那位老者指点，不然自己怕是凶多吉少了。

宋源轻点麒麟之角，清脆的铃声入耳。

"结!"

麒麟的周身都泛起了黄色的光晕，宋源紧紧拽住麒麟之角和狼毫小笔。

"思源，抱紧我!"

话音刚落，麒麟就冲进了水帘之中。

第一百四十六章 青碧交辉斗雷霆

　　刚入水帘，思源就闻得耳边风驰电掣，睁眼一看，发现麒麟已经入了一个浑圆的阵法之中。其间日月星辰俱在，浩瀚星海不绝。银河玄霄，由天而落一般。

　　忽见一阵明雷，白光直冲麒麟而来。思源紧张地狠狠拽住了宋源的衣摆。

　　"哼！"宋源自信地一笑。双手结印，食指掐中，正气一应："结！"

　　麒麟周身黄色的灵光更加耀眼，那天雷劈在光晕之上，硬是被挡了回去。

　　宋源一皱眉头，"这迅雷阵的法力大大超出了我的预期啊！"只见他再次结印，口中念道："张！"

　　麒麟的结界又扩大了不少。

　　"时间不多了，思源你跟着我一起化法！"宋源一跃而下，在麒麟结界的范围内蹲下，取出怀中的那本簿子。

"我!?"思源连连摆手,"我不会化法啊!"

"刷"的一下,宋源摊开面前的那本簿子,那本子的纸张突然延长开来,那微微泛黄的纸张不停地延伸,直到结界的边缘。

"流着宋家血脉的执笔之子是一定可以的。记住!没有我们做不到的事情,只有不想去做!"宋源的话直插心间,他回头坚定地看向思源,异常地认真。

"不想灰飞烟灭的话,就跟着我一起念,你选一样法器,手持而念!"宋源异常严肃地说道。

"哦!"选哪个呢?天雷?天火!对了,玄珠!

思源拿出骨镖,把它握在手心。

"道贯三才为一气耳,天以气而运行,地以气而发生,阴阳以气而惨舒,风雷以气而动荡,人身以气而呼吸,道法以气而感通。善行持者,知神由气,气由神,外想不入,内想不出,一气冲和,归根复命。"

一句语毕,宋源在摊开的宣纸上画笔生灵,只见他写下"五雷正法"四个字,瞬时间霞光紫气由纸上散开,一位天神从本子中显现出来。

"通天彻地,出幽入明,千变万化,何者我非!"宋源对着天神化法,那天神一跃而上,抬手聚拢手中的雷电。霎时间,这阵中的雷电多数都被吸附了过来。

思源看得分明,原来如此,用天神吸收阵中的雷电,让其不再攻击麒麟的结界。

"思源,不要松懈,跟着我念:风者,巽也,火者,心也。雷者,胆气也。电亦火也。"

"哦!是!"虽然有些话语自己不太听得懂,但思源不敢怠慢,一字一句地跟随念咒。

宋源突然一拍身前的簿子,然后大声地喊道:"啸命风雷,斡旋造化！"

此时那天神手中聚集的雷电已经形成一个巨大的光球。而思源掌心也感到一股灼烧。

"嘶——"思源觉得烫手，不由得摊开手掌。却见骨镖已经灼烧得发红。

思源松开双手，那骨镖飞了起来，直至麒麟的犄角之间。

"啸命风雷，斡旋造化！"思源大声地说出了这最后一句。

刹那间，电闪雷鸣，玄珠中的天火被思源的咒语引出，充斥着整个麒麟的结界，最后也都尽数汇入了那天神手擎的光晕之中。麒麟之结界在天火的晕染下，由黄转红。

宋源见状不由得一笑，"思源，你真是总会大大超出我的预期啊！这就是我要你找的上古法器么？果然厉害！"

宋源起身，望向那天火慢慢聚集的光晕，"如此一来，胜负已定！"

只见他执笔聚灵，周身突然聚集起了如诸夏那般的点点绿色灵息。

他在聚灵？难道是想一鼓作气冲破这个法阵？那么我也来。思源也双手合十，凝神静气，试图化法。慢慢地指尖也生出了些许青色的灵光。

"天将守律，地祇卫门，元辰用事，灵光常存！"宋源此时周身已经灵光奕奕，那些灵息深入肌理，将他的皮肤也映得碧绿斑驳。他抬起碧绿盈盈的执笔之手，再次在那本灵书上化灵涂抹起来。

只是此时笔尖出来的不再是黑墨，而是如那灵息一般的碧绿笔墨。

"心以合神，心即是法，叱咤雷神，召役兵将。"此时宋源在宣纸上收笔画就。

思源仔细一看，像是图腾一般。

"思源！和我击掌相合！"不等思源多想，宋源突然将另一个手掌重重地拍向那由灵息画就的图腾上。碧绿色的灵息印刻在了宋源的手掌之上。而很快地宋源就将闪耀着碧光的手掌摆到了思源的面前。

那重重的起承手势，思源一看就明白了是什么。

于是也用力将手掌摊开，击打过去。

"欲采玄珠日月奔，先须火发制灵根。从此光明彻天上，五云行驾到蓬瀛。跟着我一起念后面这句！思源！"

宋源和思源击掌相合的掌心此时青碧灵彩四溢，灵光迸发出来，像是在等待着这最后的咒语一般。

"嘘为云雨，嘻为雷霆，发号施令，万雷顺从！"

二子合心一念，掌中青碧交辉，形成两股灵火，雷厉直上穹顶，交缠盘桓于天河。照得那混沌的阵法内一片通明。

在这青碧色的照耀下，阵法四周的灵符一一现出了原形。

"哼！原来都在这里。雷符之铭。去！"宋源挥笔一指，一道青碧的灵气直上天神手中的光晕。

碧点朱晕，天雷乍现。

天火夹带着雷光瞬间爆炸开来。

朱碧色的雷电劈向了阵法中所有被照出的雷符。

霎时间，电火交持。两种雷电开始斗法。

但很显然，雷符不是朱碧天火的对手。雷铭符被这朱碧之光灼烧殆尽。周边的结界开始慢慢地褪去。

浩瀚星海、天河玄霄，都不再显现。慢慢变成了那滴水点点的石壁。

随着朱碧之光的渐渐消散，出现在思源和宋源面前的是一条漆黑的通道。

"明角洞？"思源摸了摸石壁。

"不错！算是通过了这水帘下的第一关了！呼——"宋源指了指背后哗哗的水帘，长吁了一口气。

"哎——"思源拍了拍胸口，再次看了看已经没有青碧灵息的右手，"吓死我了，才第一关就那么激烈了。后面还不知道怎么样呢。"

第一百四十七章

雕红漆文唐宫灯

"呵呵呵。"宋源开心地笑了起来，"是啊，还好有你在。不然我一个人的确是会比较吃力的。诸夏不在，还是有些不习惯吧。"宋源取出了身后碧绿色包裹中的明角灯。漆黑的洞窟中，白色的灯光扩散开来，照亮了些许的前路。

"嗯，我懂那种感觉。和自己所信任的人并肩作战的感觉。"思源不禁想起了灵感寺一役。"他们突然不在自己的身边了，的确会无所适从。不过，灵御，你现在还有我，不是么。我一定会竭尽全力保护你的。"

"哈哈哈——"宋源此时的笑容不同以往，倒是有点小安那种清爽的味道。

"是呢！前路漫漫，不管怎么说，我们都要一走到底了。不过应该是我保护你差不多。呵呵，宋思源，你好好学着，把我所有的本领都学去吧，将来必成大器！"

思源微微有点脸红，的确，经过刚才那一战。他已经深刻地明白了自己和宋源的差距，也明白了，为什么那么多神仙会对宋源念念不忘。他的确是最帅气的执笔之子。等到我达到他那般的时候，哎，不知道得要经历多久岁月的洗礼啊。不对，能达到他的一半已经是很厉害了。

而宋源此时却是盯着明角灯不放，像是在思索着什么。也不前进。

"怎么了？灵御？"思源上前询问到。

"我有一种不好的预感。你听，前面尽是一片哀嚎之声。"宋源皱眉看向前方。

"没有啊！我什么都没听到。"思源侧耳倾听，但是还是毫无头绪。

"我们只有一盏明角灯，我怕一会我们会走散了，一盏灯只能指引一个人。不能保证你跟在我后面不会被其他什么的所魅惑。"宋源此时再次取出了那本灵簿。

"照你那么说，我们两人只有一人能进这明角洞不成？不行，太危险了，我一定要跟你一起去！"思源知道后面的结局，所以他绝不允许宋源一个人去。

"嗯，或许还有他法。"只见宋源执笔在簿子上画画，不一会一盏提灯就画好了。

"这是？"

"这是我一次在唐朝找线索之时见识到的开元天宝之灯。"

"开元天宝？"

"嗯，开元天宝年间的'上元灯节'曾置百枝灯树，高八十尺，竖之高山，上元夜点之，百里皆见，光明夺月色。我那日有幸拿得一盏，存于这灵簿之中。此灯如今也是经历好几百年。得当时大唐皇家寺院七七四十九天的佛经礼诵，才能点于灯树之上。现在佛性已通，为灵物。"宋源轻轻用笔点图，碧绿色的灵息倾洒下来，"幻！"

一声令下，一只精美雕琢的唐代宫灯出现在了眼前。

"灵御的意思是，用此灯来引路，会有和明角灯一样的效果。"思源接过宫灯仔细端详起来，此灯雕花精致，糊纸做工也都很是精细。更重要的是此灯的木手柄上雕刻着绝美的图文，像是……

"雕红漆，雕纹是朱雀，不过更加独具匠心的是这里！"宋源点向了思源手握的提杆手柄之处。

"这里么？"思源放开手仔细看了起来，"这是？经文？"

"不错，就是梵文。"宋源点头笑道。

"上面写着什么？"

"悉昙。悉地成就。"宋源手抚梵文解释到。

"悉地成就？悉昙？"

"嗯，就是有所成就的意思，吉祥、圆满一切成就。不过我并不觉得这个灯可以有明角灯的法力，只是我打算以它为容器，将明角灯的灵力拆分出来。"

"拆分出来？这应该很难吧！"思源又看了看这大唐宫灯的灯芯。似乎还在，那么是可以被点燃的？

"嗯，本来基本上是不可能的。但，有了姑射仙子赐予的法宝，倒是可以一试。"

"冰容箭？"思源一握拳，"对啊，我怎么没想到，那明角灯是冰容箭点亮的，那么现在再用这箭点亮唐代的宫灯，说不定真的可以。"

宋源摇了摇头："明角灯之所以是明角灯，其实还因为此灯有着佛骨舍利的灵光，长期沐浴在洗骨池的佛光之下，有了舍利灵光的沉淀，在这灯芯之上。"

"所以？"

宋源没有回答，而是伸手问思源要冰容箭。思源赶忙从朱颜的箭筒里取出这唯一一支白色的箭羽。

"只有冰容箭点亮这宫灯是不够的，而是要这样。"

宋源将冰容箭的箭头伸向了明角灯的冰晶灯火之中。

"噗嗤——"箭头上白光莹莹，真的像是被点燃了一般，宋源将冰容箭递给了思源。

"用它点亮这宫灯吧！"

"原来如此，取明角灯中的灯火点燃宫灯。这明角灯火中已经有了佛骨舍利的灵光。这样引火而点这宫灯中的火也就类同于明角灯了。"

"我是如此想的，只是究竟如何还要一试。"

思源握紧冰容箭，小心地将箭头放入宫灯中。

火引瞬间，冰容箭特有的白光弥漫开来，冰晶微尘慢慢地充斥在宫灯四周。白光透过雕花之纹，射向周围，雕纹之花的投影在洞中显现。

"真美……"思源被这华美的雕纹折服。而此时却又发现那雕刻着朱雀和梵文的提杆有着朱红色的灵光突显。

梵文隐隐发亮起来。

"怎么样？有明角灯的舍利灵光么？"思源觉得这朱红色的灵光应该就是佛光显现，便焦急地问宋源。

"嗯，有。我可以感受得到。"宋源闭眼静静感觉着这宫灯中的灵息。

思源一把提起宫灯，"好，我来提这盏！"是的，此时思源的心里就是说着，不管怎么样，得让宋源拿明角灯。

"思源？"宋源想要阻止。

"灵御，我可是有两件上古神器傍身的人，你不必为我担心，而且我相信你的判断。"

宋源叹了口气，"好吧，要说神器，你是要高出我不少，不过狼毫小笔和这簿子除外。"宋源赞许一笑。

"但这宫灯外面的灯罩不是明角所做，我怕会有什么闪失，所以不如……"

宋源化灵在笔端，碧灵一点，宫灯的灯罩就马上变成了明角。

两人望向前路，除了身周，依然是漆黑一片。

"思源，你行中间。我打头阵，麒麟在尾。"

"是！"思源握紧手中的宫灯，紧跟在宋源的身后，一步一步，小心地往前行进。

第一百四十八章

一人一路咫尺间

越行越深，明角灯的冰晶沿途弥漫在两人行进的路线上。

"怪不得进这明角洞得有明角灯。不但是指引前路，还会留冰晶于来时的路。"宋源回头望了望白霜点点的来时路。

"嗯！这样一会我们回去也就不会迷路了，所谓的迷途知返吧。"思源用手点了点周遭的冰晶。指尖冰凉，所点的冰晶被晕染上了青色。

宋源看到后，也用手指一点。冰晶变成了碧色。

"原来如此——"宋源意味深长地一笑，自信的神色又浮上了眉梢。

他指引思源在明角灯上的冰晶处一点，自己则在思源的宫灯上一点。

一青一碧，在各自的灯上跳跃。

两人相视一笑，继续前进。

只是难题很快摆在了眼前。

出现了两个洞口，该何去何从宋源和思源有了分歧，思源不打算和宋源分开，但这洞口分明是写着一人一路。

思源还是坚持自己的意见。

宋源无奈地叹了口气，温柔地摸了摸思源的宫灯，"小源该不会是害怕了吧？"

"不是的……嗯，就算是好了，反正我一个人不敢走。灵御你得和我一起走。"思源只能将计就计。

"小源真温柔呢。我知道的，你是为了我好。那就一起走吧。"宋源看出了思源的关心，心中倍感温暖。是啊，这样关心自己的人在现在这个世界上几乎没有了。

两人正了正手中的明角灯，慢慢向左边这个洞口走去。

只是刚进洞没多久，身周就是一片漆黑了。两盏明角灯似乎也一点照不到前路了，只是还没有等思源反应过来，一阵黑色的漩涡就吞没了宋源和麒麟。思源急忙伸手想要扯住宋源的衣袖，但最后也只剩晕染一手的青碧色灵息。而这些灵息最后幻化成了一行字。

"一人一路。"

为什么？思源有些茫然，呆呆地望着宋源消失的地方。

"少主。"

正当思源低落的时候，听到了朱颜的声音。

"朱颜？"

"一人一路，就似人生。不论怎样的亲朋好友，最后终究是要一人走完的路途。"

"宋源他不会有事吧？"朱颜的声音多少让思源安心了不少，本来在这无尽的黑洞中，恐惧感是难以抵挡的。

"嗯，少主你看这宫灯上的灵点。"

思源低头看向宋源刚才灵指一点留下的碧色灵息，此时正熠熠生辉。

"只要这个灵息点不灭，他就不会有事。放心吧，少主，他不是什么等闲之辈。"

"嗯！他是执笔之子！"思源抹了抹快要出来的眼泪。不知道为什么悲伤从心间溢出，也许有那么一刻自己以为就此失去了宋源，而这无尽的黑暗中看不到一丝希望之光。

"少主，往前走吧。你看，这冰晶已经开始为你指路了。"朱颜的声音依然是那么温柔，有的时候思源觉得他真的是如诸夏一般的存在，总会在自己六神无主的时候安慰自己并指明前路。

不过正如他所说的，宫灯中的冰晶慢慢地往前延伸，就像狼毫小笔的花火那般指引着自己。思源的心中不再是万念俱灰，而是燃起了源源不绝的希望。

"不要让他等太久了，如果是宋源的话一定也会走出这黑暗，然后在出口等你。"

"嗯，对。谢谢你，朱颜。有你同在的感觉真好。"

"不但有我，还有绿鬓和玄纹。"三股暖暖的灵息围绕在思源的身周，的确能感觉得到。

虽然不知道前面会有什么，但自己不是孤单的一个人。就像那时候有宋梅陪着自己在祠堂中一样，一定可以找到出口的。

思源握紧宫灯，朝着冰晶蔓延的方向走去。

只是越往前走他越能听到如刚才宋源所说的哀嚎，这些哭喊给人带来一种绝望的感觉。若是没有朱颜和宫灯的护佑，思源心中最后那一丝希望的火种也像要被他们吞没一般。

"这些是什么？"这种绝望又崩溃的感觉在心里挥之不去。

"应该是流离在这里的百鬼。"

"鬼？"思源一个冷战，此时越发觉得身边一阵寒凉。那些鬼魂像是慢慢在向自己靠拢。

"少主，不要害怕，如果你害怕了，他们就会离你越近。"此时思源感觉像是有人牵住了自己的手，一转头却突然看到了一张红色的狰狞面孔。

"啊！"思源一惊，差点跌倒。

"结！"朱颜为思源的身周设立了结界，那些鬼魂才得以不能接近。

思源跌坐下来，四周尽是恐怖的厉鬼。思源不敢去看他们，只能用手紧紧抱住了头。厉鬼的尖叫不绝于耳。

思源差点要崩溃，此刻他宁愿死去，也不想再听到这些哀嚎。

"小傻瓜，死怎么可以轻易说出口呢！"另一个声音传来。

思源像是完全被震住了，急促地呼吸，迫不及待地抬头，此时四周已然没有了厉鬼，而是又恢复了一片宁静。

伴随着那熟悉声音的，是那张熟悉的脸。

几个月前，这张熟悉的脸还在自己的身侧，而今……

思源眼中的泪水再也隐忍不住，决堤一般一涌而出。这是他多么想念的脸庞。熟悉的声音，熟悉的味道。一点都没有改变。

是的。真的是的！

思源一把冲了上去，抱住了眼前这个让自己不敢去怀念的身影。

"爸爸！"思源痛哭起来，一切的一切，都在不言中。

是因为爸爸的一句临终遗言，自己才会来到若耶，来到这明角洞。但现在，这一切似乎都是值得的。本来早已化为一瓶骨粉的爸爸竟然又活生生地出现在了自己眼前。

"哦！"爸爸慈祥地笑了，"嗯，别怕，爸爸在这里。"

思源清了清嗓子，有些哽咽，"爸爸，我好想你……"说话间，思源泣不成声。

"嗯，我没想到你真的听了我的遗言回到了老家。"

"我在上海也生活不下去了。虽然我很喜欢我们的家，但住在那里我每每都会想起我们三个人在一起的时光。"思源抹了抹泛滥的眼泪。

"嗯，也是，要是我的话估计也会触景伤情。"

第一百四十九章

黄金之乡应许之地

"爸爸，你怎么会在这里？这明角洞……"

"这明角洞中，除了鬼怪妖灵，其最重要的本质，其实是 caught in the middle。"

"caught in the middle？这不是爸爸妈妈以前喜欢的一首歌的名字么？"

"不错，所谓的中间地带。人在其中，会迷失自我，不知归途，因为这里是阴阳之间，前世、现世与来世之间。在这里能看到许多回忆的片段，遇到已逝的故人，甚至能按心中所想到达想去之处。"

"所以是中间地带……"思源听着爸爸的解释，似是明白了一点。

"是的，明角洞其实是在一切的夹缝之中。"

"夹缝之中……"

"不错，许多人和妖仙是这样称呼它的。但我却觉得这里反而是希望的所在，可以实现一切愿望的地方，所谓的黄金乡、应许之地。"

"应许之地……"

"哎呀，我不能说太多的，刚才已经算是犯规了。"爸爸赶忙捂住了嘴，一脸的笑意。

"那爸爸怎么会在这里?"思源有些不满地说到，是啊，什么黄金乡，明明是那么可怕的地方，"如果爸爸死后没有得到安息，就是儿子我的不孝了。"

"呵呵，孩子，这不是你的错，而是我还有未了的心愿。所以徘徊在这中间地带，不愿离去。在这阴阳之间，不受各界管制的地方，期盼着所谓的应许吧。"

"不对，这一定是幻觉，我们明明是在宋朝啊!"思源突然想到自己现在身处宋朝，怎么可能会遇见爸爸呢? 于是提高了警觉。

"别怕孩子，这明角洞是虚无一般的存在，在这里没有时间的限制，也没有空间的大小，有的只是一片黑暗。所以在这里，你可以遇到各个时期和你有所交集的人，我们在这里的存在不受时间和空间的约束。"

"原来如此。"

爸爸示意思源坐下，让儿子和自己慢慢聊。

思源随爸爸坐下，但手还是不敢放下宫灯。

"爸爸未了的心愿是什么? 为什么不和我说，我可以帮你去完成。"

"嗯，儿子长大了，其实我一直犹豫着，要不要让你踏上和我一样的路。所以这次也和我死前一样，由你自己来选择吧。我所从事的事业，不管怎么说，还是太危险了。因为这样的工作，我甚至失去了留在你身边的权利。不然我不会那么早就离开你……"爸爸的叹息声慢慢传来。

思源像是有了一种不好的预感，自己心中不愿去想的事情，爸爸已经慢慢点出了。

是的，自己一直觉得爸爸的死没有那么简单。

"不过这次真的需要你来帮忙了，等你出去后，要回一趟上海，去找回我留在那里的研究资料，并去爸爸工作的大学，找一位我的好友。"

"哦？"思源觉得信息量好大，回上海？爸爸的朋友？

"宋琳。是我的挚友。"

"哦。我记下了。只是我把上海的老屋出租了，也变卖了家里的一些物品，你说的资料我倒是真的没有印象。"思源努力回忆着。

爸爸神秘地笑了笑。"那么重要的资料我不会放在家里，我把资料都放在了一个隐秘的地方。可以说是我的工作室吧。我把线索留在了一家古书堂里。你去找就好了，那个工作室除了我以外没有别的人知道。而这个古书堂的线索也只有你能破解。"

"只有我？"思源有些不解地皱了皱眉。

"嗯，你懂的。所谓的父子间的心有灵犀吧！不管怎么说，你能回宋家店，我很高兴。算是帮我尽了我没有尽到的责任吧。对了，那家古书堂的地址是……"

爸爸一脸警觉的样子，看了看四周，然后在思源的耳边耳语了一番。

"哦，我知道了，我会去的。正好我有个朋友也要我去上海帮他办一件事，这样的话正好。那地方可以带他一起去么？"思源想起了来宋朝之前许诚的请求。

"朋友？哦，小源信得过的人，老爸自然不会怀疑，而且两个人去更好，这样反而不容易让人怀疑。"老爸意味深长地点了点头。

"嗯，那就好。"和老爸这样促膝长谈的感觉一点都不陌生，虽然从小到大，老爸有一半的时间都不在自己的身边。但每次他回来，总会带给自己很多惊喜，不是非洲的鸵鸟蛋，就是澳洲的纯羊毛，也有奥地利的水晶、日本的人偶娃娃、土耳其的手绘挂盘……思源总是用这些世界各地的纪念品装扮着自己的卧室。

哪怕这次变卖家产时，这些父亲送给自己的东西，自己也是一个都不舍得卖掉。还都把它们锁在家里地下室的储藏室内。

"哦，对了，储藏室里面的老酒你没卖了吧？"

"嗯，没有。都存着呢！"

"哈，那就好，我走得太急了，没有交代清楚，那些老酒是你出生的时候我在绍兴讨来的好酒。本来打算也像女儿红一样，等你的大日子到了再打开来喝。现在么，就传给你了，你想什么时候打开来就什么时候打开来吧。顺便帮我尝一口。"老爸一脸的潇洒不羁样。

思源有点汗颜，不过也只能点头。

"哎，真是的。你就让我耍耍帅么！"老爸用力得摸了摸思源的头，用力得都把思源头发有点弄乱了。

"老爸——"思源无奈地表示抗议。

"没什么，没什么……"老爸突然唏嘘了起来，"你已经那么大了呀，我其实只是舍不得离别……"

离别，爸爸说到这句，思源突然意识到了什么。马上用力扯住了爸爸的衣角。

"不要，爸爸。再多待一会……"短暂的重逢很快就要被离别冲散，那心间积聚起来的温暖，此时又要消失殆尽。

"是时候了，其实老爸在这夹缝中没有白呆。这里果然是应许之地啊。遇到你可以说是最好的礼物了。老爸总要离开的，然后关于人生的道路，那还很漫长，你都要一个人走下去。爸爸妈妈不能更长久地陪伴你，真的很抱歉。"爸爸此时也有些说不出话来，语速越来越慢。

思源拼命地摇头，"不是的，不是的，我一点都没有怪你们，真的。"

第一百五十章

蜀中锦书永生之火

"嗯，我知道。不过叙旧就到此为止了。别忘了老爸交给你的任务，也许你重新去拾起那些线索，会看到更多老爸的帅气身姿。哈哈，当然，你比老爸强。老爸是孤军奋战，你是已经有狼毫小笔了。我可是有点后悔啊，当初没有继续待在宋家店去继承，有了狼毫小笔也许我就不会死得那么早了。我可是也想体会下上阵父子兵的感觉啊，哈哈！"爸爸在最后的最后还是希望气氛不要太凝重，所以嬉笑着说了这些。

思源现在能做的只有哭泣，这仓促的相逢，自己也只能希望时间不要流逝得太快。

"去吧，孩子。还有人等着你去拯救，爸爸想留给你的话都在那间工作室里。"

思源最后抓住的衣角，终也是化为了流萤。

"爸爸！"那绿色的流萤慢慢往前飞去，思源提着灯追去，却发现其实流萤是带着自己走向了另一个故人。

一切的因缘际会，也许早已注定，只是当我们去行走的时候，并不知晓。

"思源？"宋源回身已经找不到那个温柔的身影，"哎——终究是要分开么？"无尽的黑暗中只留下一声叹息。

麒麟靠近了宋源。

"嗯，玄黄，我知道。还有你。"宋源摸了摸麒麟的头，牵着玄黄一起前进。

只是还没有走出几步，就听到一句：

"虽然终究要分开，但未曾想到还会有重逢之日。"

这声音！宋源突然定住了，向来自信潇洒的他，此时竟然也惊呆了。猛然一回身，荧光围绕的是那个熟悉的身影。

"哥哥？！"宋源飞步走到了荧光前。

"嗯，小源。"

宋源再也止不住泪水，最后甚至哭得跪倒在地。他用袖口抹干泪水，恭恭敬敬地对着哥哥磕头。

"快起来吧，小源。时间不多，我还有很多话想和你说。"

"让哥哥一个人深陷蜀中，弟弟没能鞍前马后相随。连哥哥仙逝之时都没能陪伴在左右，实为不孝。"宋源跪地不愿起来。

"什么不孝，你有你的苦衷，哥哥都知道。哥哥这些年来都在找你。直到前几年得知你又重新回到山阴，我也就放心了。只是那个时候我已经病疾缠身。不能再从蜀中赶赴山阴。"

宋源伏地痛哭起来。他捶地，恨啊！就算会穿越时空，会上天入地，会执笔乘风破浪，会化灵幻兽，会点笔回春，这些又有什么用，到头来，为了这些所换去的代价，却是连自己的至亲之人都再也见不到了，连他们我都拯救不了，我又算什么最潇洒的执笔之子。

"别这样小源，一切都是定数。虽然我们失去了很多，但第二代执笔之子是你，这才是我最欣慰的事情。这次你莽撞了，没有带着诸夏一起来。如果你有什么不测，怎么对得起宋家的列祖列宗。能接过小笔的下一代又能是谁呢？"

哥哥的一席话，让宋源恍然大悟。是啊，自己不能再继续这样任性下去了。就算现在自己将一切运法行使得游刃有余，但，自己确实没有为宋家的未来多做考虑。只是这件事情的确只能由自己来完成，如果需要有人的鲜血成为基石，宋源也希望那个人是自己，而不是宋家别的子孙后代。

宋源抬起头来，单膝跪地。

"弟弟让兄长孤独地离世，实乃大罪。这一切都是因为我的顽劣而起。此后余生，都不会再为自己而活，会死守社稷百姓，会以一己之力，去撼动金国铁骑！"宋源用带着泪痕的慧眼，充满热诚地看向哥哥。

哥哥的嘴角泛起了那熟悉的笑意，就像以前一样。他伸出手抚摸着小源的头。

"嗯，这样才是我们宋家的好男儿！时间紧迫，有一个秘密，我连诸夏都没有告知过。死后一直后悔，所以徘徊在这阴阳之间，等着可以帮我带信的人。没想到竟然遇到了你，这也算是上苍对我最后的眷顾吧。"

"哥哥还有什么未了的心事么？"宋源起身跪坐在哥哥面前。

"嗯，我去蜀中，其实不光是为了躲避秦桧势力的追剿。还有别的原因，在金地受制多年中，我还知道了金人得以直破王师的秘密。在金地我一路搜寻线索，而那最后的一块拼图应该就在蜀中。我们需要找到一样圣物，就可以破除金人对大宋的蛊咒和定克。而我在金地及蜀中其实已有所收获，已经破坏了一部分的阵法。而你接下去要做的就是继续去找到那一件圣物。"哥哥说到这里已经是神色飞扬。

宋源欣慰地笑了，是啊，我就知道哥哥就算被金人关押也不会碌碌无为的。

"在临死之前我已经破坏了蜀中的一处黑暗巫蛊之阵。"

"原来如此，怪不得去年我们能在采石矶大破金军！"宋源此时才恍然大悟，本来以为是因为自己执笔助阵，利用神仙之力助王师攻破金兵的，看来这个天时是哥哥在前一年已经扭转过来的。

"不过我做的还远远不够，所以等你完成若耶的阵法布局之后，要速速赶去蜀中，按我说的地点找到我的锦书，然后去破坏那一个个暗黑之阵。只是你务必要小心，那些阵法极其恶毒，我其实也可说是受其所伤，才导致身上污秽聚集，恶疾不散。"

宋源低下头，啜泣起来。哥哥吃的苦又怎是我能相比，只是此时又说不出口，关于自己所谓的命运。

"嗯，只要我还活着，就不会负哥哥所托。"宋源再次给哥哥磕头。

"你这些年的努力我都看得到，稳固若耶及关隘要道，布局阵法，点通南方的龙脉。你所做的已经可保大宋百年的国运了，只是恶毒不除，中原之火永远会惨遭蛮夷的湮灭。所以这一次我们要找的是永生之火。"哥哥的眼中满是坚定和希望。

宋源被深深地感染了。

"天地玄黄，宇宙洪荒。这火种是一切的起源，世人也称之为重生之火。"

"难道是？"宋源突然像是想到什么，他的眼中突然绽放出了前所未有的光芒。

第一百五十一章

系风捕影洛神灯

"嗯，不错。所有的线索我都留在了锦书中，而地址就在……"哥哥突然用灵指在空中画出了一幅地图。

"蜀中古道！这里是！"宋源兴奋地触摸着这灵光画就的地图。

哥哥点头微笑着，两兄弟在这久违几十年的相逢中，因为再次一起"指点江山"而笑。宋源触摸着地图，眼眶再次湿润了。想起儿时和哥哥指点江山地图的游戏，那时国家犹在，识字读书才是他们每天的必修课。

手点地图，指点江山，说尽自己想要去达之处。而此处，的确是自己当年点出的地点，宋源还清晰地记得当年自己所说的一字一句。

"诸葛丞相凿石架空为飞梁阁道，以通行旅，一夫当关，万夫莫开，守剑门天险，行蜀道之难，才是好男儿！"此句再一次从宋源的口中说出，"哥哥你都为我走过了啊，蜀道！"

"嗯！"哥哥再次用灵指一划。

江头日暮痛饮。乍雪晴犹凛。

山驿凄凉，灯昏人独寝。

怨机新寄断锦。叹往事、不堪重省。

梦破南楼，绿云堆一枕。

"这是我和我共同经历奇迹之旅时一位挚友的诗作，而我的锦书就藏在这山间的驿站之中。是你的话，一定可以找到它。"

宋源深深地叹了一口气。

"哥哥，只是小源窥得些许的天机，这明角洞也许就是我死期将至之地。我想我很快也会来到这阴阳之间来陪你了。"宋源手抚地图，是啊，本来以为自己已经坦然接受生死，但却发现自己其实还有许多许多的未尽之事，不免唏嘘。

"哈哈哈！"哥哥此时竟然仰天长笑起来，"小源，生死也不过如此，就算死去也可以对后世产生一系列的影响。但，你现在已经知道了这锦书的存在，所以你要活下去，不要放弃。"

宋源转身看向自己一直视为偶像的哥哥。

"我果然还是不如哥哥啊！哥哥比我看得更透彻。之于生死，之于大义，之于社稷。"

"嗯，不是要放下，而是要担得起，你要肩负起更多的责任。我比你多活那么些年，自然看得要透彻很多。所以，小源，活下去，从现在这一刻起开始想办法，直到真的面对死亡，你才不至于后悔。然后尽力把自己失去的这些年都补还回来！"

"呃……"宋源一怔，眼神流露出些许不敢相信的神色，原来哥哥全部都知道啊！

"那当然，我可是首代执笔之子啊，我的法力和灵性也许不如你，但这是我订立的契约，直到契约完成的最后一刻，我都会在这阴阳之间，守望着！不会离去！"

"哥哥!"宋源再次跪下,"只差最后一步了,就算用我的性命我也会完成这结界中的最后一环!至于蜀中,就算我不能去,我也会交给宋家接下去的执笔之子去完成。"

"你不懂啊,要几百年才能出一个像你这样灵气旺盛之人。如果错过了你,大宋也许真的是凶多吉少了。"哥哥遗憾地摇了摇头。

"宋家后世之子孙中也有可造之才,这也是我这两年来最欣慰之事。"宋源笑着对哥哥说。

"南强还好吧?"

"嗯!一切安好。"

"还有小朴,他入朝为高官,虽然后来因为力主抗金被贬黜。"宋源慢慢细说着。

"呵呵!无奈啊!这就是所谓的朝廷。但我等还是要为社稷奔走,为百姓请命。你在采石大显身手,我都看到了,很是欣慰。"

"嗯,如今我布阵若耶结界,也是为了让金兵不能再踏进结界一步!"宋源的眼中出现了从未见过的决绝。

"去吧!人生足别离,只是现在没有杯酒。"

"哥哥!"

"记住!活下去!南强和小朴都需要你!"

哥哥最终还是化成了那点点飞萤,宋源轻触流萤,它停留在指尖。

"哥哥……"

宋源摊开灵簿,将这一只流萤收入了簿子中。

"就算是念想也好……"宋源的嘴角泛起一阵苦笑。

而此时他发现明角灯的冰晶已经指向了不远处的一个光亮点。

"原来如此啊！已经到出口了。"宋源不舍地环顾一周，朝着光亮走去。

而在光源的洞口，等待他的是另两盏明灯。

那个手执宫灯的熟悉身影。他的身侧还有一个点亮着莲灯的石台。

熟悉的身影缓缓转身，灿烂的笑容在他脸上绽放。

"灵御！"

是啊，这次是他在等我啊！宋源回以微笑，然后看向那灵石雕刻而成的莲台。不出所料，这里应该就是灵溪地的入口了。

"思源，看上面！"宋源举灯点了点头顶。

思源不由得一看，却见有数以百计的灵息点在头顶飘浮着。而头顶的穹盖更像是湖水一般，碧绿澄静。

"这里难道是水下？"思源突然记起上次自己和许诚查询资料时觉得灵溪地应该就在樵岘麻潭之下。

"不错，上面很有可能就是若耶的源头之水。深潭之下，点莲灯，有神台，深潭之上，被林木，有钓矶。我们就差一步了，虽然不知道进入灵溪地还会遇到什么，但我们现在要做的就是打开这个入口，进去！"宋源的眼神此刻充满了坚定，他看向思源的时候没有一丝犹豫。

"嗯！这石台我刚才已经观察了一阵子了，灯火是在我来之前早就点亮了的。"思源说道。

宋源提灯照去，却见这石台之下有雕纹及诗词镌刻其上。于是和思源两人细细品读起来。

> 系风捕影。
>
> 诚知不得。
>
> 念彼奔波。

意虑回惑。
汉女倏忽。
洛神飘扬。
空勤交甫。
徒劳陈王。

"这说的是洛神和曹植的故事啊!"思源惊讶起来。

"不错,不过应该是借此类比的手法。"宋源笑着说道。

"你的意思是说凡人爱上了神女?"思源再次一惊!

"未曾不是一种可能,刻在这里定是有所缘由的。"宋源把灯光投向了另外一面的诗词。

芳萱秀陵阿。
菲质不足萱。
幸有忘忧用。
移根托君庭。
垂颖临清池。
擢彩仰华甍。
沾渥云雨润。
葳蕤吐芳馨。
愿君眷倾叶。
留景惠余明。

思源看了这一首,更加觉得先前的猜测倒是很有可能了。凡人和仙女的爱恋,而从这首诗里面可以看出神女似乎也是钟情于凡人。

"嗯,原来如此,接着看。"宋源像是明白了什么。

第一百五十二章

渊源循环永恒不绝

四时推迁迅不停。
三秋萧瑟叶辞茎。
飞霜被野鴈南征。
念君客游羁思盈。
何为淹留无归声。
爱而不见伤心情。
朝日潜辉华灯明。
林鹊同栖渚鸿幷。
接翮偶羽依蓬瀛。
仇佽旅类相和鸣。
余独何为志无成。
忧缘物感泪沾缨。

第八卷 长忆山阴旧会时

765

　　这一首似乎是两人离别了，各自怀念，爱而不见……思源若有所思，却听得宋源说了一句："没想到这若耶的仙灵也是颇通人性，有情有义啊。"

　　"还有最后一面。"思源看走向了最后一面的刻字。

落日隐榴楹。

升月照帘栊。

团团满叶露。

析析振条风。

蹀足循广除。

瞬目瞩曾穹。

云汉有灵匹。

弥年阙相从。

遐川阻眤爱。

修渚旷清容。

弄杼不成藻。

耸辔驾前踪。

昔离秋已两。

今聚夕无双。

倾河易回斡。

欵情难久悰。

沃若灵驾旋。

寂寥云幄空。

留情顾华寝。

遥心逐奔龙。

沉吟为尔感。

情深意弥重。

看完这首，思源总算出了一口大气，还好，感觉最后的结局还不错。可却又听得宋源喃喃自语道："原来如此，牵牛织女星啊！"

"诶？什么牵牛织女星？"

"小源，你难道没有仔细看这首诗么，明明写的是七夕，牵牛织女一年一会之事。"

"哦？"思源又仔细看了一遍，"弥年阙相从。遐川阻昵爱。这两句倒是很像。这么说，后来他们两个人如牵牛织女一般，一年只能相见一次？"思源不解地看向宋源。

宋源不由得一笑："不知，也许有一段时间是如此吧，也许就如第一首诗那样，最后只能如陈王和洛神那样，再也不能相见，彼此默默思念。不知怎的，这些诗词倒是让我想起屈原的《山鬼》来了。也是讲了女神在山中与心上人幽会以及再次等待心上人而心上人未来的故事。"

"难道说？"思源有些为女神和她的心上人着急。

"女神很焦急，思念不绝。怨公子兮怅忘归，君思我兮不得闲。山中人兮芳杜若，饮石泉兮荫松柏，君思我兮然疑作。雷填填兮雨冥冥，猿啾啾兮狖夜鸣。风飒飒兮木萧萧，思公子兮徒离忧。"

"嗯……"

"不过我看了一圈后倒是觉得这石台的重点不在这诗词，而在这里！"宋源的手指指向了那第一首诗词上方的雕纹。

"这花纹，好熟悉。"思源看着这雕纹，"对了！拉面！这花纹和我以前非常喜欢去的拉面店的面碗上那一圈花纹很像。"

宋源有些不解地看向思源。

其实不止拉面，思源心想到，这花纹可以说是现代中国风的标志了，许多饭店、酒店，哪怕是衣饰上都是有的。

"渊源流传——"宋源见思源有些走神的样子，觉得好笑，便索性开始解释起来。

"源远流长……"思源接着说到。

"不错，此纹在此，也是符合若耶的三十六地脉仙灵渊源之意。这是回纹。"

"回纹？"思源一看，这花纹的确像是汉字的"回"字。

"渊，回也。音洄，旋也。你看它像不像水纹和漩涡。"

"像！原来是这样呀！"思源轻触这雕纹，像是感受到了古代先贤手绘这种图纹时候的寓意。

"当然，也有人认为这是雷纹的衍生。"

"雷纹？"

"嗯，云雷纹。是云纹和雷纹的结合。"宋源摊开灵簿，在上面画出了许多纹样。

"这些花纹都有一个共同点。"宋源提示到。

思源看到这些花纹，大概是身为漫画家的缘故，倒是想起了现代很火爆的一部日本漫画，里面的一些印记和中国古代的这些纹样真的好像。看来这些花纹印记在现代依然生生不息地流传着，乃至影响着全世界。

"共同点就是他们都是回旋的。"思源回到。

"嗯，对！这是我们华夏文化中非常重要的一点。所谓的循环往复，连绵不绝。回旋之纹，就是我们华夏之族从远古时期开始就对着天地许下的最美好的夙愿。"

"是为永恒、不断。"思源像是更明白了一些，触摸着雕纹，一滴眼泪滑落下来，然后傻笑了一下，"对不起，灵御，我今天总是想哭，好像泪点很低呢！"

"我又何尝不是呢？"宋源轻轻叹气，他知道思源一定也在刚才的黑洞中遇到了想见之人，所以难免会难以控制情绪。

"不过灵御你今天和我说的话，我会记住的。华夏的这个印记我会铭记在心。"

"嗯，它其实一直都在，就在我们的血液里。但凡华夏族人都会明白。这是一种切割不断的祝福和传承。一、二、三、四……"宋源仔细地数着这回纹的数量。

"在若耶福地这纹样应该就是漩涡了，那么就是意指这水中的阵法。"宋源抬头看向了头顶的点点灵光。"思源，不觉得这些个灵点很熟悉么？"

思源眯眼一看，的确如宋源所说，总觉得是在哪里见过的。

"对了！"

思源询问着看向宋源，得到的是不置可否的眼神。

宋源再次摊开灵簿，翻到了三十六灵脉图的那一页。思源和宋源将此图和头顶的灵光对应，果然大同小异。

"这样的话，灵点应该是代表三十六脉，但怎么会有上百点呢？"思源有点不解，的确应该只像宋源这本灵簿上所述那样，只有三十六点。

"应该是记录在案的灵器和法宝不止三十六样吧！这样的话，我们将手上的三件宝器一一对应即可。"宋源低头仔细在灵簿上找着惠泉、五云溪和松风阁。

"五云溪不难找，就在云门寺前，惠泉则在太平山顶，而松风阁则是在镇山南麓。"宋源点出了三处的大概位置，然后唤来玄黄，一跃而上，"思源，上来吧。我们要将法器送到他们对应的位置上。"

两人坐在麒麟的背上，很快腾跃到了灵光之下。思源还没有反应过来，一股清流就涌向了自己，于是赶忙屏住了呼吸。宋源灵笔一点，两人在水中马上可以自由呼吸和说话了。

"小源，取出翠笛和冰容箭羽，还有你的若耶灵珠。"

"哦，好！"思源赶忙从背包里拿出了翠笛。

第一百五十二章

记得歌声与舞时

宋源拿出灵簿一对，应该就在此图东北角的一处。于是驱麒麟至其下，手触灵点。灵光泛碧，琉璃花开。

"对！应该就是这里！这个琉璃花我记得就是婼櫊仙人的灵息。"思源看到这晶莹的琉璃花，便又多了几分肯定。

宋源静气凝灵，此时他换成双指点灵脉。刷刷刷！执袖一划而过，这周围的一个个灵点都瞬间被点成了碧色。

"此溪何处路，遥问白髯翁。"宋源对着灵光念到，再执笔相叩。只见各点间突然生出一线，将诸点相连起来，慢慢形成了五云溪的水脉。而很快这水脉的旁边就显现出了"五云溪"三个字。

但后来他们看到的却远远不止这些。这些灵脉中的灵息画就一叶扁舟，由图中而出。一位女子伫立舟头，摇橹划船。

"婼櫊仙人！"思源叫出声来，宋源好奇地看向思源。

"灵御有所不知，那日我们和婼櫊仙人相遇，她就是摇橹而来，载着我们离开梅花渡，直到五云溪的灵泉口。"思源见宋源不解的样子，便解释起来。

"石苔萦棹绿，山果拂舟红。"宋源再次执笔写道："去，找出翠笛该放就的灵点。"

小笔画就的一束红山果，落入了那五云溪的水脉之中，它们溯流而上，飘到了附近最大的一个灵点上。

"这仙人果真待你不薄，竟然把自己的主法器都赠予你了！"宋源一脸的不可思议，然后露出一个坏笑。

思源此时有点头大，是啊，要说功劳一半是许诚的吧，毕竟他还和婼欂仙人……心中再次出现了琉璃花下的那一幅画面。

"不对不对！"思源赶忙摇了摇头，惹得宋源又是一阵暗笑。"既然小笔已经指引了，那么我们就快点放上去吧。"宋源一把推思源下去。

"诶！"思源被推下了麒麟背，瞬间落到了那灵点口，他轻轻地取出翠笛，将它放在了灵息点上。

铃铃——灵息点被一层新的白光点亮。而这一束灵光还射向了底下的莲台。那光点正好不偏不倚地射在了第一个回纹之上，回纹被点亮，泛起了碧光。

"第一个锁扣已经解开了！"宋源一笑，飞了过来，再次拉思源上麒麟背。"速战速决，接下去是惠泉！"

"磨转春雷飞白雪，瓯倾泉水散凝酥。"宋源此时则是画出了一瓶泉水，一碗茶粉，那泉水和茶碗马上跃然出纸，水入茶碗，兰雪香气四溢，茶汤灌入灵脉。惠泉水青灵尽显，一阵急鼓声传来，原来是有泉水自灵脉涌出。宋源接过思源的灵珠，将其放在了涌出的泉水之上。泉水托起若耶灵珠，同灵珠内的泉水一并泛起了青光，这光束也如刚才那般照射到了灵台之上，第二个回纹泛起了青光。

"建溪疑雪白，日铸胜兰芳。谁知真苦涩，黯淡发幽光。"

宋源再次驾着麒麟往地图上镇山的区域跑去。"小源，只剩下最后的姑射仙子了。"

宋源将狼毫小笔递给了思源，他的眼中满怀期待。"你来！"

"我？"思源有些忐忑又有些兴奋地接过狼毫小笔，转而又拿出了身后的冰容箭。

"点笔而叩问！用心去对话即可。"宋源的眼中此时又一多了一层循循善诱。

"我没有你那么好的文采。"思源有些害羞地说到，闭眼凝神静气，蓝色的灵息缠绕笔尖。

他想起松风阁松枝之上姑射仙子的雪中曼舞。

"雪袖无垠边，落舞还青松。"思源读出了这句第一次在山间小庙遇到雪秀之时，脑中隐现的诗句。

宋源的眼中隐过轻点的浮萍，他的眼神亦幻亦真。

"知道后面两句是什么？"

思源摇了摇头，只是用笔写出了那日在《永远扫雪》石碑上看到的一些字句。

"关山□月夜，相思□□□。"

宋源拿过狼毫小笔，写出了这空缺的四个字。

"关山度夜月，相思几多重。"思源慢慢读出，原来遗失的诗句是这样填写的。

"点灵穴吧！"宋源再次递上了小笔。

思源用青色的灵墨一一点穴。

"铃铃——"是松风阁的铃音，那松音树婆又再次响于耳畔。

"天籁之音，姑射人归。记得歌声与舞时。冰容何处？"

灵光化雪，松风阁也在灵图中显现，一位仙袂飘飘的仙女跃出灵图，在灵雪中的曼妙舞姿轻灵如幻，最后她取出冰容弓，问思源索要箭羽。

递之以白箭，姑射仙子满月扣弦，飞箭直入灵息点。

漫身的冰凌化作白光，射向了第三枚回纹。

当第三枚回纹亮起白色的光辉，三个已经发亮的回纹下生出绚烂的花藤纹路，一起向那最后一个回纹蔓延。

三股神力一起点亮了最后那一个回纹，当最后这个回纹缓缓亮起，那莲台上四面雕刻的诗词也都隐隐发光起来。那光芒是青、碧、白相交尽显。

但不仅仅是这石台，二子发现头顶也有七彩的琼光亮起，此时若耶三十六灵脉都缓缓地被点亮，每一处灵脉的色彩都不尽相同。

"解开了！"思源开心地望向那七彩碧盈的若耶灵脉图。

"嗯，美不胜收！真希望哥哥也能看到。"宋源喃喃自语着。

此时三十六位地仙之地都开始显现在图中。这是思源第一次看到所有地仙所辖灵地的名字。

"哇！"思源看着一个个仙灵圣地的显现，拼命想要记住他们。其中自然不乏自己已经遇到的地仙，羽沐清和佩珠仙人的大岙口和桃红溪都可见踪迹。当然更多的是自己还完全没有去过的地方，有些地名让人印象颇为深刻。

思源默默念出声，想要加深印象。

"藕田头、白乳泉、白鹤殿、梅花岭、昙花寺、驻跸岭、沉酿川、浪港……"这些名字对于思源来说又神秘又陌生，更多的却是深深的吸引，不知道在这些地方会有怎么样的仙灵守护着，在现代他们是不是都依然安在。

正在思源拼命心记之时，却听得那阵靡靡之音，音转莞尔动听。女子？二子不由得一惊，却见几艘莲舟由这灵脉图中驶出。

三四艘莲舟在二子的身侧划过，她们唱着悦耳的越歌。

第一百五十四章

山有木兮木有枝

仔细聆听，那歌也是如诗歌一般清丽。

兰桡缓转傍汀沙，应接云峰到若耶。旧浦满来移渡口，垂杨深处有人家。永和春色千年在，曲水乡心万里赊。君见渔船时借问，前洲几路入烟花。

那莲舟所到之处，竟然也都生出了水道，而且不止是水道，船擦新荷，笑靥盈盈的女子挽起清袖，采摘莲蓬。

"苎萝人舟，越女白腮。"宋源潇洒一笑，"小源，我们跟上去！"

"越女？"思源已经有些看呆了，这俏丽容颜与花相比肩，"越女天下白，真的娉婷如荷。"

"快跟上来！"

只见宋源一个跃步，飞向了水面。

"凌波微步，罗袜生尘。"宋源轻灵地点步在水面上，很快追上了越女的采莲舟。

"这个我倒是也会！"思源一笑，也步入水中，紧追不舍。

两人追逐着越女们一路而来，那些行歌纵轻棹的越女此时像是发现了追逐着莲舟的二子，不由得都聚集在船尾，曼歌笑点着两人。娇羞的小晕爬上了她们的白腮。

一把藕丝牵不断。红日晚。回头欲去心撩乱。

二子相视一笑，更加加快了脚步，脚踏莲叶，眼看就要追到这兰舟，却见自己已经来到了海之涂，越女的雪肌近在眼前，灵眸脉脉。

哗哗——水声振聋发聩，闻声看去，才知是滔天巨浪袭来。一条巨大无比的鱼尾从海面上泛起。而此时思源才看清楚这巨大无比的海鱼像是吃到了鱼钩，被那大钩巨缁勾住了，上下沉浮，翻起了惊天巨浪，那响彻天际的声音让思源不由得捂住了耳朵。沿着这巨粗的绳索看去，只见会稽山上坐着一位白衣持钓的公子。

"哦！是任公啊！久闻任公钓矶也在若耶境内，看来不假啊！"

"任公？"思源不解地看向宋源。

"哎！你们那个时代的人啊！这都不知道么？任公子为大钩巨缁，五十犗以为饵，蹲乎会稽，投竿东海，旦旦而钓。"

"后来呢？"

一个巨浪拍来，打湿了两人的脸庞。

"你看看！"宋源用手使劲点了点这大鱼，"据说他最后将这鱼肉制成鱼干，分送给陆上的人吃。从浙江以东，到苍梧以北，没有谁不饱饱地吃上了这鱼肉。"

"那么大的鱼，应该是鲸鱼吧！"思源看着那挣扎的巨鱼说到。

"不清楚，古人有的称之为鳌，有的说是鲸鱼。我也和你，还有韩愈的观点类似，应该是鲸鱼吧！"宋源看着那巨大的鱼尾点了点头。

沉浮之间，那大鱼已经精疲力竭，海水慢慢褪去，大鱼慢慢搁浅在滩涂。但它还是要做那最后的挣扎，最后一次奋力甩起了鱼尾，那漫天的大浪再次朝着思源和宋灵御袭来。

"咳咳！"思源呛了一口咸咸的海水，跃出水面，睁开双眼，却发现自己和宋源又回到了青山围绕的溪涧之中。

"若耶溪？"思源看到溪水曲折婉转，便猜到。

忽闻鼓声，却见前方青鸾金船徐徐驶来。两人见状忙游到岸边，待鼓声止，却闻得婉转悦耳的歌声。

"一朵红莲，飞上越人楫啊。"宋源感叹到。

"诶？这是什么语言，不过这歌真好听！"思源听着这清音歌唱，心都要融化了，有一种酥酥的感觉。

"古越语啊！"宋源又露出招牌的微笑。

"越语？"

"嗯，身为古越之后或者说身居若耶，你怎么可以不去研究下古越语呢？"

"真好听，她在唱什么呢？"

"越人歌啊！山有木兮木有枝，心悦君兮君不知。所谓的中华诗歌之源。"

"哦——原来真的越人歌是这样唱的啊！"思源被这妙语曼音所吸引，痴迷着还想再听一遍。

> 滥兮抃草滥予，
> 昌栀泽予昌州州，
> 鍖州焉乎秦胥胥，

缦予乎昭，

澶秦逾渗，

惬随河湖。

宋源突然跟着刚才的音调唱了起来。

“真好听，灵御，你也会唱了？”

“想学么？”

“嗯……”

正当两个人嬉笑间，却又听到那山间传来了新的曼妙之音。

“山有木兮木有枝，也许答案就在这山林之间！”宋源闭眼倾听那山间的越歌。“在那儿！”

两人循歌而去，却见一佳人倚靠在石壁边。

“台桑！”宋源莞尔一笑，“原来是这样！”

“嗯？什么？”思源还是云里雾里，见那佳人倚靠在青石之侧，正含情唱歌，她绿衣娉婷，孔雀色的羽翎插在鬓角，腰间则是扎着山间的藤蔓，那藤条上长出了鹅黄色的山花。

“可知何花？”宋源笑而一问。

思源摇了摇头。

“铁皮石斛花！”

“诶？”

“是为灵兰。候人兮猗，涂山女娇啊！”宋源忍不住想走近再看个清楚。

那女娇回眸一笑，像是等到情人那般的喜悦。她灵动的眼眸上有着朱红的眼线。胭脂色的小嘴娇羞一笑。

“好美，灵女一般。”思源突然觉得这女娇很是眼熟，她的眼角眉梢，美得不可方物。

“的确太美。”宋源感叹道：“情歌嘹亮，聚散无常。她却总在这里等待。"

"等候着他，时间好长好长。"思源有些唏嘘。

"嗯，那么我们现在是在涂山了！"宋源突然像是想到了什么。

两人转身，旋转看向天地。

"越地是为灵，越歌响彻千年，承尧舜禹之后裔。会稽之海涂，涂山之台桑，皆为越地之书。禹穴得天书，若耶获灵泉，九州乃定，涂山会稽之会，天下开启。"

两人的耳际响起了这仙灵之传音。

"是若耶的仙主?!"思源听出了端倪，而此时两人再次来到了那石台之侧。

石台之后灵光显现，一个巨大的灵阵在面前画就。

　　承王之天意，秉受监察之责。守一方灵脉之约，定乾坤海水之心。

　　万年永固，守陵之仙祚，御南镇之职责。洪荒完结，天地悠悠，只在我脉。定方死守，与斯长存。

　　若耶存，会稽存。

　　会稽存，九州存。

那灵阵之中显示出了繁复复杂的古老图腾和文字。思源完全看不懂。

"卿云？雷纹？漩涡？"但思源认识的，是这华夏的回纹。

宋源上前几步细看，他将手伸向了白色的灵阵，那祥云迅速将其围绕，他有些惊讶，但祥云似乎并没有伤害之意。于是宋源继续小心翼翼地跨步进入了灵阵，思源见状也奔了过去。白色的祥云将两人紧紧围住，瞬间幻影移行来到了一潭深水之前。

而潭边立有一块石碑，上用朱砂而书"蛟龙潭头"。

第一百五十五章

凤翎彩鬓朱颜侧

思源看到后，心中顿生疑窦，明角洞据传是直通海底，按说有蛟龙也不是不可能。只是这潭头，对应了人界的潭头村，难道这樵岘麻潭，不仅仅是若耶源头那么简单么？

"直通沧海，蛟龙潭头。"

宋源看了看石碑，那一滩深水，一点都没有涟漪，仿佛是一潭死水。

"这里有着很强的结界。"

"结界？"

"能破解吗？"思源一惊，刚刚才破解了石台之谜，怎么又出现一个结界。

此时的宋源一脸严肃，思源很少看到他这样。

"难道这个结界很难破解么？"

"很强，可以说我根本望尘莫及，撼动不了。"宋源紧咬嘴唇，他心中愤愤，都已经到了这里，我怎么可以放弃。

"那怎么办?"思源看到宋源沮丧的表情,心中不忍。

宋源用手触摸了一下结界,马上被反弹了回来,"看来这里是若耶洞天一切的根基。"

思源仔细看了看石碑,结合刚才祥云结界送他们下来之时所听到的传音,心中倒是有了些许猜测。

"灵御,我倒是觉得这若耶的仙主像是受人所托,镇守在这里,对了,很有可能是在守护什么。"

"难道就是这个结界?"的确,思源和自己想到一块去了。本来以为这若耶洞天只是如别的那些洞天福地一样,有灵脉聚集,现在看来绝非如此简单。宋源再次皱了皱眉,可是要点通这南龙之脉,此地可说是最后的关键所在了。

"灵御,我听说,你要让诸夏成为若耶之主?"思源记起了在祠堂看过的宋源记事,于是试探着问到。

"嗯。虽然我无意冒犯若耶仙主,但为了……很多很多,我必须要让诸夏来统领这方天地。这灵脉如果不打通,那么我们就不能再……哎——"宋源重重地叹了口气,他欲言又止。

"为什么一定要诸夏成为若耶之主呢?"思源觉得不解,"不管怎么说,若耶仙主在这片土地已经统治多年,大家为什么不能和谐共处呢?如果我们有什么需要她帮助的话,真诚地和她商量就好了……"思源知道和仙主对抗就是宋源的死因,所以决定现在开始就慢慢说服他。

"嗯,如若仙灵可以配合我的阵法,我当然也乐意为之。但这涉及若耶许多的密灵之地。就像我们现在看到的这个蛟龙潭头一样。一般人是无法踏足的,只有若耶的仙灵和护法才可以自由进出所有的密灵之地。"宋源转身,继续皱眉叹息,但这次他显然透露了更多讯息出来。

"密灵之地,除了这灵溪地之外,难道就是指那三十六地仙所在的洞府？"思源突然像是想到了什么。

"不错，自然也是包括三十六灵脉所在。"宋源转而一笑，他很欣慰，看来宋家的后人也是冰雪聪明之人。

"如果你是为了帮助雪秀要这样大动干戈，我觉得大可不必……若耶的仙灵大多都是善解人意的，我们大可以和他们商议……"这是思源第一次和宋源的意见相左，所以不免有些害怕，但他知道自己不得不说。

"雪秀?! 呵，的确，若诸夏成为若耶之主，她也终能得偿所愿，而且等到点通龙脉，我还需要她的力量相助。"宋源的确是没有想到思源会突然提起雪秀，难道这位执笔之子的到来和雪秀有什么关系不成？

宋源再次仔细端详起了思源，说他是半个自己，连自己都不敢否定，既来之，自有天理命数。但今天就算自己逆天而行，也定要点通这入海口。

"灵御，你究竟答应了雪秀什么，要帮她完成什么心愿？"思源听到了自己想要知道的重点，自然是不肯放过。

"关于这个，我和她有灵契在身，我不能透露半点。但如若你帮我一起破解这个结界，那我相信她愿意亲自告诉你关于她的所有秘密。"宋源用小笔化法，已经掂量出来这龙潭结界的深厚。他心中明了，诸夏不在，只靠自己是断然不能破除这结界的。

但他看向思源，是的，他感觉到了这位神似自己的宋家子孙拥有的非凡神力，除去那骨镖以外，他身上还有两股汹涌澎湃的上古之力。加上思源手中这神秘的力量，兴许真的可以打破这深不可测的龙潭结界。

"结界？这样做不会伤害若耶仙灵吧？"思源有些犹豫。

"不会！这样做不会伤害仙灵，反而可以救更多的人。"宋源的眼中满是真诚。

思源是相信他的，这段时间相处下来，他对宋源的印象也不同以往了。本来自己不能理解他为什么一定要改立诸夏为若耶之主。但宋源此时说出的这句话倒是让思源豁然开朗了。是的，宋源不会去做毫无意义的事情，他那么做一定有他的理由。既然他说可以救更多的人，我就选择相信他。况且现在不同了，虽然诸夏没有一起来，但我带着朱颜和绿鬓，还有玄珠，不管怎么样有他们在，我们的胜算要大上很多。

"好的，我帮你！但你要答应我，不能以身试险！好么？"思源的眼中透出了一丝担心和忧伤。

"嗯，我知道，我答应你。"

"你要我怎么做？"

"这龙潭的结界似乎是一种很久远的力量。当初我博览各方文献，得到的些许线索就是，上古之力需要用上古之器才能打开。骨镖就是我查出的上古之物。而且由钟离国代代供奉，据说是神力非凡，这一点刚才已经见识到了。不过能不能冲破这个结界，还未可知。"宋源说出了自己为什么要思源帮他去取骨镖的来龙去脉。

思源轻轻一叹，"不错，玄珠是为天火，威力可想而知。但能不能破除结界，我想我们应该问问另外两位仙灵。"思源取下身后的朱颜，轻轻唤道："朱颜、绿鬓。"

两位仙灵从朱颜弓中幻化而来，一黄一碧，羽衣琼裾，凤翎彩鬓。

宋源不由得一惊，没想到有两位仙灵一路跟随着思源，而且他们可以如此讳莫如深，将灵息隐藏到我都难以察觉。自己本来一直以为思源只是持有上古神器，没想到还有如此高阶的仙灵护驾左右。

"真是后生可畏啊！宋灵御拜见两位仙人。"宋源仔细观察着他们的服饰，的确有着上古遗风，不像是道家装束。

东南气之王令

"朱颜、绿鬓。我们要破解这龙潭的结界。可有妙法？"思源直截了当地问到。

宋源见状，也赶忙拜请。

朱颜走近了石碑，用手抚了抚那朱红的字迹。就在他手触石碑的那一刻，一阵泠风将朱颜的发丝吹起。绿鬓见状忙提箭在弦上，对准了那蛟龙潭。

朱颜摆了摆手，继续闭眼触摸着石碑，像是在聆听什么。

"远古之约，并不是如此简单可破解的。"朱颜对着身后的两位执笔之子说道。

"是像上次灵感寺玄纹的封印一样么？"思源听到"远古"这个词就想起了上次濒临死亡之事，看来要接触这种结界定是要付出所谓生命的代价，上次是因为朱颜相救自己才逃过一死，而宋源如果只身破结界，那么必然就会凶多吉少了。不过现在我来了，而且还带着朱颜和绿鬓，那么……想到这里，思源一步上前，"由我来破阵吧，我在灵感寺已经有经验了。"

朱颜微微转头，叹了一口气，他看似眼神平静，实则却是暗涛汹涌。这一点逃不出思源的慧眼。

朱颜摘下鬓角的一支凤翎，凝神而望。"你们为什么要破除这个结界？先神们设立此结界，并让神灵万世相守，必是有其中不可言喻的苦衷和道理。如若今天将其破除，那震荡的就不仅仅是若耶那么简单了，二子刚才难道没有听到若耶仙灵的传音么——

定方死守，与斯长存。

若耶存，会稽存。

会稽存，九州存。"

"这……"思源犹豫地看向了宋源，"朱颜，我并不知道这结界有何渊源，但灵御既然历经千辛万苦来到这里，那一定是有他的理由的……"其实这又何尝不是思源一直以来的疑问，为什么一定要让诸夏做若耶之主，又为什么非得破除这个远古的结界。这其实也是思源最想搞清楚的事情。

绿鬓一声叹息，她的脸上似有一丝怀念，此时的她像是记起了什么，慢慢踱步到了石碑面前，用有些颤抖的双手触摸到石碑。

"朱颜，难道这就是……"绿鬓触摸到石碑的那一刻就失声哭了出来。

"的确，甚是怀念啊，那往昔的岁月。也许这就是我们的宿命。而今我更加觉得，我们跟着少主出现在这里是命运使然。但这何尝不是一种新生呢？我们本就是……"

"别说了朱颜，别说了，我不想听到那个词。"绿鬓紧紧握住朱颜触摸在石碑上的手，让他不要再说下去。

思源见到二仙如此，着实是吓了一跳，"朱颜、绿鬓，你们难道知道这个结界……发生什么事了？难道让你们想起不好的事情了么？不要难过……"思源看到他们如此，觉得十分痛心。

宋源见状，也赶忙上前，跪倒在地："晚辈要破除这个结界，实则是为了大宋，为了华夏，为了大宋的子民不再受战乱之苦。近几年，晚辈堪舆布阵，而今只差这一龙脉点，只有打通此处，南龙才为活脉，才可以和北方抗衡。所谓济沧海之力，以振南地。"

思源看着跪地的宋源，心中倍感酸楚。原来是这样，怪不得人们说宋家满门忠烈，宋源一个人独自承受和完成的重担，原来是……为了大宋的社稷和百姓。看来我和许诚都对他有所误解了，不对，应该说，是我太小看他了。

思源也跪下，握住宋源的手，想扶他起来。"朱颜、绿鬓，关于这个结界的隐衷，还请告知。"

思源和宋源双双跪拜。

"少主大可不必如此。朱颜不会有所隐瞒的。"朱颜的嘴中传来了深深叹息，但转而又温柔地扶二子起来。

黄衣仙灵执二子之手同触石碑，不同于刚才，那石碑上此刻有灵纹亮起，交错不绝。

而石碑中的讯息也朝着二人脑中袭来。

据传此结界为昔日英雄治理水患、疏导水道、引水入海、造福苍生时所留下。

此洞与沧海相通。又有蛟龙于每年秋中由此洞莅临人间，所到之处，浪潮滔天，大地变为一片泽国。为根除水患，帝派遣一众臣子一同治理水患。臣子疏通水道，建造水利后，水患得除。但此洞仍为缺口，蛟龙也会时不时来犯。为根除水患，虞官、司空、农官三人来到此处，祈求上古仙灵之庇佑，并与蛟龙大战于潭头。终在神灵护佑之下，行上天之令，将毒蛟封于此潭，又在此地设立法阵结界，使蛟龙不能再入此地、祸害中土。三位先贤后又令天女驻守于此，以使封印万世不易。

此后毒蛟虽然又屡次冲击结界，也会有水患及海潮侵犯越地，但海水不能再如远古之时那样全犯越地甚至涂害中原。后东汉时期马臻太守于禹穴得到残片，用其上所述之法结合东汉之阵术再次巩固结界，此后海潮之祸日渐式微，蛟龙潭头彻底恢复了宁静。

"额……"魂魄回体，思源摸了摸头疼欲裂的脑袋。

"原来是这样。这若耶之地竟然可以追溯到那洪水之时。"思源看到一旁宋源也不停按着太阳穴，还自言自语着。

"灵御，如果是这样，这结界我们是不是不要打破比较好。"思源扶住石碑想要站起来。

宋源眼中染上了一层寂寞，他无奈地摇了摇。他拿出狼毫小笔，在空中一点，一张九州图显现了出来。

"小源，今时不同往日。上古之时洪水泛滥，故古之先贤需要治理洪水，封印入海之道。而今那汪汪泽国已经成为鱼米之乡。这是千百年来人们共同努力的成果。自秦始皇东巡会稽，已经大改此地之风水龙脉。当时始皇帝登秦望山远眺东海，他身边的方士徐福就告之东海有蓬莱仙岛，又有蛟龙，可寻得长生不老药。后徐福奉旨率三千童男童女入海寻药。但事实上秦始皇此次东游却没有那么简单。"

宋源再次在图中一点，那地图上慢慢书写出一行发亮的文字，思源一看，竟然是禹贡九州。

据宋源所描述，这是大禹所分封的九州图。秦始皇一统天下后，方士所报"东南有天子气"。于是其东游以压之。禹分九州时，即称东南为扬州。天子气即王气、霸气、霸兆。当时泄王气是由望云气者指定有天子气的地区，巫师根据地理考卜龙脉，定出泄王气的具体地点，然后再由术士制定具体方案。秦始皇东巡会稽后，发现越地民风彪悍，更坚定了他要压制东南之气的信心。

于是他命人将山冈凿断，使河水改道，断其龙脉，以使此地再也不能孕育出真龙天子。

拔除灵契济沧海

思源看着九州之图，一点扬州，便延伸出一段文字：

《禹贡》曰：淮海惟扬州，三江既入，震泽底定，沿于江海，达于淮泗。东南扬州，其山镇曰会稽，其泽薮曰具区，其川三江，其浸五湖，其利金、锡、竹箭，其民二男五女，其畜宜鸟、兽，其谷宜稻。

"扬州之名得于'於越'，'於'是发语词，无实意，也就是说'於越'即越，连读即成为了'扬'。"宋源补充到。

"既然有九州，为什么秦始皇说扬州有王气？"思源有些不明白，历史上出过帝王的地方明明不止扬州啊，按理说中原地区会更多一些。

"黄旗紫盖，见于斗牛之间，江东有天子气。天官以星象分野地域。《史记·天官书》曰：'天有五星，地有五行。天则有列缺，地则有州域。'东南作为牵牛、婺女与北斗的分野，认为斗牛晨出东方，云象黄旗紫盖、苍茫光亮，为王者之气，故称斗牛间有天子气。"宋源说出了一段十分深奥的话来，思源只能一知半解。

"天象，这的确是古人很相信的东西。"虽然这在现代已经不被人们所重视，但在科技还未完善的古代，人们还是十分相信所谓的天示的。

"当然也不止这些，还和刚才石碑中提到的三位先贤有关。而说起最有名的治水英雄，相信你也会明了。"

"大禹?"这个思源当然是知道的。

"而在会稽境内与其相关最为知名之处又是何处。"

"和大禹相关的，自然是大禹陵。"

"不错，当时秦始皇东游，他其中一个对外宣称的目的就是祭祀大禹。大禹可说是立业于会稽，魂归于会稽。大禹娶涂山女娇，可以说就是民族的融合，而涂山和会稽山之群会诸侯，更是王权建立的象征。而古今的禹穴之辩，也让人觉得这其中定有更大的秘密。"

"也对，这蛟龙潭头就是世人不曾知晓的一处古迹，根据我们刚才所读出的讯息，这三位先贤中应该就有大禹吧!"宋源的一席话倒是让思源更加肯定了自己的猜测。

宋源笑而不语。

"不过，灵御，你刚才说秦始皇当年移山断水，改了会稽的龙脉，具体他改的所谓龙脉究竟是哪里呢?"

宋源一点扬州之区，古扬州马上放大了。山川鸟兽尽在图上灵动。

宋源边点图边解释，狼毫小笔一笔下去，路线分明。秦始皇三十七年十月出咸阳东行，秦纪年十月为年之初月。秦始皇顺长江而下，至金陵过丹阳，至钱塘临浙江，上会稽祭大禹，这是他东巡的路线。一路上，他在今四处地方泄过王气，这些地方当时都是会稽郡的属县。

"如此之多啊?"

"嗯,帝王之力的确是泄得越彻底越有利,所以也花了我不少时日按照今时之变化再次去堪舆和矫正。"宋源无奈地摇了摇头。

"灵御已经都去过上述的那些地方了么?"思源一惊,看来宋源为了这整个布局可说是行走千里,跋山涉水啊。

"嗯,不止这些地方,根据今世之星象和地理水脉,我还找出了现今的龙眼龙脉所在,并打通了相关的地脉。而此地,这蛟龙潭头也就是若耶最后要打通的灵脉之所在。大禹之后,有了东汉阵法的巩固,地理水文已经大有改善。现今此地反而是缺少沧海的灵脉直涌,所以……"

"嗯!我明白了,灵御,我一定会帮你的。"

听到这句,宋源回眸一笑,他俊秀的脸上已经没有一丝犹豫,他轻轻踱步到思源面前,"我知,君了然。只是,我们此次破解龙潭定会引来若耶仙灵及护法,结界破除之后,也定会引得若耶洞天震荡。所以答应我,不论我发生了什么,你都要帮我收拾残局。若耶若有难,你要去周边借灵相救。"宋源的脸上此时有一种超脱俗世的淡然,这让思源感到有些不舒服。

"借灵?"思源不太明白。

宋源取出怀中的一个锦囊,双手交到了思源的手中。

"我在星子峰等你。"宋源潇洒一笑,"记住,若耶有难,你不知该如何解决时才能打开此锦囊。"

思源感动得说不出话来,是的,宋源猜出了自己此次穿越而来的目的,竟然还留给了自己一计锦囊。

"此位公子说的也有道理,这结界当时是为了天下苍生所立,而今自然也可为天下苍生而废。"朱颜听到二子的谈话,自然也是心中了然了。

他轻轻挥动手中的凤翎，七彩的流光扑面而来，那界碑上的结界就自动退却了。

思源和宋源面面相觑，竟然可以如此地轻而易举地破除结界。

"当年波翻碧海斗蛟龙，今日拔除灵契济沧海。朱颜有幸都能见之，乃苍天之令也。"朱颜一步步迈向深潭，直到那杏黄色的衣摆没入深潭。

"朱颜——"绿鬓一脸的忧伤。

"绿鬓，请少主一起入池。"

"是！"绿鬓飞到思源身侧，也将思源带到了池中。

"三司之血脉与祝祷之司仙缺一不可。少主静神凝气，不要妄动。"

"我？凝神静气就可以了么？"思源端坐在水中，开始聚气。

朱颜将手中的凤翎往池中抛去，彩光所到之处，祥云四起，那凤翎瞬间幻化成许多支，分插在深潭之中。

思源眯眼细看，发现那些凤翎所在之处慢慢有轮廓显现出来，这不是……

"九州图？"宋源也觉得奇怪，不由得走近一看，但这图可说是像又不完全像，只能说是神似吧。

"吾会开始施法念咒，但此灵契为远古之约，解除之法繁琐，更会反噬当日所会盟之诸仙。"

"朱颜？"绿鬓有些担心，她唤来了瑶琴和碧穹弓，在空中端立护法。

"绿鬓，我和少主要凝神破阵，必须心无旁骛，在阵法之中当日设置了许多的仙灵山妖为辅，在我们破解这繁文九灵图之时，他们会借机攻击我们，你要帮本座和少主抵御他们的干扰。"

"是!"

"宋公子，若耶仙灵也为上古之灵女，阵破她会大伤灵力，因有灵契之约，她定会阻止我们破阵。所以你的任务就是和若耶的仙灵、护守斗法。"

文舞执羽朱雀宫

"交给我吧！我也正好看看我究竟历练到了什么层次。"宋源莞尔一笑，灵秀如凤的眼中透出一丝兴奋。

但这句话倒是把思源吓得不轻。

"不行！"思源站了起来，"灵御不可以只身和若耶仙灵斗法。

"少主，你将骨镖先借宋公子一用！"朱颜示意思源坐下，不要冲动。

"骨镖！"

"嗯，有玄纹护法的话，少主不至于如此担心了吧。"绿鬓点头说道。

"玄纹？"思源赶忙拿出骨镖。朱颜灵指一点就将骨镖送到了宋源的手中。

"嗯，虽然他还没有完全苏醒和恢复，但天火之力不灭。有了他的护法，宋公子不会有危险的。"朱颜温柔地安慰着思源。

"嗯，那就好。"思源总算安心下来。

朱颜突然执住思源的手，手抚之处，在思源的掌心留下了一支凤翎。他示意思源手执凤翎聚气。思源深吸一口气，闭上双眼，凝神静气，力求心如止水的境界。

当四周都安静下来，那心间如这深潭一般，水面平静。突然却感到一滴水敲打着心中的水面，而这滴水的涟漪带来了一片灵光，那水面不再是一片黑寂，而是生出了朵朵繁花，那刚才神似九州的地图也再次在思源心间绘起。

思源闭眼凝神，却不想看到了更广阔的潭水。

"继续深入，少主。"朱颜的声音传来，在思源心中的世界，朱颜也幻化而入。

"朱颜！"

"少主只要和我继续深入，直到点亮所有的灵图。"

"好！"思源继续化灵凝气。漩涡之纹慢慢将两人包围。

而另一边随着解除封印法术的启动，若耶护守当感其变，火速赶来。

白光骤显，灵鹿奔来。思源感应到后便有了一阵情绪的波动。

"少主，勿要被外界扰了心念。"朱颜提醒到。

可是思源哪里做得到没有波澜，他一方面担心宋源的安危，另一方面又因为感受到白鹿的灵息而心绪难平。

"何人！敢闯上古蛟龙法阵！"白鹿见破解封印的法术已经启动，不由得一惊。心中念到，这干人等非同小可，难道是算准了仙主浴兰以后会去耶溪兰汤修养调息之机，故意选在今时今日来破解封印。

宋源脸上露出意味深长的一笑，像是肯定了白鹿的心中所想一般。

"玄黄！"他执笔摆开架势，唤来了麒麟在侧。

"起承转折！"自信的笑容在他脸上浮现，哗——一本灵簿在他面前铺就，灵簿散开，白纸围绕着他与麒麟铺就一圈。宋源执笔在其上画出各种图腾灵符，屈指一数，八枚灵图，须臾画就。

"若耶护法，执笔之子今日前来踢阵。不为私人之利，只为华夏之邦，望仙灵护法可以感念此阵为华夏之族为保子孙而立，今日华夏有难，时移世易，此阵当破。"宋源边说边催动法术，那围绕周身的灵簿图纹之中隐隐有灵气冒出，似是要召唤出什么仙灵猛兽并肩作战。

"执笔之子?！哼！当时你们带着所谓的诸仙来到若耶，我与仙主并没有多加阻拦。不管你法力如何高强，我等守护若耶已至千万年。你觉得凭你一己之力可以撼动上古之印和若耶之仙灵么？痴心妄想！仙主本念你等法力高强，也为难得之人仙，便好心留你等在若耶为家，没想到竟然惹来祸水，那好，今天就由我替仙主清理洞天之门户！"

白鹿此时已经幻化成人形，手执玉箫。"千灯传来！"白鹿振臂一挥，当雪白的袖羽落下，身后千百盏明灯突然显现。

宋源皱了皱眉，"既然如此，不得不应战了！"宋源转身看了看所有的灵符，最后选定了正南方的那一幅灵图。"这可是要花费我不少力气啊，不过既然小源添我助力，自然要好好用之。"宋源看了看骨镖，将其放在胸内。

宋源紧闭双眼，霎时间灵息涌出，啪，他双手一闭。那灵图之中燃起了熊熊之火。

"天命玄鸟，正域彼四方。"宋源突然起舞，那舞步庄严，魏然有力，但又潇洒灵动。他的手中突然幻化出了雀翎鸟羽。

所谓文舞执羽，武舞执干。宋源踏着庄重的舞步，起身而舞，旋转执羽，而玄鸟生。

"四象配属，朱雀南宫。殷殷之后，执羽而御！"

听得此言，玄鸟跃图而出，朱雀之灵显现。

思源和朱颜不由得一惊，强大的灵息冲击着两人眼前的阵法。

朱颜会心一笑，"少主，朱颜早说过，不用为宋公子担心。只是我未尝想到他也是执羽之人。既然如此，我们也不能落后了，我就也借东风，从南宫朱雀开始解阵。"

"南宫朱雀？"思源不解，虽然听到过什么青龙白虎、朱雀玄武的，但真心不是很懂。

"这阵法实则是根据天象所设。加之后人已经有所巩固，所以我们破阵要多花费些时间了。东汉那位又将阵法融合了后世更为精确的二十八星宿之印。"朱颜看了看阵图，眼中露出了赞许的目光。

"二十八星宿？"

"不错，若是以前的我，倒是解不出来。但现在，历经岁月，反而是略通一二。"朱颜执凤羽一挥，两人头顶就出现了一张星光熠熠的星云图。

"这是星图？"

朱颜点了点头。"这是由三国时代吴国太史令陈卓绘制的星图。他把石氏、甘氏、巫咸三家学派所命名的恒星并同存异，合画成这张星图。图上一共有星二百八十三组，一千四百六十四颗。这张星图中已经很详尽地表述了二十八星宿的分野和流传下来的四神分宫。"

"分野？四神？"

"不错，少主你看。"朱颜再次挥羽，这星图上出现了四神之图。正是所谓的青龙、白虎、朱雀、玄武。

"到底何为二十八星宿？对不起，我们现代人都不教这些了……"

"二十八宿,七正之所舍也。宿舍即为休憩之处。一段段天区正如我们沿途遇到的驿站一般,只是他们是日月及五星的休息之所。在一恒星月中,月亮每晚在恒星间都有一个旅居的住所。每月共换二十七或二十八个住所。这就是二十八宿的本意。"

诸天隐韵千灯百灵

"原来如此！真有意思，古人根据自己对月亮的观察，划分出了二十八个星宿。"思源看着满天的星图，似是懂了一些。

"但是二十八宿的设立实则是为了日、月的位置，通过月亮的位置进而推定太阳的位置。如《论衡》中所述，二十八宿为日、月舍，犹地有邮亭，为长吏廨矣。而四象即是统辖这二十八宿的另一种体系。"

朱颜示意思源挥动下刚才他给予的凤翎。思源握住手掌中的小羽，对着星图一挥，那四象神兽就更加分明起来。

"东宫苍龙，西宫白虎，南宫朱雀，北宫玄武。此时宋公子恰巧召唤出朱雀，灵在我侧，我们就从朱雀宫开始破阵。"

"日中，星鸟，以殷仲春。日永，星火，以正仲夏。宵中，星虚，以殷仲秋。日短，星昴，以正仲冬。恢复上古之星图，结合汉之分野。朱雀配属南宫，所辖七宿！"朱颜执羽端坐，口中念出上古之星位。

"先破东汉之阵，再解远古之契！"

"好！"思源也连忙跟着端坐。

而此时宋源也感应到了潭中思源和朱颜的施法，他的嘴角又露出了一丝了然于心的微笑。

"小源、仙人，我助你们一臂之力！"

"玉锦临天，绝地天通！"宋源骤然将雀翎抛起，他身旁的朱雀一跃衔住了羽毛，飞旋而上直扑穹顶，那朱雀的灵光撞到石洞之顶后，刹那间迸出了灵光花火。整个洞顶被点亮。而白鹿身后的千百盏灯此时竟然全都熄灭了。

"快！仙人！"宋源喊到。

朱颜听后执羽结印。思源见状赶忙也静坐持羽。

"井、鬼、柳、星、张、翼、轸！朱雀在天！"此时宋源和朱颜异口同声地喊道。

宋源手中的一道灵光飞向了在洞顶徘徊的朱雀，而思源和朱颜手中的灵光则飞向了星图中的南宫朱雀。两人手中的灵息将朱雀统辖的七宿一一点亮。伴随着星宿的灵光和脉络，一只振翅飞翔的朱雀跃然于星图上。

"少主，不要分心，我们先要解开这个朱雀之印。接下去还有白虎、玄武和苍龙。我们要抓紧时间！"一直在一旁护法的绿鬓提醒到。

白鹿见千灯都灭尽，赶忙又吹响了玉箫。绝地通天……这执笔之子竟然会上古之法！他断绝了所有以天地灵气为凭依的灵法，既然如此，那么我自生法术来破解他所谓的绝地通天。

白鹿吹响了玉箫。"天效以景，地效以响。尔等绝地天通，本座只能以策地音。"

白鹿的玉箫之音慢慢地策动起若耶的地之灵风，若耶的山川鸟兽闻其音律，都输灵与其音。灵随音涨，白鹿身后的灵灯又一盏盏被点亮。

宋源一笑，露出一副无奈的样子。"果然是若耶的护法，在这片洞天看来我是很难真正地让你绝地通天的。"他小心地后退几步，行到了身后的灵图之上，站立其上，碧色的灵光将其围绕。

白鹿聚灵完毕，玉箫戛然而止。千灯再次被点亮，他翻转玉箫，将玉箫引向那灯火之中，玉箫被点亮。白鹿玉箫一指，那千盏灯火瞬间就朝着宋源飞去。

"灵宝授受！"白鹿凌空而立，再次吹响那支头已经被点燃的玉箫。那玉箫的灵火随着音律愈变愈多。汇入千灯灵火之中，一齐向宋源攻去。

宋源长舒一口气，"好险。"

他在绿光中再次举笔结印，"墨守成规，固守结界"。此时他足下的碧光从灵图中涌出，溢向了那攻过来的千灯。

灵光似水，所到之处，固起了绿色的结界，千灯都被挡在了外面。

白鹿的玉箫之音来得更为猛烈了，结界慢慢被压后。

"哎，如此下去可不行啊。既然护法用了音律，那灵御当以音律回之。"宋源拿出狼毫小笔，又在灵簿上画就了一支灵笛和一些蒹葭。

"起！现！"宋源用晕染了碧色灵息的手掌一拍，那蒹葭和灵笛就显现在空中。

"天地之气，合而生风。时值仲夏，仲夏日长至，则生蕤宾。乃奏蕤宾，歌函钟，舞大夏，以祭山川。取古之骨笛，河内之蒹葭。律管吹灰，以取天地之灵。"宋源转换了舞步，在灵簿圈就的中心起舞祝祷。

他唤来朱雀，取出葭莩焚烧成灰，将其放入律管中。

骨笛悬空，宋源聚气等待。天地之间，节气之风，将至。

"蕤宾之月，阳气在上，安壮养侠，本朝不静，草木早槁。"

"灵风至，天地以育我之华。"宋源继续默念聚气。

气穿过林间的回响，由四方直奔洞中而来。

"节气果然至之。此子竟然还会上古失传之法。"白鹿看到那骨笛中相应的葭灰果然被天地之气吹起，不由得再次步步紧逼，看来我不可轻敌。

白鹿取下胸前的铃铛，铃铃作响。

"诸天隐韵。"白鹿突然将玉箫飞掷在千灯之后，玉箫之音自动奏出。而白鹿踏步上石壁，灵步踏出雪白的法障。而他的口中也唱出了靡靡之音。

"百魔隐韵，离合自然。"

白鹿的法步越走越急，他口中的玄诀声声入耳，白色的灵息从他刚刚步出的那些法障中悉数流出。霎时间打通了千条经纬，直点每一盏法灯。法灯的灯火在白鹿的经文中隐现出了苍白之色。

原来这隐韵之音，亦是魔王内讳、百灵之隐名也，非世上之常辞。白鹿奏出了诸天隐韵，请来了百灵在侧，护卫千灯之阵。

这苍白的灯火瞬时照亮了岩洞，往碧灵之处推动着。

"额……"宋源有些吃力地护住结界。果然是若耶的护法，竟然使出了道家的秘法。

"绿鬟。"

朱颜传音给绿鬟，一只猛兽朝着思源和朱颜袭来，绿鬟见状自然是明了了。她唤出了七彩琴瑟，举弓箭射向猛兽。

宋源一笑，心中传话给朱颜，问破阵还要多久。而此时思源和朱颜已经破阵到玄武了，只剩下东方苍龙七宿。

"那便无大碍了。"

宋源双手化灵，双手重重地按在身侧的两个灵图上。

"要比音律，我想我还是可以一战的。"宋源的双手从灵图上放开，一条飞龙由灵图跃出，而另一只手起，竟然出来了一只鳕。

第一百六十章

凤翎刺血解灵契

"惟天之合，正风乃行。飞龙作乐，效八风之音，古曲《承云》，以祭上帝。鳝先为乐倡。以尾鼓腹，其音英英。"宋源一声令下，那飞龙真的御风而成音，鳝则是擂鼓阵阵。

"虽然这支古舞我只看过一次，但还是得试上一试。"宋源执笔一挥，他身上突然换上了白衣，慢慢地跟着鼓声点地而舞。

鼓音点点在心，思源听着这上古之音和舞步，似是找到一种独有的韵律，他手中的灵火霎时变旺了。

朱颜不禁回头，"没想到此时竟然还有人会行《云门》之舞步。少主，有古音擂阵，气势更佳。我们一鼓作气冲破苍龙七宿。"

"云门？嗯！"思源心中焦急，宋源如此努力，我也不能拖后腿。他努力将手中的火焰指向苍龙。

白鹿看到宋源奏起了《承云》之曲，还跳起《云门》之舞。心中一紧，他手指刻中，脚下生风。"铃铃上天，步虚声。"他的

第八卷 长忆山阴旧会时

步法更加诡异多变，而此时一只白色的灵鸟飞入洞中。

"桐儿！本仙来助你一臂之力。"一阵传音袭来。

"若耶仙主！不好！"思源听到后用尽全力将灵息注入指尖，"要快点，要快点冲破这个阵法。"

灵鸟汇入白鹿的步法，灵光覆盖了所有的法灯。碧绿的结界眼看就要被冲破，灵鸟一声啼叫，直冲结界中心的宋源而去。

一道白色的灵光眼看就要冲破宋源的咽喉。

"不要！"思源推掌而去，苍龙之宿被他最后的掌力冲破了。

"绿鬟！"朱颜下令到。

"是！"绿鬟英姿再现，拨动瑟弦，想用瑟音的气流弹开若耶仙灵的灵鸟。

但还没等瑟音扩散，就在灵鸟将要刺中宋源的那一刻，骨镖就旋转飞起，投向了雪白的灵鸟。

"玄纹！"绿鬟一惊！

一道红火将灵鸟燃烧殆尽，白鹿一惊，这是什么力量，竟然可以抵挡住仙主的灵鸟。

白鹿心中默默地对着仙主传音，"仙主，他们已经破了四象之印，这骨镖威力太大，该也是上古之力。我们必须得动用……"

"不可，凡人之躯难以抵挡那上古之法，而且他们得三十六地仙之首肯，想来也绝非恶类。"青鸾之音传入白鹿心间。

"但龙潭封印一旦破损，蛟龙得以解放，就不是我等可以应付得来的了。他们已经破了东汉太守设下的二十八星宿之结界，接下去只要破除上古之灵契，那蛟龙就可以重获自由了。仙主，来不及了，我们只能一试！"

青鸾有些犹豫，"好吧，他们有上古之器护身应该也不会受法术之侵害。当务之急，是要死守住龙潭结界，也唯有此法可以强制镇压蛟龙。"

白鹿化灵催法，而此时在若耶溪畔的另一个密灵之地，若耶仙灵也已经完成了兰汤沐浴，法力尽数恢复。

青鸢披衣执羽，琼佩环颈。采灵荷，踏水云飞往明角洞中，直至阵前。

"仙主！"白鹿跪拜。

"桐儿，行青鸢之印。"白衣灵女指挥到。

"是！"

"青鸢之印？"思源听到后不觉一怔，青鸢印不是我和许诚在白源洲取出的灵印么？难道……

"少主不要分心，我们还差最后一步。"朱颜抱起思源向龙潭深处飞去。

"可是，宋源怎么办，要是若耶仙主发动青鸢印，那宋源就……不行我要回去，我不能让宋源出事。"

"宋公子有玄珠在手，没人伤得了他。"

说话间两人已经来到了一座荧光熠熠的灵台之下。此灵台颇高，要行石阶而上。朱颜挟着思源一跃而上。

只见灵台之上有着三个上古的图腾，而此时他们都已经被点亮，像是等着人去触碰一般。

而其中一个图腾思源是认识的，这和羽仙人送给自己的锦囊上的图腾好像。

"开启此上古之灵台需要会盟诸仙之灵，也需要上古三司之血。少主用凤翎刺血，然后放在这灵印上即可解开这龙潭之契了。"

思源用凤翎刺破无名指，将其放置在那个熟悉的图腾之上。

灵台之光熠熠，图腾中腾起了灵气。

一位披萝带荔的妖娆灵女自灵台腾空而出，本在灵台之上的三个图腾，悉数出现在她周身环绕。

"原来是少昊之翼。"那灵女说到。

"昔穷桑之后，少昊之翼，前来解契。"朱颜应声回道。

"蛟龙凶恶，贵为司仙，岂能放任上古灵契被毁。"灵女有些不解地质问朱颜。

"时移世易，故人不再。结谊早毁，世交也没。昔佑苍生之灵契，今已成华夏复兴之阻碍。朱颜感念勿忘初衷，故携故主之后裔，来解龙潭之灵契，使沧海得以汇通。"

朱颜行礼而拜，一段肺腑之言，说得思源和灵女甚为感动。

"汝子既已下定决心，吾自不会阻拦。"

此时，深潭下的水开始暗涛汹涌，思源脚下显出一个巨大的灵阵。那灵阵的脉络慢慢被点亮，最后所有的灵光都汇于思源所选定的那一个图腾之中。

"灵血已验明。确为会盟之仙，三司之裔。吾随灵契而消逝，望二位珍重，毒蛟当出，小心为上。"

那灵女随着灵阵慢慢消逝了。

朱颜赶忙化法将两人置于结界之中。

而此时青鸾和白鹿也感应到了龙潭封印已经被打开，于是两人迅速取出腰间的青色方印，一起化法，打算冲破宋源的结界，想用青鸾灵印再次封印蛟龙。

"天下太平，万物安宁，皆化其上，乐乃可成。天地之和，阴阳之调。萌芽始震，凝寒以形。青鸾灵印，降龙已决，万兽臣服。"

白衣振袖的若耶仙灵将灵指结印，点步于青鸾印上，奔腾刹那间，她脚踩祥云而来。宋源一惊，根本来不及抵挡，自己已经被青鸾印中所出的祥云笼罩。

五彩祥云迅速漫过结界和宋源的周身，直冲龙潭深处而去。

"糟糕!"宋源赶忙骑上麒麟追着祥云和青鸾而去。绿鬓接触到五彩祥云的那一刻,突觉身上的法力都被禁锢住了一般,根本拉不开碧穹弓。

　　"这是为何?"绿鬓被祥云的电流刺痛,"又是他么?可恶!"绿鬓灵眉一皱,"不行,如果这样,朱颜也会……"绿鬓赶忙追去,无奈却觉得周身酸痛,根本提不起气来。正巧此时宋源骑着玄黄经过。

第一百六十一章

青鸢相见彩云中

"仙人，上麒麟吧！"宋源一把拉住绿鬘递过来的彩带，拉绿鬘上玄黄，两人飞快地朝着祥云追去。

"收！"宋源再次聚灵，那刚才还在灵台口的三样三十六地仙灵器就都悉数回到了原来主人的手中。思源一摸胸口，若耶灵珠回来了。

"宋公子，我和朱颜接触这祥云就会被禁锢灵法，这似乎是针对上古仙灵的法术。"

"原来如此！"宋源再次聚灵，收好灵簿，"朱雀！"那朱雀听到指引后便跟了上来。

"这样下去少主和朱颜会有危险！封印解除后，蛟龙就会……"

还没等绿鬘说完，就听得一声巨吼，一股水气呼啸而来，打湿了宋源的衣衫。

"可恶，真是一切都不凑巧。"宋源无奈地抹了抹脸上的水渍。

而灵台之侧，祥云突至，将思源和朱颜缠绕。

"卿云?!"思源看到这熟悉的图案，不由得一惊。就在那云朵接触到朱颜结界的那一刻，思源突然觉得周身像触电一般。

这个感觉，在灵感寺也有过。

"额——"朱颜的结界消失了，两人坠向深潭，朱颜忍耐着痛楚使尽最后一丝力气，张开了翅膀，抱住下坠中的思源。

思源在坠落之时看见了白羽绸带，在祥云之后的绮丽身姿。

她是……青鸢么?

熟悉的灵息，和那日在白源洲跳跃在指尖的问候一样的灵息。

"青鸢——"吱吱——又是电流传来，思源被祥云电得喘不过气来。

青鸢在空中轻点而立，听到思源的叫唤，心中突然一紧。究竟是何人，素未谋面，竟然知道我的名号。当祥云散开，青鸢方才看清楚那黄衣华翼，但已经奄奄一息的司仙，而在他怀中的，就是呼唤着她名字的那个人族少年。

而另一边宋源和绿鬟又被白鹿追上了。

"可恶!护法，我现在没空和你缠斗。朱雀!"宋源命令朱雀俯冲挡住白鹿，而自己和绿鬟则火速赶到了祥云阵外。

宋源冲阵几次，都被祥云反弹了回来。

"仙人，可知要怎么破阵?"宋源一时也不太明白这祥云的来路。

"这是夏官的法令。应该要相关的法术和灵器才能打开吧。"

"夏?"宋源翻起怀中的灵簿，一时想不出什么法宝和仙灵可以来破阵，"夏?诸夏?说不定……"宋源提起小笔，一跃而上，脚点麒麟之首而飞向祥云之中。

"聚灵在笔，诸夏皆服！"

狼毫小笔碧色的灵息点入五彩祥云之中，宋源真的如入无人之境。一下进入祥云之中，但回头一看祥云又快速地聚拢了。

"这可不好办了啊！没有朱雀和麒麟，我会很麻烦的啊！哎——"宋源无奈地摇了摇头，但十万火急，他感受到了思源的灵息已经很微弱了，便执笔朝前奔去。

思源此时已经完全使不上力气了，他听见了朱颜痛苦的喘息声。

"朱颜？"

"呵呵呵……"一阵苦笑。"没想到又被束缚住了。要是漪澜在，就不至于如此。"

"漪澜？"思源记起了在那花千树之地遇到的那位批羽之子最后和自己说的话语，"找到漪澜……"

"对，我们要找到漪澜。"朱颜的口中流出了鲜血。

思源看到后心中像打翻了五味瓶，于是抬起头，直视青鸢："是我让朱颜帮我们破阵的，所以就算有罪也应该我来承受。"思源握紧拳头想要站立起来。

此时胸前的若耶灵珠发出了淡白色的光晕。

"苎萝人珠?！"青鸢看到这若耶之灵物竟然自发地保护着这个少年，心中更是生出了疑窦。

"不对，我才是始作俑者！"青鸢和思源往声音来到之处望去。只见一白衣男子冲出祥云，他执笔点空，凌空一跃，站在了青鸢、思源和朱颜的中间。

青鸢平静地俯视这这位白衣翩翩的少年。

"上古的舞服？执笔之子，莫非你……你为什么要逆亘古之序，捣乱华夏的阵法？"青鸢看到宋源这身打扮心中有了些许的猜测，但此时忽然感觉到了潭底的一丝震动。

"司仙，还不快拿掉凤翎！"青鸾焦急起来，一跃上灵台，想要拔除那沾血的凤翎。

"来不及了。灵女已去，灵契已经烟消云散。"朱颜在灵珠的结界中稍微缓和了一些。

"桐儿！"青鸾一声令下，她身侧的两枚青鸾印就绽放出了震天的雷电。

白鹿在雷电中现身，"在！"

"快和我结印，只能用青鸾之印再次封印蛟龙。"

"万万不可！"宋源看到二仙要启动青鸾之印，心中一急。但无奈朱雀和麒麟都不在身边，他将手伸向了胸口的骨镖。

只能一试了，宋源掏出骨镖，往空中一掷，天火开始聚集。

"仙主小心，此神器非同一般！"白鹿见状马上挡在了青鸾的面前。

"我知道！"白衣仙女冷静地答道。

"它刚才完全击败了我的灵鸟。"青鸾取下胸前的琼佩，化灵在上。

"仲夏之月：日在东井，昏亢中，旦危中。其日丙丁。其神祝融。其虫羽。其音徵。律中蕤宾。其数七。阴阳争，死生分。鹿角解。蝉始鸣。半夏生。夏礼之神，五月之荧，覆其青鸾。祭之夏，助我破之，毒蛟得灭，万世苍茫。"

"仙主！"白鹿听得这段，大吃一惊，"仙主不可！"

"如果我没有感应错，此乃天火，幸其微弱，我尚可一搏！"青鸾将玉佩抛向青鸾印。

"天火?!"

白鹿赶忙结印，两枚青鸾印，再一次慢慢聚拢。

见到此情此景，思源突然觉得一阵心悸，难道这里就是宋源的殉难之处？不可以，我不能让宋源死，对，用我的血。思源想走到宋源身边，但此刻身上还是无力。

"朱颜，要用我的血，我的血……"思源连说话的力气都使不上来。

瘫倒在一侧的朱颜对着思源温柔一笑，像是在说，不会有事的。

"天受日月星辰，地受水潦尘埃。行青鸢之印！"青鸢和白鹿结印完成，那青鸢印中的灵光如滔滔洪水一般，青灵瞬间涌来。

宋源只能闭眼，结印化灵入骨镖。

天火驱就，红蓝之灵交汇。

"灵御！"风驰电掣，一阵白光刺向思源的眼睛。真想就这样沉沉睡去，不，我不可以。灵御，我还要救灵御。思源奋力地睁开了眼睛，只见两道神力还在互相僵持。

胶着之间，宋源化灵入笔，用狼毫小笔引灵入骨镖。

血映脸颊珠玉碎

哗——灵火一瞬间扩大。天火之力慢慢占得了上风。

思源宽心一笑，太好了，灵御，我来帮你。思源手握若耶灵珠，聚灵想要帮助宋源，但就在灵息要触碰到宋源的那一刻，脚下突起波澜，思源和朱颜被彻底冲散了。

"额——"思源被晃得头晕眼花，恍惚中看到青色的鳞片闪过眼前。

龙尾跃出水面，砸在洞壁上，巨石朝水面扑来。

"蛟龙……"思源这才醒悟过来，"朱颜？"思源四下寻找却不见朱颜的踪迹，巨石砸来，灵珠的结界挡下了巨岩碎石，但光晕也越来越微弱。

"朱颜！朱颜？"思源大声喊叫，他心中焦急，朱颜没有灵珠，又被禁锢了灵法，会有危险的。可还没等思源反应过来，那蛟龙已经跃出水面，龙爪直击自己而来。

珠玉破碎的声音传来，灵珠的结界彻底破碎了，龙爪刺穿了思源的肩膀。

好痛！思源透不过气来，那龙爪刺穿了自己的琵琶骨，但那蛟龙还不肯停歇，不停地甩着被刺穿的思源用力地晃动。

"啊——"撕心裂肺的痛袭遍全身，有那么一刻思源想对着那蛟龙说，早点杀死我吧。

一口血水喷出，这大概就是求生不得求死不能了吧。的确，这是我毁坏华夏结界的代价吧。不过此刻自己唯一庆幸的是，死的会是我，而不是别人。

"蛟龙已出！"白鹿看到如此情景只能奋力化法，"不过破除结界之人也得到了应有的下场。"

宋源听到白鹿的话语后心中一慌！回头看去，却见龙爪已经刺穿了思源身躯。

"小源！"宋源瞬间觉得五内俱焚，"受此刑之人，当是我！"宋源又回头看了看青鸢和白鹿，他的眼中百感交集，但更多的是不忍和心痛。

宋源望了望头顶的骨镖。

青鸢被他的眼神吓到了，是的，他仿佛看穿了什么，但最后遗留在他嘴角的却是一抹微笑。

坦然地接受自己的命运也是一种不错的选择，哥哥，我不会后悔，原来是这样，我是因为这样才死去的，如果是哥哥，应该也会……

宋源一跃而上，抓住骨镖，转身朝蛟龙飞去。

他的这一举动着实吓到了青鸢和白鹿。两人都来不及收法。

宋源执笔幻影移行来到了最靠近思源的地方，他奋力将骨镖投掷过去，只能那么近了么？拜托了，一定要投中。

骨镖脱手的那一刻，青鸢之印就刺穿了宋源的躯体。巨大的冲击力将他推向了龙爪。

他几乎和骨镖同时抵达了思源的身侧，就在骨镖要落下去的那一刻，宋源再次接住了骨镖，将其用力投掷向思源的胸口。

"执笔之子！"青鸾赶忙施法护住即将掉入深潭的宋源。

骨镖触到了思源的鲜血，天火瞬间点燃。玄珠的结界将思源围住，蛟龙感到一股炙热，连忙甩脱了思源。玄珠护佑着思源，朱红色的结界缓缓落到宋源身边。

"咳咳——"思源口吐出殷红的鲜血，那琵琶骨处还是一阵锥心的痛。

"灵御！"泪水已经模糊了双眼，思源慢慢爬向了白色结界中的宋源。此时宋源的嘴角也流出了殷红的鲜血。

那蛟龙将龙爪放在嘴边舔舐，"果然是三司后裔之血，当初封印我之时就该想到会有今天。嗯？这血中怎么会有这个味道！你！认识……"

此时青鸾背后的祥云结界已经散开。一支箭羽直上龙睛。那蛟龙一惊！连忙躲闪。

"毒蛟！少主他们释放了你，你为什么要恩将仇报！"绿鬓嗖嗖又是两箭，千万支箭矢落下，蛟龙举气抵挡，但箭羽实在太多，他便只能再次跃入潭底。

朱雀和麒麟也赶到了，看到躺在结界中的宋源，赶忙过去相护。

"灵御！灵御！"思源努力爬到宋源的身侧。

宋源的嘴角还带着一抹残笑，只是此时他白衣溅血，气若游丝，已然是将死之人。

他看到思源哭着趴在自己面前，心中总算是安然了一些。还好，一切都是值得的。

"小源，活下去。答应我，活下去，去完成我……未竟之事。交给你，我也就放心了。"

"灵御……"思源捂住肩膀上不断流血的伤口。

"这是我的时刻了，所以应该放手了。只是还是有一些遗憾，我不知道自己做的够不够……还有……帮我和诸夏、雪秀说一句，对不起……"

思源已经哭得不能自已，是我！都是我！竟然是我！竟然是因为我！千算万算，我没有想到，这一切竟然都是因为我。

"啊——"思源的哭声深深触动了青鸾，青鸾看着自己颤抖的双手。

"仙主？"

是的，自己已经破戒了，虽然是误伤，但当年自己立下誓言，不会伤害任何一个凡人。青鸾怔怔地踏水往宋源走去。

宋源望向那头顶的日月星辰，灿烂宇宙的星图尽在眼中，最后能看着这星图而去，也算不枉此生吧，没想到这失传的星图，能在这里看到啊。

气息已经停顿，死，原来是这样的。宋源胸口一热，一口热血喷出，血溅到了思源的脸上。

"啊！啊！啊！"思源眼神空洞，已经彻底崩溃。自责、懊恼、伤心、剧痛如潮水一般袭来。宋源的血是压垮骆驼的最后一根稻草。

"血，血，血……"思源用颤抖的手摸向了脸颊，那一抹殷红刺入眼眸。

"不要……不要……不要！"思源突然抱头大哭到，他的身周瞬间涌出了汹涌的灵息，一股强风旋转而上。而旋风之中的思源眼神呆滞，白色的灵光突然从他的额间显现。灵光照射开来，映亮了整个龙潭。

"少主！"绿鬓想要靠近思源，但那回旋的强风让自己根本难以靠近。

菡萏盛放，莲花幽香。思源眉心生出一朵莲花的印记，而后是三点碧绿的灵点。

"这是灵感寺的菩提之印。怎么会在这里……"绿鬓此时才发现找不到朱颜的踪迹，但她可以感觉到他的灵息一息尚存。

眉心生莲，菩提含碧，白色的旋风染上了翠碧之色。

熟悉的灵息将旋风之中的迷失之子慢慢包裹，思源额间的三个分灵点开始闪闪发亮。碧色的藤蔓之印从三点中蔓延开来，直到他们深入思源的鬓角。

"这个灵息是?"青鸢的脸上露出了一丝曙光。

碧绿的灵息渐渐汇聚，直到那熟悉的脸庞再次出现。

诸夏缓缓睁开眼睛，一脸悲伤，本以为被宋源禁锢在祠堂，只能心如刀割地一点点看着宋源的灵息慢慢消逝。

但在这千钧一发之际，竟然有一条灵途让自己直通此地。

"诸夏!"思源想要把手伸向诸夏，却发现自己正在慢慢地消散，而诸夏似乎也根本看不到自己。

"不要，不要!"思源瞬间明白了会发生什么。

直到自己消失，思源都拼命地想要抓住什么，最后弥留在眼际的却只是那四象生辉的星图。

他无法原谅自己。他在时间的漩涡中呐喊，在内心的深渊中沉沦。

他无法接受这个事实，原来一切的一切，自己才是始作俑者。

第一百六十二章

又见凌霄花如君

"呃——"

吱——吱——吱——

映入眼帘的是依然漫天的星辰，而在耳畔的却是乡野的虫鸣。

山野的清风吹动了思源的发丝，肩膀上依然是揪心的痛楚。

"呜呜呜——"思源看着那灿烂的星河，泪水继续滑落。为什么会是这样？

"呃呃呃——"思源哭得更加厉害了，他用右手捂住泪水肆虐的双眼，不停地抽泣着。

"诸夏，原来我就是凌霄花。"伴随着哭声，思源啜泣着说到。他哭得昏天暗地，直到感受到一股清凉的灵息涌入体内。

第二次醒来已经是第二天的午后了，夏日慵懒的阳光打在思源有些麻木的脸上。

窗外依然是虫鸣阵阵，思源侧了侧头，发现肩膀上竟然没有那刺痛感了。只是转头的瞬间，他看到了那橙红色的荼蘼插放在床头。眼泪再一次夺眶而出。

"少主！"微星熟悉的气息飘来。

是的，昨夜是他用漪澜弓救了我，我的伤应该也是那时候康复的。

只是，思源摸了摸胸口，这里的伤还是刀刀见血。

"思源！"许诚跑了进来，他一脸的担心。

只是思源现在并不想说什么，他缓缓转过头，再次看向了凌霄花。

"凌霄花……"

思源缓缓起身，脚触地的瞬间，觉得一阵晕眩，是的，我还活着啊。可是宋源呢？

想到这里思源加快了脚步。

"少主！"

"思源！"

许诚和微星只能追了出去。

思源赤脚在木质的走廊上奔走，这触感都残酷地告诉自己，自己还活着。

为什么活着的人是我，为什么？为什么！

思源打开中庭的移门，夏日的强光照射下来，是那么地刺眼。思源手抚额头，来到花荫下，橙色的花朵依然娇艳。

思源怔怔地采下一朵。

许诚和微星赶到中庭，一时也不知该如何是好。

"少主……大伤刚愈，不应操劳过度。"

"谢谢你微星，没有你，也许我也会死吧。不过有的时候活着其实比死去痛苦很多。"思源的脸上带着凄惨的笑容，他不停地看着凌霄花。

"诸夏其实早就知道了吧，是我害死了宋源。所以用凌霄花提醒我，可是我太傻，竟然还天真地以为自己可以改变什么……"

"思源……到底发生了什么？"许诚看到思源这副样子，心中别提多着急了，他焦急地想要上前扶住思源。

"别过来，许诚。我只会害了你们。一切的一切都是我造成的。"思源傻傻地痴笑着。

"胡说八道什么啊！"许诚急得马上一拳打到思源的胸口。

思源往后踉跄了几步，倚靠在凌霄花的木架下，有些不敢相信地望向许诚。

"你要做大 boss 还早八百年呢！哪有你那么好人的大 boss！"许诚看到思源颓废的样子心中难受，但他知道现在时间紧急不能任由思源这样下去，诸夏和维舟还在香丘护阵呢，雪秀不知道何时会再有行动，若耶洞天岌岌可危。"而且就算你是大 boss，我又不怕，我可是通关世界各地游戏无数，一区二区都是榜上有名的高手啊！和我说大 boss，开什么玩笑！"

"你现在这样对得起诸夏他们么？诸夏为了维持若耶洞天的稳定，快用尽自己的灵力了。微星为了治愈你，昨夜一夜没睡，一直在那阵中用漪澜弓为你疗伤。还有，你因为宋源伤心，那我们就说宋源，虽然我不知道发生了什么，但是既然你是所谓的大 boss，那就来终结这一切吧！"

"终结这一切？"思源被许诚有些骂醒了，"诸夏……微星……雪秀。"

"不是说解铃还须系铃人么？既然你是系铃人，那我许诚就好人做到底，跟着你一起去解开那个什么百铃结吧！"许诚炯炯有神的双眼，就在思源的面前，他的眼中投射出来的自信，让思源觉得似曾相识。

"灵御……小安……许诚……"思源的眼眶再一次湿润了。

"自来熟，你还是让少主好好休息吧。你并不知道少主经历了什么。"微星无奈地摇了摇头，然后单膝跪地。

"少主，时间紧迫，请你速回微星在房中布下的阵法，调养休息。这样才能早日去和领主汇合啊！"

思源感到一阵晕眩，"诸夏——"是的，现在的自己只想沉沉地睡去。

第三次醒来思源躺在结界中，夜色笼罩，身体已经差不多恢复了。只是他脑中现在还是一团乱，有太多的线索需要整理。

对，去找许诚和微星。思源再次赤脚跑在木廊上，眼角却瞥见微星和许诚此刻在中庭的凌霄花下。

"许诚，微星！"思源也走入中庭。

却见许诚正在伤心地啜泣。

"许诚，怎么了？"思源还在为刚才自己的颓废惭愧，此时却见许诚如此，赶忙跑过去想要去安慰他。

"对不起，思源，我不知道发生了那么多事，而且你的伤口，那该有多痛啊！"许诚不停拍打着自己的脑袋，"我真是白痴，我有什么资格对你大吼大叫啊！"

思源不解地望向微星。

"对不起，少主，我在给你疗伤的时候，看到了你记忆的碎片。这会我把这些片段都传达给许公子了。这样也有利于他理清事情的来龙去脉。"

微星慢慢地走近思源，他用指尖青色的灵息点亮思源胸口的灵珠。

"少主，微星痛你所痛，感你所感。你一切的苦痛我都感同身受，这次是我不对，放任你一个人去宋朝。今夜，我将漪澜弓的灵息注入灵珠，日后你若受伤，也可以应急有所保障。"

许诚递上一样东西。

思源打开包裹一看，竟然是骨镖和一张满是鲜血的符文。

"这是？骨镖和灵符？这个灵符是……"思源突然想起第一次去明角洞遇到的那个道长。

"听微星说，要是没有这个灵符你估计就歇菜了，是这个灵符护住了你的心脉，让蛟龙刺穿……的位置微微上移了一些。"许诚想起思源被龙爪刺穿，还是不禁打了一个冷战。

"原来是那位道长救了我啊！"思源这才明白过来。

"对了，我身上可有一个锦囊？"

"嗯，在我这里。"微星递过袖中绿色的锦囊。

"许诚！"

"嗯？在！"思源突然大声地喊自己的名字，许诚连忙应到。

"你既然都看到我的记忆了，那么我们就要把现在已知的线索都理一理了。"思源的眼中又恢复了灵光。

许诚粲然一笑，是的，这样才是思源啊！

"哦！我都等不及了呢！"

凌霄花下，三人相视而笑。

"对了，还有最重要的这个！"许诚像是记起了很重要的事，赶忙从腰包里拿出了狼毫小笔，"我怕丢了，天天放腰包里呢，睡觉都不敢拿下来。你看，它见到你就兴奋了，有绿光了！"

思源接过绿光莹莹的狼毫小笔，一阵清风袭来，就在思源刚刚触到狼毫小笔的那一刻，他仿佛听到了那穿越时空，那千百年来，每一位执笔之子的问候。而在其中，也有着那熟悉的声音。

"小源——"

"诶——"

是的，你从不曾离去，一直就在我的身边，而我还要继续下去，去完成那未竟之事。

第九卷
旌旗未卷鬓先秋

古道铁骑相追，羽林军誓死相随。为救若耶，南宋松下，巧遇荧荧紫微星。

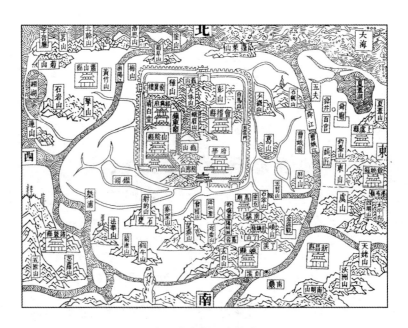

图九　古代绍兴府境域图

　　犹记当年羽林郎，千仞坑下热血淌。越州古道，策马相护，梦回却难道北伐。

　　【图片来源：宋绍兴二十七年（1157）《会稽三赋》，见《绍兴历史地图考释》，屠剑虹编著，中华书局2013年版】

第
一
百
六
十
四
章

玉笛松舞关山月

人与人之间的相遇都是有缘由的。虽然很多时候我们不知道其中的真相，但天下没有不散的宴席，当我们举杯相敬，觥筹交错，也许这就是只属于我们的灿烂交汇，就算如花火那样短暂，我也不想忘记，忘记那一杯醪醴花前。

梦幻去来，谁少谁多。

弹指太息，浮云几何。

思源穿上许诚为他新买的登山鞋，仔细地系好鞋带。他回身打开床上的登山包，拿出了那本第一次在山间古庙见到雪秀就开始记录的笔记本。

思源在"雪袖无垠边，落舞还青松"这一句下面写上了"关山度夜月，相思几多重"。

"诶？原来是这样的啊！"

许诚不知道什么时候走到了旁边，吓了思源一跳。不过这种感觉真是久违了，思源心间泛起了一阵温馨。

"诶，等等……等等，这诗谁作的？"许诚突然抢过笔记本，不停挠着鬓角口中碎碎念起来。

"宋源？"

思源摇了摇头，"其实我并不清楚，虽然这首诗的后半句是宋源告诉我的。但现在还不能确定就是他作的。"

许诚赶忙掏出手机，迅速搜索起来，却没有查到这首诗半点讯息。

"关山难度，关山难度……"许诚拿起思源手中的笔，在本子上悉悉索索的写了起来。

"我一直在想，这个关山是不是一个地名啊，我记得王勃的《滕王阁序》里面也有关于关山的一句。"思源仰头看着站着写字的许诚，说出了自己的想法。

"不错。关山难越，谁悲失路之人；萍水相逢，尽是他乡之客。在《滕王阁序》里这句意思就是关山重重难以越过。一关又一关，一重又一重的山。"

"应该就是路途遥远的意思。"

"对，在《滕王阁序》里面的确是这样。"许诚不停手划着手机，浏览网上的讯息，他突然看到了一条自己十分感兴趣的词条，赶忙按出来，一屁股坐在思源的身旁。

"快看快看，思源，这个关山原来还有这个意思，看这句'琵琶起舞换新声，总是关山旧别情'。关山可以是边塞的意思，但这里的解释却让我觉得有一语双关之意。"

思源接过许诚递过来的手机，仔细看了起来。

"是啊！这我还真没想到。"思源的嘴角泛起了微笑。

"你不是说过诸夏称雪秀为越中最美的舞姬么，那么一来就说得通了。"许诚喜出望外，赶忙拿过本子，把手机上的资料抄了上去。

舞蹈变新姿，琵琶翻新调，但却换不了歌词中的关山难度的离愁。"关山"还有《关山月》之意，《乐府古题要解》云：《关山月》，伤离也。因而含义更深沉，也更感人。

许诚又搜索起了"关山月"，除了发现诗仙李白的大作《关山月》外，也确定了《关山月》的确是乐府旧题，属横吹曲辞，多抒离别哀伤之情。

"这样就更对了啊！你看这诗的意思就是雪秀在青松之上起舞，而她的情郎小笛横吹，吹起了《关山月》。一个奏乐，一个起舞，多么浪漫啊！"许诚又开始星星眼了。

"不过这首诗里面奏的却是《关山月》，如此一来，应该是两个人要离别之时所作。"

"嗯，孺子可教也！"许诚竖起来大拇指，"说到底，那我们现在的调查不就成了到底谁是雪秀情郎的古今疑案大探索了么？这个 title 好，我喜欢！呵呵！"许诚又在笔记本上写上了"古今悬案之谁是雪秀的情郎"。

思源无奈地一阵苦笑，虽然这只是许诚的一家之言，但这家伙的第六感总是蛮灵的，搜索解谜也是他最擅长的了。被他那么一说自己倒是觉得真的很有这个可能了。

拂晓，天边微弱的光线渐渐照入了窗台。但窗台上显现的却不只是这拂晓的微光，还有那漫漫的青色灵息。

思源转而一笑，"微星！"

"哈哈，小帅哥！我们又有大发现了，时候差不多了么？我是准备好了。"许诚提起了放在桌上的百宝箱，得意地拍了拍。"我可是全副武装了啊，话说我们今天要去的那个地方，叫什么来着？香……"

"香丘。"

"哦！对对对！香丘，好诗情画意的名字啊。话说难道也有什么密灵啊宝贝啊什么的?"许诚又是一副陶醉状了。

"……"

"呐,告诉我嘛!我们那么铁的交情,对不对!"许诚一把勾过微星的脖子,想要在他耳边说悄悄话。

只是刚勾住脖子,微星就幻影移行到了思源的身侧。

"你去了自然就会明了。"微星一脸无奈的样子。

"切,小气鬼!"许诚环手一仰头,一脸的不满意。不过他又突然手指门口,"哈!那我们就马上出发吧,我可是等不及了!还有我也想仙人了,听说还能见到最后一位四大护守,期待满满啊!"

"呃……那个酒鬼大叔,的确应该和你比较合得来。"微星不禁摸了摸头上的冷汗,要是这两人聚到一块,估计又得闹腾了。

"对了,小若木呢?去哪儿了?平时不是少主长、少主短的。这次怎么没有马上飞过来啊。"

"是我让他在关隘待命的。现在是非常时刻,步步皆兵,我们的仙力本来就不够。哪有你许公子那么清闲啊!"白衣仙女幻化在许诚身后,玉指一点,许诚就一个趔趄,扑倒在床上。

"喂喂,我说清伊……姐姐,我可是也很用功也很忙的呀!我跟你说,我这几天的收获也不小啊!那个……"

清伊的玉指捂住了气呼呼的许诚的嘴巴。

"微星,快去吧!虽然现在灵鸟还没有报来有人入侵的消息,但我还是坐立不安,总觉得有什么大事要发生了。若木在驻跸岭等你们。"

"好!"微星轻吹玉笛,青苹就在众人面前展开了。

许诚有些恋恋不舍地看向清伊。

清伊转手幻化出一只灵鸟,这白色的灵鸟飞到了许诚的头顶，不停地啄起来。

"额……小鸟啊，我可不是木头，所以就不要啄木鸟了，好不？"许诚想把灵鸟抓下来，但那小鸟就是不给他面子，一蹦一跳，硬是要在他头上安窝了。

第一百六十五章

一枝露花入棂疏

"许公子，我看你没有什么傍身的灵器，这样去了，到时候给少主和领主拖后腿可就不好了，所以就赐给你一只灵鸟吧，必要的时候还能和你一起战斗，起码能护你周全。"清伊轻描淡写地说着，还不停地笑许诚搞不定灵鸟。

许诚听到这几句话后，一时说不出话来，他傻傻地瞪着眼睛，嘴半张开，满脸的不可思议，一副我没听错吧的样子。但转而他的脸上就流露出一份感动，看着似乎都快哭出来了。

"许诚，还不快谢谢清伊！"思源自然是看出了两人的心思，清伊虽然嘴上不待见许诚，其实她才是最关心他的人啊。

"哦……"许诚这会倒是有点扭扭捏捏起来了，"谢谢清伊仙人……"

"太好了许诚，这样你也有自己的灵器了，不对，是灵宠！"思源把手伸向还在许诚头上一蹦一跳的灵鸟，那白色的小鸟这时倒是安定下来了，思源将它捧在掌心，顺了顺羽毛，转而放在了许诚的肩头。

"呵呵!"许诚笑得很是开心,"嗯!这样我就不用再只做一个看客了,你不知道,在一边干着急的滋味,其实是很难承受的。"他的眉间闪过一丝忧郁,但很快就被可爱的笑容替代了。

"诶诶?"许诚摸摸灵鸟的头,"我是不是也得给你取个名字啊?呵呵,我可得好好想想。"

许诚清爽的笑容感染着思源,就似那中庭的凌霄花那样光彩夺目。浮生恍然如梦,有时候思源觉得,前几日的种种,也许真的如梦,只是当许诚手触灵鸟,被轻啄了一下后,指尖又有了一点殷红。

思源的脸颊像是又感受到了宋源最后那一口鲜血的温热,耳中开始嗡嗡作响。

好在灵鸟本来白色的羽毛变成了鲜黄。而此时许诚鬓角出现了一枝朱红。

"茱萸!"思源想起了小安的发绳。

"哦。"许诚一摸鬓角,"是羽仙人新给我的。"

"嗯,上次在长安真是谢谢你了。"思源想起了许诚上次把鬓角的茱萸给了自己。

"呵呵,你和我客气什么呀!呃……你这小东西,啄人还蛮疼的嘛。不过知道你是在刻血印,我就大人不记小人过了。"灵鸟仰头叫着,像是在表示抗议。

"好了,好了,知道了,既然是一对,就好好相处嘛!"

微星步上了青苹,思源和许诚也跟随其后。

"向驻跸岭进发,哈哈!话说,我真是很想念小正太的哟!"许诚不知道什么时候对若木又有了新叫法了。

思源轻轻一笑,只想让自己离刚才的回忆再远一些,想起若木,心中稍许多了些安慰。是啊,这不是终结,还有大家在,我要继续下去。

夏日的景色在青苹之下郁郁葱葱，微星化法一指，青苹飞入了丛林。蝉鸣喈喈，一切的林林总总，都在这林间的夏色中。

熟悉的气息和景致扑面而来，时空交汇，这山间的景致，与那日和小安马踏落英，似乎没有半点不同，可是，此时此刻，他们都早已离我远去。一股哀伤再次袭上心头。

思念如迎面的清风一般，带着盛夏的些许斑斓，如影随形。

许诚转头看出了端倪，有些担心。

"对了，漂亮妹妹去哪里了？还有那位美如画的帅哥仙人？"许诚故作开心地问道。

"嗯，这次在南宋，多亏有他们在。但是为了帮我，他们也耗损了很多灵力，好在没有什么危险，估计要在朱颜中静养一段时日了。"思源的眉宇间还是甩不开淡淡的哀愁。

"哦，那就好。"

"少主，下次你可甩不开我了。不管何时何地，微星一定会追随你而去。"微星突然说到，接下去的是一阵短暂的沉默，只有枝叶间沙沙的响动。

"还有我……"许诚深吸一口气，下定决心一般，"我不想再做一个局外人了，就算我只是一个凡人。"

青苹飞出了竹林，弥漫在眼前的，竟是那姹紫嫣红。

"哈。"许诚一笑，探身采下手边一朵，递给了思源。

"这……"思源想到的许诚和微星都明白。

他们都看到了他记忆中的夏花烂漫。

微星玉笛一指，也是一簇夏花飞来。

思源的怀中，瞬间馥郁芬芳。因为是清晨，所以花上还带着朝露。

一枝风露湿，花重入疏棂。

思源微微蹙眉，眼眸如这含带朝露的山花一般，有些许的濡湿。

不禁往那林间望去，青青的叶色间似是有那点点茱萸。看碧成朱，褪去香袍，山色依旧，青葱知音不可相负。

气氛总算在山花的渲染下有所缓和，微星还告知两人，驻跸岭古道其实现在也有一部分淹没在水库下，只是不是平水江水库，而是汤浦水库。

此时前面出现了一座白墙黑瓦的村庄，许诚看到后，站了起来。青苹再次升高，许诚探身俯视。

"我们沿着王化溪南下，就可以直达汤浦水库了。"微星先指了指远处微微可见的被林野青葱环抱的密灵之地，后又指了指青苹之下的村庄，"这是小舜江村。"

"小舜江村？真好听的名字！"许诚又站了起来，踮起脚尖看向那碧绿一点的湖水。"哇！真美，感觉比平水江水库更漂亮。"

"嗯，我听二爹和思珂说过，这里是水源保护地，所以林木植被和周边的自然环境都保持了原始的生态。"思源心中也满是期待起来。

"原来如此，没有游客的地方就是好。哈！小舜江，难道和舜帝有所关联？"

微星点了点头。

而此时青苹已经飞到了溪水的入湖口。

微星玉笛一挥，青苹又往西飞入了山林，升高平飞，整个山岭尽收眼底。

许诚有些不解，不是说好要去汤浦水库的么，怎么又到了山上。

思源觉得这山间清风倒是很舒适，于是闭眼沐浴在山风之中。

微星清丽一笑，让许诚有些看得发呆。本来微星就是清秀绝伦的仙人，这一笑，许诚都要抵挡不住了。不对，应该说，微星绝对不会这样对着自己笑。

许诚使劲拍了拍脸蛋，总以为自己看错了。但留在微星嘴角的微微上翘，还是留有余韵。

微星举笛至唇边，吹出了如山野间清泠一般的乐色。

"少主，这里就是太平里。所以我想带你们来看看。"

太平里？许诚和思源都露出了温暖的微笑。

神仙一曲渔家傲。绿水悠悠天杳杳。浮生岂得长年少。须信道。浮缘总在咫尺间。

"谢谢你，微星。"思源再次闭眼，清泠拂面，一如那一杯八百多年前的香茗。

第
一
百
六
十
六
章

当断不断逆推行之

许诚拿出一个全新的微软 Pro 系列平板电脑和一副黑框眼镜，打开了昨夜临时加班搜索的资料，递给了思源。

"既然这里是太平里，那我们现在就已经进了汤浦水库的自然保护区了。"许诚兴致勃勃地拿出了相机不停开始拍照。

的确，思源浏览了许诚的资料和笔记，发现小舜江村清店、西岙口自然村都为小舜江水库水资源一级保护区，太平里自然村为小舜江水库水资源二级保护区。而说起这个汤浦水库，又称小舜江水库。

"这里现在可是整个虞绍平原的水源地哦，你看，连余姚和慈溪目前大部分的用水也都是依赖这小舜江水库了。这可说是浙江省一个十分重要的水源地了。"

思源不住地点头，许诚的资料做得很详细，文档上的重点也用不同颜色做出了标注。

"你看这一段!"许诚伸手用一支电子笔点到了屏幕,瞬间就圈出了文档中他想要和思源讨论的重点。

"作为江南水乡,绍兴世代向江河寻找生存的水源。从四千年前大禹以疏导之法治水,到东汉太守马臻主持修建大型蓄水工程鉴湖,奠定北部平原大规模开发经营基础。"

"对,这些和我们在明角洞遇到的蛟龙封印可说是大有关联。"思源看到后如获至宝,脑中缺失的碎片可说又拼凑上了一些。

"还有这里,从晋凿运河、唐修海塘,到明建三江闸,水利之兴,代有所成。不过进入工业社会后,人们似乎忘记了水的重要,大肆向河水中排放工业废水、生活污水,导致生存环境恶化。一个不容忽视的事实是:到了 20 世纪 60 年代,水乡绍兴竟然成了缺水之乡。"许诚用电子笔画出了这几段。

"嗯,这次明角洞的经历让我觉得若耶的仙灵所守护的秘密应该和越地那世代相传的水脉有关,按照这些材料来看,越地由于上古时候特殊的气候和地理原因,常会受倒灌海潮所累,导致域内大涝,从大禹治水开始,上古的先贤和仙灵就帮助这里的部落治理水患。但随着时代的变迁,以及地球气候的变化,就像宋源所说的,时移世易,我们的应对都将有所不同,要根据环境的改变有所调整。"

"嗯,上古之时是治理水灾;而到了东汉,马太守又巩固了所谓的结界,兴修了水利;而后的晋、唐、明亦是如此,根据当时的环境和水文,进行了相关的应对。只是到了现代,沧海早已变成桑田,我们现代人遇到的困境和古代是恰恰相反的,所以采取的最新应对是兴修了汤浦水库,以解决水源不足的问题。"许诚说得绘声绘色。

思源蹙眉细思,如此一来,宋源说的是没错的。所谓的时移世易，以前的汪洋泽国，现今却被缺水所困。那日我们虽然打开了封印，但后续那蛟龙到底如何，却又是一段不为人知的历史了。而且宋源重伤，后续有没有引沧海之灵入龙脉也未可知。又或者自那以后，也就是南宋以后，又发生了诸多的变故。总之，现代，如宋源所说一般的情景的确发生了，而当今人们的应对就是汇聚若耶的水源，建立了这汤浦水库来储存淡水。

既然如此，那么与洞天和仙灵联系起来的话，现在若耶的灵脉可说一部分在平水江水库，也就是我们已经去过的白源洲；而大部分则应该是在这汤浦水库。如此看来，我们现在要去的香丘才是现代若耶真正的重中之重，也就是所谓的密灵地之首。

"若耶的重点守护之地！就在这里！"思源思索再三，嘴中蹦出了这么一句。

这倒是吓了许诚一跳。

"重中之重！？"

"雪秀下一个进攻的地方一定会是这里了，虽然我不知道这里有着什么，但是按照目前我们搜集的情报来推测，这是现代若耶洞天仙灵守护之重地，可以说是集三十六仙灵地脉之灵力最旺盛的地方。"思源用力一指。

"若耶存，会稽存。而今也是如此，这是会稽郡最重要的水源地，是关系着浙江省内千千万万百姓的生活之水。如果雪秀破坏了这里，那么若耶就会……绍兴乃至浙江也会……微星，我们应该集所有的仙力来守护这里才是。"思源像是突然想通了什么，拿过许诚的电子笔在屏幕上写了起来。

"汤浦的香丘一直是由我们宋家四大护守最高职位的仙灵守护的，可见领主对其的重视程度和少主现在是一样的。"

"维舟？"

"嗯。"微星虽然不愿意承认，但还是点了点头，"至少目前来说，他的法力是我们之中最强的。"

"不过现在看来还远远不够！"思源锁眉用笔点屏。

"不够？"许诚有点不太明白。

"我现在有一个很不好的预感，或者说是猜测。总之维舟不是雪秀的对手。"思源突然紧张地咬起食指的第二个关节。

"别紧张，思源。我知道你的意思，雪秀能打败白鹿，维舟自然会很危险。但是现在诸夏不是也在香丘么，我想雪秀要攻过来也不是那么容易的。"

"这才是我最担心的。诸夏现在分灵乏力，将灵力用来维持洞天的平衡已经很劳累了。而且雪秀手里一定握着什么王牌。"

"王牌？什么王牌？秘密武器？"许诚顿时来了兴致，这一点自己是从来没有想到的。

思源摇了摇头，"现在要我具体说出她有什么王牌，我说不出来，但这种感觉不会错。这是一种趋势。"

"趋势？"许诚和微星都很不解，尤其是许诚，他的好奇心完全被激发出来了。

"嗯，爸爸说过，趋势就是一种很自然的流露，在整理了事件所有的线索后，所有的要素会慢慢地指向一种方向，这就是趋势。"

"直觉？"

"是，也不全是，只是脑子里自然而然会有出现最有可能的一种趋势演变，有的时候甚至可以望到那最终的结局。这次宋源在蛟龙潭和白鹿、青鸢斗法的时候，他所使用的法术，那点点滴滴让我看到了一种新的可能。但我有一种很强烈的感觉，我不能让现实按照这个趋势演变下去。"

"呃……思源，你说话不要总说一半啊，吊人胃口死了。"

"不是我不想说，而是我还看不清楚这整个故事的脉络和结局，因为还缺少几块重要的碎片，需要更多的线索和证据。"思源闭目扶额，一副苦恼的样子。

"好吧好吧，我信你，不过我们要怎么样才能改变这个所谓的趋势呢?"许诚倒是对解决之道更感兴趣。

"爸爸说过，当断不断……"

"必受其害。"许诚接到。

思源会心一笑，"是要逆推行之。"

第一百六十七章

漩涡成潭托潭村

"逆推？哦！"许诚一副恍然大悟的样子，"我懂了。"

"嗯，去吧，让我们做那几颗搅乱布局的棋子吧。"思源突然说出了这一句。

许诚一惊，好帅！感觉思源像是激发出了另一个自己的样子。

思源看出了他的想法，无奈一笑，"我只是想起了许多关于爸爸的事情。现在想来也许爸爸一直也在做着这样的事情吧。"

"哦。"一丝伤感划过了许诚的眼眸，虽然他很快就掩饰了过去，但还是没有逃过思源的慧眼。

"微星，虽然我们要快点赶到香丘，但我想现在我们应该改变策略了，我们要先寻找更多的助力。那日我在灵溪地看到三十六地仙的水脉图，记得这驻跸岭附近应该就有一处地仙之脉，我们先去找那位地仙吧。"思源突然和微星说到。

微星望了望那碧水悠悠的水库，"嗯，少主放心，我们已经快到岭下了。那位地仙应该就在驻跸岭古道附近。"

"这样就好，想来不会耽搁太久。"思源长吁一口气。

"何止如此啊！我看你马上会发现另一个惊喜了！"许诚神秘兮兮地笑了起来。

"诶？"思源转头满脸疑问地看向许诚。

而此时不远处的山道上传来了一阵呼喊。

"少主——"

思源刚一转头，就被这白衣的仙灵扑了个满怀。

"呵呵！若木！"

重逢总是不期而遇，思源并不知道，若木早就感受到了自己的灵息，所以一路狂奔来到了驻跸岭还没有被淹没的古道口。

若木的到来让队伍更加壮大了，思源自然很是开心的。只是现在朱颜和绿鬓还需修养，自己的助力不管怎么说还是不如灵感寺之时。于是细问了若木这几日来驻跸岭附近的情报线索，也问了关于驻跸岭地仙洞府的所在。

只是微星和若木也没亲临过这位地仙的洞府，不能点出确切的位置。

"许诚。"思源信任的眼光投来。

"嘿！"许诚了然一笑，马上在电脑上调出了实时的卫星图。

但让两人吃惊的是地图和实时卫星图竟然不能重合，这个岭下到底是在湖之北还是湖之南啊！

许诚托腮沉思，"我觉得应该是在湖北，你看，这是我前段时间找到的资料，里面说过驻跸岭的古道有一段没于水下，如果是在湖泊的南面这个位置，那有些说不通。而且这里有个南岸山，和这个登岸村遥遥相对。我记得资料上说的小康王本来想在登岸村渡河，但无奈水太深渡不过，于是转去西北的汤浦镇渡江。"

思源一看许诚标注的星星点点，的确按照这个路线应该更合理，如果这登岸村是在湖南，按现今的地图来看就是在小舜江对面，小康王根本不能在登岸村渡口渡河。不过……

"我倒是觉得这卫星图更加可信些，古代的水路和现今应该已经有了很大差异，更何况这里已经兴建了水库，原先的水路应该早已面目全非了。不管怎么说这卫星图的轮廓该是没错的，图上写着201×年，就说明是最近的卫星实时跟拍，更具真实性。验证的方法倒是有，你看，如果按照卫星图的星标，这个宋家、庙下村和托潭村都应该在水下了，应该是所谓的水库搬迁村。但导航却告知我们它们还是存在的村庄，所以我们只要查一查这些村庄的信息，看看它们到底还在不在，还是说已经没入水底了。这样我们该采用哪一张图就一目了然了。"思源一下子说出了一大堆。

"哇！还是你聪明，我这就搜。"许诚马上在电脑上点点点，很快就有了眉目，他看到其中一个托潭村，的确是已经在水库底下了，那么证明思源的看法是对的。

许诚继续托腮深思，"这样一来，说明还是卫星图更可靠。"

"也不尽然，其实这里会出现这样的信息不对称也是有原因的。当我看到托潭村这个名字的时候，我就猜到会是卫星图靠谱一些了。因为这个托潭村，应该有点类似西渡口的潭头村。所谓溪流汇集之处，才是成为水库的条件之一。这个村庄的名字一目了然，点明了这个村子是在深潭附近，托字又很形象地说明了它的地理位置。"思源点了点地图，切换成了卫星模式，又用电子笔点了点没入水底的托潭村的星标。

"地理位置？"许诚有点一知半解。

"嗯，托字状似用手托起。"思源用手做出一个托的姿势。"你看，这个弧度很像深潭吧，而要能托起它的，应该是在……"思源用手点了点手心。

"底部。"许诚答道。

"不错，要有托的这种感觉那么不是在底部，也该是在边上，既然如此，那么这个村庄必然是在低洼之处。虽然是蛮奇特的地理样貌，但字面如此一定是有其道理的。只是现在已经兴建成了汤浦水库，此村子离深潭如此之近，又在低洼之处，总的来说是很难幸免的。"思源说出了自己的想法，原来他一开始就觉得这个村庄会在水库底下了。

"哇！那么厉害，只从村庄的名字就联想到了那么多线索。思源，我以前太小看你了，我觉得你应该去我们……不行不行，现在还不能透露。"许诚突然捂住了自己的嘴巴，然后十分用力地拍了拍思源的肩膀。

"不过既然如此，那我们就转用卫星图，然后加个 GPS 定位，这样就双保险了。"许诚打开手机定位和电脑上的卫星图一起比照用起来。

不过此时思源则是要过了电脑，继续翻读刚才关于托潭村的资料。

原来这个原本属于上虞县胜江乡的托潭村，是位于上虞的西南角，也就是绍兴县、嵊县及上虞的三县交界处，而今已经在汤浦水库的底下。

胜江乡在乡镇撤扩并时被合并到汤浦乡，两乡合并后叫汤浦镇，托潭村位于原来小舜江的南边，小舜江朝东北蜿蜒到上浦后汇入曹娥江。

"许诚你看，由此可见，当时的小舜江水道是在托潭村的北面。"

"嗯，对对对！"许诚赶忙用红笔画上了古代水脉。

《上虞县志》里有这样的记载：明嘉靖年间郑姓居此，名湖头村。村前舜水横流，直冲对江石壁山，水击山岩，其声橐橐，漩涡成潭，以潭名村，后演变成托潭至今。

第一百六十八章

香蒲切玉筵罗列

"舜水横流，直冲对江石壁山，那就是北面的山石，这里有个漩涡。"思源也提笔在图纸上画了起来。

"怎么，你觉得这地仙的洞府在这里？"许诚点了点漩涡。

"嗯……有这个可能，但我还需要更多的资料。"

一直在一旁看的若木一副着急的样子，"少主、少主，虽然不知道这个地仙洞府的具体位置，但他的灵脉被称为驻跸岭，所以应该是在驻跸岭附近。"

说着又摊开材料，"这驻跸岭是在蒋镇到王化宋家店的古道上。我记得一段古道已经淹没在水中，而一段还是尚可走的。对，就在这里。"

思源拿过纸张细看，上面有现代的驴友写的游记和古道探访攻略，路线是"蒋镇—金竹岙—驻跸岭—千仞坑—岭下。"

"此岭下就是香丘所在之地了。"微星补充到。

"岭下以前好像也有一个村庄，哈，话说我们现在就在驻跸岭古道之上吧！"许诚拍了拍若木的头。

"诶！凡人，休得无礼！"若木一脸的不服气。

"哈哈，其实我给你找了一个伴。"许诚拿出了放在腰包里的小灵鸟。

"诶？"若木的脸上马上生出了红晕，眼睛瞪得很大，满眼的欢喜。

"哈！真是一点也藏不住啊！"许诚借机很用力地摸了摸若木的头发。

"放手啦！"若木依然是不停挣扎表示抗议。

"我们的确在古道之上，而且就在水即将淹没处附近。"微星回答了许诚刚才的提问。

许诚和思源听闻马上摊开资料和地图来看，按照游记所述，应该先乘公交车或自驾车至蒋镇，过回向庙经金竹岙上驻跸岭，岭顶有路廊，直行遇水库向右，沿溪而下即千丈坑，有古道通小舜江水库，途中岭下村因搬迁已成废墟，自此向右觅路上山，过灌木林、杨梅林到高建山村。村前有山路经大山下、上龚村回到蒋镇。

"啊！金竹岙在这里。真的看得我有点头大……"许诚看着地图自言自语到。

"这样说来我们应该就在岭下村附近了。"

"应该是的！"若木跳了起来，抓住许诚的小灵鸟很是亲昵。"那时候清伊仙人和我所说的，就是让我来守住岭下的入口的。"

"奇怪了，如果是在这附近，四面八方都很容易攻打过来……"思源有点不解地看向地图，但别的方向的确都已经没入水中了，"难道……"

"不错，少主，就如同人类世界一样，这小舜江水库在人界是一级保护区，禁止一般人进入破坏水源。在若耶的仙界，仙主、领主与护守也设下了很强有力的结界。这岭下是结界唯一的入口。而除了领主、白鹿和维舟，无人可以进入。"微星的眼神沉静如水。

"这样啊！那我们现在是进不去咯？不过若木守在这里倒是像看门小狗一样可爱哦！"许诚还是不忘调侃若木几句。

"嗯?"若木顿时露出一副凶样。

"你看，马上要咬人了！"许诚装出一副可怜巴巴的样子。

"话是这样没错，但是……"微星有些无奈地望向了湖水。

"我懂了。"思源握紧了拳头。

他和微星的这一段对话，搞得许诚云里雾里的，"什么懂了?"

"现在白鹿已逝，青鸾不再，结界已经岌岌可危，只靠诸夏一个人苦撑着。所以我一开始的想法是对的，许诚，我们要找到附近的三十六地仙，让他帮助诸夏稳定此结界，并为我们指点迷津。"

"嗯，有道理，而且既然是那么厉害的结界，里面肯定保护着很重要的东西，这宝物应该也是雪秀要抢夺的。微星，到底是什么啊?"许诚一脸的好奇。

"我和其他三位护守也不得而知，只有领主和维舟知道关于香丘的秘密，这在宋家也可说是秘密中的秘密，而且这一个结界是几十年前刚刚建立的，并不如宋家店的结界是远在宋代就设立的，也不像若耶其他的密灵地，那些一般都是更久远的仙灵所为。"

"几十年前?"

"不错，我和清伊也是从那个时候开始守卫白源洲，并在汀兰洲附近建立了溪风谷和清灵坡作为自己的洞府。"

思源若有所思的样子，听到这些，自己更加确定了一些所谓的猜测。

"嗯，我们加快速度吧，若木你继续守在这里吧，我和许诚、微星去托潭村附近找三十六地仙。"思源看了看附近，虽然野草蔓生，但还是一片祥和之感。心中念叨，为今之计，只能快点减轻诸夏的负担，尽快从驻跸岭的三十六地仙处问出更多的讯息才是。

"啊？我不要，我跟着少主。"若木有些不开心地嘟起了嘴。

思源眯眼想到，与其让若木一个人在这里不如把他带在身边，就算雪秀他们来了，一时半会怕是也进不了香丘的。若木一个人在这里反而会危险。

思源于是笑着对若木点点头，"好吧，你就跟着我吧。微星，你在这里设一个式神什么的，有敌人来了可以通知我们就好。

"好！"微星玉笛一吹一个小若木就生成了。

"哈，还真可爱。"许诚摸摸这个小若木。

"嗯！好可爱！"没想到思源也眼放光辉，恨不得抱起来把玩。许诚看到一脸的黑线，还以为只有自己会星星眼呢！

"少主喜欢的话，我也幻化成那么小好了。"一阵青烟袭来，若木瞬间变小了。

思源把若木抱起放在了自己的肩头，很是喜欢。

众人坐上微星的青苹上朝着卫星地图上的托潭村飞去。

只是这刚到水上，就看到水中漩涡兴起，思源和许诚一惊。却又听得若木在耳边大叫："哈！少主，看来地仙亲自出来迎接了！"

微星也微笑着点头。

还没等思源和许诚反应过来，只见一黄衫男子从湖中采蒲相见，他手执两种蒲草，清香袭人，裙衣飘扬，潇洒温润。

思源和许诚见到这位地仙，本来紧绷的神经瞬时松了下来。

这位仙人身上飘散出来的香气，闻之使人安心。

"菖蒲、香蒲。"许诚看到地仙手中所执的水草，顿时明白了缘由，原来这蒲草的香气有着镇定安神的作用。

"角黍包金，香蒲切玉，是处玳筵罗列。斗巧尽输少年，玉腕彩丝双结。松下梅霖洞府，已设宴席，诸位不如即刻入席，直解玉铃。"

下
马
桥
边
议
事
亭

　　"驾！驾！驾！"鞭催骏马飞快，一队身着黄披的士兵此时正护送着一大群身着高阶官服的官员奔驰在古道上。

　　这一行浩浩荡荡，足有数百人之多的官员，疾步匆匆，虽然大多数的官员都骑马而行，但他们也不敢奔驰太快，因为他们都要护卫着队伍中心的那一座帝辇。许多内侍官员因为无马，已经奔走得气喘吁吁，一些人甚至开始掉队，慢慢拉到了队尾。

　　"大人。"这一切都看在了宣教郎并两宫通问使傅雱的眼里，他对着身侧策马的禁军弓兵总教头林信说到，"从越州一路赶来已经许久，若是再按照这个速度行军下去，怕是内侍官都要掉队了。"

　　林信警戒地挽弓往后看去，果然有很多内侍官已经开始体力不支，于是他策马往队尾跑去，与队尾的御林军骑兵沟通道："可有派出侦查兵目测追兵？"

　　"侦察兵与队尾保持十里左右，目前还没有来报！"一位年轻的羽林郎回到。

"好，保持警觉。我们可能要暂做休整。"林信说完便朝着黄色帝辇而去。

"汪大人，我方已经人困马疲，内侍官因为没有马匹，很多人已经掉队了，前方马上就有村庄和驿亭，不如我们先稍事休息整顿，从长计议。"

汪伯彦一听，回头一看，心中叨念着：一群累赘，拖延时间。

"金兵骑兵快速，也总是兵行险招，若是停顿，不是正好合了他们的心意。"汪伯彦心中自然是害怕的，要是真被追上，别说区区几个御林军，这队伍里面大部分都是不会使刀子的文官，基本上是毫无战斗力。"你们难道打算置皇上安危于不顾么？"

"下官不敢。"林信抱拳解释到，"只是我们此去的路线也未曾定明，越州的古道多是深入山岭，如若是这样负重而行，怕是行军的速度只会更为缓慢。所以下官觉得最好可以在前面的驿亭休整，重新编整队伍，并入附近的村庄请来当地的山民带路，更可护佑皇上的周全。"

"你！打算抗旨不遵么！"汪伯彦一副不情愿的表情，但他看了看队伍，为了护着帝辇，内侍官都已经筋疲力尽，行军速度的确是慢上加慢。

"林信，到何处了？"帝辇中传来了皇上金玉之音。

"回禀圣上，前面不远处就是日铸岭了。"

"日铸岭？岂不是盛产日铸雪芽之处。"帝辇一侧的金锦帘布被掀开，皇上脸上虽然有焦急的神色，但此时却像是想起了什么重要的事情。"准奏！入前方驿亭休息整顿，共商抗金之计。"

"是！"汪大人和林信应到。

正欲通知队伍，皇上将林信叫住，附耳说道："日铸岭附近的祝家村为皇姐和驸马的居住之地，虽然不知道战乱他们有否避难，但你派人前去一探，让祝驸马速速前来护驾。爱卿刚才所说甚是有理，御林军对此地的山路和地形不甚熟悉，若是遇到遭遇战，不一定能占据优势，当务之急是马上制定合理的撤退路线，并请来附近的向导。"

"是，臣谨遵御命。"林信叫上了自己信任的羽林郎三人，"马、步、弓三科俱到，以备小规模作战。"林信一并告知另外两位教头，在翻越日铸岭后的驿站碰头。

林信勒马，对帝辇中年轻的帝王行礼，他知道这正是大宋的用兵之时，皇上尚且年轻，此时，自己身为臣子，理当一马当先。

那位身着黄衣的年轻帝王也对着林信点了点头，他紧皱的双眉微微舒展了一些。

正当林信打算启程之时，却听见前方侦察兵来报。

"报！"这一声，让所有的人心中都为之一震，如临大敌一般。许多大臣甚至开始嗟叹起来。

"林教头，前方日铸岭颇为险峻，怕是……"

"怕什么？"汪伯彦一副着急的样子。

"怕是不能骑马而行。"侦察兵有些犹豫，但还是说出了自己的看法。

"什么？不能骑马，难道让皇上步行上岭么？"

林信赶忙向前驱马而去，只见一个驿亭和石桥就在不远处，"这是？"

"下马桥。"刚才那位侦察兵快步跑了上来。

"难道说这里……"

"不错，根据亭内石碑记载，路人行路，驿使过此地，不论是谁，文武百官都会在此下马，步行上日铸岭。"

"早就听说此地是越王铸剑之处。"林信在山坡处远眺，这日铸岭地理位置十分重要，为三界干道，想来自古都是兵家必争之地。

"下官刚才已经勘察过了，日铸岭上没有埋伏，但山路险峻，古道难走，骑马是确实不能上岭的。想来一般的官员和驿员经过此地应该都是在此下马，然后再到下一个驿站换马。"

"嗯，通知百官都下马整顿。"林信看到不远处有一个驿站，便下令到。

"可是，金兵……"

"事关重大，是否要弃马而行可是很大的决策，我一个人做不了主，定要皇上和朝廷要员商议后才能定下决策。"林信皱眉叹气到。

"是！"侦察兵马上疾步跑去御前报告。林信紧跟其后。

皇上听闻后面色更加焦急，身边的官员也都颇为无助。

"危机即为转机，我们不能骑马上岭，金兵也是一样。皇上，微臣先会火速赶往祝家村，如若祝家村有马匹，那我们就步行上岭。如若没有，御林军有几匹异域好马，走山川如履平地，届时会让皇上骑马先行。待我寻到熟悉周边地势之人后，我速速带他们过来一起商计。"

"好，速去速回！"皇帝下令到，周遭的百官虽然也颇有怨言，但这也是目前最好的办法了。

于是百官在下马桥下马，入二寺坪议事，等待林信。

"你！跟上来！"林信看了看刚才的侦查员，伸手拉他一起上马。"好马已经不多了，不能再在你身上浪费一匹了。"

"谢大人。"

其实林信是觉得此侦察兵不同于常人，不只会注意敌情，还会根据周边的情况作出合理的分析，这样的士兵，应该把他放到更远的地方去探路才是。

第一百七十章 少年英才羽林郎

四骑直上山岭古道，虽是好马，却也是被卡在了中途，正如这个侦察兵所说的，这里有一段岭道，人要攀登上去都很是困难，更别说骑马而行了。林信看了看身后的侦察兵问道："你叫什么名字？"

"虞允灵。"这个年纪轻轻的侦察兵回到。

"听你的口音像是蜀中人。"

"不错，下官籍贯四川仁寿。"

林信勒马转身，对着身后的三位羽林卫说道："下马！上岭！"

"是！"

五人相继攀上石阶，这一段基本算是爬上去的。但刚过险处，就闻得有人声。五人迅速匿入林中。弓兵举起弓箭伺机而动。林信对另外两个羽林卫使了个眼色。三人慢慢地三步一隐匿，不停换着树桩前行。

虞允灵见状也小心地跟在其后，多年的侦查工作，已经让其练就了如影随形的步法，并会适时地藏匿自己的气息。他迅速攀上树枝，熟练地爬树而上，在高处眺望前方的动静。

这是？虞允灵嘴角泛起了笑容，他掏出了令旗，对着树下四位训练有素的御林军做出了收兵的令旗摆动姿势。

林信见状，赶忙停下脚步，但示意弓兵不要放松戒备。虞允灵跃枝而下，身轻如燕，很快就到达了林教头的身边。

"大人，看来我们想去请的人已经不请自来了。"

"你是说？"林信喜出望外，但还是不忘警觉，快速地步行到林道边，探身相望。

果然，一位身着宋廷官服的人带着一队人马朝着五人的方向奔来。林信正欲上前，被虞允灵拦了下来。

"大人，下官去，大人伺机而动即可。"林信没想到这小侦察兵比自己还有谋略。于是对着其他三人行了暗号，在林中埋伏起来。

虞允灵再次翻上树枝，在树林间熟悉地行进着，那队人已经骑马行至眼前了。虞允灵一个侧身飞越，直接跳到了那个身着官衣者的马上，翻手间，一手擒住缰绳，另一只手则是露出了袖中的匕首，挟持住这位一看就是核心人物的官员。

"大宋禁军近卫在此，尔等何人，还不报上名来！"

"好小子！"林信看到虞允灵这番身手，暗暗叫好，他还懂擒贼先擒王啊！

"你是御林军？"那队人马喜形于色，但是虞允灵还是没有松手。

"太好了，我们是祝家村的，听闻圣上兵发越州，所以赶去护驾。"

"你们是？"虞允灵遏住怀中的官服男子问道。

"还不快放开驸马。"马上的一位壮汉有些着急起来。

怀中的官员摆了摆手，他拿出腰间的官牌，将牙牌递到虞允灵的眼前，上面的确写着"亲"字，意为皇亲国戚。

虞允灵一看，的确是驸马都尉，于是赶忙翻身下马请罪。

那祝驸马其实早在心中暗暗叫好，"快起来吧，大宋还有这样的羽林卫，那皇上的周身算是安全了。"

"哈哈哈!"林信此时从林中步出，"驸马爷护驾来得及时，我等正欲去祝家村求援。"

林信看到一行几十人竟然都是骑马而来，不免觉得奇怪。

"皇上正为无法骑马上岭担忧，驸马怎么也是骑马而来，这前面的山路可是难以骑马而行的，莫非……"

"不错，就是这个莫非，此岭有一条小路为我祝家村私密所开，虽然行路会慢，但马匹还是可以通过的。"

"好! 我这就带驸马前去见驾。"林信和其他三位羽林郎坐上了祝驸马带来的良驹。然后看向虞允灵。

"大人，我知道该怎么做，将御林军的好马驱赶下岭，然后再去前方侦查。"

"嗯! 虞允灵，我记住你了! 一路小心，切勿冒进!"林信看着这个武功精干、足智多谋的侦察兵，心中暗暗赞叹，现今看上去才十几岁的他就有如此将才，他日前途不可限量。

二寺坪

"报——驸马爷到了!"

看到进室内下跪的正是当年有过几面之缘的姐夫，皇帝脸上露出了欣慰的笑容。

议事完毕，百官再次上马，跟随着驸马的人马，一起上了小道。直下日铸岭，抵达驿站。

"皇上，金兵不会知道这条小道，所以他们上岭后会面临要不弃马要不改道的抉择。"祝驸马在旁禀告。

"弃马或改道？"

"不错，但是……"

"金人喜骑兵，不会轻易弃马。"年轻的皇帝回应道。

"微臣也那么认为，这日铸岭会浪费他们一些时间，但他们不会弃马而追，所以唯一的可能就是绕道尧郭直达王坛，然后切断我们的后路。"祝驸马递上了祝家绘制的周边地图。

林信和诸位大臣也纷纷靠前观看。

祝驸马手指尧郭和王坛两点。

"按驸马所说，那我军就该向东撤退。"林信看图说到。

"但还是有后顾之忧，金人喜用奇兵，他们的骑兵的速度也远在我们之上。"驸马有些担心地说到。

"嗯，这也是我所担忧的，金兀术用兵总喜欢留有后手，他不会只往一个方向夹击。"

"那么就是会绕路诸葛山，直赴汤浦镇。也有可能从横溪的徐家村过来，再到汤浦。"祝驸马在图上画出了路线。

汪伯彦看到一惊，身上直冒冷汗，"这可如何是好，东西夹击我们往哪里去？"

"皇上，而今看来日铸岭他们是不会翻越了，就为我们赢得了时间。摆在我们面前的还有一个地利。"祝驸马突然将手指点在了现在他们所在处。

"哦？什么？"林信眼中绽放出了敏锐的眼神，他的经验告诉他，接下去的才是重点。

驸马爷将手指往北移去，重重地点了点一条河道。

"小舜江！"

林信眼中又绽放出了光芒，不住地点头。

"现在是秋汛时节，小舜江的河道和水深都足够，可以为我们抵挡金兵的追击。"祝驸马说出了自己的想法。

"问题是我们要在哪里渡江呢?"林信问出了重中之重。

驸马将手又一次移向了东面，"现在是汛期，不可大意，许多原先马匹可以直接涉水而过的地方都已经不能以身试险了。所以这里是最安全的地方。"

大
舜
庙
边
许
愿
心

　　"汤浦镇？这可不行！"汪伯彦一副紧张的样子，"驸马爷你刚才不是和林大人都说金兀术会采用夹击之势，这汤浦镇是一个大镇，摆明了是他们最有可能进攻的地点，我们这样去不是自投罗网么？我们能过江，他们也一样可以过江啊！"

　　"所以我们要加快步伐赶在追兵之前渡过小舜江！过江后他们就不知道我们会往哪边去了，也等于离开了夹击的包围圈，而且他们对越州的地势不甚熟悉，没有见到我们的踪影，就不会知道我们是在何处可以渡过小舜江。"

　　"兵贵神速，我们即刻就出发。但是我们带着三百多位文武官员，行路多有不便。金国的骑兵又是出了名的行军快速，能不能神不知鬼不觉地渡江还是未知数。"林信担忧地看了看身后的百官。

　　"皇上，下官恳请皇上换马而行。帝辇在村中进行掩藏，由于马匹不够，所以老弱的官员可以在祝家村先行安顿下来，祝家和南阳公主会将他们乔装成当地的百姓进行安置。我们近身最好只带武将、重臣和御林军。"

"既然这样，皇上为什么不混入祝家村的百姓中呢?"有大臣问道。

"坐以待毙还是太危险了，而且非常时期还要防止奸细的告密，只有在不停的行军中才可以抢得先机。"林信答道。

"不错，而且到了汤浦，过江后的章镇、蒋镇都是大镇，镇上的名门望族会有家丁，镇中也会有乡兵，不管怎么说都会对我们有所助益。"祝驸马继续陈情道。

"可是让皇上骑马，这怎么可以。"汪伯彦有些不满说到。

"国难当头，也只能如此，不能拖累行军速度，金国的追兵奇勇，这朕在金营早已见识过了。而且，廷俊，我也不是什么文弱之人，骑马反而更让我觉得自在。林信，帮我准备一把强弓，需要的时候可以和你并肩作战。"

众人一惊，但是林信和驸马相视一笑，是啊，眼前的这位可是当年得过大宋射箭花魁，拉弓一石五，一点不比羽林卫逊色的，骑射兼备的小康王殿下。

"这……但是去汤浦还是太危险了，以微臣所见图上明明有一个登岸村，离此地更近，也在夹击的中间地带，我们何不先去此地看看能否渡江。"汪伯彦还是觉得汤浦太危险了。

"如此一来怕是会延误了去汤浦的时机。秋汛之期，登岸村河道会扩大和加深，除非有船家，不然难以渡江。皇上，我们有上千人，除非是浅滩河道，不然是无法快速渡过小舜江的。"驸马怕如此下去会延误了时机。

"前去一探也未尝不可吧!"

"事不宜迟，下令即刻动身!"林信下令到，御林军及百官都动作了起来。"皇上，下官会派出侦察兵一探虚实，我们还是加紧上路吧!"

而此时皇帝走出驿站,听到南阳公主已经在门外慰劳军士,不由得泪水盈盈。

面对眼前粗布麻衣的皇姐,两人也只能执手相看泪眼。

"皇上!珍重!"南阳公主和夫君及弟弟告别,在祝家其他子弟的帮助下开始掩藏帝辇和接受老弱官员。

皇上跃上战马,向皇姐及祝家村的百姓道别。

此去前途漫漫,愿大宋山河护佑百官及禁军顺利突围,皇帝仰天许愿。

"驾——"百官和御林军再次上路,加快速度往东南行军。

"你速去联络虞允灵!"林信对着刚才一起上日铸岭的一位骑兵羽林卫说道,"让他快速探明登岸村的水位。还有把这个带给他。"林信将一张祝驸马画就的地图塞到了羽林卫的手中。

"是!"

大舜庙

虞允灵此刻一点没有停下脚步的意思,他不停地在林间快速地移动,他此时一路按着王化溪前行,古道森森,枝擦衣甲。熟练的侦查本能告诉他,这里还没有被金兵染指。只是没想到此地有一座古老的大舜庙,虞允灵望了望檐楹,华夏的神灵啊,保佑大宋。

虞允灵落地,敏锐的耳朵像是感觉了什么,他附耳贴地听到,是马蹄声,虞允灵马上有了警觉之心,迅速上树,在斑斓金黄的树叶间,找到了和自己盔甲颜色类似的枝叶,迅速隐匿了起来。

"驾!"

看到黄色的披风，虞允灵就知道了，是御林军，于是松了口气，下树在过道上相迎。

"虞允灵？"

"正是下官。"

"这是林教头让我交于你的地图，速去探明登岸村的水位是否可以过江，皇上和百官已经启程了，要渡江突围，这匹战马给你，快去快回！"

"下官不需要马……"虞允灵正想推辞，多年来的侦查习惯，并不常用马匹。

"你以为我作为一个骑兵愿意将自己心爱的战马赠与你么？"

虞允灵抬眼望去，心中一震。

"十万火急，能不能快速地渡江突围，关键就在于你了。记住，你是和金国的铁骑在赛跑，现在开始不要再把自己当成一个侦察兵，我看过你的身手，骑射一定了得。快去找出适合渡江的位置。"这位羽林卫的声音中气十足，不由得让虞允灵心生佩服，刚才是自己唐突了。

虞允灵跃上战马，打开地图一看，策马扬鞭往登岸村跑去。

"驾——"虞允灵想要尽量奔上高一点的山坡，以便看到江边的村庄，只是当他看到那涨满的江水，心中一紧，难道天不佑我大宋么？得速速回去禀报。

待到虞允灵赶到军前，将详细情况禀报，祝驸马口中一叹，"果然如此，我们已经行进至此，多走了不少路了。现在赶往汤浦怕是更加危险了。"

"但已经没有其他路了，只能险中求生了。"林信看了看身后浩浩汤汤的百官之队。心中想着誓死也要保卫大宋政权的核心顺利撤退。

"御林军，除了弓兵以外，全部殿后。如若遇到追兵，末尾的羽林卫要誓死拖住金兵。"

"是!"

"加快行军!"

"是!"

林信看了看虞允灵，"快去探查前方汤浦方向适合渡河的地方。"

"是!"虞允灵再次快马加鞭，往汤浦方向赶去。

第一百七十二章

松下山鬼宋朝回音

思源和许诚在山间奔走，微星和若木紧随其后。在听到地仙的答案后，他们毫不犹豫地来到了驻跸岭古道上的路廊，只是这千仞坑却是异常的难行，由于那位香蒲地仙说了，不能用法力上去，要自己亲身直接攀登上去。

"两山离合似罗浮，南渡台州北越州，是岭之险，行者苦之，看这个驻跸岭真的不是盖的。"许诚抹了抹头上的汗水，他努力攀住了岩壁，这难度和攀岩差不多哟。自己倒是吃得消，但思源……许诚看了看还有一段路的崖顶路廊。

所谓的不走古道要走崖壁，许诚想起地仙的话，不由得口中一啧，"思源，你们慢慢来，我先上去，挂上登山索，这样爬起来也能安全快速点。"许诚灵巧地跃上崖壁，平时喜欢攀岩的他，这点难度还算可以承受。

思源望了望先去的许诚，手上抓住崖壁的蔓草，然后俯身往岭下望去。

此时的汤浦水库尽收眼底，晴空水色潋滟，夏日的清澈感满目皆是。若木扑打着小小的翅膀在思源的耳边不停鼓劲。三人沿着藤蔓和山间的兰草，慢慢往上爬去。

许诚拿出一个登山铲，又加快了速度。他找了一块结实的岩石将绳索固定好后，便抛下登山索给思源他们。思源紧紧握住绳子，攀登的速度也加快了不少。终于一行人都抵达了路廊，临崖的路廊在崖顶就像一个绝好的避难所一般。在这山崖之上远眺，的确是一马平川，水天俱在。山野的清风吹来，是夏日暖暖的森林气息。

"真美，也许只有这样攀登过，才能明白所谓的大美。"

"嗯，不过思源你倒是超出了我的预期，这攀岩对没有练过的人来说可是很难的，你竟然一点也不怯场。"

"呵呵。"思源在山顶的清风中微笑，"我可没有那么柔弱，因为我是他的儿子。"思源回头看向了临崖的古道。

是啊，爸爸曾经走南闯北，不知道去过多少地方。他总说，希望和我分享他看到的美景。有的时候一个电话打来，傻乎乎地说着，我现在在布达拉宫的最高处，我现在在华山论剑，我现在在蜀道之上，我现在在林海雪原。

那个时候思源还小，不是很懂，总觉得爸爸痴痴的，痴迷于他的学术研究，经常不回家，还喜欢东走西走的。现在看来，自己才是错过了吧，应该更早地明白爸爸的心情，应该随着他走遍这神州大地。

"诶！"许诚笑着用手在思源眼前晃了晃，"以后我们走遍神州，看遍美景怎么样？对了，因为有小笔，还能加上一句纵横六朝，哈哈哈！把上下五千年的美景都看遍。"许诚突然说出了思源心中所想。

"嗯！我们要一起！"思源伸出了右手。

许诚一看，脸有些微微泛红，也伸出了自己的手。

两人击掌为誓，在这山水之间。

微星和若木微笑着在一边看着。

"蒲草仙人说过，在这条临崖的古道附近会有我们要找的东西。"思源打开了许诚的电脑看着自己现在所在的卫星定位点。

"嗯，那么往前走就好了，这个古道我刚才勘探过了，还很结实，而且造古道的人知道临崖的危险，在外延还特地补上了围栏一样的石块。"许诚收好绳索，众人便往临崖的古道走去。

"哦？那么贴心？"思源看了看古道，的确如许诚所说的那样。心想这样的设计还是蛮科学的，可以防止行人坠崖。

"嗯，说实话这路廊和古道都给我一种温暖的感觉，这临崖的路其实都有蜀道的感觉了。至于路廊，让我隐居在这里我都愿意啊！"许诚又摆出一副飘飘欲仙的陶醉状。

"快看！少主！就是那个吧！"众人沿着若木所指的方向看去，只见六棵巨大的松树参差屹立在这山道之侧。

"找到了！就是他们！"阳光从松叶间洒落下来，许诚和思源爬上山坡，发现这些松树真的好粗，两个人都围抱不住一株。

"只是现在哪里去找松果啊！"许诚有些纳闷，却迎面遇上那林间的一阵凌风。

一位批萝戴荔的灵女站立在松树的枝头。

"山鬼？"思源看到后不由得说道。

建炎三年 上虞汤浦长塘头村路亭

"报——"侦查兵来报，引得亭内的人一片紧张。

"速说！"

"金兵离此地只有五里路了!"

"什么!"

百官之中一片哗然,这可如何是好啊! 完了,天不护佑我大宋啊!

人群之中一片哀叹。

林信见状马上对着内侍官和宫女大吼一声,"都哭丧什么!你们也太不把我们御林军放在眼里了。"

"御林军,出列!"林信一声令下,御林军的精英纷纷下马应道。

"林卿!"皇帝眼含泪水,他握了握身边的弓箭,想要背上。

"皇上! 养兵千日用兵一时,这不正是我们御林军的职责么? 皇上和百官先行! 林信随御林军殿后。"

"林信!"皇上的脸上满是不忍。

"来人,快扶皇上上马!"

"是!"

众人驾着黄衣的圣上往亭边的马上走去。

"林大人!"那位刚才一起上日铸岭的年轻弓兵羽林郎下马抱拳听令。

"布阵!"

"是!"

林信拔出佩剑,对着御林军说道:"誓死相随,忠君报国!"

"誓死相随,忠君报国!"黄衣的御林军列阵喊道。

"报——!"

一个熟悉的声音传来。只见一位青青少年从快马上飞身跃下!

"虞允灵?"

林信在看到他的那一刻突然觉得他是天赐的神兵一般,不知道为什么，他的到来，让自己觉得事情还有转机。

"大人！不必着急。尚可不战而退！"虞允灵跪地抱拳，他气喘吁吁地手持令旗，抬眼，那英气逼人的双眸，让林信更加坚信他所说的都是真的。

百官和皇上听到后都不由得转头。

"不妨一说！"祝驸马看到这个小将后，脸上也露出了笑容。

"敌进我退！直渡舜江！"

虞允灵马上拿出胸口的地图。指点给驸马和林信看。

"敌人一定会认为我们要去汤浦重镇，因为那里有所谓的乡兵，去了汤浦，乡兵的确可算是御林军的助力。但事实上乡兵又怎会是金兵的对手。所以我们不如以退为进，往回撤退，不去汤浦，伺机渡江。"

第
一
百
七
十
二
章

泥马渡康王

"可是这附近的地域也都很狭隘，如今退回去，岂不是无路可退。"林信看着图问道。

"就是要去敌人觉得我们绝对不可能去的地方。所谓的置之死地而后生。他们觉得我们退无可退的地方，才是我们的生机。"

"那我们要退到哪里？"驸马问道。

而此时皇上也行了过来。

"下官已经探明了一条险路！就在这里！"虞允灵用手指一点。

祝驸马立刻明了了。

"你是说深渊之侧？"

"不错，汤浦镇在这路亭之东，如果我们继续东进恐怕会遇到金兵，所以我们退向东南而去，然后在这里渡河！"

"谷家？"

"不错，那边由于上游的一个深渊，导致悬崖的落石冲刷下来，泥沙堆积，江水变浅不少，下官刚才已经一试，骑马可渡过小舜江。另外附近有谷家，王师也可以在那里有所补给。"

林信看了看地图，也看了看虞允灵马匹上的泥浆，点头到，"不能去汤浦补给，的确费力不少，王师舟车劳顿，的确需要粮食的补给和修整，这谷家也算是不错的选择。"

祝驸马点了点头，"由于深渊的存在，小舜江的水位的确有了很大的变化。如此一来，倒可一试。"

"只是……"虞允灵有些迟疑地说到。

"只是什么？"驸马问到。

"那里虽然有泥沙沉淀，但水的深度还是有些……"虞允灵答道。

"有多深？"

"如果骑马，马头应该正好浮出水面，所以马上之人也会被浸湿。"

"什么？皇上的玉体怎可受这秋日的寒凉江水！"汪大人第一个表示反对，"而且百官也多为年迈之人，恐怕也受不了这寒冻。皇上若是在这水中受寒，落下病根，你担待的起么？"

汪伯彦冲着虞允灵厉声训斥。

"皇上，我们速速赶去汤浦才是！"

"皇上万万不可啊！那金兵就是冲着汤浦去的！"虞允灵焦急地劝阻道。

"来人！刚才的侦察兵呢？"

林信赶忙让人确认金兵的路线，得知金军的确是按着大道行进。

"照你看来他们是要去哪里？"林信问那位侦察兵。

"汤浦！"侦察兵回到。

"皇上！不可听信两个小兵之言啊！"

"他们都是御林军，不会有妄言的。"林信说道。

"好了，去谷家吧！"年轻的皇帝回到。

"皇上！这秋日的江水下不得啊！"汪伯彦劝阻着。

"本就是逃难，又能有什么选择。为今之计不损失一兵一卒已经是大幸，渡江后，还需要继续赶路，离开越州后，王师还要去往明州。朕不可以失去御林军。摆驾谷家吧。"

"是！"林信抱拳听令。

当宋朝百官和御林军浩浩汤汤地来到谷家，那世代在此居住的氏族便献出了自己的粮食和物资，给王师补给。

年轻的皇帝此时看着那波涛暗涌的小舜江，心中也是五味杂陈。

"朕并未失天下，尚有如此的百姓愿意跟随。"

"皇上！微臣已经让御林军试过了，虽然身子会浸入寒冷的江水，但的确是可以骑马渡过小舜江。"林信在皇上的身边禀告说。

"好的，渡江吧。"

"只是百官下水浸湿后，天气寒冻，许多大人年迈，怕是经受不了这寒气入骨，所以我们得在江对岸的镇子里停顿换衣。"汪伯彦提议到。

"这样的话行军速度会大大拖延的，皇上！"林信觉得在还没有突破包围圈之前不可以有所停顿。

"皇上要是感染了风寒，林信你担待得起么？依老臣之见，这河对岸有一重镇为上虞的章镇，那边有乡兵可以依靠，镇子大，也不缺休息之处。"

"章镇？"祝驸马脸上明显有了不满，"汪大人，我们渡江就是为了避开追兵，哪有再退回去自投罗网的道理。"

"不然怎么办，这荒郊野岭的，你们打算让皇上湿着衣服夜宿么？"

"是啊！这衣服都湿了，会感染风寒的。"百官中也有人应道。

林信见状赶忙骑马来到了虞允灵的身边："恐怕要去章镇了。"

"章镇？这样我们渡河可就都白费了啊，再退回去不是主动迎向金兵么？"

"一言难尽！你速速去章镇西面的官道和山岭查探，熟悉地形，必要时刻，记住，要先救皇上！"林信有一种不好的预感，而现在自己能做的只是跟随陛下了，但如若真的和金兵遭遇，那御林军一定是凶多吉少了。

一千多人，开始一批批骑马渡江，江中的泥水慢慢没过马匹，直到马脖子，人也只能勉强露出头颈来呼吸，但不管怎么说，这文武百官算是都慢慢过去了。

看着满身泥浆的皇上，那谷家村庄的百姓不由得在族谱上记录下了"泥马渡康王"的故事。

待到上岸，众人已经是满身被水湿透，一副狼狈之相。

林信和傅大人无奈地对了一个眼色。

看来去章镇已成定局，汪伯彦等人的脸色已经十分难看，这秋日寒冻的江水再加上泥浆，百官们不是军人，身子是自然吃不消的。需要找一个村落换上干净的衣衫。

"能有千人衣衫的地方，只有章镇了。"汪伯彦不满地捋着泥浆。

只是他自己也知道这泥马渡江是无奈之举，不管怎么说总要比遇到金兵好多了。

"汪大人，其实我们往西可以到谷来和西渡口。"祝驸马还想劝说。

"那得有多远啊，咳咳！而且这些小村庄哪有章镇大。根本不能让百官停歇。"

林信心中不满，兵贵神速，撤退的军队尤其如此，哪有调转回头的道理。这样等于浪费了泥马过江所付出的代价。

但世事又何尝不是如此呢，人们总会为了一些小事而忘记大局，也许这就是所谓的命运和人性的弱点吧。

林信和傅雳对了一个眼色，他骑马来到队伍最后的御林军处，精选了三部之兵。马、步、弓兵编队完成后，他让他们去往队伍的最前端开路，而侦察兵也被派出前往章镇探路。

傅雳望着林信和御林军的背影，心中戚戚。

的确，他们只能尽好自己的职责，我又何尝不是呢？虽然自己平时最不喜宿命论，但这会心中多少有些感慨。

傅雳有一种不好的预感，现在他看着的这些将士，也许下一刻就会被这个所谓周祥的行军决定所……傅雳深呼吸，闭眼不想再去多想。秋风吹着他已经有些白霜的鬓发，他望向山道上的一片红枫林，往前，也许就似这秋色红染一样，不可挽回。但，这千人的队伍还是骑着泥马穿过了红枫林。

第一百七十四章

驻跸岭上血染袍

青色的灵息弥漫在许诚的四周，这一幕自己已经颇为熟悉了，只是这次自己还没有缓过神来却发现自己处在了半空中。许诚一紧张，"啊"了一声，但还没等自己害怕，身子已经急速下降了。

砰砰砰！手臂和肩膀重重地撞在树枝上，许诚心中念叨，惨了，这下要摔成肉饼子。我许诚怎么可以死得那么狼狈啊！

就在想着要抗争的这一刻，身子突然被一阵疾风接住了，下落的速度有所降低。

但更让自己没想到的是，其实自己又陷入另一个危机，许诚突然发现附近竟然有两队人马在激烈地厮杀。

他这个天外来客，此时正好砸在了两个正在舞刀动枪的人身上。三人都摔了个底朝天。正当许诚想喊腰酸的时候，却突然被溅了一脸的鲜血。

"啊！"完了，许诚心中叫着，快要失去意识的那一刻，突然听到一阵疾风在耳边飞驰而过。

本来就晕血的自己，这会身子已经开始有些使不上力气，那疾风把许诚托起，到了远离的树枝上。

"真是没用呀！"白色的凌风此时化成了一只小鸟。

是我的灵鸟，许诚稍稍缓过来一些。但他用手抹了抹脖子和胸襟上的鲜血，手又颤抖起来。不行！我要去找思源他们，许诚颤抖着拿下了自己鬓角的茱萸，吃下一颗。慢慢地深呼吸，俯身勘察树下。

这两队人马的衣着完全不同，一方是黄衣盔甲，一方则是绒帽裘皮。

"小鸟，帮我找到思源他们！"许诚的手渐渐安定了下来，他紧紧攀住了树枝。心中想着我现在究竟在哪儿呀！

而此时，一声鸣笛在他耳边响起！

许诚赶忙回头，只见一个熟悉的身影踏苹而来。

笑容在许诚的脸上绽放。

"小心！"微星突然施法往许诚的身侧飞来。

一阵风过，等到许诚反应过来的时候，才发现，原来是微星帮自己挡住了那突然袭来的暗箭！

"小帅哥！我们现在在哪里！"

"不知道！但是陷入了战局是肯定的！灵鸟，护住你的主人！"

"哼！知道了！"那灵鸟此时突然幻化成了一个白衣黄裙的小萝莉。"笨蛋主人！躲我后面。"小萝莉扶住许诚的肩膀一个前空翻，翻到了许诚的身前，而此时她的手上突然幻化出了一把小巧的弓弩。

"百鸟凤鸾！"小萝莉一声喊叫，她手上的弓弩就释放出了强大的冲击波，那声音震得许诚耳朵有些耳鸣起来。

此时树下射向许诚的箭都被灵鸟弓弩发射出的灵波给挡住了。

"帮谁?"小萝莉一脸不耐烦地看向许诚。

"帮黄色衣服的御林军!"

熟悉的声音从头顶飘来,许诚喜出望外,"思源!"

只见身着现代服装的思源双手抓着青鸾的爪子,飞过许诚和萝莉的头顶,往树下的绒帽士兵俯冲过去。

若木此时已经凤鸟化了,他一声鸣叫,清泓奔腾而来,蓝色的法术将那些身穿裘皮的士兵给冲散了。

"御林军?"

"是啊!这是大宋的御林军!"思源对着许诚喊道。

"笨蛋主人,快点赐给我一个名字,这样我和你的灵契才算真正达成!快快快!不然我的灵力会被禁锢,不能全部发挥出来。"

"名字?"许诚紧张地咽了一口口水。他瞥到这个小萝莉的一只耳垂上带着一个很漂亮的玉质铃铛耳饰,于是说道:"铃铛吧!你就叫小铃铛吧!"

"嘻嘻!"那小姑娘回头冲许诚一笑,露出了可爱的小虎牙,"这个名字我喜欢!"

"乐铃佩佩!"她摸了摸耳垂上的小铃铛,灵息伴随着铃铛的音律入了她手上的弓弩,那把弓弩像在上箭一般,咔嚓一声。"如风随行!"

此时铃铛的后背突然生出了黄色的羽翼,"一击即中!"她闭眼凝神一会,许诚突然感应到了,她此时正在一个个瞄准厮杀中的敌人。

"可是!这也太多了。"许诚感应到后说道,因为他发现她一下子瞄准了上百个敌人。

"哼！虽然笨蛋主人你不强，但我还是很强的！"铃铛突然睁眼说道。

"去吧！清风！"

在她唇语的瞬间，手中的弓弩百箭齐发，瞬间就击中了树下许多敌人的要害。

千仞坑

此时一半的御林军却在千仞坑上奋战，御林军弓兵教头林信，拉弦三箭连射，消灭了围攻上来的三个金兵先锋。

"保护皇上！"林信大声喊道。弓兵迅速上箭满弦，往行上临崖古道的金兵射去。

林信看了看身边那位年轻的羽林郎，"你保护皇上先撤退。快！"

"可是……"

"可是什么？快！前面说不定会有接应。"

"是！"

皇上此时也背起了弓箭，和这位羽林郎一起往千仞坑下行去，不久前祝驸马带着几十骑兵前去探路，而现在能做的只是快点和他们去汇合。

而此时金兵主将的嘴角露出了一丝诡异的微笑。

"绕过去！擒拿皇帝！"

"是！"

金兵的先锋官带着几十人的小队，攀上了千仞坑一侧的岩壁。

思源、微星和青鸾等人此时正在和追杀文武百官的金兵酣战。而身在树上的许诚则是看到了攀岩而上的金兵。

糟糕，他们打算避开御林军的视线，从崖壁攀登过去直接截杀御林军的后围！话说这个崖壁好熟悉，不就是我们现代攀登过的那个崖壁么？

"休想得逞！思源，快看！"许诚大喊起来。

"少主，你们快去，这里有我就足够了！"微星说着，脸上自信地一笑，吹笛展开了青苹结界，将金兵和百官们隔绝开来。"来吧，这样就是瓮中捉鳖了！"微星手转玉笛，吹响了青苹剑雨的笛音。

"青苹剑灵御苍穹！"成千上百的青苹小剑从青苹结界的一张张青苹中射出。

"若木！"

"是！"

思源再次用手抓住青鸾的凤爪，往岩壁直冲而去。

"笨蛋主人，这里也没有我们什么事情了！不如也一起去吧！"还没等许诚反应过来，铃铛已经将许诚抱起！飞到了空中。

"哇！你一个小萝莉，力气怎么那么大？"许诚见脚下踏空，也不敢乱动。

"呵呵！主人！你是大叔么？怎么和那个酒鬼大叔一样啰嗦烦人。"

射
星
为
箭
月
为
弦

　　许诚眼见自己就要触到金兵。

　　"打他们！笨蛋主人！"

　　"哦！哇！"许诚对着其中一个狠狠地一脚，那金兵马上痛得坠下了悬崖。

　　"清风之令！"铃铛再次举起了弓弩，对准正在攀崖的金兵。

　　"啊！"金兵一个个应声坠下。

　　"哼！这些人究竟是什么人？"金兵的长官一脸的不解，"负隅顽抗而已！猛攻御林军！"

　　"是！"金兵的令旗一下，弓兵齐发箭羽，朝着林信的阵地攻来。

　　"不好！"许诚看到后，赶忙和铃铛朝着御林军飞去。

　　但已经来不及了，一个个黄衣羽林郎倒在了血泊中！

　　"可恶！"许诚闭眼不想看到太多的血腥和死亡，难道连神力都无力回天么？

"铃铛，挡住他们！"

"哼！好咧！"铃铛冲到了林信的身前，不停地向着金兵射击。

"你们是？"

林信有点不敢相信。

思源在高空中看清楚了局势，发现仍然有一队金兵攀上了悬崖，紧追着皇上和那位羽林郎不放。

"若木，我们要保住皇上！"

"好的，少主！"两人往皇上那边飞去。

皇上和羽林郎拼命地跑着，只是这千仞坑实在是难走，路险峻，而行路颇难。眼看后面的金兵就要追上了。

"放箭！"金兵先锋官见皇帝已经在射程范围内了，心想胜败已定，于是下令弓兵全部放箭。

"若木！"思源看到情势不妙，马上让若木吹起灵风，打乱了弓兵的射箭。

"冲！"金兵见风大不好发箭，便如狼似虎一般爬上了千仞坑。

而此时林信等人率领的御林军残部也节节后退，朝着这一队金军靠拢。

"保护皇上，不能让他们追上去。"林信搭箭上弓！嗖嗖两箭，立马将两个金兵射于石阶上。

"冲上去，和他们拼了！"羽林郎副官喊道。

"冲啊！"御林军再次咬住了金兵的先锋部队，厮打起来。

皇上和羽林郎继续往前，此时道边有了些许的树林。但看前路，还是没有发现任何御林军。而此时一支冷箭射到了皇上的脚下，皇上迅速搭箭上弓，往后看去，金兵已经追了上来。

嗖嗖两箭，快要近身的金兵倒下了。

"谁?"这位御龙弓箭直警觉地看向了树林。

而此时一个黄衣的少年飞跃而出。"钟大人,是我!"

"御林军!"皇上喊道,"其他人呢?"

"皇上、钟大人,快随我来!"虞允灵看到两人身后的追兵,嗖嗖又是两箭。"时间紧迫,我们暂且一避。"

"去哪儿?"御龙弓箭直钟玉诚问道。

"我勘探到一个地方或许可行。"

虞允灵快步往林间跑去,那御龙弓箭直钟玉诚心想,为今之计也只能跟过去了。

他对皇上点点头,两人紧跟虞允灵向林中跑去。

三人在林间奔跑了一段,金兵在岔路口有些摸不着头脑,便一部分人继续沿着古道追,一部分人往林间探去。

"快,皇上,这里!"虞允灵闪进一个崖壁边,皇上和钟玉诚都很奇怪,跟了过去。却不见他,此时石缝中伸出一只手把皇上拉了进去。

钟玉诚也只能硬着头皮钻了进去。

"这石崖缝隙,在外面看来是绝对钻不过去的,但其实是障眼法而已。皇上,钟大人,我们就在这里避一避。等到援兵到了或者金兵撤退了,再出洞吧。"

"也只能如此了。"钟玉诚叹气道。

三人在石头缝隙间屏住呼吸。追兵的脚步越来越近了,皇上脸上露出紧张的神情,虞允灵紧紧拽住腰间的匕首。但正如虞允灵所料,金兵并没有发现三人的踪迹,于是泱泱而归,又返回大道上去了。

"呼——"钟玉诚长舒一口气。

"接下来怎么办?"皇上问虞允灵。

"皇上莫急,离此石三里处,我将御前直给我的好马留在那里，皇上和钟大人随我去那里取马吧，我们现在不能走大道，我在系马附近发现了一个茶园，所以那边应该有路。

"好吧，事不宜迟，我们快点去茶园吧！"

还没等钟玉诚说完，皇上有些面露难色。

"玉诚，朕有些口渴了。"

虞允灵璀然一笑，"皇上放心，系马处正好有一口清泉。"

皇上心中一惊，这侦察兵看来的确不容小觑，不但多次探查出危机，还多次让王师和朕化险为夷。如若这次真的逃出来了，朕一定升他做御前直。

三人再次启程，往西南方向行去。

思源和若木在空中看到这一切，总算是长吁一口气，但另一边思源却发现许诚和林信快要招架不住了。金兵还是太多了，而此时在御林军身后追逐皇帝的金兵也停顿下来了，像是要往回撤了。

"不好！"

"少主？"

"这样御林军和许诚就会被前后夹击了，得想一个办法让他们脱险才是。"

"少主请吩咐！"青鸾此时又幻化成了人形，一手拉住思源，慢慢降落。

"若木？"思源见若木又幻化成了人形很是奇怪。

"少主，我要这样才能使用我的武器啊！我可不能被铃铛抢去了风头！"若木紧锁双眉，他轻轻从腰间取出一枝条。

"扶桑再生。"若木双手合十，额头的灵印显现，是一朵朱红色的小花。

"朱瑾……"思源看到这小花后，心中突然感慨万千，脱口而出它的名字。

"暾将出兮东方，照吾槛兮扶桑。"若木悦耳的吟唱传入耳际。

思源心中感伤，泪水滴落了下来。"诶？"思源摸了摸眼泪，"我这是怎么了，为什么会哭。"

"将欲倚剑天外，挂弓扶桑。"若木额间的朱瑾花突然放出了万丈光芒，照得下面的金兵都睁不开双眼。

"天下之高者，上至天极，下通三泉。吾之先贤，护佑子昌。扶桑！"

若木突然换上了一身红白相间的武服。

思源转身之间，看到红白色的雀翎插于他的鬓角，朱红色的灵印在若木的额间熠熠生辉。

"我以扶桑弓，揽半月以为弦，射星斗以为箭，执虹光以为羽，起箭为誓，护佑王师！"

那日月星辰突然都出现在若木和思源的身侧，若木真如口中吟唱的那般，执手轻触，以月为弦，以星为箭，以彩虹为七彩箭羽。

那一箭射出去，冰凌月色，星屑虹光，弥漫散华，直冲入两军之中。

第一百七十六章

莲社岂堪谈昨梦

　　朦胧的月色与星尘弥漫在两军之中，敌我已经互相看不清对方。

　　许诚会意了，抓住身边的林信大喊道："快撤！"

　　月色星尘为御林军指引出一条明路，众人赶快照着那道路奔去。

　　"若木，你怎么想到这个的？"思源有些吃惊，这扶桑弓射出的箭竟然和自己的想法不谋而合。

　　"嗯。"若木闭上双眼，静默了一会，他的眼睑上有着朱砂相映，"我听到了，少主心中说的那一句，烟雾弹。我和少主有着血契。我也就是少主的心中所现。"若木转头露出清丽的笑容。

　　思源看了看御林军逃跑的方向。

　　"要把他们引去皇上那里么？"

　　"嗯，不过这次遭遇战御林军死伤大半，若是不能再追随和护佑他们的君王，怕是接下去这大宋的皇帝真是凶多吉少了。"

若木闭眼深深叹了一口气。

正说间，许诚和铃铛也飞了上来。"呼！真险啊！小正太你好帅啊！你那个扶桑弓不比朱颜弓差诶，借我看看。话说，怎么衣服都变了啊！"

若木又是一副无奈的样子。

"哼！笨蛋主人，在自己的灵鸟面前夸奖别的灵鸟是什么意思啊！"铃铛一脸的不满意。

"对了，少主，要通知微星，将救下的百官也引到安全的路径上。"若木提醒到。

"好！"思源取出了微星做的小若木，对着他说了几句，这式神就直奔微星而去了。

"那么，接下来我该怎么办呢？"许诚看了看思源，要说此次他们来这里的目的，现在可是还没有达成啊。

"嗯。"思源锁眉深思，"先跟上去吧！不管怎么样，我们一定要找到皇上，让他帮我们。"

"只是那个松树在哪里啊？"许诚自从刚才猛摔和晕血后，一直晕头转向的，根本搞不清楚方位。

"松树就在他们所去的茶园，那里就是现代的松下茶场。"一阵清雅的声音传来。

"微星！"思源的笑容在脸上绽放开来。

"百官们还安全么？"思源问到。

"已经让小若木领着他们绕路去和御林军汇合了。"

"那么下一个目标就是松下茶场了。"思源点了点现代的打印图上的茶厂位置。

众人乘着青苹再次出发了。

松下

虞允灵和皇上此时正在冷泉处饮水，这一路狂奔，的确是耗费了不少力气。而钟玉诚则牵着马来到泉边，也想让马儿喝喝水。

"这是殿前司骑兵的马啊？"钟玉诚看出这是一匹百里挑一的好马。

"嗯，是那位骁骑大人让给我的，也不知道他如今……"虞允灵不想多想，跪下对着皇上说，"皇上，我们尽快上路吧。"

"好！"皇上正欲起身，却突闻一声："皇上请留步！"

三人抬头，看到思源一行从青苹上跃身下来。

"什么人？"钟玉诚警觉地举起弓箭。

"别着急，我们可不是金兵，我们是来帮你们的啊！"许诚赶忙解释到。

"神仙？"皇上看到众人是从天而降，不由得有些看呆。

"额，可以说是吧……"许诚不好意思地看了看身边的微星，局促地摸了摸头。

"的确是紫微之星，有帝王之气。"微星观察了一下身穿龙袍的皇帝，对着思源说道。

"嗯，你好，是小康王吧，是……额，不对，应该是宋高宗吧，虽然知道您是在逃亡中，多有不便，但是希望你可以帮我们一个忙，帮我们采下这巨大松树上的果子。"许诚指了指众人身边参天的松树。

虞允灵看了看松树，心想，的确，当时自己选择在这里安置马匹，就是因为这些参天的古木。难道此处真的是什么仙灵之地不成。

"为何要帮你们。"钟玉诚还是没有放下弓箭。

"哎！真是的，刚才要不是我们，御林军可就都全军覆没了，还有那些文武百官，我们也已经指引他们去了安全的地方。"许诚急忙陈述了刚才的救援事实。

"若是如此，朕代表大宋感激各位仙灵。"皇上鞠躬感谢道。

而虞允灵则单膝跪下叩拜，"下官也拜谢各位，不知道仙人能否为我们此去的撤退路线指点迷津。"

思源看向了许诚，许诚点了点头。

"当然可以，皇上放心吧，此次一定会化险为夷的。"思源微笑着说道。

若木灵靴轻点，就将赵构带上了松树的高处采摘果实。

"不用多，三颗就可以。"若木说道。

许诚借来思源的狼毫小笔写了一份繁体字的逃跑路线。

虞允灵接过对着地图细看，"原来如此，都要深入到大山之中。"

"嗯，大概这样不容易被发现吧，而且沿途有一个个村落，你们休息和补给也会方便不少。总之要去到这个谷来，然后是西渡口，到了西渡口就大抵安全了。"

"好！"虞允灵将路线和地图都塞入衣内，"皇上，路途艰难，我们尽快上路吧。"

"林信他们也不知道还安全否。"赵构有些担忧地说到。

"放心吧，皇上，大人不会有事的。而且我们说好的，会在钱清的行在会合。"虞允灵说到。

"好，赵构不才，今日得诸位仙人相助，他日一定不会忘记这越地山岭的奔逃和各位的救助。"

"哎，珍重。"许诚很想说点什么，但是他知道自己不能改变太多的历史，而且估计自己说了也没用。

众人目送三人远去的背影。思源的心中不由得叹息，如果说是命运让我们出现这里，那也只能尽力而为了。

"微星，给那位拿路线图的御林军一只小若木吧。"

"遵命，少主。"

青灵一点，小若木飞跃到了虞允灵的手上，三人再次回身看向思源等人，却发现已经是人去林空了。

"谢谢。"虞允灵轻轻点了点手上的小若木，嘴角有了一抹残笑，只是此时仍然是逃亡人在天涯，心中难免凄凉。

但不管怎么说遇见思源等人，让三人心中有了希望和信念。是的，一定能逃出金兵布下的包围圈，重振大宋。

莲社岂堪谈昨梦，山阴何处寻遗墨。花子零落，血衣战甲，驻跸岭上千仞坑。昨夜一梦回，犹记独封庙里惊马蹄，蛛网救命菩提灰。

宋高宗从睡梦中惊醒过来。

"皇上？"内侍官看到皇上半夜惊醒，赶忙过来查看。

"这是哪里？"

"皇宫啊！皇上。"

"皇宫？"

"临安啊，皇上。"

"临安，临安。"赵构黯然地念道，"你退下吧，一早帮我去请御龙弓箭直和御龙弩直两位大人入宫，还有让傅霄也入宫。"

"皇上，这是？早朝以后让他们在御书房等候么？"内侍官揣摩不出圣意。

"早朝之前就让他们过来，朕要赐牌匾给义门。"

"是！"

宋高宗明白，此时还有一事未了，也许是那时的仙人发现了自己的私心，那么自己就把私心奉献出去，为了大宋，我不独得，但也请仙灵继续护佑大宋吧。

第一百七十七章 印天之兆牵牛南斗

思源和许诚此时正仔细端详着宋高宗采下的松果。许诚看了半天只能说道："好像也没有什么不同。"

哐当——"笨蛋主人，这可是有着千年灵力的松果啊！"铃铛一个拍头，搞得许诚连连躲到思源身后。

若木此时是一脸惊呆的表情，"喂！她真的是你的灵鸟么？怎么感觉你们的主仆关系像是倒过来比较适合。"

"哼！"铃铛扭头走开了。

思源问微星要了一块绸布将松果包裹好，放入了背包里。

许诚松了一口气，"不过话说回来，思源，这个打开灵门和增长诸夏法力的办法可真是有意思啊，竟然要我们搜集这树上的六枚松果，而且光是松果还不够，这六枚松果必须得是什么帝王将相所赠。更麻烦的是，光帝王也不行，光将相也不行，必须又有帝王又有将相。更更让人觉得麻烦的是……"

"好了，笨蛋主人。你说得烦，我都听得烦了，好绕——"铃铛有些无奈地摊了摊手，席地盘腿坐下。

许诚拿出笔记本，"我只是再确认一下么！光是帝王不够，嗯，那个将相还得是北斗七星、南斗六星中的星辰下凡者。这可真够玄乎的。"

思源凑了过来，"嗯，目前紫微星的松果已经拿到了，是宋高宗为我们采摘的。那么接下来就是找将相之人了。"

"嗯，就是所谓的南斗六星和北斗七星下凡之人？这个真是蛮有意思的，不过话说我们得找谁啊！"许诚在南斗六星、北斗七星下面用力划了几条线。

"天府、天梁、天机、天同、天相、七杀，天枢、天璇、天玑、天权、玉衡、开阳、瑶光。"许诚又默默念了一遍。心里还是有些搞不明白，这南斗、北斗的还分得那么清啊？"既然这样，我们只需要遇到其中一个就可以的，然后让他帮忙采三枚松果。"

"嗯，听山鬼神女所说应该就是这样吧。"思源看着许诚在现代所查的资料。

"思源，你看这个，写得很清楚的。所谓北斗对应现代的星座就是这样的。"许诚记起来刚才自己搜索到的资料，赶忙打开抄录下来的资料给思源看。

笔记本上写着：

紫微星：北极星

贪狼星：天枢 — 大熊座 α

巨门星：天璇 — 大熊座 β

禄存星：天玑 — 大熊座 γ

文曲星：天权 — 大熊座 δ（副曜）

廉贞星：玉衡 — 大熊座 ε

武曲星：开阳 — 大熊座 ζ

破军星：遥光 — 大熊座 η

南斗六星则是：

七杀星：斗宿一 — 人马座 μ

天相星：斗宿二 — 人马座 λ

天同星：斗宿三 — 人马座 φ

天机星：斗宿四 — 人马座 σ

天梁星：斗宿五 — 人马座 τ

天府星：斗宿六 — 人马座 ζ

另外中天还有两个是：

太阳星：太阳

太阴星：月亮

"这些都是紫微斗数里面的说法和对应。"许诚补充道。

思源仔细看了看，看着这些星曜的对应，心中似乎又多了一些灵感和想法。"如此一来，那么我倒是有了一个猜测。"

"什么猜测？快说给我听听！"许诚自然是迫不及待了，他发现最近思源的解密探索能力突飞猛进了。

"你看，在紫微斗数中，紫微星是属于北斗的正曜。而我们刚才所得的应该就是帝王紫微星所采的松果了，既然我们已经有了北斗了，那么接下去我们遇到的应该是和南斗的诸星有关的人。"

"嗯，你的意思是说，会是天府、天梁、天机、天同、天相、七杀其中的一个。"

"嗯，当然这只是我的猜测，因为在天文学里，北斗七星只有七星而已，紫微星则是他们围绕的那个天极。"思源看着北斗七星的图案说道。

"哇！你懂得真够多的，不比我少啊！星象什么的我还真的不是很精通诶，回去得恶补下。话说这些你都是哪里学来的？"

许诚突然觉得要仰视思源了。

思源微微蹙眉，有些犹豫地说："其实我也不知道，这些道理突然就明白了许多。也许和明角洞中的经历有关吧，看到了那张星图后，许多东西都记在脑子里了。"

思源突然站起来，"对了！"他像是又想到了什么一样，"还有一点也可以说是一种 sign……"

"sign？"许诚有点不解，怎么说着说着突然蹦出了一个英文单词。

"呵呵，抱歉，这是从我爸爸那里学来的一个习惯，有时候觉得别的语言更能体现我所要表达的意思，就会用上别的语言。我觉得这个像是一种暗示吧，说起明角洞我记起来了，於越的分野好像就是斗牛，也就是南斗，而在禹贡九州里面就是扬州了。那天宋源讲到过。"思源用笔在许诚的笔记本上写了下来。

"你的意思是越地对应的分野就是斗牛两宿？"许诚摸了摸下巴，拿出眼镜戴上，"我记得从你的记忆里应该是有那么一闪而过的讯息的。我在资料里面好像也看到过，你等等，我翻出来。"许诚一戴上眼镜就开启学霸模式了，刷刷刷，快速地翻起来了资料页。那速度和银行柜员数钞票有的一比。"啊！这里！果然如此！"许诚兴奋地拿出一张资料页。

"快看，我那天觉得好玩还特地 highlight 出来了呢！"

思源仔细看向许诚点出的一句话，"越故治，今大越山阴，南斗也。"思源读了出来。

"还有这里！"许诚的手快速地移到了下一段文字中停下。

"看！古越国别称：印天之兆，牵牛南斗。这南斗啊和古越国的确脱不了干系。"许诚快速地在笔记本上记录下自己的想法。

"照这个来看，那么古越国就是南斗，而我们现在所在的地方也就是古越国的范围内，也就是南斗的分野。这个倒是再一次肯定了我的想法。"思源转动着眼睛，点了点头。

"所以，你刚才所说的 sign 到底是什么？"许诚还是一脸的好奇劲头。

"既然我们在越地，那么也就是侧面应证了我们一会遇到的人，十有九八是南斗星曜中所谓的下凡之人。"

"哦！原来如此，虽然没有什么直接的根据，但被你那么一说，还真有点玄乎呢。这摆在现代，多数人会说这是毫无根据的迷信，但自从我跟着你来到若耶，所闻所见早就不能用现代所谓的科学理论去解释了，当然这些事情和科学也不互相矛盾。"许诚笑着摸了摸头，还是一脸的阳光。

第十卷
太平声里觅花朝

　　天机星入局，巧入天之布棋。且醉花朝夜
月，花魁榜下斗如茶。喜结花神因缘，但愿四
海无尘沙，有人卖酒仍卖花。

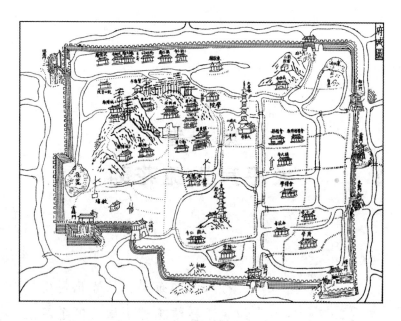

图十　古代绍兴府城图

　　绍兴城有九门，为东郭，都泗，昌安，西郭，偏门，南门，稽山，五云，罗门是也。前六门皆是水门，余乃是旱门。（取自此卷第一百八十二章　以船为车楫为马）

【图片来源：清乾隆五十七年（1792）《绍兴府志》刻本，见《绍兴历史地图考释》，屠剑虹编著，中华书局 2013 年版】

第一百七十八章

盈盈隔水紫云舟

"哎，我都不知道自己在说什么了，不过你说的趋势和 sign，倒是给了我全新的视角和概念。说实话我也感受到了所谓的一种指引，像是冥冥之中的什么东西，说不清、道不明。但又是那么深入肌理，漫布心间，挥之不去。我现在甚至觉得，也许从我搬家遇到你的那一刻起，我就按着命运的这种指引走下去了。所以我不会回头的，哈哈！好人做到底，送佛送到西。为了验证下你说的所谓的 sign，我们这就去找下一个王侯将相吧！"

思源静静地听许诚说了那么一大堆，心中倒是共鸣阵阵，所谓知己，当如是吧。

"微星、若木，我们出发吧！"思源站起来，舒展了一下筋骨，拿出了狼毫小笔。

却不想刚要聚灵就被微星阻止了。

"嗯？"思源一脸的疑问。

"少主，一日之内不可过多使用穿越之法，如果要多次使用，也需要休息恢复才是。"微星一脸的担忧。

"哦?"思源细思,好像自己是没有一天之内穿越好几次过。

"这是领主再三嘱咐微星的,让我一定要提醒少主。"微星诚恳地说道。

"嗯,诸夏说的一定是有道理的,而且穿越后我是会感觉劳累,只是现在时间紧迫……"

微星淡淡一笑,手中水纹显现。"少主,让我用漪澜弓再为你调息一下吧,今次特殊,下不为例。"

"好。"思源笑着再次坐下。

许诚则是一脸的星星眼,硬是要微星也用漪澜给自己补补元气。在宋朝的松树下,众人在夏日的树荫下小小休憩了起来。

爱望海秦山古色,探藏书禹穴重来。

鉴水边,云门外,有谁人布袜青鞋?

休问吴宫暗绿苔,越国在斜阳翠霭。

"要下雨了啊!"刘青田看了看北面飘过来的乌云,熟识天相的他一看即知道要有暴雨了。

青田踮脚看向不远处的平水草市,身边是越溪清澈的碧水。大雨将至,天边游龙,只能加快脚步先去草市一避了。

"看来又要搞得满城风雨了。"刘青田脚步如风,这热浪滚滚的夏日,也算是有了一场及时雨,只是被这甘霖淋湿还是多有不便的。

刘青田抹了抹额头的汗水,却听到身后传来一阵摇橹声和那如一溪碧水般清润心田的越歌。于是不禁回头看去,原来是身侧的耶溪上,有了一艘紫翠相纹的船只。

"若不是采莲日暮露华重,盈盈隔水怎共知?"

一位髻云坠耳、紫花耳畔的越女此时正在撑舟而歌。

刘青田笑着对越女作揖，心中念叨：蛾眉新月破黄昏，双橹如飞剪波去。

"谢谢先生的诗，阵雨将至，先生不如上船一避。"

"诗？"刘青田此时心中纳闷，我说诗句了么？"多谢姑娘，不过我打算去平水草市避雨，我的朋友也在那里等我。"

越女停下摇橹，用手一掬那碧溪水，举手倾倒，手中的溪水再次滴落返回耶溪。如碧绿的葡萄般的水珠，在日光下晶莹剔透。

只是当她手中的溪水都盈盈落下，那豆大的雨点便从天而降了。

越女此时是一脸的惊叹，"风雨来时急如弦，先生还是快点上船避雨吧。"

面对越女的邀请，刘青田看了看身上朋友的诗稿，要是被雨淋湿了，可不好交代。于是道谢后便入了船舱。越女一起进入船舱，拿了蓑衣斗笠，仔细穿戴好，出了船舱继续摇船。

越女刚出船舱，暴雨就已经落玉跳珠乱入船了。刘青田看着雨中的越女，心中总觉得过意不去。

"姑娘，风雨大，不如一起入船舱避雨吧。"刘青田掸了掸衣服上的雨水，年逾四十的他多少还是觉得这雨水湿气颇重，淋雨难免会受寒，更何况一个姑娘家。

那越女回头吟唱，笑意依然在雪白的脸上绽放。欸乃的越歌伴随着桨声雨音更加婉约动听。

"先生莫担心，只是我必须撑船，因为还要赶着去接另外一波客人。此时雨急，更不可耽误了。"那姑娘笑容如这翠色江南一般婉约，秀目回转，继续撑舟往前行去。

"原来如此，姑娘可也是住在这耶溪附近？"

"家在越溪水上住，若耶洞天绣被歌。"越女清唱着回到。

刘青田此时听着这越歌，却有了一种流离飘零之感。舱外雨水击打着耶溪上的点点浮萍。正所谓身有离索情，恍若寄居燕。这羁管在绍兴的日子，春去秋来。一晃又是夏中了，虽说饱尝越中美景，但天下战乱，百姓苦难。自己此刻的处境也正如这场雨中的扁舟。虽然在这船中躲得风雨，却也难免心中郁郁。

"女夷鼓歌不自觉，朱凤翅湿那能举。自从干戈起淮甸，天下无处无豺虎。"刘青田闭眼叹气吟到。

"先生胸怀天下，望天下再无战事。只是纷争已起，又怎会如此简单作罢。这天地不生出一个新的共主来，是不会停止变革的。"越女突然说出了一番颇具哲理的话语来。

这让刘青田更加觉得此女不凡，从邀船到冒雨摇橹，如今又是说出了这番通晓天理之语。难道？刘青田赶忙问道："姑娘是去接何人？"

"呵呵——"那越女一阵轻笑，嘴边的梨涡在这雨水中若隐若现。

此时天色已经一片混沌，刘青田往外望去，已经分不清楚那天地的边界。一切的景致均蒙上了一层薄雾，刘青田突然觉得自己已经完全看不清楚这溪水两岸的景色了。

映入眼际的只有灰蒙蒙的一片雨色。刘青田忙起身想要看个究竟。

"是天外之人。"越女再次答道："他们会坐着虹桥而来，子之至，雨即可停下了。"

刘青田正想问清楚这越女的来历，却突然听闻岸边一阵人语。那越女将船靠拢过去，四个装扮不同于常人的此时正立在岸边。他们看到小船靠岸，赶忙举步上船。

"哇哇哇！淋死了！这船来得真是及时，不过其实我带了雨衣，就是只有两件，思源，你要不要穿上，虽然这么大的雨，就算穿上雨衣也难免弄湿。"进来了一个头发颜色有些榛子色的男子，此时正不停地甩着头发，然后又拿下他背后那个奇怪的……背篓? 背包? 翻了半天，只见他拿出一条巾子递给另一个相对安静的男子擦雨水。当然，这还不够，他拿出两件透明质地的奇怪衣服，一件自己穿上，一件递给了另外一个人。

刘青田好奇地看着这四个人，另外两人的衣装还算正常，但也给人一种不凡之感。

"呵呵！小帅哥和若木就不用了吧。对了，还有铃铛。"那个活泼的男子从腰上取出一只小鸟，拿出一些白纸，帮小鸟吸水和擦干。那小鸟则是叽叽喳喳地叫个不停。

"知道了，知道了，微星不是说让你保持人形会消耗我不少灵力么？你先委屈下，而且这船舱也小，要是再多你一个，估计真的要坐不下了。"

此时众人才慢慢把注意力集中到了早就已经在船舱里的刘青田身上。

"哦，不好意思，打扰了，你好！"那活泼的男子说道。

而另一位文静的男子则抱拳行礼，"百年修得同船渡，同舟共济也实乃缘分，感谢先生让我们搭船。"

刘青田也回礼，"大雨之中，孤舟避雨，的确有缘，不过这船并不是我的，你们要谢就谢谢那位姑娘吧！"

刘青田的手指向船外，此时却发现船舷上空空荡荡的，不见一人。

刘青田一惊，刚才那位越女呢？

许诚带上雨帽，把头探出去一看。刚才就觉得此船奇怪，怎么没有撑船人，此时看遍船头船尾，的确是未见一人。

刘青田此时有些领悟过来，他将须轻叹道："谁家越女木兰桡？鬓云堕耳溪风高。往来一看雨妖娆，恐是仙人遗船篙。"

"撑船越女，欸乃船歌……"思源听刘青田叙述后，若有所思，他纤长的睫毛上还沾着雨珠。

思源颇含深意地看向许诚。

许诚低头不语，是的，若说是撑船的仙人，自然会想到一个人。

"老伯伯，那个仙女漂亮么？"若木看到许诚有些迟疑的样子，便帮着少主和许诚问到。

"自然是秀丽可人，有着越女那种独特娇媚。"刘青田回忆着那流云垂鬓、紫花坠耳的女子，眼中流露出了赞叹之色。

"的确很有可能是婼欄。"思源喃喃道。

"婼欄，此名倒是很吻合啊。而且她说要赶着来接你们，所以冒雨行舟。对了，如果按那位仙人所说，那么现在应该快要雨停了吧。"刘青田探身出船舱，众人也跟着出去了。

就在众人踏出船舱的那一刻，大雨瞬间停止了。而不远处的耶溪上，靠近平水草市之处，一道彩虹跨越天际。

"你们果然是渡虹桥而来。"

"如果真是婼欄的话，那这位先生……"难道就是我们要找的南斗北斗星曜下凡之人？思源转身端详着这位慈祥的长者。布袜青鞋，黄衫麻衣，看起来不像是出仕的官员，倒像是一位隐者。

"也不一定是婼檼，三十六地仙里面，还有很多我们没有见过的仙人！"许诚有些不好意思地挠了挠头，虽然他看到彩虹的那一刻其实心中已经隐约明白些什么。

"这还不简单！"白色的灵鸟飞到了许诚的头顶，"笨蛋主人，你让微星仙人看一看这位老伯的记忆，不就一目了然了么。"铃铛看到许诚一副唯唯诺诺的样子，心中就不太爽快起来。

凌风袭来，只见一位娇小的萝莉已经点立在了船头。此时正冲着微星不停地使眼色。

"反正微星仙人也要看看这位老伯到底是不是我们要找之人，这样也就顺便了么？帮笨蛋主人看看撑船的美女到底是不是他朝思暮想的那位仙人。"铃铛一脸的不屑，然后又故意坏笑起来。

"唉——"若木无奈地叹了口气。

微星则是笑而不语，但他的确莲指化法，转瞬间一束青光向刘青田飞去。

"果然是南斗星曜，少主。"微星粲然一笑，"看来那位地仙的确是帮我们载来了要找之人，也算是顺水推舟人情缘了。"

微星看了看有所期待的两人，莲指一挥，两束青灵涌入思源和许诚的身中。

刘青田的记忆涌入两人的脑中。

那清扬的越歌，熟悉的脸庞在二人心中挥散不去。两人痴痴地笑了。

"婼檼，是婼檼。"许诚呆呆地说道。

两人心中不由得溢出了一股温暖。

"哼！笨蛋！"铃铛一甩耳上的玉铃，将两人吵醒，"别忘了现在的正事！"

"先生，敢问现在是什么年份？"思源连忙作揖问到。

刘青田看到众人刚才的仙法和对话，自然是猜到了大半，他们不是什么凡人。于是回道："至正十四年。"

"至正？"许诚若有所思。"什么朝代？"

"元。"

"啊？元朝？忽必烈？"许诚一把拉过思源暗语，"这次竟然是到了元朝，元朝比较复杂，又短命，好在我们在江南地区，总之要分外小心才是。"

"嗯！"思源点了点头。

"敢问先生姓名，先生应该就是我们要找的南斗星曜下凡之人。"

刘青田听闻后觉得有些不可思议，于是大笑，"诸位不会是和我说笑吧，伯温戴罪之身，羁管在绍兴。怎会是南斗星曜受命之人？"刘青田其实自幼对天理命数就有所研究，但要说自己是什么星曜下凡，那真是不敢当的。

"先生不必自谦，是仙人们选定的，必然就不会错了！"许诚笑着摆摆手。

"先生可是姓刘，刘伯温？"思源听到了刘青田的自称，瞬间像是对应起了什么。

"不错！"

"刘伯温？那不是……"

"不错，《卖柑者言》那位，朱元璋的开国军师。"思源在许诚耳边窃窃私语起来。

"哇！果然，我就知道，要不不遇，一遇到就会是厉害角色。先生现在还是卧虎藏龙之期，待到他日一定会大展宏图的！"许诚摸摸头恭敬地鞠躬。

刘青田这一日所遇，的确已经大大超出了预期。他看了看不远处的平水草市。"雨过天晴，诸位不如随我一起去平水草市。

吾与友人相约在此会合。机上人在溪水之边设有草庵，其轩为'溪麓'。我们可同去小坐，也正好品茶休息，细细详谈。只是，不知道各位之中可有人会摇橹。"

"哈！我早就想试试了，我来吧。"许诚自告奋勇地踏上船头拿起了橹桨和船篙。铃铛不耐烦地跟了过去，嘴里还不停唠叨着"笨蛋主人，你到底会不会啊，一会耽误了大家的行程，看你怎么办！"

溪
麓
轩
中
试
问
天

　　若耶溪边，四山环抱翠微花紫。夏来人间莺语飞飞，木兰犹在，青石依依。雨后的天气分外清新，思源抬手遮掩远眺，淙淙的流水声中，传来了不远处平水草市中的船坞摇桨参差碰撞之声。

　　"前面就是埠口了。我们把船停在此处即可。"刘伯温捋须相请。

　　而此时，众人的紫舟已经驶入了桨声茶香中的埠口。雨后还是有着一股潮湿的味道，但混合着茶香却是觉得清怡舒爽。

　　"来来来！小心！"埠口的船夫指挥着许诚和铃铛靠岸，然后熟练地将缆绳绑好，"来来来，下船小心哟！"

　　在一声吆喝中，众人随着刘伯温下船，行到了溪边的小径上，此时思源方才看清，紫舟泊于云峰之下，而草市就设于这船坞之侧。

　　"没想到平水在古代就那么热闹了啊！"许诚惊讶地看着那人

声鼎沸的草市。

思源想到许诚是没有去过西渡口，自然是第一次见识到古代渡口的热闹。

"平水市，即唐元微之所谓草市也。在元白诗名盛行的唐代，这里即流行以诗歌抄本换茶了。其地居镜湖上游，群小水至此入湖，于是始通舟楫。故竹木薪炭，凡货物之产于山者皆会于此地，以输于城府，故市渐渐繁盛。我的好友，开元寺上人有庵在平水市中。"刘伯温娓娓道来。

众人登岸后行了一里余，乃至草庵。庵侧有小轩，可俯耶溪，窗下翠波浮动，正是那俯看云山溪水里。而山自秦望之阳分趋云门，北下者至此而止。其南自舜田、陶山、刺涪、若耶，东下者则皆在其外，历历可数诸檐楹间。故虽居市中而不黩首。可谓是山水在侧的独有之市啊。

"又可以买东西又可以欣赏美景，的确是美哉美哉啊！"许诚马上被这草市里面的许多货品吸引了眼球，恨不得驻足好好购物一番。

"快走吧！"铃铛又打了一下许诚的头。

"知道了知道了，剁手党嘛，该死，购物瘾头又上来了。"许诚连忙护着自己的右手，然后闭目摇头，"我不看，我不看，我不看！"不过他心里还是盘算着，要是把这些东西带回去，在现代估计能卖不少钱吧，好歹也是文物来着。许诚是最后一个赶到小轩的，而此时众人已经开始选茶而煮了。许诚对着室内的人行礼，赶忙坐到了思源身侧的蒲团上。

一位僧人对着诸人行礼，开始分茶。

"呵呵，喝过唐宋的煮茶，不知道元朝是个什么滋味啊！"许诚冲着思源调皮地笑了一笑。

原来这草庵是城中的开元寺出资构建的，以方便寺院出入草市收购茶、木等货品，寺中上人见此地风水秀丽，于是又开辟了这小轩以供客人和僧人行宿。因为小轩建在溪边及山腰，所以取名为"溪麓"。

兴许是时间较赶，元代的品茶和现代的泡茶已经较为相似，虽然是用煮，但步骤简化了不少。只是僧人又独辟蹊径，加入了冰凉的冷泉水，在这夏意炎炎的时日，饮之，清泓冰心润人心田。

众人品得热茶，雨淋后的潮湿一抹而去，而后品上凉茶，周身的暑气也都全然消失了。席间，刘伯温和上人及友人谈起了今日的遭遇，众人都纷纷称奇。

"刘兄蛰居山阴已久，游览越中山水，诗文灿烂，若是要卧龙出山，还真是有所不舍。"席间一位黄姓友人叹道。

"凡夫俗子一枚，何来卧龙，不过说起卧龙，这卧龙山上的茶也是佳品啊！"刘伯温笑着为许诚和思源等人斟茶。

"这一年来伯温随我们寄情于山水，留下几百诗章也算是不枉这越州的风光了。其实，若有天命，伯温为何不顺天而行呢？"开元寺的机上人寥寥数语，却似婼櫚仙人那般地点拨着刘伯温。

"哎，如今天下战乱频频，难观其势，伯温戴罪之身，说来惭愧，其实终极理想只是天下无战事而已。"刘伯温无奈地行到了笔墨台前，挥笔写下了此时心中的失意。

"衔泥客燕聊想傍，泛水浮萍可自由。见说兰亭依旧在，于今王谢少风流。"

"只是，要让天下太平，谋士不出，卧龙隐山，终究是不行的。现在群雄四起，正是需要有人去拨云见雾、指点迷津。"机上人继续妙语仁心。

"卧龙先生为择贤主，三顾茅庐试探之。当世之下，又岂有仁主？"刘基点出了众人心中所忧。

寥寥数语却引得许诚和思源都不禁叹息，的确，狡兔死，走狗烹，为人臣子也终免不了鸟尽弓藏的命运。思源想到刘基往后的命运，心中唏嘘，也许他真的知道所谓的结局，所以蛰居在此。未得贤主，不得善终，不如潇洒于山水间。

"既然这几位施主有求于伯温，那么刘大人不如做一个顺水人情缘，成全诸位。"机上人赶忙转移了话题，也算缓和了气氛，还帮思源他们讨了人情。

刘基默而不语，只是顾自饮茶。

"其实，我和这几位客人倒是有个约定。"刘基看着窗外的白云慢悠悠地说到。"凤凰择木而栖，非梧桐不往来。机上人和若耶仙灵不是都劝我要完成所谓的使命么。那么此次不如姑且一试，如为天命，也就只能从之。如可选择，隐于山野也不尝为一种不错的结局。"

"哦？敢问先生要如何试探天意？"思源听出了话中的玄机，便跪拜行礼问道。

机上人倒是被刘基的这段话所惊到，没想到这刘青田也有认命的一天。"嗯，要如何问天？"机上人也来了兴致。

刘基一笑，捋了捋胡须，走到小轩窗边，"机上人不是说过想要找到花坞茶么？"

"花坞茶？"机上人的脸上掠过一阵不解，但成熟稳重的他似是马上领会了刘基的用心。

"花坞茶为何物？"许诚好奇地问。

刘基再次走到笔墨之前，写下了提示："陌上行歌日正长，吴蚕捉绩麦登场。兰亭酒美逢人醉，花坞茶新满市香。"

"兰亭，花坞茶？"思源看后思忖着，难道是要我们去找兰亭的花坞茶不成。

"伯温，你出的这一题太难了吧，大家都知道这花坞茶失传已久了。又如何让他们找得。"黄公子有些不平地为思源等人抗议起来。

"什么？失传？"许诚有些责怨地看向刘基，心想着你总不能因为自己不想出山就故意刁难我们吧。

第一百八十一章

但愿四海无尘沙

"的确，花坞茶扬名于宋朝，而今却已经失传了。贫僧曾探访过兰亭，寻找失落的茶苗，但无奈年代久远，已经没有遗留下来的残存了。"机上人此时吩咐了身旁的小沙弥一些话，那小沙弥就快步行出小轩去了。

"那岂不是很难找？"许诚开始打开百宝箱翻找，但是自己记得好像真的没有看到过关于花坞茶的相关资料。

"别急，别人也许不可为之，但你们，倒可一试。我不是写了提示给诸位了么！"刘基又添笔墨，在刚才那首诗的上面加上了诗名《兰亭道上》，然后又在诗侧题上了作者之名。

思源和许诚凑过去仔细看着，笔转字显，两人的脸上都露出了惊讶的表情，但惊喜之余，两人又都用一种颇为深奥的眼神看向了刘基。

是的，本来以为刘伯温的神奇大多只是历史杜撰的。但如今看来他果然不是什么泛泛之辈，难道他洞晓了我们的心事不成。

不对，应该说是更深层次的东西，是关于这个宇宙乃至于整个历史的。

思源此时看刘基，更觉得他深不可测。

许诚再次看向了刘基写下的诗人之名——陆游。

而此时许诚所想的和思源也相差无几，难道这个刘伯温真有通天晓地的本领，知道我们和放翁有过交集不成。

正在诸人心中各怀心事之时，忽听一声叫卖。

"卖花了——"

刘基突然停下研磨的手势，对着侍奉在旁的小沙弥说："请那位卖花老人进来吧。"

不一会只见一位挎篮挑担的粗衣老人进入轩中。

"夏花灿烂，虽然不似春花那般浪漫，但色泽却是丝毫不输的，今日伯温就赠与诸位几枝，聊表心意。"

"哇！好漂亮！"许诚和若木看到后马上簇到了花篮之侧。

"其实听闻卖花翁的叫卖就想起放翁的那首卖花翁了，今日遇得仙缘，又会嘉友于小轩，感时伤怀，念放翁之情操。伯温就献丑也和一首卖花翁缅怀诗翁。"

刘基说着便铺开新的纸宣，执笔写下陆游的那首《城南上原陈翁以卖花为业得钱悉供酒资又不能》：

> 君不见会稽城南卖花翁，以花为粮如蜜蜂。
> 朝卖一株紫，暮卖一枝红。
> 屋破见青天，盎中米常空。
> 卖花得钱送酒家，取酒尽时还卖花。
> 春春花开岂有极，日日我醉终无涯。
> 亦不知天子殿前宣白麻，亦不知相公门前筑堤沙。
> 客来与语不能答，但见醉发覆面垂。

刘基写完原诗作细思冥想状,笑言自己可是写不出放翁那种潇洒豪迈之味。

仔细斟酌后,刘基方才提笔写来:

《题陆放翁卖花叟诗后》
君不见会稽山阴卖花叟,卖花得钱即买酒。
东方日出照紫陌,此叟已作醉乡客。
破屋舍星席作门,湿萤生灶花满园。
五更风颠雨声恶,不忧屋倒忧花落。
卖花叟,但愿四海无尘沙,有人卖酒仍卖花。

思源看了刘基的诗词才明白过来。刘伯温其实的确是一个心怀天下之人,这种大爱感觉已经远远超出这个时代的局限了,在21世纪兴许还有人会明白他这样的情怀,但在古代能了解其心志之人的确是……

许诚看后也大为赞叹,"刘先生,真的一点也不比放翁的差啊,在我看来倒是有另一种味道。怎么说呢,悲伤中却有一种正气,那种黎明前的黑暗的感觉,但是雪莱说得好,冬天来了,春天还会远么?总有四海皆平的一天。"

"雪莱?"刘基倒是觉得这句诗颇有哲理,不住地点起头来。

"哦,呵呵,是我们那里的诗人。"许诚笑着解释。

刘伯温认真地待墨干,将宣纸折好,双手奉送到思源的手中。

"如若相见,请将此诗交于品评。"

刘基的话让思源和许诚面面相觑,难道他真的什么都知道?

"说起故人,其实我们还有约定未曾实现。"思源叹气说到,想要试探刘基。

"嗯，禹陵兰亭之约。"许诚也有些伤感地垂下了头。

刘基笑着说道："禹庙兰亭今古路。二位不如从诗中去寻得踪迹。"

思源和许诚略感不解。

不过却听到刚才出门的小沙弥跑着进来了。

"师傅，船舟已经备好了，这会就可以赶去府城了。"

"好。"机上人收拾起面前的茶具，起身说道："今次采得了不少新货做斋宴的库存，所以要赶着回绍兴府，诸位若有要一起的，可以一起搭船，送上一程。"

"我要同行。"刘基起身说道，"有一些诗文要送到塔山下的王家。"他转身又看了看思源和许诚一行人，"诸位如何？可愿一同前往，伯温还有一些事想要和诸位交代。"

"去府城啊！哇！来了那么久其实都没有好好去过绍兴市啊！"许诚已经是一副兴奋样了，最近来来去去的穿越，别说古代了，现代都没有好好去过绍兴市区。

"呵呵，据说古代的绍兴城可美了，顺道也可以去见识见识。而且那个花坞茶，我们一点资料都没有，不如跟着刘基一起去，看看他还能给我们点什么建议。"许诚揽住思源的肩膀窃窃私语到。

"嗯，其实我也想去。"作为一个插画家，自然对看古风的城市很感兴趣。而且思源总觉得刘基话里有话。

众人于是随着机上人一行人再次来到了埠口，上了开元寺叫的船舟。此时将近黄昏，草市里面许多商客都开始准备归去了，所以埠口船流量大了不少，熙熙攘攘的人群、各种摆放的货物。开船的时间也耽搁了不少。

思源和许诚往刚才他们停放的紫舟望去，"果然不见了踪影。"许诚叹气说道。

"婼欗的船既然把我们送到了，自然收回去了。"思源不禁偷笑。

"也不和我们打个照面。"许诚噘噘嘴。

"不管怎么说，在这个时代，说明婼欗还很好地守护着若耶。"

"起船了——"

一声吆喝中，船舟缓缓而动，跟随着前面浩浩荡荡的船只，掌船的船夫念叨，要快点行舟了，不然一会郑公风就改了，行舟就更难了。

船夫尽力划船，乘着这南风一路北上，直发樵风泾。

以船为车楫为马

"两位施主请用茶。"正在两人看着船外的风景出神的时候，一位小沙弥端茶走了过来。

"正好！小师傅，我们的终点站是哪儿啊？话说，会在哪里下船？"许诚拿出了现代的绍兴市地图，想对应一下。

"哦，诸位是第一次坐船从平水去府城吧，一会就会经过望仙桥了。因为开元寺位于城中心，所以船只会从都泗门入城，都泗门可以直达八字桥，这样离开元寺也就不远了。从八字桥附近上岸后，会再行陆路到寺内。"

许诚对着现代的地图看了起来，这八字桥倒是在现代依然存在的，还是十分有名的历史遗迹。那么说来八字桥就是可以汇通古今的历史坐标了，就像那次我们在西安找的大雁塔一样。

"嗯嗯！八字桥！这是重点。"许诚连连点头，然后自顾自地在地图上画上了重点标记。

"都泗门？"思源倒是对这城门蛮感兴趣的，虽然电视上看的城门一般都是陆地上的，但听刚才这位小师傅说的，好像应该是坐船入城的，"难道是水城门？"

"不错，都泗门是举国少有的旱门和水门合为一体的城门，共有四个小城门、一个大城门，从都泗门的水门进城，可以直达八字桥。"小沙弥很认真地回到。

"听小师傅那么说，绍兴城不止一个城门啊？"思源顿时来了兴致。

"是的，绍兴城有九门，为东郭，都泗，昌安，西郭，偏门，南门，稽山，五云，罗门是也，前六门皆是水门，余乃是旱门。"

"哦——那么多啊！可惜现代的地图上都没有了，真有意思，下次我们得找一找古代的地图才行。"许诚和思源又咬起了耳朵。

船舟一路北上，慢慢地河道周边出现了城郭，水道上的往来船只也渐渐增多起来。思源和许诚好奇地看着两岸的人文风光，很快便有城墙映入眼帘。

那齐整威严的城墙给人一种神秘的沧桑感。城墙外之人，对城墙内的古城，自是有着万般期待。那城墙之中的府城也总是让人觉得深不可测。

这一种庄严和距离是在这斑驳的墙壁上印刻的，那墙头高高的门楼、塔楼所映射出的军事余味也给人肃穆之感。虽然多少对古代的城墙和城市有些印象，但对于思源和许诚来说，多半也只是看电视和想象得来的。

如此近距离地体味到这种特有的府城之气的确让他们两人尤为震撼。

船舟慢慢地已经靠拢了都泗门的埠口，许诚和思源出舱一看，只见城墙之中圆洞为门，以水道入城，往来船只络绎不绝。

而洞门之上即是城墙，城墙之上还有一城楼，由船中仰头望去，颇为宏伟。

开元寺的船只慢慢地驶向水城门，这城门就似一桥洞，思源抬头望去，只见这桥洞之上有着许多商铺之名、诗词刻字。都泗门的牌匾则悬挂于城楼之上。

桥洞似有两层，用石板隔开，船缓缓行过，便进入了府城之中。

正所谓围城之内，围城之外。以前颇为不懂这一句，今日思源算是有了一些体会。也许在古代这城中之人颇有安全之感，因为有城墙的护佑。但这城墙也不得不说是一种隔绝和枷锁。进出的限制，的确会让人产生一种敬畏之心。在门洞之中，恍然隔世，直到阳光再一次倾洒。

"今日真算幸运，总算是没有错过入城的时辰。本来以为因为大雨会不得不又要在城外住上一宿了。"那个黄公子说到。

而此时，展现在思源眼前的又是另一番景象了。城内河道纵横交汇，河中船只穿梭自如，而岸上则是商铺林立。河中船上和岸上店里之人，抬头俯身即可交流。

那岸边的茶楼上一阵叫卖，船中商客即可停船吆喝要购买。楼上送下来的包子，在桥头即可过手相递。

真是分不清楚何为岸上，何为水中。正是那以船为车楫为马。

这都泗门可说是绍兴的重要商埠，内有许多港汊，船只停泊鳞次栉比，墙桅如林，一直延伸到长桥、保佑桥的大埠头。临水人家也多有连水的船舶位，那感觉就像现代的车库一般，房屋之下空出一个位置引水而入，也多有木梯延伸直到水中。

想来许多人家都有船只，平日里不用就将船停泊在房屋之下的临水之库，要用了就直下木梯入船即可。

"哇！原来真是东方威尼斯啊，船当车子一样使。"许诚看到后兴奋地做起了笔记。

船只慢慢地行过龙华古寺，在广宁桥左转，很快就来到了八字桥。

众人在八字桥下船，谢过船家，便走到了开元寺早就等候在此的马车旁。思源、许诚、微星、若木还有铃铛随着刘基一起和机上人道别。而后上人便坐一辆马车先回开元寺了。

"伯温要回塔山下的寄宿之地了。和诸位之约自然不会忘记。如若找到花坞茶，伯温也自当和诸位走一趟，帮宋公子你采摘松果。想必诸位也等不及了吧，那么我们就此别过。但伯温还有个不情之请，有了花坞茶的线索后希望也可以带着我走上一遭。"刘基眼中颇含深意。

"走一遭？"思源有些不敢相信地看向许诚，难道这个刘伯温真的什么都知道？

"根据伯温推算，诸位应该是可以自由掌控时间之人吧，如若可以跳出时间的局限，伯温也算是不枉此生了。"

"嗯，也不是不可以……"思源想起了带着小安一起穿越的事情，"好吧，等到有了线索我们就再来找先生吧，然后一同前去如何？"

"好，一言为定。往后几日我都会在塔山的宝林禅寺，诸位可以去那里找我。"

刘基和众人道别，上了另一辆马车，在黄昏中，渐行渐远。

思源看向微星，说道："今天已经穿越两次了，按照诸夏的说法应该是不能再穿越了。"

微星对着思源点了点头。

"那我们现在是要回现代么？"许诚问道，"其实我也觉得回去一次比较好，我们还需要查找很多资料，特别是关于花坞茶的。也只有现代的网络好使。"

"嗯，先回去一趟吧。"思源拿出了狼毫小笔。

在八字桥沿，五个身影缓缓隐去，在这人流中，竟然没有被察觉。不过，就算有人察觉了，也只会以为是一时看错了吧。由元朝到现代，只在那挥笔之间。

第一百八十二章 故人走马灯难触

桥下梦回，手扶的桥壁上多了薜荔和斑驳。思源望了望四周，高楼大厦围绕在这八字桥保护区的周围。

"看来是回到现代了。"许诚马上取出手机上网搜索起来。

"微星，要过多久我们才可以再穿越？"思源还是蛮着急的，毕竟诸夏和雪秀的事还是箭在弦上。

"诶？"许诚突然大叫道。

"怎么了？"思源和若木被吓了一跳，赶忙侧过去看他搜到了什么。

两人看了半天也没有发现什么异常。

"哎，你们看时间！"

思源一看，又看看天空，烈日当头。

刚才在元朝，明明是傍晚了啊，这会到现代则变成了中午。

"日子对么？"思源赶忙取出自己的手机一看，长吁了一口气。还好日期依然是同一天，没有变。

"这么说来，这个时间点依然是我们离开松下，第一次穿越的时间，而且没过多久？"

"嗯，我记得我们第一次穿越去救宋高宗的时间应该是十一点四十五分"，许诚说，"我特别看了表的。而现在正好下午一点。"

"这样也好，不至于浪费时间，不过以前穿越到唐宋的时候，日子的行进明明都是和现代对应的啊。以前我穿越两天，回到现代也会是现代年历的两天后，而且时间上没有太大区别，应该没有多大误差才是。除了有一次自己独自穿越去了雪地……"

"会不会和二次穿越有关系？"许诚看向微星。

微星此时也正皱眉深思，"很有这个可能。少主，看来时间和秩序发生了一定程度的错位。虽然我们还不清楚究竟是什么原因。"

"这样可不好，难道以后都不能按现代的时间作为基准穿越了？这样就像有了时差，感觉自己控制不好时间了。以后的穿越就更难算准时间点了。"思源看了看狼毫小笔。

正当众人着急之时，周围突然围了一群学生。

"哇！你看，好帅哦！是拍戏么？"

许诚一扶脑袋，差点忘了，没让这几位漂亮的神仙换衣。于是赶忙摆出一副笑脸，"呵呵！cosplay！cosplay！"

"哇，能拍照么？"

真是的，正好掐上这个午休的点，很多学生正好午休出来吃饭。于是许诚和思源赶忙拉着三个神仙往仓弄跑去。

"小帅哥，你们快把衣服换成现代装吧，不然一路上有的麻烦了。"

"哼！我就是喜欢穿得漂亮，那些现代女孩子的衣服，难看死了。"铃铛又甩了甩耳朵上铃铛，一副不情愿的样子。

"额……拜托了，小帅哥。你给她变一件特别漂亮的衣服吧。"

"微星……"思源也点了点头。

"我尽力吧。"微星无奈地举笛相吹。

三位神仙瞬间就换成了便服。

若木倒是很开心，"哇！我从来没有穿过人类现代的衣服哦！"他看着身上黄白相间的体恤衫很是新鲜。

"哼！看在花纹还不错，我忍忍吧。"铃铛此时穿了一条孔雀色的连衣裙，看来还算满意。

"少主，看来，我们要再试一试小笔的灵力了。"身穿淡蓝色衬衣的微星将青色的灵息注入了小笔之中。

"按我第一次在云门教给少主的那样做就可以了。"

思源手触笔尖，自己的灵息和笔尖微星的灵息融合。一瞬间，灯火俱灭，再次来到了那银河之上。而微星就在他的身侧，两人之间出现了像是走马灯一般的断片。

一个个画面闪过，看得思源眼花缭乱。

"少主，凝神静气，想一想，接下去我们要去的时间点是哪里。"

"花坞茶，放翁的诗，南宋……"思源闭眼努力寻找着那银河中的灵点。

"是这里！"

走马灯上出现了正在云门草堂中的放翁。

"嗯！我们一起化灵进去。"

微星和思源一起用指尖轻触那走马灯上的画面。

就在要触及放翁肩膀的那一刻，两人又被一股力量弹了回来。

"这是?!"思源一惊！

"结界之力！"

"难道不能再穿越了么？"思源想伸手再试。

"慢着，少主！这应该不是你的问题，而是那个时代和地域，有着强大的结界的关系。"

"结界！"被微星那么一说，思源突然想起来了，"那次穿越遇到放翁，诸夏也被结界所阻，而且最后我们通过凌霄花回到现代时，婼櫊仙人也说凌霄花的阵法是不可逆的。难道说，我们真的再也回不去那个时间段了？"

"有这个可能，连领主都无法破除的结界，我的法力自然是不能企及的。"

两人出了时间之河，回到诸人身边。

"怎么样？怎么样？"许诚一脸担心的样子。

"过不去！"

"什么？"

"穿越不了，无法到达放翁所处的那个时间点。"

"难道小笔真的失灵了？诶？那可怎么办啊！"许诚一脸的懊恼，抱头搓揉起来。

"现在还言之尚早。应该不是小笔的问题，虽然我觉得时间轴也突然被什么意外的因素影响了。但我们到不了陆放翁的身边应该是因为一个强大的结界。"

"结界！哦！对了！这个上次仙人也进不去。既然去不了放翁的时间点，那关于他的这条花坞茶的线索就断了。看来只能另寻他法了。大家别急，既然现在放翁那里不能去，那我们就再找找别的线索，要知道我们可是现代人哦！现代就要用现代的信息技术和高科技嘛！"许诚晃了晃手上的平板电脑。

思源会心一笑，"怎么？你有新线索了啊？"

"知我者思源也！哈哈！"许诚递过来他手中刚刚搜索到的

资料。

思源一看，算是如释重负了。

"这样看来，我们要亲自去兰亭花坞走一趟了。"

"嗯！不错，公交车我也搜好了！3 路车，直达兰亭花坞村！嘿嘿！"许诚仔细看了看站名。"离我们现在最近的站名是白马新村，我们现在笔直走，到达东池路，然后往北再走一段就到白马新村了。

"嗯！果然还是现代方便，地图、网络、卫星导航，一个都不能少。"思源笑着谢谢许诚。

"真是麻烦，我随便使个法术不就好了么，想去哪儿?"铃铛突然说到。

"铃铛，我们现在在府城，可说离若耶远了一些，而且你主人的灵力还不是很充沛。你还是……"若木阻止了铃铛施法。

"啧——真麻烦，你怎么像个小老头似的，知道了，保留灵力。那就坐那个什么四个轮子的去吧。"铃铛径自先往前走了起来。

"呵呵！小铃铛最乖了！路上我们顺便也可以看看周边的环境。"许诚连忙跟了上去，想要摸摸铃铛的头。

"真烦，哼！还不是因为你太弱了！"

"好好好，我一定加强锻炼……"

五人坐上了那终点为花坞的公交车。

第一百八十四章

林间灯火夜露微

　　"按这资料来看，现代已经恢复了花坞茶？"思源在车上仔细地读着许诚搜索出来的资料。

　　"说是有，不过也找不到相关的购买地，我刚才也去网购网站看了，搜了半天都没有。所以我觉得还是去花坞村打探打探比较好，毕竟是和茶一样的地名。"

　　"嗯，和日铸茶一个道理。这花坞茶应该也是因为产自花坞一带而得名的。"思源认真地将资料誊抄在自己的笔记本上，而后又在笔记本上画起了刚才在元朝看到的平水草市的构图。

　　"说起来，这花坞附近应该也有一个草市？我好像在哪里看到过，说绍兴古代有三个很有名的草市，还有一个好像叫梅市。可惜资料在宋家店，到时候我们回去再仔细找找吧。"许诚说完便乐滋滋地看起了窗外的风景，3路车慢慢开出了绍兴城，往兰亭方向行去。

　　"草市？"思源赶忙用手机搜索起来，"草市究竟是什么意思，我其实还是没有全然搞懂。难道就是市场的意思，总感觉没有那么简单。"

一搜，许诚也探头来看。

草市，指中国宋朝开始在各城市城墙范围之外发展起来的商业区，大都位于水路交通要道或津渡及驿站所在地。因为市场房舍用草盖成或初期是买卖草料的市集，所以命名草市。

草市的前身是唐朝坊市制度下乡村的定期集市。到宋朝，部分集市逐渐发展成为居民点，甚至发展成为新的商业市区，与城墙以内的原有市区并无区别乃至超过。至今，一些城市如成都等还有"草市"地名。

宋神宗王安石变法期间，开始将这些草市视为城市的一部分加以管理，同乡村地区加以区别。此后，这些草市逐渐融入附近城市，发展成为城外的镇。

唐王建《汴路即事诗》："草市迎江货，津桥对海商。"陆游《村居诗》："草市寒沽酒，江城夜捣衣。"范大成诗："远寻草市沽新酒，牢闭篷窗理旧书。"

"哦，对了，诗歌。那天刘基提醒过我们，不如从诗中寻找真相，这个草市的解释中竟然也有放翁的诗，倒是让我想起这事来了。那天他说的那句是……'禹庙兰亭今古路'，那我们就搜这一句。"

思源马上把这一句打进搜索栏。而出来的是陆游的一首《蝶恋花》。

"还真有！"许诚兴奋起来，两人赶忙点进去一看。

"禹庙兰亭今古路。一夜清霜，染尽湖边树。鹦鹉杯深君莫诉。他时相遇知何处。冉冉年华留不住。镜里朱颜，毕竟消磨去。一句丁宁君记取。神仙须是闲人做。"

"他时相遇知何处。"思源轻声读到。

"冉冉年华留不住。"许诚也喃喃到。

两人一声叹息，这难道是放翁独自一人去往禹庙和兰亭时所作的词么？

"我们没有赴约……"许诚有些自责地说着。

"是不能再赴约了，因为那个……结界。"思源叹气看向窗外，此时车已经到了分水桥，而下一站就是兰亭景区了。思源拍了拍许诚的肩膀，"我们不是来了么，虽然是八百年之后才来。"

许诚有些控制不住自己，把头瞥向了窗子。

而此时窗外兰亭的檐楹亭台错落有致地点缀在苍翠之间，虽然只是路过，两人心中都默默感念。这八百年的错过，八百年后的擦身而过，愿你我共知。

"我们还是要再来一次兰亭的。"许诚说道。

"嗯……一定要来。"思源坚定地回答道。

"这个刘伯温真的不简单。"

"嗯，果然名不虚传。"思源像是又想到了什么，在搜索栏中输入了"陆游兰亭"。

车子到花坞已经快三点了。众人下车，走进了这个山岭青郁、花草阡陌的小村庄。

思源和许诚等人进村便开始找村里人打探起来。

"照老伯那么说，花坞茶的确是产自花坞附近咯。"

"嗯，这茶在宋代可是很有名的，据说清香袭人。现代也有人说是恢复并培育出来了，但不是在花坞种的。茶有灵性，凡是名茶皆是取一方山水之灵气所成。花坞茶失去花坞之地气也就不能一如往昔了。"

"嗯，说得有理。"许诚认真地做着笔记，问了村里人，大家都建议他们来找这位村中的老伯，据说是村中经济合作社的有名花农，应该对这些事情比较了解。

"那关于这花坞茶，有没有什么流传下来的传说？或者说是故事？"思源问到。

"这个你就问对人了，据说我们这个村庄就是因为花坞茶而兴盛起来的。至于花坞茶的传说么，我小时候听村里的长者说过，说花坞茶的发现，还有一个美丽的爱情故事。但具体是怎么样的我不太记得了。唉，现在年代久远了，许多老花农都过世了，我也只是依稀记得应该是一个在山中采花的花农的故事，而我们就是他的后代。"

"山中采花的花农。"许诚摸了摸头，"这不就是会稽城南卖花翁么？这个刘基，原来连卖花翁都是暗示啊！"

"看来是呢！这智比诸葛亮的确不是妄言啊。"思源笑了笑。

众人也不敢有所耽搁，向老人道谢后便告辞了。

"那么说来花坞茶应该是一个花农发现和培植的。"思源点着笔记说道。

"嗯，先拿着这些资料给刘伯温吧。"许诚"唰唰唰"地已经在车上记下了几页资料。

待返回城里，已经是日落黄昏之时。众人急忙赶到应天塔下。

"你说这刘伯温是不是都知道啊，这应天塔也是现代难得还存留的古迹，同刚才的八字桥一样，他故意找了我们在现代就很容易找到的地理坐标，方便我们穿越。"许诚付了门票，众人便上山往应天塔走去。

"也不是说不可能，但我更觉得是冥冥之中注定。"

"你是说，是老天的安排？嗯，不错，按我们那么多次穿越的经历，的确是无巧不成书。"许诚带头快步向上山行去。

天色渐暗，思源和许诚忽见林间有灯火。于是诸人拨开草木，往灯火隐隐处走去。

行步之间，夜露微微。那一盏提灯之侧，竟然是熟悉的身影。

"刘先生？"众人一惊。

"伯温在此恭候多时了，更深露重，各位入寺歇息吧。"

第一百八十五章

看花署字迟

寺灯夜色中，思源和许诚将现代调查的资料和结果都细细说与刘基听，虽然思源不是很明白，怎么这次自己没有聚灵就径自穿越了过来。

"原来如此，看来是不能一见放翁了。"刘基叹气道。

"先生神机妙算，对那结界可否指点一二？"思源突然问道。

许诚用吃惊的眼神看着思源，心中不禁想到，哇！思源你下手真快啊！我是不是也得让刘伯温帮我算算我自己的事。

"结界？嗯，我帮你算上一卦吧。"刘基拿出几个铜钱放入茶碗中一坠。

"如何？"许诚问到。

"我不可算得太深，毕竟这有些超出我的极限。但按卦中所指，意为……"刘基仔细看着卦象，有些不太确定，"难道是这样！"

"怎样？"许诚紧张地咽了一口口水。

"按此卦所说，即为你们心心念念要寻找之人事。乾坤因果，此为一结。"

"不太懂。"许诚看向思源，询问是否明白。

"心心念念，我们现在所寻找的就是先生啊。"思源说到。

"不是我，而是你们来找我之本初。"

"我们要那六颗松果是为了帮诸夏分忧，解决若耶的危机。"

"这危机的本源又是什么呢？"刘基循循善诱，一语点醒诸人。

"雪秀。"微星锁眉深思，"先生的意思是雪秀暴走的原因兴许和这结界有关！"微星问道。

"我并不知晓，但天地的回答尽在这卦象中了。望各位早日参透，解决尔等世界的危机。"

"结界，雪秀。"思源心中的迷雾又少了一层。"微星，我想我们找到了很关键的一条线索了。"思源起身拜谢刘基。

"不必行此大礼，伯温也是有求于各位。"

"嗯，先生放心，思源一定会帮先生试探出这真正的天意。"

宝林禅寺的檀香缓缓点上，香烟缭绕之时，荧光闪现，如这夏日的飞火流萤一般，慢慢消散在窗外。万事茫茫，要听得这苍昊之意，唯有以身相试。

元末流萤点点的深夜之于北宋春雨潇潇的清晨，因为有了狼毫小笔，穿越只在咫尺之间。

北宋　山阴春

花开在屋檐的朝颜，转浓似一江春水，倾洒下来是大雨已至。心中惋惜，紫红花枝不要被这雨水打稀疏了就好。

俗语说，二月二，龙抬头。但对于我们花家子弟来说，它还有一个特殊的意义，是的，小花朝节。在这一天，我们花农之家，都要祭拜花神，而附近乡里也会举办花朝会。虽然比不上二月十二的大花朝节，但今日府城会开放龙山西麓的官园。这平日里只属于官家的花园，今日会"开龙口"，让百姓游园。当然西园的花灯自然也不在话下，到时候火树银花不夜天。

"小姐！今日穿哪一件春衣啊？"翠怀此时正在帮我准备游园的装扮。

"粉色那件吧。"我指了指桃花娟绣的那一件。

今日对于各地花匠或花卉爱好者来说，也是一展各自手艺的好时节，爹爹的花圃被官府邀请去布置西园了。而对于我来说，也是特殊的日子。

"小姐，花签你写好了么？"

"还没有，我这就写。"我拿起红笺，青墨香体，花词一首。

> 人行花坞。衣沾香雾。有新词、逢春分付。屡欲传情，奈燕子、不曾飞去。倚珠帘、咏郎秀句。相思一度。秾愁一度。最难忘、遮灯私语。澹月梨花，借梦来、花边廊庑。指春衫、泪曾溅处。

看着窗外的春花，久久未有署名，直到莺啼婉转，才用小笔写下——唐小棣。

是的，今天也是花神点情缘的日子。

小花朝夜　府山西园

今日的西园已经人山人海，而花色也是相映人面红。小棣支开翠怀，此刻正在花灯下系花签。今天的游园，一定要自由些。

"好了！"小棣拉了拉系好的花签。"花神大人保佑，一定不要让随便的人分到我的花签，一定要帮我找到如意郎君。"小棣对着花签许愿道。

"噗——"此时草丛中传出一阵笑声。

"谁?"小棣蹲身往草丛探去。见到一个带着斗笠的花农此时正在花丛中点花。

"你!你……竟敢偷听我和花神大人说话……"小棣可是吓得不轻。

"呵呵!还好一盆都没有少!"那正在点花的年轻人此时抬头看向小棣。

斗笠下是一张清秀英俊的脸,此时正嬉笑着看向花容失色的唐小棣。"我说大小姐,你对花神的许愿我是不小心听到的。不过我不关心这些情情爱爱的,毕竟难得花朝节,对于你们这些难得出来的大小姐,自然会对着花神许这些个心愿的。"

"你偷听还有理了?"小棣听了更加来气了,"还有,我可不是什么大小姐……"

"好了好了,花朝节对我来说也是极其重要的。毕竟这是一年来难得赚钱的好机会,我还急着运货去铺子呢!这样好了,我把我对着花神许的愿望也告诉你好了,这样互不相欠。"那少年一脸笑意,一副人畜无害的样子,搞的小棣搞不清楚他究竟是真诚地道歉还是在讽刺自己。

唐小棣看向他,似乎年纪比自己还小。只见这花中少年此时将一束束花放置篮中。

"你是卖花郎?"小棣看着这些花苗,一看即知这是草芍药。

"不错,花农而已。"这俊美少年没有抬眼再看小棣一眼,惹得小棣心中一阵不满。

"这芍药的花苗虽然不错,但现在没到花期,怎么也来贩卖了,你应该选择二月的花来贩卖才是啊?而且现在都不流行草芍药了,艳如牡丹的木芍药才是大众喜爱的。"哼,作为唐家花圃的大小姐，花事之上自然不甘示弱。

"呵呵！说你是大小姐就是大小姐，不懂了吧。"青青少年终于抬起头来，他的笑容比他身边的春花更加明媚好看。

小棣有些看得发呆，但赶忙正色道："胡说八道什么呢，我可也是种花之人。"

"好吧，我的愿望呢就是卖光这些花苗，攒下足够的钱财为妹妹治病。大小姐，你刚才许的是什么愿望，好像是寻得有情郎吧？那么有情郎要拿着什么来邀约你呢？"

第一百八十六章

即将分离却结相思

那花郎少年此时又低下头去继续整理花苗。最终则温柔地吟道："赠之以芍药，会之以邀约，青梅歌龙舟，赏花谈情间。这不就是小姐你们一年一度期盼的游园设宴、花令花签么？而我只是种出帮你们传递邀约的花木而已。"

是的，原来是这样，就像诗经中说的那样，赠之以芍药，以结情思。

"你还懂诗经？"唐小棣好奇地问道。

"嗯，算是读过几年书。不过现在只是一个城南的普通卖花郎罢了。"那少年此时已经整理好了花苗，背上篮子将要离开。

花郎……小棣心中突然这样想到，脸不禁一红，他要走？于是对着即将离去的背影喊道：

"喂！虽然这个草芍药是结情思所用的，但是你不知道它还有一个名字叫'江蓠'么？代表将要离别，你不觉得这花语不吉利么？懂的人自然是不会买的啊。而且现在还没开花，这草芍药一点也不惹人注目。你这花三月初三摆出来还好些，现在似乎是不合时宜吧。"小棣一下子追着说出了那么多话，有些气喘吁吁起来。

那少年回头看向小棣，在花色相依的人海灯影中，他并没有笑："对于一个花农来说，等待花开也许才是我最想传达给他人的吧。虽然要分离，但相赠一株邀约，待到花开再相见，岂不是更有盼头。女孩对男孩说，你不和我在一起，我就去找别人了哦？然后送给男孩一枝江蓠，显得既可爱又任性，这不是女孩最吸引人的地方么？此花，男女都可买得，而且整个小花朝夜只能在我这里买到，少男少女们，不是最喜欢这一种唯一感么？"

小棣被说得已经接不上话来了。女孩子最可爱的地方……她的脸已经在这灯火下炙热起来。她追着再一次转身而走的背影说道："诶！等一下！那也……给我一枝吧。"小棣红着脸，取出了手帕中的铜钱。

那卖花少年转身从背篓中取出一株幼苗来。

小棣手执那莹莹的绿苗说道："真好看，这真的是野生的草芍药呢！"小棣一看这连根的草苗就知道了，这是野生采摘的。

"嗯，小姐果然是懂花之人，这是我这几日爬遍山岭采摘的。"

"你还是山中的采花人？"小棣一惊，自己家中也雇佣了不少采花的花农，但这工作甚为危险，他小小年纪就采得如此多的山花，是为了养家糊口么？小棣的脸上露出怜惜之情，"希望你的妹妹快点好起来……"他俊美的脸庞此时离自己很近，此时的他正专心地为芍药结草包扎，小棣甚至可以很清楚地看到他长长的睫毛。小棣像是突然发现什么，连忙往后退了退，保持了距离，看都不敢再多看他一眼。

"承小姐吉言了。告辞。"他将结好的草芍药递给小棣，转身离开，快步消失在花灯人海中。

小棣举起挂在手中的草结。"系得真好看。"对于花农来说，看他们系的草结就能知道他们种花的年份和经验，他一定是一个爱花之人。"不会被他讨厌吧，刚才这样刁难他……哎呀，糟糕！我连他的名字，都……"

"小姐——"翠怀的声音在身后响起。

"你怎么来了？"

"小姐你给我的铜钱我都用完了！"

"诶？那么快！"

"一下子没忍住嘛！小姐，外围的食肆可好吃啦！要不小姐和我一起去吃吧！"

"就知道吃！一株花都没买？"

"呵呵！除了老爷花圃的花，我哪里还看得上别的花呀！哇！小姐你竟然买了。那么多年花朝节，很少见过你买花诶！给我看看，给我看看！"

"别动。这可是山里的野生芍药诶。我回去要种上的。"

小花朝节，最后就在和翠怀的打打闹闹中度过了。而屋檐下的花圃中多了一盆江蓠，小棣每天悉心地照料着它，期待着它开花的那一天。

"呐，即将分离，却结相思。你不知道吧，花神大人的确很灵验呢！"

你不知道吧，我问你买芍药，就是想要你递给我邀约啊！既可爱又任性，我也是这样的女孩子吧。我们还能再相见么？心中相思起，檐下春雨迟。春风夹带着细雨吹着小棣的脸庞。

她有些惆怅，是的，什么东西，也如这花苗一样，在春雨的滋润中，正在生根发芽。

小花朝夜

"紫洪，你真厉害，听你的，真的全部都卖光了。大花朝节我可是迫不及待了。对了，今年大花朝的斗草你们参加么？"一位卖花郎此时正在整理花朝夜的摊位，拍了拍他身边另一位花郎的肩膀。

"当然要参加了，赢得比赛，我们的花也更容易卖得出去。"那个名为紫洪的小花郎玉面玲珑，虽然年纪看上去是最小的，却俨然是这四个年轻卖花郎的领头人。

"那可要努力了啊！到时候要比的项目可多了，以前年年基本都是漓渚的花圃夺得花魁的。"那个正在收拾的卖花郎担心地说到。

"嗯，漓渚啊。他们是千年传承下来的花农，自然是实力深厚，比兰花的话肯定是比不过的。"另一个数钱的花郎叹气到。

"慢慢来吧，看来我们还得多上几趟山了，今次时间不多了，我们把宝压在后几年吧。"紫洪笑着鼓励着大家。

"对了，我留了几株草芍药，我们分了吧。"

"诶！小岑，你肯定是想送给邻家的白梅吧。"

"是又怎么样，哈哈！"三个人哄抢起来。

"给！"小岑把最好的一株草芍药递给了紫洪。"这次紫洪功劳最大，愿花神大人保佑，早日抱得美人归。"

紫洪看到这株芍药不禁笑了笑，没有接，而是继续手上收拾摊子的工作。

"收下吧，我特意把最好的这株留给你了。我知道你没有那个心思，不送给心上人就送给妹妹吧。种下等着花开。啊！不知道会是什么颜色的。我们比赛，看谁的芍药开的好，怎么样？"

紫洪此时有些发呆，此时他已经打包好了。迟疑地接过小岑手上的芍药，细心地打上了草结。

四个人打点好一切，将物件装车后便慢慢朝出口走去。"今夜只能留宿在路边了么？"小岑无奈地摊摊手。

第一百八十七章

花光烛影月花朝

"放心吧，紫洪已经帮我们在城里的花商家里借宿了。诶！说实话，我们今天生意特别好是不是因为紫洪的关系！"

"嘿嘿！是啊，我看那些买花的姑娘看紫洪的眼神就是不一样，还一定要紫洪系草结。讨厌！"

"如果能促进销量，我也没有意见，哈哈哈！"小岑用力地揉了揉紫洪的头，转而发现头顶系着许多带花的花签。

"哇！花签，我们也拿几个吧。"小岑开心地选了一个好看的花签拿下。

"这样好么？她们可不希望被我们这样的花农拿下。"同行的一个花郎快快地说道。

"有什么不好的。我们不拿，这些花签也不会有人再来拿了。明天就会被取下清理了。"听了小岑的话，大家觉得也有理，便也选了起来。

紫洪无奈地看着他们笑了笑，在那满树的花签下，花郎们选着自己喜欢的花朵。紫洪突然瞥向了刚才放花的花丛。

"放的那么偏怎么会有人来拿呢?"紫洪抬了抬斗笠,往那花丛走去。果然那支花签还在枝头。紫洪垫脚看了看她配的花,其实不看也知道了,因为这熟悉的幽香。

这时身后有人抱住了自己,"哈!紫洪也选了啊!我就知道你喜欢玉兰花。来来来拿下来!"

"诶!"紫洪阻止了小岑,"我可没你们那么无聊,她们放在这里是希望花神牵红线的。可不是给你们来胡闹的!"

"唉——扫兴,找了半天找不到大家小姐的。"另外两个人一脸失望地走了过来,手上都拿了自己选定的花签。

"废话!那些大家闺秀盯着的人还不多,系上的时候就一大堆人抢呢!刚才我走开去听《青梅歌》就看到很多人抢破头皮呢!"

"你们还打开来看了?"紫洪听到他们那么说自然是更加无奈了。

"哈哈!阿弥陀佛,我们会代她们向花神继续许愿的。"

正说间,一阵春雷响起。

"哇!花神息怒,我们不是故意的啊!"

雨淅淅沥沥地马上坠下,而且有愈下愈大的趋势。

"哇!我们快点去花商家里吧!淋湿了可就不好了。"

"紫洪快点!"小岑对着紫洪挥挥手。

"诶,来了!"

雨,打落枝头,只是枝梢上的花签此时已经被摘下。

卖花少年把花签放入怀中,便转身朝着小岑奔去。

"呵呵!还是取下来了啊!"

"我只是不想让这朵玉兰花被雨淋湿了。"

"好好好,知道你爱花如命。"

二月初十 春夜 雨

"最近这雨就没怎么停过。也不知道今年的大花朝节会如何呢?"翠怀点亮了府灯,唐字隐隐显现。

"花朝节是百花的生日,天公不会不作美的。你看历年花朝节都没有大雨过。"小棣此时正在整理大花朝要用的彩纸和锦缎。

"今年我们唐府参加斗草大赛的人定下来了么?其实我说该让小姐去。肯定没人比得过小姐。"

小棣剪纸的手抖了抖,脸上有了一些涟漪,"那也不一定,还是有很多厉害的花农,山外有人,人外有人。"

"反正不管怎么样赏红比赛我们是赢定了。今年也是小姐亲自出马,一定不会有什么闪失。"翠怀此时又把一堆五彩丝线搬了过来。

"嗯,这个我是势在必得的。一定要拿到花魁。至于斗草么,按传统来选人吧。"

兰亭

"紫洪,按你那么说我们今年就只能参加斗草和插花么?"小岑此时正细心地打理着要参加花朝节的花卉。

"嗯,那些大花圃都是人多势众,他们的品种也是传承下来的,我们毕竟根基尚浅,所以兰花比赛我们今年先放弃吧。斗草考的是个人的能力以及对花的用心体会,我们倒是可以一试。至于赏红,就是比财力了,毕竟锦罗绸缎、五彩丝线都是需要上层货色才行,对于我们来说财力上是吃不消,所以也只能放弃了。虽然插花也类同,却可以体现出自己的风格。他们做出富丽堂皇，那么我们就做小家碧玉，而且这个是懂花的评委以花投票的，所以做的另辟蹊径一些还是可以一战的。"

"原来如此，花材我们准备得差不多了。你再好好选选吧。"

"嗯。"紫洪耐心地检查着要参赛的花草。"其实我们现今参加比赛的目的也多是为了引起大家的注意，所谓打响知名度，这样我们在花朝节才能接到更多的订单。"

"嗯！对了，上次紫苻想出的花冠折法很不错，倒是可以用到插花里面。"

"嗯，不错，这几日我们再多准备些野花吧，插花有不少的比赛项目。你倒是提醒了我，说不定也是很好的商机。"

紫洪看向了那株芍药花，娇嫩的花苞已经抽出，不知道会不会在花朝夜开花。

二月十二　大花朝节

花朝月已出，在鼓声中，唐家花圃的花农已经严阵以待。如果说花农有什么重要的日子，那么就只能说是今日了。家中的老人总说，宁为花神醉，不尝年夜饭。就是说作为花农来说可以错过年夜饭，却绝对不能错过这一年一度的花神大祭。

靠山吃山，靠水吃水。而我们花农靠花，自然要敬拜花神。作为越中数一数二的花商大户，唐家的祭祀是一点也不能马虎的。所有的花农要在三更开始沐浴更衣，是为花神浴汤。用百花沐浴，采百花之灵，才能进入祭祀大队中。和别的祭祀不同的是，花神喜阴之柔美，所以花神的祭祀并不会排除女眷。女眷也会一起沐浴盛装参与祭祀。

而我作为唐家的独女，今年还会带领家眷在家祭中献舞于花神。一阵晨鼓声过，花光烛影中我已经沐浴完毕，翠怀为我认真地穿上了领舞服。花家子弟都以献舞为荣，我穿上这紫红色的花神礼服，自然是心中欢喜。而此时窗外也是一阵热闹，是的，由于今年是所谓的大祭，在家祭舞蹈之后，唐家全体的花农还会上山进行山祭。

"小姐，差不多该去祭厅了。"

我在翠怀的带领下，踩着夜露和花香行进到祭祀的主厅，坐在了由百花铺就的铺垫上。

第一百八十八章 不记元宵只道花朝

主祭马上要开始了。

"登临四时总好，况花朝、月白风清。丰年乐，岁熙熙、且醉太平。"父亲已经开始了主祭，厅中馥郁芬芳，园中花团锦簇。

百花生日是良辰，未到花朝一半春。万紫千红披锦绣，尚劳点缀贺花神。

祝祷完毕，家中所有的族人、花农开始行至案前，取锦缎和丝带，装扮厅中花树。那桃花之木很快挂满了彩带和锦缎，五彩斑斓中更觉得神圣庄严起来。

人们总说花农的祭典是人间最美的芳菲。是啊，懂花之人，将最美的荼蘼敬献给花神，怎能不美？装扮花树即为赏红，实则是为了护花。

这也来自一个古老的传说，相传唐朝天宝年间，有位名叫崔玄微的花迷，远近闻名。某年二月之夜，一群百花之精幻变的艳丽女子入其花园，对他说本欲迎春怒放，可封姨（风神）出头阻挠，故请他帮忙解难。崔氏遵彼指教，置备彩帛，画日月星辰其上。二月二十一日（一说十二日）五更时分，他将彩帛悬于园中的花枝上。届时果然狂风大作，但枝上花卉有彩帛护持，一朵也没被吹落。喜爱花卉者争相仿效，因以成俗。由于悬彩护花的时间必须安排在五更，故称"花朝"。

的确，对于花农来说花落才是最伤心之事，所以赏红之祭是年年必备的。而今年的日月星辰都是由我带领唐家的年轻子弟用花浆亲手描绘的，这也是唐家的传统，必须从小花朝开始由族人中未成家的年轻一辈制成色彩各异的百花之浆，并取花浆描绘日月星辰，写护佑之铭文于锦缎之上。

父亲说过，唐家的兴旺离不开花神的护佑，所以每年的花神祭典不可马虎，唐家子弟一定要亲力亲为不可懈怠。从小就要对花木有敬畏之心，这样才能有花缘，才能在需要的时候得到花神的庇护。

赏红完成，献上祭祀之食。我便在鼓声中走向献舞之台，厅外依然夜色朦胧，厅内烛火通明。以百花为坛，我点地赤脚踩于花台之上，脚上铃铛阵阵，伴随着鼓声。我跳起了从小就练就的祭祀之舞，据说这是花神的散花之舞。舞蹈虔诚也是为了祈求花神降临，保佑花木茂盛。我甩动红白色的绸缎，点地绕花台一周，舞者之心不在美，而在于投入。作为神祭之舞更要摒弃自我。所以这段舞从我出生起就不停地反复练习着。每一个动作都要到达点上，跳跃、手势都要用尽全力。如这万物弥生的春天一般，要绽放自己所有的生机和青春。

我最后将红白绸布抛下花台，意为花神铺就花路，家中的年轻子女此时都踩着花路来到了花台之上。我长吁一口气，是的，我的独舞结束了。接下去是我这一个月来教导大家排练的群体之舞。

鼓声渐隆，越打越急。唐家青年儿女此时正整齐划一地群舞于舞台。

"嘿！"众人应着鼓声群起叫唤，应和着舞步。"嘿嘿！"

尽是青春之气，在花台之上，我们开始齐声念诵。

"桥尾星沈，街心尘敛，天公还把春饶。认得游踪，花骢不住嘶骄。梅梢一寸残红炬，喜尚堪、移照樱桃。醉醺醺，不记元宵，只道花朝。"

"不记元宵，只道花朝。"群舞应着钟鼓之声已达高潮。

"不记元宵，只道花朝。"花台之下的人也开始大喊，应和着我们的舞步。

是的，作为花农，我们有着自己的骄傲。在最后我们天女撒花，抛出袖间花瓣。台下的家眷和家丁此时都跪地叩拜，我分明地看到了他们眼中的感动和泪水。

作为花农，当花朵绽放的瞬间，我们足以感动得泪流满面。

家中祭祀完毕，我开始排队准备上山迎接花神之日的第一缕朝阳。换上登山木屐，唐家几百人浩浩荡荡地提着花灯行往那座唐家的守护之山。

此山名为美女山，相传和虞姬有关。但如今，我们将花神的庙宇建于虞姬休憩过的美女石旁，并在那里修筑了上山采花的花圃和山神祭坛。

父亲常说，山间采花，攀岩走壁，此中的艰难险阻，每日不同。采花人既要提防山间滑坡，又要避开猛兽蛇虫，如果没有花神和山神的保佑，采花之人不能自由驰骋于山间。而今家中花农野地采花的范围也越来越大，所以今年特别设立了山祭，希望花神大人和世代倚靠的山神可以保佑族人的安全。

我们一行人素衣木屐，走过在花灯、星辰映照下的棠二村后小桥。百米一跪，直到那山口。此时夜色依然，星辰璀璨，我们开心地预测着明天一定是大晴天。老人常说，二月十二，花朝之日的晴雨就预示着这一年的大小，晴天为大年，即是丰收之年，如果阴雨则就是小年了。

山间灯火排成一条长龙，我随着父亲带头行进在山中小路上，我们一路虔诚地许愿，一路收集山间的露水。祖先们说，这是花神泪，用这些露水浇灌唐家的名贵花卉，可以让花开得更娇艳。在赶到山顶小庙的那一刻，天边绽放出洁白的朝霞。几百位族人和花农在山顶虔诚地跪拜和呐喊，祈求新的一年锦上添花、花好人安。山顶的小庙前也是一片花色妖娆。

我跟着父亲一起慢慢地行步到庙前，献上了今年的祭礼和花卉，在庙前的花坛中洒上山泉水。而接下去我们要做的，就是此次山祭最重要的事了。历年来代表唐家参与越州斗草之人其实都不是父亲指定的，本来是会在厅祭中抽选名牌出来。但今年为大祭，所以会用一个特殊的方法选出。此时两百多人同时脱下了鞋子，我们要赤脚行过这泉水刚刚洒过的花坛。

唐家的子弟和花农一个个赤脚行过花坛，我和爹爹也不例外。我们行走之时都要闭上双眼，然后由外村之人把我们引领到等待的位置。待到二百多位族人和花农都赤脚行过花坛。

外村监察者一声令下，我们一起睁开了双眼。

大家都不约而同地看向自己素白的裤脚。

沾露未觉，紫花留白。

我不禁叫出了声。

第一百八十九章　莫负月夕花朝会

"是小姐！是小姐啊！"

"那这次我们赢定了！"周围传来族人的欢呼声。

而我此时已经有些茫然，欢喜和害怕俱有。

是的，花神选择了我。

我终于看到了父亲眼中的肯定，直到他亲自将一束兰草编成的草结挂在我的腰间，又亲手为我戴上兰花制成的手环。

"孩子，你是当之无愧的百花之女。"父亲慈祥的双目中满含泪水。

我知道，我当然知道，父亲膝下无子，只有我一个独女。小时候我听到各种闲言闲语，说唐家要在这一代断绝了。所以我从小就苦读典籍，身体力行，识遍百草，无花不采。随着家中的长辈学习花草的知识，也跟着花农走遍山野寻花采花。而这一切的一切似乎总算有了回报。

父亲小心地将紫花从素白的裤脚上取下，包在绸帕中。

"带着它，这是花神大人的护佑。"

"嗯！"

"去吧，在花圃中选一朵最美的花，插在发髻上。"

"不，爹爹，等我赢得斗草大赛之后，我会在斗草的百花中选出最娇艳的那朵，戴上。"

"好！好！"

族人们听到都大声叫好。

感谢花神，从此年年岁岁，莫负月夕花朝。

兰亭 二月十二 清晨

"紫洪！"小岑此时正在山壁之上采花，看到紫洪后，不由地挥手。

紫洪也系上绳索，轻快地踏步，直上崖壁，来到了小岑的身旁。

"你说的没错，今天来采花收获很大，趁着花朝大会前我们可以找到不少好花。"

"花神之日，因得天地之气孕育，无雨水花也会自发。是因为节气到了，春意浮动。"紫洪边攀边说着。

"嗯，真的诶，今天总觉得山上的花一下子多了许多。你这些都是哪里学来的啊？"

紫洪往下看去，冲着小岑一笑，如山花那般清澈的笑靥："书上！"

"这里还有好多花啊！你爬上去做什么，不采花了么？"

"你忘了？要去祭拜山神。而且那里有一棵……"紫洪说话间已经攀上了山崖。

"哈哈，当然记得。我供品都带来了。你先上去，等我一会，我把这几株兰花采了。"

紫洪先来到了山神的小庙前，放上了干粮和野花。"山神大人，这次我们要参加比赛了，希望你护佑我们。另外保佑小岑娘亲的腿快些好起来，也保佑紫荇的病……希望今年会是一个丰收之年。"青青少年虔诚地跪拜。

这山神庙是村里自古相传的，据说有一年山神大人救过村中打柴的樵夫，所以后来在山中工作的村人都会前来祭拜。从在山间采花开始，紫洪就常来祭拜。今年入春，紫洪和小岑等人还一起组织修缮了这个山间小庙。

不过紫洪还有一个小秘密，就是这庙宇后面崖壁上的一株棠棣。

每次祭拜紫洪都会来看看棠棣。而今日，这山崖之上的棠棣已经绽放出了朵朵粉白色的春花。

紫洪远远地就看见了崖石上的山花。

春色青青，山崖之端，花似白雪霏霏。"感谢花神，感谢山神大人。"

这是紫洪第一次看到这棠棣开花，去年秋天在此地发现它的时候，他没有和任何人说起。

"不知是谁栽，花开无人知。棠棣之华。"

紫洪采下几朵放入腰间的小篮中，不禁唏嘘道："采君一朵，山花皆失色。"

紫洪细心地选了几朵雪色微粉的棠棣花，今天的比赛，自己又多了一成胜算。

"紫洪？紫洪？"

小岑的声音传来。

"来了！"

紫洪赶到小庙前，小岑正在看着篮中刚采的兰花。

"紫洪，你看这些兰花，叶枝很舒展。我们也去参加兰花大赛吧！"

紫洪仔细看了看兰花，的确是枝叶颇雅。

"好吧，反正得个小奖也不错。也能提高知名度。"

"对了，上次说的花圃的名字你想好了么？你不是说要取一个好听的名字么？虽然现在花圃只有我们四个人，但我相信一定能做大的，到时候唐家都要对我们刮目相看呢！"小岑很是开心，看到紫洪腰间的小篮里有几枝花色菲菲的山花，想凑过去细看。

"唐家……"

"嗯！越州不就是唐家最强么？这次斗草不知道他们会派谁，我听很多花农说，唐家一直以来都得花神大人的庇护，所以总是能拿到大花朝节各项的花魁。"

"嗯……名字其实我还没有想好。"

"那可不行，今天参加比赛我们可是要贴标签的。"小岑一想，突然说道："要不就叫紫红吧！"

"紫洪？"

"万紫千红的紫红，名字反正是暂时的。这样至少别人一听就知道是你的花圃了，不管怎么说，你在花农里也算是小有名气。而且我喜欢啊，这名字其实最适合花农了。"

"你说喜欢那就这个吧。我们回去吧，还要赶去大花朝节呢！"

"嗯！"

山间的二子拿着山兰和棠棣再次系绳下崖。

屈指花朝才两夜，祥烟瑞气腾芳郁。问辽空、何物堕人间。看芝兰、玉树早蜚英，青毡复。

大花朝盛会

传说中花王也掌管人间生育，所以在春回大地的同时，人们出来踏青赏红，以感受春天的生发之气。慢慢地，花朝节就成了人间热闹的聚会了。大家会在花朝盛会许愿，让花神保佑家中人丁兴旺。求缘、求偶、求子、求孙、求福、求富，这一天的花街花色荼靡，琼芳满地。人面不比花色差，艳丽娇羞两相映。

但大家对花朝盛会的期盼却不仅仅因为这些，花街一年一度的花朝大会为什么会老少皆宜，男女齐聚，究其原因，还是因为在花朝盛会中会举办各种有趣的活动。小花朝时就有童子青梅歌咏比赛、龙舟大赛和西园夜游会。到了大花朝就更加热闹了，各种比赛可说是数不胜数。不仅比赛项目繁多，参赛的资格也相对宽松，所以许多人都会蜂拥而上，竞相报名。当然很多比赛还是需要真才实学的，所以大花朝也可说是花农们大展身手的好时机，赢得花朝会中各项比赛的花魁，也是各个花坊和花圃的终极目标。因为夺得花魁不仅知名度会大大地提升，奖金也可说是丰厚得让人心动不已。

第一百九十章

秋水盈盈绸缪凤

就拿花朝盛会的最后压轴戏——斗草大赛来说吧，累积起来的奖金可说是珠玑满斗，除了州府的赏赐以外，许多花商乃至百姓都会将钱财放入这花魁奖励池中。不过今年的花魁么，肯定是我家小姐了。既然花神选择了小姐，小姐出马了，那自然是无人能敌了。今年小姐可是忙得可以，因为赏红大赛她也是主要的参赛人，你看这会小姐正和唐家的花农忙着选锦缎和丝带呢！

这赏红大赛可说是全城的女孩子都会参与的好戏，毕竟给花树装扮本来就是女子的拿手好戏。所以这个比赛，许多官家闺秀也会来参与。赏红除了比锦罗绸缎的亮丽以外，讨彩头也是很重要的，有一个好寓意的赏红作品，自然也会得到评委的喜爱了。

今年和小姐准备的时候，小姐就说了不要只在华丽上下功夫，要有新意。说实话小姐最后选了哪个命题翠怀也不太清楚，因为她说这是机密。不过今年选了桃树来打扮，翠怀想多半会是"桃之夭夭"的感觉吧。

正当我得意地看着唐家花农开始赏红，却看到负责插花的小思慌慌张张地跑了过来。按我多年参加花朝大会的经验，我就感觉不妙，定是又出了什么幺蛾子了，不行，这会小姐正忙着呢！

于是我拦下了小思问道："干什么呢，走来走去的！我记得你不是在插花那边的么，比赛应该开始了吧，怎么跑到赏红这里来了！"

"翠怀姐，不好了，这次出了一个天外飞仙，第一轮比赛就把我们压下去了。所以小雨让我马上来找小姐，问要不要改变策略，把压箱底的东西拿出来。"

"那怎么行，压轴的都是给斗草准备的，你们要是敢给小姐拖后腿我可不饶你们。不就输了一轮么？怕什么，第一轮是什么？"翠怀不紧不慢地问到。

"盘花啊！"

"什么？盘花也会输！"翠怀心想不好，照理说这盘花可是比较复杂的花式，唐家的花农和插花师傅可说是身经百战的，怎么可能会输呢？

"是啊！而且是林老师傅亲自应战的，这插花最后的方案也是老爷和小姐亲自敲定的。接下去还不知道州府会出什么题，要是抽到佩花和一支花簪可就麻烦了，我怕我和小雨会应付不过来，所以来找小姐商量。"

小姐此时正在专心地布置花树，但听了小思的话后也很是吃惊。

"小思，第一轮盘花对手用什么打败了我们的'绸缪凤'？"

"秋水盈盈。"

"秋水盈盈——"唐小棣心中一惊，看来对手旨在意境上压我们一层。"小思，看来今年不能再以花色缤纷取胜了。"小棣深知绸缪凤是取了唐家花圃中开得最旺盛的十六种花拼插而成的，当时和爹爹设计这盆花的时候就取了"琼林竞宴上林花"的意寓。

花朝盛会中，以群花献客是唐家一直以来保持的盘花传统。这次的十六种花卉也是自己和爹爹亲自拟定的。而绸缪凤的插花造型是经过唐家花圃所有的插花好手多番试验才最终定下的。

"虽说富贵清雅是各有所好，但对手一定有胜人之处，而接下去的一枝花、佩花、花束的比赛更加从简，按照对手盘花的风格，看来定是走清雅路线的。所以小型插花对他来说肯定是更为有利。"唐小棣锁眉说到。

"那可怎么办啊，小姐，这样下去我们插花难道要输？"

"别急，等我把赏红这里分派好，就马上赶去插花赛场。小思，告诉我，那盆秋水盈盈用了哪些花？"

"嗯，虽说是秋水盈盈，但花色却不是偏鹅黄的，他们用了君子兰、金盏花、梅花、水仙、山茶、玉兰。"

"妙啊，没有选择迎春花这样明艳的颜色，而是选用了如秋叶一般的温暖之色，点缀花卉都用了白色吧？"唐小棣问到。

"对！小姐怎么知道？白山茶、白玉兰、白梅。的确都选用了白色。"小思兴奋地说到。

翠怀一脸的不满，"看你这样子，输了还很开心啊！"

"诶？翠怀，不能怪小思他们。对方的确是懂花之人，而且我可以想象得出，那盘花必定意志清高。水仙也是白中带嫩黄的花卉，一脉相承，非常应他的'秋水盈盈'。而且这些花多为清香四溢型的，还未观赏，就芳香入窍，会有先声夺人之效。相比之下，我们富贵华丽的'绸缪凤'就显得落入俗套了。这一局我们输得不冤。"

"那小姐的意思，我们要改变参赛的预案了？"

"不用刻意为之，不论如何，那些插花是我们经过几个月细心准备的。我们要对自己有信心。但临场的应对的确也很重要。小思，你先赶过去，让他们按计划应对。我分配好赏红就会马上过来和你们会合。"

"好。"

看着小思远去的背影，不知道为什么翠怀觉得有那么一刻小姐的脸上竟然是欣喜的。

是的，翠怀也许不懂，那是棋逢对手的快乐。

插花会

一位玉面玲珑的青青花郎此时正认真地在筛选花朵，他面前挂着"紫红"的花圃名。周围的同伴此时还在欢喜之中，是的，竟然打败了唐家！这是许多人想都不敢想的。

而此时这个消息也在花朝盛会传开了，来围观插花会的人顿时多了起来。连许多原定要去赏红祭拜的官家小姐此时都过来入了州府的特定座。

"紫洪！我们出名了！哈！你看各大花商和州府官员都来观摩了。"小岑此时还是一脸的得意。

"我是没问题的，只要你们别因为这样紧张就好。"紫洪仔细挑着花，并在选出的花上洒上清水。

"啊——"被紫洪那么一说，小岑捂住了嘴巴，还真是，在那么多人面前顿时觉得自己手有点抖了。

"就当他们不存在就好了。"

"哦哦。"

而评审席上一位白衣公子此时正抚扇仔细端详着应紫洪。

"冉冉升起的新星对老牌花圃的挑战么？"这位公子自言自语起来。

"诸公子，你以为唐家会坐视不理么，此时一定会有所应对的。"身边另一位年长的评委凑近说到。

"呵呵，这不正是你们这些老师傅想要看到的么？看看唐家会急成什么样子，你们好引以为乐。"白衣的诸公子笑如新月。

"诶？诸公子这样说就不对了，你不是也投票给了那个秋水盈盈么？"

"呵呵，我和你们不同，我只是跟随心意罢了。不过这样的确更有意思，历届都是唐家第一，多无趣。这个应紫洪，有点意思！"

围
布
细
作
解
语
花

这位诸彦可不是一般人物，他是越州城中最大的花商诸家号的少当家，这诸家也是世代传承的养兰圣手，负责越州一带进贡朝廷的兰花珍品采购。这位少当家是诸家年少一辈中难得的懂花知花之人，所以诸家老爷前些年已经将家里的铺子交于他打理，这诸字号在这位少当家的主持下也是有了一番新气象，去年皇上还特赐"养兰圣手"的牌匾以资嘉勉。

"越老，这第二题我看我们加点难度吧。"诸彦轻声和身边的评委说道。

不一会，鼓声传来，插花会第二场比赛即将开始。而此时，唐小棣也刚刚完成了赏红装扮的主要分派。她拿起一顶有着面纱的花农帽戴上，往插花会的赛场奔去。

"小姐？怎么戴上了面纱。"

"不能让别人发现我进了赛场，因为不能让他们觉得唐家乱了分寸。"

"哦!"

在最后一阵的鼓声中,小棣和翠怀赶到了插花赛场。

但是两人的到来还是没有逃出诸彦的眼睛,白衣评委的嘴角露出心满意足的笑容。

"年轻一代的对决啊!拭目以待了!"

白衣公子挥挥手。一群青衣梳着髫角的花童端着试题分别走到了参赛各队面前。

"第二试——"

各个花圃的参赛队伍紧张地等待着试题。

"诸公子,你这第二题改得有意思啊!"身旁的越老眼中颇含深意。

"过奖过奖,这一题是要考他们对花的敏感度。能种出好花的花农很多,但能赋予花新生和新意的花农却是少之又少。也算是为傍晚的斗草抛砖引玉了。"

紫红花圃的席位上小岑焦急地等待着。

看到花童拿下来的卷纸试题,赶忙双手接过,跑回来递给了紫洪。

而另一边唐家的小思也将试题递给了戴着面纱的唐小棣。

众花农摊开一看,一片讶异之声。

试题是"一枝花簪",花农们看到了自然是明了要比一枝花。这也是历年来的常备试题了,但不同于往年的却是,这次在一枝花簪的后面还写上了试题备注。

"轻捧香腮低枕,月夕花朝,不成虚过,芳年嫁君徒甚。有情人是,终要两厢情愿。"

"这是……这怎么解啊……"插花会的赛场此时一片哗然。

而评委席上的诸彦却是一脸的笑意,是的,这就是他要的效果。只比插花和花色好坏的比赛，他已经觉得无趣了。既然是插花比赛，赋予花作诗意才是他所看重的，要做皇家花农，只看花的成色可是远远不够的。

"围布！"诸彦一声令下。花童们纷纷用五彩的布将各个坐席围了起来。

各个花圃的坐席上开始议论纷纷，围观的百姓此刻也是兴致高起。

这围布的比赛形式在花朝节可说是好久没用过了，这么做的目的是将各个花圃隔绝开来，真的如闭门考试一般。

"紫洪，怎么办。今年怎么突然多出了后面这个题目啊？还围布了！"小岑有点抓狂地挠着头。

"这是要我们做出解语花。"

"诶？"

"让我想想，月夕花朝，有情人，两厢情愿……"紫洪清秀的眼中灵光一现。春色般的笑容在他俊美的脸上泛起。"小岑，你怎么看？"

"怎么看都是一首情诗。"

"不错，要让我们表现出情意两相知的诗意，而难就难在，只能用一枝花来体现。"

"是啊，要是刚才的盆花还好点，哪怕是佩花都好啊，但偏偏是一枝花。"

"别忘了，是一支花簪。这一枝花，即是花朝节时女子们以真花插发，以花为簪。所以一定要选插在发髻上耀眼好看的花。既然是女子所戴，那么两情相悦的意寓就是要与心上人心心相印了。"紫洪细细地解着这道花题。

"比翼双飞——"紫洪突然说道，嘴角浮上了自信的笑容，"我想到了，用什么花。"

而另一边，唐小棣也苦思冥想起来，她看了看席位上家中花农带来的花，心中不停思索着能对得上号的花卉。

"两厢情愿就是相爱相知，互相喜欢。那么就要选择可以传递爱慕的花来体现，但是总觉得没有那么简单。芳年嫁君……喜结连理，对了！这个花我们应该准备了，就是要找到黄色的。"唐小棣赶忙在花篮里找了起来。

"一刻——"

此时鼓声响起。

比赛的时间为两刻。唐小棣和应紫洪分别找出了自己选定的一枝花，开始剪枝修饰、装簪镶嵌。

待到最后的催时鼓，两人都做好了一支花簪，放在了供盘上，而此时花童入围布里来通知，说评审要求各花圃还需递上选花的注解。

应紫洪一笑，"我正等着这个呢，就算不说我也打算写一纸解语。"

花农们接过花童送来的纸笔，签纸铺就提笔都写了起来。

少顷，花童们一个个出了围布，将作品都摆放到了评审桌上。此时观众都踮起了脚尖想要一看究竟，而评审们也都起步来到桌前细看。

"撤布！"诸彦一声令下。

五颜六色的围布都统一地被撤下，各个席位之间也总算能看得到彼此了。

"请各花圃派人上前观看。"花童宣布后，各家花圃的花农便一拥而上。这史无前例的赛法，让各家花农十分好奇，心中也念叨着自己究竟做得如何。

在人声嘈杂中，诸彦往那评审桌走去。

"很有意思呢！"诸彦自言自语到。

"你只对两家感兴趣吧！"越老一副看好戏的样子。

而此时诸彦已经行到了应紫洪的一枝花前。

"这是……高！实在是高啊！"越老此时已经兴奋地连连称赞。

而诸彦此时也是一脸的意想不到。

"看来今年唐家要抵挡不住了。"越老饶有兴致将目光投向了正在拾阶而上的参赛花农。

"诶？我倒是对唐家这次的一枝花很期待。"诸彦故作深沉地说到。

而此时各个花圃的花农已经在审核台边就位。评审们此时慢慢地为各个花圃的作品开始打分了。所谓的打分其实就是将手中的小蔷薇放在钟意作品的盘中，最后获得最多蔷薇的花圃即为优胜者。

"准备开签!"

诸彦敲响圆鼓，花童们便一一在花盘周边站就。

"开!"

唰唰唰，放在花盘中的——刚才花农们写就的注解被一起打开了。

薰满千村万落香

评委们此时又开始第二轮细看花簪。许多评委因为在第一轮就有了心仪之花，所以大抵都是在喜欢的花簪附近驻足看花农的注解。当然也有一个个注解仔细都看过来的，比如那位白衣的诸公子。

人头攒动，除了焦急等待、踮脚相看的花农，还有被拦在外围熙熙攘攘的围观群众。

慢慢地评委们开始投票，那一朵朵红色的蔷薇一一被放置在了他们钟意的花盘中。翠怀此时可是挤在花农的最前面，想要看个究竟。

"小姐！哪一盘是我们的啊？"翠怀不停地踮着脚问道，"我看到好像都聚拢在这一头和那一头呢。"

"嗯，其实这次我心里也不太有底，毕竟是第一次按题做花簪，如果对方比我们更切合题意，那也就很难赢了。"

"放心吧，小姐选的花我觉得肯定没人比得上！"

此时鼓声再起，几位花童行至众位评审中间，然后快速地在桌面上拿了三盘花端到了贵宾专赏区。而此时人群中一片议论声，想必此时评委们正在写就锦书。

只见一个花童跑至花农等候区前，摊开锦书读道：

"此次得分最高的花圃是唐家花圃。"

"哦！好！太好了！"唐家花圃的花农们高兴地喝彩起来。

"紫红花圃！"

"紫洪！有我们呢！"小岑开心地跳了起来，"我没听错吧！哈哈！"

"还有阮氏花圃！"

"哦！太好了！"又是一阵欢呼声。

"看来是选了前三名上去评委席。"唐小棣听到后心中还是一阵紧张。

"不到最后不见分晓。"紫洪也对着小岑说道。

两人心中都有了一种新的猜测，难道还有加试不成？

三家花圃的花农纷纷选派两人前去评审席。而此时，唐小棣正了正面纱帽。刚要起步，却见到了那一边……

是的，无意间地一瞥，她见到了自己朝思暮想的脸庞。

清秀的眉目，挺直的腰身。青青少年，俏丽花郎。小棣不禁有些看呆了，怎么会是他？难道就是他将我们打败的么？此时小棣的心中尽是柔软，如果是他，那我更没有必胜的把握了。

"小姐！"翠怀轻声问道。

"哦，我没事！"

唐小棣在小思之后上了评审台。

而此时三家的花簪都整齐地摆放在案上。诸彦站立在案后。

此时外围也放下了围栏，围观的群众蜂拥而至，都想看个究竟。

"今年花朝插花，开往昔之先河，以题应花。而花簪之作，实乃简中最难也。"诸彦慢慢地解释道。

的确，唐小棣心中哀叹，看似简单，实则最难，而她也明白这是评委为了将唐家的优势降到最低的一种手段，所谓的公平比赛。但也怪自己太大意，最不该输的盆花竟然输了。输得突然，也就让后续被动了，而这一枝花的命题本身就不确定性颇高，就算自己亲自出手也是难以稳赢的。更何况今日的出题让比赛又多了一些随机运气的成分，有没有应题的花多少还是有些看天意的。

"而今，选出三支花簪，列为最上品，应题、选花及花簪设计都堪称是巧夺天工。分别是：

唐家花圃的'余香恋衣结'，紫红花圃的'并蒂诗盟约'以及阮氏花圃的'粉花朝湿雪'。"

"哇！真好听！"观众席上一阵议论。

"是啊！名字都那么好听，花簪一定更好看了，真想要一支！"那些官家小姐也听得颇为心动。

周边了传来了围观人群的议论声。

唐小棣舒了一口气，感觉取名上是自己更胜一筹。但综合得分还未知晓。只见诸彦一手一个，拿起了红蔷薇最多的两个花盘。

"不过不分伯仲的却是这两支，'余香恋衣结'和'并蒂诗盟约'。"

台下又掀起了一阵阵欢呼，分别是来自花农和围观的百姓。

"请两个花圃的代表上台。"

看到那个俊美的少年上前，唐小棣有些犹豫地也跟了上去。

"很不巧，两个花圃所得蔷薇花的数量是一样的。为了公平起见。我会请州府的一位特别官员来作为这次终审的评委，并给他一朵蔷薇花。最后他将这朵蔷薇花给予谁，谁就是这次'一枝花'的优胜者!"

白衣公子将两盘花簪都端到了后面的贵宾观看席上。他在一位衣着考究的官员面前停下，并作揖，递上了两盘花簪。

那锦衣官员饶有兴致地看着花簪，啧啧称奇。

"这手工自是不用细说了，实在是难分高下。"

诸彦递上了两位制作者的花签备注，并递上了考题。

"徐大人做过多次科举的主考官了，可谓是文苑英华，此次您觉得谁更胜一筹?"

"嗯，要说这应题么，诸公子，你过来一下。"

徐大人摊开唐家花签和紫红的花签，只见上面写着洋洋洒洒的注解。

"有意思，待我细细看来。"徐大人又摊开了考题，一一对应。

唐家花签写着:

结香戏梦花。花解梦，心有芊芊结，美梦成真，噩梦化解。梦花婆娑，花香结情缘。

花语结，若许愿者要得到长久的爱情，只要在结香花的枝上打两个同向的结，这个愿望就能实现。故此花簪有双结，应题中的月夕花朝，不成虚过，芳年嫁君徒甚。（注解：对应月夕梦中许愿，愿长相厮守）。有情人是，终要两厢情愿（注解：对应结香花枝上两同向花结）。

下面则附诗一首：

> 陌上春风已半酣，薰笼院静怯轻寒。织成花锦传香密，养就娇羞对客人。山路不知清梦远，宫衣犹惜旧花残。若将品第分高下，须向芝兰格外看。

徐大人看得津津有味，没想到这解语花有那么有趣的故事，而且这些花农竟然能有如此的文采。

而此时翻开紫洪的注解，更是让徐大人吃惊。

上书：

忍冬，也做金银花，开花，微香，蒂带红色，花初开则色白，经一二日则色黄，故名金银花。又因为一蒂二花，两条花蕊相探在外，成双成对，形影不离，状如雄雌相伴，又似鸳鸯对舞，故有鸳鸯藤之称。

试题：轻捧香腮低枕，月夕花朝，不成虚过，芳年嫁君徒甚。有情人是，终要两厢情愿。

此试题的文眼为两厢情愿，故取花开并蒂的忍冬为应题花卉，一金一银，似鸟似凤，比翼双飞。

徐大人看向花簪，的确是一金一银，并蒂而开，平时日喝金银花冲泡的茶水时并未在意，没想到此花是一蒂双花的，妙哉妙哉！

两花并蒂，的确更为切题。

而注解下面也附诗一首：

春晚山花各静芳，从教红紫送韶光。
忍冬清馥蔷薇酽，薰满千村万落香。

徐大人拍案而起："妙妙妙啊！"

雕鞍翠幰看姚黄

他拉过诸彦附耳说道："这花农究竟是何人物，你看他的诗中不但应上了自己的花圃之名，还很巧妙地点出了蔷薇。这忍冬和蔷薇一起馥郁芬芳，不正是很含蓄地要评委把花投给他么？"

"是啊，大人，这诗中的意境一般人是看不出来，所以我才请大人定夺，因为我知道大人一定可以看出其中的巧妙。"诸彦笑着说道。

徐大人笑着点了点诸彦："你啊，你啊。也罢，我也是心有所属了。"

徐大人将红色的蔷薇花抛到了应紫洪的花盘中，席上传来一阵欢呼声。

"得胜者是——紫红花圃！"

小岑此时不敢相信自己的耳朵。

"并蒂诗盟约，取花开并蒂的双花忍冬为一枝花主材，一金一银，形影不离，出双入对。实乃扣题精准，实为两厢情愿。并附诗巧妙，万紫千红总是花朝难负，故紫红花圃摘得本次一枝花竞赛的花魁。"

待诸彦宣读完毕，花童又大声地一字一句地读出了紫洪写的解语花注解。

台下又传来了一阵阵的叫好声。

唐小棣此时听得也是心中暗暗叫好。

是的，输得心服口服，他，我真的比不过呢。

唐小棣领了第二名的木质花牌后，返回花圃后就快速地要出插花会场。

"小姐？不是还有后面的比赛么？"翠怀忙跟着小姐问到。

"插花顾不上了，我只能临时抱佛脚再去认真准备下一会的斗草大赛了。"唐小棣此时急匆匆地往斗草大会唐家的花卉准备坊走去。

"小姐，等等我！"

"如果我没有猜错，我一会的对手也会是他！"

"你是说那个紫红花圃的……漂亮花郎?"翠怀一想起那个俊美花郎，脸也有点红红的。

"是的。"唐小棣的脚步越来越快。

"小姐不用担心，斗草大会我们准备得很充分了。"

"不是担心，而是难得的……高兴吧……"唐小棣轻轻说道。

是的，一会要和他正面相对，到时候他不知道会不会认出我……

"那个应紫洪啊，的确是引人注目啊！"翠怀此时难免有些想入非非。

应紫洪，真的是一个好听的名字。万紫千红，像是生下来就被花神眷顾的人呢！但我不会轻易放弃的。唐小棣一头扎进了花海，所有的花卉她都要再过一遍，再细细想一遍那些可能会有所关联的斗草情节。

一决胜负吧，箫鼓声声，犹是芳菲时节。一朝花期，花郎不解情缘。

"咚咚咚！"布鼓阵阵。分明是在提醒着人们斗草大赛马上就要开始了。

果然不出所料，唐家一路过关斩将直入决赛，而决赛的对手，就是应紫洪。

其实这斗草也分文斗和武斗两种，武斗多为儿童之乐，而文斗就是花朝大会的重头戏了。这可是各大花圃都会倾尽全力准备的比赛。

所谓文斗，即是要斗得全面，花名、花韵、花材、花色、花颜……而和这些相结合的就是斗草之人对花的感应力。如果说武斗斗的是花的韧性，那文斗就是看花农对花的悟性。但光悟性还不够，还需要博古通今，识花知花，满腹花经。

所以文斗要无所不用其极，拿出压箱底的花卉和知识，以难倒对方为胜点，还要有一副伶牙俐齿。许多时候选手往往可以使用精彩的辩论技巧，非常巧妙地化解对方的逼问。当然所有的一切都要和花有关。

不过，这重中之中，还是参赛之人要有文采。因为斗草之时，寻求的是对仗和出口成章。所以这斗草比赛一般的花农是上不了台面的，上花魁台的花农还需要有一定的文学功底。

用小姐的话来说，斗草需要斗文采、斗知识、斗口才、更是斗花运。

别的翠怀倒是都理解，但这花运一词，翠怀是真的不得其意。听小姐的解释就是所谓的百花有灵，真正的高手过招往往只差在毫厘之间。所以运气也是重要的成分之一，而获得百花的眷顾是尤其重要的，斗草斗顺的话，信手拈来就是花语斐然。这感觉翠怀是没有体会过，不过觉得有点像打牌吧，花运旺自然会摸得一手好牌。

斗草完全靠临场发挥和随机应变，因为选手不知道对方会出什么题目来挑战，也不知道主考官会将题目引向何处。不得不说，既惊险又刺激，所以历来斗草比赛都是大花朝的压轴戏，里里外外总是被围得水泄不通。此时我和小思正拿着小姐清单中的花卉赶赴比赛场。我们都是靠挤进去的，而且一路上听到观众议论纷纷，也是，今年唐家派出了少壮一派的领头人物来斗草，大家自然会是万分好奇和期待的。

小姐的名气可说也是不小的，知书达理、秀外慧中，以后又会是唐家花圃的接班人，在这花朝大会上的被关注度自然是数一数二的。但是也有很多人在议论着今年的另一个选手——应紫洪。

不看不知道，一看吓一跳，这年轻的卖花郎竟然已经有了粉丝团。许多女子此时都聚拢在紫红花圃的筹备席附近，甚至还有不少官家小姐，此时她们正不停地嬉笑指点着紫红花圃中的应紫洪。口中说着，是他，是他，就是他，真俊俏呐！

好吧，我承认这花郎的确长得……但是小姐绝对不会输给他。

我和小思总算是穿过了人群，将一箩筐鲜花放到了唐家花圃的准备席上。

"呼，总算赶上了。"小思长吁一口气，而此时鼓过一响，待到三响，就要开始比赛。

"小姐……"我看到小姐此时正端坐在胡床上，一言不发。

"嗯。"小姐应了一句，然后默默地闭上了双眼静思。我是知道的，小姐作为唐家的继承人，这次比赛的压力有多大，她现在肯定在脑中默背我们筐中的花卉品种。

不过，其实在主考官没有定下这次斗草的基调前，任何准备都是没有多大意义的，小姐如此做其实是为了找到自己的节奏，然后通过冥想花卉让自己安静下来。

咚咚咚——三响敲起。

紫红花圃和唐家花圃的选手开始起身步入赛场。

一个身着紫衣的花童此时打虎跳、翻跟斗，直上花魁台。待他站定，从身后取出锦书，开卷大声朗读起来。

"问今日何处，斗草寻芳。不管余醒未解，扶头酒、亲捧瑶觞。催人起，雕鞍翠幰，乘露看姚黄。斗草大会决赛，正式开始！"

周边传来了一阵阵的喝彩声，真可谓是一浪高过一浪。

元
是
今
朝
斗
草
赢

花童举手示意观众安静，又读道："优胜之两花儿女，应战出列。紫红花圃之应紫洪，唐家花圃之唐小棣。"

随着他的报名，应紫洪和唐小棣纷纷出列，两人缓步走上了花魁台，而紧跟在他们身后的则是捧着花筐的助手。

在一阵阵喝彩声中，两人在花魁台上的胡床处坐定。

跟着小姐一起上台的花农是小思，这也是投花神签决定的，所以此时翠怀正紧张地在台下观看。

"战况如何？"

老爷熟悉的声音传来，这是翠怀没有想到的，这次老爷亲自来观战了，这在往年都是没有发生过的事。看来老爷对小姐还是很关心的。

"才刚刚上台。"翠怀恭敬地回道。

当然注意到这一点的不仅仅是唐家花圃中的人。评委席、贵宾席乃至外围的观众们都发现了唐老爷的到来。

"看来这次唐家真是非常重视呢！"越老凑过来对诸彦悄悄说到。

"毕竟是唐小棣的第一次斗草决赛。"诸彦摊开手上的折扇，不以为意，"差不多该到我上场了吧！"他整了整衣衫和发冠。

而此时花魁台的花童宣布道："有请本次斗草决赛的主考官，诸公子。"

此时台下又是一阵躁动，尤其是女观众那一块。的确，这诸家少主也是俘获了不少少女之心，所谓最年轻的皇商，也生得风流倜傥，自然是城中女眷们争相讨论的话题。

诸彦快步如云，直上花台。他坐在了裁判席上，仔细端详起两位参赛者。

"今日嘉宾满座，少长咸集，真可谓越州之盛事也。不过，更让诸某在意的却是在比赛席上的这两位，正所谓俊美花郎，秀丽佳人，实乃双璧。久闻唐家千金，才貌双全，花间静姝，今日既为花神之赛，小姐何不以真面目示人。"一上来，诸彦就开始试探起来。

唐小棣心中一紧，这主考官对我有所发难，这样看来今日斗草略有不利。

"小姐？"小思此时也是一惊，小姐贵为女子，以纱帽遮面，也没有什么不妥，这主考官还没开题，就有所偏向了么？

唐小棣心中细思，此处不能输了气势，如果一开始就不给主考官面子，对后续的斗草也不利，况且……唐小棣看了看对面的应紫洪，此时他正正襟危坐，面露微笑。

小棣的脸不由得一红，我也想以真面目与他比赛。

"所见略同，小女子也正想着要摘下纱帽。"唐小棣双手轻轻取下了那顶白纱帽。

"哇！"人群熙熙攘攘地，大家开始向前拥挤起来。

若不是美若天仙，也算是国色天香。

唐小棣今日因为献舞所以妆容颇为正式，朱唇轻启，凤眼留香。只是她的发髻上并没有一朵花容来点缀，和娇艳的脸蛋形成了鲜明的对比。

唐小棣此时脸上除了胭脂的红晕，又多了一抹娇羞。她端坐对着紫洪、诸彦及台下的观众行礼，迎来了一阵叫好声。

"好漂亮！"小岑此时有些看得出神。

应紫洪的眼中也多了一丝深意，他微笑着回礼。但深知斗草比赛其实也是博得民心的比赛，唐小姐这一举动明显是化被动为主动了，所以自己也不能落后了。

应紫洪俊美的脸上泛起了可人的笑意，引得台下女宾区一阵惊呼。应紫洪抱拳行礼。

"巧笑东邻女伴，采桑径里逢迎。疑怪昨宵春梦好，元是今朝斗草赢，笑从双脸生。久闻唐家小姐学识渊博，乃花中博士，今日果然连下三局，直入决赛。"应紫洪一串妙语连珠，短短几句话既称赞了唐家小姐，又应情应景，也引得台下观众喝彩起来。

诸彦此时仔细观察这位青青少年，虽然身上麻布粗衣，却依然是气质绝佳。"此二人的确是人中翘楚。"诸彦暗暗叹道。只是诸彦总觉得两人之间似乎除了对手以外，又多了那么一份别的情愫。

"哎，看来今日真是看花渐醉迷人眼，如此一对璧人，看我都心花怒放起来。那么，我们就开门见山吧！出题！"诸彦一打手势，那紫衣花童一拉木架上的卷抽，斗草决赛的第一道题赫然入目。

"兰。"

大字一出，台下唐家花圃传来了一阵欢呼，是的，兰花是唐家的发家之根本，可说是镇圃之宝。如今这第一道题明显是对唐家颇为有利的。

"啊哦！"小岑有些紧张地看向紫洪。

"别急，只说是考兰，而不是比兰花，今年的考官是诸家公子，不会那么简单的。"

"呼——希望如此吧，不过好在刚才采了几株兰花来。"小岑摸了摸胸口，继续端坐，装作若无其事的样子。

诸彦看到诸人的反应，心中暗笑。手中的折扇一举，赛场顿时安静了下来。

"此题，并不是拿兰比兰，也不是对仗比文。而是要考作为一个花农的基本功。养兰知兰，也就是所谓基础中的基础，仅此而已。"

此话一出，人群中一阵喧哗，而唐家花圃的人则忧心起来。

唐家当家——唐瑞心中也是有些隐隐的预感，今年的考官似乎完全要摒弃往年那些约定俗成的规矩了。不过如此一来也好，这样，小棣赢了也更加可以服众了。

唐小棣心中此时也是如此想的，既然摸不透主考官在想点什么，那么就顺其自然吧。紫红色的衣衫轻轻贴地，唐小棣鞠躬致意，"请主考官出题。"

应紫洪见状，也行礼请题。

"兰贵为国香，亦为君子之佩。此题第一段，即为说兰。博古纵今，回顾历代志兰事。"此话一出，台下一片肃静。

大家都明了了，今年的斗草不会再似往年那般打打闹闹了，而是要比真功夫了。

"还好去的是小姐，不然别的花农还真应付不来了。"翠怀身边的老花农感叹道。

诸彦看众人没有异议，心中一喜，哈，这就是我要的效果，都被吓到了吧。诸彦正了正神色，继续说道：

"越州养兰可以追溯到春秋时期。昔越王勾践植兰于兰渚山，今山阴花农依旧以兰为贵，以花为生。越州之兰，名扬天下，自不必说。第一问——"诸彦对花童使了个眼色。

第一百九十五章

弥弥馨香灵均开

那紫衣花童撤下了身边另一个卷轴，上书："越州兰种有几多？"而此时另有两位花童已经将笔墨端给了唐小棣和应紫洪。

"要写出越州所有的兰种，自是很难，所以只需写出兰之大分类即可。"诸彦解释道。

小岑这会就有点犹豫了，这兰花的品种说实话百家各有所指，许多品种也是独门所持，甚至不会公示。

"这怎么写得全啊？"小岑有着无奈。

应紫洪则是一笑，"诸彦不是说了么，只要大类，不拘小节。"说着便提笔写来。然后很快地将稿纸放到了花童的盘中。

唐小棣也不甘示弱，写上答案后也迅速呈上。

一来一去，两人几乎是同时交卷。

诸彦一声惊叹，"今年的两位，的确是青出于蓝，我想答案也不会错了吧。这一题本就是先让两位暖一暖场子的。"诸彦侧身一指，那花童揭开了答案。

而另外两位花童则仔细对着手中的回答。

"不错，越州五大种为春兰、蕙兰、建兰、墨兰、寒兰。"诸彦读到。

"唐家花圃，全对。"

"紫红花圃，全对。"

两位花童回道。

"嗯，答题完毕，回归本真。说兰为题，开始斗草。谈古论今，辩论史籍，慧言利辞者胜！"诸彦突然宣布。

此时台下的观众都大吃一惊，本来以为今年看不到唇枪舌剑、斗花斗草了。没想到一个急转弯，又要开始传统的文斗了。只是这斗法还是有些模糊，以说兰为题，而不是传统的斗百草了。

那这个意思就是，不能离开"兰花"，而要以兰为纲。

应紫洪快速站起，行至台中的花魁榜之下。是的，文斗的诀窍就是要先发制人，引领话题。

"诚如诸公子所言，越州之养兰，始于春秋，而春秋典籍记载，兰渚山，有草焉，花有国馨，其名曰兰。"

哐——一声，应紫洪语毕，催文锣已响。这锣声随着花童们在花魁榜上的记号一起打开了文斗的序幕。

凡是锣声，即是催文，锣声起，对手就一定要有所应答，如果长时间语塞或应答不上即是认输投降了。应答的时间以三询鼓为限，三阵鼓声，询问斗草之人，如果三询未应即为放弃。

只是此时鼓声未起，唐小棣便也行至花魁下应道："《楚辞·招魂》也已记：'兰薄户树，琼木篱些。'也能歌：'光风转蕙，氾崇兰些。'"

唐小棣很巧妙地将讨论转到了《楚辞》之上。应紫洪一笑，既然说到诗词歌赋，那就来一首填词。

"光风转蕙，泛崇兰、漠漠满城飞絮。金谷楼危山共远，几点亭亭烟树。枝上残花，胭脂满地，乱落如红雨。青春将暮，玉箫声在何处。"应紫洪在台上踱步，慢慢吟出了"光风转蕙"起头的宋词。

鼓声已起，唐小棣细细想来，这首词，我记得，她尽力地搜索着脑中的记忆。闭眼一字一句慢慢吟来："无端天与娉婷，帘钩鹦鹉，梦断闻残语。玉骨瘦来无一把，手捱罗衣看取。江北江南，灵均去后，谁采蘋花与。香销云散，断魂分付潮去。"

"好！"人群中传来一阵叫好声。

小岑差点扑倒，心想，天呐这是什么对手啊，竟然可以把词都背出来！

而一边紫洪也是完全没有想到。本来想卖弄下文采的，就挑一首诗情画意但冷门的词，可没想到这唐家小姐竟然背出了下半阙。

应紫洪自是抬眼看向一脸淡定从容的唐小棣，若说没有认出来，那自然是假的。西园花下，花签已摘。本以为是一位自视甚高的大小姐，但如今看来的确是有着过人的才华。应紫洪看着她玲珑有致的娇颜，心中也如那词中写的一般，灵均散开，弥弥馨香。

"好词。说到《楚辞》，兰草自然是屈子的心头所好。正所谓'秋兰兮青青，绿叶兮紫茎。满堂兮美人，勿独以余兮目成'。九歌《少司命》中也是以兰自芳。今日能在花台之上与唐小姐斗草，紫洪已然是万分荣幸。君子喜兰，而紫洪作为花农，自是要采兰栽兰，让君子折之，佩做芬芳。"应紫洪只能继续回到楚辞中的兰草之词，再做周旋。

唐小棣轻轻一笑，接过了话头："山野栽兰，始于春秋；庭院栽兰，始于战国；宫廷栽兰，始于晋；兰场栽兰，始于唐。正如唐诗所吟，'兰若生春夏，芊蔚何青青'，漓渚花农自古沿袭，养兰种兰袭承越王之荫，已经千年。而唐家作为漓渚之花圃大家，自然不会是碌碌无为，如今也是有备而来。"

数句之间已经是初露锋芒，剑拔弩张。

应紫洪没有料到她会如此的步步紧逼，但他选择此时发难也可说是一妙计，既可以团结漓渚花农，得到他们的应援，又可以将斗草往斗兰上面引去。若是要比兰花的稀贵，自己自然不是唐家的对手。故意提起漓渚也是在排挤我这个所谓边缘人的出身身份。

而此时，诸彦自然也是听出了门道，虽然应紫洪不是漓渚的主流，但以地域来评判未免太过偏激了点，不过这民粹的方法对花农来说还真是管用的。此时台下的花农果然被点燃了热情，有的甚至大声喊起了"漓渚必胜"的口号。

应紫洪看了看台下，脸上却没有一丝紧张，反倒是淡然一笑，这一笑让唐小棣有些紧张起来。

"的确，紫洪虽为一介弱冠，但也算是兰亭出生。兰亭之所谓兰亭，正是因为越王植兰于此。少时虽居于城中，但自幼习闻兰亭花开荼蘼。紫洪虽不是根正苗红，但也愿以诚心叩门，做一位永远等待花开的种花之人。"

唐小棣利用家世来聚拢人气其实算是一把双刃剑，虽然凝聚了人心，但也多少让素以清高闻名的府城花商和官员们有了些质疑。

"不错，正是遇到了应公子这样的高手，小棣才需要自报家门，以鼓舞人心，今日花台锣鼓，斗草盛会，小棣也颇为紧张。应公子是我欣赏的花农，更是小棣尊重的对手。今夕何夕，遇此佳人，才知人外有人，山外有山。"唐小棣也很快就放低姿态，以退为进，但其实她的心中的确是如话中所说这般，在这开始的交锋中，就对应紫洪心生敬意，而且可以说是远远不止于此。

"好！"诸彦突然起身赞叹道，"今日斗草大会，看来的确是势均力敌，各有千秋啊！不过这斗草还是由我说了算的。试问二位，既然试题为兰，那么我们就从兰的本身开始文斗吧。根茎花一个都不能放过，一一道来！"

诸彦见两人开始互相寒暄，便马上起身将比赛继续导入正途。此时三位花童端了三盆兰花上台，小心地摆放于中间。

应紫洪一看，心中叫好。并给小岑使了一个眼色，看来这诸公子的确是另辟蹊径，直接上花于台，看来今年是不会再让斗草之人自己献上花卉进行攀比了。如果单比花卉的精致和新奇，想来越州无人能是唐家的对手。如此比赛自然是没有看头，有失公允的。

应紫洪轻轻和小岑说道："这个主考官有点意思，说不定我们真的可以赢。"然后转而大胆地上前细看那三盆兰草。

"大多数兰花的根是圆柱状的，常成线形，肉质根粗大而肥壮，多呈灰白色。"应紫洪赶忙抢答到。

他刚停顿唐小棣就接下了话头："兰花茎为生长叶片、根系、花朵之重要器官，并具有储存水分和养料的功能，以状态而分，兰花茎的状态大致可分为直立茎、根状茎和假鳞茎三大类。"

"以国之馨香闻名于世的兰花属于不整齐花的范畴，花茎又称'葵'、'花箭'、'花亭'，由假鳞上生出，每茎一至多枚。而花茎下部鞘所包裹。鞘又称壳、包衣、包壳，具有保护花蕾的作用。鞘的颜色、脉纹是鉴别兰草品种的重要依据。花朵按一定顺序生长在花轴上，称花序。兰仅有少数种为单花，多花为多，花序的生长姿态有直立、斜出、附垂三种，也是鉴赏兰花雅致程度的重要依据。"应紫洪滔滔不绝地将相关知识又一一道来，一点不给唐小棣留有余地。

而此时根茎花已经悉数说完，应紫洪因为先声夺人，明显占了上风。

诸彦点头称是，"不错，不错。全对！看来也不需要我再补充了。只是这品兰四要又为何？"

见两位一来一往唇枪舌剑，诸彦自是趁热打铁，又抛出了新题。

"常绿、独秀、幽香、素雅。"唐小棣抢先答到，抢得一个花魁榜上的红花。

"不错！四要的详细解释又为何呢？"诸彦继续问道。

"常绿，即为兰叶的鉴赏，四季青葱是为养兰之要。独秀为兰草生态习性的鉴赏，兰不以无人而不芳，空谷幽兰是为兰的情操。幽香，顾名思义，即为兰花的香气鉴赏，国香幽幽，古朴清雅。素雅则是兰的整体鉴赏了，含色泽成分，但更重于气质的探求。"应紫洪将四要细细道来。

台下的观众开始起哄叫好，而唐家花圃的花农心中此时也都暗暗赞叹道，此人不简单，许多花农养花本领是不低的，但要说出如此系统的养兰之道，没有规范的学习和教导，是很难融会贯通的。况且许多花农识字不多，实践的道理虽然都懂，但要理论化和系统化地学习背诵对他们来说都是很吃力的。

而此时，唐瑞心中也揣测到，此人年纪轻轻，却花经满腹，这不但需要十分深厚的文学功底，还需要养花懂花之人十分系统和细心的整理，并要循序渐进地教授于他。更重要的是这些花经许多时候都是养兰大户的独门秘方，不会外传。应紫洪小小年纪，应该是得到了养花高手的点拨和传授才是，这些花经不会是他一人所创的，要知道唐家的花经可是经过几百年的传承，才积累下来的宝贵财富。

"此人来历不简单。"唐瑞对身边的林伯说道。

"是啊，老爷，更奇怪的是，我们以前都没有注意到他。"

唐瑞笑着摇了摇头："所谓不鸣则已，一鸣惊人，此次花朝大会就是他的出头之日吧。后生可畏！"说完他马上给林伯使了一个眼色。

林伯会意后马上走出了唐家花圃的席位，往人群中挤去。

而台上诸彦又放出了新的问题，唐小棣和应紫洪斗得如火如荼。

"既说兰，今日倒想听听兰花的典故。"诸彦倚坐着开始斟茶，轻呷一口，面露惬意。看来这文斗就如文试一般，而且诸彦完全没有要停下的意思。

于是唐小棣和应紫洪从《燕结梦兰》到《孔子咏兰》，她说《屈原佩兰》，他应《芝兰玉树》，她讲《兰菊丛生》，他道《琴曲弦兰》。

一来一回，斗得难解难分。也引得台下观众爆出一阵阵的叫好，很快，观众群里面就形成了阵营，各白支持自己喜欢的选手。

诸彦得意地看着台下，回头对着不远处的越伯使了一个调皮的眼色。

"你看！气氛被我炒起来了吧。往年你们做主考官的时候哪有这样的场景。"

越伯读出了他眼神中的潜台词，自然是觉得又好气又好笑。"好吧，好吧，你厉害！"

诸彦得到满意的答案后，便饮完了那一杯越窑青瓷茶碗中的茶汤。

他一抬手，两位选手纷纷行礼，台下也安静了下来，此时赛场上只有三询鼓声。

"计分！"诸彦一声令下，花童们便纷纷称是。

一个个在花魁榜下工作的花童开始计数起来，并一一对应写好得分的缘由。

花魁榜是越伯负责的，所以诸彦相信是不会出错的。

"目前比分——"只见一位清秀的花童上前宣读道。

"唐家花圃，唐小棣，五兰全对一朵，楚辞招魂一朵，接词一朵，栽兰历史一朵，兰茎一朵，品兰四要一朵，燕结梦兰一朵，屈原佩兰一朵，兰菊丛生一朵，合计九朵春花。"

台下一阵喧嚣叫好，但此时唐小棣却有些花容失色，"糟糕，这一题我输了。"

"小姐？"小思有些不解，担心地询问，而另一边应紫洪的分数也报了出来。

"紫红花圃，应紫洪，五兰全对一朵，春秋说一朵，兰花词一朵，九歌《少司命》一朵，兰根一朵，兰花一朵。品兰细要一朵，孔子咏兰一朵，芝兰玉树一朵，琴曲结兰一朵，合计十朵春花。"

台下一片惊叹之声。

第一百九十七章

心若兰兮终不移

"唐家竟然输了兰花题?"

"不对啊,台面上看起来是势均力敌啊!"

围观的百姓开始议论纷纷起来。但诸彦全然不顾大家的喧哗,而是下令花童将花魁榜单张贴在出题板旁。

"小棣上当了。"唐瑞无奈一笑。

"老爷,这不公平啊!"翠怀此时急得想要冲到台上。

"不急,还只是第一题,按照惯例会有三次计分。但是看来此次的主考官是有心要让比赛对应紫洪更有利啊!"

"啊?"翠怀有些不解。

"这位诸公子选了兰花为题,普通人一看都会认为他是投唐家所好,毕竟兰花是我们的镇圃之宝。但实际上他在第二次出小题的时候就埋下了陷阱和伏笔,出了考兰根、茎、花的试题。三部分对应三朵春花。所以这一题就会拉开本当势均力敌两人的差距,这一题按照三询鼓和问答锣的规矩,就是先答者为胜了。因为说出一个答案后锣声会敲响，回答权利就自动转向对方，答题时候的三询鼓则是给人一种假象，两人一来一去，实则这是考官埋下的一粒种子。应紫洪很聪明，夺得了先机。"

"是啊！太不公平了，台面上明明小姐不落下风的，要是再让小姐说一个典故不就平分了么？"翠怀气得直跺脚。

"不错，但小棣输得不冤枉，应紫洪的确不比她差，而且看出了玄机，把握了机会。想来小棣后面会注意这方面的问题了，比赛才第一局，不用担心。"唐瑞倒是并不担心，说实话好久没有看到那么精彩的比赛了，不论是选手还是考官，都让人眼前为之一亮。

这场比赛实际上不只是两人的战斗，而是三人在花魁台上的斗智斗勇。现在，情况对小棣不利，她一人要对抗两人，实在是不易。但，小棣毕竟是小棣，如果经受不了这一关，她也不能出山。花神——这难道这就是你的选择，让小女遇强敌方能堪当大任。唐瑞的脸上露出了欣慰的神色。这场比赛不论输赢，小棣都会所有成长的。

诸彦见台下渐渐安静了下来，便清了清嗓子，"不过这才是第一局，第二局依然是文斗，但我不再出题，两位互相出题，能考倒对方自然就可以阻止对手拿到更多的红花了。不过这考题的的主旨依然是兰花。"

诸彦满意地看向花魁榜，然后饶有兴致地看向唐小棣。此时的她，洁白的脸庞上难掩失落，但唐家小姐毕竟是唐家小姐，她依然保持了相对的镇静，而且此时她抬眼看向诸彦，犀利的眼神中不带有一点怯意。

这让诸彦有些后背发凉，的确第一局可以说是自己下了个套，但是应紫洪反应过来了，所以也说明他比唐小棣更为敏锐。

唐小棣再次看向应紫洪，眼中有着丝丝依恋。但最后都化为一声叹息。

应紫洪看出了她的心意。

唐小棣暗暗下定决心，是的，要赢就不能手下留情。此时属于少女心事的那一抹蔷薇色我要将其隐藏起来。这样，就算败了，也不至于后悔。

此时鼓声再次响起，唐小棣起身上前："小棣不才，和应公子相比，自知逊色不少。所以这一局，小棣希望先来出题。"

应紫洪看了看站在身前面带微笑的唐家小姐，心中想到，其实我还是喜欢那天对我伶牙俐齿、百般刁难的唐小棣啊。他的眼神中多了一份怜惜。便回礼道："好！理当如此。"

"上一局从诗词歌赋谈到了养兰四要，这一局我们不妨来说一说兰花的别名如何？"唐小棣莺莺婉转的声音传来，应紫洪完全不好拒绝。

有些迟疑地应道："嗯……"

"那小棣先来抛砖引玉。"唐小棣的声音更加轻了，她果然还是不能很好地面对应紫洪，她微微侧身，向台中的三盆兰花走去。

玉手染兰香，紫袖晕青葱。

"兰之馨香，无人不晓。国香已为最高荣誉。只是十蕙一兰，尤为难寻。试问应公子，兰香之别称'轻重香'究竟为何意呢？"

小岑以手掩口，心想大事不妙，这说的什么轻重香……我是根本没有听到过啊。

应紫洪淡淡一笑，灵眸皓齿相应，清秀到了极致。只见他轻轻踱步到了唐小棣的身侧，手抚兰叶，温柔地说道："'轻重香'指的是兰香幽幽，随风势微呈轻重之势传香。"

锣鼓响起，唐小棣知道他又得分了。而接下去就是他发问了。

应紫洪微笑着看向小棣，眼中尽是温柔，"继落美为何种兰的别称？"

唐小棣看的有些发呆，他为何会对我如此微笑，心中不免忐忑，"春兰……"小棣深深地吸了一口气，不敢再去看他，此后她的视线再也没有离开过眼前的兰草。

花魁榜下花童又拾起了一朵红花。

"'幽色'一称是出自哪一首诗词？"唐小棣看着兰草问道，既然兰草的知识考不倒他，那就试试看诗词歌赋吧。

"紫兰秀空蹊，皓露夺幽色。"还是那么温柔的声音传来。

唐小棣微微叹了口气，这些的确都难不到他呢，看来这次斗草大会我会输给他了吧。不过也算心服口服了。虽然那位主考官耍了些小手段，但应紫洪的确也受得起花魁的称号。

小棣这样一想也就释然了，她回头对着应紫洪露出了真诚的笑靥。

应紫洪倒是有些踌躇起来，是的，不管怎么说，自己胜之不武。

"楚襄王兰台之宫，零落无丛。"应紫洪感受到了唐小棣的心情，心中不免有些怜惜之情。是啊，这个女孩子身上承载了多少的期望，但她却还是欣然接受了，要是我的话也许根本做不到也承受不起。

唐小棣询问似地看向应紫洪，但此时锣鼓声已经响起。

"汉武帝猗兰之殿，荒凉几变。"小棣于是接了下去，她知道这是唐朝杨炯的《幽兰赋》。

"闻昔日之芳菲，恨今人之不见。"

"至若桃花水上，佩兰若而续魂。"

"竹箭山阴，坐兰亭而开宴。"

"江南则兰泽为洲，东海则兰陵为县。"

"隰有兰兮，兰有枝；赠远别兮，交新知。"

"气如兰兮长不改，心若兰兮终不移。"

一来一往，一词一句。当唐小棣吟到了这一句，应紫洪的眼中已经有了更多的深意。

他懂她，她也懂他。

他不再接句了，因为到这一句就足够了。

第一百九十八章

以花愈人知心扉

鼓声响起。这一局因为紫洪的不再接句，唐小棣胜了。

回到座位上，小岑满脸的不解，他双手握拳，不停地在胸前捣鼓起来。

"紫洪啊紫洪，你怎么不接下去了啊，别告诉我你背不出来了，我就不信还有你背不出的诗词歌赋。"

"不是背不出来，只是觉得到那一句就够了，不忍再背诵下去了。"

"难道！你……"小岑不禁看了看对面那位娉婷娇媚的唐家小姐，心中自然是猜到了七八分。"额……但是好歹我们也已经比到了这里，下一局我没猜错的话会是采花选花了。我们不管怎么样都是处于劣势的啊……哎，虽然说唐家是比我们强很多，但是你总不能不战而败吧。"

"不会的。其实这次我们能比到这里已经是意外之喜了，只是得了花魁之后意味着什么，小岑你可曾想过。今次的主考官是诸家公子，我其实就猜到大半了。放心，我自有打算，而且，我们宣传自己花圃的目的已经达到了，这会紫红花圃摊位前生意肯定很好了。"应紫洪自信地一笑，让小岑的心中如沐春风。他们之间的这一份信赖是从小就有的，所以紫洪一个眼神，一句言语，他就能明白其中的深意。

"呵呵，你是说花簪和盘花么？我已经吩咐花圃的人去赶制了，的确很多人来抢着订货了。"小岑摸着脑袋爽朗地笑了起来。

"嗯，那就好，不忘初衷，我们现在最需要的是金钱。不管怎么样这次花魁的奖金是珠玑满斗，我还是要努力拿下来的。"应紫洪叹了一口气，有些无奈地往身后的花筐看去。

"你想好要选什么花了么？"小岑问到。

"嗯，其实一开始就想好了。"紫洪俊美的脸上露出了一丝绯红。

评委席上，此时又是另一番景象了。

"怎么办，又到平局了？"越老笑意融融地问道。

诸彦此时的确是一脸的不乐意来着，但是他不开心并不是因为应紫洪输了，而是看出了两人之间的那隐隐的情愫。

"其实这样反而好，不然不就没有第三局了么？我担心的只是别的，怕那样会导致比赛不够精彩。"诸彦用手不停翻阅着赛前各评委准备的试题。是的，要说最头痛的，还是这第三局的试题究竟选什么好，因为评委之间争议颇大。

一派认为第三局自然是比采花和选花，另一派则认为这样明显是唐家的胜算比较大，有不公平之嫌。所以争执不下，最后还是需要越老和诸彦来做决定。

"两位选手的实力其实太接近了，如果没有一个速战速决的赛法，恐怕会拖到持久战去了。"越老捋着胡须叹道，"说实话，今年花魁倒是可以考虑颁给两个人。"

"既然是比赛，定是要分出胜负的。采花选花是一定要有的环节，所以第三局就定下以此为基调吧。只是为免唐家拿出所谓的珍贵花卉——大家都知道，要是这样比赛就无趣了——所以，不如我们这次也试试看一枝花的命题方式，如何？"

"一枝花，刚才插花大会上，的确用这个命题让比赛更为精彩和公正了。说到采花选花，就算整个越州其他花圃的压箱底宝贝都加起来，怕是也比不上唐家一家的珍藏啊。"一位评委点头说道。

"不过只比一枝花也很笼统，要有所限制。而且要有双重限制。"诸彦似乎有了什么新的主意，眼睛开始闪光。

众人一看，知道又有好戏看了，不禁期待起来。

三询鼓再起，诸位裁判回到了坐席上。而诸彦和越老陪着一个双手端锦轴的花童一起行到了试题木架旁。待到三人站定，鼓声戛然而止。

"美人愁思兮，采芙蓉于南浦；公子忘忧兮，树萱草于北堂。虽处幽林与穷谷，不以无人而不芳。"那花童清丽的嗓音吟唱起来，歌声悠扬，直透心扉。

"采花吟诗，古而有之。采而佩之，馥郁芳芳。"花童将卷轴挂在了木架上，慢慢解开锦带。

图穷字显。

"诗经！"

众人不解，开始喧哗起来。

诸彦看着这预料之中的嘈杂声，笑而不语。他看了看越老。

于是越老上前一步，举手示意安静。

"采花选花，乃斗草之本源。花多而繁盛，也贵在精奇。花农醉心于养花，养花尚志，卖花于淑人，花方可继续娆华。君子佩兰，美人戴花，采花种花，赠予值得之人。"越老按着诸彦给的剧本念着，心中不免有些无奈。

"不错，采花于花圃，选花于荼蘼，对我等养花之人，不算难事。但以花喻人，相得益彰，却并不是每个花农都能心领神会的。说到底，花农是中介人，将花与人相连接。美酒配英雄，鲜花也要配佳人。什么才是买花之人最适合的花色，这一点对花农来说尤为重要。卖花要卖到心坎上。正所谓枝头心扉——"诸彦点着卷轴上的大字郑重地说到。

"枝头心扉，直透心扉。"应紫洪喃喃道。不错，不打动顾客的花卉是卖不出去的。

"所以今日采花选花，首要以诗经为蓝本，次要采花赠淑人，而那位淑人不是他人，正是你们的对面之人——比赛之对手。"

"啊！什么？采花给对手！"翠怀在台下叫出了声，"老爷，这可怎么办啊！难道还要对手打分不成。"

而此时唐瑞倒是饶有兴致，"呵呵！这诸二郎竟然提醒了老夫，所谓的返璞归真啊！纵使花品珍贵，但所遇非人，也是不能相得益彰的。有点意思，说到底我们花农还是得看买花人买不买账的，如果连对手都取悦不了，小棣就输得不冤。"

而此时台上参赛的四人也是忙着讨论起来。

"怎么办，小姐？"小思赶忙打开了竹筐，里面是整整齐齐被放置好的珍奇花种。

"诗经，呵呵。"唐小棣有些苦笑道，"的确是诸二郎啊，戳到了我们的痛处。不用看了，小思，诗经贵在纯朴，而非奢华珍奇。也要有情思在其中，让我想一想。"

"这些花不可以么，诗经中不是也有兰草什么的么？用兰花不就好了。"

"要采而送之，送给对方……你看应公子粗布麻衣，如果送这些动辄千金的珍品，反而是在给他难堪。"唐小棣算是抓住这次试题的要点了，不错，这是诸彦再一次的发难，要摒除唐家固有的所有优势，诗经中出现的多为山野之花，吟唱动人悱恻之情，只是如今自己一眼看去，唐家的花筐里的确都是珍贵之品啊，真是被打了个措手不及了！

第一百九十九章

花色铺陈郎心许

　　日光微晕，小棣有些淡然的双眼往应紫洪望去。她看到他，一眼瞬间，心中就开出那绯丽的花色来。如果输给你，我也没有什么怨言了，甚至可以说，我愿意。

　　小岑拍了拍紫洪的肩膀。他们双眼交汇，他读懂了她的心事。那一份淡然，早就将胜负置之脑后了吧。她的颜色一如那日他在西园结草结时那样，他依然清楚地记得，是她买走了第一株江蓠。靠得那么近，两人一起细心地关注着那环环紧扣的草结，那一刻，他就突然觉得两人这样安静地做着一件事情，就很幸福。

　　是的，自己很傻，在那一瞬间，他竟然很想一辈子都为她系草结，竟然会想到要和眼前人就这样度过余生。

　　只是，他从那天拿到她的花签开始，就知道这是不可能的。她是唐家之女，而自己一介山野花农。现在的自己根本配不上她，但在赛场上看到她那清秀的脸庞，有着些许浓情的眼神，他的心似山间的溪水那般脉脉流淌了起来。而此时他心间的溪流更加湍急了起来，有着一种心痛和焦虑的裹夹。些许的兴奋，却又有着无尽的害怕。

"小思，我果然还是不想放弃呢！"唐小棣的气息有些急促起来，她的脸上染了如蔷薇一般的红晕，她似乎因为什么欣喜着。

"嗯？小姐？"小思此时有些不解，但很快他白净的脸上双眉舒展开来，露出了一个可人的微笑。"嗯！小姐不会输的。"

小棣的脸上又多了一丝羞涩，她低头轻笑，她纯真的笑容让小思看了有些发呆，"我其实只是想把最美的思念送给他！"唐小棣像是下定了决心一般，深吸一口气。是的，她已然决定了，选择那一朵荼蘼执手赠与他。

三询鼓再起，两人再次走到了台上。

台下声势浩大，而台上却是静默无言。

"应公子，我先来吧。"温柔的微笑在唐小棣的脸颊上泛起。她取出袖中的手帕，小心地摊开。

"采薇采薇，薇亦作止。曰归曰归，岁亦莫止。昔我往矣，杨柳依依。今我来思，雨雪霏霏。踏百草行止，长歌怀采薇。这是花神赐予我的山花，即为薇，踏紫而遗于裤脚，正如公子的花圃之名。半堤花雨。对芳辰消遣，无奈情绪。春色尚堪描画在，万紫千红尘土。不耐帕中花色，花神玉露，卿卿薇草共采。"唐小棣将手中的绸帕双手奉上。

"小姐！这怎么可以！这可是花神庙前的……是花神选中你的标志啊！"小思没有想到唐小棣会献出花神留与裤脚的山花。

野豌豆？小岑有些好奇地在心间自言自语道。

应紫洪此时眼中尽是怜惜和震惊，是的，她没有用那些珍品花草来赠予，而是将这花神庙边的山花割爱给我。我还有什么好说的呢？我的确是山野间的采花之人，这野豌豆漫山遍野尽是，在最艰苦的岁月，自己和紫荐的确是靠着他们撑过来的。

这的确是最适合我的花。

应紫洪轻轻叹息，带着几分深情接过了那绸帕。

"小姐果然是花神眷顾的人啊！"他突然停顿下来，闭眼回想了顷刻，将绸帕和薇草塞进了袖中，又将腰间的小竹筐打开。取出了晨间采摘的棠棣。

小棣有些惊讶地用袖掩口，棠棣花！是的，是我的名字！

"棠棣之华，偏其反而，岂不尔思，室是远而。子曰：未之思也，夫何远之有？就算没有斗草大赛，这也是我想送给你的花，并非我栽，而是采自山野。诗经云棠棣之华，鄂不韡韡，凡今之人，莫如兄弟。花草有情，美人如斯，而今两家，亲如兄弟。紫红花圃与唐家花圃都是花神的子民，似兄弟一般。"

唐小棣听了他的解读，脸上不免泛起了失落的表情，是的，只是情如兄弟一般啊。

"令尊为小姐如此取名，紫洪今日也总算明了了，唐家花圃中的花农，亲如一家人。这才是唐家长盛不衰的根基啊。"

小棣难掩失望。但他说的是对的，是的，诗经中的棠棣篇，的确是家父为自己取名的出处。唐家花圃能有如今的规模，除了爱花识花，更是因为祖先们秉承的亲如一家的家训。

对待每一位花农都要如自家人一般，因为没有他们，就没有百花盛开。

应紫洪的话也说到台下唐瑞的心坎上，这个少年不简单，会是唐家将来的对手么？

应紫洪觉察到了小棣脸上的不悦，心中有些动摇起来。现在不告诉她，也许就再也没有机会了。我的人生和她完全不同，能在这一点灿烂地交汇，对我来说已经心满意足了。可是⋯⋯

"人行花坞。衣沾香雾。有新词、逢春分付。屡欲传情，奈燕子、不曾飞去。倚珠帘、咏郎秀句。相思一度。秾愁一度。最难忘、遮灯私语。澹月梨花，借梦来、花边廊庑。指春衫、泪曾溅处。"应紫洪朱唇轻启，轻轻念出那花签上的词句。

唐小棣原本失落的脸上很快泛起涟漪，这是我写的花签，他拿了！她猛地抬头，看到的是他有些炽热的眼神，这一点也不像平常的他。唐小棣的心中一阵慌乱，但又欢喜，难道他也……

还在想间，他将棠棣花插了她的发髻上。然后在她耳边轻轻说："真美，采花的时候我就想着要是戴在你的发髻上一定很美。"这亲昵的话语，只有她听得到。就在这一瞬间，她觉得眼前的花色已然铺满缤纷，两人的心意在此刻终于相通。

"诸公子。这场比赛，是紫洪输了。"当唐小棣还在欣喜之时，却听见他转身对着主考官行礼说道。

"哦？我们可还没有打分啊？"应紫洪这一举动倒是着实吓了诸彦一跳。

"其实今天诸公子作为考官走上擂台，紫洪就心中早有这一想法了。诸公子贵为皇商，负责皇家的花卉挑选和采购，所以今次的花魁得主除了得到珠玑满斗之外，一定也会是为皇家提供花卉的最佳人选。这一点上，紫洪深知还远远不能胜任，紫红花圃目前还只有四人，而且我们也多是在山野采花的莽夫，并不能培育出珍奇品种以供皇家。"应紫洪平静地说道。

第二百章

无人知是情窦开

诸彦此时一脸的诧异，是的，他完全没有想到，这位初出茅庐的新人，竟然把自己的计划全部都看透了。自己的确是想借此机会让越州的花市换换血液，虽然和唐家的关系不算坏，但也的确有培植自己新兴势力的想法。

"识时务者为俊杰，知难而退，成人之美，也是紫洪一直以来所受的教诲。但更重要的是，唐小姐的《采薇》打动了我，她能将花神之花赠与我，这样的气度，我自愧不如。"

听到这些话后，台下也是一片躁动。

诸彦此时有些进退两难起来，如果应了应紫洪所说，自己的计划可就完全泡汤了，但是不应承他又找不出什么合适的理由。

"哈哈哈！果然是青青少年，花容月色！"此时从贵宾席上传来了一声称赞。

诸彦等人向贵宾席望去，只见一小厮快速跑上了花魁台。将一纸文书递给了诸彦。

"平分秋色，成人之美。"

诸彦定睛一看，苍劲有力的落款，是刺史大人的署名。

诸彦微微叹了口气，于是宣布说："既然如此，本次花魁大赛的得主是唐家花圃！"

台下一片欢呼声，也夹杂着些许的叹气声。但不管怎么说大家也都算心服口服。

"越州皇家花卉供应商即为此次花魁得主，唐家花圃。但得刺史大人手书，应紫洪小小年纪，满腹花经，实乃可造之材，另也觉得两人的表现实乃平分秋色，故将珠玑满斗赐予紫红花圃。望青青少年不负花朝，早日成才。"

"好！好！太棒啦！"紫红花圃中的另外两位花郎开心地狂呼起来。的确对他们来说，如今最需要的是钱财啊。

而此时台下的百姓也都是啧啧称赞之音。

诸彦吩咐花童颁奖，心中却是满腹牢骚，这个刺史，真会收买人心啊，如今百姓们都觉得他评判公正，真是完全抢走了我的风头了。诸彦快快地只想快点离开，转头间却看到了台上两人那迷离的眼神。

难道？

呵！有点意思，花神真是喜欢牵红线啊！不过这明显注定会是一场充满荆棘的……

哎，这些事情就让花神去担心吧——诸彦挥了挥扇子，走下了花魁台。

而此时，台下的唐瑞也看出了些许的端倪。他的眼中明显露出了些许的不满，眉头微皱。

应紫洪，他的身世一定不会那么简单。

在乐鼓声声中，小岑捧得珠玑满斗，翠怀接过小棣手上的花魁奖牌。

在两全其美中，娇羞语催花嫣红，无人知是情窦开。

兰亭

大雨将至，在漫山的春花中，思源看了看那雷声阵阵的天际。

"呵呵！为什么我们一到老是下雨呢？"许诚也看了看天，笑着对众人打趣道。

微星轻轻用手化出了六把雨伞，众人在这漫山的紫红中打开了雨伞。

踏花而行，思源有些不忍。

刘伯温笑着说道："你若踩它，它们反而会更加茂盛。山间的野花就是如此。"

踏紫寻芳，那原先在花上的蝴蝶，纷纷飞起。

"蝶儿蝶儿满天飞。"许诚突然吟道。

众人望着这山间的春色，执伞望天，雨水还没有飘下。

"不知道我们现在在什么朝代？"思源手抚过身边的春花，一只粉蝶停立在他的手上。

蝴蝶？思源一惊，那粉蝶又飞了起来。

跟着它去！思源突然听到一声提醒，不由得回头，但不见有人。

"跟着蝴蝶！"思源收起雨伞，对这大家喊到。

一行人穿过那花海，来到了密林之间。而就在众人走进树林之时，豆大的雨点也如约而至。思源再次打开雨伞，仔细找着那只蝴蝶，却听到一阵求救声。

"救命！"

有人！众人赶忙朝着求救声赶去。若木跑得最快，飞身起来用法力护住了那位即将坠崖的女子。

"呼——"思源长吁一口气。

若木将那位女子救上来后，众人赶忙过去为她撑伞，刘基仔细看了看她的神色，说应该没有大碍。不一会，那位女子便慢慢缓了过来。

"紫洪……紫洪……"她的口中喃喃，待到她睁开眼睛，赶忙向诸人求救。

"求求大家，救救紫洪！"

"姑娘别急，慢慢说。"思源细心地安慰着。

"紫洪掉下悬崖了！怎么办！我该怎么办？"那女子完全乱了方寸。

思源对若木和微星点了点头，若木和微星马上跃步往悬崖下飞去。

两人在山谷中寻找，却不见人影。但看到山谷中的溪水，便推测会不会落水后被冲到了下游。

铃铛将其余四人一并带到了山谷中，微星便对女子说了自己的猜测。

那女子俏丽的脸上愁容更甚了，泪水再也不能忍住。

"都怪我，我不该来找他的。"女子伤心地痛哭起来。

"别急，也许只是被水冲到了下游，我们去下游找找吧。"思源看到女子哭得那么伤心，心中不忍。

在微星用青苹带领大家飞往下游的途中，思源知道了，她叫唐小棣。

他们两情相悦，在花朝大会上相遇相知。但因为他家境贫寒，而她是越中最富庶花农家族的独生女，今年过年之时紫洪去唐家拜访，却被家父从唐家赶了出来。

而后他们再也没有相见。她担心他，也害怕，他是不是放弃了，于是只身来到了兰亭，找他。

在山野间看到他，她笑得就像明媚的春花。但是他却因为看到她失足落下了山崖。

自己不该来的，自己所谓的坚持，现在看来也许只是愚昧不堪而已。

"只要他还好好地活着，什么都不重要了。"唐小棣泪眼婆娑看向前方。

"不会有事的！"若木焦急地安慰道，"我可以感觉得到，他还活着！"

"真的么？"

"嗯，这里没有死亡的气息。"若木满脸认真地说道。

刘伯温锁眉看着这位哭得伤心动容的女子，心中不免有些感叹，想起了自己羁管绍兴，心中郁闷，幸有一群良友陪伴，才走出那苦闷的岁月。而对这一对年轻的有情人来说，生活的磨难考验，才刚刚开始。对于生活的低谷可说是感同身受。

"不错，我也觉得他不会有事。"

唐小棣泪眼汪汪地看向刘伯温，"谢谢先生。"

"不信，我可以为你算上一卦，如何？"刘伯温取出了袖中的卜卦之器。

"对啊！先生神机妙算，一定可以算出你心上人的具体位置的！"许诚一拍脑瓜，恍然大悟。

"尽力而为。"刘伯温淡然一笑，一声掷卦。

第二百零一章

百花谷中有宿结

"风山渐——"刘基的脸上露出了些许欣慰的笑容。

"怎么样？刘先生？"思源担心地问到。

刘基掐指一算，"第五十三卦风山渐，本卦下卦为艮，艮为山；上卦为巽，巽为木，木植山上，不断生长。此卦意在遵循天时，循序渐进，慢慢积累，定有所成。这是逐渐进步的过程，所以称渐，渐即进，渐渐前进而不急速。"

"紫洪怎么样？有危险么？"唐小棣抹了抹眼泪，心中焦急。

"小姐放心，刘先生算出此卦，那就是无大碍了。而且……"微星有些意味深长地看向刘基。

刘基回以坦荡的笑容，在算卦上，自己不容有错。

"嗯！小棣你放心好了，这卦啊不但点明了应公子的下落，还预示了未来。不要放弃，你们是天定姻缘，日后一定可以在一起的。"若木听到此卦后脸上马上如释重负，迫不及待地为小棣解释起来。

"真的么?"唐小棣破涕为笑。

刘伯温微笑着点了点头,"放心,你们可以在一起。"

"那?情郎究竟在哪里啊?"许诚一听也总算是松了一口气,但还是不太懂。

"在东南或东北二方。"铃铛不耐烦地说到。

"诶?"许诚莫名地回头一看,"铃铛你怎么也知道?"

"哼!我们是谁啊!也就你们这些所谓的现代人不了解这些基本常识。"

许诚一脸的黑线,但是反驳不了半句,自己自然不能和神仙比了,不过的确说来惭愧,自己身为……竟然不知道这些基本常识……

"先生,东南或东北,那么究竟……"思源看了看周围,这两个方位还是有些不同的。

"折中就好,往东,巧的是,我发现他们两人皆有花木之灵的守护。东为木,也正符合预测。而这溪流也是往东而去。"刘基锁眉深思起来。

"东面是吧!我带了指南针,我看看!"许诚赶忙拿出指南针推算出了东面。

刘基似是又感到了什么新的指引,往前走了几步,突然停下,继续掐指算来。

"山王守仙株,相遇即可知。"刘基口中缓缓道出那么一句话来。

思源一惊?什么山王?什么仙株?难道在这里也能遇到神仙不成。

"什么什么?山王?"许诚自然和思源 catch 的点是一样的。

"未可知,只是通过卦象得到这样的提示。不管怎么样我抓紧时间过去吧。"刘基带头往东面走去。

唐小棣见状赶忙跟了上去。

而微星也展开青苹让思源一起登上，往前飞去。这一飞，惹得唐小棣有些不敢相信，但转而又喜上眉梢。

太好了，他们是……看来这次紫洪真的有救了。

应紫洪此时从水中缓缓爬起，发现小腿上被岩石刮擦的伤口正在淌血，便赶忙取出袖中的布带包扎起来。说实话这一次要不是藤条起到了缓冲的作用，自己恐怕是性命难保。应紫洪苦笑一声，兴许是山神大人保佑吧。只是这会自己顺着水流来到此地，说实话还不是很明白自己所处的方位。他抬头一看，周围群山环绕，看来是一个山谷。

"没想到还有这样的地方！"应紫洪发现谷内百花盛开，万紫千红点缀，莺莺蝶蝶围绕，一派世外桃源的风光。只是这谷地并不大，粗看也不见出口。看来只能顺着水源回去了。

应紫洪正要走动却闻到一阵馨香，这是？应紫洪不由得转身，寻香而去。却在离植株还有几步之遥的地方停了下来。

只见一条花皮大蛇盘踞在那香气之侧。

应紫洪的脚步声已经惊扰到了这巨蛇。那巨蛇的头往他这边看了过来，应紫洪紧张地不敢迈步。那巨蛇吐出紫色的雾气，两颗漆黑的眼珠死死地盯着应紫洪。

应紫洪不敢动弹，但那巨蛇慢慢靠近。紫洪心中念到，难道真的要命丧于此？

而此时微星和思源已经在不远处看到了山谷中的应紫洪，这个俊美的花郎此时正和一条巨蛇对峙着。

"原来如此，山王就是指它！"微星微微一笑，脸上泛起一丝自信。

"微星，应紫洪危险啊！还不快救他！"思源倒是紧张得不得了。

微星灿烂一笑，让思源稍许宽心下来，"少主放心，这少年身上带着护身符，那巨蛇是不敢近身的。"

"哦！护身符？"许诚这时和铃铛若木一起赶到了。

"嗯，刚才刘先生已经说了，此二人身上其实都有仙灵的护符。"若木也飞了上来，解释道。

"仙灵？"许诚不解地看向气喘吁吁刚刚跑到的唐小棣。

"紫洪！"唐小棣见到此情此景自然是吓得不轻，恨不得自己纵身奔去。

"青苹！"微星唤出了更多的青苹欲把众人送过去。却听闻刘伯温大喊一声："不好，危险！"

只见那巨蛇往山坡上一看，随即就扑向了应紫洪。

"紫洪！"唐小棣心中一紧，糟糕，难道又是因为我！

"扶桑！"若木见势不好赶忙召唤出扶桑弓，空弦射去，但那巨蛇此刻已经扑倒了应紫洪。

"紫洪！"唐小棣纵身一跃，跳下土坡。

"啊！危险！"许诚大叫。

"青苹。"微星马上用青苹将小棣接住。

"真是的，一个一个的那么麻烦！"铃铛也纵身跃下，踏上了那青苹，护住唐小棣安全落地。

而此时扶桑的箭气也打到了巨蛇的身上，那巨蛇猛地一阵扭动，但还是缠住应紫洪不放。

"怎么会这样，照理说它不该伤害他才对！"若木一脸的讶异。

"若木，你还是太手下留情了。"微星紧锁双眉，手中慢慢化法，思源知道他要召唤出潋滟弓了。"空箭而射，虽然可以保住它的命，但解不开这个结。"

"结？"若木不解。

"不错，我也感受到了，这巨蛇和这位公子有所谓的宿结。"刘伯温说道。

"微星，我们也下去吧！"思源急得马上踩上了青苹，那青苹上马上开出了莲花。

"你是？"刘伯温看到这朵朵莲花，眼中满是吃惊。但现在也顾不了那么多了，他也和许诚一起踏上了青苹，直入谷底。

"额——"应紫洪觉得自己连呼吸都开始困难起来，全身都被紧紧的箍住。

"喂！小子！不要慌！你有仙灵护体暂时还不会死，待我们想办法救出你。"铃铛此时冲着应紫洪大声喊到。

"紫洪——"小棣此时想跑过去，但被铃铛死死地揽住，"别添乱，你去了也救不了他。"铃铛此时心中也在算计着下一步该怎么做，而此时思源和许诚等人也赶到了他们身侧。

第二百零二章

花神因缘得仙株

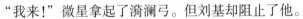

"我来!"微星拿起了漪澜弓。但刘基却阻止了他。

"这位仙人,宿怨宜解不宜结。此时的节点倒是化解的好时机,如果你一箭射去,怕是以后还会有所纠缠。"刘基若有所思地说道。

"先生可有良策。"思源问道。

"我算不出他们的宿怨,但应该不是这位公子所为,怕是家族的牵连。不如先让这山王冷静下来。"

铃铛了然一笑,"呵呵!我也早有此意。不如我来试试。"

"铃铛?!你还是……"许诚此时一脸的担心,他脑中此时闪过无数铃铛暴力出招的画面。

额……想想都残血倒地了。

"哼!"铃铛自然读懂了他的想法。她轻轻地用手拨了拨耳上的玉铃,清脆的声音传来。

思源听到后想到了松风阁的姑射仙子。那铃铃之声直透心扉，似是一指触入心中的最柔软之处。

"玉铃听音。"铃铛轻轻念道。

这世界突然静止了下来，只有玉铃声声，思源突然觉得内心深处的回响就如明角洞中一般，不同的是心中不再只有无尽的寂寞感，而是跟随着铃铛的指引，袒露心扉。

"灵鸟随主人，你的确是一个很爽朗的人呢——"若木有些不服气地对许诚撅了撅嘴。

"滋滋——"那巨蛇也有了反应。

"有何恩怨，乃至于此？"铃铛冷冷的声音传来，一点也不似往常的她。

她如此的话语声，倒让许诚肃然起敬起来。

那巨蛇滋滋滋地回应着，许诚是全然不懂。

但身边的思源却是听懂了，它说："他有应家的血脉……"

"应家的血脉？"铃铛重复着巨蛇的话语，眼中满是不解。

"呵呵呵，呵呵呵——"应紫洪突然冷笑了起来，"应家的血脉？呵呵呵，我早就是被遗弃的人了，还什么应家的血脉——如果说我为什么还保留这个姓氏，那也是为了纪念最后那位故人吧……"

他凄凉的笑声传入耳中，思源的心中悲戚、恸哭起来。他懂，这种没有归属感的混沌岁月。在父母相继离开他的时候，在他再也不愿意提起画笔的那段时日，在一个人料理着父亲后事的时候。

思源突然觉得应紫洪和自己是一样的，他突然奋不顾身地跑上前去，抓住了巨蛇的身躯，抓住了应紫洪的手。

在抓住他们的那一瞬间，一股股回忆似走马灯那般窜入脑中。

紫洪……思源眼中的泪水早已流下。

而那巨蛇也通过思源身体的传送，看到了那一段段痛彻心扉的回忆，缓缓松开了应紫洪。

思源抱住应紫洪，唐小棣见状也跑了过来。

"紫洪，紫洪你还好么？都是我不好，都是我不好，我不该来找你的。"小棣带着哭腔说到，她看到紫洪身上已经被勒得青青紫紫了，就心如刀割。

"小棣，不要这样说，你能来找我，我真的好开心，是太高兴了才会失足滑下山坡的。"应紫洪气息有些微弱，但神志还算清晰。

微星过来对他施以了清心咒，"还好，他身上有仙灵的信物，不然也撑不了那么久。"

"仙灵的信物？"唐小棣喃喃自语道。

应紫洪俊美的脸上露出了舒心的笑意："小棣，是你救了我啊，是那一朵花神的紫花。"

"薇草？"

"嗯。我把它做成干花一直带着，从你送给我的那天起。"他脸上带了些许的羞涩。

唐小棣抹了抹泪水，"太好了，感谢花神的护佑。"而此时她的心中也泛起了浓浓的情意。

那朵紫花，他一直带着。

他没有因为父亲在春节时候的驱赶而生气，是我自己胡思乱想，错怪了他。但是，我跑来也只是想要见他而已。

"谢谢你，小棣。"

两人的手再次紧紧地握在了一起。

思源看着应紫洪，此时，只有他知道这个俊美的采花郎是经历了怎样的人生，他行就至此是要多少的毅力和勇气啊。

"应公子，唐小姐，刚才我们的刘半仙已经给你们算过一卦了，你们是天生一对，天命所趋，就算历经磨难，结果还是会在一起的。所以大可安心了！"许诚适时地插上了一句，但他的确也是说出了思源心中所想。"是不是啊，刘半仙！"

刘基此时倒是若有所思起来，"不错，渐为渐进，筮遇此卦，女嫁则吉，举事有利。得此卦者，逐步开运，凡事宜循序渐进，则谋事可成，所以应公子，你只需按照自己的步调来即可，其他的自然会水到渠成。"

"谢谢先生！"这对璧人的脸上露出了灿烂的笑容，如这山谷中的山花那般耀眼。

微星此时转向巨蛇，"山王，你可知罪，本来身为山王应该护佑山中草木，不伤及行人。而你今日却罪孽攻心，偷生杀意。若不是花神埋下的因果，你今日恐要失去所有的修为，堕入魔道了。"

"小蛇当然知罪，只是杀子之仇难以释怀。也感念有诸位仙人路过，感化愚者。"巨蛇"滋滋滋"地回应到。

"你不用谢我，要谢还是谢谢少主、刘先生和若木吧，我本来是想用这漪澜弓就地正法你的。"微星一脸的怒意。

那巨蛇却是一笑，"仙人的法器是杀不得人的，小蛇虽然修行尚浅，但也可以感悟出这弓箭是治愈之法器，仙人应该只是想引弓射除我的贪欲。"

思源此时也点头微笑道，他知道，微星虽然表面上看上去很冷漠，但内心其实比任何人都温柔，还总是会充满善意地为他人着想。

"山王，你能躲过这一劫想必也是和你多年来护卫这仙株有关吧。"刘基突然想到了刚才算卦时看到的预言。

"不错，想来是花神大人念我多年来护佑此仙株，降下恩惠，放下那一朵紫花，阻止了我的堕落。这各种因缘，早已在花神大人的计算之中了吧。先生这话倒是提醒小蛇了，带着花神信物的人，也许就是最终可以得到这仙株之人吧。"

巨蛇缓缓移开身躯，清香袭来，浓胜之前。

"这是？茶树？"应紫洪一看即知道了。

"不错，如今这仙株找到了可托付之人，而小蛇也渡劫成功，心愿已了，将仙株交于仇人子嗣之手，也可说是最好的轮回了。但，应家之子，我看到了你的未来，未来你也算是破而立新之人啊，也算是为我报仇、清洗罪孽了。你的启程，就从这仙株开始吧。去吧，小蛇也要告辞了。"

那巨蛇说着对众人鞠躬致意，而后便消失在紫红色的花海中了。

第二百零三章

笑凭郎肩花坞渡

许诚倒是对那仙株有些好奇，赶忙跑过去细看。

"嗯？这是茶树吧！"精通植物学的许诚一看便知。

"茶树！？"思源和刘基都瞬时一惊，在许诚还没反应过来的时候，思源和刘基已然顿悟了这紫花漫野中的玄机。

这一刻，风起，紫色的山花拂过了刘基的衣摆。

天命——难道就是如此么？

"唐姑娘，刚才因为事出紧急，我们一直没有问此时的年份，可否告知。"刘基走到应紫洪和小棣的身边，蹲下身子温柔地问到。

在知道这是宋初之时，他轻轻地叹气，微笑着摇起头来。

"终是躲不过这天意啊——"刘基怔怔地起身，走到茶树边上，手抚过那新绿的嫩芽。那仙株的茶香如兰似蕙，渲染在自己的手心，久久不散，像已经是深入皮肤一般。

刘基看着自己的手，似是明白了什么。

缘来缘尽，万事万物都有自己亘古不变的轨迹，所谓天命，又怎是如此简单可以一言蔽之的。花坞茶，原来是这样而来的。是自己推动了历史，花坞茶的发现和培植，是自己和这一行五人种下的因缘。

刘基心中五味陈杂，而反应在他脸上的神色自然也被慧心的思源捕捉到了。

"先生……"思源的目光也看向了那茶树，他心中明白，这应该就是花坞茶了。

"谢谢各位带伯温来至此处，也许这就是最好的答案了。"刘基转身朝着那对年轻人走去，"此乃仙茶，应公子你要细心将其栽培，如若成功，便会为你带来现今最需要的名利，而你们的姻缘就是因为这茶树才能成真。"

两人听到刘基的点拨后相视而笑，应紫洪硬是要起身拜谢。

"诶，两位大可不必如此，相反，是伯温要感谢两位，让我有所顿悟，虽然还不得天机之一二，但总算是明白了，天之道，深不可测。"

两人也纷纷谢过了思源、许诚等人，并邀众人一起前往紫洪的村庄。

尔后，小棣和紫洪将仙株小心地挖掘出土，带到了村中。到了村中方知，紫洪年后就一直在开辟新的养花基地，还和小岑在村子附近选取了一处适合花草生长的肥沃之地，如今那养花之地已经颇具规模，紫洪建议把仙株也移植到那里。

众人跟随着紫洪和小岑来到了花场，春日中，花色弥漫，宛若人间仙境。

"小棣姐，这些可都是紫洪没日没夜地拼命种出来的啊！说到底还不是为了你。"小岑一脸的坏笑，说完后却颇为认真地看向唐小棣。

小棣两腮晕开了娇羞的绯丽，其实在看到这花场的那一刻，自己就很是感动了，被小岑那么一说心中更加驿动起来。

"对了！紫洪哥还说过，要让你给这里取名字，现在花场还没有名字呢！"小岑调皮地蹦到花田中采下几束春花，跑着过来递给了刘基和思源他们。

"这次真的要谢谢各位的大恩大德了，我们只是小花农，所以也只能以花相谢了。"

许诚一把揪过小岑的肩膀，大笑起来，"这位小哥好啊！和我颇有几分神似啊！哈哈哈！谢谢了！这一路来真是到处都是花啊，美死了。"

思源等人也一一谢过这位爽朗的采花郎。

小棣看着这花团锦簇的花场，沿着小路往前走去，是啊，这花场虽然没有唐家那么大，但也不是一下子可以看尽的。而此时她看到了花路尽头的小埠口。

小棣回头对着紫洪一笑，两人四目相对，情愫如花香一般弥漫开来。

花朝月，朦胧别。万花丛中香风透，长记忆，探芳日。笑凭郎肩，燃红偎碧。惜、惜、惜。

紫洪轻轻拉过小棣，触手之间，心意早已相通。

"没想到这里还有一个小渡口。"

"嗯，这样以后运花也会很方便的。你说过，最喜欢唐家的枫塘坞，我便想给你造个更诗意的渡口。"应紫洪温柔回应着，"我们的花圃虽然现在还不大，但我会努力的，在这里种上最美的花卉，以后春来我们斗百草，夏日避暑，秋赏兰草，冬暖花圃。我想好了，和妹妹、小岑他们一起搬到这里来住，繁衍出一个属于我们自己的村子来。"

小棣听到这里不由得脸颊飞红，"既有船坞，浪漫诗意，不如就叫花坞吧。"

"花坞？嗯，好。你的花签上就有花坞，兴许是花神早已为我们安排好的名字吧！"紫洪采下一朵草芍药戴在了小棣的发髻上。

"一如初见。"紫洪轻轻抚花。

小棣心中虽然欢喜，但是因为这江蓠，却也觉得离别在即。不过她转而一笑，觉得这些都不再重要了。就算是离别，只要思念源源不绝，没有什么再能将我们分开了。而我们要做的就是循序渐进，慢慢等待——

"对了，马上又要到花朝节了，这次你可要拿到花魁哦。"

"嗯——到了花朝节，待到春花全部盛开的那一刻，我们用花点缀出最美的小舟，直接运到花街去。对了，这次我也写了花签，我们到时候还是老地方见。"应紫洪牵着小棣的手来到渡口，手指向了花街的方向。

"嗯——"

思源和许诚都不好意思去打扰这对璧人。刘伯温则是仔细看着小岑移植仙株。

清香很快拂过鼻尖，刘基转身望着这重华盛茶的花田。

"原来这就是花坞的出处啊！"刘基微笑着叹气。

"先生，一起见证历史的感觉是不是很不错啊！"许诚笑着摸了摸花坞茶的仙株。

"是啊——没想到，鄙人也是花坞茶之于历史的推动者，我们对于上天来说，也许都是早已安排好的棋子。"刘基望了望天，刚才在山谷中明明是大雨将至，现在却是风和日丽。

思源的双眸闪现出一点灵光，他走到刘基面前行礼说道："其实与其说是棋子，思源倒觉得是上天赠予我们的姻缘。正是因为有先生，花坞茶才顺利地问世。也许上天就是

等着我们与先生相遇的这一契机，然后也让先生得到所谓的
启示。"

启示——刘基被这位年轻人一点，心中突然如那紫红的山花
般烂漫起来。

第二百零四章

不知古越，凝望几楚

刘基心中想到，如此看来，是我们推动了历史，也是我们撮合了姻缘，但最重要的却是上天给我的启示。我所问的失传之花坞茶，上天算是帮我找到了，这不是给了我最好的答案了么！一切从源头寻起。也许它的确因我而生，却并不会因为失传而陨落。

如果我不遇到思源他们，也许就没有这些因缘际会了。

"吾寻花坞茶，花坞却因我而生。看似不可能的事物，却被上天一点而连。"刘基叹道。

"先生，我倒觉得是上天等了你好久了，就等着你来帮助花坞茶出世。而也只有你可以做到，对的时间点送过来对的人。这是天道的轨迹，也就是所谓的天意吧。"思源继续补充到。

"天意的安排？"

思源上前折下两小枝，并把一枝递给了刘基。

"先生不但推动了历史，也会改变历史，这一枝先生带回去，把花坞茶延续下去，一直延续到我们那个时代，让我们也能尝到这馨香的花坞茶。"

刘基接过那一枝馨香无比的仙茶枝，一阵清茶之香在心中拂过。这茶香吹走了心间的尘埃，也吹醒了心中那沉睡已久的一种情愫。

微星浅浅一笑，"天机星终于苏醒了。这一颗南斗星曜看来也可以拿下了。"

刘基郑重地对着思源行礼一拜。

他眼中湿润了起来。原来如此，天待我已久，而今我被这天赋异禀的青年点醒，也不得不说是天道急着步入新轨的提示吧。

"惭愧，惭愧，伯温一直在圈圈中转不出来。实在有愧天地的等待啊！"刘伯温转而拜谢微星和若木等人。

"先生为命选之人，受得起天地的等待，只是之于你的时间长河中的百姓，他们的等待却不似天地那般从容了。"微星再次一点，希望这天机星尽快走入自己应有的轨道中。

"百姓——"

"先生虽然现在算是在人生之低谷，但之于往后的灿烂人生，微星倒是觉得这低谷才是真正的财富。人在低谷中方能更好地审视自己。这是许多人求也求不来的际遇啊！"微星继续点拨道，也用手轻轻点了点刘基手上的茶枝，"这样这花坞茶就可以顺利回到属于你的时代了。"

"先生的理想是什么？看了先生的《卖花翁》，思源才知道了，那句'但愿四海无尘沙，有人卖酒仍卖花'才是先生的真我，天下无战事，百姓安居乐业，不正是先生的理想乡么？"思源继续说道，他突然觉得这些不得不一吐为快的话语，是上天赋予自己的任务。

刘基笑着望向应紫洪和唐小棣。

"是啊，他们都那么锲而不舍，作为他们的引路人，老夫怎么能输呢?"

刘基轻嗅茶枝，心中的阴霾此时已经散去了大半。就算知道自己走入这天道之轨后的结局，就算难得善终。但是我如若再逃避，那以后这世道真变得无花无酒可怎么办?

"哈哈哈——"刘基洒脱一笑，为了这花色美酒，我也得有所改变了。

刘基走向应紫洪和唐小棣，自请作诗一首。

只是没有笔墨。

思源递上了狼毫小笔。

"先生，何不学放翁。"思源指了指花圃一边的白墙。

"哈哈哈——知我者思源也——"

许诚和小岑赶忙过去拨开藤蔓，众人也都走到了墙下。

而刘基也早就胸有诗词。

"侬做春花正少年，郎做白日在青天。白日在天光在地，百花谁不愿郎怜。"

在那南墙上，小笔一一写就，就在刘基最后收尾之时，那笔墨竟然又自行延展开来，生出朵朵紫花。

"小笔生花了!"若木有些惊讶地叫道。

"是采薇!"唐小棣开心地看向紫洪。

"嗯，还有棠棣花。"

花开南墙，笔回墨转。

刘基将小笔送还给思源，"感谢这一趟奇遇。"

"生而为人，即要去完成既定的使命，逃避，不会是长久之计。"刘基感叹道。

刘基笑着看向思源和许诚，"兴许百年以后，还有人记得伯温，那我也不辱天命了。"

"嗯！一定会的！"许诚大声地应道。

人生百岁花一度，何不作乐令人怜。刘基看着墙上的诗词和春花，终于笑得灿烂，笑得彻底。

坦荡地度过人生吧，完成自己应有的使命，既然结局已经注定，那就让乐声更加清越，至少能让百姓、后人记住这"知命夫何卜"的刘伯温。

风起，蝴蝶翩翩飞起。

小笔露出淡淡的墨色，思源再次拜请刘基摘赐松果。

众人与花坞依依惜别，小岑摇来一叶轻舟，说是要送众人一程。

思源虽然面露难色，但他也想在这北宋的春色中多流连一会。

刘基接过唐小棣采的春花，和应紫洪、小棣一一道别。

"先生是我们的再生恩人，我们定当不负先生的卦词。循序渐进，以木为业，常驻花坞。"应紫洪道谢着。

"嗯，过去其实也是你的财富，天降大任于斯，往昔的历练和苦难都是必须经历的。紫洪为金水之格，以水育花，定能有所大成。"刘基最后的这一席话，却更似是在说自己。他转身对着思源和微星行礼。

"先生为何行此大礼……"思源赶忙回礼。

"伯温还有一个不情之请，想再看看这大宋越州的山水。"

微星英眉一皱，似是觉察到了刘基的真正用意。说是看山水，实则是看风水吧。

"呵呵！其实我也想和这可爱的小哥多呆一会！"许诚赶忙接了话茬。

"人家明明比你小……"爽朗如小岑这样的性格，也算是被许诚打败了。真拿他没辙。

"嘻嘻——"许诚心中得意，古代爽朗男自然 PK 不过现代阳光系的我了！

思源不禁一笑，这样温暖轻松的氛围可说是来之不易。"其实我也留恋这春色，那么不如我们就先不要穿越回去，从这里直去驻跸岭如何？"

"一万个点赞！"许诚又一把揪住小岑的脖子，"小岑岑，驻跸岭，走起！"

"驻跸岭？"小岑被许诚挤得一脸无奈，不停想要挣脱。

"哦！对啊！这时候还没有驻跸岭啊！"许诚一拍脑袋恍然大悟。

思源还在思忖着该怎么办的时候，许诚马上从百宝箱里拿出了一张彩色打印地图。

"哈！还好我早有准备！"许诚一把抓住小岑点着地图上的太平岭和驻跸岭绘声绘色地说了起来，"所以说哦，就是平水啦！小舜江的南岸。"

"平水？和兰亭的溪水倒是通的，小舜江的话，是在王坛舜王庙附近么？如果是这样我们可以过白鹤殿到红墙下，经尧郭再至王坛，然后沿着小舜江，即可到达了。"小岑点着图说到。

许诚举起图看了半天，"嗯嗯，不错不错！不愧是宋朝爽朗小哥啊！一点就通！"

"那是，作为越州有名的榜人，不熟悉古越的水路怎么可以呢！"小岑开心一笑，露出了小虎牙。

许诚突然有些伤感起来，"哎，小岑你太可爱了，会让我舍不得的。"许诚此时撅起来嘴，一脸的不开心。

"你以后还会再来找我们玩吧？"小岑听到他这么说，突然像是闻到了一点气息，有些担心地问道。

许诚看了看思源，两人双目交汇之间，有无奈，却也有期许。

"嗯！有缘定能再相见的。"许诚回头报以一个招牌式的微笑。

八尺轻舟，兰溪绿水间，低篷三扇，桨漾苹花渚。风留住。绿杨归路。不知古越，凝望几楚。

第二百零五章

一溪春水天机局

桨声花影中，一溪春水泛进北宋初的浓墨中。思源将小笔浸润在溪水之中，青花墨色晕染出一线。

说来也巧，这墨色一路行来，竟然和小岑刚才所说的路线是一致的。

"看来这小笔又在为我们指路了。"许诚笑着玩起船舷边的溪水。

众人细赏着一路的春色，这一派露花春浓之景，伴着心中的一片祥和，是那么的弥足珍贵。

是的，也许因为离别将近，也许因为各自回到那属于自己的时间线后，这一抹宁静的春色就会被打破。大家都分外珍惜这同舟共济的一路荼蘼。

昨日春光更水涯，水涯今日已春赊。春归只道无踪迹，尚有青苔一片花。

小笔的青墨突然往岸边延去。

"诶?"小岑有点奇怪地看了看青墨流去的方向。询问道："这路线和我定下的就些许不同了啊。我本来打算在更前面的渡口上岸的。"

"既然小笔指引在此,那么我们就起身吧。"微星看了看岸边,嘴角泛起温柔的微笑。

许诚很少见微星这样,想到,肯定不是什么坏事。于是也催促着小岑快点靠岸,并第一个跨上了埠口。

众人沿路而上,青山翠微,踏步而行,绿水在石阶边淙淙流过。

思源总觉得此处有些许的熟悉之感。

微星读到思源心中的这句话,不禁又启唇微笑。

"有亭子!"许诚一声叫唤,先往那山间的休息处走去。

茶亭?思源看了看微星。

微星笑而不语,做了一个请的手势,让他人先行,自己殿后。

"快来啊,这里有泉水!"许诚对着思源等人挥手,铃铛无奈地摇了摇头。

"我可是口渴了。"许诚将那一泓清泉掬起,畅快地饮了起来。

思源沿着山路行去,见到马栓、路亭、山溪、春花。

"这里好像……"思源看着这些布置想起了和小安一起取惠泉的情景。

"少主莫急,不如我们也去泉口饮水如何?"微星意味深长地建议。

"好,想来大家也渴了乏了。"思源请刘先生一起上山饮用泉水。

刘基看到此地青山秀丽,溪水绕石阶而下,路亭中也休憩着三三两两的路人。顿时感觉到此地不凡，可谓是有仙灵地脉，饮得山中泉水，汲取此地之灵气，也可说是因缘际会，难能可贵。便随着思源一起来到许诚的身边。

那泉水平缓沉静，泉水缓缓流出，刘基拾起泉水旁边的竹饮，汲水而饮。

风起，花落，泉水入口。

清泉直下，刘基却似是听到了冥冥之音。

"什么？"刘基的脸上突然露出了非常惊讶的神情，他突然站起。往后望去，青山龙脉，会稽之秀。他怔怔地望向手中的竹饮。

仰天一笑，一饮而尽。

思源和许诚看到刘基如此，面面相觑，但也不好去打扰。

而微星知道，这刘伯温的天机就在此地，饮下此泉，他方会悟透天机。

刘基饮完泉水，对着清泉和山岭一拜，而后又对着众人一拜。

"先生，这怎么受得起。"思源赶忙阻止。

"当受，诸位引领刘基悟透天地之意。也解开了我的心结，成全了花坞的问世，这一切都是冥冥之中上天给与我的答案。"刘基坚持完成了一拜。

"哦？那先生的答案是？"许诚开心地问到，感觉他比刘基还高兴。

"万事万物都有自己的轨迹，逃避天命不是长久之计。遵循自己的心意，完成自己的使命，看似简单，却也艰难。但是这不是我退缩的理由。就算穷途末路，不得善终，但这是我的路，我不得不去面对。因为，也许因为我一个人的脱轨，会害得天下苍生受尽更多的磨难。上天安排每一个人的命运和轨迹，都有他的因果和道理。正所谓天道亘古长存，而伯温我只是其中一枚小小的棋子而已。但如若我这枚棋子，可以造福更多的百姓，拯救天下的苍生，那我也只能一路走下去。这一趟旅程让我明白了太多太多，但终其一句就是，人生要敢于直面惨淡的结局。也许现在的我还不懂往后一路走过的心情，也不知道能否改变所谓的结局，但这次旅程却让我有了新的顿悟。我相信上天的棋局，只要一心向善，终会得到善终。"

说到此处，刘基情难自禁，抹去眼角的泪水。再次对着微星、若木等人一拜。

"感谢诸位仙人点拨，天机星待命入局。"

此时山间风起，一阵儿童的啼笑传入耳际，只见四五个穿着短襟衣裳的孩童涌到了泉水边。竞相打水嬉戏，而跟在他们身后的是一位鹤发老人。

刘基看着这些孩童心中欢喜，便帮着他们一起打水。

思源看到后也微笑加入其中，他也很为刘伯温高兴，想来刘先生是真的想通和超脱了。

"先生——"那位鹤发的老人对着刘基作揖。

刘基一惊，赶忙回礼。

"昨日被若耶仙灵托梦，说今日会有高人来此泉水点泉。让我务必要寻得此人，所以我带上村中私塾的孩童，来到此地寻访高人。"那位老先生恭敬地说到。

微星听到粲然一笑，"少主，来了。这里我定会给你一个惊喜。"说完他便上前一步。

"老先生有什么请求，尽管说来，这位刘先生定会完成你的心愿的。"微星回礼说道，并将刘基引到了身前。

"这？"刘基有些不解，但也随着微星的安排静静等待着这位老人的请求。

"太好了！这仙缘我们村子已经等了很久了。多年以来，若耶仙灵一直让我们等待，说天机未到。昨日托梦说是天机已到，让我一定要截住先生。"

众人一听，更加惊奇了。看来这真是若耶仙人的指引啊！

"说到天机，真是一语双关啊，刘先生的确是天机星。"许诚开心地说道。并一把拉过小岑，"你小子有福了，这次要见证什么大事件了！"

"哦?"小岑的双眼满是好奇，便问道，"老人家，你们究竟在等待什么?"

"实不相瞒，我们自祖上迁居于此，一直未定下村名，听长辈说是仙灵嘱咐，要等到有缘人来点化赐名。而我获得托梦，看来今日就是天机之日了。所以特地来此请高人为这山岭，为我们村子赐名。"老人带领着几个孩童一起行大礼。

"老先生，快起来了吧。"刘基赶忙扶起众人。"实不相瞒，其实是伯温得此地仙泉点化才是，但既然是仙人所托，伯温自然不敢推辞。"

"太好了！先生，你看，我已经准备好了纸笔。"老先生让其中一个孩童从怀中取出纸笔，那孩子递上纸笔后却一拍脑袋，"惨了，先生，我忘了带砚台了！"

刘基一笑，看向思源，"看来，上天的意思是要我再借用一次思源的狼毫小笔了。"

第二百零六章

玄夷此日归何处

思源赶忙取出，双手奉上，"这是宋家的荣幸。"

刘基接过纸笔，摊纸在泉水边的巨石上，手执狼毫笔，轻点泉水，那浓墨就浸透了笔尖。

"哇！用灵泉水为墨引，题字赐名，老先生，你们村子真的是好福气啊，一定会子孙延绵，福泽永固的。"若木看到泉水成为灵墨后，不禁发出了感叹。

"多谢各位高人！"老人见此神迹，赶忙带着孩童们下跪磕头。

刘基往下俯瞰，小舜江川流而过，此岭隐在会稽山脉之中，是为龙脉之一眼。

"原来如此！"刘基微微一笑，提笔写来。

许诚拉着小岑走到了最前头，而此时亭中的路人也纷纷过来围观。

许诚清了清嗓子，刘基写一句他大声读出一句。

会稽南镇夏王封，蔽日腾空紫翠重。

阴涧烟霞辉草木，古祠风雨出蛟龙。

玄夷此日归何处，玉简他年岂再逢？

安得普天休战伐，不令竹箭困输供。

"好诗啊！气势俱在，却也有淡淡柔情。"许诚又是一副星星眼的追星样子了。

思源笑着拍了拍他的肩膀，让他冷静一下。

"敢问先生，此诗的题目是?"思源欣赏着纸上的文字，不住地点头称是。

刘基再次点笔入灵泉，在诗头慢慢写出"会稽"二字。

"会稽——"若木和铃铛都轻轻吟到。

此时，思源和许诚才发现他们两人的脸上有着一种说不出的悲戚和怀念。

若木深情地闭上双眼，仰天呼吸。

口中默默地念道："玄夷此日归何处，玉简他年岂再逢？本以为已经快要忘却的远古记忆，却还是刻在这血脉的深处。"

"谢谢刘先生之诗！"从来都不屑与人打交道的铃铛突然对着刘基行礼，这让她的主人许诚都大吃一惊，差点要跌倒。

"二位仙人何需对我行谢呢？一切都是天道循环，虽然伯温并不知道这个中的缘由，但相信伯温与各位相遇却是有缘由的。至于这村庄和山岭的名字，伯温也已经想好了。天生我刘基，想来也是为了这两个字。"

就在众人好奇之时，刘基再次点泉，挥笔写下两个苍劲有力的大字。

"太平!"思源惊讶地读到，他清秀的脸庞上再也抑制不住情绪，倾泻而出。

他含泪看向刘基，再看向微星，最后是看向那灵泉水，那青山苍翠。

"好！好！"周围传来了一声声称赞。

老人颤抖地接过那纸宣，动情地说道："从此以后，此地即为太平岭，而我们村子就为太平村，此泉也为太平泉。愿天下真如先生所说，从此再无战事，太平安康。"

"嗯！"

"对！"

周围的人都开心地传阅着刘基的诗句和题字。

而此时，思源对着微星动容一笑，"这就是你说的，给我的惊喜吧。"

"嗯，太平岭因刘基而生，而在历史的长河中，少主和小安在这里因为惠泉穿越，遇到了晏家二子，如今又见证了太平岭的赐名及诞生，这一切不得不说是天意的安排。"微星温柔地说道，而此时微星手中幻化出了一朵春花，那颜色正如那日晏殊送给小安的那一朵那般，是一抹蓝紫之色。

思源接过春花，看着这熟悉的山岭，向不同时空中的故人献上心底的问候。

"呜呜呜——小帅哥，你别说了，我都快哭了。虽然我没有见到他们，但是从思源的记忆中也都读到了。真是太遗憾了，宋思源，你以后不管去哪里都得带上我知道不！太过分了，那一次真的太不讲义气了！哼！"许诚正在愤愤不平之时，铃铛一拍他的背脊。

"好痛诶！"

"笨蛋，你难道没有明白这春花的寓意么？"

"诶？"

许诚一脸无奈地看向那朵蓝紫之花，只是这次看到的这一刹那，他突然明白了过来，脸上马上涂满了悲伤的神色。他有些不舍地看向小岑，然后紧紧皱眉，翻开自己的百宝箱，找了半天也没有找到觉得合适的礼物。

"怎么办，怎么办，我为什么那么笨，没有带上礼物什么的。"

"哼！知道自己笨了吧！"铃铛一脸不屑，但还是灵指一点，一个手执春花的许诚小玩偶落在了许诚手上。

"这个娃娃？"

"不就是你么！"铃铛不耐烦地说到。

"真好看！谢谢你，小铃铛！"许诚一把抱住铃铛，惹得铃铛马上幻影离开。

"哈哈哈！害羞干什么嘛！"许诚把这个人偶重重地塞到小岑的手里。"再见了，虽然我知道可能不能再……"

"嗯，真好看。我没有别的，只有花草而已。"说着，小岑就把一个草结轻轻地系到了许诚的身上。

"时之将至，各位珍重。"刘基对太平里的各位行礼道别。

思源最后又回头俯瞰，这山路在北宋、南宋、现代都走过，如今看来却是青葱依旧。

微星一笑，"少主，而今我们又要去到元末的太平岭走一走了。少主请执笔。"

思源慢慢地提起狼毫小笔，点在了那一朵春花上。

当蓝紫的花瓣慢慢飘散。

众人便再次穿越时间的长河，回到了元末刘基所在的时间点。

铃铃——风起，朱红色的灵石被风吹得切切磋磋，稼轩回头看向那包裹上的灵石头绳，不禁感叹，一晃几十年，当初初来会稽山阴，遇到小源，而今，自己已经是两鬓点霜。只是，豪情壮志依旧，在这会稽的蓬莱阁上，看着雨卷山舒，望海无边，忆起当年青葱朱颜。但求勿忘初心，壮志不改。

"大人，笔墨在此。"一旁的随从已然看出稼轩的心意，递上了笔墨纸。

稼轩坐下，手抚红色的灵石，提笔感慨。

秦望山头，看乱云急雨，倒立江湖。

不知云者为雨，雨者云乎。

长空万里，被西风、变灭须臾。

回首听、月明天籁，人间万窍号呼。

谁向若耶溪上，倩美人西去，麋鹿姑苏？

至今故国人望，一舸归欤。

岁月暮矣，问何不鼓瑟吹竽。

君不见、王亭谢馆，冷烟寒树啼鸟。

(《汉宫春·会稽蓬莱阁怀古》)

而在时间漩涡的另一边，思源一行人来到了元末的太平里。古道路亭依旧，各路商人正在泉边围坐。刘基看着这一片景象，心中甚是安慰。转身对众人提议到，尽快赶往驻跸岭的松树之下吧。

于是众人便坐上微星的青苹，往那千年松下飞去。

第十一卷
点笔清风华夏彰

　　驻跸岭下，香丘依然。思源执笔，直面雪秀。灵契之约，究竟为何？华夏之章，终将何焉？

图十一　宋家祠堂雕檐

他细细寻找，也悠悠深思，每次走进祠堂总带给他一种心灵上的震撼感。（取自此卷第二百二十七章　锋回笔转，画尽三界）

（图片来源：莲青漪拍摄、制作）

第二百零七章

百铃结声又铃铃

千年松上，刘伯温用心地采下三枚松果，递给了微星仙人。微星作揖，正想带刘伯温下树，却被刘基制止了。

"仙人，再容我看一看这一方山水吧。"刘基请求道。

微星不语，只是静静地在一旁陪伴。

"虽然刚才老夫说，相信上天，但还是心有未了之事，害怕被上天抛弃，被人们遗忘。"刘伯温微微叹气道。

微星也默默叹气，"天地有序，连我等小仙都只是乾坤手中的一点而已，先生为天机下凡，也许待到归去天庭方能有所觉悟。在此，小仙也不敢有所逾越，但请先生念在越州山水陪你度过这最艰难的岁月，望日后顾念旧情。"

刘基还未听懂微星的话语，已经被他的青苹送至松下。

思源接过刘基的三枚松果，行礼感谢。

刘基最后对众人行礼，然后便嘱咐各位不用远送，径自往岭下行去。许诚有些舍不得，追出了百米之远。

最后都变成了一句话："刘先生，但愿四海无尘沙，有人卖酒仍卖花。"

刘基听到这一句，再也忍不住泪水，回头看向那岭上的五人，再次一拜。

今日一别，再无相见。往后的苦痛只有我一人独行。但就是这一句，终有一日，也许我还能听到卖花声，沽到农家酒，然后和他们再次相会在青山越水间，哪怕是在梦里，哪怕是在百年之后。心间的想念，不会停歇，心中的芳洲，不会遗失。

待到刘基起身相看，他们已不见踪影了。

刘基仰天长笑："逝水不可挽，枯蓬安所依。伫立为尔叹，感我泪沾衣。万事茫茫，而今也算听得苍昊之意，心愿足矣。各位，珍重。"

刘伯温，因穿越到宋初寻得花坞茶，在越州山岭惠泉一脉悟透天地之意，于是点地为太平。此后，此地即为太平里，山岭曰为太平岭，这一段经历体现了刘基望"天下太平，再无战事"的期许。而后，百姓们将刘基饮用过的泉水也取名为太平泉及太平井。

刘基此次点地赐名，望天下太平，也奠定了他日后出山相助朱元璋的基础，他接受天意，愿用一己之力，还天下太平。

思源和诸人此时已经回到了现代，只是不同以往的是，包中有了六颗沉甸甸的松果。

"山鬼神女！"许诚大叫起来，"六枚松果，我们已经拿来了，快告诉我们该怎么进入密灵地。"

一位身着绿衣腰缠石兰的灵女突然显现在许诚的面前，轻轻一拍许诚的头。

"诶呦！"许诚摸了摸头发。

"啦啦啦——啦啦啦——"山鬼神女清唱山音，点步来到思源面前，伴随着歌声，六枚松果从思源的包中缓缓飞出。

红蓝交相辉映，一一点过。点头称是。

"果然是南斗、北斗俱在。紫薇、天机所摘。天机已到，你们恰是赶上了动荡。"

"动荡？什么动荡。"思源一惊！

而此时香风拂面，许诚一闻，即知这是那位香蒲仙人来了。

香蒲仙人此时神色颇为焦急，落地后马上对着微星说道："诸位，十万火急，我们这就赶去密灵地。山鬼神女，你与我们同去！"

"嗯，吾也正有此意。"

香蒲仙人一化法，众人就到了水边。思源和许诚正在想着究竟出了什么大事，却见岸边焦土枯草，和那日来时完全不同了。

"难道是？雪秀！"思源看到这一破败的景象心中大喊不好。

只是有人明显比他还要心焦，微星一皱眉，往水中飞去。"可恶，她竟然已经破了这密灵地的阵法。少主，事不宜迟，我们要快点到领主和维舟身边！"

微星召唤出青苹探路，众人紧随其后。

这密灵地也称香丘，听香蒲仙人所说，之所以叫香丘，是因为若耶洞天的仙主青鸾长眠于此。几十年前，仙主因为要渡劫，所以选取香丘闭关于此。诸夏和白鹿分得青鸾印，统领若耶后，诸夏便派宋家最高护法维舟来此守护。如此几十年来都相安无事，这次若耶洞天的危机，皆是因为雪秀暴走而起。这也是一众地仙百思不得其解的地方。

"按理说雪秀也是上古之后裔，千百年来也一心在若耶安定修炼，这次竟然会犯下如此悖孽之罪，弑杀若耶护法，想来，天谴不久将至，不知到时候若耶是否还能完存。"香蒲仙人的一阵叹息却坚定了思源心中那早已开花的信念。

是的，一切都是因自己而起，那就要由我来结束。

而此时，前方已经传来了百铃结的铃铃之声。

"雪秀！"思源和微星一个对视，两人便率先踩着青苹飞向了铃声之处。

"雪秀?!"许诚一笑，"哼！今天总算要见到庐山真面目了啊！思源，等我一下！铃铛，快，我们也赶上去！"

说话间，铃铛就拽起他追去。

山鬼神女、若木、香蒲也紧随其后。

铃铃声越来越近，思源紧张地用手擒住背后的朱颜弓。

许诚也躲在了铃铛的身后，铃铛看着他一声哼，把一把小匕首递给了他，"我的随身武器给你一件吧，不然以后我顾不上的你的时候可多了去了。"

许诚如获至宝般地接过这把雪白的玲珑小匕首。

却听得前面传来一阵厉叫，一阵黑云迎面袭来。

"青苹结界！"微星展开了结界保护众人。

"啊呀妈呀，这些黑鬼我认识！不就是上次在嘉祥寺袭击思源的那些家伙么？"许诚一眼就看出了来者不善。

"哼！正好，今日把新账旧账都一并算上一算。"微星此时已经唤出了青苹剑阵，像那布满洞穴的黑鬼攻去。

只是那些黑烟黑鬼一阵接着一阵，虽然突破不了微星的结界，却还是堵住洞中的去路，不让思源他们继续前进。

"可恶！怎么那么多！"许诚有些不爽地看向那密密麻麻的黑鬼。

"微星，这些黑鬼没有那么好对付的，那次有绿鬓和佩珠同时保护我，都和他们打得难解难分，而且他们的数量会层出不穷。"

微星低头沉思，脸上却浮现出了自信的笑容。

"她们的法力虽然不在我之下，但我对付这些黑鬼却有着先天的优势。"微星一个空翻，跃出了结界。

"微星！"思源一急，看向若木。

若木化成青鸾，思源直跃而上，也飞出了结界。

而此时黑影们已经开始在微星身周积聚起来，但是威慑于微星的仙光灵气，伺机而动。

"微星，不可莽撞！"思源和若木一起飞到了微星身侧。

黑
烟
流
散
再
相
见

微星对着思源和若木灿然一笑，似是早就胸有成竹。

"黑鬼，那日唐朝相遇，被本仙收于若耶珍珠之中，想来你还是没有细心听佛、功德圆满。如今却带来一众小喽啰然挡住少主和本仙的去路，怎么，还想一战么？"

"黑鬼？唐朝，珍珠？"这些信息传入思源的脑子中，这一切就豁然开朗了起来。"难道这黑鬼就是那日唐朝我们在云门寺抓住的偷香贼不成？"

"不错，上次在嘉祥寺我倒是没看出来，但今日短兵相接，这熟悉的灵息，定是他无疑了。"微星笑着答道，而后又摆出一副随时应战的姿态。

"怎么？在唐朝输得还不够心服口服，想再和本仙一决高下么？"微星且行且探，不停用激将语邀战，实则他是为了扰乱黑鬼的心绪，通过灵息侦探的方式找到黑鬼的本源。

待到微星、若木、思源一对眼色。他便"嗖"的一声，袖里藏针，直冲黑鬼灵息所在之处。

"叮叮——"三针打入岩壁。

黑烟流散，银针扯住了黑鬼的一丝灵息。

"哼！原来是你啊，仙人。你以为还能用以前的方法抓住我不成。已近千年，我早已不是当年的那个提线木偶了。"说话间，一缕黑烟直冲微星而来。

微星从容后退，单手结印，将那黑云一段段截开，封印起来。

那黑烟直指微星的眉间，但却碍于微星幻化出的一个个结界，速度渐缓。

那青色的结界由大到小，随着黑鬼青烟的路径凝固，最后在微星眉前犹如一粒水珠，彻底静止下来。微星清雅一笑，莲指一弹，那最后一颗水珠般大小的结界应声往黑烟中飞去。

径直砸到了黑鬼流云的身上。

"精进虽有，却还是不得章法。"微星脚踏青苹，再次端立。

"哇！没想到小帅哥打起架来那么帅啊！"许诚此时可是在青苹结界里面看得津津有味。

思源和若木也相视一笑，却不想又闻得一声惊叹："这小微星斗法起来的确是一点都不含糊。"

这声音是——清伊。

许诚抬头，看到黄凤煌煌和豹纹飞廉从头顶越过。

"羽仙人、清伊、佩珠仙人！"思源看到三位仙人骑神兽而至，不由得心中一松。

"少主、微星，你们先行，这里就有我和羽仙人来对付好了。"清伊此时可是一脸的清高样，她执起火鞭，一甩，身上的白衣立马换成了火舞红裙。

"煌煌，去！"火鞭一甩，开出一条火路来，煌煌迅速往那被火灼烧开来的通道飞去，驱散着想要继续堵住缺口的小黑鬼们，微星赶忙化法，将青苹结界和众人都拖入了通道中。

"哇哇哇！"许诚一个没注意，在结界中翻了个跟斗，撞到结界壁上。"痛痛痛痛痛——"许诚揉了揉额头和膝盖骨。抬头却见这整个结界都穿过了火烧的通道。

"可恶！别想走！"黑鬼再次作法，黑烟弥漫开来，想瞒住那最前面的洞口，却被羽仙人的一阵狂风给吹散了。

"呵呵！老夫虽然不问世事多年，但是少主的事情，我还是会全力以赴的。黑鬼流云对吧，怎么说，老夫这法术也是历经久远，你还是不要再做困兽之斗了。"羽先生端了端木质的眼镜，温柔地摸了摸身旁的飞廉，身周马上张开了风盾。

"哼！微星！你这样算什么神仙，说好要和我单打独斗的，却叫来一群帮手。"黑鬼对着洞中的微星喊道。

"哈！我说黑鬼，你要动我们小微星，那可不行，他可是还有很重要的任务的。怎么说我也是四大护守排名第二，你要动小微星，还得先过我这关才行。而且，我说句实话，你根本不是微星的对手。尽管不太想承认，其实连我都要忌他三分。虽然他才排名第四，但要说韧性，却是我们四个人中最强的。废话少说，就让我和羽仙人一起，给你个痛快吧！"

"烽火鞭！"说时迟那时快，清伊的火鞭已经抽向了黑鬼，所到之处，尽是三昧真火，熊熊烈烈，黑鬼根本无法扑灭。

"老夫再为仙子加点力吧！煽风点火，最是恰到好处。"羽沐清使出了风盾，火借风力，越烧越烈。那一阵阵黑烟黑影都被这烈火给击退和消灭了。

"可恶！"流云望了望已经远去的微星和思源等人，但这边根本是脱不开身，被这两位法力颇高的仙人缠住，说实话自己心里还是不太有底。

"呵呵！笑话，千年前的我兴许不是他的对手，现在的我，怎么可能再坐以待毙。"黑鬼狂笑起来。

"哇哦！一点都不可爱，本来在少主他们的记忆里看到你，还觉得你蛮萌的呢！姐姐我好失望呀！"清伊此时又是一副御姐的人设。"还有，不准说小微星的坏话，能说他坏话的，只有我和我们家那个酒鬼大叔诶！"清伊说完一舞鞭子，火气更旺了。

"哈哈哈！感觉老夫可以做壁上观了。"羽仙人有些悠闲地让道，飞廉爬上了洞壁。

"哼！羽沐清，明明是个万年正太脸，还装什么老夫，你好好帮我护法！"

羽沐清的脸瞬间僵化了，有些懊恼地戴上了木制眼镜。"护法就护法，飞廉——去吧。"说完一只小飞廉从风盾中跃出，朝着聚拢的众小鬼冲去。

"聚——和——"流云赶忙化法，想要挡住这个风廉的迅雷之风，但明显众小鬼已然被冲散了。

"哼！"流云转而一笑，"也不过如此。"他双手合十，那烟消云散之黑气又再次聚拢过来，众小鬼又一一显现。

本来悠闲坐在大飞廉背上的羽沐清此时倒是端坐起来，他端了端木质眼镜，看来颇感兴趣。

"原来如此，我算是明白微星怎么抓住你的了。说实话，黑鬼！你找微星斗法其实是大错特错。要说我们中间，最克你的，还真是微星仙人啊！"

"主人，这是什么节奏，你是说他们两个，穿越千年，相爱相杀么？"大飞廉此时倒也是不耐烦起来，"说到底，还不是因为你没有让我上！"

第二百零九章

银炉炽炭麒麟红

　　"稍安勿躁，此鬼的实力的确在你之下，但他的属性决定了所谓的神出鬼没。所以究竟怎么捉住他，还得看我和清伊仙人怎么配合了。"羽沐清摸了摸飞廉的头，安慰道。

　　"哼！我可不喜欢什么策略啊，配合的。好久没有活动筋骨了，羽沐清你好好用风盾护住自己。我今天就在这里发发火气吧，这烽火鞭可是寂寞了好一阵子了，上次破阵也只是辅助领主，都没有使出我那套雀翎舞！"

　　"诶?"羽沐清有点吃惊地看向清伊。

　　"怎么，不信我么？而且少主赐予我的新力量，说实话我还没试过呢！正好今天，穿上那套新衣服来跳我们的上古之舞。"

　　"同为鸟族，我深感……"羽沐清明显有些吃不消了，"我只是怕你伤及无辜。"

　　"哈?"清伊挑了挑眉毛，"你不是在这里么，快点给周围挂上风盾，这样不至于波及太广。"

羽沐清无奈地叹了一口气，"也只能如此了。"

"哼！谢了！"

但此时，羽沐清又听到一阵心中的传音。

"要上了哦！"清伊将火鞭挥动，在空中画圆。那朱红的火焰瞬时笼罩住清伊，像漩涡一般汹涌澎湃起来，滋滋——火花开始四溅，直到看不到清伊全身。

"七月流火，火正归位！"伴随着清伊一声嘹亮吟唱，那周身的火焰瞬时都往黑鬼们扑去。

流云轻蔑地一笑，"哼，不知道什么是野火烧不尽，春风吹又生么？只要我还在，这些黑鬼之子就会源源不绝。"

"哼！"清伊轻轻一笑，此时的她从火焰中闪现，身着彩霞凤批，就似那日思源幻化出笔尖火时那般，雀翎凤裙，羽箭雕弓。

"唔！"羽沐清有点吓了一跳，这灵息，满满溢出的感觉，有着隐隐的上古之力。羽沐清端了端眼镜，看向飞廉。

"不错，是有上古之力。"

"这么说来，她找到了火正之种。"羽沐清有点不敢相信自己的眼睛，赶忙摘下眼镜，揉了揉。

"拭目以待吧，主人。"

"如果是真的，飞廉，你要再花点力气，将结界做得更加稳固点。"羽沐清化法将风力催得更甚了。

"哼！你在这七月，是斗不过我的。飞火流星，月令节气，尽在我侧，而今，我因为少主之灵火，已经感应到了不同的境界。今天就让你看看火正之裔的飞火流星。"清伊一挥火鞭，那飞火迅猛而来，瞬间扑向洞穴中密密麻麻的黑鬼。

"指点虚无征路，醉乘斑虬，远访西极。正天风吹落，满空寒白。玉女明星迎笑，何苦自淹尘域。正火轮飞上，雾卷烟开，洞观金碧。"手中缓缓结火印，指迷流金，飞火散华，待到吟唱完毕，清伊已经通体金碧，明彩熠熠。

"她真的成功了，银炉炽炭麒麟红，点亮了……点亮了祝融之火。"羽沐清激动地大叫起来。

"虽不及天火，却得天火之精，夏官之佑，人间的天之圣火，草木皆兵，玉石俱焚。"清伊此时睁开双眼，灵指一挥，一只银炉缓缓升起，金银之盖打开，一道金火迅速地飞向黑鬼之众。

刚才的飞火虽然不停焚烧着黑鬼们，但流云又不断地幻化出黑鬼之子，如此看去似乎不会有终结。

"哼，只要你是用火，就不会有胜算，焚烧之烟，皆可为我所用。"火越烧越旺，黑鬼之子也就会越来越多。

"典容希阔成昭备，彬郁晖光。"清伊收起长鞭，慢慢拿下背上的飞花之弓。

而此时羽沐清也站了起来，他的口中说出下一句颂词："神灵欢嘉昌绵胧，受福介无疆。"

"少昊之翼，怎可不用我弓。煌煌！"清伊一声令下，刚才带着思源等人突围的神鸟此时已经流彩红光，直穿众黑鬼而过，来到了清伊身侧。

流云一惊，它竟然可以视我们为无物，直穿我的身躯而过。

"飞花流火，煌煌一箭。"

原来这煌煌就是清伊之箭，一声凤鸣后，神鸟化作一支雀翎金箭，旋转直上清伊之手，火光到处，又为清伊的右手添上了一枚红玉扳指。

说时迟那时快，清伊起弦拉弓，满月射箭，一气呵成。

她根本不给流云思考的时间，只是那箭并没有射向流云，而是冲向了黑压压的黑鬼之众，众黑鬼回头探望，那飞花箭羽已经没入黑烟之中。

"重重观阁。随处有、寄香幽火，杳然难测。"就在最后一字念出之时，煌煌找到了清伊一开始投入黑烟中的那一点圣火。

飞花箭羽直冲祝融之火，相触之时，火光迸发，只听一声巨响，花火从黑鬼之众的中心处爆发开来。散华所到之处皆燃烧殆尽。

"我说了多少次了，你的属性是被我天克的，有火的地方即有烟，有烟即可以复生。"流云再次化法，欲要变出更多黑烟，却突然觉得灵息受限，胸口一阵紧，无法化法，慌乱之中，发现身前的黑鬼之子都应声倒下，不再复返。

"这是怎么回事？"流云按住胸口。

"你以为这只是一般的火焰么？上古火种之遗留，拥有天火之引，可将一切焚烧消灭，大到一座城池，小到细枝末节。而我现在燃烧的却是你的灵息。"清伊步步逼进。

"什么？灵息?!"

"被祝融之火焚烧的东西都是万劫不复的，不可能再复原过来，这些黑烟虽然难缠，但他们却有一个共同点，都是你的灵息所驱动的。于是我让煌煌引爆圣火之种，并专门寻找你的灵息加以引燃。不过，说起来还是要感谢微星仙人。其实他第一次在唐朝抓你之时就看透了你的弱点。"

"弱点？可笑！我似云无形，青烟幻化无穷，你觉得你可以烧尽我么？"流云一副不能接受的样子，"那时他抓我是因为我功力尚浅，而今我经历千年，怎可同日而语。"

清伊无奈地摇了摇头，"不错，你的法力已经突飞猛进，烟云的身姿也的确是取之不尽。但微星第一次抓你的时候，并没有用蛮力制服你，而是看到了你的唯一弱点。虽为烟云，但，说到底还是由灵息驱动的。我不像微星那般善于结界，可以很好地操控灵息。他定住你的灵息后可以自由地牵制你。可惜了，我只有蛮力和野火，但我可以用这祝融之火，慢慢消耗你，焚烧你的灵息，这火正之火不会熄灭，但你的灵息总有消逝之时。你是很强，但既然我已经寻回火正之力，作为少昊之翼，自不能输于你。"

"你！可恶——"虽然流云对此半信半疑，但胸口的确越来越沉闷了，确确实实感觉到灵息在减少，而且这火似飞花一般，并没有生烟，根本不能通过生烟再行补充。

"上古之火，岂是泛泛之辈，远在三昧之上，乃无烟之火，对不起了，你的千年修为就此不复了。"清伊有些遗憾地说到，她俏丽的脸上露出一丝惋惜，"有了这等修为，又何苦跟在那堕仙身后。"

"不准你这样说主人，就算你有上古之力又如何，主人乃上古正统，不是你可以随便玷污的。"流云怒目，再次化法将身后挡住，"反正我能拖住几个是几个，你们休想过去。"

"哎，看来没有我出场的必要了啊！不过，黑鬼，你这又是何苦，这清伊的招数太狠毒，千年修为毁于一旦，个中得失，你还是要三思啊。"羽沐清也往前迈步，心中有些发怔，这火羽还真是暴脾气，不愧是火正之后，腹黑腹黑……

清伊埋怨地看向羽沐清，心想，我这是没有办法啊，毕竟这黑鬼蛮克制我的属性。

"你们不用手下留情，主人对我的恩德又岂是这千年可以还清的。"

清伊有些懊恼地看向羽沐清。心中传语道："怎么办，看来这块骨头不好啃，早知道就和微星联手来制服他了。"

"稍安勿躁，我之所以让微星仙人先行，是因为佩珠算到了微星在香丘大战中会是不可或缺的重要助力。不是还有我么？怎么了，赤羽方，你就这么看不起我们黄方么？"羽沐清说话间手中已经幻化出一根法杖。

"自然不是，只是我也想快点去香丘啊，但又不能烧尽他的灵息，终是不忍。"清伊撅了撅嘴，有些无奈和赌气。

"嗯，这黑鬼不傻，他知道你我是仙人，不会痛下杀手，所以才负隅顽抗。不过他不知道，并不是只有微星擅长结界。"羽沐清得意地转动手中的法杖，"啊——真是好久没用到这鹏杖。"

清伊一脸看好戏的样子，"得意什么呀！哼——"

"我算是明白刚才你挥动火鞭的心情了，今次我们双方合力，真是多少年久违了。"

"嗯——上千年？上万年？"清伊转动眼珠，想到。

"哪有那么久，穿越三千年的青葱，昭华有时只是弹指一逝，但你我守护的血脉不会断绝。我可是一直很期待和你联手呢！"羽沐清旋转鹏杖，鲜黄的光芒四溢开来。

朱宣之鸣挚子之风

"这灵息！"清伊一惊，红袖掩口，"这就是黄方大巫的法杖吗？"

"不是只有你是祝融之后。"羽沐清清秀的脸庞此时分外耀眼，随着黄色的灵光，他的身形渐渐高大起来，直至高过清伊半个头。他温柔地回看清伊，"我也是啊！"

"羽沐清——你……"清伊感动地抹去泪水，"嗯，我等这一天也已经很久了，我们速战速决吧！速速赶到少主身边才是！"

"所见略同。"羽沐清此时已经黄衣法袍加身，金丝织就，华羽彩章，一副颇为隆重的装扮。

"南邦相业；东观书馨。飘飘意气；汪汪澄波。江夏世泽；淮阳名家。垂德源流远；遗芳世泽长。太昊之翼，上古黄方，陆终之嗣，夏官之职。日月韶光似箭，不觉人老花残。思今古，从前勇猛，尽葬在北邙山。不如心行善，无烦恼，养就朱颜。"灵咒在羽沐清的起承转合的结印中慢慢被诵出。

清伊听到这里不禁一笑，"的确很有你的风格。不老童颜。"

"搭手寻思，百年如梦，算来何不清闲。"而此时那法杖的金色光芒比之前更胜了。

黑鬼被这光芒刺得睁不开双眼。他心中寻思，这究竟是何物？却在这一瞬，觉得世间万物日月星辰，草木石灰皆被吸入了这黄色的法杖。这一瞬间流云以为自己像是要看清楚这世间的一切真理，却在就要顿悟的那一刻戛然而止了。

再给我看一次，流云的心中不禁喊道："这究竟是什么？"

"天地万物，北极星辰，尽在其中。"此时的羽沐清不再是童颜小身，可说是温文儒雅，却又威严摄人。"清伊，你的雀翎舞，我倒真想看一看。"

"不行！这是要在香丘对那个堕仙的，她不是越中最美的舞姬么？我倒要看看我们的上古之舞可会输于她。"清伊此时又是一脸的不愿意。

"可是，我要行祭祀之步了呀，怎可没雀翎舞。"

清伊的脸上露出释然的笑容："那说好了，只跳起子。"

"嗯，自然是够了。"羽沐清手举法杖，光晕之下，祭祀之步已然行云流水，赤脚黄铃，清音悠扬。

而另一边清伊也快速点地在侧起舞，轻灵似雀，彩披飞扬，如鸟欢跃，在黄衣巫师之侧做着策应之舞。

虽然黑鬼经常欣赏主人的舞姿，但这一套舞步，却让人觉得何其庄严，那舞步，步步入法，黑鬼虽然不懂，但他们每跨出一步，脚下生灵，似是打通了天地之脉、万物之门。

"奏《九歌》而舞《韶》兮。"黑鬼突然记起主人和自己说过的这句话，所谓舞中的最古境界，这难道是……只是不容黑鬼多想，起舞的两人已经开始吟唱。这不得不让黑鬼紧张起来，他赶忙驱动所有灵力，那黑子以排山倒海之势迅速围住了翩翩起舞的两人。

大飞廉见状赶忙驱动风廉，护住了舞台。

"没事吧！"小飞廉飞过来问到。

"就快了，主人行舞步之时，不能被打扰，你我护住他们的行舞范围即可。"

"好！"

小飞廉迅猛地扑向黑鬼之子，快速奔跑转圈，爪踢众小鬼，不让他们靠近舞池。

"追风骏足，千骑卷高冈，一箭过，万人呼。"羽沐清突然将鹦杖重重捶地。

而此时清伊点地飞起，彩披如翼，羽彩流苏，她在空中点步，继续着舞姿，"彩鸢翔，星河欲转千帆，彷佛梦魂归帝所。闻天语。殷勤问我归何处。"

而此时羽沐清带上一木质的巫师面具，也点步飞向了空中，似是要和清伊汇合。

"截住他！绝对不能让他们汇合。"黑鬼似是看出了端倪，将一金簪掷向了风盾。霎时间电光石火。

"这是什么？"小飞廉一惊，被这金簪一样的法物给电到了。

"小心！"大飞廉赶忙用风廉将小飞廉护住，而此时风之结界也有所动摇。

但这显然已经阻止不了清伊和羽沐清。

清伊舞转回头将火鞭抛出，羽沐清伸出鹦杖，相触的那一瞬间，他们共同吟唱出：

"九万里风鹏正举。风休住。雀翎吹取三山去。"

语毕一阵疾风悬空而起，将刚才的电火雷光悉数吹散，也吓得一众小黑鬼不停后退。

"白帝之子，太白之精，苍茫之浦，穷桑之主。"那疾风之中，靡靡之音传来。

"是清伊仙人。他们成功了！"小飞廉欢呼雀跃。

"我行，朱宣之鸣，挚子之风。"羽沐清的声音传来。

此时风盾开启，只见两位仙人，红黄华衣加身，执手相抱，而两位仙人的另一只手都往前相指。

羽沐清此时已经摘下了面具，他单眼看去，似是在瞄准什么。

"找到了。烟云魔障所在之处，放心射过去吧，他不会就此灭亡。"

"嗯！"

只见两人将指向流云的手指突然握紧，往后拉去。

流云一惊，他们又要射箭！

赶忙聚拢所有的灵息和小鬼，也收回了那枚金簪，催动金簪及自身灵息想要化法抵御。

羽沐清微笑着闭眼摇了摇头。

箭在弦上，不得不发。

清伊和羽沐清将手中的风之箭气射向了那金簪。

挚子之风，苍茫水依。

没有任何东西可以阻挡这挚风的前路。

香丘

思源和微星等人此时已经沿着洞穴赶到了前面的银光隐隐之处，却忽闻一阵疾风穿越耳际。

"先贤之风！"若木突然说道。

"难道是清伊他们发动了上古之力。"微星有些吃惊地后望。

铃铛有些担心地回头，但又决绝地往前行去，然后回头对着众人说，"两方协力发出了先贤之风，可见他们的觉悟，我们快点向前吧，不能浪费了他们为我们争取过来的时间。"铃铛手触那身边流淌而过的清风，同源之灵迸发出了不小的花火。

"这是?"许诚看到铃铛的手指燃烧了起来，有些担心，上前想要查看。

"不用担心，同源不会相伤，而我们也早做好了和他们一样的觉悟，如若要为主人而死去，也会在所不惜。"铃铛说着回头看了看若木。

已经青鸾化的若木用清丽的鸟鸣相应。

"我们走吧!"佩珠仙人走到银光之前，轻轻一触，那银色的雾气就慢慢散去了。

而展现在众人眼前的是另一派惊天动地的布界。

第二百一十一章

三十六仙点正兵

银雾缓缓散去，露出的却是丝丝红线，那红线之上是熟悉的铃声。

"百铃结！"思源一看到就领悟过来。但这次却是红色的丝线，迎面而来的还有一股让人觉得十分不舒服的气味。

"血腥味！"许诚大叫道，"可恶！"许诚咬紧牙关，但还是有些体力不支，瘫倒在地。

"呼。"铃铛有些无奈，"你要是这样，我多少也会有点吃力起来，我先幻化成鸟型吧，这样不至于再给你增加负担。"

思源赶忙扶住许诚，"对了，茱萸！"思源赶快拿出了许诚手臂锦囊中的茱萸塞进了许诚的嘴里。

"铃铛……你不用变身了，我支持得住……我不能再这样给你们拖后腿了。"许诚吃下茱萸感觉好了不少。

"知道就好！"铃铛虽然嘴上那么说，但还是用眼神拜托微星为许诚施展清心咒。

"这百铃结已经幻化为结界，而且这堕仙还用自己的灵血加强了这金铃红丝阵的法力，也难怪这位小哥会觉得不舒服，就算是一般人进入这结界范围内都会觉得分外难受。"佩珠细看这结界，叹息道。

"的确让人有些反胃，血腥气好重！雪秀为什么要这样做……"思源还是有些不想相信，只是看到眼前的血色布满的结界，白鹿死时的惨景，又再次浮现在脑海。

"哼，这又有谁能知道。"佩珠仙人一阵冷笑，"微星，说到结界，你应该最在行。这应该是我算到此战你为关键的开始吧。"

微星满脸的焦急，思源知道他此时和自己的心情是一样的，都在担心着结界之中的诸夏。看到微星欲言又止的样子，思源和许诚都纷纷上前说道：

"微星，有什么我帮得上忙的，尽管说。"思源似乎隐隐感觉到这应该和自己有关。

"还有我……小帅哥，虽然我现在看上去不太靠谱，但我好担心诸夏仙人……"

微星轻轻掐指一算，心中有了一些猜测，但还是不忍开口。

"呵呵！微星仙人，如果需要以身试险，那我和香蒲自然是最合适的了。"佩珠莞尔一笑，美丽的脸上带着一丝哀伤。

"不错，你们还要保存实力，我们受若耶灵地之守护，是和这密灵地有着契约的仙灵，就算这结界何其危险，有着若耶古灵契的守护，还是要比你们去好上许多。"香蒲仙人点头说道，他转身看向山鬼，"如若有什么不测，还要请山鬼大人一路护送他们直到若耶仙主的身侧。"

那山鬼妖娆一笑，"放心地去吧，本来我不敢打包票，但现在所有的要素已经集齐了，我可以答应你，把他们安全送到香丘的中心，而且也会尽力保住若耶。"

微星有些放心不下，赶忙幻化出了漪澜弓，"两位仙人且慢，请和漪澜相连，这样我可以随时为二位疗伤。"

"这是？"佩珠看到漪澜弓后脸上一惊，转而摇头一笑，"这诸夏仙人真是有意思，竟然会有这样的法宝。"

"而且他把这样的上古神器竟然给了你，看来他对微星仙人是十分信任啊！"香蒲从容一笑。

两点灵息似萤火一般飞入了两位仙人的后颈。

"三十六仙点正兵！"随着佩珠的一声令下，她手中的琼佩已然发出响彻整个山洞的切磋之音。

"四百八十梵上音！"香蒲仙人举袖之间，一鼎银炉在手上化灵而成。

"哇！今天真是有眼福了，可以看到每个仙人的法器和看家本领了！"许诚虽然才刚刚缓过来，但看到这气势，瞬间来了兴致。

"切，什么时候你才能独当一面啊！真让人心急。"铃铛无奈地摇了摇头。

"额……我会努力的……"

思源听后一笑，"许诚，我可是也很期待啊！你上次说过，要和我共御敌前的。"

许诚听到后，脸"唰"地一下全红了，他有些局促但也不免感动，"等着我，下次一定是我们一起破阵了！"

"嗯！"

两人相视而笑，而此时两位若耶地仙周身也已经聚集起来浑厚的灵力。思源等人仔细地看着两位仙人化法。

他们所说不假，由于是若耶承认的地仙，所以他们可以汲取若耶灵脉之气，以为己用，此时这洞穴之下的灵息果真源源不断地往上而涌。

待到灵息充沛，两位仙人也是相视一笑。

佩珠点了点头，双手打招，成双指相请之势。她的指尖孕育出许多鲜嫩的枝叶来，那绿意在若耶灵息的加持下，不停蔓延，开枝散叶，直指阵中。

"好俊的法术。"微星赞叹。

"哼。"铃铛也微微一笑，点头称是。

许诚虽然也觉得这枝叶很是漂亮，但还是不太明白佩珠此法术的深意。

于是充满疑惑地看向思源。

此时的若木已然化成了人形，解释道："佩珠仙人以术化木，直触阵中，是为了以木相探，这样就不需要亲自以身犯险了，而且这灵木有仙人的灵息相应，一会我们入阵的时候也可以作为大家的掩护。"

"原来如此，雪秀虽然早早占据了地利，也以血线金铃护阵。但佩珠仙人也不甘示弱，指尖开枝散叶，与其相争。"许诚突然煞有介事地自言自语起来。

"嗯？悟性挺高的么！"若木有点意外。

只是那灵木入阵不久便引发了百铃结阵中的金铃群起响应，那红线伴随着金铃的晃动发出了预警之声，当灵木触及红红线，便被瞬间肢解。

"原来如此。这些红线很是锋利，要避其锋芒。"佩珠会心一笑，甩袖将袖中的绿叶尽数抛向了阵中。

那新叶灵巧地飞过结界，躲过锋利的红线，穿过交织在一起错综复杂的百铃结之阵。眼看绿叶已经闯过了一半的结界，但那金铃突然齐声震起。

思源和许诚觉得这铃声很是刺耳，都不由得捂住了耳朵。随着一声刺耳的耳鸣，那些绿叶也纷纷化为碎片。

"用了音律来灭其行。"微星听出了玄机。

月殿先收桂子香

佩珠一阵试探之后，便试出了这阵法的布局。

"线为利刃，铃为音雷，入阵即会被攻击。"香蒲仙人解释道。

"怎么样，微星？"思源急切地问道。

微星低头深思，转而一笑，"此阵不难，因为已经有先人给我们示范了。"

"先人？"思源不解。

"少主忘记了明角洞一战了么？我可是从少主的记忆中看到了全部。"

"明角洞……不错！不过那时候是宋源来破阵的。"

"非也，没有少主的法器，也是破不了那雷霆阵。"

"雷霆阵！"许诚一听便来了兴致，"就是你的记忆里那个什么青碧交辉，很酷炫那个么？"

思源不禁有些汗颜，心里想着，我还有没有半点隐私啊，微星也就算了，许诚都……

"既然此阵不难，那么我和香蒲就入阵先斗了，我倒要看看这堕仙究竟有多强。"佩珠踏花而行，率先进入了阵中。美人转身，对着香蒲一个优雅的回眸。

"怎么？香蒲，你不来么？"

香蒲无奈地摇了摇头，也飞入阵中。

"时隔多年，不如……"佩珠的笑颜在花瓣中若隐若现，她此时已经驱动了桃花雨，作为法盾保护着两人周身的安全。

"正有此意。"

"还好是和你并肩作战。"佩珠再次摇起琼佩，那只熟悉的蓝雀，再次飞来，停留在她的手上。"去吧！"

那蓝鸟如迅雷一般往阵中飞去。

"看你敢不敢伤害这禹王的灵鸟。"佩珠眼中满是坚定。

那蓝鸟领着桃花雨直过百铃结界。

说来也奇怪，那蓝鸟入阵，如入无人之境，金铃对它没有丝毫的反应。但他身后的桃花雨就没有那么幸运了，再次被音雷和红线拦截下来。

"果然如此！那么我们就……"佩珠给香蒲一个眼色，旋即口中念道，"禹门已准桃花浪。"那蓝鸟迅速飞回佩珠身侧，而此时佩珠身后的桃花雨更为强烈了，只是不同于刚才，那蓝鸟飞绕桃花雨一周，红色的花瓣上沾染了蓝光。

"月殿先收桂子香。"香蒲仙人举起银炉，一阵馨香传出，是秋桂之香。

香薰一出，那周围的血腥味瞬间被遮盖了过去，百铃结界的灵气瞬间减弱了不少。

"禹门已准桃花浪，月殿先收桂子香。"思源喃喃地读着这一句从两位仙人口中传出的诗句，总觉得有一种很熟悉之感，呼之欲出。

"用桂子之香盖过血腥味，的确比刚才舒服多了。"许诚舒服地用鼻子一嗅。

"不过，话说这蓝鸟为什么不会受伤？好奇怪。"许诚也点出了思源心中的疑问。

有着蓝光萦绕的桃花雨果然也安然穿过了结界。

"呵，看来这次我们不需要用骨镖硬碰硬了！"许诚拍手叫好起来。

"没想到这么简单。"若木觉得有些不可思议。

"不要小看了三十六地仙，他们在这片土地上可是游刃有余的。"山鬼笑着说到，她突然往前飞去，飞到了两仙之间。

"殷勤彩丝系臂，依约舞裙红，纵旋采香蒲。两位还是不减当年啊，甚至是更为精进了。看来刚才那一番生离死别是多此一举了。"山鬼妖娆的身姿在花雨中显现，只见她手触蓝鸟，身上顿时蓝光熠熠。

"佩珠也只是赌上一赌，但还是不可大意。"

而此时众人也在微星青苹结界护佑下，进入了桃花雨中。

"事不宜迟，我们尽快吧。"香蒲对着众人说到。

在蓝鸟的飞绕下，众人身上也开始蓝光莹莹。

"大家穿过结界千万不可大意，错一步就会万劫不复，一心一意穿过去就好。还有，微星仙人，你要做好万全准备，万一出了什么问题，迅速用最强的结界保护大家。"佩珠还是有些不放心，是的，按照她对雪秀的了解，总觉得不会那么简单。

"对了，为什么这个蓝鸟不会有事？"许诚好奇地问道。

"象耕鸟耘，王有令，不得射杀此鸟。"佩珠简单地解释道。

象耕鸟耘？王？不得射杀？许诚和思源的心中还是有很多疑问，但也没时间细问了。

"打起精神！要入阵了，你想血肉模糊啊！"铃铛一拍许诚的脑瓜。

"哎哟！"许诚捂住头，"真的很痛唷！"

花雨渐渐散去，漫漫前路，尽是布满的红线和金铃。佩珠和香蒲先迈出了步伐，众人也追随而上。

"少主，请先行。"微星说道。

"微星，我总觉得有些害怕。"

微星轻轻一笑，划指聚灵，蓝色的灵息在他指尖显现。

"少主，吾与漪澜与你同在。"微星将灵息点在思源的掌心。

漪澜温暖的灵息袭来，心中顿时安定了不少。

思源握紧掌心，"嗯！我们要一起去救诸夏，还有那位我未曾谋面的维舟。"

一步步，跟随着前面的许诚，思源跨过了红线。但因为有蓝色灵息的缠绕，这些红线和铃铛没有伤到自己。

"呼——"思源大出一口气。

一步又一步，因为红线的关系，难走许多，很多时候还要拨开红线和金铃。

听着那铃铃声，心中还是有些颤动，但因为大家都在自己的身侧，思源也就不再去多想什么。

只是，似有故人在耳边呼唤。

"小源——"

思源不禁回头，谁？

就在回头的那一瞬间，肩边的红线划破了衣衫，鲜血流了下来。

各位仙人都感应到了危机，纷纷化法要护住思源。

"少主！"微星一急，赶忙展开了青苹结界。

"少主！"若木快步飞向了思源。

但就在要触及的那一刻，血色的结界忽然展开，把原来的百铃结结界全部震得粉碎，红线和金铃都一一断裂、掉落。

"思源！"许诚看着满地金铃，呆坐下来。

"可恶！"佩珠引着蓝鸟来到了那血红色的结界面前。"打开它！湛湛！"佩珠对着蓝雀说道。

"思源——"

熟悉的声音传来，如果让自己为他驻足，一万次我也会愿意。

"宋源——"思源睁开了双眼，刚才以为自己会被红线杀死，但此时看到只是肩膀擦出了一点血。就在那一刹那以为自己真的要死了。

思源苦笑一声。其实自己也不是第一次经历这样的生死之间了。

"小源——"熟悉的声音再次传来。

泪快要滴下。是他！在自己背后的声音，我不会听错。

执笔之子，重逢之时

思源回头，看到了那熟悉的身影。青黄色的长袍，碧玉发簪，从容的笑意挂在嘴边。

"宋源——"热泪已经溢出眼眶。"对不起……原来都是我，是我害了你。"

依然是爽朗的笑容，"别这样说，我种下的因，却要你为我收拾残局，应该我道歉才对。"此时的宋源，脸上多了一份忧愁。

"关于雪秀……"思源突然想到香丘的危机，既然现在宋源出现了，那就问个清楚。

"关于我和她的约定，因为有契约的束缚，我不能告诉你。但我相信你，你一定能找出真相。"宋源自信的笑容再次浮现，他坚定地看着思源，"时间不多了，我想你身上应该还带着那枚骨镖，所以抱着试试看的心态，让红线划破你的皮肤。果然，你一流血，这玄珠就马上张开了庞大的结界来保护你。而且我发现你身上如今也不止这一种上古之力。那我就放心了，这样，你们应该可以阻止她了。"宋源有些叹息地转身看向那百铃结铃铃的方向。

"她？你是说雪秀。"思源追问道，他转身看了看，原来这血色的结界是玄珠发出的。

"嗯！"宋源肯定的眼神让思源刚才没底的心中有了更多的猜测。

"我该怎么做？"思源想问出更多线索。

"雪秀不是一般的仙灵，这一点诸夏是明白的。而且诸夏和我有契约，不能伤害她分毫，所以……"宋源转身看向思源，似是在确定什么。他探寻的眼神中终于露出了曙光。"嗯，果然没有让我失望，那个人已经把东西寄送到了你的身上。小源，你已经拥有了控制雪秀的唯一胜算。你我同源，我愿意赌上一赌，我相信你能帮我了结这将近千年的遗憾。去吧——我已经看到了，你会开始属于你自己的执笔生涯，化解一场场千百年来的情缘宿怨，而这一切的起点由我为你铺就，去吧，去继承我的所有吧。"

"宋源——"思源听出了这语中的离别之音，他举手想要挽留，"我们……还会相见么？"泪水再次滑下，在血色的结界中晕染开来。

宋源有些留恋地回头相盼，"我不能告诉你太多，但是……"帅气的笑容再次跃上他的眉梢，"我对于你的记忆，此时此刻，的确比你多上许多，也许对于我来说，这是最后了，但对你来说，一切才刚刚开始。在你往后的岁月里，我们定有重逢的那一天。"

宋源留给思源一个灿烂的笑容，虽然这个笑容最终随着他袖间泛起的碧光慢慢消散了。

偌大的结界中只留下了思源一个人的身影，思源此时只想一个人默默地哭上一会。

"谢谢你，谢谢你，宋源。我的命是你救的，今天开始，我就是你，你就是我。"

思源掏出狼毫小笔，紧握在手中，执笔一划。青光在空中划出最美的弧度，灵息四散。

"玄珠，归位！"背包中的玄珠得到了他的号令，慢慢地收起了结界。

而此时一条头顶一点朱红的金色鲤鱼也游进了结界，来到了思源身侧。

"桃花浪？"思源一笑，"是佩珠仙人啊。"思源轻轻一点鲤鱼头上的红点，那鲤鱼瞬间化鱼为龙。

这小游龙还甚是年幼，但它示意思源坐在自己的身上。

"嗯！"

思源执角骑上小龙，"回到你主人身边去吧！"

许诚眼见眼前血色的结界慢慢淡去，便想靠近。却不想结界中突然窜出了骑着小金龙的思源。

思源冲出的瞬间，许诚转头相看，两人四目相对。许诚心中欣喜，正要叫唤，却看出了思源眼中的些许不同。

"思源？"

"嗯！大家还好么，我没事。这只是玄珠展开的保护结界。"

许诚点了点思源的背后。

思源回头，看到的又是另一场如火如荼的战斗。

"你这个结界把百铃结的血线和金铃都震断了，直截了当地破了雪秀的结界。然后我们看到的就是你家的维舟和雪秀斗得激烈，所以佩珠仙人派了她的禹门鲤鱼来救你。而其余的仙人怕那个大叔式微，都跑去护法了。"许诚赶忙解释道，还摸了摸黄色小龙头。

"快上来，我们也一起去帮他们。"

许诚一瞪眼睛，看到思源英气逼人的双眼，舒了一口气，终于又恢复成原来的思源。他抓住了思源的手，一跃而上。

双子同乘黄龙直越那众仙人步下的法门。

"哇！你这是？"许诚赶忙抱住思源，因为黄龙向上飞腾，许诚差点滑下龙背。

"鲤鱼跳龙门了！"思源一笑，"抓紧咯！"

此时那小黄龙真的化作了一条鲤鱼，随着桃花浪，乘风破浪，一跃上了众仙斗法之高地。

"少主！危险！"微星看到了越到法门上方的思源和许诚，赶忙展开结界。

思源对着微星一笑，口中下出指令。

"玄珠——结界！"

那血色的结界再次从思源身上迸发出来，众仙的法术都瞬间被这天火之力回弹了出去。

"好强的法力。"香蒲仙人赶忙护住了银炉。他看向山鬼神女，似是在询问。

"我就知道今天会有好戏看，没想到会遇到那么多的神器。看来我是来对了。"山鬼展开了结界，保护住身侧的几位仙人。

"没事的，少主不会伤害我们的。"若木看到思源平安，心中的石头总算是放了下来。

而此时雪秀的斗法和进攻也被思源的天火结界打断了。

雪秀看向这位鲤鱼之上，桃花浪中的执笔之子，此子的脸庞，和他还是那么相似。只是时隔两月有余，他身上散发出来的灵息越发成熟了，而且还混杂着不同的上古之力。

雪秀温婉地看向思源，似是最后的留恋，她使劲摇了摇头，看向身前那红光盈盈的灵簿。就算他灵力大涨，我也不会输给他，是不能输给他，这是我赌上我所有功业的战斗，待到得到若耶，一切都不在话下了。

原本温情脉脉的双眸此时又染上了腥红，朱砂色眼睑再次被映红。雪秀身后的百铃结慢慢铺散开来。似孔雀开屏一般华美，但那血腥味又再次在洞穴弥漫开来。

"嗯——"许诚捂住了鼻子。

第二百一十四章

碧灵凝聚，诸夏得归

再定睛一看，许诚才发现，石棺的一头，在幽暗的荧光下，端坐着的正是诸夏。此时的诸夏正在闭眼护法，完全没有理会外界激烈的打斗。

"看来诸夏设立了新的结界。"思源看后说出了自己的猜测。

"不错，小少主，领主定下了血印，誓要和若耶共存亡。只要领主在，这结界就在。"

"是为了守护若耶的仙主青鸾么？"思源看着石棺，想起了灵溪地宋源和白鹿、青鸾斗法时的场景。

"嗯，青鸾在，若耶在，若青鸾也被这妖女弑杀，若耶千万年的灵韵就会毁于一旦了。所有在若耶之上生存的生灵都会受到波及。"说话间维舟已经重新布阵，他将壶中的酒水注入了结界的要点。金色的灵息充盈阵眼，石室瞬间被点亮了许多。诸夏守护石棺的场也更加分明。

"那我们现在要做什么才能帮诸夏。"思源看着阵中诸夏，虽然表面上不动声色，但自己感应得到，诸夏的灵息正源源不断地输送给整个若耶，诸夏是以一己之力在弥补白鹿逝去后若耶灵息的漏洞。

维舟转头看向这位年轻的少主，眼中有着几分试探，"哼！很简单，小少主。我们只要打败这个堕仙。为领主争取更多的时间修复若耶的漏洞。"

"哈哈哈哈——"远处传来了雪秀的笑声，此时的她已经被血腥占据，笑声中传来了无尽的寒意，"打败我？连白鹿都不是我的对手，你这个小小的宋家护守，又岂会是阻碍。想想弥生吧，若不是我最后心存愧惜，饶她一命，你们的三十六兰草阵早就魂飞魄散了。"

"可恶！"维舟此时已经灵息满溢，怒火中烧，"冥冥上天，煌煌宇宙，你悖孽天道，终会不得善终。我维舟虽然不是什么高阶仙身，但却也是宋家第一护守。阻挡你者，唯我其谁。就算是和白鹿一样的结局，我也死而无憾。"维舟一身凌然之气，他的灵息已经开始敲打地面，周围的石壁都出现裂缝。

雪秀的眼中闪过了一丝惊讶，赶忙行起舞步，往后空翻几步。这越中最美的舞姿就算在这时都显得那么优雅从容。

"真美——"许诚是第一次看到雪秀的舞步，他的反应自然是和思源第一次在山庙中看到时一样，觉得如此美丽之人，为什么会如此残忍，会弑杀白鹿。

一想起白鹿，许诚的脑子又闪过了那白鹿死时的血腥场景。

"可恶。"许诚拼命地摇了摇头，"我该恨你才对！"

"许诚！"思源扶住有些支撑不住的许诚。

而此时，在石室中心的诸夏似是感受到了一丝熟悉的灵息。

“白鹿!?”诸夏睁开双眼，绿色的灵光泛起。他看到了眼前的思源和许诚，也看到了正在布阵的众仙，以及完全被血腥吞噬的雪秀。

没想到，人算不如天算，上天一早就布下了让我们反败为胜的棋子！来得正是时候！

石室之中千万个绿色的灵点缓缓上升，思源和许诚一惊，双双回头看向石棺。

碧灵凝聚，诸夏得归，仙裙点石，步步灵韵。

“诸夏!”思源喜出望外，终于，久违不见，这熟悉的灵息再次围绕身边。

故人独立，风神灵香，琼暖碧纱轻。

诸夏飞向两人为他们披上了那薄如蝉翼的碧绿灵纱。

“诸夏仙人!”许诚也是分外高兴。

“几日不见如隔三秋。”诸夏的一句笑语，如和煦的春风，拂过两人的心间。“不过现在我却要借上你一用。”诸夏的手伸向了许诚，一把抡起他再次碧步点泉，飞入了那香丘中心的结界。

“啊！啊啊!”许诚一惊，还没回过神来，自己已经和诸夏端坐在石棺之后。

“诸夏!”雪秀见状，百铃结迅速袭来。刚才诸夏为思源披上的碧纱灵衣迅速挡下了雪秀的致命一击。

只是第二击、第三击又快速袭来。

飞羽再次如箭羽般袭向思源。

踏踏!

维舟引出酒水，那酒水瞬间凝结成金，挡下了雪秀的飞羽。

铃铃——

百铃结的圆铃找到了空隙，再次攻向思源。就在思源要用双手挡住铃球之时。青色的灵光一闪而过。

青衣衫，白发带，水纹之章。

"微星！"

微星此时正徒手握住那铃球，铃球快速地随着音律旋转在他手中，摩挲着微星的手掌吱吱发响。

"我说过，你没资格动少主！"微星用力一推，将那铃球震回了雪秀之侧。

"微星！你没事吧！"思源看向微星流血的手掌，但随着微星拿出漪澜弓，伤势就迅速痊愈了。

呼——思源大出一口气。

"小源，你和维舟带领众仙守阵。"耳边突然传来诸夏的话语。

"是！"维舟和微星听后纷纷跪地接令。

"我和先人有约，不可伤害雪秀，所以刚才让维舟代我斗法。"诸夏边说边手点许诚的眉心，一个纯白的灵印出现在许诚的额间。

"嗯，我知道。"思源其实已经从宋源口中听说了。

"不过这洞天遗失的灵息又岂是那么容易弥补过来。一经毁坏，不可逆。"诸夏无奈地说道。

第二百一十五章

三十六溪，仰盼香丘

"哼！毁掉一切，重来，不就可以了么？青鸢印已然在我之手。诸夏，你交出另外一枚，我就不再计较，毕竟我也会感念旧情。"

"你也知道这是青鸢之印，此灵印属于青鸢，为上古天授，不可任人驱使。你难道忘了，当时三司设立若耶洞天，授予青鸢印之初衷？"诸夏义正言辞地说道。

"哼！若耶之事，岂是你一个外人可以置喙的。我族世代居于此地，为三司之后，重掌青鸢印，也是天命所归。"雪秀的眼中没有一丝惧意，说得也是词正腔圆。

"兴许你的血脉是秉承上古之意，但自从你斩杀白鹿那一刻起，你族的上古之功已经被你挥霍殆尽。弑杀仙灵，违背天意，你的族人会以你为耻。"佩珠仙人也点步来到了阵位，开始化法辅阵。

"哼！我族的历史功绩又岂是你一个小国公主可以抹杀的。梁佩珠，你得道成仙之前，我族早就居功至伟了。就算三十六地仙辅阵，我都无所畏惧，今日我要夺回若耶的控制权，又岂是你们几个小地仙可以阻挡的。"

"是不是小地仙，今天就让你试一试！"维舟拍地而起，腾空飞跃，撒手灵酒。瞬间，千万支金镖向雪秀攻去。

雪秀赶忙用百铃结去抵挡，只是无奈飞镖太多，只能用绸带护起结界。

"旧游处，向柳下维舟。花底扬镖。"维舟一个空翻，口中术语悠扬，再次手起镖落，投向雪秀没有防备的死角。

眼看快要得手，雪秀喊出了："不结莲花界。"此语一出，那摊开放在她身侧的灵簿突然灵光乍现。只见一座佛塔从灵簿中显现，瞬间伫立在雪秀身后。

佛塔落地，佛光莲台，维舟的飞镖刚要落下，即被这佛光挡住，千万支金镖瞬间反弹、散落，有的甚至回弹到维舟、思源等人之侧。

"青苹结界！"微星见状赶忙护法，帮诸人挡住金镖，按说这金镖毕竟有着洞中阵法的加持，灵息充沛，锐利无比，微星一下子要护住那么多人，一瞬之间，也是难上加难。好在维舟的金镖与微星的结界系为宋家同源，那金镖遇到青苹结界便即刻停止了攻击。

维舟一惊，见花镖被挡下，便迅速退回阵心与微星和思源汇合。

"微星，你怎么看！她竟然能用结界挡下万支飞镖。"

"这是白二羯磨之法，为佛家加持的结界，此为兰若界，她那本灵簿不简单，切记不可轻敌。说句实话，若要我挡下你的万支金镖，也得是倾其全力。而她只用这灵簿中的法器就轻松化解……"微星看着雪秀身后的佛塔，正思索着破解之法。

"这灵簿！"思源突然醒悟过来，怪不得刚才看到的时候觉得很是眼熟，"这是宋源的灵簿！"

"什么？"维舟大惊，看向那红光熠熠的灵簿，"宋家的法宝？"

"应该不会错，刚才太远没有注意，但这残存的灵息很是熟悉。"思源再次肯定地说道。而此时思源心中也有了更多的猜测，怪不得宋源刚才会出现，难道是因为这灵簿在雪秀手中。"如果是这灵簿的话，真的太难有胜算了。宋源曾经用它与白鹿、青鸾几乎打成平手，最后逼得若耶仙主不得不使出青鸾之印。"

"不错，我在少主记忆中也看到了。"微星转身看向诸夏。

"原来如此！"维舟恍然大悟，所以她要夺走青鸾印，弑杀白鹿，就是因为只有青鸾印才可以击败这灵簿。维舟也转身看向诸夏。

显然这一切诸夏都是知道的，这灵簿，这青鸾印，这所有的关联。

诸夏微微叹了一口气，"我苦苦寻觅的灵簿，没想到真的在你的手中，看来宋源对你的信任已经到达了我都望尘莫及的地步，只是我一直不愿意相信，你是用这灵簿打败了白鹿，用青鸾印弑杀了若耶的护守。不过，时也运也——天命还是在我一侧。"诸夏执起许诚的手。

"啊？"许诚有些不知所措。

"此子在我取青鸾印之时，与白鹿缠斗，手触鹿角，灵息相融。今日我才发现，他身上残存着白鹿的灵息和神元。"诸夏化灵在手，传入许诚体内，许诚的掌心果然溢出了白色的灵息。

"什么？仙人，你的意思是说，白鹿没有死？"许诚听到这些后，有些不敢相信自己的耳朵，虽说自己和白鹿是不打不相识，但没想到这一打，还保住了白鹿的神元。

"可以这么说，虽然他一时之间难以复活。但我可以让这若耶洞天重新认你为护守！"诸夏单手结印，将灵息引入许诚的另一只手中。

许诚顿时觉得身中有一股清泠之气，呼之欲出。这一种血浓于水的感觉，在胸口不停翻涌，白鹿死时的场景再次在脑中浮现出来。"额——"许诚感觉头痛欲裂，但他知道，这个时候自己必须忍耐。

"忍住！"诸夏说道，"快了，白鹿的神元和灵息很快就能和你融为一体了。"

"啊——"许诚双手环抱自己，脑中闪过一幕幕回忆，这是什么？

只是在一瞬间，他懂了，这是千百年来，白鹿的记忆。

仙翁，古井，古树下，青鸢，白源洲……泪水溢出眼眶。

"白鹿……"

此时心中有一个声音问道："你愿意么？"

"嗯！"许诚用力地点了点头。

仙乐飘飘，仙箫奏起。

思源听到后灿烂一笑，往乐声处寻觅。

是的，这是白鹿的仙箫。许诚的灵息将白鹿的神器唤来了。

雪白的玉箫停在了许诚的面前，仙乐停留的瞬间，许诚不再疼痛，似一切归空的感觉。

在此世间，只有你我。

许诚轻点玉箫。

仙乐再起。

这首曲子？雪秀醒悟过来，这是白鹿死时吹响的曲子。

许诚和思源听到后，双双掩面。他们终于听到了，听到了白鹿死时想要留给他们的最后的讯息。

"越调变新声。龙吟彻骨清。三十六溪，长锁清秋。洞里桃花，仙家芝草，雪后春正取次游。亲曾见，是龙潭白昼，海涌潮头。向月夜，遥闻凤管，翠微霜晓，仰盼香丘。砂穴长红，丹炉已冷，安得灵方闻早修。"

第二百一十六章

铃铛琼佩玉箫声

佩珠仙人掩面啜泣起来，"他还是放不下若耶。"

"别君去时何时还，且放白鹿青崖间，得偿所愿一时间，踏寻江西葛翁山。"

仙乐已尽，一纸血书缓缓飘落在许诚的手上。

砰！许诚又是重重地一拳砸在地上。

"我会去的，放心，我会去的——"许诚握紧血书，此时玉箫也缓缓落入了许诚的手中。许诚的周身都泛起了白色的银光。

这个灵息……思源认得，和第一次在白源洲遇到白鹿的时候一模一样。白色的灵息环绕着许诚，转而又萦绕在石棺之外。

"这是？"许诚擦去眼泪，破涕为笑，他听到了，白鹿对青鸢的问候和安慰。

结界之中的血煞之气瞬时减弱了许多，青鸢的灵息更加稳定了，而若耶也因为玉箫的回归，渐渐接受了许诚成为新护守的事实。原本倾覆的洞天，因为护法的回归慢慢又回到了正位。

微笑在诸夏的嘴角泛起，这个俊美的仙灵终于舒了一口气。

青鸾得救，若耶总算也没有崩塌。

"休想得逞！舞云门！"雪秀一声令下，那灵簿中红光更甚，彩迷流光中出现了一行乐官，"黄帝时，大容作云门，大卷。"

思源看到后就想起了宋源在灵溪地的上古舞步。

"难道雪秀也会上古的祭祀之舞？不对，她是越中最美的舞姬，那么说来，应该是宋源向她所学？"思源恍然大悟。

显然，雪秀的舞步更加纯熟，跳转翻跃之间，游刃有余，长袖绸带，百铃相随。红白相间的舞服，在空中飞舞起来，飘忽若仙。

"真美——"香蒲仙人都不禁赞叹。

"这是上古传承的舞步，黄帝之舞，想不到今日得以复见。"那妖娆山鬼点头称赞，她的眼中有着更久远的回响。

"根据古籍，'云门'是中国最古老的舞蹈，相传存在于五千年前的黄帝时代，舞容舞步均已失传，只留下这个美丽的舞名。最美舞姬果然名不虚传。"诸夏欣赏着这古老的祭祀之舞，他知道接下来要发生什么。"我与宋源约定，不能伤你，但却可以被你所伤。尔等都退下，你们挡不下她这一击，待到舞步完结之时。也是这结界要被冲击之时，大家都入香丘最后的结界中。"诸夏皱眉下令到。

"领主！"维舟、微星哪里肯从，但诸仙都被诸夏挥袖扫入了结界之中。

"诸夏！"思源有种不好的预感，"不可以，有什么事的话大家一起……"还没等思源说话，诸夏一挥衣袖，思源也被吹到了结界中。

"许诚，对不起了，不得不要你陪我一起了。"许诚明白了诸夏的意思，只身拿着玉箫走出了结界。

"不可以！许诚！"思源看到许诚走出去，更加心焦起来。

这新的若耶仙主和护法，已然阵列在前，他们是要发动青鸾印，但是雪秀也有另一枚青鸾印，再加上这云门上古之舞，两人怕是凶多吉少，而且许诚还是个半吊子。

"绝对不可以！"

思源的心中已经很明白这其中的利害了，也可以预想到结局。我绝对不会让自己的挚友再一次牺牲在我面前！

"去吧！"脑中突然闪现出熟悉声音。

宋源？

"去吧——少主！"又是两个熟悉的声音。

"绿鬓？朱颜？"思源喜上眉梢，本来以为他们还在调息之中。

"不管怎么样，少主你还有我们，其实光是玄纹的天火应该就可以抵挡住这一击了，有我们三司在侧，少主你不会输的。"绿鬓在思源的耳边说道。

思源双手握拳，慢慢起身。宋源说过，我才是破解雪秀法术的关键。那就索性赌一把。

思源轻轻在心中对着朱颜说道："朱颜、绿鬓，你们助我一臂之力，我出不了这个结界。"

"嗯，不过这结界真心有些难解。需要一些时间，少主，你握紧骨镖。"绿鬓温柔的耳语传来。

雪秀的舞步接近尾声，红白相间的绸带敲打着舞阵中的灵脉。她身边的伶官奏响十二黄钟，音律越演越烈，舞步越来越急。而诸夏正在指导许诚如何一起发动青鸾印。

"仙人，我的脑中已经断断续续出现了一些招数的轮廓。但还不明确。"许诚看着钟声如催，心中不免有些紧张，担心自己会做不好。

"跟着感觉来就好，剩下的就交给若耶吧。"诸夏安慰道。

"嗯！"许诚闭眼感应着手中玉箫的回应，纯白的灵息慢慢将他围绕。在无限的灵点中找到属于自己的节奏，不要害怕去接受。

"要坦诚。"许诚闭眼轻轻地说到，就在这一瞬手中玉箫突然旋转起来。

就是现在！许诚感受到了若耶的灵脉，他要抓住这一脉。

"起承转合！"许诚闭眼握紧玉箫，他身边瞬间琼佩玉声不绝。"这是，仙翁的铃铛，白鹿的琼佩。"

铃铛挂胸前，琼佩坠腰间。

"终于有点护法的样子了。"铃铛看到后，在结界中叹到。

"铃铛，他……不会有事的。"若木看到后心中一紧，他知道主人受伤，对灵鸟意味着什么。

许诚终于睁开了双眼，属于白鹿的记忆越来越清晰起来。他旋转手中的玉箫，点亮了玉箫的一头，熟悉的灵火显现。

"这是？"思源一惊。

"千灯传来！"伴随着许诚握箫指天，那一盏盏灵灯传来，在诸夏和许诚身后慢慢布阵、聚拢。

"他真的得到了白鹿的神元。"佩珠掩饰不了眼中的喜悦。

"你比我想的远远要强。"诸夏回头看着盏盏灵灯，心中颇为欣慰，"催动灵息吧，白鹿之子，这是若耶的最后一战。"

"可恶！"维舟不停拍打着碧绿的结界。"微星，你也解不开么？再这样下去……"

"若耶之战怎可没有我们三十六地仙在列。"香蒲仙人此时也开始用法力击打屏障。

"是啊，诸夏仙人。我们当时聚誓之时，说过的，誓要与若耶共存亡。我怎么忍心让这个孩子去帮我们承担所有。"佩珠仙人焦急地看着结界外两人的背影，苦苦劝说道。

"正是因为我的一再退让，才会导致白鹿惨死，若耶动荡，我愧对青鸢，也愧对宋源。所以该由我来终结这一切。上古先帝赐予若耶青鸢印，以守蛟龙封印。如今蛟龙早已出逃，若耶也不复当年。白鹿虽死，但苍天怜悯，终留下火种。胜败在此一举，青鸢印如果都不能阻止她，那也许她的确是天命所归，这也是世间万物的选择，天道轮回，她的族人经历的磨难，也终究要得到所谓的天地之回馈。"诸夏此时一脸的平静。

第二百一十七章

如将白云，清风与归

"诸夏！你又何苦一个人去承受。这不是我想看到的。"佩珠不忍再听下去。

诸夏微微一笑，他的眼中没有痛苦，反而萌生出一种解脱的愉悦。经历了多少生离死别，看透了神州的变迁，从辽东雪原来到了这江南之地。在这契约的最后十几年里，没想到还能遇到天地的渡劫。

这不仅仅是青鸢的渡劫、若耶的劫难，现在的诸夏已然明白，这也是自己的天劫。

诸夏回头看了看思源，眼中依然满是慈爱。

"在最后的岁月里能遇到你，也许是我一直等待的终结吧。小源，好好继承下去，好好保护宋家。"诸夏的心语传到思源的耳畔。

而思源也下定了决心。

灵光乍现，涌动着绿色灵息的狼毫小笔缓缓地升到了思源的面前。

"不要，不要，我不要道别！"思源再也忍不住内心的悲伤。

"思源，其实我还有未了的心事。如果我有什么……你就去政肃路复旦第6宿舍6栋101，我要做的事情都在里面了。对不起了，希望你可以帮我完成心愿。"许诚此时也回头说道，笑容依旧灿烂。

"你在胡说些什么，笨蛋！"思源再也控制不住自己了。

朱颜！好了么？思源不停在心间催促着。而此时微星也凑了过来，紧紧抓住思源的右手。

"少主，那玄珠是在这只手中吧。时间来不及了，我找到了结界的结点，但我解不开，现在只能用这玄珠去冲破这个结点。"

话还没有说完，微星就紧握住思源的右手奋力冲向结界中的一处。

但此时思源听到钟声已尽。

"阮陬之下，听凤皇之鸣——"雪秀点步张臂奋力一挥。那云门红云如潮汐般奔腾袭来。

诸夏看向许诚，"想不到最后是和你并肩而战。"

"呵呵！仙人，其实我觉得……就算死，有个人陪着，也是蛮不错的。如果是一个人，那该多孤单。"许诚看了看身上的法器，"这一生行头，在游戏里也算是绝版装备了吧，哎，死而无憾了。我们开始吧！"

"嗯！"

诸夏将青鸢印抛向空中，结印化灵。许诚也转箫相应，瞬间，他们身后的千灯蔓延出千条灵脉，这些灵脉的终点，就是那一枚在空中青光熠熠的青鸢印。

两人同时结印，举指直指若耶之印。

"天受日月星辰，地受水潦尘埃。行青鸢之印——"

"这是——"思源想起了在南宋的灵溪地，青鸢和白鹿共行青鸢印时的场景，但那个时候有着两枚青鸢印，现在……

"我绝对不会再重蹈覆辙！"思源紧紧握住微星的手将骨镖砸向了那个结点。天火之镖与碧灵之界触碰交汇，青红雷鸣瞬间在两人的手中绽放。

思源紧咬牙关，奋力往前推动着结界。

而此时黄衫绿袖都覆在了思源和微星的手上。

思源抬头看去。

是朱颜、绿鬓！

"少主，我们助你一臂之力。"

"嗯！一定可以的！"

就在四人冲破结界的那一刻，云门之浪已与青鸢之印相交。

要赶上！一定要赶上！思源奋力跑向两人身边。但两神力相交的白光已经在前放射开来。

思源还是奋力地跑着，"不可以，不可以，绝对不可以！"泪如泉涌，但眼前的白光已经让自己再也看不到什么了。

不得不停下脚步，白茫茫的一片，天地似在这一刻归无。

踏步声传来，微星也赶到了思源的身侧。

就在思源心中死寂的这一刻，却被那清风拂面。思源猛地抬头，在白光之中似是看到了凤尾华章。

"微星！"思源像是在向微星确认着。

笑容在微星清秀的脸上漾起。

"是他们！"

"如将白云，清风与归——"熟悉的声音从前方传来。

思源和微星再次往前跑去。穿过那白色的虹光。思源终于看到了熟悉的身影。

那挚子之风吹动着他们的衣摆，煌煌与飞廉悬停在空中。

"算是赶上了。"羽沐清有些吃力地说到，他捂了捂胸口，口中吐出一口鲜血。

"额……"不远处传来了喘息声，瘫倒在地上的是那身着凤尾霞披的仙子。

"羽仙人！清伊！"思源赶忙跑过去扶起清伊。

"哼！你这个妖女，吃我背后这一箭滋味如何……"清伊抹了抹嘴边的鲜血，愤恨地看向雪秀。"你敢伤领主一毫，我就以死相抵。咳咳——"又是一口鲜血吐出。

"清伊！"就在清伊快要昏倒的那一刻，青色的水波在她身上慢慢泛起。

"微星。你不要为了我耗费灵力……"清伊看向那位正在驱动漪澜弓的仙人。

"让我见死不救……我做不到。"微星又将漪澜之灵分给了羽仙人。

"你，怎么会有我们上古的神器？"羽仙人还是第一次见微星驱动漪澜，他认出了这清润冰心的神弓。

"哈哈哈哈哈！"雪秀狂笑。

思源看向雪秀，此时她的舞裙已被血色浸染。但她周身的灵气和血煞之味却比刚才还要旺盛。

思源有了一种不好的预感，他从她的眼中再次看到了那无尽的悲伤。

"远引若至，临之已非。少有道契，终与俗违。木末上明星，流云不再来。"鲜血缓缓地从她的肩膀流下，她一点没有要去医治的意思。

羽沐清皱眉看向这个依然点立在舞台之上的舞姬，心想不好，她应该是感应到了我们打败了流云，此时她的灵息比刚才更混乱不堪。谁也不知道这堕仙接下来会做出什么来。

"少主，你们走……退回结界，我和清伊也许还能再使出一次挚子之风，帮你们争取时间。"

"那你们？"思源望向脸色稍稍好转的清伊。

"哼！总得有所牺牲，我不能让你和领主有事。"清伊凄惨的笑容中带着一份决绝。

而此时，维舟、佩珠、香蒲、山鬼、若木、铃铛也都相继赶到。

"想死，怎么不叫上我。"维舟挡在了清伊身前，"你才排第二，要死也得我先来。"

"你这个酒鬼大叔……"清伊看到维舟不由得苦笑。

"你们！"诸夏看到诸人再次聚拢过来，心中感念，但他抬头望向再次聚灵的雪秀，也深知下一击，不会那么简单。

"布阵！"维舟指挥到。

众仙再次归位，化灵入酒池。

"哼！太慢了！"邪魅的笑容已经在雪秀脸上泛起，她血袖一挥，那云门红浪再次袭来。

第二百一十八章

诵之思之，其声愈稀

"微星！"思源转头看了一眼微星，他把信任的眼神投向了这位青衣仙人。

还没等微星反应过来，就见自己的少主义无反顾地冲向那云门红涛之中。

"思源！"

"少主——"

众人一惊，但已经挡不住了。

思源张开双臂，紧握骨镖，也不再紧闭双眼。

"朱颜、绿鬓。"他在心底轻轻唤道。

"嗯，我们与你同在。"

红浪袭来，却瞬间在思源的面前静止了，那云门之涛没有伤到思源分毫。

思源看向自己的身躯，觉得奇怪，又看看手中的骨镖。心中觉得奇怪，这骨镖并没有像刚才那样释放出结界。

雪秀看到云门之浪被化解了，也不敢相信眼前所见，于是再次挥袖行浪。但那红浪到了思源面前还是一一自动退却。

雪秀看向那本灵簿，突然心中一紧，踉跄后退几步。但还是故作镇定地说道："没想到如今的你已得上古之力守护。这云门之舞也竟然不是你的对手。"雪秀看向思源手中的骨镖，脸上略有不甘。

黄裳绿裙，两位司仙幻化成形，出现在众人的面前。

"朱颜、绿鬟！"思源笑着看向二人。

而微星也早已赶到了思源的身侧，"少主，不可鲁莽。"

"没事，我相信宋源！"思源说着此句，定睛看向雪秀。

雪秀在听到这个名字的那一刹那，脸上有了那么一丝动摇。

"诵之思之，其声愈稀。你以为我不想念他么？但他终究是再也不会回来了。"雪秀看向思源，如今的他虽然和宋源颇为相像，但他终究不是宋源。

"对你，我不会手下留情的。"百铃结再次响起。

"少主，抵挡住她攻击的并不是三司之力。"朱颜在耳侧轻声对思源说到。

"什么？不是你们帮我的？我以为是玄纹。"思源听后陷入沉思。

"不是。"绿鬟应和道，"我感觉这是一种灵息的响应。"

"灵息？"思源觉得甚是奇怪，"难道是因为我和宋源有着相同的灵息？"

"应该没有那么简单，对了，这种感觉就像是刚才那位佩珠仙人以青鸟护你们走过百铃结界的那种感觉。"绿鬟突然感应道。

"不错，是同源相护。"朱颜再次肯定道。

"同源相护？"思源再次细细回忆起玄珠结界中宋源对自己所说的每一句话。"宋源说，那个人已经把东西寄送到了我的身上，还说我已经拥有了控制雪秀的唯一胜算。"

而此时诸夏、许诚等人也来到众人的身侧，"这是宋源给你的提示么？"诸夏锁眉深思。

"嗯！他说我可以控制雪秀，有了胜算。所以我才冒险过来为大家挡住攻击。"

"思源，你可有被攻击的经历！"诸夏像是突然想到了什么。

"要说遇袭的话——"思源和微星顿时都想到了。

"嘉祥寺！"

"领主，我记得那日少主在嘉祥寺遇袭，那些黑鬼似乎都只是冲着少主去的。"微星想起了上一次遇到黑鬼的战斗，"按说这黑鬼是雪秀的得力手下，他不会打无心之战。"

"不错。少主，我记得那是我第一次受到你灵血的召唤而现身，后来我和佩珠仙人保护你的时候，那些黑鬼好像还说过，要抢你身上的某样东西。"绿鬓也记起了那时候的种种。

"那个时候我身上并没有什么法宝啊？除了朱颜弓，只有若耶灵珠，后来还是小飞廉救了我。"思源想不出自己身上能有什么是值得他们来抢的。

而此时雪秀心中已经在盘算着下一步该兵行何棋，雪秀假装一脸平静，心想不能被他们找出破绽。

"我自然是想要你身上的上古之物。玄珠和朱颜弓对我来说都是威胁。"

许诚听到这句后仰天一笑，"思源，其实我一直想问你，那小飞廉是怎么来的，为什么他会陪你一起穿越回来？"

"小飞廉！"想起小飞廉思源突然灵光一现，看向了雪秀身前的那本灵簿。"许诚，你说的没错，那个时候，我身上根本还没有骨镖。"

"是啊！你明明是为了坐飞机去西安拿骨镖才回来的，这个妖……仙女明显只是想要误导你。"许诚一脸坏笑地看向雪秀。

"我知道了！"思源和许诚一个对视，两人显然都已经心知肚明。

"究竟是什么？"维舟道，"你们不要欺负我一直独守香丘好不好？"

"哈哈哈！"许诚大笑起来，"大叔，你果然幽默。对那样东西其实我的印象最深刻，谁让这是我的老本行呢！对了，思源，我这会就告诉你吧，我其实是学考古的。"

"啊？"这倒是着实吓了思源一跳。

"是啊，那次我想打开你还不让我打开呢！"许诚一脸的不乐意。

"少主，你们是说那封……"

"冰果！小帅哥还是很聪明的。"许诚一打响指，"不过，如果我没记错的话，那封书信应该是已经转交给萧存，然后他又给了独孤月出了啊！"

诸夏听到这里清澈的笑意已经挂在了唇边。"原来是这样啊，灵御。"

诸夏搭住思源的肩膀，"不对，那封书信，现在就在你的身上，小源。"

众人一惊！纷纷都看向思源。

"领主，为什么一封书信可以成为关键？"维舟还是不解。

"因为这是灵御扯下灵簿写就的书信。"诸夏的玉指指向了雪秀面前摊开的灵簿。

"原来如此。"佩珠仙人暗暗一笑。

"这灵簿不是一般的宝物，从中可以幻化出许多法器，妖仙、神兽，乃至是上古的阵法。宋源之所以要用此残页来写信，就是因为这灵簿之纸千年不腐。"诸夏继续解释到。

"那么说来，正是因为少主持有这一页残页，所以那灵簿中的所有法术和仙灵都伤不到少主。"微星此时慧眸如星。

诸夏轻轻点头。 "正所谓，同源相护，小源，找到这张残页。"

思源找遍全身和挎包，最终拿出了三个锦囊，一个为宋源所赠，另两个则都是羽仙人给的。

"就在这里！"诸夏点了点那个蓝色的锦囊。

"怎么会在羽仙人给的锦囊里？"思源打开锦囊，真的发现那一页残页。"我明明给了萧存的，在梨林里大家应该都看到他把信给了月出。"

"去！"雪秀见状，连忙在灵簿中唤出了狐灵，并指示他们去抢夺思源手中的残页，"你们也去。"雪秀对着刚才奏乐的伶官下令到。

第二百一十九章

穿花寻路，白云深处

但此时，许多仙灵都犹豫了。诸夏马上看出了端倪。

看来是因为思源和宋源有着相似的灵息，所以这些仙灵此时都犹豫了。而雪秀所行之事，有违天道，更有悖他们的初衷，此时思源持有残页，虽然只是一页，却也是灵簿的一部分。

"小源，你马上洒血在灵簿的残页上！快！"

微星幻化出银针递给了少主，思源马上举针相刺。

"以宋家相同的血脉之灵夺回灵簿的主导权！"诸夏看着鲜血滴在残页之上，心中了然，这寻找了九百年的灵簿终是要回归到宋家子孙的手中了。"小源，去继承下来，这是宋家执笔之子最好的馈赠！"

朱血滴页，洞内顿时狂风四起，思源手上的残页中霎时涌现出了那青碧交辉的雷霆之火。

"青阳之火！"羽沐清和清伊看到后一惊。

若木见状赶忙飞到那青阳之侧，青阳之火直冲雪秀身前的灵簿。

"休想！"雪秀唤来百铃结想要抵挡。

"扶桑！"若木额间的朱瑾花显现，刹那间白衣加身，唤出了扶桑之弓。

"射星为箭月为弦！挡我青阳者，化为星屑！"

冰凌箭下，雪秀只能后退。那青阳之火趁机都悉数冲入了朱光隐隐的灵簿之中。

一时间，灵簿之中的妖仙灵兽、宝器法阵，皆以水墨之形，跃出灵簿，充斥了整个洞穴。

"小源，记住他们！他们都是用狼毫小笔画就的。"诸夏灵指一点，思源怀中的狼毫小笔霎时飞向这些水墨图的正中，碧绿的灵息慢慢将一件件宝器、一个个仙灵都晕染上青碧之色，绿灵之力直至灵簿之上。

"我欲穿花寻路，直入白云深处。谪仙何处？执笔之子点灵簿，乘兴揽月再得归。"诸夏结印相叩，那狼毫小笔便径自在灵簿上书写起来。

"小源，跟着我念。日铸宋氏，宋源之后。执笔再来，九百年后，公子看花朱碧乱，唤回晓梦天音近。"

"哦！"思源手执残页，跟着诸夏一字一句地读到。

那一个个仙灵宝器听得此音，都开始快速旋转，再次直入灵簿。

"七十二将点仙谱，三十六器镇魂幡，皆为执笔之人所用。人愿君如天上月，我期君似明朝日。待明朝，长至转添长，弥千亿。"

这些信息量实在太大了，思源看着一个个仙灵宝器入簿，拼命地记忆着。直到那水墨画全部入册，那一件件法器、一个个仙灵已经栩栩如生地印刻在脑中。

最后小笔跃入空中，碧灵写就一词：

> 碧落横秋，浮云崩浪，夜凉先到梧桐。荷花十丈，人在赤城中。凤髻尚梳雾湿，眉峰翠、的烁双瞳。多应是，金丹一粒，点就蕊仙宫。相逢。蓬岛客，酒翻银海，一饮如虹。弄横玉招月，吹上层空。青鸾传书满座，蟠桃树、已结轻红。拼沉醉，人间拍手，一笑有东风。

诸夏轻轻一笑，"实在是久违了。这是宋源刚开启灵簿之时的尽兴小词。从此以后，你就是这一百零八样灵物的主人，当然，以后还可以增加更多的进去。"

"收！"诸夏再次结印，那灵簿和小笔就悉数回到了思源的身侧。诸夏回头看向思源，眼中满是期许，"从今往后，你就是宋灵御。"

此时的思源才全然明白了结界中宋源对自己说的那席话。

宋灵御不是指一个人，而是指这点将灵簿、潇洒天地间的执笔之子啊！

此时众人都看向了已经孤立无援的雪秀。

"妖女，还不束手就擒！"维舟再次引花风催出了金镖。

但雪秀的脸上此时却没有半点惧怕之意，相反，思源看到了一种更加深刻的决绝。这种表情，思源绝对是刻骨铭心的。

"不好！微星，展开结界！"思源想起了山间小庙那惨烈的一幕。

正如思源所料，那百铃结再次开屏，千万支飞羽朝着众人袭来。

"休想遁逃。"维舟一跃而起，潇洒跨步，反身一侧，花底扬镖。

那千万支金镖对上了飞羽。

"想和我斗，贻笑大方！"雪秀一扯其中一段绸带，又是千万支飞羽袭来。

"天效以景，地效以响。诸天隐韵，执掌千灯。"许诚见状，便踏雪步直上阵前。发动了诸天隐韵，口中默念魔王内讳、百灵之隐名，请来了百灵护卫众人身后的千灯之阵。

许诚此时的架势，让思源分明从中看到了当年白鹿之气势。

"许诚！"思源脸上满是信赖。

许诚飞步越过众人的头端，白袖拉扯着那千丝万缕的灵息，银丝千灯与之同进。一瞬间，那千灯法阵也被这灵线拉到了众人之前。灵步踏雪，溅出了纯白的灵花。

"这是？白鹿的隐韵步法！"香蒲仙人一惊。

"这小子，学得还真快！"佩珠仙人点头赞叹，"竟然已经会用这若耶最强的结界和聚灵去抵挡那妖女的飞羽。"

千灯护卫，百灵相守，若耶所有的生灵皆策应着许诚的步法。这千灯结界浑然天成，那灵灯终于展现出空灵的苍白色，一盏盏灵灯响应许诚的步法，皆飘浮灵动起来，飞向了那血色点点的飞羽。

苍灵之火，抵挡住支支飞羽，那飞羽触碰到那苍白火焰之时瞬间被焚烧殆尽，变成了灵火，成为千灯新的灵息来源，苍白之焰燃得更旺了。

雪秀眉间一紧，赶忙停下了飞羽的进攻，再这样下去，只怕自己的灵息都会被这千灯之灵给蚕食了。

本来倒不觉得这小子是什么威胁，最多是补全了若耶倾斜的体系，没想到，他竟然还继承了白鹿的所有仙法。现在没有灵簿在手，怕是不好对付。

"妖女，还不投降。没有这执笔之子的灵簿，你怎么可能斗得过白鹿。今日，不如就痛快地就地伏诛，以应天谴。"佩珠仙人一个箭步上前，唤来了那蓝色的灵鸟，她裙下此时已经桃花隐隐。

"哼！可笑，我华夏正宗，岂是你们这些小散仙就可以撼动的。"语毕，雪秀再行舞步，"就算云门之舞不能再行，你以为我族只会此一舞步么？"

佩刀灵符，碧韵点兰

"夏龠九成，以昭其功。"雪秀翻腾云步，环跳徘徊，用那已经染血的雪袖舞出了幻若成仙、出神入化的舞步。在她的执袖翩跹中，一支编管之形，形状像笛的上古乐器从空而降。

"黄钟之龠！"微星一见，眼中闪过一丝敬畏。

"竹制三孔，的确是上古之龠。"诸夏微锁双眉。

雪秀悠扬地腾空飞跃，接下这个黄钟之龠。旋转而下，已然左手执龠，右手秉翟，点地行上古祭祀舞步。

雪秀将翟羽插在鬓角，竖吹起了这上古之龠。

古音袭来，音波震荡，气势如虹。

许诚觉得耳膜难耐，侧耳不停地晃脑。思源觉得心被这古音威慑住了一般，不得不臣服。

"禹立，勤劳天下，日夜不懈，通大川，决壅塞，凿龙门，降通潇水以导河，疏三江五湖，注之东海，以利黔首。于是命皋陶作为夏龠九成，以昭其功。"诸夏对着众人解释到。

"这妖女竟然会行《大夏》之舞！"香蒲仙人有些不敢相信自己的眼睛，"难道，她是……"

"哼！"清伊眼中闪过一丝仇恨，此时的她因得漪澜之灵，已经能站立。

正在众人觉得心智被这古乐打乱之时，青灵相引，灵符飘落。雪秀的裙下突然生出无数的藤蔓来。雪秀一惊，赶忙飞身远离地面。

"哼！终于来了！"清伊一笑。

此时地面上青色的结界开始慢慢成型，藤蔓慢慢向上生长起来，伸向了雪秀。

佩刀灵符，碧韵点兰。

"百铃结！"雪秀无奈，只能召唤出百铃结抵挡这不停疯长的藤蔓。

思源看到这熟悉的青引符，就猜到谁来了。

"弥生！"思源对着那手执另一枚青符的俊俏女仙喊道。

绿衣武装，英姿飒爽，佩刀灵符，碧韵点兰。

蔓草系武服，山花笼简簪。

弥生的灵符中散发出了隐隐的兰香，此香悠扬，正抚慰着众人因古乐而遗失的心志。

雪秀不得不中断古乐，不停地在空中躲避着藤蔓的攻击。

"如今你没有了灵簿，看你怎么逃得出我的三十六兰草阵。"弥生拔出弯刀，向雪秀掷去。

此时的雪秀又不得不抽出银铃来抵挡弥生的弯刀。

"花影！"弥生见势正好，便催生出更多青滕，将那手上的灵符再次投入藤蔓阵中。

那银色的弯刀得到青符的加持旋转得更加飞快，招招狠辣地直击雪秀要害。

花影银刀催得急，雪秀此时根本无暇顾及那周边围拢过来的藤蔓。

藤蔓渐渐包围住雪秀，弥生自信地一笑，飞云点步来到众仙中间。

"弥生，你终于来了。"维舟此时爽朗一笑，而其他两位宋家护守也围拢过来。四位护守终于到齐了，思源看向诸夏，诸夏此时也是会心一笑。

另外三位护守看来早就在等着弥生了。四仙阵列，站在了众人的最前端。

"帘影无风，花影频动！"弥生笑着回应各位护守，兰指结印，最后指向了那花影弯刀。刹那间，那花影弯刀突然分裂出三十六把，而后又迅猛地向雪秀攻去。

雪秀见势不妙，赶忙张开百铃结，用那绸带和球铃抵住所有花影弯刀，又旋转而上再次吹响了古龠。

"就是现在！"维舟下令道。

只见他划步为阵，右手一击腰间酒壶，那酒壶就跃向空中。酒水倾洒下来，维舟结印念咒道："维舟探静域。"

微星转笛催动青苹结界，点步在青苹之上，手执青苹飞向空中接下酒水，"楼倚少微星。"微星转而将玉笛抛出。

清伊妩媚一笑："吹玉笛，渡清伊。"接过玉笛，将她的指尖流火度向了弥生。

那灵火跃上了弥生手中的青引符，越燃越旺。弥生手执灵符，那青色的灵符上跃动着明火，举青符在眉间，却闻众仙齐念咒：

"照野弥弥浅浪，横空暖暖微霄。障泥未解玉骢骄。我欲醉眠芳草。可惜一溪明月，莫教踏破琼瑶。"

那青色引符顿时四色相应，四仙的灵息都跃然纸上。弥生双指夹符，轻轻一投，那灵符就如影随形一般直冲雪秀，雪秀被四守护合力入符的灵息冲撞得难以招架，而此时那青引符结界中的藤蔓也都不停聚拢过来，直到将雪秀团团围住。

思源和许诚此时已经看不清雪秀人在何处，剩下的只有那绿蔓缠绕形成的巨大滕球。

"宋家四仙，已经合力将这妖女封印了么？"佩珠行至诸夏身侧问道。

诸夏担心地看向那藤蔓郁郁葱葱之地。还没等他回话，那藤蔓之中就青光四射。微星见状赶忙双指灵扣，在许诚的结界外又附上了一层青苹结界。

"许诚！"诸夏对着许诚一喊。

"是！"

诸夏和许诚再次将空中的青鸾印点亮。

此时龠音再次传来，那若耶灵印的青光在遇到这古音的一刹那，瞬间灵息奔腾流窜。四仙的封印已经把持不住。

"维舟，清伊，弥生，微星，快快收法！"诸夏一声令下。

"可是，领主！"维舟奋力护着结界。

"听我的，保存实力！"诸夏再次下令道。

而此时还没等诸仙收法，那青鸾印的灵息已经奔腾而来，冲破了藤蔓。

四仙赶忙收起架势，才躲过了法力的反噬。而此时诸夏拉着许诚一起飞步到了阵前，思源心中再次紧张起来。

青色的灵息已经溢满了整个洞穴。缓缓裂开的藤蔓中，是已经一袭白衣雪裙的雪秀。

"她换装了！"佩珠一惊，心想这妖女竟然还有此等法力。

"这是……和那日的宋源好像的衣服……"思源一看到这套衣装，自然还是有印象的。他忘不了那日穿过青鸢印结界，白衣胜雪的宋源。

青鸢印此时和雪秀的龠音产生了巨大的共鸣，古音缠绵，引领着若耶产生了千古的回音。

这是佩珠和香蒲都不曾听到过的回鸣，自封仙入洞天，在青鸢座下，缔结三十六灵契，行守护若耶之誓言，这千百年来，如繁花过眼，日月交替轮换，却也从未听得若耶灵地如此深澈的回应。

思源闭眼凝神，似是听到了整个若耶的颤动，但这一种颤动不是害怕，而更像是一种愈久弥新的孕育之音。这片古老的土地像是终于找到了它等待的悦音一般，激动难耐。

第二百二十一章

我以我名，灵血之契

"常记相逢若耶上，碧云望断空惆怅。涂山回首，丹台梦觉，钧天声杳。"雪秀双手握龠，铭文唱起。

"我以我印，号令若耶！"纯白的舞姬终于睁开双眼，而此时风声再起，那脚底若耶的灵脉开始慢慢地都向她凝聚。

"怎么可能！她竟然要抢夺若耶的号令之权。我等地仙都未曾听命于她啊！"佩珠一急，露出手上的灵印想要阻止灵脉，但却毫无用处。

"如此下去，她会成为新的若耶仙主的！"佩珠焦急地望向羽沐清和香蒲。

羽沐清此时也是锁眉深思，但他和香蒲最终都看向那一身绿衣石兰的山鬼。

"呵呵——"山鬼的清音传来，"既然我已经在此，尔等自然不必担心，所以说赶得早不如赶得巧。你们得谢谢这上天还是眷顾这位新的执笔之子的。"

诸夏一笑，似乎早已猜到了什么，而此时众人又再次看向了思源。

诸夏灵指一点，思源手中的狼毫小笔再次散发出碧绿的灵光，"小源，南斗北斗俱在！"

此时，思源包中一阵鼓动，那在宋元采摘的六枚松果一跃而出，飞到了诸夏和许诚加持的青鸾印之上。

"这究竟是怎么回事！"思源不解地问。

而众仙也不明真相。

诸夏快速结印，那六枚松果环绕着青鸾印。慢慢地一颗颗相扣，每一面上都镶嵌入一枚松果。

山鬼妖娆一笑，唇齿相动，唱起了空灵的古歌。

歌声委婉，缠绵悱恻，留音悦悦，心渐生迷。

思源听到这古音，心中感动，却又悲戚，只是乐曲渐深，思源却又觉得熟悉起来。

这歌声，我……听过……

"记得歌声和舞时，宋源——"思源想起来了那日和宋源在灵溪地解渊源纹之时的经历。

她绿衣娉婷，孔雀色的羽翎插在鬓角，腰间则是扎着山间的藤蔓，那藤条上长出了鹅黄色的山花。而这鹅黄色的山花，不正是此山鬼神女腰间的山花么？

此时山鬼也正唱着和她口中相似的古音。而更让人预想不到的是，本来都奔向雪秀的灵脉，开始慢慢后退，回流到了众人的足下。

那若耶的灵气此时开始跳跃起来，围绕着山鬼久久不肯散去。

雪秀见此赶忙放下龠笛，眼中有着愠色。

山鬼看着萦绕指尖的若耶之灵，笑而嬉戏。"你想以古音，催动上古先帝设立的结界，虽是不错，但这古音并不是只有你一人会唱。更何况执笔之子取回了南斗北斗星曜的助力，那你策古音，我既唱古乐，有松果相帮，我等自然也不会落于下风。"

"上古结界？"思源有些不明白，"上次在灵溪地我和宋源已经解除了上古的三司结界，照理来说若耶的远古结界已经不存了？"

诸夏对着思源温柔一笑，"古若耶又岂止这一个结界。三司封印蛟龙的结界虽然已经不在了，但若耶却还有一个更古老的祭祀灵脉。"

"祭祀灵脉？"众人听到后都心中暗暗一惊。

别说宋家四位守护，就算身为三十六地仙的香蒲和佩珠，对这所谓的祭祀灵脉，可说也是完全不知。

倒是羽沐清，若有所思，看似有了些猜测。

"上古先帝，祭天在王坛，祭地在青坛，而祭月在坎上。这是比三司封印更早的结界和灵脉。"山鬼绿袖一挥，洞穴的地面上就生出了那三坛之图。

"如今这三个祭坛仍存，连名字都未曾改过，王坛村，青坛村，坎上村俱在。"诸夏用绿色的灵息点出三个村落。

雪秀此时依然是面无惧色，苦笑一声，"不就是六枚松果么。这些助力对凡人来说的确算是探得天机，但对我族也只不过是凡尘星屑。"

"妖女！你还不服？"维舟看到雪秀青鸢印上的那一抹朱红，心中就隐隐作痛，这正是眼前的这个堕仙弑杀若耶护法白鹿的血证。怒气再次在维舟心中聚集。

"哼！妖？！你也有资格这样叫我？可笑啊！天地之间竟然已

经不懂得尊古尚贤。"雪秀慢慢拔出袖中的佩刀，缓缓刺入自己的手腕。

"雪秀！"诸夏见此景不禁闭眼叹气，"雪秀，趁着此时还能回头，收手吧。"

"收手？我只是为了取回本来就属于我族的东西，仅此而已。"雪秀一跃上空，将自己的鲜血洒在了青鸢印上。

众人顿时感到了脚下的剧烈震荡，若耶的灵脉像是突然受到了刺激，开始躁动不安。而此时思源听到了身后诸夏设立的结界中也传出了一阵阵灵动。

"不好，她想用灵血咒！"香蒲仙人回头看着青鸢的石棺，脸上满是焦急。

"灵血咒!?"许诚不是很明白，但此时自己身体内分明感受了一阵翻涌，一股血腥味再次袭来，不禁手捂胸口。

"这个妖女想通过沾染白鹿鲜血的青鸢印强制唤醒青鸢，并想直接占有青鸢的灵力，取代她成为若耶的洞天之主。"佩珠仙人赶忙催动蓝雀和桃花浪。

"春浪桃花，禹门三尺平跳过。死生不坐。变化须归我。"蓝色的灵鸟化为迅雷之风夹裹着桃花浪向雪秀攻去。

但雪秀只是微微挥袖，那灵鸟和桃花浪就化为灵息溃散了。

香蒲和佩珠一惊，不敢相信眼前看到的一切。

"哼！愚不可及，你难道忘了你是怎么走过我的百铃结结界的？你承袭的法术实为我族同源，本就该听令于我麾下，事到如今又怎能伤害到已经开启灵血的我。"雪秀以袖半掩面，那手腕中的鲜血慢慢浸透了雪袖。

"风光绿野。日照青丘。孺鸟初飞。新泉始流。涂山生避，夏道以兴。"她的袖间慢慢绽放出碧绿的荧光，转袖举手之间一枚血色的灵印从她的手臂中生成。

诸夏看到血印心中一紧。

"我以我名，灵血之契。"

碧彩流裳，雪秀那一袭白袍转眼间变成了雀翎碧衣。

"你是！"思源看看雪秀此时的装束，又看看山鬼，两人的衣着可说是有着七八分的相似。此时思源才依稀记起来，那时在灵溪地看到的倚靠在石边吟唱古音的女子，那日觉得她的眉眼多少有着几分熟悉之感，而今，对比这雀翎碧裙的雪秀，思源心中的迷雾才渐渐被拨开。

第二百二十二章

百兽朝听，百鸟同鸣

清秀娇美，婉约灵碧。

"原来是你，雪秀——"思源心中多少有了些猜测，雪秀的眼角眉梢的确和那日所见的女子有着几分相似。

"青丘之契！"此时的山鬼已然明白眼前这位碧衣女灵的真实身份。

"风满涂山玉蕊稀，赤龙闲卧鹤东飞。"那妖娆的山鬼此时竟然已经单膝跪地向雪秀表示臣服。

"山鬼？"佩珠和香蒲对山鬼这一举动都颇为震惊。

"我没想到，她是青丘之后，还持有青丘之契。"山鬼对着众人说道，"吾王说过，见此印，如见……"

"吾王？你是说……"佩珠还是有些不敢相信，但当她望向那血色灵印中的华夏之图腾，又不得不承认，是的，这正是她师父追随的源脉。

"跪下吧。佩珠！他人可以不跪，但你不得不跪。"山鬼提醒到。

佩珠咬牙低头，她望向那残留着白鹿灵血的青鸢印，又看了看这青丘印契，心中百感交集。就在佩珠将要跪下的那一刻，诸夏挡住了她。

"佩珠仙人，莫急，而今尚可一战。"

佩珠看往脚下若耶的灵脉，此时已经完全奔向手持青丘之契的雪秀。

"青丘之契为大禹在涂山氏过世时，赐给涂山氏族的灵契，血印之姿，即代表了涂山氏牺牲自己，诞下后主之功。禹帝言：此章既行天下，即为吾言。"诸夏对着众人解释到，但此刻他的嘴角却泛起微笑，"但如今我们却已得四司仙之灵在侧。这天、地、月之祭坛灵脉，最后到底会选择谁，不如就由这冥冥上天来裁决吧。"

"四司仙？"思源当然听懂了诸夏的话中之意，不由得用手握住了背后的朱颜弓，心中思忖到：朱颜，绿鬓，玄纹可说是都在，但不是还有一位漪澜么？我还没有和朱颜一起去找过他。

"四司仙！"雪秀听到这个词后脸上一紧，此时她犹如那灵溪地中唱着候人兮猗的娇女，美得不可方物，但那一丝愁绪频点眉间，多少让众人觉得诸夏所说不虚。

"三坛祭祀结界为舜帝所创，那么就来看看吧，这上古的遗迹究竟认谁做主人。"诸夏那如水般的弥音传来。

"哈哈哈！"羽沐清突然仰天长笑起来，那笑意中有着欣喜，却也难掩悲切。"没想到我羽沐清还能看到这上古的英灵相斗。"只见羽沐清突然步下飞廉之背，快步来到了思源之侧，单膝跪地请命。

"九夷黄方，在此听令，随军远游，万乘之国，凤鸟来仪。"

羽沐清这一跪，惹得思源后退两步。但此音已起，自然是络绎不绝。

清伊和若木也点步来到羽沐清身侧，纷纷下跪行礼。

"赤夷同在。"清伊诚心跪拜称臣。

"风夷同列！"若木面带微笑，虔诚行礼。

"你们?"思源的耳畔呼起了那清扬的哨音。只言片语，残断的片段袭来。

他看到一位披羽之子，在秀丽的山川之间，哨音相吹，与百鸟交谈，与百兽相知。

"是他！"思源似是突然醒悟，那温柔的微笑，那玄都花千树，他对我说过，吾之子，终得归。

"你究竟是谁?"回忆交织，思源心中再次泛起了悲伤。思源紧闭了双眼，但展现在自己眼前的却是那奔腾的河流，青翠的山林，那百鸟的愉乐。

"白夷也得归！"

就在思源还在闭目寻找答案之时，突闻铃铛的铃音也来到了身侧。

"铃铛!?"许诚有些不知所措。

"惊讶什么，你也是火正之后，所以才能引得灵鸟相随。"清伊笑着看向许诚点点头。

"火正之后?"许诚有些摸不着头脑。

而此时思源耳畔的清音更加响亮了。

"诸夏?"思源不解地看向那位似乎对一切都了然于胸的仙灵。

"小源，你不但有着宋家的血统，也得九夷之血脉，和你的百鸟共策律音吧。听风随行，举弓射日，统领山泽，驯服飞禽，驾驭走兽。这是流淌在你血液里的记忆和能力。我再助你一臂之力吧！"诸夏玉音刚落，狼毫的灵墨就点向了思源手中紧握的朱颜弓上。

"小源，你要得四司仙之力，必须追本溯源，感其所感，痛其所痛。"诸夏的声音在耳边回响，而此时思源发现四周再不见诸仙，也不见香丘。

"感其所感，痛其所痛……"思源伸手摸向了胸口的骨镖。

左手执弓，右手骨镖，一如先人。

"少主！"忽闻身后熟悉的声音。

"朱颜！"思源一喜，转身看去，却见朱颜此时正对着另一位左肩执弓，右臂挂骨镖的少年行礼。

"朱颜！你来得正好，你看，我今日驯服了这黄鸟。在山间采摘野果的时候，听到这小鸟叫得分外好听。细听竟能领会其意，便吹口哨试着交流，现在它竟然就跟着我了，不愿离开。"那身着黄衣雉羽的少年，此时正看着手中黄鸟温柔相笑。

好一位温柔的部落之子，思源看到此情此景心中不禁一动。

朱颜手抚黄鸟，心中也是赞叹到，我们九夷未来的共主，竟然如此天赋异禀，有些能力可说是与仙灵无异了。而且如此仁爱温柔，他日定能为我们的部落、氏族带来繁荣昌盛。

"成为天下共主，也是不无可能啊！"此时一位身着靛蓝服的祭司行至两人身后。

"漪澜！"那黄衣少年亲昵地跑过去相抱。

"少主。"蓝衣祭司行礼。

原来他就是漪澜，思源看着这位靛青衣着，蓝羽鬓角的祭司心中暗叹道。

"漪澜，你前天教我的弦乐，我这两日用木琴练习了好久。在溪流之侧弹奏，便能引来飞禽。我弹给你听好么？我去拿琴。"

俊朗少年笑着跑向了部落的营帐。

漪澜和朱颜相视一笑，两人看着这山川鸟兽，九夷部落依山傍水在此繁衍，生生不息。

自上一代起追随东夷，二仙也是历经百年，在这人神共存、鸟兽同修的时代，一切也还算是太平祥和。

"少主的诞辰要到了，你打算送什么礼物？"漪澜问道。

"自然是成人礼最为重要的东西。"此时那黄鸟已经飞到了朱颜的手掌心。

"哦？"漪澜转身有些不甘心地看向朱颜，"你要送弓箭？"

"嗯！绿鬓朱颜，赤子之心，尽在年少。这是我和绿鬓会一起献上的礼物。"思源听到这里时似是有些明白过来，难道他送的弓箭就是现在我手中这把朱颜之弓？怪不得我第一次唤其名时觉得是诞辰之礼。

"原来如此。"漪澜若有所思地说道。

"怎么？难得见你那么问，肯定是准备了颇为得意的礼物了吧。倒是玄纹，估计又会忘了吧。"朱颜和黄鸟耳语几句，那小鸟听后便飞过山川，去寻找那河畔的玄纹。

"你那么做是对的，提醒下他比较好。"漪澜看着小鸟飞去的方向，脸上笑意不散。

"那你究竟会送何物？"

"烟云处轻声唱。"漪澜意味深长地说到，他俊美的脸上满是宠溺。

"漪澜！朱颜！"正在朱颜欲要追问之时，他们的少主抱着木琴赶至两人身边。

挑正琴弦，清风朗音，直透百里。

"呵，这朱颜也真是可爱，还特地派灵鸟来提醒你。"绿衣仙子此时正是戎装碧翎，踏步直行水上，对着水中的玄纹说道。

"他只是怕我工作得太入迷了，可是我天天观星象，怎会不知这天时月日，少主的生日我自然会谨记心间的。"玄纹此时正用兽骨在水中巨石上刻画，像是在记录什么天文之书。

"听！少主的琴音。"绿鬓听到了风中送达的琴音，闭眼静听起来。

愿供琴音奏清雅，薰风凉意贺嘉心。

玄纹也停下手中的骨笔，这琴音，百兽朝听，百鸟同鸣。

第二百二十三章

绳即为神，你即为源

思源此时也被这琴音深深打动，虽说古音简单，但却似琼珠落玉一般清澈婉约。

思源看向巨石上的玄纹，此时的他仰天听音，额间的灵印隐隐朱红。

"玄纹……"思源想起往后的种种，心中唏嘘。

玄纹什么时候才能恢复过来呢？如果可以像朱颜、绿鬓那样现身于我侧那该多好。

思源想到这里，身体缓缓升空。崖上的三人，山谷中的一朱一碧，琴音相融。

"如果，时间静止在这一刻。那该多好。"思源飞入云端，喃喃自语道。

一只黄鸟突然莺莺燕燕在耳侧。

"去找他吧。"

思源听懂了它所说的话语，往前方望去。在那山野青翠间，正是那位批羽之子。

思源的笑容在脸上绽放开来，正要去触及他的肩膀，却还不知道他的名字。

那少年回过头来，明显已经比刚才年长了不少，雀翎雉羽，渊源之纹，纯美的衣饰诉说着他的身份。

"九夷？东夷？"思源按照刚才听到的种种有了猜测。

那少年的眉宇中比之刚才已经多了几分英气，但那温柔的气息依然没有改变。正是这份温柔引得百鸟百兽愿意与之亲近。此时他的脸颊上多了两道氏族的彩绘，更显英俊。

"是你?!"少年对着思源说道，温柔的笑靥不改。

思源一惊，他怎么会看得到我？

"你看得到我？"思源有些不敢相信地点了点自己。

"嗯，我记得小时候也见过你一次吧。只是那个时候漪澜和朱颜都在，我不敢说。"少年真诚的笑容瞬间融化了思源心间的最后那一丝防备。

"原来你那个时候就看到我了啊！"思源有些想哭，抹了抹快要流出的眼泪。

"嗯……"少年看到思源哭泣，再次温柔地说道，"你是这方山林的神祇么？不能被人看到很寂寞吧。"

"神祇？"思源连连摆手，"不是……我不是这里的神灵。"但心中又再次感叹这位批羽之子的温柔天性，"寂寞……也许有那么一点点吧。因为是孤身一人。"

"源——"少年突然说道。

"什么？"思源有点不敢相信自己的耳朵。

"渊源——"少年指了指自己身上那个深渊之纹，笑着对思源说，"这是我最喜欢的氏族花纹，如今洪水泛滥，我身为虞官，自想为氏族做更多的事，所以正在寻访各个部落的山林江河，探勘地貌，看是否可行治水之法。"

"大禹治水……原来如此。"思源若有所思。

"不错，禹为司空，行治水之事，我愿助他而行。"少年看向远方，一只翠鸟飞来，落在了他的臂上。"驯化鸟兽，勘探地貌。每到一处，便会召唤此地的神灵，问清山川脉理、金玉所有、鸟兽昆虫，及八方之民俗、殊国异域、土地里数。"

少年再次转身，温柔地说道："如果你没有名字，那我就为你取名源吧。"说着少年从身上取下一个草结，挂在了思源的身上。

"绳即为神，从此以后你也是神明了。在此繁衍下去吧，定能渊源流长。"少年拍了拍思源的肩膀，转身将要离去。

思源看着胸前的草结，形状并不陌生，似那在现代也随处可见的中国结一般。原来这也是渊源的标志啊——

"等等！"思源叫住了批羽之子，"你叫什么名字？"

"我？"少年的笑颜灿烂如星，"吾名伯益。"

"益？"

"嗯，你可以那么叫我。"

"你说得对，我……叫思源。源……谢谢你赐给我的名字。"思源再也忍不住眼泪，他没有想到，这个字竟然会从伯益的口中说出。难道这一切冥冥之中，早已注定。

"思源——多么美的名字啊。希望你永远记住这里，记住我们的相会。"伯益带着最后那一抹微笑，转身离开，他的身后是追随着不忍离他而去的鸟兽。

思源此时根本说不出口，自己其实是他的后人，唯有等他远去，双膝跪地一拜。

之于历史，这温柔善良的批羽之子，得天地之眷顾，他感百姓之苦难，辅佐大禹治水，功不可没。

正在思源久久伫立怅望之时，胸前的草结发出了碧绿色的灵光。

"小笔！"思源取出胸口的小笔，在草结上一点。身边顿时鼓声隆隆，思源吓了一跳。只见旌旗满山，诸侯来朝，但他一眼就在众人之中发现了他。

"伯益！"是他，今天他身着碧色的族衣，雀翎插上了发际，一身隆重的打扮。而在他身边的两位也衣着颇为华美。

"小源，你看，这位坐在首长之位的就是舜帝了。"诸夏的声音从小笔中传来。

"诸夏？"

"嘘——听仔细了。"绿衣仙灵示意思源仔细听下去。

此时鼓声已止，诸侯俱静。舜帝对着伯益身边的另一位华服官员赞叹道：

"禹，治水之业终成，劳苦功高。"

原来这位就是大禹，思源看着这位身高八尺、相貌伟岸的男子，心中暗暗赞叹起来。

只见禹对舜帝行礼，说："非予能成，亦大费为辅。"

舜帝点头微笑，对伯益说："咨尔费，赞禹功，赐尔皂游。尔后嗣将大出。"

"子孙延绵不绝——"诸夏赞叹道，"思源，说的不正是你么？"

"我……"

此时，舜帝将身侧伫立的旌旗上挂的黑色飘带执下，双手赐给了跪地听令的批羽之子。

"这就是皂游？"

"嗯。因为有了它，所以伯益的子孙才延绵不绝啊。"

舜帝见此子俊美挺拔，眉宇间尽显温柔大气，心中更加赞叹。其实早就听说东夷的这位少年领袖乃人中俊杰，今日一见果然为共主之材。

于是满心欢喜地说道："赐尔嬴姓，既为虞官，自善统领山泽，驯化飞禽走兽，东夷领袖可望，今一并赐予姚女结姻。"舜帝说完，便将手指向了那台下自己部落中的姚氏小女。

而此时东夷部落都开始欢呼雀跃起来。

"封伯益为东夷领袖。"台下的呼声此起彼伏。

鼓声琴乐再次响起，这一刻，伯益得舜帝联姻，在部落中的地位已然确立。

这俊美的批羽之子接过东夷和姚氏的赠予，执在手中黑色的飘带在风中飘扬。

"伯益——"思源也跟着台下的人一起大喊。

只是在欢腾的背后，思源的心中还是不能忘记玄纹在尧王城前最后的选择。他不忍去想，也不忍去看，这位披羽之子的末路。

第二百二十四章

浙江曲折，钱塘浪潮

思源闭上双眼，不忍去想。血色的旌旗，屠戮的战场，批羽之子最后的伏诛，血腥的场面在他眼前晃过。

"不要。"思源不停摇头，他不想看，也不忍看。

但此时的自己已然站在了满是尸体的战场，思源再次闭上了双眼，他甚至用双手捂住了双眼，但脑中的片段还是没有放过自己。这一次他看到的是倒在血泊中的绿鬓。

"绿鬓！"思源完全不敢相信自己脑中的场景，他想跑过去扶起绿鬓，但无奈，自己根本不能触及他们。思源往前望去，是血染黄衣最后挡在伯益面前的朱颜。

"朱颜！"思源刚刚喊出口的名字，下一秒，血色已经溅起。一支利箭，霎时刺穿了朱颜的胸口。

"朱颜！"批羽之子扶住跪地的朱颜，热泪已经溢出了眼眶，他满是自责地看着奄奄一息的朱颜。

"少主，呵，我还是改不了这个称呼，对不起。是我的错，我没有让玄纹、漪澜与你同行。我以为我和绿鬓就可以抵御他们。但少主，你不会死，我不会让你死。"朱颜化法，用最后的力量形成了一道黄色的结界。

"朱颜！"伯益想为朱颜拔除那箭矢。

"共主，太晚了，听我的，握住这把朱颜弓。这是我和绿鬓早就埋下的生机，就是为了这种时候。"朱颜将伯益的手覆盖在了朱颜弓之上。"共主，将我和绿鬓献祭，即可将你系于这朱颜弓之中，隐于这弓中，他们便不能再找到你。"

"不可以，你们与我族定下灵契，要同生共死。我不可以弃你们于不顾。"伯益眼中满是不忍，他不住地摇头，他将朱颜和身边已然躺下的绿鬓的手一起敷在了朱颜弓之上，"要走大家一起走，要死一起死！"

"共主！绿鬓的神元已经快要溃散，我也支撑不了多久了。"朱颜此时又吐出了一口鲜血。

"绿鬓——"批羽之子看向倒在血泊中的绿鬓，闭眼强忍住泪水。他仰天长叹，"苍天啊，你曾许佑我族延绵昌盛。我行仁德于天下，为何还败？！"

"共主！事已至此，让我和绿鬓去吧。你系于弓中，东夷还有玄纹、漪澜。有此二仙，东夷尚可立于不败之地。"朱颜说完便施法往胸口猛击，执手绿鬓，开始行献祭之法。

"朱颜！绿鬓！"伯益和思源同时撕心裂肺地喊道。

红光血色，朱颜弓鸣泣。凤凰之火，涅槃不枉。

就在思源将要冲过去的那一刹那，有人拉住了他。思源泪眼婆娑地回头，拉他回来不是别人，正是朱颜和绿鬓。

"朱颜！绿鬓？"思源再次回头，此时背后早就是一片虚无。

"少主，到这里就足够了……"朱颜闭目，忧伤满面。

"朱颜，绿鬓，你们……都没事吧……你们……怎么会在这里……"思源此时心中的疑问越来越多，是的，后来到底怎么样了？为什么朱颜、绿鬓会在朱颜弓里？那伯益呢？

"我们的记忆仅限于此。关于四司仙的所有，你已经看到我们和玄纹的回忆，所以四司仙最后的结局就是如此罢了。"绿鬓有些不忍诉说。

此时，思源的心中可谓是百感交集，根据梨林和这里的经历，自己已然可以得出，绿鬓朱颜战死，玄纹被射杀，那么还有一个漪澜，漪澜最后去了哪里？

"漪澜还活着么？"思源不禁问道。

"嗯。"朱颜肯定地点了点头，"他还活着，我们能感觉得到。并且已经有了线索，等我们帮你解决这里的危机，少主，请一并带上我们，踏上寻找漪澜的路途。"说到此处，朱颜、绿鬓同时行礼跪拜在思源面前。

"就算你不说，我也会去找他的。只是现在，我们该如何对付雪秀的青丘之契？"思源赶忙让二仙起身。

朱颜会心一笑，"这个不难，集齐四司仙即可。"

"可是现在漪澜不在。"思源叹气道。

绿鬓此时双脚点地，绿裙在荧光中瞬间转换成了武服。"朱颜！快去吧！久违的四司仙之战，我可是迫不及待了。"

朱颜无奈地笑着摇了摇头，不过他拉过思源的手臂，羽翼展现，随着绿鬓快速飞去，直到飞出了这一片虚无。

思源觉得奇怪，直到往下看去，才发现自己这时竟然是在空中飞行，而身下的，俯瞰下去，不是别的，正是神州大陆，浙江曲折，钱塘浪潮，直至这若耶洞天。

思源心中似是明白了什么，但转瞬间，自己已经随着二仙来到了香丘，三人仙步点立在山鬼画就的舜帝结界图之上。

"终于来了！"诸夏了然一笑，携带许诚跪拜在地，"青鸢印仙主及若耶洞天护守拜见上古司仙。"

众仙见状也纷纷跪拜，思源看向身边的朱颜绿鬓，此时他们的衣着颇为华丽庄重，饰品也是华美庄严，看来是真的要行他们的祭祀之法了么？

朱颜转身面向雪秀，"千百年后，竟然还能见到华夏的血印图腾，感时伤怀，只是这次，我们还是各为其主。今日上古舜帝结界在此，为若耶生息，东夷之后，我等不得不夺这若耶之权。绿鬓！"

"在！"绿鬓此时已经雀翎武服，衣着和雪秀竟然也有着那么几分相似。她转身看向雪秀，眼中多少露出几分留恋。

"涂山之女，你行青丘之契，为华夏之宗。但你弑杀若耶护守在先，造成若耶洞天震荡，与天理相悖。灵簿已然不再臣服于你，如今还要做困兽之斗，将这青丘之契用于此处。且不说你究竟为何要统领若耶，尔须知天道有常，弑杀仙灵必然会积累罪孽，余孽你族。"绿鬓此时义正辞严，说话间已经将琴瑟与碧弓显现于侧。

"废话少说，我意已决，一决胜负吧！"雪秀见他们只有两人，心中长舒一口气，心中念到，且不说这四司仙都来了还不一定是我这青丘之契的对手，如今他们只得二人，更是难成气候。

朱颜看向诸夏，两人眼神交汇，都露出惋惜之色。

第二百二十五章

挥毫点灵章，执笔定乾坤

"四司仙！行——共主之章！"朱颜一声令下。

绿鬓马上结印，古瑟奏出了华彩乐章，而碧穹弓则缓缓飞到了绿鬓的手上。

朱颜张开金色的羽翼，手执黄灵羽口中咏唱："华夷共主皆思服，尧舜如天尚病诸。只应文物开王会，珥笔曾夸太史鱼。"

许诚这时可是兴奋得不得了，和诸夏说道："仙人！这是要放大招了啊！集齐四仙召唤神龙！"

诸夏一笑，不置可否。

"少主，请执掌玄珠。"绿鬓说到。

"哦，好！"思源握紧骨镖，高举在前，血色的灵息在听到朱颜的诵唱之后，瞬间涌出，弥漫在骨镖四周。

朱颜笑着看向那位身着水纹之章的青衣仙人。

"漪澜点微星，微星仙人既得漪澜弓，请代行漪澜之法。"

随着朱颜的下令，佩珠仙人才恍然长舒一口气，"原来如此，我算到他是不可或缺的关键，原来是指这个啊。香蒲、羽沐清，看来这是最后的最后了。"

"不错！我们也不能落后，不管怎么样这是我们若耶的事，我们行法支持四司仙的共主之章，也代表了若耶地仙的一种态度，不管怎么样，这上天和结界，都会有所感应吧。"香蒲仙人提议。

"好！"羽沐清、梁佩珠纷纷赞同。

"春浪桃花，禹门三尺平跳过。死生不坐。变化须归我。"佩珠仙人召唤出了鲤鱼和蓝鸟。

"花晕花间于我成风。"大小飞廉也一起和羽仙人化出风盾。

"鹊飞影里觥筹乱，桂子风前笑语香。"银炉再次掀开，香气弥漫。

"哈哈哈！你们也学我们宋家四护守，各执前术，符文交叠，团聚策力。"维舟听出了三位仙人与平时不同的吟唱和术语。

"既然是最后一搏，自然要凝聚所有的力量了。"羽沐清笑着回道。

"既然如此，我们也不能落后了！"弥生掏出了青引符。

维舟、清伊、若木、铃铛也纷纷开始化功护法。

微星此时看向诸夏，诸夏微笑着给予他一个肯定的眼神。

"微星，去吧，这也是我给你漪澜弓的初衷，去完成自己的使命吧。"诸夏笑着鼓励道。

微星手执漪澜，脚踏青苹，纵身飞跃到思源、绿鬓、朱颜身侧。

"阑干十二阕，漪澜间微星点霜天！"微星催动水灵之气，驱动漪澜弓，他额间灵印显现，并将漪澜弓的灵点牵引到每一位共战的仙灵、人员身上。

"哼！这继承者看来也有着漪澜的性情啊！温柔如水。"绿鬟转头给以微星一个肯定的眼神。

昔伯益得天下共主之位时，四司仙从先代手中接过华夏之章，以行令天下。此章为舜帝所创，天下共主，接位后得之。后夏启改立，四司仙没。故共主之章遗失。

思源、许诚及诸仙在四司仙催动共主之章之时，心中都听到了诸夏的传音，方知道这华夏之章的来龙去脉。

"原来是这样。"佩珠唏嘘叹道，"不管怎么样，我们都会倾尽全力护法，我可不想对着弑杀白鹿的她下跪。"

随着四仙的法力驱动，思源渐渐看到玄珠之前隐隐露出了一阵青碧之光。

熟悉的符文展现在思源的眼前。

"中国结！渊源之纹！"思源喜出望外，"是的，这就是我们的神灵啊！"

"还真像中国结！"许诚也看到了这显现的图腾。

思源正在高兴之中，却听得耳边一阵低吟，是那熟悉的哨音。思源不由得转身往周边望去。

温柔的声音再次传来：

"朱颜、绿鬟，实为死灵，但因特殊之法，仙魂不散，让他们得以附于伯益战死之朱颜弓上；玄纹虽然被封印，但灵火万世不灭；漪澜入浙江，隐世而居，钱江潮与之有关。"

"漪澜在浙江？钱江潮？"思源听后喃喃自语道，他看向他人，发现朱颜、绿鬟都没有反应。看来这些话语只有自己可以听到。

温柔的话语再次袭来："漪澜不在，玄纹未成形。共主之章力量恐为变弱，源，你让若耶护守和仙灵催动青鸾印。我们的胜算，在于漪澜就在浙江境内。催动上古青鸾印，让浙江之流的灵脉往若耶洞天靠拢。如此，应该能与这青丘之契不相上下。"

"好！"思源应道，却听到诸夏也同时应道。

两人相视一笑，诸夏点了点他身侧碧灵点点的狼毫小笔。

原来如此，通过小笔，两人心灵已然相通。

诸夏挥动碧袖，将狼毫小笔推向思源："小源，我和许诚驱动青鸾印。待到华夏之章出，我会将浙江的灵脉引到狼毫小笔之上。到时候你……"

还没等诸夏说完，思源就已经脱口而出："挥毫点灵章，执笔定乾坤。"

"嗯！"诸夏眼中满是赞许，他此时仿佛已经见到了那乘兴而来的执笔之子，宋源，感谢你又为我带来了另一个宋灵御。

"许诚！"

"是！"

"无湖客，临风露，倚兰苕。云涛四起，极目人世有烟霄。我送君舟西渡。君望我帆南浦。明日恨迢迢。且醉吴淞月，重听浙江潮。"

雪秀此时也是颇为紧张，但，兵行至此，已经不能全身而退。她吹起古龠，等待着三坛最后的选择。

"就是现在！"诸夏喊道。

思源提起狼毫小笔，看到全然显现的共主之章。起笔，青色的灵息闪现。

此时的耳畔起初是风驰电掣，却突然归于平静。就在狼毫小笔要点到华夏之章之时，思源感觉到了身后传来了一阵阵温热，一双双手覆盖在他执笔的手上。这种熟悉的感觉，似曾相识。

是的，是宋家历代的家主们，是过去的一位位执笔之子。

而那最后一位，正是左眼下有着和自己相同黑痣的他。

"宋源。"

"嗯，小源，传承下去，不要忘了自己的所在，自己的所出。我们与你同在，永远——"

熟悉的笑意在他的眼间泛起。

青灵之墨，点上那华夏之章。

这块土地上的三坛之界迅速对这同为舜帝之物的远古图腾有了震彻心扉的共鸣。

第二百二十六章

灵珠还灵，重立契约

此时灵图上，朱颜、绿鬟、微星、思源的脚下，刚才诸夏所点的三坛：王坛、青坛、坎上三点发生了剧烈的震荡。相关的村落此时也开始地震般地震动起来，村中的人们以为地震来了，纷纷逃出屋子，往空旷的地方散去。

三个村中，三坛的灵印开始在地上显现出来。村中一些村民看到如此奇观，都纷纷指点惊奇。

只是，三坛的选择，却久久未能抵达。

思源回头看向诸夏，诸夏心中一紧，难道真的如刚才那个声音所说，共主之章由于二仙不在，只有灵器，而威力减弱了。

"小源——"思源手中的狼毫小笔再次传来了琼音。

这个声音思源一听便认出来了，是宋源！

"太好了，你们果然斗得不相上下。这反而是我最想看到的结局。"宋源的声音从笔中传来。

"宋源,你是?"思源有些摸不着头脑,在玄珠结界中,看似是宋源最后的寄语了,怎么现在……

"如果你打败了雪秀,这一段弥音就不会显现,将永远封存于狼毫小笔之中。听我说,小源……你们既然打成了平手,那么现在唯一解决的办法就是……"宋源的声音再次传来。

"上天有好生之德,看来冥冥上天是还想再给雪秀一次机会。"思源听了宋源的一席话后,心中已然决定了下一步选择。如今白鹿神元得归,雪秀总算是没有犯下所谓的弑杀护守的重大罪孽。那么不如由我来完结这次若耶的突变吧!

"宋源,我说了,从那一刻起,我即是你,你即是我。我要继承就要继承你的全部,那么自然就包括你和雪秀的灵契。"

"时间已经成熟,去吧,我最后给你留下的礼物在你的若耶灵珠里面。"

若耶灵珠?思源摸了摸胸口一直挂着的灵珠,手执狼毫小笔,走到了雪秀的面前。

"你!"雪秀此时分明感应到了思源身上类似于宋源的灵气更盛了。

"雪秀,共主之章与青丘之契,乃至三坛之界,他们都做出了自己的选择。你的青丘之契和四司仙的共主之章已然打成了平手。其实这是三坛乃至上天给我和你最后的机会。"思源说着向雪秀伸出了手。

这惹得身后的众仙都是一惊。

"少主!不可!"清伊、弥生和维舟都劝阻道。

"执笔之子,她可是弑杀白鹿的妖女!"佩珠也是一脸的不敢相信。

雪秀看着思源手中的狼毫小笔,前尘往事,九百年前那位朱颜依旧的执笔之子的音容笑貌，已在眼前挥之不去。

"宋源……"雪秀开始不停地摇头，"不，不，不，你不是宋源。"

"是的，也许对你来说我不是宋源，但是，雪秀，我已经对自己发誓，从今往后，我即是宋源，我的命是他给我的，他牺牲了自己，换来了我的存活。既然如此，我就要好好的活下去，因为他选择了我，那么一定是有意义的，如果这是上天的棋局，我接受，而且，现在对我来说，最重要的是，我是宋灵御，我是继承他所有的执笔之子。"宋思源说的句句真切。

雪秀的心理防线就快被压垮，但她还是不肯承认眼前这些事实。

思源轻轻取下若耶灵珠，将其放在伸向雪秀的手上，他摊开手掌将它呈现在雪秀的面前。虽然思源不太明白宋源最后留了什么在若耶灵珠之中，但是他记得，宋源在自己离开唐朝，穿越回到嘉祥寺之前的确是用手点过这颗灵珠。

"这是！"雪秀伸手想要去触碰灵珠，是的，不会错，这是宋源的灵息，九百年后，这灵息依然鲜活，此时宋思源手执他的灵息，他们已经越来越契合了，假以时日，难道他真的会成为另一个宋源。雪秀突然明白了什么。眼中满是悲伤。

宋源啊宋源，你是不是早就算到我也许会悖逆你，悖逆若耶，所以，你留好了所有的后招。

"我以我名，与汝订立契约，吾存，契约存。雪秀，从此以后，由我来代替宋源继续行使和你的千年契约。只要我在，狼毫小笔在，宋灵御在，我的传人在，契约永远延续下去，亘古不变。当然，我有信心，接下来，我就会沿着宋源留下的线索，去完成契约！所以，请你给我时间，让我来完成这九百年的约定。"此时宋思源手上的灵珠已经微微发亮，宋源的灵息回应着他，是的，他们已经渐渐融合在了一起。

"这就是血脉的力量么？"雪秀看了看头顶的青丘之契，"不管如何，我今日已然是打不过你了，最多是一个平手。那么若耶的灵主和护守就依然是诸夏和这小子。你有宋源的灵息在手，再次延续了契约，我不能违抗。你也从我手中抢走了灵簿，成为宋灵御，这我也不能反对，本来这就是宋源让我保管的东西，既然灵簿承认你，那我无话可说。"

雪秀缓缓收下青丘血印，她犀利的眼神还是毫不留情地看向思源，"但是，我还是不会承认你。所以我不会告诉你我和宋源的契约到底是什么，你既然已经是执笔之子宋灵御，那么就去查吧，但我告诉你，这是连宋源都没有完成的事情，你觉得会有那么简单么？宋思源，好自为之吧！而且我只是暂时停战，你管好自己的灵珠和灵簿吧，指不定哪天，我就来盗取这两样。那个时候，我也自然可以再对若耶动手。另外，你以为宋源的灵息是不灭的么？留给你的时间并不多了。"

雪秀取出怀中的一缕黑烟，面露悲伤，"还好流云留下一丝元灵在我这里。他还不至于形神俱灭。但是，你们两个，这笔账，我不会那么轻易就算了！"雪秀用古龠指向了清伊和羽沐清。

而此时，那妖娆的山鬼飞至雪秀身边。"涂山之后，我愿追随你而去。"

雪秀轻轻扫了一眼，苦笑道，"我族已然被正宗遗忘了几千年了，你这又是何苦。你们不落井下石，说我们妖魅就已经不错了。"

第二百二十七章

锋回笔转，画尽三界

　　但那山鬼还是执意如此，雪秀便也不再阻拦，她娇媚的容颜上露出沧桑悲凉之色，转身再次看向宋思源："执笔之子，既然上天选择了你，那我就再相信宋源一次。希望你不要让他失望，如果你真的可以……完成我的心愿。我便承认你是宋灵御。这一趟上天入地、执笔神州的旅途，我竟然也期待起来，希望你真的可以成为我记忆中的宋源。"

　　说到这里雪秀又是一声苦笑："我也真是痴人说梦，你能得他一半，我就愿意臣服于你了，可这又怎么可能！"雪秀娇媚的眼中露出一丝怀念，"看来我也是老了，竟然开始追忆往事。我是最讨厌和人有所瓜葛的。但最后最让我牵肠挂肚的偏偏又是你们这些生命短暂的人啊！"

　　"走吧！"雪秀对着山鬼说道，两人脚踏五彩祥云瞬间消失在香丘之中。

"呼——"许诚瞬间瘫倒在地，"完了完了，诸夏仙人，你得负责啊，我这身子骨都快散了。还有，我怎么变成若耶护守了，不行啊！我可还得回上海去读我的研究生啊！喂喂喂！若耶护守是不是得寸步不离这里啊！"

众仙此时也总算是放松下来，而清伊和羽沐清其实伤得不轻，微星开始再次驱动漪澜弓为他们治疗。

诸夏用手轻抚青鸾的石棺，"青鸾，总算，一切暂时平息，算是有了最好的结局吧。"

"领主，这哪里是最后的结局啊，那妖女肯定会卷土重来的。"维舟和弥生还是觉得放心不下。

诸夏此时将目光投到了思源身上。

"小源，宋灵御，接下去，你要去哪里？"诸夏的眼中分明满是期待。

思源此时紧紧握住若耶灵珠。

"上天入地，纵横九州，穿越六朝。有了灵簿和狼毫小笔，我们还有什么地方是不能去的呢？"

"哇！不行，这个一定得带上我！"许诚一听，马上来了兴致，"当然我顺便是旅游考古！哈哈哈哈！对了，宋思源，你得陪我去一趟上海，另外，白鹿说的山西我也要去下。"

朱颜和绿鬓看向思源，"少主，当务之急当然是寻找漪澜！"

"不行！先得查出那妖女和先主的契约到底是什么！"清伊忍不住停下疗伤说道。

思源莞尔一笑，"放心吧，你们说的我一定都会去做。不过当务之急是修复好若耶的灵脉，然后顺着宋源的线索找下去，解开雪秀的灵契之谜和寻找漪澜，这两个是我认为首先要进行的任务。"

诸夏点头表示赞同，"不错。解开灵契才能彻底解决危机，找到漪澜又可以防范于未然。那么，思源、许诚，你们这就回宋家店去计划后续的旅行路线吧。"

"诶！仙人你也太没人性了吧，我才使出那么多法术什么的啊！累都累死，起码让我休息个三天三夜才好。"

"好的，说好了，就是三天三夜。然后我们就出发寻找线索！"诸夏此时眼中没有半分说笑之意。

"额……好吧好吧！"

诸夏一笑，对着弥生点点头，弥生发动青引符将所有人、仙都传送到了宋家祠堂中。

"哇！怎么我也来了！"维舟表示不解，"领主，我不用守香丘了？"

诸夏此时已经席地坐在那记事柜之前。

"香丘有我的结界在，你暂时也不用去了。大战之后，诸位辛苦了，思源马上会组织宋家大摆长街宴席，为各位庆功的。"

"诶?!"思源一惊，心想，这怎么变成了我的任务了？

诸夏对着思源眨眨眼，"长明那边就交给你了。"

"好吧——"思源有些无奈地应道。

"哇！太好了，有的吃了！"最高兴的当然是若木了。

"我们也有份么?"佩珠仙人看了看香蒲仙人和羽沐清，问道。

"当然了！"思源心中此时也是总算放松下来了。

而后的一切都很顺利，爷爷马上组织宋家人开始准备长街宴席，就似那天思源妙笔生花那样，只是这次许多族人听说有神仙参与，都兴奋得不得了，比上次可说是更加热闹了。

许诚被若木拉着吃完东桌，再吃西桌，吃的肚皮都鼓出来了。不过此时他四下望去，却不见思源的影子。

许诚找遍长街每一张桌子，都没见到思源，当然还看到喝得烂醉的维舟，和一脸无奈的微星，而铃铛看来也是个吃货，竟然和若木混到一块去了。

　　许诚最后把目光定格在了那朱门的祠堂之上，他缓缓走进祠堂，这祠堂年代久远，难免破败和沧桑。他细细寻找，也悠悠深思，每次走进祠堂总带给他一种心灵上的震撼感。

　　他果然在祠堂的墙壁边看到了那个熟悉的身影。

　　许诚笑颜如星，"思源！"他对思源挥了挥手，"怎么不去吃饭？"

　　思源回头，此时的他正执笔在墙上写着什么。

　　许诚见状满是好奇，"你在做什么？"

　　思源笑着对曰："不知道为什么，就是想画下点什么。竟然一气呵成了。"

　　许诚转头看向墙壁，思源已经画就了一副山水灵图，这图中的故事竟然是他们这一路的所闻所见。

　　"天哪！太棒了！画得真好！你真是个天才！"而此时许诚竟然还发现这些壁画旁还有赋歌一首。上书：

　　　　一笔划江山

　　　　一支狼毫纵小笔，划取关山五十州。

　　　　千年誓约犹然，不醉不休。

　　　　浩瀚星河，穿越六朝，纵横九州。

　　　　不枉我意气风发少年时。

　　　　花色在木，笔在间。

　　　　但画卷、依稀描著。

　　　　我吟，不忘复复。

　　　　笑声葱茏，金戈铁马。

婉转花语间，煌煌青苹风之末。

犹记得，清音雅韵奈何兮。

也曾经，惆怅离别在山亭。

行走天地间，不求功名独求梦。

解语他人事，迄今不知归。

锋回笔转，画尽三界，孤灯梵天。

只为，招魂幡上有姓名，点将谱上拜先锋。

长江天险难渡，保得后世度昌平。

甲子不解岁恨愁，孤舟维我醉春秋。

许诚看到这一首歌，不禁双眼湿润起来。

"别哭，许诚。"熟悉的声音传来，是那位绿衣仙灵。

他手执两束凌霄花，递给了思源和许诚。

"我期待着你们可以把你们的故事和经历画满整个祠堂。"

许诚和思源接过那橙色的凌霄花，心中百感交集。

两人相视一笑。

"当然！"

"一定！"

人非人愿任我青葱，只要有狼毫小笔在，一切皆有可能。

后

记

  写《狼毫小笔》之前的我和写《狼毫小笔》之后的我，回头看来，是不同的。写书之前的我，似在生活的悬崖和繁琐之外游离焦灼。我时常在想，怎么打破别人给自己的定位和标签，也曾为自己的碌碌无为而焦虑。直到提起笔，敲打键盘，我也很是忐忑。这是一本腹稿很久的书，笔下世界和笔中世界交相催生、重影叠加，笔外的世界也在稿纸的渲染中有了潜移默化的变化。

  从小到大，对于别的什么事情，我是没有什么信心和彻底的信任的。除了文字和文学。随着岁月的磨砺，我不得不脱离文心的渊源，从入大流。《狼毫小笔》让我再一次打开心门，去探索了那一块秘密花园。钥匙是我无心插柳般拾起的，也是各种繁复的机缘所促就的。

  写书是一个磨炼心智的过程，连载更是一场未知的旅行。此间经历和所悟，让我痛在其中，也乐在所出。曾有读者在我断更时对我说："狼毫对于她来说不只是一个故事，而是一整个世界。"这个故事我已经起头，这个世界我也已经慢慢立柱铸就，不可以轻易结尾，更不可不闻不问、束之高阁。

  所以，不管怎样，我都感谢《狼毫小笔》，这个世界让我达到往昔之所不能及处，洞悉到神州、历史之广盈，也听阅到千古良师之箴言。

中华的文学之海，文斐以漫藻弥华，辞澜以三千碧落。文章千古事，知音却无处不在。当我们寂寞和迷茫之时，翻开中华文脉之古籍，总有知音相伴，解惑致知。而我想做的，即是将自己阅书阅世之所得，记录分享下去，让这些文心真言离我们更近一些。

文澜之心海，珠玑遍地，我作为一位赤足而行，有幸在珠海拾贝的文学后进，踏珠弄玉，拾得点点遗珠已是幸福感动。过去十年的历程，如二十八星宿那般，是一个回圆，由中国到国外求学，再由海外回归中华。这一路的学习和经历，中华的文学和哲学体系，是支撑着我继续负重前行的精神所托。

当一切周而复始，兴许就是因为我们找到了初心。《狼毫小笔》是我的初心，我希望通过他和大家分享这一路以来我的所感所悟，所舍所得。将这一颗颗遗珠串联起来，和你诉说一场风雅唯美的中国故事。

此外，藉此来回答一下读者的问题，宋思源的名字取义，的确是思念自己的源头。我总觉得，宋思源是现在的自己，而宋源是我最想成为的那个自己。希望《狼毫小笔之云门香雪》可以让更多的人，阅之而找到自己的源头，触摸到自己最想成为的那个自己，并踏上变成宋源的旅途。

最后，在《狼毫小笔之云门香雪》的书写过程中，遇到了许多引路人，永远扫雪之人。在此想对他们一一表示感谢，感谢我的家人对我一直以来的支持和认可；感谢中国社会科学出版社的赵剑英社长、王茵老师和张潜责编，感谢出版社为《狼毫小笔》付出贡献的每一位员工；感谢绍兴诸多乡贤对《狼毫小笔》的关怀和帮助；感谢中国作家协会和浙江省网络作家协会的各位领导及工作人员；感谢骆寒超老师、王祥老师、夏烈老师对《狼毫小笔》的点评和推荐；感谢咪咕阅读平台；感谢青漪工作室的各位小伙伴；也感谢一路以来陪伴着我乌云退避的读者；感谢所有帮助过《狼毫小笔》，这一路上遇见的有缘人。因为有你们，才让《狼毫小笔》开出绚丽的花色来。

后
记

1143